Joachim Helbig



# Das Schwarze Kabinett

Postgeschichtlicher Kriminalroman

ISBN 978-3-95402-104-8

Ohmstraße 1, Unterschleißheim
1. Auflage 2014



Redaktionsleitung: Oskar Klan
Herstellung: Erik Störmer
Umschlaggestaltung: Shernelle Howell
Titelabbildung/Scan: Dr. Joachim Helbig
Layout: Dr. Joachim Helbig
Druck: Kessler Druck + Medien, Michael-Schäffer-Str. 1, 86399 Bobingen

## Ferdinand Lippe, Tagebuch, Erster Eintrag

*Augsburg, den 20. Dezember 1805*
*Die österreichische Kugel, die im Gefecht am 8. Oktober bei Wertingen mein rechtes Bein traf, zerstörte alle hochfliegenden Pläne. Gerade einmal 29 Jahre alt und voll im Saft ist es jetzt vorbei mit der Militärkarriere! Bei Austerlitz wäre ich nur zu gerne dabei gewesen und mit einiger Gewissheit heute Hauptmann. Stattdessen bekomme ich wahrscheinlich nicht einmal mein Geld für das Offizierspatent zurück.*
*Aber ich darf nicht klagen. Unser Tiroler Hausmädchen brachte das Fieber nach einer Woche weg. Das Bein bleibt mir und ich übe jeden Tag nach den Anweisungen des Regimentsmedicus, der aber, nebenbei gesagt, auch nicht an meine vollständige Genesung glaubt. Mein Gang bessert sich stetig, sagt zumindest der Vater. Wenn ich meine Kameraden treffe, tun sie betont herzlich, doch ich sehe ihre Augen von einem Schleier überzogen. Sie haben mich längst abgeschrieben. Ich werde zeitlebens hinken.*
*Nach einigen trübsinnigen Wochen, in denen ich mit übellaunigen Vorstellungen die Gutmütigkeit meiner Umgebung beanspruchte, entschloss ich mich und gab den 4. Dezember bei General Deroy um meinen Abschied ein, denn ein hatschender Oberleutnant macht keine gute Figur im Feld.*
*Adieu – Infanterie Leibregiment!*

*Mein Vater unterdrückt seine Genugtuung über diese Veränderung nur mühsam und schmiedet bereits Pläne für meine Zukunft. Ich dagegen kann keine rechte Freude finden. Der Schmerz, der mich jeden Tag gemahnt, ein Krüppel zu sein, hat sich längst in die Seele hineingefressen wie ein räudiger Wurm. Anstatt Ideen für ein Ziel zu entwickeln, dem ich mich mit Enthusiasmus widmen möchte, verwende ich meine Energie auf die Abwehr der väterlichen Avancen auf die Arbeit in seinem kaufmännischen Kontor. Nach dem Leben im Feld ist mir eine Tätigkeit mit Papier und Feder in muffigen Räumen unvorstellbar.*

*Immerhin übernehme ich auf sein Drängen seit zwei Wochen den täglichen Gang zum Posthaus. Nicht etwa, ihm zu gefallen, sondern wegen den jungen Frauen, die morgens auf dem Weg zum Markt dieselbe Richtung nehmen. Anfangs genierte ich mich noch, als Kriegsversehrter erkannt zu werden. Dann hinkte ich zu Fleiß mehr als nötig – ohne Erfolg. Schließlich tat ich den Gang in Uniform. Aber nur einmal, denn ich zog damit Aufmerksamkeit von gänzlich unerwünschter Seite auf mich.*

*Zunehmend verfestigt sich der Gedanke, dass das Opfer meiner Gesundheit völlig nutzlos ja nahezu lächerlich überflüssig gewesen ist, so lächerlich wie der Orden, den mir S.K.M. überreichen ließ.*

*Die Augen öffnete mir unser Kontorist, der die Situation mit nüchtern kaufmännischem Kalkül kommentierte. »Krieg ist«, sagt er, »vor allem ein Geschäft, egal was auf den Fahnen steht. Selbst nach der Revolution von 1789 dauerte es nicht lange, bis aus der Befreiung der Welt ein Rechenexempel wurde. Der Herr Napoleon stellt sich dabei als eine Art Betriebsunfall heraus, als eine Ausnahme, weil er den Krieg um seiner selbst willen betreibt. Aber am Ende wird diese Ausnahme nur die Regel bestätigen, denn einen alternden Kaiser Napoleon mag sich niemand vorstellen. So treibt er denn das alte europäische Gefüge auseinander, ohne Maß und Ziel.«*

*In Anspielung auf mein Schicksal spottete er, ich solle froh sein, auf solche Weise davongekommen zu sein, denn in den nächsten Jahren werden die Kriege heftiger, einer sinnloser als der andere. »Napoleon wird siegen, solange sich der Rest uneins ist. Doch es genügt ein einziger verlorener Krieg und sein Stern erlischt.«*

*Margarete, unser Tiroler Hausmädchen[1], riet mir zu diesem Diarium, damit die Gründe meines Handelns stets schwarz auf weiß*

---

1 Sie führte ihren Vornamen auf die streitbare Fürstin Margarete von Tölz-Görz, genannt Maultasch (1318–1369) zurück. Lippe hänselte sie damit anzüglich, wenn sie sich wieder einmal resolut gab und provozierte dadurch neckische Rangeleien.

*vor Augen liegen und die Ereignisse nicht im Nebel der Larmoyanz als schicksalhafte Fügungen oder Machwerke von Verschwörung erscheinen. Solange die Gedanken nur im Kopf herumwandern und sich mit allerlei anderen Eindrücken verbinden, bleiben sie eben darum unverbindlich. Geschrieben lassen sich die Sätze drehen, wenden, verwerfen oder fixieren.*

*Das politische und militärische Spektakel kann ich nun in Ruhe von Ferne aus beobachten und denke dabei an die Worte meines Großvaters:*
*»Krieg ist, wenn sich viele umbringen, die sich nicht kennen, für einige wenige, die sich gut kennen, aber nicht umbringen.«*

Er war bereits vor dem Wecker wach, hob den Kopf aus den Kissen und horchte. Der Regen hatte aufgehört. Ein kühler Luftzug kam durch die offene Balkontür. Die angekündigte Kaltfront war demnach angekommen und vertrieb die Regenwolken.

Heller stand auf, wusch sich, richtete das Frühstück und suchte seine Arbeitskleidung zusammen. Eigentlich war die Grabungssaison für dieses Jahr vorbei, aber der Bauherr wollte unbedingt noch vor dem Jahreswechsel die Keller fertigstellen und drängte. Hellers Frau Anna, die sich auf einer Tagung am Chiemsee befand, hatte ihn gebeten, die archäologische Abschubbeobachtung auf dem Grundstück an der Münchner Straße zu übernehmen.

Während er Kaffee aufgoss, hörte er im Radio den Wetterbericht, der für den Nachmittag Regen mit Graupel ankündigte. Missmutig suchte Heller im Keller die Werkzeugkiste, erinnerte sich aber dann, dass sie noch im Auto war. Lieber hätte er im Hauptstaatsarchiv die bestellten Akten zur Postgeschichte Tirols durchgearbeitet.

In der einen Hand die Kaffeetasse, blätterte er mit der anderen die Luftbilder durch, die ihm Anna bereitgelegt hatte. Auf der Nachbarfläche waren vor Jahren Pfostenstellungen und Gruben mit vorgeschichtlicher Keramik gefunden worden. Die Bewuchsmerkmale im Luftbild ließen eine Fortsetzung dieser Siedlung erwarten, aber er fühlte sich unmotiviert. Wenn wenigstens spannende Befunde zu erwarten wären, aber außer ein paar Tierknochen und unspezifischen Keramikscherben kam wahrscheinlich nichts dabei heraus.

An den Arbeitsschuhen klebte noch der Schlamm der Vorwoche. Er klopfte sie kräftig gegeneinander, kratzte die dicksten Klumpen weg und zog sie an. Ein Schuhband fühlte sich bereits mürbe an, hielt aber dem Zug noch einmal stand.

Heller sah auf die Uhr, nickte zufrieden und lenkte den Wagen zur Postagentur im Getränkemarkt. Er kaufte sich eine Flasche Wasser und leerte sein Postfach. Außer einigen Rechnungen fand er einen Auktionskatalog vor, den er mit auf die Baustelle nahm.

Von Westen kam leichter Wind auf. Die Emissionen des Heizkraftwerks in Unterföhring markierten drei weiße Bänder in den Himmel. Dahinter zeichnete sich eine dunkle Wolkenwand mit deutlichen Regenschlieren ab, die sich rasch näherte.
Er war pünktlich und nutzte die Zeit, bis der Erdbauer kam, für einen Rundgang über die Fläche. Er sah die Stelle, die ihm Anna genannt hatte. Eine weiche Vertiefung mit einer dünnen Humusauflage, abgesperrt mit einem Flatterband, damit keine Baumaschinen mehr darüber fahren konnten. Anna war sich nicht sicher, um was es sich dabei handelte. Die Ränder des Befundes fransten unregelmäßig aus, wie bei einem Bombentrichter. Aber er fand keine Reste von stark erhitztem Kies.
Der Erdbauer verspätete sich, ging schnell zu seinem Radlader und fluchte, weil der Tank aufgebrochen und leer war. Er telefonierte, schimpfte anhaltend und winkte Heller zu sich heran. Vor Mittag war nicht mit dem Tankwagen zu rechnen. Sie standen unschlüssig herum. Heller schlug vor, einstweilen mit dem Bagger den abgesperrten Bereich zu bearbeiten.
Es wurde zehn Uhr bis der Bagger einsatzbereit war und die ersten Zentimeter abzog. Allmählich wurden die Konturen des Befundes klarer. Zwischen neun Pfosten, die einen Hausgrundriss markierten, lag eine Kulturschicht mit jeder Menge Keramik. Heller war unsicher. Handelte es sich dabei um den Laufhorizont und Fußboden eines vorgeschichtlichen Hauses? Form und Verzierung der Keramik kannte er nicht. Sie war ihm bisher noch nicht untergekommen. Er hielt es deshalb für geraten, vor weiteren Eingriffen die Lage erst einmal mit Anna zu besprechen. Angesichts der ungünstigen Wettervorhersage hatte es ohnehin keinen Sinn alleine weiter zu machen.
Er besprach sich mit dem Baggerfahrer, der nicht an die baldige Ankunft des Tankwagens glaubte. Bevor Heller ihn nach Hause schickte, deckten sie gemeinsam den Hausgrundriss mit einer Folie ab, beschwerten diese mit Steinen und positionierten die Baggerschaufel so darüber, dass der Befund vor unbefugten Zugriffen geschützt blieb.

Von Westen frischte der Wind auf, doch bevor der Niederschlag einsetzte, wollte Heller noch den Abraum durchsuchen. Dazu holte er aus dem Wagen ein dickes Filzkissen und Handschuhe. Kniend arbeitete er sich langsam und konzentriert durch den Abraum.
Die Kulturschicht bildete lehmige Klumpen, die Heller jeweils vorsichtig aufbrach. Die Ausbeute konnte sich sehen lassen: Zwei Tüten voll Scherben und eine kleine bronzene Fibel. Die Mühe hatte sich gelohnt. Ihm wurde kalt. Die ersten dicken Schneeflocken umwirbelten ihn bereits, so als würden sie sich mit ihm über die Funde freuen.

Heller verstaute Fundtüten und Werkzeug gerade noch rechtzeitig im Kofferraum, als das Schneegestöber einsetzte. Er freute sich auf ein heißes Bad.
Zu Hause zog er die Schuhe aus, verräumte das Werkzeug im Souterrain und ging ins Bad. Während er heißes Wasser in die Wanne laufen ließ, zog sich aus und legte nach kurzem Zögern eine Badepraline am Rand bereit – Lavendelblüten.
Unschlüssig, welche Lektüre geeignet sei, ging er noch einmal ins Wohnzimmer hinunter und stellte sich vor das Bücherregal. Es war nichts dabei, was zu seiner Stimmung passte. Nach Fachliteratur war ihm nicht zumute.
Da erinnerte er sich an den Versteigerungskatalog, den er morgens aus dem Postfach geholt hatte. Dem machte es nichts, wenn er in der Wanne nass wurde.
Er packte den dünnen Katalog des Buchantiquariats Zissler aus und suchte nach einem Schriftmarker und seinem Notizheft.
Die Wanne war zu einem Viertel eingelaufen. Heller prüfte mit dem Fuß die Temperatur und drehte auf kalt. Als er eingestiegen und seine Haut an die Wärme gewöhnt war, drehte er wieder auf heiß. Langsam ließ er sich gegen die kühle Wand der Wanne sinken, dann tauchte er den Oberkörper unter. Mit geschlossenen Augen spürte er, wie die Wärme eindrang.
Er überlegte. Wenn das nasskalte Herbstwetter anhielt, blieb die

Grabung in den nächsten Tagen unterbrochen. Er konnte sich also im Hauptstaatsarchiv seinen Recherchen für das seit langem geplante Buch über die Postgeschichte Tirols widmen. Außer kleineren Teilkapiteln und Aktenabschriften stand noch nichts auf dem Papier, und er brauchte Fortschritte, sonst würde er sich nur wieder erfolgreich vor der anhaltenden Schreibtischarbeit drücken.

Die Quellenlage zu Tirol war gut, weil die Akten während des Krieges ausgelagert waren und sowohl dem Bombardement als auch den marodierenden Amerikanern entgingen.

Beim Auspacken des Versteigerungskatalogs von Zissler hatte er den Hinweis auf eine Sammlung Tirolia gesehen, die aufgelöst wurde. Einige Bücher mit kleinen Auflagen fehlten ihm noch, die er zwar wahrscheinlich auch über die Staatsbibliothek ausleihen konnte, aber Bücher, die er für ein Projekt ständig benutzte, wollte er gerne im eigenen Bücherschrank stehen sehen.

Er griff nach Zisslers Katalog, stellte den Wasserzulauf ab und ließ mit einer feierlichen Geste die bereitgelegte Badepraline ins Wasser gleiten.

Der Versteigerungskatalog war dünn und ohne Ermüdung der Arme bequem zu halten. Er griff nach seiner Brille, die nach dem Aufsetzen sofort beschlug. Er tauchte sie in das heiße Wasser und putzte mit dem Handtuch nach.

Im vergangenen Jahr hatte er bei Zissler die Memoiren des Ritters von Lang ersteigert.[1] In seiner Postgeschichte Tirols konnte Heller darauf für die Charakteristik maßgebender Personen zurückgreifen.

Dem Tirolbestand war eine eigene Abteilung im Katalog gewidmet.

---

1 Ein reichhaltiger Fundus von Anekdoten aus den Anfängen des bayrischen Königreichs. Der ironische und direkte Schreibstil von Lang stieß nach der Veröffentlichung 1848 auf scharfe Kritik, weil sich viele Persönlichkeiten dadurch verunglimpft fühlten. Sie beschimpften Lang als Lügner und Verleumder, bis Adalbert von Raumer 1923 die Behauptungen Langs an Akten und Archivalien überprüfte und im Wesentlichen als zutreffend bestätigte.

Neben den grundlegenden Nachschlagewerken Hirns, die er bereits besaß, fanden sich Beschreibungen der Kriegsereignisse von 1809, von denen wegen ihres patriotischen Eifers kaum verlässliche Informationen zu erwarten waren. Oft stimmten nicht einmal die Daten und Zahlen.
Zur Tiroler Postgeschichte gab es keine brauchbare Literatur. Selbst Hirn, der ansonsten die Archivalien sehr akribisch durchforstet hatte, widmete diesem Thema nur einige Randnotizen, deshalb suchte Heller nach Titeln mit geopolitischem Hintergrund. So interessierte ihn eine anonyme Broschüre von zehn Seiten aus dem Jahr 1814 über die Bereisung des Jaufen, der die natürliche Barriere zwischen Passeiertal bei St. Leonhard und dem Wipptal bei Sterzing bildet. Der Weg über den Jaufen stellt die kürzeste Verbindung zwischen Meran und der Brennerstraße dar und wurde, als Bayern das südliche Tirol 1810 an das Königreich Italien abtreten musste, mit einem wöchentlich zweimaligen Botenkurs begangen, weil die Italiener alle Briefe, die über Bozen ins Vinschgau und nach Italien liefen, öffneten, ausspionierten und mit hohen Transitgebühren belegten. Vielleicht fand Heller in dieser Broschüre nähere Hinweise über die Beschaffenheit des Weges, denn er konnte sich nicht recht vorstellen, wie ein einzelner Postbote im Winter diesen Weg von mindestens elf Stunden hatte bewältigen können.
Er merkte sich die Losnummer mit Schriftmarker an und notierte den Ausrufpreis.
Angeboten war auch das Heft: »Aus Bozens Franzosenzeit« (1910). Hirn schildert darin die Geschichte der kleinen Annette Menz, der letzten Erbin des Handelshauses Menz[1], die 1811 fast

---

1 Georg Anton von Menz, Inhaber wohl der reichsten Firma der Bozener Handelswelt, gestorben 1801. Seine Frau Anna, aus dem angesehenen Speditionshaus der Gummer stammend, führte die Geschäfte weiter. Die Tochter Annette, geboren 1796, erbte nach dem Tod der Mutter am 17. Februar 1811, den gesamten Besitz.

einen Protegé des Vizekönigs von Italien[1] geheiratet hätte. Die kleine Annette, damals gerade 15 Jahre alt, bekam im Mai 1811 eine neue Gouvernante, eine gewisse Therese Nizole.

Diese Dame, ihres Zeichens Witwe eines französischen Offiziers und nur mit mangelhaften Deutschkenntnissen ausgestattet, war vorher jahrelang im Hause des bayerischen Ministers Graf Montgelas tätig gewesen, verfügte also über beste Referenzen.

Heller glaubte hier nicht an einen Zufall, konnte sich aber keinen Reim darauf machen. Jedenfalls handelte es sich um eine bemerkenswerte Verknüpfung, denn schließlich avancierte die Dame Nizole zur direkten Bezugsperson der reichsten Tirolerin. Und kaum hatte sie ihren Dienst in Bozen angetreten, fing die Nizole an, das Mädchen zu verkuppeln.

Der Mann, den sie präsentierte, gefiel den Bozner Kaufleuten und Nobelbürgern ganz und gar nicht. Sie fürchteten, der Hallodri von einem verlebten Gardeoffizier habe es nur auf das Geld abgesehen und könnte das gesamte Erbe nach Mailand abschleppen. Bozen wäre dann ein großer Teil seines Kapitals entzogen. Die Vormünder der kleinen Annette nahmen den zwielichtigen Offizier unter die Lupe, machten seinen unsoliden Lebenswandel und seine immensen Schulden öffentlich und verhinderten so die Verbindung.

Sie setzten sich aber damit der Ungnade und dem Zorn des Vizekönigs aus, der die Ablehnung seines Protegés als Majestätsbeleidigung verstand. Er ließ den Anwalt Annettes, der die Beweise gegen den Freier zusammengetragen hatte, ohne Gerichtsurteil als klaren Fall willkürlicher Kabinettsjustiz sogleich für einige Monate ins Gefängnis werfen. Alle Eingaben, Bittgesuche und Verhandlungen blieben erfolglos.

Erst als die kleine Annette durch die Aussage des Friseurs und Visagisten, den ihr Freier täglich hatte aufsuchen müssen, mit der

---

1 Eugèn Beauharnais 1781–1821, verheiratet seit 1806 mit der bayrischen Prinzessin Augusta Amalia, 1817 Herzog von Leuchtenberg. Sein Grabmal befindet sich in der Münchner Michaelskirche.

platternnarbigen Wahrheit konfrontiert wurde, distanzierte auch sie sich von den Hochzeitsplänen und die Gemüter beruhigten sich allmählich wieder.
Diese Geschichte passte als Hintergrund gut zu der umfangreichen Geschäftskorrespondenz, die von der Firma Menz überliefert ist. Teile davon sind auf den Markt und so auch in Hellers Sammlung gelangt. Sie dokumentieren eindrucksvoll die weitverzweigten Handelsbeziehungen der Firma Menz, die auch während der napoleonischen Kriege, trotz häufiger Kriegs- und Verkehrsprobleme, den Kommunikationsfluss am Laufen hielt.

Beim weiteren Durchstöbern des Auktionskatalogs fiel ihm eine Losbeschreibung auf:
»Umfangreicher Adelsnachlass mit Briefen, Rechnungsbüchern und Urkunden, darunter viele Autographen. 18./19. Jahrhundert in sieben Kisten.« Ausruf 2.000 Euro. Das klang nach viel Papier mit wenig Nährwert. Material, das der Einlieferer offensichtlich unbedingt loswerden wollte. Ballast zu einem Preis, der in jedem Falle einen Käufer finden würde.
Heller war solchen Posten gegenüber skeptisch, weil viele Adelige damals das Privileg der Portofreiheit genossen und auf ihren Briefen außer dem Abgangsstempel keine postalischen Vermerke vorkommen. Dadurch sind diese Briefe für postgeschichtliche Analysen weitgehend uninteressant, vor allem, wenn sie sich nur an inländische Empfänger richten. Andererseits, überlegte er, verstanden Buchhändler wie Zissler nichts von alten Briefen. Deshalb konnten in solchen Konvoluten unerkannt interessante Briefe liegen. Eine Besichtigung war also sinnvoll. Und da sich das Auktionshaus in München befand, machte es keine Umstände. Heller angelte am Rand der Badewanne das Telefon, rief an und vereinbarte für den nächsten Morgen bei Zissler einen Besichtigungstermin.
Das Wasser war spürbar abgekühlt. Er ließ die Wanne aus, trocknete sich ab und stieg auf die Waage, um einen kleinen zusätzlichen, wenn auch unrealistischen Erfolg verbuchen zu können.

Anna würde erst Morgen gegen Mittag zurück sein. Heller hatte also den Abend für sich und gestaltete ihn ruhig. Zunächst holte er von draußen Holz herein und schichtete es in den Kamin. Sein erstes Kaminfeuer in diesem Herbst. Aus dem Keller brachte er eine der letzten Flaschen Grünen Veltliner von Ziss aus Röschitz und hörte Mendelssohns Violinkonzert e-Moll in einer japanischen Neuaufnahme.
Auf dem Teppich legte er Zeitungen aus, stellte eine Schüssel warmes Wasser neben sich, leerte die beiden Keramiktüten von der Baustelle und lächelte verschmitzt, weil er sich Annas Gesicht vorstellte, wenn sie die gewaschenen Scherben sehen würde.
Er arbeitete vor sich hin. Das Feuer knisterte und warf unruhige Schatten an die Wand. Nach dem ersten Satz drehte er den Japaner ab. Die Interpretation der Kadenz war gar nicht nach Hellers Geschmack.
Kurz nach Mitternacht war er mit den Scherben fertig. Er staunte wieder über den Umfang. Nahezu hundert Stück ganz unterschiedlicher Machart. Die Fibel legte er zusammen mit einem Zettel auf den Küchentisch.

Zufrieden nahm er einen Schluck Wein.

Am folgenden Morgen fuhr er mit dem Fahrrad zur S-Bahn. Der Himmel war wolkenlos und die Sonne zeigte sich noch einmal kraftvoll. Heller fuhr bis zum Stachus, ging in Richtung Sendlinger Tor durch die unterirdische Passage zu seinem Schweizer Schokiladen, dessen monatsaktuelle Sorte, Vollmilchschokolade mit Pistazien, ihm aber nicht zusagte, deshalb winkte er nur kurz der Verkäuferin zu und ging vorbei. Mit der Rolltreppe fuhr er nach oben auf die Sonnenstraße, die um diese Zeit vor allem die Zulieferer nutzten, weshalb der Verkehr stockte und er froh war, auf das Auto verzichtet zu haben.

Der Besichtigungsraum bei Zissler war voll. Wahrscheinlich wäre es klüger gewesen, einen späteren Zeitpunkt zu vereinbaren, aber dann hätte er die Sache sicher vergessen. Es war bei allen Auktionen das Gleiche. Sobald der Katalog erschien, kamen viele Interessenten, dann ging es einige Wochen ruhig zu, bis in der letzten Woche vor der Auktion alle Nachzügler antanzten.
Heller füllte ein Anmeldeformular aus, vermerkte darauf seine wenigen Lose und wurde sofort bedient, wohl weil man annahm, dass diese Bestellung schnell zu erledigen sei. Ein junger Mitarbeiter des Auktionshauses begleitete Heller in die Kellerräume und deutete auf eine Ecke, wo sechs Bananenkisten und ein Umzugskarton standen.
Lediglich zwei Kisten waren geöffnet, um die anderen war ein kompaktes Klebeband gezogen. Heller bat um ein Messer und zog eine der offenen Kisten zu sich heran. Der junge Mann holte ihm einen Klappstuhl, aber Heller legte sich einen Karton unter und ließ sich im Schneidersitz darauf nieder.
Obenauf lagen Rechnungsbücher aus der ersten Hälfte des 19. Jahrhunderts mit Eintragungen über die Ausgaben eines gräflichen Haushalts, außerdem Haus- und Erbteilungsverträge und ein umfangreiches Manuskript über die Haltung und Zucht von Pferden, alles unsortiert durcheinander.
Wie erwartet hatten sich die Bearbeiter des Auktionshauses keine Mühe gemacht den Inhalt der Kisten zu sichten und zu ordnen.

In der zweiten Kiste befanden sich mehrere Bündel mit ca. 80–100 Briefen. Ihre lockere Umschnürung war leicht zu lösen. Es handelte sich um einen Briefwechsel von Familienmitgliedern der Adelshäuser Rechberg und Wittgenstein zwischen 1800 und 1860 aus München und Augsburg, nach verschiedenen Orten in Frankreich gerichtet, und umgekehrt. Alle Briefe waren regulär auf dem Postweg befördert und taxiert, also keine portofreie Korrespondenz! Das ist doch schon ein positiver Ansatz, dachte Heller. Wenn das so weiterging, konnte er mit den Kisten einen Glücksgriff tun.

Er musste sich bei dieser oberflächlichen Besichtigung auf seinen Instinkt verlassen, um ein Gebotslimit zu finden, mit dem sich die Briefe, die ihn selbst interessierten, gegen Null finanzieren ließen. Sieben Bananenkisten eröffneten einen gewissen Kalkulationsspielraum.

Auf dem Boden kniend öffnete er zwei weitere Kisten, durchsuchte kurz den Inhalt und fand ein Bündel Briefe, die alle während der bayrischen Besetzung Tirols von Bozen nach Nürnberg gelaufen waren. Sie stammten von der Firma Menz, gerichtet an das Handelshaus Förster&Günther[1] und passten gut zu seinem aktuellen Forschungsinteresse. Auf einem Zettel machte er sich Notizen über Inhalt und Umfang der Kiste.

Am Boden der Kiste lagen drei Briefe von Bregenz nach Meran, deren außerordentliche Schönheit die Stimmung Hellers deutlich anhob. Der Absender, ein »Kammen=macher=gesell« behielt seine Schönschrift über den gesamten dreiseitigen Brief an seinen Kollegen bei, eine Leistung, die ihn mehrere Stunden beschäftigt haben dürfte.

---

1 Nicht wenige Geschäftskorrespondenzen kamen im 20. Jahrhundert auf den Markt. Sammler durchsuchten sie nach seltenen Stempeln und überließen den Rest Archiven. So befinden sich die Menzbriefe im Merkantilmuseum Bozen; die Förster&Güntherbriefe im Stadtarchiv Nürnberg und die Briefe der Firma Venino im Staatsarchiv Würzburg. Einer postgeschichtlichen Analyse ist keine dieser Korrespondenzen bisher unterzogen worden.

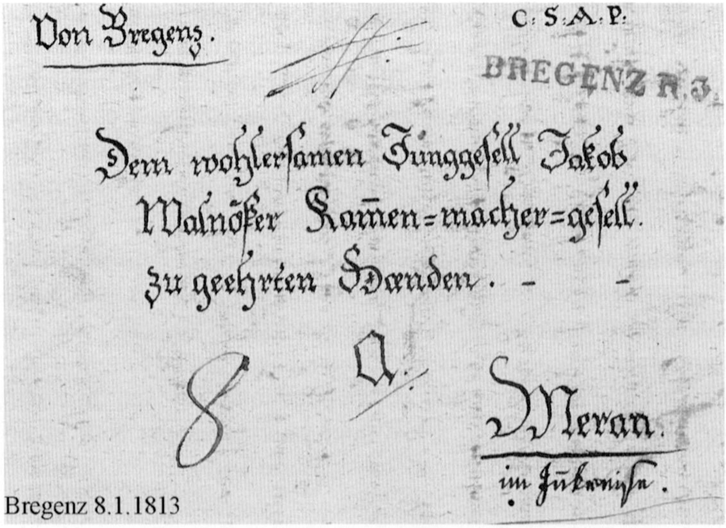

Bregenz 8.1.1813

Das Konvolut war also mit »Adelsnachlass« nicht ganz zutreffend beschrieben, denn darin befanden sich ebenso Briefe aus Handelskorrespondenzen. Vielleicht hatten die Kisten den Umweg über einen Aufkäufer genommen, der sie mit anderen Beständen mischte. Möglicherweise stellte sich am Ende die Beimischung als der bessere Teil heraus. Heller musste also aufmerksam zu Werke gehen, um die Provenienzen zu verstehen und richtig einzuschätzen.

Der Auktionator kam die Treppe herunter, begrüßte ihn kurz und murmelte etwas von unerwartet vielen Besichtigungsterminen und Zeitdruck, weshalb er alle Mitarbeiter oben benötige. Für diese Kartons habe sich ohnehin bisher nur ein anderer oberflächlich interessiert und kurz in zwei Kisten gesehen. Deshalb erwarte er kein hohes Gebot. »Das Zeug können Sie sicher zum Ausruf mitnehmen. Solche Konvolute sind nicht unser Metier. Sie nehmen enorm Platz weg und bringen nicht viel. Wir mussten es als Dreingabe zu einigen Wiegendrucken desselben Einlieferers aufnehmen.«

Heller zeigte Verständnis, gab aber zu bedenken: »Ich muss aber

in jede Kiste einmal kurz reinschauen dürfen, es geht schließlich um mein Geld, und ich will wissen was ich kaufe.«
Auf Aussagen von Beteiligten im Vorfeld gab er nicht viel. Je freizügiger sich Verkäufer über ein Los äußerten, desto mehr erweckte dies sein Misstrauen. Das Einzige, was zählte, war der Moment, in dem das Konvolut aufgerufen wurde. Dann würde sich zeigen, was los sei. Alles Gewäsch von vorher war dann vergessen und es gab kein Überlegen mehr; nur ein Entweder–oder.
Zissler antwortete nachgebend: »Sie haben ja recht, auf ein paar Minuten kommt es mir nicht an; und wenn Sie am Auktionstag zeitig kommen, werde ich Ihnen jemanden abstellen, der mit in den Keller geht, dann können Sie weiter besichtigen. Am Auktionstag ist die Besichtigung zwar nur für auswärtige Besucher reserviert, aber wir bekommen das schon hin.«
Heller gab sich damit zufrieden: »Also gut, aber eine Kiste geht noch?«
»Ja, ja, danke für Ihr Verständnis.«
In der fünften Kiste, dem Umzugskarton, lagen obenauf Rechnungsbücher und Manuskripte. Heller dachte: »Keine Ahnung, wer sich für Rechnungsbücher interessiert, nur Ballast, den hätte man ebenso gut verbrennen können.«
Auf einem Bund von etwa 20 Bogen stand: »Kriegstagebuch November 1813«, ein ähnlicher war überschrieben: »Insurgenten Tirol 1809«. Beide Texte ohne Nennung eines Verfassers, geschrieben in sehr geübter, ordentlicher Kanzleischrift, deshalb nahm Heller an, dass davon Kopien in den Akten des Hauptstaatsarchivs liegen müssten. Neue Erkenntnisse waren davon wohl nicht zu erwarten, aber solche Manuskripte ließen sich gut verwerten und die Kosten mindern.
Eine andere Titulatur lautete: »Cabinett Noir«. Heller blätterte in den angestaubten Bögen. Die genau datierten Einträge waren mit starker Gallustinte geschrieben, die sich teilweise bereits durch das Papier gefressen hatte. Der Text war ganz klein in einer Mischung aus Kurrent- und lateinischer Schrift geschrieben. Im schummrigen Kellerlicht konnte Heller kaum etwas entziffern.

Am Boden der Kiste angekommen, stieß er auf ein Bündel Briefe von Brixen nach München, alle rückseitig mit dem Postamtssiegel und vorne mit »R.S.«[1] versehen. Daneben lag ein mehrfach gesiegeltes Paket in blauem Wachstuch.

Der Auktionator drängte erneut. Heller stülpte den Pappdeckel auf die Kiste, lehnte sich kurz zurück und war mit sich im Entschluss einig, das Los zu kaufen. Er nahm seinen Kugelschreiber und brachte auf dem Deckel des Umzugskartons ein x im Kreis an. Zwei der mit Klebeband verschlossenen Kartons hatte er noch nicht gesehen.
Auf dem Weg zum Stachus rekapitulierte Heller noch einmal seine Eindrücke. Entgegen seiner Befürchtung waren die portofreien Briefe eher in der Minderzahl. Dieser erfreuliche Aspekt eröffnete Aussichten auf aussagekräftige Korrespondenzanalysen. Vor allem das Bündel von nahezu 100 Briefen aus Bayern nach Frankreich ließ gewiss zuverlässige Aussagen über die Veränderungen während des Übergangs von der taxisschen Postverwaltung zur Verstaatlichung der Post in Bayern zwischen 1806 und 1809 zu.
Vielleicht bot aber auch ein kleines Konvolut von Briefen, zwischen München und Frankfurt 1805 bis 1812, das er zuletzt gesehen hatte, neue Einsichten, denn der Streit zwischen Bayern und Taxis über die Regeln und Gebührensätze dieser Briefe füllt im Archiv einige Regalmeter und wird hoffentlich auf den Briefen signifikante Spuren hinterlassen haben. Bei der abschließenden Besichtigung würde er sich dieses Bündel nochmals vornehmen.
Zu Hause angekommen, fand er einen Zettel vor:
»Fibel ist Beltz J, super – Keramik Spätlatène Klasse! Anna«[2]

---

1 R.S. = Regierungssache, Abkürzung zur Inanspruchnahme der Portofreiheit
2 Robert Beltz (1854–1942): Die Latènefibeln. Zeitschr. Ethn. 43, 1911. Der Begriff Latènekultur umfasst die Zeit der Kelten etwa zwischen 480 v.–40 v. Chr. und leitet sich vom namengebenden Fundplatz La Tène am Neuenburger See in der Schweiz ab. Beltz J ist ein Fibeltyp aus der Spätphase der Latènekultur.

Am Tag der Versteigerung fuhr er frühzeitig mit dem Wagen in die Stadt, weil er die Ware gleich nach der Auktion mitnehmen wollte. Im Parkhaus bekam er um diese Zeit noch ohne Mühe einen Platz. Als er sich beim Auktionator anmeldete, erkannte der ihn sofort wieder und winkte eine Aushilfe heran, sprach kurz mit ihr und wies auf die Treppe nach unten: »Tut mir leid, aber ich kann Sie nicht selbst begleiten. Sie werden verstehen, heute geht es hoch her.«

»Ja, besten Dank, dass ich noch besichtigen kann.«

»Kein Problem.«

Die Kisten standen nun gestapelt in einer anderen Ecke des Raumes und waren alle offen, also hatte sie noch jemand besichtigt. Er ärgerte sich, dass er auf den erledigten Kisten keine Zeichen angebracht hatte, jetzt wusste er nicht, welche er bereits durchgesehen hatte. Der Umzugskarton mit seinem x im Kreis lag obenauf. Er nahm ihn herunter. Um seinen Merkzettel abzuarbeiten, entnahm er den gesamten Inhalt, breitete ihn auf dem Boden aus und durchsuchte die Schriftstücke.

Auf den Bögen über das Cabinett Noir war kein Autorenname auszumachen. Das Bündel mit den München–Frankfurt Briefen hielt, was es versprochen hatte. Damit würde er den komplizierten Gebührenverhältnissen zwischen den beiden Postverwaltungen von Bayern und Thurn und Taxis ein Stück näher kommen. Bisher hatte er nicht verstanden, wann in Frankfurt mit Rötel und Frankfurter Batzen, und wann in blauer Tinte oder mit Kreuzern rheinisch taxiert wurde. Sollte das ausgezeichnet organisierte Oberpostamt in Frankfurt hier wahllos gehandelt haben oder stand dahinter ein System?

In der nächsten Kiste lag ganz obenauf das große Pergament einer Adelsverleihung. Diese Kiste hatte er sicher noch nicht gesehen, denn das Ding wäre ihm aufgefallen. Seitlich war ein dickes Bündel Briefe eingeklemmt, die von Innsbruck und Brixen aus den Jahren 1810–1813 nach München gerichtet waren. Er stutze, weil die Handschrift auf den Adressen sehr derjenigen aus dem Bericht über die Schwarzen Kabinette ähnelte. Er griff nach dem

Umzugskarton, zog das Manuskript heraus und verglich die Schrift. Er hatte sich nicht getäuscht, charakteristische Schleifen bei den Großbuchstaben H und K ließen keinen Zweifel.
Die Briefe waren unterschrieben von einem gewissen Offner, Official am Postamt in Brixen. Der Name war ihm im Zusammenhang mit der Briefspionage in Tirol bereits in den Akten untergekommen.
Vielleicht äußerte sich Offner in den Briefen über seine Arbeit, dann wäre eine spannende und vielleicht amüsante oder gar skandalträchtige Lektüre zu erwarten – gut geeignet für den einen oder anderen Zeitschriftenartikel.
Das Manuskript und die Briefe legte er zusammen in die Kiste mit der Pergamenturkunde, um sie leicht wieder zu finden.
Heller ging nach oben, betrat einen Aufenthaltsraum, in dem Getränke, Butterbrezen und Kleingebäck bereitstanden. Er goss sich ein Glas Mineralwasser ein. Der Auktionssaal war voll besetzt. Die lebhafte Nachfrage nach den Wiegendrucken hatte den Ablauf so weit verzögert, dass noch etwa 100 Lose Zeit blieb. Entschuldigungen murmelnd zwängte sich Heller von der Hintertüre in den Raum und positionierte sich hinter der letzten Stuhlreihe an der Wand, um den ganzen Saal im Blick zu haben.
Zissler saß vorne an einem langen dunklen Eichentisch, rechts neben ihm die Protokollantin. Der junge Mitarbeiter, den er von der Besichtigung kannte, hob jedes Buch beim Aufruf hoch, bis der Zuschlag erfolgte. In der ersten Reihe saßen die Kommissionäre an Tischchen, notierten die Ergebnisse und machten die meisten Käufe unter sich aus. Aus dem Publikum kamen nur wenige Gebote. Vor dem Aufruf der letzten 50 Lose, ausschließlich Sammellose, legte der Auktionator eine kurze Pause ein, während weitere Bieter an der vorderen Türe hereindrängten.
Zunächst rührte sich niemand, als Hellers Los Nr. 2433 zum Aufruf kam. Der Auktionator warf einen Blick in seine Richtung und Heller gab mit der Hand ein Zeichen, dass er ein Untergebot abgeben wolle. Mit der anderen Hand hob er seine Bieternummer. Der Auktionator nickte ihm zu und nahm bereits den Auktions-

hammer, als er plötzlich damit auf die Eingangstüre deutete und rief: »2.000 sind geboten«. Ein Mauervorsprung versperrte Heller die Sicht auf den Konkurrenten, der im Türrahmen stehen musste.

Bei 2.500 angekommen, rief Heller laut »3.000«. Sein Gegenspieler zögerte. Die Taktik schien aufzugehen; er hatte ihn überrumpelt, und der Auktionator zählte das Los bereits wieder an. »Zum Ersten, zum Zweiten … niemand mehr als 3.000 Euro?« Da hob sich ein Arm in der ersten Sitzreihe, zwei Finger spielten herausfordernd in der Luft. Heller errötete wütend. Die Situation wurde unangenehm. Wenn bei diesem Verlauf ein Kommissionär ein Schnäppchen witterte und mitbot, war das ganz und gar nicht in seinem Sinn.

Heller nahm jetzt nach jeder Gebotsstufe seine Karte herunter, um Zeit zu gewinnen für ein paar nüchterne Gedanken in der unerwarteten Lage. Bei einem Preis von 4.000 Euro sah er noch Chancen auf einen lohnenden Kauf. Vielleicht musste er den einen oder anderen Brief verkaufen, irgendwie ging sich das schon noch aus. Aber er spürte, dass die Sache noch nicht vorbei war.

Der Gegenbieter an der Türe hatte durch das Zwischenspiel des Händlers, an dem er sich nicht beteiligte, Zeit zum Nachdenken gehabt und war ausgestiegen, jedenfalls kamen von der Türe keine Gebote mehr.

Sie waren nur noch zu zweit. Der Auktionator sah seine Chance, durch ein erhöhtes Tempo mehr aus den hartnäckigen Kontrahenten herauszuholen. Immer wieder zählte er das Los an, wurde zusehends lauter und stachelte die Bieter durch launige Bemerkungen an.

Die Situation eskalierte. Im Saal kam Unruhe auf, der Gegenbieter in der ersten Reihe drehte sich um. Heller kam das Gesicht irgendwie bekannt vor. Das spielte jetzt aber keine Rolle. Das einzige, was zählte, war die Frage, wo er sein Limit setzen sollte. Es darauf ankommen lassen – einfach die Sache durchziehen? Er hatte sich schon ausgemalt, was er mit den Briefen anfangen könnte, das war ein Fehler, dadurch war die nüchterne Einschätzung

getrübt. Wenn der andere aber Kommissionär war und in fremdem Auftrag bot, musste ihm doch demnächst die Luft ausgehen. Kein vernünftiger Mensch würde einen Auftrag mit dem Vielfachen des Ausrufs erteilen, oder doch? Auch der andere zögerte kurz als er Heller ansah, drehte sich dann aber abrupt um und hob seine Karte.
Mit wedelnden Handbewegungen zählte Zissler in 200er Schritten abwechselnd in die erste Reihe und zu Heller. Nachdenken war nicht mehr möglich. Jetzt wollte er das Los haben, einfach haben und Schluss. – Erst als der Hammer bei 6800 Euro fiel und der Auktionator laut »Gratulation« rief, kam Heller wieder zur Besinnung. Er schloss die Augen und atmete tief durch. »Verdammter Mist«, dachte er, »das ging aber gründlich daneben«. Er kannte diesen Moment aus früheren Auktionen. Obwohl er sich jedes Mal vornahm, eindeutige Limits zu setzen, um solche Entgleisungen zu vermeiden, passierte es immer wieder. Er handelte dann manchmal aus dem Gefühl heraus, einen Sieg über den Gegenbieter erringen zu müssen, gerade so, als ginge es gar nicht um das Los, sondern um etwas Persönliches.

Der Auktionator war aufgestanden, sichtlich zufrieden mit dem Verlauf der Versteigerung, drückte seinen Rücken durch und sprach mit seinen Mitarbeitern. Heller drängte nach draußen, ging zur Kasse und wartete ungeduldig, bis seine Rechnung aus dem Drucker kam. Bemüht um einen ruhigen und beherrschten Eindruck gegenüber den Angestellten, sagte er betont freundlich »Ich stelle einen Scheck aus und nehme das Los gleich mit.«
»Gut«, sagte die junge Frau, die ihm bereits bei der Besichtigung aufgefallen war, »Sie können mit dem Wagen in die Garage fahren und dort einladen, wir bringen die Kisten mit dem Wägelchen dorthin.«
»Das passt sehr gut. Lassen Sie sich Zeit, denn mein Wagen steht in der Parkgarage. Wie soll ich mich bemerkbar machen?«
»Klingeln Sie beim Büro und melden Sie sich über die Anlage, dann öffnen wir das Tor und Sie können reinfahren.«

Das unbestimmte Gefühl, eine Dummheit begangen zu haben, blockierte jede ruhige Überlegung und er handelte wie ein fremdbestimmter Automat.
Eine Stimme hinter Heller sagte: »Kennen wir uns nicht? – – Goofy?«
Heller drehte sich überrascht um und musterte sein Gegenüber. Es war der Kommissionär, der ihn hochgetrieben hatte:
»Kaff?« fragte Heller zurück.[1]
»Ja genau.«
Heller überlegte: »Hilf mir, du kommst mir irgendwie bekannt vor, aber ich erinnere mich nicht.«
»Eddy Maurer, Abi 1972«
»Ich 70.«
Maurer grinste: »Ja, ja die Jungen kennen die Älteren, aber nicht umgekehrt.«
Heller nickte: »Stimmt, ging mir auch immer so. Du bist Kommissionär?«
»Ja auch – unter anderem – ich schachere mal hier und da. Tut mir übrigens leid, dass ich so weit bieten musste, Auftrag, du verstehst schon.«
In Heller nagte noch immer der Zorn über den hohen Preis und sein undiszipliniertes Verhalten, aber daran traf Eddy wirklich keine Schuld.
Sein Bedürfnis nach einem Treffen mit den alten Kumpeln aus dem Internat war begrenzt und beschränkte sich auf das Ehemaligentreffen am ersten Wochenende im November. Gemeinsames Essen im Bischofshof, Chorprobe und Hochamt im Dom. – Er leistete sich dann im Bischofshof ein Zimmer mit Blick auf den Dom. Die Erfahrung der unendlich vielen Hochämter im Dom blieb ein wesentlicher Teil seines Lebens, auch wenn er sich von alldem weit entfernt hatte und mit den anderen bei solchen Wiedersehen nur wenige Gemeinsamkeiten ausmachen konnte.

---

1 »Kaff« war der Name der Regensburger Domspatzen für ihr Internat.

Im Gegensatz zu den meisten von ihnen hatte er mit Chormusik nichts mehr am Hut.[1]
Für kurze Zeit war er auf dem besten Weg zum Berufsmusiker gewesen. Noch während der Schulzeit eingeschrieben in der Musikhochschule München, wohin er einmal in der Woche zum Unterricht fahren durfte. Doch irgendwie, als alle Hindernisse beseitigt waren und nur noch das Wort »Ja« fehlte, setzte sich in seinem Kopf der Gedanke fest, dass er kein Musiker sei. Ein ausgezeichneter Handwerker am Instrument, das sicher, aber ein enthusiastischer Musiker? – Von nun an fielen ihm überwiegend Gründe ein, warum das alles keinen Sinn habe, bis hin zu der Aussage: »Ich will damit nichts mehr tun haben.« Er verkaufte sein Instrument, schrieb einen kurzen nichtssagenden Brief an seinen langjährgen Lehrer in München, und aus.
Und nun stand dieser Eddy vor ihm, sprach ihn mit seinem damaligen Spitznamen an. Seinen richtigen Namen kannte kaum jemand im »Kaff«, selbst die Lehrer in der Schule nannten ihn so. Er hatte dies alles beinahe vergessen, nicht weil er mit seinem Leben im Internat unzufrieden gewesen wäre, oder irgendwelche Hassgefühle zu unterdrücken hätte, denn das Maß an Schlägen und Stockhieben, das ihn getroffen hatte, war eher unterdurchschnittlich.
Heller lebte im Kaff in den letzten Jahren mit drei Mitschülern in einem Zimmer. Sie teilten alles fraglos miteinander, halfen sich gegenseitig bei Problemen und es spielte keine Rolle, ob der eine ein besserer Sänger oder Instrumentalist oder Mathematiker oder Sportler war als die anderen drei. Wichtig war einzig und allein,

1 Das stimmt nicht ganz. Einmal hörte er sich den Gottesdienst der Ehemaligen im Dom an, ganz hinten stehend, neben der Türnische mit Teufels Großmutter. Am Schluss sangen sie zusammen mit den Knabenstimmen. (Es darf kein gemischter Chor sein) den Psalm 91: »Denn er hat seinen Engeln befohlen über dir, dass sie dich behüten auf allen deinen Wegen.« von Mendelssohn. Seine Kehle zog sich zu und er hatte mit aufsteigenden Tränen zu kämpfen.

dass jeder das, was er tat, gut tun wollte. Und wenn etwas aus dieser Zeit sein Leben nachhaltig geprägt hatte, dann diese selbstverständliche gegenseitige Übereinstimmung im Bemühen um Qualität.
Aber nach dem Abitur ging jeder seiner Wege und es schien, als habe keiner der Vier das Bedürfnis nach Austausch oder Treffen. Erst 30 Jahre später trafen sie sich in Regensburg wieder. Es war amüsant. Viele Geschichten wurden erzählt, Erinnerungen mehr oder weniger zutreffend memoriert. Das reichte dann aber auch wieder. Danach herrschte Funkstille.
An eine Mitgliedschaft im Verein der Ehemaligen dachte Heller nicht und »Domspatz« als Merkmal seines Lebens erschien ihm lächerlich.
Mehr aus Höflichkeit, kramte er die einzige Erinnerung heraus, die ihm zu Eddy geblieben war:
»Lass mich nachdenken, Eddy – Maurer, wolltest du nicht Medizin studieren.«
»Ja richtig, das hast du dir gemerkt?«
»So ist das, man merkt sich irgendeine Nebensächlichkeit, die ewig hängen bleibt und alles andere ist weg.«
»Aus Medizin ist nichts geworden.«
Keck meinte Heller: »Das erste Treffen nach so vielen Jahren, und was machst Du? – Kostest mich eine Menge Geld.«
»Nicht ich, sondern mein Kunde. Mein Part bestand nur darin, das Los entsprechend der Vorgaben des Kunden zu besichtigen, – ja und in der Ausführung des Auftrages.«
»Und worum ging es deinem Kunden?«
»So genau weiß ich das auch nicht. Es ging um Briefe bestimmter Absender und Dokumente.«
»Tja, die Kisten hab jetzt ich und folglich auch das, was deinen Kunden interessiert.«
»Das ist natürlich richtig, aber ich habe keine Ahnung, worum es genau geht – das war alles ein bisschen komisch und vage. Den eigentlichen Auftraggeber kenne ich nicht, die Aufträge kommen über ein Notariat.

Offenbar hat mein Kunde auch mit Zissler über das Los gesprochen und sein Interesse bekundet. Zissler gab ihm wohl den Rat, mir ein Bestensgebot zu geben. Nach unseren Richtlinien muss ich dann bis zum Dreifachen des Ausrufpreises bieten.«
»Dann wusste also Zissler genau Bescheid und konnte sich ausrechnen, wie weit du mitgehen würdest.«
»Ich denke, ja.«
»Ich hab mir schon gedacht«, sagte Heller, »dass da was faul ist, als der gute Mann bei der Besichtigung über angeblich geringes Interesse an den Kisten redete. Ich zahl das dem Zissler wieder heim.«
»Ich seh das nicht so«, entgegnete Maurer, »was soll Zissler machen, wenn ihn ein Kunde auf ein Los direkt anspricht und massives Interesse signalisiert? Sein Rat zu einem Bestensgebot war da durchaus angebracht, denn die Leute brauchen immer einen Fixpunkt. Sie können nicht sagen ›kaufen – egal wie viel – einfach kaufen‹, das überfordert sie. Zissler konnte ja nicht wissen, wie stark du dich engagieren würdest. – Zur Sicherheit hab ich ohnehin noch drei Schläge dazugelegt.«
»Leider!«, rief Heller dazwischen.
»Tut mir leid für dich, aber die exakte Ausführung von Aufträgen ist die Grundlage meines Geschäfts, sonst bekomme ich Ärger. Ich bin sowieso gespannt, wie der Kunde jetzt reagiert. Vielleicht hätte er mir den Kopf abgerissen, wenn ich ihm das Zeug für 6.000 angeschleppt hätte. Wer weiß – manche Leute sind merkwürdig gestrickt, man erlebt da so manches.«
Heller nickte: »Das kann man von mir vielleicht auch sagen. Einerseits ist es gut, selbst bei der Auktion anwesend zu sein, weil man sofort reagieren kann, andererseits lässt man sich schon mal unsinnig hinreißen.«
»Wieso unsinnig? Hast du dich mit dem Kauf übernommen?«
»Ich weiß noch nicht, ein bisschen Sorgen mach ich mir deshalb schon, aber es bringt mich auch nicht um.«
»Wenn das so ist, Goofy, dann gib mir deine Telefonnummer. Vielleicht geht ja noch ein Geschäft, damit die Sache für dich

erträglicher wird, und für mich natürlich auch, weil ich dann Provision kassiere.« Er lachte.
»Gut, kann ja nicht schaden, aber langsam. Zuerst schau ich mir an, was ich da eigentlich gekauft habe.«
Maurer wiegelte ab: »Ist ja gut – deine Telefonnummer kannst du mir trotzdem geben. Aber sag, was hat eigentlich dich daran so interessiert?«
»Vor allem die geschlossenen Korrespondenzen.«
»Was meinst du damit?«
»Du hast wahrscheinlich auch die Briefbündel gesehen, nach Frankreich, aus Preußen und Tirol?«
Eddy reagierte etwas zu schnell: »Dir als Sammler, nehme ich an, bringt doch ein Bündel von hundert gleichen Briefen nichts. Sind das dann nicht unnütze Dubletten? Oder geht es dir um die Inhalte?«
»Nein, die Inhalte interessieren mich kaum«, wandte Heller ein, »da steht eigentlich zu allen Zeiten das gleiche drin: Herz, Schmerz, Geld, Neid, Schulden. – Ich will vielmehr die jeweilige postalische Situation verstehen; will wissen, was die Leute in solchen irren Zeiten wie den napoleonischen Kriegen gemacht haben, um ihre Geschäfte, privaten Angelegenheiten usw. zu kommunizieren. Denn im Gegensatz zu heute gab es damals praktisch nur den Weg der Post. Damals haben sich quasi jeden Monat die Grenzen in Europa verändert, dazu Winterwetter, neue Währungen, Gebührenänderungen, Sperrung von wichtigen Postwegen. Das war nicht einfach so: Brief schreiben, ab in den Briefkasten und alles geht wie von selbst. Die Absender mussten sich jedes Mal entscheiden: Schicke ich Porto, Franko oder Teilfranko, welchen Weg wähle ich, wo gibt es zurzeit Probleme?«
»Ich wusste nicht, dass das so kompliziert war.«
»Naja, schon, es ging schließlich um viel Geld, um Termine und Geschäfte, da war es dann schon von Bedeutung, wenn der Brief auf dem teureren Weg um zwei Tage schneller war, als auf dem billigeren. Und nicht zuletzt ging es um die Frage, wie genau es manche Postverwaltungen mit dem Briefgeheimnis nahmen.«

»Das klingt lustig und spannend – und welche Art von Informationen liefern dazu die Briefe? Steht der Wetterbericht, der andere Postweg oder die Frontlinie jeweils auf den Briefen?«
Heller ging auf den Scherz ein und grinste: »In gewisser Weise ja, wenn man die Postvermerke versteht und Vergleiche hat, wie die Briefe eine Woche vorher und eine Woche nachher aussehen.«
»Ah, ich verstehe, deshalb also die Korrespondenzen. Viele Briefe liefern eine breite Vergleichsbasis.«
»Genau.«
Eddy fragte weiter: »Wenn dich nur die Briefe interessieren – was machst du dann mit all den anderen Sachen, die in den Kisten liegen?«
»Das weiß ich ehrlich gesagt auch noch nicht. Die Briefe werde ich jedenfalls erst einmal behalten, bis sie analysiert und die Ergebnisse veröffentlicht sind. Von dem anderen Zeug versteh ich zu wenig.«
»Gut, ich rede mit meinem Kunden. Vielleicht geht da noch was.«

Die Rechnung war mittlerweile ausgedruckt. Heller stellte einen Scheck aus und verabschiedete sich von Eddy: »Vielleicht sieht man sich ja mal wieder.«
»Kann gut sein«, bekräftigte Maurer, »Ich hab mich gefreut, dich zu treffen. Beim nächsten Mal müssen wir dann ein bisserl übers »Kaff« reden.«

Zu Hause angekommen, fuhr Andreas Heller direkt vor die Haustüre und brachte die Kisten in das Souterrain. Seine Frau Anna war noch unterwegs, so konnte er seiner Neugierde nachgeben und in den Kisten wühlen. Er brauchte das Gefühl, sein Geld richtig angelegt zu haben, deshalb legte er zunächst alle Briefe beiseite und richtete sein Augenmerk auf dasjenige, was sich hoffentlich verkaufen ließ. Wohl war ihm dabei nicht, denn er verfügte kaum über Erfahrungen mit Autographen und historischen Geschäftsunterlagen. Mochte sein, dass er eindringliche Mahnungen an Adelige, endlich ihre immensen Schulden zu bezahlen, lustig fand, ob aber andere dafür Geld geben würden, war zu bezweifeln.
Er rief seine Frau an, die gerade mit einem Baggerfahrer die weitere Planung der Ausgrabungen besprach und deshalb kurz angebunden meinte, sie werde etwa in einer Stunde kommen. Er gab sich einsichtig: »Macht nichts, ich überleg mir für heute Abend die futtertechnischen Details, es gibt nämlich in mehrfacher Hinsicht etwas zu verdauen.«
Sie ging auf diese Andeutung nicht weiter ein und sagte nur: »Soso, da bin ich gespannt« und legte auf.

Er vertiefte sich in das Tagebuch zum Krieg 1813. Der unbekannte Autor, wohl ein bayerischer Offizier des ersten Leibregiments, hob mit deutschtümelndem Eifer jeden noch so kleinen Erfolg seiner Abteilung hervor. An den entscheidenden Schlachten Ende 1813 schien er nicht teilgenommen zu haben. Er war einige Zeit in Innsbruck stationiert und befehligte eine Kompanie, die die Unruhen in Vorarlberg und Nordtirol unterbinden sollte.
Über weite Strecken jammerte der Schreiber über Spielschulden, schmerzende Kriegsverletzungen und gefiel sich ansonsten in der Darstellung seiner angeblichen Heldentaten.
Das Manuskript eignete sich vielleicht als Geschenk oder Tauschobjekt für ein Archiv, nach dem Motto: kleine Geschenke erhalten die Freundschaft.

Anna kam um 20 vor sieben, begrüßte Heller kurz, legte die Arbeitskleidung ab und stieg in die Dusche. »Was gibt es denn heute?« rief sie, während bereits das Wasser lief.
»Ich dachte, wir gehen in die Galeria oder zu Moritz.«
»Wieso, gibt es etwas zu feiern?«
»Quasi.«
»War die Auktion erfolgreich?« Er musste sich vor die Duschkabine stellen, wenn er nicht durch das Haus brüllen wollte.
»Ja – aber zu teuer, deswegen müssen wir heute unbedingt Kummerpflege betreiben.«
»So schlimm?«
»Fürs Essen reicht das Geld gerade noch.«
»Na dann ists okay. Soll ich fragen, wie viel es gekostet hat?«
»Lieber nicht – ich erzähl dir alles auf der Fahrt in die Stadt.«
»Gut dann hätte ich Lust auf die Galeria, vielleicht gibt es ja Trüffel«, sie zögerte, »ist es egal, wenn der Wein bei Carla zu teuer ist?«
»Ja, es ist egal, wir können uns auch damit zurückhalten und anschließend bei Geisels noch einen Absacker trinken.«
»Au fein.«

Sie fanden einen Parkplatz beim Isartor. Es war nicht viel los. Heller berichtete ihr während der Fahrt ausführlich über die Auktion und Anna hatte ihm ohne Kommentar zugehört. Als sie ausstiegen und ins Tal einbogen, sagte sie: »Da war aber doch noch ein dritter Bieter, der ebenfalls sehr weit mitging. Hast du eine Ahnung, wer das war und was der mit dem Material wollte?«
»Ich habe keine Ahnung, aber gut, dass du das sagst, ich werde Zissler fragen, vielleicht weiß der etwas und eventuell auch über den Kunden von Eddy.« »Und du meinst, der gibt dir dazu Auskunft?«
»Ich denke schon, wenn ich ihm andeute, dass er Vorgebote missbraucht hat.«
Anna wollte noch wissen: »Was interessierte die anderen Bieter? Das müssen doch wohl andere Aspekte als bei dir gewesen sein,

oder gibt es mittlerweile noch mehr Käufer von Korrespondenzen?«
»Das glaube ich nicht. Zumindest hat in dem Gespräch mit Eddy nichts auf einen solchen Kunden hingewiesen. Und den dritten Bieter habe ich nicht gesehen. Beiden ging es wohl um etwas anderes. – Aber lassen wir das jetzt, konzentrieren wir uns auf das Essen.«

Sie bogen in die Sparkassenstraße, vorbei an dem Kellerlokal mit Fonduespezialitäten. Jedes Mal wenn er hier war, dachte Heller, dass er da auch schon lange einmal hingehen wollte. Heute aber nicht, sein Magen war bereits auf Tartufo eingestellt.
Carla begrüßte sie herzlich. Ihr war anzumerken, dass sie Ärger gehabt hatte, aber nicht darüber reden wollte, denn sie zog beide wortlos zu einem Tisch für vier Personen im Nebenzimmer. Sie nahmen Platz, Anna auf der Bank, er mit dem Blick zum Fenster und auf die Straße, auf der viele Touristen unterwegs waren, die diesen Weg als Trampelpfad zum und vom Hofbräuhaus nutzten. Dabei amüsierten ihn immer wieder die verschiedenen Stimmungslagen bei den Leuten aus der einen oder der anderen Richtung.
Er nahm Annas Hand, die sie ihm über den Tisch reichte als Zeichen, dass nun der angenehme Teil des Tages für sie beide beginne. Er grinste sie an und sagte im übertrieben aufmunternden Tonfall eines Filmzitats:
»Und, wie war dein Tag?«
Sie lachte und erzählte, dass in dem Neunpfostenbau, den er bereits vor Tagen begonnen hatte, weitere verzierte Randscherben und größere Teile von Keramikschalen gefunden wurden, dazu weitere Fibelfragmente und Eisenteile. Die Pfostengruben waren bis zu 60 Zentimeter tief und beinhalteten einige Keramikscherben, die mit alten Bruchstellen an Teile aus dem Fußboden passten. Möglicherweise deutete sich dadurch eine Gleichzeitigkeit zwischen dem Ziehen der Pfosten und der Verfüllung im Inneren des Hauses an.

Sie schlug vor, die Keramik in den nächsten Tagen gemeinsam zu waschen und passende Teile zu kleben.
Heller hatte ihr aufmerksam zugehört und dabei dem Vorspeisenteller zugesprochen, nahm aber Bedacht auf ihre Hälfte. Er fragte, ob er morgen bei den Grabungen helfen solle. Anna verneinte. Sie habe ausreichend Grabungshelfer. Es wäre allerdings schön, wenn er sich kommende Woche Zeit nehmen würde für einen benachbarten Brunnen, der vielleicht in dieselbe Zeitstufe gehöre. Gerne willigte er ein und sagte: »Wenn dann in dem Brunnen neben der La Tène-Keramik noch Terra Sigillata liegt, solls mir recht sein.«
»Bei deinem Glück als archäologische Trüffelsau kann das schon passieren, und damit schließen wir mal so ganz nebenbei die Lücke zwischen der keltischen und römischen Besiedlung in Bayern.«
»Genau, und darauf trinken wir ein Glas Prosecco.«
Carla kam an ihren Tisch, nahm die Getränkebestellung auf und trug ohne weitere Aufforderung die aktuelle Zusammensetzung des Menüs vor. Anna unterbrach sie nach den Primi und fragte ungeduldig: »Gibt es Spaghetti mit Trüffel?«
»Ja, heute gekommen, weißer Tartufo aus Alba, sehr aromatisch.«
Sie einigten sich darauf als Zwischengang. Vorsichtshalber orderte Heller zwei Portionen.
Bei reger Unterhaltung über die neuen Grabungsergebnisse und ausführlichen Spekulationen über deren wissenschaftliche Bedeutung, bei denen etwas lokalpatriotischer Stolz aufkam, war es 23 Uhr geworden. Sie verzichteten auf einen Abstecher zu Geisels Vinothek und schlenderten zufrieden zum Auto.
Heller schaltete sein Handy wieder ein, und als sie auf der Höhe des Prinzregententheaters fuhren, zeigte es mehrere Nachrichten derselben Nummer an. Heller kannte die Nummer nicht und ging in die Nachrichtenbox. Es war Maurer gewesen: »Erbitte dringend Rückruf, Eddy.«
»Entschuldige bitte, ich muss diesen Eddy nochmal anrufen.«

»Mach nur.«
Er wählte die Nummer der SMS. Offensichtlich hatte Eddy seine Nummer bereits eingespeichert, denn er begrüßte ihn gleich:
»Hey Goofy, danke für deinen Rückruf. – Du, mein Kunde ist stinksauer. Für ihn heißt Bestensgebot: Kaufen, ohne Wenn und Aber. Ich hab ihn zwar auf meine Geschäftsbedingungen hingewiesen, aber das interessiert ihn nicht. Er will die Sachen haben und zwar sofort und stößt wilde Drohungen aus. – Wir müssen was machen.«
»Moment mal. Ich habe das Los regulär gekauft, bezahlt und mitgenommen. Damit muss dein Kunde leider leben, so ist nun mal das Geschäft. Vielleicht kommt ja wieder eine ähnliche Gelegenheit.«
»Nein, nein«, ereiferte sich Maurer, »das geht gar nicht, der spinnt total. Hast du nicht gesagt, es ist dir zu teuer geworden? Dann musst du doch froh sein, wenn er dir etwas abkauft. Er will ja sowieso nicht alles, nur ein paar bestimmte Sachen.«
»Äh, darf ich wenigstens fragen, was das für ein paar bestimmte Sachen sind? Was will er denn überhaupt genau? Will er die Rechnungsbücher, um damit 200 Jahre alte Bilanzfehler aufzudecken?«
»Das ist kein guter Scherz, Goofy! Der meint es verdammt ernst, auch in Bezug auf dich! Und glaub mir, der bekommt raus, wer die Kisten gekauft hat.«
»Na und, ich hab nichts Ungesetzliches gemacht.«
»Versteh doch bitte, der Irre hat gesagt, dass ihm ein Manuskript gestohlen worden ist, das er wieder haben will. Wichtiges familiäres Zeug, das ungeöffnet in seine Hände kommen muss, sonst passiert ein Unglück, was auch immer das heißt. – Es geht um ein Päckchen aus blauem Wachstuch, umschnürt und mit mehreren Siegeln gesichert. – Hast du das schon aufgemacht?«
»Ich kann mich an ein solches Paket erinnern – hab es beiseite gelegt. Wenn mich nicht alles täuscht, ist es noch verschlossen.«
Heller wurde ungeduldig. Er sah keinen Grund für die Aufregung und für ihn bestand keine Veranlassung auf Diskussionen über

sein Eigentum einzugehen, aber andererseits war das vielleicht die Gelegenheit für ein gutes Geschäft. Mal sehen, worauf dieser Kunde von Eddy so großen Wert legte.
»Entschuldige«, sagte Eddy, »kannst du gleich nachsehen?«
»Wir sind noch im Auto unterwegs.«
»Dann ruf ich dich in einer Viertelstunde wieder an.« Er legte auf.
Anna sah Heller von der Seite kritisch an: »Ist was nicht in Ordnung?«
Heller kratzte sich am Kopf, sah zum Seitenfenster hinaus und sagte nur: »Kannst du ein bisschen schneller fahren?«
»Okay.«
Zu Hause angekommen überlegte Heller, wo das Wachstuchpaket sein mochte. In seiner Erinnerung passte es zu der kleineren Kiste, in die er das Manuskript »Cabinett noir« und die Pergamenturkunde gelegt hatte.
Seiner Vorstellung nach musste das besagte Paket auf der linken Ecke des Schreibtisches im Souterrain liegen. Noch in Schuhen und Mantel lief er die Treppen hinunter, ging zum Schreibtisch – da lag es nicht. Er fluchte laut. »Ist was?« rief Anna von oben gereizt. Er antwortete nicht, sondern stöberte geräuschvoll in der Kiste herum. Sein Handy klingelte.
»Ich hab's noch nicht gefunden, ich suche noch.«
Eddy flüsterte mit jemandem und sagte dann: »Ich bin in einer Viertelstunde da. Bin schon auf dem Weg. Wir suchen es gemeinsam.«
Nein, halt, er hatte das Paket mit in sein Arbeitszimmer genommen. – Dort lag es neben dem Computer – ungeöffnet.
Anna hatte sich in ihr Zimmer zurückgezogen, aus dem leise Musik herunterklang. Die Rötelschrift auf dem Wachstuch war unleserlich verwischt. Das erste Wort konnte »Diarium« heißen. Die Siegel stammten aus dem Kabinett S.K.M. [1]

---

1 S.K.M. = Seine königliche Majestät

Kaum zehn Minuten später läutete es an der Türe. Ein schwarzer BMW stand mit laufendem Motor vor dem Haus. Heller sah zwei Insassen, die beide rauchten. Eddy stand vor der Türe und drängte aufgeregt in den Flur.
»Hast du es?«
»Ja – hier.«
»Gott sei Dank«, murmelte Maurer, nahm das Paket hastig an sich und steckte es in eine Stofftasche. Als Heller zum Protest ansetzte, hob Maurer eine Hand, sah ihn mit flackernden Augen an, schüttelte den Kopf und stammelte: »Ich erklär dir alles, wenn ich da raus bin. Ich bezahle das Paket, keine Sorge. – Tut mir leid, ich muss weg!« Damit drehte er sich um, lief zum Auto, öffnete die Türe und stieg ein. Der Wagen fuhr los.
Anna war heruntergekommen, hatte die Übergabe beobachtet und stand nun neben Heller. »Da stimmt doch was nicht!« sagte sie mit Nachdruck.
Heller schwieg. Er hatte sich überrumpeln lassen. Ohne eine Ahnung, was er da aus der Hand gegeben hatte. Ihm wurde klar, dass es etwas sein musste, das anderen offensichtlich sehr viel wert war. Wie konnte er gegenüber Eddy, den er gar nicht kannte, so naiv sein.
»Das war jetzt keine Meisterleistung«, sagte er niedergeschlagen zu Anna, die ihm mitfühlend den Arm drückte. Sie ahnte, was in seinem Kopf herumging, sagte aber nichts. Egal was, es hätte die Situation nicht entschärft und nichts geändert.

Graf M. hatte den Anruf von S.K.H. erwartet. Es war einfach zu viel schief gegangen. Hoheit war in einer Weise zornig, wie er es von ihm noch nicht erlebt hatte. Er beschimpfte ihn als naiv und unfähig.
Dabei hatte Graf M. sich im Vorfeld um diese Aufgabe ganz und gar nicht gerissen. Von den Gepflogenheiten und Regeln einer Auktion hatte er keine Ahnung, und genau dieser Umstand war jetzt zum Problem geworden. Er hatte dem Rat des Auktionators vertraut, wonach ein Bestensgebot allemal reichen würde. Weiß der Teufel, wie die Sache trotzdem derart schief gehen konnte.

Dem Kommissionär konnte er ja nicht einmal einen Vorwurf machen. Der hatte klar gesagt, was er bei einem Bestensgebot tun werde. Bisher hatte der Graf mit Maurer nichts zu tun gehabt. Er wusste nur, dass die Sozietät diesen Maurer seit einiger Zeit mit Sonderaufgaben betraute, weil die Offners ausgefallen waren und ihn auf Empfehlung Ihrer Durchlaucht im letzten Jahr in die erste Stufe aufgenommen hatte. Als Maurer dann endlich mit dem fraglichen Paket kam, wähnte sich Graf M. bereits aller Sorgen ledig, wenngleich er nicht einsah, warum er dafür 5.000 Euro an den Auktionskäufer bezahlen solle, zumal die ebenfalls eingeforderte Korrespondenz des Offner aus Brixen angeblich nicht beizubringen war.
Nun gut, er hatte einen Fehler gemacht, also musste er dafür bezahlen, doch er war unsicher, ob er das Geld wieder von der Sozietät zurückerhalten würde.
Bei der Übergabe in der Nähe von Regensburg stellte sich dann aber heraus, dass dieser Kerl das Paket ein Stück weit geöffnet hatte und die Vollständigkeit des Inhalts nicht mehr gewährleistet war. Hätte er dergleichen geahnt, wäre er selbst zugegen gewesen, so aber mussten die beiden Männer, die er beauftragt hatte, weitgehend selbst entscheiden. Sie unterzogen Maurer einer Befragung, die zwar nicht alle Zweifel ausräumte, aber zutage brachte, dass er das Paket von einem gewissen Heller für einen erheblich niedrigeren Preis übernommen hatte, und fest stand,

dass dieser Heller selbst keinen Einblick in das Paket genommen hatte.
Maurer gab schließlich zu, dass er ähnliche Preismanipulationen bereits früher begangen hatte. Diesen Umstand und die Tatsache, dass er sich an dem Inhalt zu schaffen gemacht hatte, sah man als schwerwiegenden Vertrauensbruch an.
Graf M. war dagegen gewesen, Maurer zu beseitigen. Aber S.K.H. allerhöchst entschieden anders: »Er gehört nicht zur Familie.«
Alles wurde so arrangiert, dass der Verdacht auf Heller fallen sollte.
Der Vorwurf, er, Graf M., hätte eine solche Mission nicht Subalternen überlassen dürfen, traf den Grafen schwer. Er hatte von Anfang an die ganze Aufregung für übertrieben gehalten. Was sollten diese Aufzeichnungen, geschrieben vor 200 Jahren, schon anrichten können? Er teilte die Auffassung vieler seiner Standesgenossen nicht, die peinlich darauf bedacht waren, Skandale und jede Form ehrenrühriger Vorkommnisse zu vermeiden. Sein distanziertes Verhältnis zu Historie und Tradition, das er im Allgemeinen gegenüber seinen Standesgenossen verbarg, ließ ihn den Ernst der Lage in diesem Fall verkennen. Seine Bemerkung, man hätte bereits im Vorfeld den Verkauf dieses Materials unterbinden sollen, wies Ihre Durchlaucht derart barsch zurück, dass er dem Vorwurf, er alleine sei schuld, dass aus einem relativ harmlosen Versehen nun eine Affäre entstanden sei, nichts mehr entgegensetzte.
Am Ende musste er sich in aller Form entschuldigen, was unter der Bedingung akzeptiert wurde, dass er sich tatkräftig für die Bereinigung der Sache verwende und regelmäßigen Bericht erstatte.
Nun lag dieses ominöse Päckchen auf seinem Schreibtisch. Er betrachtete kurz die Siegel auf den Schnurenden gegen das Licht. Sie waren tatsächlich von dem Wachstuch abgehoben aber nicht gebrochen worden. Die Enden des Tuches zeigten Knicke, als seien sie unter die Schnur geschoben worden. Maurer hatte dabei

nicht bedacht, dass der mürbe Stoff eine solche Behandlung nicht spurlos überstehen würde, obwohl er sehr sorgfältig zu Werke gegangen sein muss. Über das Motiv von Maurers Übergriff auf den Inhalt konnte der Graf nur rätseln. Vielleicht hatte ihn die bisherige Straflosigkeit seiner Betrügereien keck und unbedenklich gemacht? Obwohl er eigentlich nicht davon ausgehen konnte, dass er von dem Inhalt irgendeinen Nutzen ziehen konnte, ohne sich massiven Konsequenzen auszusetzen. Vielleicht war er aber einfach nur naiv und neugierig gewesen: Wenn seine Auftraggeber ein solches Aufhebens darum machten, musste der Inhalt interessant sein. Wer weiß.

Nun, da der Kerl tot war, gab es keinen Mitwisser mehr.

Graf M. betrachtete drei frische Blutspritzer auf dem Tuch, drehte sie von sich weg, schnitt dann die Umschnürung auf und erbrach zwei der äußeren Siegel.

Neben mehreren ineinander gefalteten Papierbögen, auf denen vorne stand: »Diarium OPM Lippe 1805–1815«, lagen andere Schriftstücke bei, die erkennbar von anderer Hand stammten. Darunter ein Brief von J.M. Sailer an die Akademie der Wissenschaften in München und ein Brief von Prof. Savigny, geschrieben in Berlin, aufgegeben in Regensburg nach Bologna. Schließlich ein loses Blatt, links oben mit dem Vermerk: »Copia« und mit der Anrede: »Innigste Freundin.« Auf der Rückseite gezeichnet: »E«

Graf M. zündete sich eine Meerschaumpfeife an, lehnte sich zurück und schlug die letzte Seite des Manuskripts auf, wo er einen Brief des Oberpostmeisters Lippe an seinen Kollegen von Axthelm in Nürnberg aus dem Jahr 1817 fand, also zwei Jahre nach dem Abschluss des Diariums. Offenbar hatte der Brief den Adressaten nicht erreicht.

*München, 6. Februar 1817*

*Lieber Freund.*

*Ich mache mir Vorwürfe. Wäre ich mutiger gewesen, hätte es ganz anders kommen können. Mit meinen Beweisen in der Hand*

*hätte der König die Verschwörung durchschaut und den Prinzen in die Schranken gewiesen. So aber konnte Ludwig mit seiner sentimentalen Vorstellung des durch die Vorsehung glücklich genesenen Thronfolgers seinen perfiden Plan mit Hilfe des treulosen Wrede und des elenden Verräters Ringel durchsetzen.*
*Was mich umtreibt, ist die Lethargie, mit der der Minister seine Entlassung trägt; nahezu fatalistisch. Wie damals, als ich ihn auf alarmierende Zustände in den Hungergebieten aufmerksam machte. Als selbst in den Briefen der Gemeindeverwaltungen die Untätigkeit der Regierung und der Wucher bestimmter Kreise angeprangert wurde. Schon damals räsonierte er niedergeschlagen und mutlos: »Es geht, solang es geht.«*
*Selbst wenn ich jetzt die Beweise hinausgebe, wird sich nichts mehr ändern an den eingetretenen Verhältnissen, denn unser König zieht eine einmal geleistete Unterschrift nicht mehr zurück. – Eine Zerrüttung der ohnehin belasteten persönlichen Beziehungen auf lange wäre das Ergebnis. Man stünde sich nur unversöhnlich und kompromisslos gegenüber, womit niemandem geholfen wäre. Es ist schon ein Fluch, dass stets Schuldzuweisungen und Verantwortlichkeiten völlig verpuffen, weil doch immer gesehen werden muss, wie es denn weiter gehen soll.*
*So sehr ich auch für meinen Teil auf Rache sinne, weil ich nun einem ungewissen Schicksal entgegen gehe und die untreuen Verursacher sehr wohl kenne und namhaft machen kann, so wenig würde es das Rad zurückdrehen.*
*Es ist, wie es ist. Der Minister ist entlassen. Ludwig und Wrede haben ihren Willen und der König wird für seine wehleidigen Tiraden andere Zuhörer finden. Die Verschwörer teilen das Fell des Bären auf viele Ministerchen auf, die zwar durch neue aber viel zu kleine Kästchen die drängenden Probleme der Zeit betrachten werden. Von den wahren Ursachen und der Kabale wird der König nie etwas erfahren.*
*Ich hatte den Minister mehrmals gewarnt vor einem Komplott und der Hinterhältigkeit des Prinzen. Er lachte dann immer nur, aber auf eine Weise, die nicht belustigt wirkte, sondern verächtlich.*

*Trotz all der Fehler und Versäumnisse, die man dem Minister vorwerfen mag, so war doch schließlich er es, der dieses Land Bayern zu dem gemacht hat, woran nun diese Maden sich gütlich tun werden. Aber das zählt nicht. Sobald die Hymnen auf Verdienste, die in der Vergangenheit liegen, erklingen, ist es vorbei.*
*Ergebenst*
*Dein Ferdinand Lippe.*

Der Graf konnte solchen Erfahrungen nur zustimmen und fühlte sich für den Schreiber eingenommen. Die Lehre daraus war klar: Es brauchte eine starke führende und wenn es sein musste, auch strafende Hand, die der Intrige in den eigenen Reihen Einhalt gebot. Eine solche Hand war damals nicht vorhanden. Wer weiß, wie alles gekommen wäre, wenn Montgelas an der Macht geblieben wäre.

Graf M. blätterte in dem Tagebuch, las hie und da einen Absatz, amüsierte sich über die Geschichten, Charakteristiken und Auszüge aus den Abschriften des Schwarzen Kabinetts und vergaß dabei fast die Verabredung, auf die er sich noch vorbereiten sollte.
Aber der Brief 1817 von Lippe an Axthelm irritierte den Grafen. Wie kam der in dieses Paket? Graf M. versuchte sich zu erinnern. Sein Vater hatte ihm einmal die folgende Geschichte erzählt: An dem Tag als Montgelas das Entlassungsschreiben des Königs erhielt, passte Legationsrat Ringel, einer der Verschwörer, den Chef des Schwarzen Kabinetts, Lippe, morgens ab, als er sein Büro betreten wollte und verweigerte ihm den Zutritt. Ringel fiel dort das hier vorliegende Tagebuch in die Hände. Dabei handelte es sich aber nur um eine Abschrift.
Lippe schrieb den vorliegenden Brief am 6. Februar 1817, also vier Tage nach Montgelas Entlassung. Legationsrat Ringel, der interimistisch das Schwarze Kabinett übernommen hatte, fing wahrscheinlich den Brief ab und legte ihn zu Lippes Tagebuch.

Das Original des Tagebuchs fehlte also, und mit Sicherheit war anzunehmen, dass Lippe seine Aufzeichnungen nach 1815 fortgesetzt hatte. Aber diese Aufzeichnungen fehlten.
Graf M. wollte sich keine Vorstellung davon machen, ob auch aus diesem späteren Tagebuch unangenehme Enthüllungen zu gewärtigen waren und dachte: Wenn 200 Jahre nichts ans Licht gekommen ist, wird man wohl auch in Zukunft nichts mehr davon hören.

*Diarium OPM Lippe 1817.*

(hinterlegt im Haus- und Hofarchiv Wien, unter »Kleine Betreffe Nr. 8«)

*Das Verhängnis nahm am 23. Dezember [1816] seinen Anfang. Und ich bin schuld, denn bei mir im Schwarzen Kabinett lagen wesentliche Einzelheiten auf dem Tisch, aber ich habe die Zusammenhänge nicht erkannt. Es ist die Strafe für meinen Hochmut. Zuerst habe ich die Freunde verraten, die mich gewiss auch in dieser Sache gestützt hätten, und jetzt komme ich an die Reihe. Schlegel habe ich auf einen unbedeutenden Posten abgeschoben, weil ich seine brillante Begabung als Bedrohung empfand. Die Karriere von Axthelm hintertrieb ich und für den armen Offner rührte ich nur den kleinen Finger und zog auch diesen zurück als sich alle gegen ihn verschworen.*
*Diese drei an meiner Seite und die Regierung sähe ganz anders aus. Wir hätten den Ball, den uns die Damen zugeworfen haben, aufgefangen und zusammen die Verschwörung aufgedeckt.*
*Jetzt bleibt mir nur noch die Reminiszenz.*
*Aber ich gebe nicht auf. Wenn die Vorgänge im Einzelnen rekapituliert und den Freunden mitgeteilt sind, werden wir den Offner herausholen und reinen Tisch machen und dann werden wir einige von den feinen Herren Ministern und Präsidenten dahin schicken, wo sie hergekommen und ihnen ein Plakat mit ihren Schandtaten umhängen.*

*In der Nacht auf den 23. Dezember hatte es kräftig geschneit, deshalb drang der Lärm der Wagen und Hufe auf dem Kopfsteinpflaster nur gedämpft zu mir hinauf, so dass ich eine ganze Stunde länger schlief als gewöhnlich. Ich ließ mir einen Eimer Wasser aus dem Hofbrunnen bringen und wusch mir mit dem eiskalten Wasser Gesicht, Arme und Oberkörper.*

*Um zehn Uhr war ich mit Offizial Wolff in der Generalpostdirektion*

verabredet, um über die Erfahrungen mit den instandgesetzten Telegraphen zu sprechen. Den Mantelkragen hochgeschlagen, die Hände tief in den Taschen und den Loden eng an den Körper gezogen ging ich durch die Kauffinggasse, in der die Wagen den Schnee zu einem braunen Matsch zerfahren hatten. Als ich in die Fürstenfeldgasse einbog, sah ich auf der anderen Seite Legationsrat Ringel. Er erkannte mich ebenfalls, stutzte kurz, kam betont freudigen Schrittes auf mich zu und setzte entgegen seiner sonstigen Gewohnheit ein freundliches Gesicht auf:
»Ich wusste nicht, dass Sie noch in München sind, Direktor von Drechsel ist über Weihnachten zu seiner Familie gefahren, und da wollte ich just die neuesten Interzepte abholen.«
Ich ließ mir meinen Unmut darüber nicht anmerken. Nach Montgelas ausdrücklicher Anweisung hatten nur Drechsel und ich Zugang zum Schwarzen Kabinett mit der Maßgabe, die Essenzen der Brieföffnung ausschließlich ihm persönlich vorzulegen. Mit einem abschätzigen Blick, der Ringel sicher nicht entging, fragte ich, mühsam beherrscht: »Lagen interessante Abschriften vor?«
»Nur die Post aus Regensburg. Die Wagen aus Nürnberg, Augsburg und Salzburg verzögern sich wegen des Wetters wohl bis zum Nachmittag, wenn nicht gar um Tage.«
»Haben Sie die Sachen aus Regensburg bei sich?« fragte ich nach.
»Nein. Wolff meinte, es sei nichts Brauchbares darin, weil die Regensburger ihre Geheimnisse nicht der Post anvertrauen.«
Ich war erleichtert. Wolff hatte also völlig richtig reagiert. Ihm war sofort klar gewesen, dass eine Lieferung von Oberpostmeister Baligand aus Regensburg am Montag sehr ungewöhnlich war. Von dort kamen sonst nur alle 14 Tage zusammenfassende Berichte von geringer Bedeutung.
Ringel fuhr unbekümmert fort: »Seine Exzellenz liegen krank darnieder und wollen nicht mit den alltäglichen Geschäften konfrontiert werden. Deshalb hat man die Durchsicht der Briefabschriften mir übertragen, solange von Drechsel abwesend ist.«
Er ließ offen, wen er mit »man« meinte.

*Ich mag diesen Ringel nicht! Seine glatte und arrogante Art, sich in die Arbeitsbereiche anderer einzumischen, erregt immer wieder mein Unwohlsein. Nur selten kam es zwischen uns zu einem persönlichen Wort. Ich darf ihm aber nicht im Nachhinein Charakterschwächen andichten, für die es keine konkreten Anhaltspunkte gibt, denn gegen seine fachliche Arbeit war kaum jemals etwas einzuwenden und seine fundierten Ratschläge ersparten mir manch unangenehme Situation. Aber Ringel weiß selbst zu gut um seine Qualitäten. Er behandelt Untergebene daher häufig wie unfähige Lakaien und mischt sich in alles und jedes ein. (Diese Haltung hat er sich von Montgelas abgeschaut, das muss der Ehrlichkeit halber angemerkt werden.)*
*Diese heutige Attacke gegen meine Zuständigkeit ist sicher wieder eine dieser Provokationen, aus denen er den Spaß zieht, seine Überlegenheit zu demonstrieren. Er ist kein Mensch von Überzeugungen und nimmt eine zynische und sehr genau berechnende Position im Gefüge zwischen Adel und bürgerlicher Beamtenschaft ein.*

*An diesem Morgen aber erkundigte sich Ringel gar nach meinem Wohlbefinden: »Ich sehe, Ihnen macht der Winter nichts aus. Das muss an den Rezepturen Ihrer Tiroler Haushälterin liegen. Davon sollten Sie mir auch einmal eine Probe mitbringen.«*
*Ich konnte mich nicht erinnern, ihm jemals von Margarete erzählt zu haben, kam aber nicht dazu, über diese Bemerkung nachzudenken. Er fuhr fort:*
*»Sie bleiben die nächsten Tage in München?«*
*»Ja, ich muss nach dem optischen Telegraphen sehen.«*
*»Ach, ja richtig«, rief er aufgesetzt aus, »da wird es Sie freuen, dass ein Telegramm angekommen ist, das die glückliche Ankunft des Königs in Wien meldet. – Eine ausgezeichnete Einrichtung diese Telegraphen – haben Sie das organisiert?«*
*Ich nickte und bestätigte: »Ja, mit Verlaub. Nachdem die napoleonische Linie 1814 eingestellt wurde, bedurfte es einiger Anstrengung, ausreichend Veteranen aufzutreiben, die der Zeichen*

*noch mächtig sind. Einige Stationen mussten erst wieder neu aufgebaut werden, andere waren bereits baufällig, und in zwei Kirchen fanden sich die Fahnen erst auf den Dachböden.*
*Ich bin sehr froh, dass die Linie funktioniert, denn die Majestäten werden wohl noch einige Wochen in Wien bleiben.«*
*»Ausgezeichnet«, urteilte Ringel, »soviel ich weiß, wird die Königin erst in den nächsten Tag nach Wien reisen. – Aber ich muss jetzt ins Amt und den glücklichen Reiseverlauf an die Zeitung geben. Ich wünsche noch einen angenehmen Tag und ein frohes Fest.« Damit drehte sich Ringel um und stapfte durch den Schnee in Richtung des Palais Montgelas.*
*Ich setzte meinen Weg nachdenklich fort. Die Telegraphenlinie hatte sich demnach wohl stabilisiert. So blieb also nur noch die Frage an Wolff, womit Ringel sein Eindringen in das Schwarze Kabinett legitimiert hatte und was Baligand Ungewöhnliches zu berichten weiß.*

*An der Pforte meldete mir der Grenadier, dass Prinz Ludwig in der Nacht mit der Kutsche von Würzburg schwer erkältet angekommen sei und mit hohem Fieber darniederliege. Die Ärzte ließen ihn schon zum zweiten Mal zur Ader und es bestünde Gefahr für die Lunge.*
*Diese Nachricht erschütterte mich nicht sonderlich. Gegenüber dem Gefreiten bemühte ich mich um ein mitleidendes Gesicht und rief mehrmals den göttlichen Beistand an. Ich empfinde die Abwesenheit des Prinzen stets als wohltuend und ich sehe es mit Genugtuung, dass der Minister meinem Rat gefolgt ist, dem Prinzen die Aufgabe in Würzburg zu übertragen.*
*Dadurch war er weit weg vom Hof, weit weg von der diplomatischen Bühne, auf der er meist nur schwer reparierbaren Schaden anrichtete. Vielleicht lehrt ihn die Praxis vor Ort mehr Verständnis für die wahre Gestalt der Dinge.*
*Wenn er kränkelt, bleiben den Münchnern solche Kapriolen erspart, wie bei der Verheiratung seiner Schwester Charlotte mit dem Württemberger. Sie ist jetzt endlich glücklich mit dem Kaiser*

*in Wien verheiratet, wenngleich dieser doppelt so alt ist und bereits Kinder hat, die älter sind als seine junge Frau.*
*In der Frage der Landverbindung nach der Pfalz hat Ludwig erst kürzlich eine lächerliche Vorstellung gegeben und so nebenbei gegenüber dem österreichischen Gesandten laut überlegt, wie man Württemberg und Baden ohne Krieg erwerben könne.*
*Wenn König und Königin längere Zeit verreisen, ist Ludwig alles zuzutrauen. Gott alleine weiß, was er ausheckt, wenn er wieder gesund ist.*
*Ach – würde er sich doch ganz aufs Dichten und Sammeln von Artefakten beschränken!*

*Auch die Damen, zumal Erfahrene und Selbstbewusste, üben sich gerne in spöttischen Andeutungen und beleidigenden fremdsprachigen Ausdrücken über Ludwig, denn seine amourösen Abenteuer, mit denen er häufig zu prahlen pflegt, nimmt ihm kaum mehr jemand ab. Seine aufbrausend cholerische Art und sein betont künstlerisch übertriebener Affekt können nicht über das Stottern, die degustierende Schwerhörigkeit und andere Einschränkungen seiner Attraktivität hinwegtäuschen. Er gibt sich gern als Idealist, als liberal, was auch immer er damit meint. Sicher meint er damit nicht die Freiheit, ihm zu widersprechen. – Überdeutlich wurde seine unreife Haltung in der Affäre um Eugen, den Ex-Vizekönig von Italien, indem er sich sogar mit seiner Schwester Augusta Amalie deswegen überwarf, die er anno 1806 zur Hochzeit mit dem Vizekönig gezwungen hatte.*
*Den Offizial Wolff traf ich im Gespräch mit Generaldirektor von Schönhammer.*[1] *Der konnte es nicht lassen, über die unangenehme Entwicklung in den Postbeziehungen mit den Schweizer Kantonen zu sticheln und sagte näselnd zu mir gewandt:*
*Man hört, Sie werden bald keine Arbeit mehr mit den österreichischen Briefen haben, denn die Spatzen pfeifen es schon von den*

---

1 Vgl. Otto Veh, Generalpostdirektor S.P. v. Schönhammer, APB, [Archiv für Postgeschichte in Bayern] 1938, Nr. 1, S. 174 ff

*Dächern, dass Österreich seine gesamte Korrespondenz über Bregenz durch die Schweiz nach Basel leiten will, um sie in Hüningen an Frankreich zu übergeben. Die gesamten Einnahmen aus dem Transit durch Bayern von annähernd 60.000 Gulden jährlich sind damit auf einen Schlag verloren.*
*Ich habe es gerade schon zu Ihrem Mitarbeiter gesagt, es braucht schon etwas mehr als die wöchentliche Zusammenstellung pikanter Geschichten aus den Briefabschriften, um die Raffinesse eines Metternich zu durchschauen.«*
*Ich gab zurück: »Dahinter steckt vor allem der ehemalige taxissche Hofrat Freiherr von Lilien, jetzt in österreichischen Diensten.*
*Schönhammer hat ja nicht ganz Unrecht, wenn er mich dafür verantwortlich macht. Es war mein Fehler, dass ich eine Umleitung über die Schweiz als undurchführbar angesehen habe. Aber er muss sich ja nicht noch über den Verlust lustig machen. Ich könnte mich ohrfeigen, dass ich Aretin 1808 empfahl, diesen Menschen als Chef der bayerischen Post von Taxis abzuwerben. Grub wäre besser gewesen, trotz seines heftigen Temperaments, das ihn später um die Gnade des Fürsten und der Fürstin von Thurn und Taxis brachte. Der war doch entschieden engagierter und kompetenter als dieser Waschlappen von Schönhammer. Aber damals kannte ich die Verhältnisse im Hause Taxis nicht so gut wie heute.*
*Die geballte Wut stieg in mir auf und ich bellte Schönhammer an: »Man wird sehen, welcher Anteil an dem Desaster ehemaligen taxisschen Hofräten zukommt.«*
*Mir war bewusst, dass ich damit eine empfindliche Stelle traf, denn auch die Freiherren von Lilien waren ebenfalls über Generationen in taxis'schen Diensten gestanden.*
*Aber es war dumm, denn jetzt war Schönhammer gewarnt, dass ich seine Loyalität in Frage stellte und bereit war, mit großen Geschützen dagegen zu halten.*
*»Man wird ja sehen, wem geglaubt werden wird«, rief Schönhammer, drehte sich abrupt um und ging.*

*Wolff schüttelte den Kopf und sagte missbilligend: »Das war jetzt aber völlig unnötig und wenig hilfreich.«*
*»Ach, mir kommt die Galle hoch, wenn ich diesen Kerl sehe.«*
*Einmal in Fahrt geraten, konnte ich nicht an mich halten: »Was ist mit Baligand? – Ringel, den ich unterwegs zufällig traf, hat davon geredet. Wie hat er sich Ihnen gegenüber denn überhaupt für seinen Auftritt legitimiert?«*
*Wolff zuckte mit den Achseln, ruderte mit den Armen und stieß in einem Ton, der seine Entrüstung nicht verbarg, hervor:*
*»Herr Legationsrat Ringel«, und dabei äffte er die Armbewegung Ringels nach, wenn er Untergebene huldvoll begrüßte, »stand bereits vor der Türe als ich zum Dienst erschien. Der Hausdiener hatte mir bei der Passage am Tor ein warnendes Zeichen gegeben, das ich aber nicht sogleich zu deuten wusste. Daher war mir die Begegnung sehr überraschend. Herr Ringel zeigte mir eine Vollmacht, unterschrieben vom Minister für das Kabinett.«*
*Ich mutmaßte: »Die hat er sich wohl selbst aufgesetzt und unter einem Vorwand die Unterschrift erschlichen.«*
*»Davon kann man ausgehen«, bestätigte Wolff, »denn er hat sich nicht einmal die Mühe gemacht, einen Kanzlisten damit zu beauftragen. Es ist seine eigene Handschrift. Das wird ihm aber nichts nützen, wir werden ihm unsere Gepflogenheiten und Zeichen nicht verraten«, bekräftigte Wolff.*
*Ich stimmte zu: »Niemals! – Aber Gott seis gedankt, dass er die Gewohnheiten Baligands nicht kennt. – Haben Sie übrigens eine Ahnung, was da vorgefallen ist? Was schreibt denn Baligand?«*
*Wolff ging in die Amtsstube, winkte mich heran und holte aus dem Geheimfach seines Sekretärs einige Schriftstücke.*
*»In der Tat, es ist etwas vorgefallen, lesen Sie selbst.«*
*Der Bericht verwies in Andeutungen aber versehen mit den vereinbarten Achtungzeichen, die Ringel nicht kannte, auf ein unter Extrakuvert gelegtes Schreiben. Nicht einmal die korrekten Briefdaten wollte Baligand nennen, sondern vermerkte als Absender nur ein »E« und als Empfängerin »Nachteule«.*
*»Und um was geht es nun in dem Brief?« fragte ich ungeduldig,*

*»wer ist die Nachteule, von der Baligand redet?«*
*»Das ist der Punkt Herr Lippe. Nachteule ist der Spitzname von Fürstin Therese von Thurn und Taxis, und bei der Absenderin ›E‹ handelt es sich mit ziemlicher Gewissheit um Ernestine, Gräfin Montgelas. Ich weiß das aus früheren Berichten Baligands.«*
*Ich erwiderte tadelnd: »Sie wissen aber doch, und Baligand weiß das auch, dass der Minister jede Vorlage von Briefen seiner Frau verboten hat. Vor einiger Zeit sagte er bei einer Vorlage zu mir, er habe es nicht nötig, etwas über seine Frau aus dem Schwarzen Kabinett zu erfahren. Sie habe ihn noch nie belogen, egal worum es gehe. – Also weg damit. Am besten verbrennen.«*
*»Mit Verlaub, überlegen Sie sich das noch einmal. Ich weiß zwar nicht, was in dem Brief steht, aber bedenken Sie, die beiden Damen schreiben sich häufig und regelmäßig. Ernestine immer über die Adresse von Westi, vulgo Graf Westerholt, den Chef der taxis'schen Zentralverwaltung und Therese über die Zofe der Kammerfrau Ernestines, die im Tal wohnt.*
*Baligand schickt mir allmonatlich einen Überblick über die Frequenz dieser Korrespondenz, die er ansonsten ungeöffnet passieren lässt. Das wissen natürlich auch die beiden Damen. Sie haben sehr wohl mehrfach Testbriefe über andere Kanäle und auch mit direkter Adressierung per Post verschickt, die prompt bei mir bzw. Baligand landeten und die wir bewusst mit einer stümperhaften Nachahmung ihrer Siegel zustellen ließen, damit sie die Öffnung erkennen sollten.«*
*Ich unterbrach Wolff: »Heißt das, es gibt so eine Art Abmachung, auf die sich die Damen verlassen?«*
*»Genau das. Wenn wir die Inhalte der Briefe gegenüber Graf Montgelas nicht verwenden dürfen, brauchen wir die Briefe auch nicht zu öffnen.*
*– Dieses Mal aber war alles anders. Ernestine, pardon Gräfin Montgelas, schickte ihre Zofe mit dem Brief zum öffentlichen Postschalter, wohl wissend, dass er bei seiner Ankunft in Regensburg geöffnet und gelesen werden würde, zumal er die persönliche Hofanschrift der Fürstin trug.«*

*»Sie wollte also, dass wir vom Inhalt des Briefes Kenntnis nehmen?«*
*»Genau so ist es. – Und sehen Sie, Baligand hat klugerweise den von ihm eigens hierher abgefertigten Expressen neben dem offiziellen Schreiben einen Zettel für mich mitgegeben, in dem er mich bittet, das Kuvert ungeöffnet an Sie und nur an Sie zu übergeben.«*
*»Warum sagen Sie das nicht gleich?«*
*»Entschuldigung, ich wollte ein bisschen für Spannung sorgen«, dabei lachte Wolff, und ihm war deutlich anzumerken, wie ihn die Neugierde umtrieb. Ich wog das Kuvert in meiner Hand und überlegte:*
*Baligand kannte also den Inhalt des Briefes bereits, womöglich auch sein Gehilfe. Ich wäre nun der Dritte. Und wenn die Dame mit der oft erprobten Diskretion Baligands rechnete, wäre hier mit Wolff mindestens eine weitere Person, die Kenntnis von dem Inhalt hat. Und falls Baligand nach Fertigung der üblichen Abschrift das Original zustellen ließ, dann ist auch die Fürstin Therese über dessen Inhalt informiert.*

*»Zum Donnerwetter, ich weiß nicht recht«, polterte ich, »am liebsten würde ich den Umschlag, so wie er ist, verbrennen! Er riecht förmlich nach Komplikationen.«*
*»Das denke ich auch, Herr Lippe«, bekräftigte Wolff, »um normale Klatschgeschichten kann es darin nicht gehen, denn die beiden Damen wissen nur zu gut, dass wir jeden ihrer Liebhaber mit Datum und Uhrzeit kennen. Wenn es sich um Informationen von politischer Bedeutung handelt, und das nehme ich ob dieser Art des Vorgehens an, dann spannt die Gräfin uns, will sagen, das Schwarze Kabinett, vor ihren Karren. Sie erwartet, dass wir unsere Pflicht tun und dem Herrn Minister Meldung machen.«*
*»Genau – aber es hilft nichts, mein lieber Wolff, wir stecken drin und kommen nicht mehr raus. Wir müssen das Kuvert öffnen, und wenn es denn schon alle Welt wissen soll, dann können wir auch gleich gemeinsam lesen.«*

*Wolff öffnete das Kuvert und fand darin den Originalbrief statt der erwarteten Abschrift vor.*
*»Was ist denn das?« rief Wolff erschrocken, »Baligand schickt das Original!«*
*Ich nahm ihm das Schriftstück aus der Hand, betrachtete das Papier, das unzweifelhaft das persönliche Wasserzeichen der Gräfin trug.*
*»Damit ist klar«, stellte ich kategorisch fest, »Baligand hat den Brief nicht zugestellt und die Fürstin Therese kennt den Inhalt noch nicht.«*
*»Das zeigt aber auch«, warf Wolff ein, »was ich mir schon öfter gedacht habe, dass Baligand feige ist. Jetzt schiebt er die ganze Verantwortung uns zu.«*
*»Schauen wir uns das Ding erst einmal genauer an, dann werden wir sehen.«*
*Routiniert untersuchten wir den Brief auf alle uns geläufigen Hinweise, Zahlen, Kleckse, scheinbar versehentliche Randstriche, Verdickungen an Buchstaben, winzige Ligaturen, unterschiedliche Hälse an Großbuchstaben etc. . Versierte Absender verfügen über eine Vielzahl von Tricks. Sie verstecken ihre geheimen Botschaften in der Wahl des Papiers, nutzen Wasserzeichen als Chiffren oder den Hauch eines Parfüms als Information.*

*Der Text ist nur der Vordergrund eines Briefes, gedacht für den oberflächlichen Betrachter, der meint, alles zu wissen, wenn er die Buchstaben gelesen hat.*
*Briefe müssen als Ganzes betrachtet werden und erfordern mit ihren ineinander verwobenen, oft raffiniert variierten Kommunikationsebenen dem Analytiker viel Zeit und Einfühlungsvermögen ab, gleichermaßen ein Vergnügen wie Mühsal oder Scheitern. – Wir waren uns manchmal nicht sicher, ob die Korrespondenten die Tiefe und Schichtigkeit ihrer Kommunikation selbst erfassten. Während meiner Lehrzeit in Wien lernte ich wahre Künstler im Entziffern von Geheimcodes und Sprachlabyrinthen kennen. Menschen, die mit Respekt, nahezu liebevoll, das Kunstwerk der*

*Verschleierungstaktik Stück für Stück enträtselten. Am Ende ging es dann auch bei dieser Arbeit nicht mehr in erster Linie um die Lüftung des kommunizierten Geheimnisses, sondern um die Lust an dieser Arbeit. Und ebenso wenig wie die Korrespondenten die letzten Facetten ihres Tuns erfassten, so konnte sich auch das Schwarze Kabinett nie seines Erfolges ganz sicher sein.*

*Im Gegensatz dazu war dieser Brief alles andere als ein Kunstwerk. In Deutsch statt wie in solchen Kreisen üblich Französisch – schnörkellos direkt, bestrebt alle Missverständnisse und Zweideutigkeiten zu vermeiden, damit nur ja das Ungeheuerliche der Anschuldigung seine Wirkung nicht verfehlt.*

Der Summer auf dem Schreibtisch unterbrach Graf M. bei der Lektüre. Ungehalten sprach er ins Mikrofon: »Jetzt nicht.«
Die Sekretärin drängte:
»Frau Dr. von Ritz hat sich angemeldet und wird in Kürze eintreffen.«
Das war höchst unpassend. Jetzt hatte er sich festgelesen, ohne das eigentliche Schriftstück zu kennen und sollte nun mit der Vertreterin S.K.H. über das weitere Vorgehen verhandeln. Der Graf legte das Tagebuch beiseite und nahm das Papier mit der Bezeichnung »Copia« und der Unterschrift »E« heraus. Das Schriftbild wich deutlich von dem Lippes ab, wie eine weibliche Hand kam ihm der Duktus allerdings auch nicht vor. Das hieß also, von diesem Schriftstück lag nur eine Kopie vor, vermutlich angefertigt von der Briefüberwachung. Wo aber war das Original? Wurde es nach genommener Abschrift der Adressatin zugestellt? –

Er musste sich beeilen, bevor die von Ritz erschien, mit der die Unterhaltung ohnehin anstrengend werden würde. Der Kopist des Briefes hatte kein exaktes Datum angegeben, sondern lediglich Xter [Dezember] 1816 vermerkt. Die Verfasserin, Gräfin Ernestine von Montgelas, hielt sich in ihrem Brief nicht lange mit der Vorrede auf. Nur wenige Worte zum Erhalt des letzten Briefes.
Sie schildert, wie sie mit Migräne bereits am frühen Nachmittag zu Bett gegangen sei und mit kalten Umschlägen auf der Stirn im abgedunkelten Zimmer auf den Höhepunkt der Attacke wartete. Gestört durch Lärm im Treppenhaus, verursacht durch einen Streit zwischen ihrer Zofe und Prinz Ludwig, sei sie aus dem Dämmerschlaf erwacht und habe gesehen, dass der Prinz in ihr Schlafzimmer eindrang. Er habe sie intim berührt und unter merkwürdigen gemurmelten Anspielungen auf seinen Bruder, der von ihr abgewiesen worden sei, den Beischlaf erzwungen. Sie habe sich gewehrt, ihm die Glocke gegen den Kopf geschlagen, worauf die Zofe den Prinzen hinausexpediert habe. Seinem

begleitenden Gestammel habe die Gräfin entnommen, dass nicht zuletzt sein Vater ihn zu dieser Handlung angespornt habe.
Damit bestätigten sich also die ungeheuerlichen Vermutungen, die im Zusammenhang mit diesen Papieren geäußert wurden. Graf M. konnte zwar eine gewisse Enttäuschung über die mehr protokollierende als empört klingende Darstellung des Vorgangs nicht unterdrücken. Er hatte eigentlich mehr erregende Details erwartet. Selbst die wenigen aufgeführten pikanten Andeutungen, die dem Prinzen beim besten Willen kein gutes Zeugnis als galanten Liebhaber ausstellten, waren nahezu kühl berichtet.
Wie auch immer. Es stand nichts darin, was seinen Recherchen in dieser Causa widersprach und er fühlte sich für das Gespräch mit der Vertreterin der anderen Seite gewappnet.
Der politische und moralisierende Übereifer der süddeutschen Hardliner musste gestoppt werden, bevor noch weitere Personen, wie zum Beispiel der Käufer des Konvoluts, in Mitleidenschaft gezogen wurden. Die Entwicklung hin zur Aufgabe der bisherigen Zurückhaltung, die sich seit einigen Jahren abzeichnete, hielt er für schädlich und der Sache wenig dienlich. Die Zeit war noch nicht reif, um eine öffentliche Rolle zu spielen.

Kopfzerbrechen bereitete ihm die Tatsache, dass weiterhin die Frage offen war, wo sich das Original dieses Briefes befand, denn es war durchaus möglich, dass darin mehr und unerfreulichere Details standen, zumal nicht klar war, wer diese Kopie damals verfasst hatte. Wenn sie von der Hand des Oberpostmeisters Lippe stammte, waren bei seiner Voreingenommenheit Verfälschungen nicht ausgeschlossen. Oder handelte es sich insgesamt um eine Fälschung? – Daran durfte er gar nicht denken; es war aber auch sehr unwahrscheinlich, wie die stattgehabten Recherchen bewiesen.
Aufgabe des nun kommenden Gesprächs musste es sein, über alle Meinungsverschiedenheiten hinweg eine gemeinsame Strategie zu entwickeln, wie mit diesem und ähnlichen Fällen künftig umzugehen sei. Ein verbindlicher Codex musste gefunden werden,

jenseits der persönlichen Interessen einzelner Häuser und Dynastien.
Persönliche Interessen sind ja nicht falsch, auch und gerade wenn es bedeutende gemeinsame Ziele gibt. Denn was ist, wenn die Ziele erreicht sind? Spätestens dann kommt unweigerlich die Zeit für die Egoismen.
Für Graf M. stellte Demokratie eine lächerliche Veranstaltung dar. Ohne jede tragfähige Idee ist sie in steigender Dosierung auf die Verabreichung von Surrogaten und Narkotika an das Volk angewiesen.
Der Adel dagegen als Garant von Solidität steht außerhalb parteipolitischer Intrigen, durch die die Demontage von Persönlichkeiten unter dem Deckmantel der »Pressefreiheit« zum täglichen Schauspiel geraten ist, einem Götzen, um den diese Gesellschaft herumtanzt, nicht riechend, dass die desavouierende Berichterstattung, die sich manche Kleingeister erlauben, nur aus ihrer verschissenen geistigen Unterwäsche stammt.

Dagegen hat die seit Jahrhunderten geübte Gelassenheit elitärer Berufung eine entschieden solidere Basis. Und das schätzten die Menschen. Gerade der Charme von Unaufdringlichkeit verschafft ihr dieses wachsende Ansehen.
Deshalb darf der Adel, wie Graf M. bei jeder Gelegenheit betonte, nicht rufen, sondern musste sich bitten lassen, und bis dahin hatten sie jede Herabwürdigung der Parteien, der Demokratie und ihrer Vertreter tunlichst zu unterlassen. Herrschaft in solchen Zeiten, das hatte der *homo privatus* Augustus vorgemacht, ging nicht von Titeln und Ämtern aus. Sollen die Kleingeister sich doch darum ausgiebig streiten, entscheidend bleibt, wer diesen zufällig nach oben gespülten Figuren sagt, was sie zu tun haben. Das republikanisch-demokratische Zwischenspiel hat schon auch seine Vorteile. Neulinge und Leistungsadel werden darin verschlissen und bleiben so dem erlauchten Kreis erspart, der sich autark reproduziert und dadurch an Stärke gewinnt.

Aus all diesen Überlegungen verabscheute Graf M. auch jedes öffentliche Aufsehen, wie es der vorliegende Fall verursachen konnte. Aber der sich anbahnenden Standes-Ideologisierung seiner Standesgenossen und der Sozietät wollte er entgegenarbeiten, auch und vor allem in dem anstehenden Gespräch.

Graf M. zog von sämtlichen Schriftstücken eine Kopie, die er sogleich wegsperrte. Man konnte schließlich nie wissen, ob ihr Besitz sich noch einmal als nützlich erwies.

Seit der Auktion waren zehn Tage vergangen. Es stellte sich heraus, dass der andere Gegenbieter im Auftrag des Rechbergarchivs geboten hatte, denn die dortige Archivarin rief kurz darauf bei Heller an und erkundigte sich nach seiner Bereitschaft, ihr Teile des Bestandes zu überlassen. Ein Familienzweig habe ohne ihre Kenntnis Material an einen Händler verkauft und sie hatte bei der Besichtigung bereits einige in ihr Archiv passende Verträge und Rechnungsbücher bemerkt. Heller wollte schon gereizt die unerlaubte Weitergabe seiner persönlichen Daten kritisieren, hielt sich dann aber zurück, weil ihm die Archivarin freundlich und ehrlich erschien.

Frau Dr. Dotterweich besuchte ihn kurz darauf, arbeitete den Bestand durch, den er mit Ausnahme des Umzugskartons zur Verfügung stellte und legte auf die Seite, was für ihr Haus interessant war. Heller, glücklich für die Ware, die ihm am wenigstens verwertbar erschien, eine Käuferin gefunden zu haben, feilschte nicht lange mit der Archivarin. Sie äußerte ihre Erleichterung, statt der sieben Auktionskisten nun für einen geringen Preis dasjenige mitnehmen zu können, was sie haben wollte. Sie erbot sich deshalb, ihm einige Autographen von Augusta Amalie, Herzogin von Leuchtenberg[1] zu zeigen, die sie bei der Durchsicht entdeckt hatte und die gut zu realisieren waren.

Bei diesen Briefen war der Adressteil abgetrennt, so dass Heller sie leicht entbehren konnte. Wenn das so weiterging, war er zufrieden, weil sich die Ausgaben schneller als gedacht egalisierten.

Bei der Beschäftigung mit den geschlossenen Korrespondenzen notierte sich Heller einige Namen und Daten, die er im Hauptstaatsarchiv und dem Zentralarchiv Thurn und Taxis in Regensburg näher recherchieren wollte.

---

1 Augusta, Amalia, Herzogin von Leuchtenberg * 21.6.1788, + 13.5.1851. Tochter von Max I. Joseph, wurde 1806 mit Eugen Beauharnais, Vizekönig von Italien, verheiratet.

Als Eddy Maurer anrief, hatte Heller schon gar nicht mehr damit gerechnet, wieder von ihm zu hören. Die Nummer der früheren Anrufe erwies sich als unerreichbar und die Suche im Internet ergab keine brauchbaren Kontaktdaten. Eddy klang gut gelaunt und erwähnte mit keinem Wort den nächtlichen Überfall von neulich. Er könne ihm die Hälfte seines Einstandspreises in bar aushändigen, müsse aber zusätzlich noch die Briefe eines gewissen Offner[1] aus Brixen bekomme, die sein Kunde unbedingt haben wolle. Sie seien aus dem Archiv seines Klienten entwendet worden, wo sie mit einem blauen Band geschnürt gewesen seien. Heller reagierte zurückhaltend. Der angekündigte Betrag von 3.000 Euro hätte zwar seine teure Investition weitgehend amortisiert, aber mittlerweile war sein Interesse an dieser Geschichte geweckt und er wollte zunächst selbst weiter nachforschen, bevor er etwas weggab. Zu Offner hatte er erst gestern Akten im Hauptstaatsarchiv gesucht, aber noch nicht alle einschlägigen Repertorien durchgesehen.
Diese von Maurer geforderten Briefe hatte er schon gesehen. Sie waren an den Oberpostmeister Lippe in Augsburg gerichtet, das hatte ihn alarmiert, denn auf dem geheimnisvollen Wachstuchpaket hatte auch dieser Name gestanden. Die Biografie dieses Lippe[2] gab nicht viel her. Er wurde als fleißiger Karrierebeamter beschrieben, der kein besonders aufregendes Leben führte.
Da die Briefe von Offner nicht unter Kuvert lagen, konnte er sie einscannen und kopieren, das reichte für die weitere Forschung. Nach solchen Überlegungen stimmte er dem Treffen zu, war dann aber doch sehr überrascht, als Eddy die Kapelle der ehemaligen Domspatzenvorschule in Etterzhausen vorschlug.[3]

---

1 Zu Offner Vgl. Karl Heinrich v. Lang, Aus der bösen alten Zeit, Stuttgart 1842, Bd. 2, S. 216 ff. Und W.H. Stuntz, Generaldirektor Freiherr von Drechsel, in APB, 1938, Heft 1, S. 152–162.
2 Lippe: APB. 1952. S. 20 ff
3 Heute ist das gesamte Gebiet mit Einfamilienhäusern bebaut, einzig die Domspatzenstraße, die dorthin führt, erinnert noch an das Internat.

Seit seinen Kindheitstagen war er nicht mehr dort gewesen. Irgendwann hatte er aus der Presse von dem Umzug der Schule nach Pielenhofen erfahren und dass die Gebäude in Etterzhausen ungenutzt leer stünden.
Aus seiner Erinnerung stiegen unzusammenhängende Bilder auf: Der Schlafsaal, das Klassenzimmer, Speisesaal, Kapelle, die Uhr im Mittelgang – der Weg zur Almrauschhütte, wo er mit seinen Eltern die Besuchstage verbracht hatte. Wie mochte das alles jetzt aussehen?
Eddy deutete an, dass er Hellers Buch über Postvermerke gelesen habe und eine dazu passende Überraschung für ihn, quasi als Entschädigung mitbringe.

Als Heller vom Parkplatz auf das Internat zuging, beschlich ihn dasselbe beklemmende Gefühl wie damals, wenn er sich von seinen Eltern verabschiedete. Das Knirschen der Kiesel auf dem Fußweg klirrte. Ihm ging unvermittelt auf, warum er dieses Geräusch seitdem stets als unheilvoll und unangenehm empfand. An einen ebenerdigen, in seiner Erinnerung unendlich langen gläsernen Korridor schloss sich rechts der Wohntrakt der Schwestern und des Direktors an. Während der zwei Schuljahre hatte er nie einen Fuß in den »Bunker« gesetzt. – An den Korridor war links ein Flachdachbau mit Schlafsälen angebaut. Sein Zimmer im Erdgeschoss hatte einen Rundblick vom Parkplatz bis zur Eingangstür erlaubt.
Da, wo sich früher die gläserne Eingangstür befunden hatte, waren nur noch ausgerissene Scharniere. Glassplitter überall. Das Flachdach war an vielen Stellen undicht, so dass sich braune Wasserflecken und dicker gelbgrünlicher Schimmel auf der Decke ausbreitete. Gleich gegenüber der Eingangspforte befand sich der Chorsaal I. Keine Spur mehr von dem großen schwarzen Steinwayflügel, um den sie während der Stimmübungen herumgestanden waren. An den Namen des jähzornigen Chorleiters konnte er sich nicht mehr erinnern, irgendetwas mit Kohl … oder so ähnlich. Umso präsenter waren dessen fleischige weiche Hände,

die grob an den Ohren oder den Ansatzhaaren der Koteletten zogen. Und diese Schläge mit der Stimmgabel auf die Schneidezähne! –

Mehrere zerfetzte angeschimmelte Matratzen lagen in dem Raum übereinander, zerbrochene Weinflaschen und Reste eines Lagerfeuers. Die Fensterfront zum Freigelände war zerschlagen, Exkremente an den Wänden und in der Fensternische. Mit einem solchen Grad an Verwahrlosung hatte er nicht gerechnet. Es kam ihm so vor, als wären damit auch seine Erlebnisse an diesem Ort, sein kindliches Leben, zerschuttet.

Er ging den Flur weiter. Glasscherben knirschten unter den Schuhen. Im Wohntrakt schlug in unregelmäßigen Abständen eine Tür im Luftzug. Von der großen Uhr, unter der sie in Zweierreihen Aufstellung nehmen mussten, um Strafpredigten entgegenzunehmen oder auf Kommando in Richtung Speisesaal zu marschieren, ragte nur noch der Haken aus der Decke, darunter ein Fleck von Taubendreck.
Vor ihm die hohe mit Kupfer beschlagene Holztür zur Hauskapelle. Bei der Nennung dieses Treffpunkts erinnerte er sich spontan an die Schläge, die er damals für eine Kostprobe vom Messwein bezogen hatte.
Die Tür stand halb offen. Der bronzene Türgriff, früher blank gerieben von vielen Händen, war matt und grau – die in Kupfer getriebenen stilisierten biblischen Ornamente, waren noch unversehrt. Er erschrak, als die Tür schwer ächzte. Die Geländer der Empore, aus der Verankerung gerissen, ragten verbogen in den darunter liegenden Andachtsraum. Von den farbigen Glasbausteinen fielen grüne und rote Lichtfäden auf die ausgebrochene Betontreppe. Wie damals in den Kindheitstagen hatte dieses Lichtspiel nichts von seiner Faszination verloren.
Noch bevor er einen Fuß auf die Stiegen setzte, sah er unten einen Körper zusammengekrümmt vor dem Altar liegen. Unten angekommen drehte er den Mann um – die Kugel hatte beim Austritt

große Teile des Gesichtes zertrümmert, aber auch ohne den Kopf des Toten anzuheben, bestand kein Zweifel, es war Eddy Maurer. Jetzt erst fiel Heller eine grüne Haarsträhne über dem linken Ohr von Eddy auf. Das wenige Blut hatte sich gleichmäßig um den Kopf verteilt und war bereits eingetrocknet.
Aus der Innentasche des Jacketts spitzte ein weißes längliches Kuvert hervor. Heller kniete sich neben den Toten und zog den Umschlag heraus. Darin befanden sich mehrere Geldscheine, insgesamt 3.000 Euro, der Betrag, den ihm Eddy schuldete. Heller setzte sich auf den Boden und überlegte. Auf Geld hatte es der Mörder also nicht abgesehen. Das Geld stand ihm zu, er hatte dafür geliefert, also konnte er es auch an sich nehmen. Er war zu aufgeregt für klare Gedanken. Er musste jedenfalls so schnell wie möglich weg.

Plötzlich verlor er vor Schreck den Halt und kippte hintüber gegen den Altarstein.
In den abstehenden Hemdkragen des Toten war eine Wäschenummer eingenäht – 148 –!
Seine Nummer.
Er sah sich um, als hätte ihn jemand bei seinem Namen gerufen.
Noch immer saß er regungslos da, spürte im Rücken die Kante des Altarsteins.
Das war seine Nummer aus Internatszeiten.

Hastig rappelte er sich auf und griff nach dem rechten Bein des Toten. Die Haut fühlte sich weich, kalt und feucht an.
Im Bund der Socken dieselbe Nummer. Ihm fiel auf, dass die eine Socke dunkelblau, die andere schwarz war, aus demselben Garn, in gleicher Machart. Die verschieden farbigen Socken wollten nicht recht zu den teuren Rindslederschuhe passen, machten aber den Toten für Heller wieder sympathischer, weil er ebenfalls einen Zweifarbentick hatte.
Er stieß sich vom Altarstein ab und setzte sich auf.
Warum trug Eddy seine Wäschenummer? Wer konnte überhaupt

von dieser Nummer wissen – über 30 Jahre nach dem Abitur im Domgymnasium? Sein Jahrgang war der letzte, der noch eine Wäschenummer benutzte, denn nach ihnen wurde die hauseigene Wäscherei geschlossen, weil die leitende Schwester[1] verstorben war. Der Mörder muss von seiner Verabredung gewusst haben und die Nummer extra für ihn, Heller, platziert haben.
Und das Geld? Der Umschlag war nicht zu übersehen gewesen. Ein Mörder, der die Schulden des Opfers bezahlt? Oder stand dahinter ein Plan, den er nicht verstand, demnach ihn das Geld noch tiefer in den Mord verstrickte?
Kein Polizist würde ihm seine Unschuld glauben, wenn er diese widersprüchlichen Umstände schilderte.
Das Licht der Glasbausteine war gewandert und lag nun mit einem roten und tiefblauen Streifen auf der hellen blutverschmierten Hose.
Vielleicht sollte er auch noch die anderen Kleidungsstücke untersuchen, doch er war überzeugt, dass überall diese völlig funktionslosen Stoffschildchen mit der Nummer 148 aufgenäht waren. Es widerstrebte ihm, die Unterwäsche des Toten zu inspizieren.
Moment – gestickt oder aufgedruckt? Er griff noch einmal nach dem rechten Sockenbund und sah sich das Schildchen genauer an. Kein Zweifel, es war die 148. Die Ziffern standen rot in Groteskschrift auf dem Stoff. Gedruckt – aber seine 148 war damals rot, in Antiqua und gestickt. Er erinnerte sich noch genau an die Diskussion zwischen Vater und Mutter, ob das denn nötig sei, jede einzelne Nummer zu sticken. Mutter beharrte darauf, weil sich eine gedruckte Nummer schnell herauswäscht, zumal aus der Unterwäsche. Mit dem Finger fühlte er über die Nummer – kein Faden. Das Schildchen verschob sich leicht; es war nur flüchtig angeklebt, ebenso am Hemd. Das würde keinen Waschgang überstehen. – Das war nicht echt.

---

1 Ihren Ordensnamen kannte niemand, die Schüler nannten sie immer nur »Kobra«.

Ihm fiel unvermittelt ein, wie seine Mutter stets gestöhnt hatte, wenn er neue Unterwäsche brauchte, weil sie dann stundenlang mit dem Annähen der gestickten Schildchen beschäftigt war.

Es musste etwas mit ihm zu tun haben. Die Kleidungsstücke waren extra für ihn präpariert, kein anderer verstand die damit verbundene Anspielung. Wer kannte diese Zusammenhänge, wer wusste von den Wäschenummern im Kaff, und insbesondere von der 148? – Sollte das heißen, dass er unter Beobachtung stand? War das eine Drohung? Aber warum und von wem?

Es half nichts, all diese Überlegungen konnte er genauso gut zu Hause anstellen. Da lag ein Toter mit einem großen Loch im Kopf. Er sollte ihn finden, erkennen, dass das Ganze für ihn arrangiert war, warum auch immer.
Also jetzt, nichts wie weg – wer weiß wie viele Spuren er hinterlassen hatte. Rief er von hier aus die Polizei, gab es Fragen über Fragen, denen er sich jetzt nicht gewachsen fühlte. Vielleicht war genau das die Absicht, ihn da hineinzuziehen. Er sollte wissen, dass genau er gemeint war, wenn er auch noch nicht wusste warum. – Er ließ es lieber darauf ankommen, erklären zu müssen, warum er den Tatort aus Panik verlassen hatte.
Umsichtig und vorsichtig verließ er das Haus über ein zerbrochenes Fenster im Erdgeschoss, ging hinten herum bis zu dem Waldweg, der um das Grundstück lief, so dass er wie ein Spaziergänger auf einem kleinen Umweg zum Parkplatz gelangte.

Der Nebel über Regensburg hatte sich noch nicht gelichtet. Seit drei Tagen lag die grauweiße Suppe im Donautal. Ringsum, bereits jenseits der Winzerer Höhen dagegen strahlender Sonnenschein.

Über Funk kam die Meldung, dass ein anonymer Anrufer, vermutlich ein alkoholisierter Penner, eine Leiche in der Kapelle des verlassenen Etterzhausener Domspatzeninternats entdeckt habe. Klein schaltete das Blaulicht ein, um sich den Umweg über die Nibelungenbrücke zu ersparen und fuhr über die Steinerne Brücke. In Winzer verdichtete sich der Nebel. Die Weinberge waren nur noch zu erahnen und die Folien über den Gemüsebeeten ließen die Landschaft bodenlos schweben. Kurz nach Mariaort lichtete sich der Nebel und auf der Druideninsel gewannen die Bäume an Schärfe gegenüber der ruhig fließenden Naab. Am Granitwerk schließlich freie Sicht und spürbar wärmere Luft.

Er war schon lange nicht mehr hier gewesen. Während seines ersten Jahres in Regensburg war er sonntags oft zum Essen in die Schlossbrauerei von Etterzhausen gegangen. Brauerei und Wirtshaus waren seit langem geschlossen, die Fenster vorhanglos und blind von Dreck. Im ehemaligen Biergarten stapelte sich der Unrat.
Klein parkte seinen Wagen vor dem verlassenen Gebäude, überquerte die B8 und nahm denselben Weg wie früher, wenn er gesättigt einen Spaziergang zur Räuberhöhle unternahm, der ihn manchmal bis zur kleinen Wehrkirche nach Penk führte.
Der schmale steinige Pfad stieg unmittelbar von der Bundesstraße aus steil an, auf beiden Seiten mit dichtem Gestrüpp bewachsen, das sich erst bei dem umzäunten Freigelände des Domspatzeninternats lichtete. Seit dem Umzug der Schule nach Pielenhofen benutzte kaum mehr jemand diesen Weg ins Dorf.
Der Zaun war niedergetreten, so dass Klein direkt zur Kapelle gelangte. Wie ein Fremdkörper an das Hauptgebäude gehängt, mit einem stark nach Osten geneigten Dach, wirkte der Bau ohne

Fenster wie ein Bunker. Die offen liegenden Abdrücke der Holzverschalung erweckten den Eindruck brüchiger Adern, durchblutet vom Ausfluss der rostigen Armierung. Unregelmäßig eingesetzte farbige Glasbausteine unterbrachen die Betonwand.
Dort, wo sich vermutlich die Sakristei befunden hatte, stand eine Eisentür halb offen. Das Gras wucherte bis in die Sakristei hinein. Offensichtlich hatte seit längerem niemand diesen Zugang benutzt.

Von den Einbauschränken war nicht mehr viel übrig. Inmitten des schmalen Raums eine alte Feuerstelle. Sein Blick fiel direkt auf den gemauerten Altar.
Der Tote lag daneben, das Gesicht umspielt von roten und grünen Lichtstreifen, die die Morgensonne durch die Glasbausteine der Ostwand warf.
Hellgraue Flanellhose, dunkelbraune Wildlederjacke weißes Hemd und braune, doppelt genähte Lederschuhe. Glatt rasiert, kurz geschorene angegraute Haare mit einer blaugrünen Strähne über dem linken Ohr, ein kleiner goldener Ohrring. Blutig rußige Flecken auf den Handrücken.

Spuren von gerippten Sohlen zeichneten sich auf dem Zementboden ab, vermutlich von dem anonymen Anrufer, der die Kapelle über die brüchige Betontreppe, die zum Hauptgebäude führte, verlassen hatte.

Klein stieg ebenfalls die Treppe hoch, betrat den Flur, rief die Techniker an und wartete eine Zigarette rauchend vor dem Gebäude. Nachdem er die Kollegen eingewiesen hatte, fuhr er nach Regensburg zurück. Der Nebel war etwas lichter geworden und er beschloss, weil er noch nicht gefrühstückt hatte, in die Wurstkuchl zu gehen.

Seit seiner Versetzung vor fünf Jahren ging er gelegentlich hierher. Unter all den Touristen, die vor der historischen Wurstkuchl

die Steinerne Brücke und die Donaustrudel bestaunten und Urlaubsfotogruppen bildeten, konnte er sich gleichfalls als Fremder fühlen, eine Sentimentalität, die er auch im Dom empfand, vor allem im Winter, im Hochamt Donnerstag morgens. Ganz hinten stehend im Dunkeln, in der Kälte, der Orgel lauschend, die alle Gedankenspiralen entwirren half.
Ähnlich entrückt fühlte er sich hier in der Wurstkuchl. Nicht dass er von den Würstl über die Maßen begeistert gewesen wäre, an die fränkischen kamen sie nicht heran, und die Angewohnheit, sie lediglich zweiseitig anzubräunen war ihm zuwider, aber das Kraut und die Schwarzer Kipferl schmeckten unvergleichlich. Klein nahm sich ein Kipferl und zog seinen Block heraus für einige Notizen. Als der Ober vorbeikam, sagte Klein:
»Acht Dunkle und ein Wasser.«
»Dunkle?« »Ja, bitte, auch wenn es länger dauert.«
Diese Kapelle war ein merkwürdiger Ort, um seinem Mörder zu begegnen. Es sah nach einer Verabredung aus, die mit einem Schuss von hinten in den Kopf endete. Man konnte sich auf einem Parkplatz, nachts in einer Kneipe, in einem Park, im Wald oder weiß Gott wo treffen, warum ausgerechnet in der Hauskapelle eines ehemaligen Internats? Er musste die Berichte abwarten.
Klein wollte, bevor er ins Büro fuhr, noch ein paar Minuten die Sonne genießen, die endlich den Nebel bei Seite geschoben hatte, dann rief er in der Vermisstenstelle an. Keine passende Meldung, dabei musste der Tote nach seiner Einschätzung schon längere Zeit dort liegen.

Die ganze Sache passte ihm überhaupt nicht ins Konzept. Zwei Wochen vor seinem Urlaub musste das passieren. Gott sei Dank hatte er angegeben, gebucht zu haben. Hoffentlich ließ sich die Sache schnell aufklären, er mochte diesen Druck nicht. Am meisten ärgerte ihn, dass er die Akten so führen musste, dass ein anderer etwas damit anfangen konnte. Mit seinen üblichen Dreiuhrnachtszetteln ging das nicht.

Wie sagte sein früherer Vorgesetzter einmal so schön, »Sie sind nicht teamfähig, zu ungeduldig, ehrgeizig und kurzschlüssig«. Mit dem jetzigen Chef kam er ganz gut zurecht. Alteingesessen, wartete er auf seine Pensionierung im nächsten Jahr und war nicht auf Umstrukturierungen aus. Hauptsache der Laden lief und es gab keine Probleme. Kleins letzte Beurteilung war weitgehend aus der alten abgeschrieben, allerdings unter Abmilderung von Schönheitsfehlern. Im persönlichen Personalgespräch, das vor zwei Jahren eingeführt worden war, wies ihn der Chef aber auf seine eigenwillige Aktenführung hin, die es einem Stellvertreter schwer mache, einen Fall zu übernehmen.
Dieser Satz fiel ihm jetzt wieder ein. Deshalb musste er in diesem Fall zügig zu Ergebnissen kommen und, auch wenn es ihm schwer fiel, saubere Berichte liefern, sonst würde er im Urlaub keine Ruhe haben.

Auf seinem Schreibtisch lag bereits eine rosa Mappe mit vorläufigen Ergebnissen der Untersuchung. »Eduard, Wilhelm Meier: Geboren 14. November 1952, wohnhaft Alte Kneitinger Straße, Etterzhausen-Goldberg, Kreis Nittenau. Selbstständig ohne Berufsangabe. Schuss von hinten in den Kopf mit einem großen Kaliber. Der Tod trat sofort ein.« Rot unterstrichen war der Satz: »Der Fundort ist nicht der Tatort, die Leiche wurde bewegt, Spuren von Granitstaub. Details folgen.«
Mit einem Blick auf die Landkarte stellte Klein fest, dass es sich bei dem Goldberg um einen Hügel gegenüber von Etterzhausen handelte, auf der anderen Seite der Naab. Nach einigen Computerrecherchen rundete sich das Bild ab. Seit neun Jahren als Zweitwohnsitz am Goldberg gemeldet. Erstwohnsitz in Wien, aber in der angegebenen Wohnung dort wohnten seit fünf Jahren andere Leute. Keine Angehörigen bekannt.
Klein wollte sich das Haus ansehen und nahm sich Werkzeug mit, weil bei dem Toten keine Schlüssel gefunden worden waren.

Es handelte sich um ein altes Bauernhaus, schräg an den Hang

gebaut, ohne Keller, das Dach tief heruntergezogen. Das Schloss bereitete keine Probleme. Durch die kleinen Fenster fiel nur wenig Licht. Links vom Flur lag die Küche mit einem schweren alten Eichentisch und einem Küchenbüfett aus den fünfzigerjahren. Der Gasherd war gediegen, modern. Auf der Granitplatte, die bis zum Fenster reichte, lag aufgeschlagen ein italienisches Kochbuch: »Cannelloni con Asparagi e prosciuto crudo«. Der Text in Italienisch. Auf dem Tisch eine halbvolle Kaffeetasse.
Das Wohnzimmer, die ehemalige Bauernstube, wurde dominiert von Bücherwänden. Bei jedem Schritt knarzten die schweren Eichendielen. Kein Fernseher, aber eine moderne Musikanlage, deren Lautsprecher sich auf eine lange und tiefe Couch mit Leinenbezug richteten, vor der ein japanischer Teetisch stand. Darauf zusammengefaltet die Wochenendausgabe der Neuen Zürcher Zeitung. Auf der anderen Seite des Flurs kam er in ein großes Arbeitszimmer mit einem schweren Rolloschreibtisch, auf dem ein Lederkoffer lag. An den Wänden hingen Landschaften des 17. und 18. Jahrhunderts. Klein steckte den Computer, der auf Stand-by geschaltet war, aus und stellte ihn in den Flur. Der kleinste Raum wurde als Schlafzimmer genutzt. Ein breites Bett, ein Schrank, zwei Stühle, sonst nichts.
Klein verstaute den Computer im Kofferraum, ging zu dem hundert Meter entfernten Nachbarhaus und läutete. Eine junge Frau öffnete ihm. Er wies sich aus und fragte, ob sie Herrn Meier kenne. Sie zögerte. »Ist etwas passiert?« »Ja – Herr Meier ist tot, wir ermitteln.«
»Tot sagen Sie?«
Klein konnte keine besondere Erregung in ihren Augen und ihren Bewegungen feststellen. Sie blieb ganz ruhig, eher nachdenklich. »Ein ungewöhnlicher Mensch« sagte sie, »lebt sehr zurückgezogen und ist oft auf Reisen, dann kümmere ich mich um seine Pflanzen und den Garten.« »Hatte er häufig Besuche?«
»Besuche – nein, nur eine Putzfrau, ich glaube eine Polin, die alle Dienstage kommt.«
»Wissen Sie, wie sie heißt und wo sie wohnt?«

»Ich hab sie nur ein paarmal gesehen, aber da sie kaum deutsch spricht, entsteht keine Unterhaltung. Ich kenne nur ihren Vornamen: Tamara.«

»Das klingt aber eher nach einer Russin.«

»Mag sein.«

Die junge Frau drehte sich um, schaute in die Wohnung hinein und horchte. »Wie ist Herr Meier gestorben, – ein Unfall?«

»Er ist ermordet worden, drüben in der Kapelle des ehemaligen Domspatzeninternats.« Sie sah ihn überrascht an: »Komisch – aber da fällt mir ein, dass er eine Reihe von Platten der Domspatzen in seinem Wohnzimmer hat. – Und warum ermordet?« – »Wissen wir noch nicht. – Haben Sie ihn in den letzten Tagen gesehen?«

Sie dachte nach: »Ja, vor etwa drei Tagen«. –

»Wenn Sie seine Pflanzen versorgt haben, dann kennen Sie doch seine Wohnung und haben bestimmt einen Schlüssel.« »Ja.«

»Könnten Sie mitkommen und nachsehen, ob etwas fehlt oder Ihnen ungewöhnlich vorkommt?«

Sie stand auf: »Okay – wissen Sie, er lebte zurückgezogen – wir haben nur wenig miteinander gesprochen. Aber er war immer sehr freundlich und brachte mir von seinen Reisen oft etwas mit.«

»Was zum Beispiel?«

»Meistens leckere Spezialitäten, rumänischen Eichenhonig, italienische Wildschweinsalami und einmal eine Sachertorte, was es hier so nicht gibt. Ich freu mich schon immer darauf und bin sehr gespannt – das wird ja nun wohl nichts mehr.«

»Wohl nicht. Was wissen Sie sonst noch?«

»Herr Meier hat dieses alte Bauernhaus vor etwa zehn Jahren gekauft. Außen hat er wenig geändert, aber innen ist es sehr gemütlich eingerichtet.«

Sie gingen durchs Haus. Sie sah sich genau um und nickte an einigen Stellen wie zur Bestätigung, dass alles auf seinem gewohnten Platz stand. Im Arbeitszimmer blieb sie stehen, sah auf den Schreibtisch und sagte:

»Das hätte er nicht getan … den Lederkoffer hatte er immer bei

sich, wenn er das Haus verließ oder er sperrte ihn in den Wandtresor.«
»Tresor?« fragte der Kommissar.
»Ja hinter der großen Moorlandschaft im Wohnzimmer ist ein Wandtresor eingelassen. Ich weiß es, weil ich einmal an das Bild gestoßen bin und dabei den Tresor gesehen habe.«
Klein sah sich das Kombinationsschloss an – für die Techniker wohl kein Problem.
»Fällt Ihnen sonst noch etwas ein?«
»Naja, ich glaube, er wollte letzte Woche nach München, er hat mich nämlich gefragt, ob mein Mann gerne ordentliche Weißwürste mag.«
Klein ging zum Kühlschrank und fand die bereits schrumpeligen Würste.
»Ich denke, die wird Ihr Mann nicht mehr essen wollen«, und zu ihr gewandt, »Haben Sie eine Ahnung, womit Herr Meier sein Geld verdiente?«
»Ich weiß nur, dass er viel unterwegs war, dann war er meistens recht gut angezogen und nahm seinen Koffer mit – mehr weiß ich nicht - da fällt mir ein, dass sein Auto nicht da ist, ein grüner Mazda 323.«
»Danke, vielleicht brauchen wir Sie später noch einmal.«
»Kein Problem.«
Klein nahm den Koffer an sich.
Bevor er ins Büro zurückkehrte, fuhr Klein noch einmal zum Internat. Kurz davor, in einer Seitengasse, sah er den Mazda und rief gleich bei der Spurensicherung an, damit sie sich im Bauernhaus umsehen und den Wagen untersuchen. Wegen der Putzfrau fragte er bei einem Bekannten im Einwohnermeldeamt nach, der versprach, sich darum zu kümmern.
Jetzt kam es darauf an, was die Techniker finden würden. Er musste Hinweise für seine Vermutung suchen, dass Meier auf seinen Reisen dem An- und Verkauf von Büchern und Autographen nachging.

Das Internat ging ihm auf der Heimfahrt nicht aus dem Kopf. An so einem Ort verabredet man sich nur, wenn einer von beiden oder beide eine Beziehung zu diesem Ort haben, zum Beispiel als ehemalige Schüler.
Schallplatten der Domspatzen hatte er im Haus gesehen. – Er ärgerte sich nur, dass er das Bücherregal nicht nach Hinweisen durchgesehen hatte. Möglich, dass Meier bei den Domspatzen gewesen war. Dann muss es im Internat Aufzeichnungen oder Jahresberichte geben, in denen Eduard Meier vorkam. Er machte sich eine Notiz auf seinem Block.
Der Goldberg war, entsprechend seinem Namen, in das intensive Licht der untergehenden Sonne getaucht. Klein fuhr gleich nach Hause, um sich umzuziehen, bevor er sich mit einigen Kollegen im Brandlbräu traf.
Noch am Abend trieb Klein die Neugierde. Nachdem er sich Gummihandschuhe übergezogen hatte, öffnete er mit einem Schraubenzieher den Koffer. Seine Enttäuschung war groß und er brummte unwillig. Einige alte Briefe. In einem Seitenfach klemmten Kugelschreiber in verschiedenen Farben und ein abgerissener Zettel mit der Zahl 2433. Die Briefe waren in altdeutscher Schrift geschrieben auf ganz merkwürdig dickem faserigen Papier. Kaum etwas war zu entziffern. Seine Großmutter hatte diese Schrift noch gelernt und in der Schule erklärte ein Deutschlehrer während einer Vertretungsstunde einiges dazu, aber mehr als Kuriosum. Ihn hatte das wenig interessiert, olle Kamellen, zu nichts nütze. Mehr enthielt der Koffer nicht, kein Hinweis auf Meiers letzten Aufenthalt.
Im Büro lag der Bericht der Spurensicherung bereits auf seinem Schreibtisch. Vorher wollte er aber noch zusammenstellen, was zu tun war, dazu riss er ein neues Blatt vom DIN A4-Block und hefte es an die Pinnwand.

domgymnasium
einwohnermeldeamt
computer
alte briefe?

»Todeszeitpunkt etwa vor 36 Stunden. Die Fingerabdrücke eines Eduard Meier mit den Daten des Verstorbenen sind bei uns registriert. Sie wurden anlässlich einer Diebstahlanzeige vor 15 Jahren genommen. Meier wurde damals entlastet.« Mit rotem Filzstift stand über dem Bericht: »Viele identische Fingerabdrücke im Haus – stimmen mit den registrierten Abdrücken des Opfers nicht überein.« Wie geht das denn? Er rief sofort an: »Hallo Hans, sag mal, wie ist das mit den Fingerabdrücken – ihr habt keinen einzigen von Meier gefunden?«
»Ja und nein.«
Klein überlegte kurz, »Bist du noch da?«
»Ja.«
»Ich verstehe das nicht, die Fingerabdrücke stimmen also nicht mit seiner Hand überein?«
»Nein, nein«, rief Hans, »anders. Die Fingerabdrücke im Haus passen zwar zu seiner Hand aber nicht zu den vor 15 Jahren von ihm abgenommenen Abdrücken. Jetzt alles klar?«
»Ja, ja, ich verstehe, aber was soll das werden?«
»Das ist dein Job, das herauszufinden.«
»Okay, ich bringe dir noch einen Koffer und den Computer von Meier vorbei, die du bitte auch auf Fingerabdrücke untersuchst. Was ist mit dem Auto?«
»Soweit bin ich noch nicht, den haben noch die anderen in der Mache.«
Klein legte auf, ging zum Fenster und sah auf den Minoritenweg hinaus. Die stumpfe Behördenfassade gegenüber half, die Gedanken zu ordnen.
Touristen verirrten sich in diese Gegend kaum. Hier gab es nichts zu sehen. Die komische Cäcilienkirche am wenigsten, sie fand nicht einmal in der Internetliste der Regensburger Kirchen Erwähnung. Er hatte sich einmal hineinverirrt, erbaut 1899–1902 als Übungskirche für die in der Nachbarschaft gelegene Kirchenmusikschule. Keine Ahnung, ob die Ausstattung neoromanisch oder so war, jedenfalls merkwürdig überladen und bedrückend. Stadtauswärts lagen die Zuckerfabrik und das Domgymnasium.

Diesem Gedanken folgend, wollte er mit seinen Nachforschungen dort ansetzen, bis die ausstehenden Berichte vorlagen. Er suchte die Nummer heraus. Es meldete sich eine tiefe scharfe Stimme: »Dompräbende, Oberin Schwester Gottholda.« Er legte wieder auf. Ein Spaziergang würde ihm gut tun, zumal endlich die Nebeltage vorbei waren und die Herbstsonne angenehme Wärme versprach, außerdem trieb ihn die Neugierde, sich den Musentempel der Domspatzen einmal aus der Nähe anzusehen.

Den vierstöckigen Kasten des Domgymnasiums fand er nicht besonders anheimelnd. Rechts vom Eingang stand tatsächlich eine Art Tempel-Kuppelbau wohl der vielgepriesene Konzertsaal. Zur Pforte führte eine steile Treppe aus Verona Rosso. Schwester Gottholda empfing ihn ungnädig:
Zu wem er wolle? Es sei keine Besuchszeit. Er wies sich aus und fragte nach der Internatsleitung.
Sie musterte ihn über ihre Brille hinweg und zog die Luft hörbar durch ihre scharfgeschnittene Nase, als wolle sie prüfen, ob er nach Schwefel roch.
Sie eskortierte ihn ohne ein weiteres Wort.
Eine hohe gläserne Schwingtüre führte in einen Gang, der links mit spielenden und musizierenden Kindern im Stil der Fünfzigerjahre bemalt war. Rechts konnte er hinter dem bepflanzten Innenhof das Hallenbad sehen. Nach der nächsten Glastüre kam der Speisesaal, lautes Tellerklappern und der intensive Geruch von Kartoffelpuffern und Sauerkraut stieg ihm in die Nase. Vorne, auf einem Podest saßen einige schwarz gekleidete Männer. Oberin Gottholda ging nach vorne, beugte sich zu einem grauhaarigen Mann im schwarzen Habit und deutete, während sie mit ihm sprach, auf Klein. Der Mann stand auf und ging mit verschlossen ernstem Gesicht auf ihn zu. »Guten Tag, ich bin der Internatsleiter. Was kann ich für Sie tun – hat einer unserer Schüler etwas angestellt?«
»Nein, nein, ich will nur eine Auskunft.«
Sie bogen gemeinsam in den rechten Seitenflügel ein, vorbei an

Klassenzimmern und Übungsräumen. Klein sah durch eine der runden Glasscheiben, die in die Türen auf Augenhöhe eingelassen waren und blickte in einen kaum drei Quadratmeter großen Raum, in dem ein Klavier stand. Die Wohnung des Direktors bestand aus zwei bescheiden eingerichteten Räumen, an einer Wand eine große Landkarte der Krim, gegenüber ein Kruzifix.
Der Direktor setzte sich in einen einfachen Sessel und bot ihm einen Platz auf dem Sofa an.
»Ich interessiere mich für jemanden, der möglicherweise Schüler an ihrem Institut war.«
»Um wen geht es?« Klein holte aus seiner Brusttasche den Notizblock und las vor: »Ein gewisser Eduard Wilhelm Meier, Jahrgang 1952, der nach meiner Vermutung im Etterzhausener Internat gewesen sein könnte.«
»Das dürfte dann etwa um 1962 herum gewesen sein.«
»Gab es da die Schule in Etterzhausen schon?«
»Ja – ich kann Ihnen die Jahresberichte aus dieser Zeit bringen lassen. Meier ist natürlich kein seltener Name, auch nicht in unserem Haus. Die Suche dürfte aber nicht schwierig sein, weil wir erst kürzlich eine CD mit allen Namen herausgegeben haben.«
Er ging zu seinem Computer, schaltete ihn an, nahm eine CD aus dem Regal und legte sie ein: »Er könnte dann Anfang der Siebziger Jahre Abitur gemacht haben.« Auf dem Bildschirm erschienen Schülerlisten der einzelnen Jahrgänge. In die Suchfunktion gab der Direktor den Namen ein. »Tut mir leid, in dem Zeitraum haben wir keinen Meier, nur einen mit ay, und Klaus.«
Klein fragte: »Kann ich eine Kopie der CD haben und die entsprechenden Jahresberichte?« »Sicher.«
»Ich würde die Sachen morgen abholen lassen, wenn es recht ist.«
»Das lässt sich machen, am besten wenn Unterricht ist.«
»Danke.«
Während ihn der Direktor zur Pforte begleitete, stellte Klein noch einige Fragen zum Internatsleben und äußerte, dass er sich keine zehn Jahre unter solchen Umständen vorstellen könne.

Der Direktor lachte: »Das ist eine Frage der Gewöhnung, mittlerweile haben unsere älteren Schüler gemütliche Zweierzimmer, die sie nach ihren Vorstellungen gestalten können. Früher war das anders, da hausten auch die Abiturienten noch zu viert in einem Raum mit Stockbetten. Ausgang nur am Wochenende bis 22 Uhr. Aber das waren eben andere Zeiten.«
»Und wie ist es mit der Disziplin?«
»Wir haben zwei Sozialpädagoginnen, damals kam dagegen angeblich noch öfter der Stock zum Einsatz.« Klein, sah den Direktor von der Seite an:
»Tatzen auf die Finger?«
»Man muss sich den Einsatz des Stockes, was ich so gehört habe, etwas intensiver vorstellen.« sagte der Direktor schmunzelnd.
Klein war froh, als er das Haus verließ. Schwester Gottholda war in ihr Brevier vertieft.
Im Büro fand er den vollständigen Bericht der Spurensicherung. An Auto und Koffer war, wie erwartet, derselbe Befund bezüglich der Fingerabdrücke. Die Auswertung des Computers hatte einen sauberen Internetrechner ergeben. Außer der unbedingt notwendigen Software keine Dateien. Im E-Mailbereich aber eine umfangreiche Adressenliste; sie lag gedruckt bei.
Aus dem Handschuhfach stammte der Übernachtungsbeleg eines Münchner Hotels, ausgestellt 14 Tage vor seinem Tod. Im Bericht war ausdrücklich vermerkt und rot unterstrichen, dass in dem Haus am Goldberg keinerlei Hinweise auf die geschäftlichen Aktivitäten von Meier auffindbar waren, nicht einmal Kontoauszüge oder Bankverbindungen. So ein »aufgeräumter« Haushalt sei dem Team selten begegnet. Im Tresor lag eine größere Summe Bargeld, 45.000 Euro in großen Scheinen, ohne brauchbare Fingerabdrücke, sonst nichts.
Das Fehlen von Unterlagen ist ein Hinweis, dachte Klein. Offensichtlich war der Tote sehr auf diese Art Reinlichkeit bedacht, folglich musste er etwas zu verbergen gehabt haben. – Er war also tatsächlich in München gewesen. Klein rief die Spurensicherung an: »Habt ihr den Telefonanschluss überprüft?«

»Er hatte keinen Festnetzanschluss, sein Handy war mit einer österreichischen anonymen SIM-Karte ausgestattet.« Klein dankte und verfiel ins Grübeln, legte seinen Notizblock bereit, rekapitulierte murmelnd die einzelnen Daten und malte sie spontan auf seinen Notizblock.

Klein nahm nochmals den Telefonhörer: »Entschuldige, ich bins noch mal, was ist mit den Briefen – denen aus dem Koffer?«

»Ach ja, richtig, auch da waren seine, beziehungsweise nicht seine Fingerabdrücke drauf. Die Briefe waren erkennbar neu gefaltet, ziemlich unordentlich, und was lustig war, auf zwei Briefen Urinspuren.«

»Urinspuren?«

»Ja genau, wie wenn er sich die Briefe in die Hose gestopft hätte, merkwürdig gell?«

»Hast du irgendeine Meinung zu den Briefen, zum Beispiel was er damit wollte?«

»Du, ich hab keine Ahnung, unser Schriftexperte meint, sie stammen aus verschiedenen Zeiten, angefangen vom 16. Jahrhundert aus der Republik Venedig bis ins 18. Der Briefinhalt besteht teilweise aus Zifferncodes. Manche sind in Italienisch; bei anderen ist nicht ganz klar, in welcher Sprache sie geschrieben sind. Hier an der Uni gibt es einen Experten für Paläographie, der kann dir vielleicht mehr dazu sagen, aber ich glaube nicht, dass der Inhalt dieser Briefe irgendeine Rolle in diesem Fall spielt, deshalb habe ich sie nicht weiter erwähnt.«

Um nicht weiter nachgrübeln zu müssen wählte Klein die Nummer der Universität. Es handelte sich bei dem Experten um einen Lehrbeauftragten, der sich im Urlaub befand. Für alte Briefe gebe es einen Sachverständigen der IHK in München. Klein erhielt den Namen und die Telefonnummer. Komisch, dachte Klein, nicht nur dass der Tote geheimniskrämert, sondern auch die Briefe, die er besaß. Spielten die Briefe irgendeine Rolle?

Er verwarf den Gedanken wieder. Wie konnten so alte Briefe heute ein Motiv für einen Mord abgeben? Er wandte sich den E-Mail-Adressen zu und stutzte, weil einige Adressen, auf Antiquariate und Auktionshäuser in ganz Europa hinwiesen. Er musste noch einmal in das Haus und endlich das Bücherregal ansehen.

Bereits im Auto zögerte er mit dem Start, zog sein Handy und wählte die Nummer eines alten Bekannten im Münchner Polizeipräsidium. »Hallo Max, ich bins, Erwin Klein.«
»Griaß di, alter Franke, wos is los?«
Klein verdrehte die Augen mit einem dankbaren Stoßgebet, dass er damals einer Versetzung nach München widersprochen hatte. Oberbayerische Jovialität war schwer zu ertragen und erzeugte bei ihm Aggressionen.

Er hatte Max bei einer Fortbildung in München kennengelernt. Sie waren im Salvatorkeller versumpft, bis hin zur Verbrüderung der fränkischen Separatisten mit den bayerischen Royalisten. Nachdem sich Klein als hartnäckiger Fußballignorant zu erkennen gegeben hatte, musste er sich an diesem Abend bis zum Überdruss den Spruch anhören, man müsse Gott für alles danken, auch für Mittel-, Ober- und Unterfranken. Zu fortgeschrittener Stunde ging er aber dann doch eine Wette auf den Klassenerhalt der Nürnberger »Glubberer« ein, die ihm einige Zeit später einen Kasten Weißbier einbrachte.

Betont hochdeutsch antwortete Klein: »Ich hätte eine Bitte: Kannst du für mich herausbekommen, welche Buch- und Antiquitätenauktionen in letzter Zeit in München stattgefunden haben und welche Antiquariate dort sind?« Max antwortete in breitem Dialekt: »Heit no? Bei dem schena Wetter? Es hat an Pfundsföhn, olle sans narrisch.«
»Es wäre hilfreich.« Der andere lachte meckernd:
»Sag amal, wie geht des Sprücherl glei wieder? In Nämberch, wo di Hosn Hasn und die Hasn Hiesn husen?« Klein lachte laut: »Maximilian«, sagte er, jede Silbe betonend, »ihr Oberbayern werdet die gehobene Kultur jenseits der Donau nie kapieren. Übrigens heißt der Spruch: Wou di Hosn Husn und die Husn Hosn

haasen.« Beide lachten. Max versprach, sich um die Sache zu kümmern und verabschiedete sich herzlich, nicht ohne den erneuten Versuch, eine Art fränkischen Dialekts nachzuahmen.
Die Fensterläden an Meiers Haus waren geschlossen. Auf dem Küchentisch lag ein abgerissener Zettel: »bittä ruf mir an. Natascha« Sie hatte sauber gemacht. Von der Arbeit der Spurensicherung war nichts mehr zu sehen. Er ging ins Arbeitszimmer zum Bücherregal. Zwei Regalfächer befassten sich mit der Geschichte Bayerns, unter anderem die neue Biografie von Montgelas, die er bei Pustet in der Auslage gesehen hatte. Ihn interessierte dieser Mann ebenfalls und er nahm das Buch heraus, schlug es auf und fand einige handschriftliche Notizen in Bleistift: »nein, Adalbert missverstanden« an einer anderen Stelle »Vgl. Lang II, S. 180«. Das Buch hatte bereits Eselsohren und sah intensiv benutzt aus. Klein kannte sich nicht gut in Geschichte aus, sein Interesse galt mehr merkwürdigen Lebensläufen von Menschen, die ihre Vorstellungen eigenwillig und unbeeindruckt von anderen durchsetzten, ein bisschen auch der Tragik von Unverstandensein, wie es wohl bei Montgelas nach seiner Entlassung der Fall war, soviel er wusste. Ihm wurde in der Schule eine gewisse Ehrfurcht vor Büchern beigebracht; Meier dagegen schmierte darin herum, als wären Bücher nur Formulierungsvorschläge.

Darin, dass er eigentlich mit Geschichte, oder besser mit Ausarbeitungen von Historikern nicht viel anfangen konnte, aber andererseits mit Interesse Biografien las, lag zwar ein gewisser Widerspruch, den er aber nicht erklären konnte noch wollte. Diskussionen darüber hatten mehrfach in Endlosschleifen grundsätzlicher methodischer Erörterungen geführt, denen gegenüber er sich dann ermattet auf seine Inkompetenz berief. Letztlich blieb ihm unverständlich, wie jemand die Beschäftigung mit der Vergangenheit zum Lebensinhalt machen konnte. Er lebte in der Gegenwart – und es wiederholte sich ohnehin alles, gesteuert von den wenigen Triebfedern menschlichen Handelns, mit denen er in seinem Beruf täglich konfrontiert war.

Aus der Geschichte gab es nichts zu lernen, zumindest nicht aus dem, was die Historiker erzählten. Nach seiner Vorstellung wäre eine Art Strategiegeschichte sinnvoll. Ausgehend von den häufigsten Problemstellungen müsste man die bisherigen Lösungsansätze zusammenstellen und ihre Wirksamkeit oder Untauglichkeit an Beispielen durchspielen. Dazu kann man auf historische Beispiele zurückgreifen, muss aber nicht. Bei den Milliarden von Menschen, die es gab, stellten sich diese Fragen jeden Tag zur Genüge, um daraus Lösungsstrategien abzuleiten.

Klein sah auf die Uhr, es war bereits kurz nach 18 Uhr. Die Sonne versuchte, den Herbst noch einmal hinauszuzögern, deshalb entschied er sich für den Biergarten im Brandlbräu. Ein kräftiges Dunkles würde ihn vor dem Grübeln bewahren, dazu ein Schweinebraten in Biersoße, die Spezialität des Hauses. Unter einer breit ausladenden Kastanie nahm er Platz und lächelte die Bedienung an.
»Herr Kommissar, hams an Kummer?« Er verneinte, sah auf die breiten Hüften von Berta und gab seine Bestellung auf. Aus einem Wohnhaus in der Umgebung klang laut Musik. Die farbigen Glühbirnen zwischen den Bäumen warfen ein diffuses Licht. Berta brachte die Mass und sagte bedauernd:
»Di Sau is aus, ham grad frische Haxn.« Klein nickte, wissend, dass er sich damit eine unruhige Nacht einhandelte. – Er brauchte sicher danach einen kräftigen Schluck aus seinem Certosavorrat.[1]

Klein konnte sich darauf verlassen. – Wenn etwas in seinem Kopf rumorte, dann bedurfte es nur einer eingeschliffenen Zeremonie. Ins Bett legen, eine Kanne Tee aus Melisse/Johanniskraut, seine gewohnten Utensilien auf dem Nachttisch, unter anderem Japanöl, Ohropax, Notizblock/Bleistift und ein dickes Buch. Sobald er sich davon überzeugt hatte,

---

1 Fernet Certosa, aus dem heutigen Zisterzienserkloster Certosa di Firenze.

dass alles auf seinem Platz lag, legte er sich auf die Seite, griff nach dem Roman und schlug ihn an der eingemerkten Stelle auf. Er hatte eine klare Vorstellung davon, welche Kriterien seine Einschlaflektüre erfüllen musste. Äußerlich durfte das Buch einen Umfang von 400 Seiten kaum überschreiten, weil es sonst nicht mehr plan auf dem Betttuch lag und ständig zuklappte. Utensilien, um das zu verhindern, hatten sich als hinderlich beim Einschlafen erwiesen. Gebundene Bücher eigneten sich besser als Taschenbücher, mit dem Nachteil, dass sie meist eine größere Fläche beanspruchten. Inhaltlich kamen sowohl Biografien, historische, aber auch Kriminalromane und Unterhaltungsromane infrage, die zwar nicht seicht, aber auch nicht zu anspruchsvoll und schon gar nicht allzu spannend sein durften, weil er sich sonst festlas und die im Hintergrund arbeitenden Gedanken überlagert wurden. Er trank dabei kaum mehr als eine Tasse Tee, aber es entsprach seinem Bedürfnis, eine Kanne neben dem Bett zu wissen, um gelegentlich nachts noch einen Schluck kalten Tee zu haben. Sobald ihm der Faden beim Lesen abriss und er Sätze mehrmals lesen musste, merkte er ein, legte das Buch beiseite, nahm die Brille ab, löschte das Licht und war im selben Moment eingeschlafen.

Unter solchen Bedingungen bestand eine gute Chance, nachts gegen drei Uhr (warum ausgerechnet zu dieser Zeit, wusste er nicht, war ihm aber auch nicht nachdenkenswert) aufzuwachen. Wach und völlig klar im Kopf, kamen ihm dann die besten Ideen, alles hatte sich geordnet, im Gehirn arrangiert und war gereift. Wenn er dann versäumte, diese Gedanken niederzuschreiben, waren sie am Morgen unwiederbringlich verloren. Auf diese Weise entstanden seine Drei-Uhr-Notizzettel, die in krakeliger Schrift und kryptisch hingeworfenen Satzteilen anderntags nicht ohne Weiteres zu entschlüsseln waren.

An diesem Morgen war die Ausbeute gering. Er hatte lediglich notiert:

> Meier nicht Meier ?
> Briefe, Hose, Diebstahl

Keine Ahnung, was er sich dabei gedacht hatte. Die Haxe war ihm wohl im Magen gelegen, jedenfalls fühlte er sich unruhig und genervt. Nach dem Kurzfrühstück ließ er das Fahrrad im Hausflur stehen und ging zu Fuß von seiner Wohnung unter den Schwibbögen zum Präsidium.

Vor seinem Büro traf er Fritz aus Bamberg, der seit einigen Jahren das Betrugsdezernat leitete. Sie gingen auf einen Kaffee in die Kantine. Bei solchen Gelegenheiten, wenn er im Gespräch seine Überlegungen formulieren musste, wurde ihm meistens vieles klarer. Sie redeten über Regensburg, die Oberpfälzer und schwärmten von Franken. Mehr sentimental, ohne ernsthafte Gedanken an Konsequenzen.

Nirgends in Bayern hielten sich die historischen Gegensätze unterschwellig so standhaft wie in Franken. Obwohl nur knapp 70 Kilometer voneinander entfernt, lagen zwischen der ehemals freien Reichsstadt Nürnberg, selbstverständlich überwiegend evangelisch, und dem Bischofssitz Bamberg Welten.

Klein hatte einmal zum Geburtstag eine Stadtgeschichte Nürnbergs geschenkt bekommen, zwei Bände. Die Bilder der zerstörten Stadt 1945 fand er besonders eindrucksvoll. Da erübrigte sich jede Diskussion über den Sinn und Unsinn von Krieg. Er hatte lange am Nordostbahnhof in einer Dreizimmerwohnung gewohnt. Im Viereck gebaute dreistöckige Blocks mit Sozialwohnungen aus den Dreißigerjahren, die nur zwei Brandbomben abbekommen hatten. Der erste Neuanstrich nach dem Krieg erfolgte 1972, bis dahin konnte man noch immer die Pfeile mit dem Zusatz LSR an den Hauswänden sehen.[1]

Gerne erinnerte er sich an den großen Innenhof, gut eingewachsen mit Bäumen und Sträuchern, auf den Freiflächen Stangen zum Aufhängen der Wäsche, die in großen, holzbeheizten Bottichen im Keller gewaschen wurde. Eine Arbeitersiedlung.

---

1 In der Äußeren Bayreuther Straße 44 befindet sich heute noch ein Mietshaus aus Burgsandstein, auf dem in weißer Farbe steht: »LSR im Hof«

Nürnberg haftete lange der Nimbus der Arbeiterstadt an. Daran störte er sich nicht. Es war vielmehr die Mentalität der Leute, die er nicht vertrug. Eine Form von Engstirnigkeit und kultureller Borniertheit in großen Teilen der Bevölkerung mit einem unübersehbaren Schuss bewusst und trotzig gelebtem Provinzialismus.

Klein wollte seine bisherigen Ermittlungen auf den Punkt bringen und Fritz, dem klar war, dass er lediglich als korrigierendes und nachfragendes Medium benutzt wurde, konnte gut aktiv zuhören. Manchmal verlief diese Konstellation umgekehrt.
»Also mir scheint, dass dieser Meier, sehr viel Wert darauf gelegt hat, unerkannt zu bleiben.«
Fritz warf ein: »Eher unauffällig«.
»Keine schlechte Bezeichnung. – Und wozu?«
»Ach weißt du«, sagte Fritz, »eigentlich wundert es mich nicht, dass Leute nach Wegen suchen, aus dieser dauernden Überwachung auszubüchsen.« Klein ergänzte: »Dazu passt auch die Einrichtung seines Computers, – nur das Nötigste installiert fürs Internet, keine zusätzlichen Programme, Dateien und so.«
Fritz nickte: »Hab ich auch. Einen eigenen leeren Internetcomputer. Hab keine Lust, dass jeder Dödel in meinen Dateien herumkramt. Die Verbindung zu meinem großen Rechner geht ausschließlich über einen Stick. Wie schnell hat man sich irgendeinen Scheiß eingefangen, dann mach ich die Kiste platt und in einer halben Stunde gehts wieder. Aber der Kerl, wie heißt er gleich wieder?«
»Meier«
»Nicht wirklich, oder? Er scheint ganz listig und lustig gewesen zu sein. Was hat er beruflich gemacht?«.
»Er handelte wohl mit alten Büchern und Autographen«.
»Und das lohnt sich?«
»Anscheinend – bei der Menge an Bargeld, die er im Tresor hatte. 45.000 Euro in großen Scheinen.«
Der andere pfiff durch die Zähne: »Nicht schlecht und wahrscheinlich unversteuert. – Hast du nachgesehen, ob er bei eBay oder ähnlichen Plattformen aktiv war?«

»Nein, auf den Gedanken bin ich noch nicht gekommen.«
»Dann schau mal nach, solche Leute benutzen diese Plattformen sehr gern für ihre Geschäfte, oder eine eigene Homepage mit Shop und so.«
»Gute Idee, danke, mach ich«, bekräftigte Klein, »jetzt werd ich erst einmal die Liste aus München durchgehen, um herauszukriegen, wo der Kerl war, was er da gemacht hat, vielleicht bringt mich das weiter.«
»Mach das«, bestätigte Fritz.
Hans hatte ihm eine E-Mail geschrieben mit Adressen und Auktionsterminen in München dazu auch alle Auktionen der letzten zwei Wochen, die etwas mit Antiquitäten, Büchern oder Autographen zu tun hatten. Drei Tage vor seinem Tod, als sich Meier vermutlich in München aufhielt, fand nur eine Auktion mit Büchern, Landkarten, Grafik und Autographen bei Zissler statt. Klein rief bei der Firma an und ließ sich den Geschäftsführer geben. Er nannte seinen Namen und Dienststelle. Der Gesprächspartner hielt sich bedeckt. Klein fragte, ob er etwas über einen gewissen Eduard Meier wisse, ob der bei ihm gekauft habe.
Nach einer kurzen Diskussion über die Diskretionspflicht eines seriösen Auktionshauses erfuhr Klein, dass in der Bieterkartei der letzten Auktion kein Meier verzeichnet war. Klein fragte: »Wie funktioniert das bei Ihnen?«
»Ganz einfach, jeder Bieter füllt eine Karteikarte aus, erhält eine Nummer, die auch auf der Karteikarte vermerkt ist, und bekommt nach dem Zuschlag das entsprechende Losblatt in sein Fach. Nach der Bezahlung wird ihm das gekaufte Stück ausgehändigt.«
»Verlangen Sie einen Ausweis?«
»Nein, wenn der Bieter bar bezahlt, kann er auch Hirsemenzel angeben, das geht uns nichts an. – Diskretion, verstehen Sie? Hauptsache er bezahlt. Manche bieten ja auch in fremdem Namen, zum Beispiel als Kommissionäre oder Händler.«
Nach einer kurzen Pause, äußerte der Auktionator etwas entgegenkommender: »Ich kann aber noch in der Kartei der Besichtiger nachsehen, die sind auch registriert.«

Klein entgegnete mit leicht schnippischem Ton: »Ebenso zuverlässig?« bereute aber gleich die Bemerkung.
»Unter denselben Bedingungen, wie ich schon sagte, sind wir nicht zu Ausweiskontrollen verpflichtet.«
»Ja, ja schon gut, war nicht böse gemeint«, beschwichtigte Klein, »würde es etwas helfen, wenn ich Ihnen ein Bild von dem Betreffenden scanne und per E-Mail schicke?«
Zögernd entgegnete der Auktionator: »Wir haben momentan sehr viel zu tun mit der Abwicklung der Auktion.«
»Sie brauchen nur einen Blick auf das Bild zu werfen und es ihren Angestellten zu zeigen, vielleicht erinnert sich jemand.«
»Na gut, ich will ja nicht unkooperativ erscheinen, wenn Ihnen damit geholfen ist, aber versprechen Sie sich nicht zuviel davon.«
Der Auktionator gab ihm seine E-Mail-Adresse und versprach, sich darum zu kümmern.
Klein war zufrieden, bereitete den Scan vor und schickte das Bild an die angegebene Adresse. In dem Gefühl, einen Schritt weiter zu sein, lehnte er sich in seinem Stuhl zurück, faltete die Hände hinter dem Kopf und wippte im Stuhl leicht nach hinten.

»Verehrte Frau Dr. von Ritz, ich bin überglücklich, dass Sie mich besuchen, leider unter wenig erfreulichen Umständen, wenngleich ich bereits die notwendigen Maßnahmen zur Bereinigung der Angelegenheit ergriffen habe.« Graf M. ließ der jungen Frau mit einer einladenden Geste den Vortritt in sein Arbeitszimmer. Sie trat vor den schweren dunklen Schreibtisch, knöpfte den blauen Doubleface auf und wartete, bis der Graf hinter sie trat und fragte: »Darf ich Ihnen aus dem Mantel helfen und eine Kleinigkeit anbieten?«
»Einen schwarzen Tee gerne, mit etwas Milch.«

Die Anwältin ließ sich auf einem breiten Armlehnstuhl nieder, der in angemessenem Abstand schräg versetzt vom Schreibtisch stand. Die hohe Fensterfront gestattete einen weiten Blick über die Dächer der Vorstadt Au bis zu den schneebedeckten Gipfeln des Zugspitzmassivs.
Sie strich eine blonde Haarsträhne hinter das rechte Ohr und glättete mit der anderen ihr nach hinten gebundenes Haar. Graf M. setzte sich hinter seinen Schreibtisch und wartete geduldig, bis sie das Wort an ihn richtete:

»Die Ereignisse der letzten Tage sind nicht geeignet, als gelungen und passend apostrophiert zu werden. Ich bin beauftragt, ohne weitere diesbezügliche Einlassungen, mir Kenntnis von dem Inhalt des bewussten Briefes zu verschaffen und eine Entscheidungsvorlage für das weitere Vorgehen zu erstellen. Darf ich also um das Schriftstück bitten?«
Graf M. deutete mit dem Kopf eine Geste an, die sowohl als schlichtes Einverständnis aber auch als Verbeugung verstanden werden durfte und griff in die bereitliegende lederne Vorlagemappe, in die oben links dezent sein Wappen eingeprägt war.
»Wie Sie wissen«, sagte er, »ist der Brief von Gräfin Ernestine im Dezember 1816 verfasst, wenngleich das vorliegende Exemplar nicht von ihrer Hand stammt. Entgegen ihrer sonstigen Gewohnheit schrieb sie nicht in Französisch sondern in Deutsch.«

Frau Dr. von Ritz schwieg, ihre Augen wanderten unruhig hin und her. Der Graf sah sie an und wartete auf eine Reaktion. In einem nahezu empörten Ton fragte sie schließlich: »Wenn es sich lediglich um eine Abschrift handelt, wo ist dann das Original, und wer verbürgt uns dann die Echtheit des Inhalts?«
Der Graf fühlte sich bedrängt. Man hatte wohl nicht von ungefähr diese junge Frau für diese Begegnung ausgewählt, um ihn unter Druck zu setzen. Sie tat ja gerade so, als sei er auch noch für den Inhalt des Pakets verantwortlich. Aber er dachte nicht daran, klein beizugeben und sah erst recht keinen Grund, mit seiner Meinung hinter dem Berg zu halten: »Wie Sie wissen, bin ich meinerseits mit den getroffenen Maßnahmen nicht konform, sie schaffen eine Exponiertheit, die unserer Sache schaden wird.«
Die junge Frau lächelte und meinte dann herablassend: »Wir wissen, wie Sie darüber denken, aber es kommt hier alleine auf das weitere Vorgehen an und dazu benötigen wir zuverlässige Aussagen über die Authentizität des Textes.«
»Ich kann nur noch einmal feststellen, dass es sich nicht um das erhoffte Original, sondern lediglich um eine zeitgenössische Abschrift handelt. Ihr Urheber ist noch nicht identifiziert. Sicher ist indessen, dass diese Kopie nicht von der Hand des Oberpostmeisters Lippe stammt …«
»Dem Chef des Schwarzen Kabinetts in München«, fiel sie ihm ins Wort.
»Ganz recht. Ich nehme an, dass entweder ein Mitarbeiter in München oder der Postmeister in Regensburg die Kopie erstellte und danach das Original an die Adressatin auslieferte. Dann müsste sich das Original im Zentralarchiv Thurn und Taxis in Regensburg befinden.«
»Das könnte sein«, sagte die junge Frau nachdenklich, »zumindest bestätigen unsere Recherchen ein solches Vorgehen als damals üblich. Das Problem ist nur, dass das Original gar nicht in Regensburg ankam.«
Der Graf konnte nun seinerseits einen Überraschungslaut nicht unterdrücken: »Oh, können Sie mir das erklären?«

»Gewiss. Unsere Nachforschungen haben ergeben, dass die Fürstin Therese damals auch nur eine Kopie erhielt, die mit dem Siegel der Gräfin Ernestine versehen war. Therese wandte sich deshalb zur Klärung der Situation an Ernestine. Dieser gleichsam ›sekundäre‹ Briefwechsel ist erhalten.«
»Lässt sich daraus etwas über den Verbleib des Originals entnehmen?«
Frau von Ritz schüttelte unwillig und energisch den Kopf: »Eben nicht – die beiden Damen waren damals der Ansicht, dass es sich um eine Finte des OPM Lippe in München gehandelt habe. Der habe das Original behalten und eine Kopie an Therese geschickt, bzw., wie wir nun wissen, auch eine Kopie in die Akten gegeben.«
»Was beabsichtigte dieser Lippe damit?«
»Darüber waren sich die Damen auch nicht einig. Sicher ist aber, dass beide daraufhin beschlossen, die Kopie zu vernichten und keine weiteren Schritte zu unternehmen, weil ihr Vorhaben, mit Hilfe des Schwarzen Kabinetts die Vorgänge zu skandalisieren, gescheitert war.«
»Das heißt dann also«, sagte Graf M. nachdenklich, »außer dem Original, gibt es nur diese eine Kopie.«
»Ja, aber das heißt auch, dass wir nicht wissen, ob diese Kopie mit dem Original tatsächlich übereinstimmt«, ergänzte sie. »Halten Sie es denn für möglich, dass ein bayerischer Beamter zu einer Verfälschung bei einem so brisanten Dokument imstande wäre?«
Der Graf nickte: »Denkbar ist es, warum sollte er sonst diese Verrenkungen mit den Kopien gemacht haben? Möglich, dass dieser Lippe, der sich eindeutig gegen die Verschwörer und auf die Seite Montgelas‘ gestellt hat, eigene politische Interessen verfolgte und die von ihm umformulierte Kopie in Auftrag gegeben hat.«
»Das scheint mir alles weit hergeholt«, entgegnete sie bestimmt, »aber es kann ja nicht so schwer sein zu ermitteln, wer diese Kopie geschrieben hat, so viele Personen kommen dafür nicht infrage; ich denke da an Mitarbeiter des Kabinetts in München

oder Regensburg. Haben Sie daran schon gedacht?«
»Ich bin Ihnen dankbar für den Hinweis. Es kam mir tatsächlich nicht in den Sinn. Ich werde mich aber darum kümmern.«
Etwas spitz gab sie zurück: »Da sehen Sie, was es bringt, mit einander offen zu reden.«
Der Graf äußerte sich dazu nicht weiter, nahm vielmehr den Brief und reichte ihn Frau von Ritz: »Hier ist der Stein des Anstoßes. Bevor wir weiterreden, sollten Sie lesen, um beurteilen zu können, ob es die ganze Aufregung wert ist. Er liegt in Kurrentschrift vor – wenn Sie wollen, lese ich Ihnen den Text vor.«
Sie setzte eine Brille auf und griff danach: »Nicht nötig.«
Die Frau schlug die Beine übereinander, legte ihre Mappe beiseite und begann zu lesen. Nach einigen Zeilen blickte sie den Grafen irritiert an, der wissend nickte und die Arme zu einer »Mein Gott«-Geste hob. Sie gurrte unwillig und ihre linke Hand zog am Stoff ihrer Bluse. Gegen Ende des Textes sagte sie: »Das ist stark!«
Graf M. hatte sie die ganze Zeit beobachtet. Von ihrer kühlen, berechnend distanzierten Art war nicht viel übrig geblieben. Ihre Wangen hatten sich gerötet, wie er es einmal bei einem Bauernmädchen im Bayerischen Wald gesehen hatte, das einem Huhn hinterhergelaufen war. Für einen Augenblick verrutschte die Maske der Distanz und er fand ihre Erregung nahezu sympathisch.
Als die junge Frau den Brief auf den Schreibtisch zurücklegte, sah sie einige Sekunden stumm aus dem Fenster, straffte ihren Oberkörper, sah den Grafen an und sagte betont sachlich:
»Glauben Sie diese Geschichte?«
Der Graf sah die Gelegenheit, seine Umsicht unter Beweis stellen zu können und antwortete: »Bereits als ich erste Andeutungen über den vermeintlichen Inhalt des Briefes erhielt, ließ ich recherchieren. Dem Bericht meines Mitarbeiters nach, der mir hier vorliegt, spricht einiges für die Richtigkeit der Schilderung.«
Frau von Ritz, die wieder ruhig und kontrolliert wirkte, hob leicht die Hand: »Lassen Sie hören.«

»In der Biografie von Max Joseph deutet Adalbert an, dass der König auf einen Brief der Gräfin mit Hofverbot reagiert habe. Montgelas bringt dies in einem unveröffentlichten Schriftsatz damit in Zusammenhang, dass sie einmal den allzu stürmischen Kronprinzen abgewiesen habe.[1] Adalbert, Ludwigs Biograf, hält ein solches Abenteuer des Kronprinzen durchaus für möglich, gibt aber zu bedenken, dass er es dann, als sorgfältiger Chronist seiner amourösen Abenteuer, gewiss in seinen Aufzeichnungen vermerkt hätte.«

Die junge Frau wandte ein: »Sie vergessen aber, dass dem tatsächlich ausgesprochenen Hofverbot eine Reihe von öffentlich geäußerten Unverschämtheiten der Gräfin gegen die Majestäten vorausgingen. So soll sie anlässlich einer Einladung für Wrede und seine Freunde mit der Äußerung, dass sie heute alle Spitzbuben bei sich versammle, viel Aufsehen erregt haben. Und die Aufzeichnungen in Regensburg, wo Ernestine sehr oft längere Zeit zu Gast war, überliefern von ihr eine Reihe derbster Äußerungen über den König und Prinz Ludwig.«

»Andererseits«, wandte der Graf ein, »hat Montgelas in seinen Denkwürdigkeiten immer sehr respekt-, um nicht zu sagen liebevoll von ihr gesprochen.« Er zog dazu ein Blatt aus der Schublade seines Schreibtisches:

»Ich las in den Denkwürdigkeiten Montgelas nach, wie er das Verhältnis zu seiner Frau beschreibt, ... ich darf vorlesen?«

»Ja, gewiss.«

Montgelas schreibt also: »*Allerdings muss der Wahrheit gemäß anerkannt werden, dass diese sonst in jeder Beziehung verehrungswürdige Frau sich einiger Unvorsichtigkeiten schuldig machte. Die feine Empfindsamkeit ihrer Seele und die Tadellosigkeit ihres Charakters ließen sie die Ungerechtigkeit der erlittenen Behandlung und das Verächtliche der zum Grunde liegenden Intrige allzu lebhaft empfinden.*«

1 Adalbert Prinz von Bayern, Max I. Joseph von Bayern, München 1957, S. 749

Frau von Ritz lachte und sagte mit einem triumphierenden Ton: »Verehrter Herr Graf, Sie vergessen die in dem edierten Text weggelassenen Zeilen des Herrn Montgelas. Ich habe sie aufgespürt und mir übersetzen lassen. Demnach hat Prinz Ludwig der Gräfin, die wegen Migräne im Bett lag, einen Besuch abgestattet und sich dabei so unmöglich benommen, dass sie ihrer Zofe läuten musste. Von einer Wunde am Kopf des Prinzen erwähnt er freilich nichts. Interessant ist aber auch dort die Bemerkung Montgelas', dass Ludwigs Bruder, Prinz Karl, lange Zeit die Gräfin mit seiner Liebe verfolgt habe und der König, man höre und staune, versucht habe, die Gräfin dahin zu bringen, Karl zu erhören.«

Lebhaft und mit erhobener Stimme fuhr sie fort: »Genau diese Vorgänge meinte Montgelas, wenn er von der Verachtung spricht, die seine Frau gegenüber dieser Art moralischen Verrats erfüllte. Eine Verachtung, die sie weder verbergen noch beherrschen konnte. – Und hier lieber Herr Graf schließt sich der Kreis. Sie haben den Brief ja auch gelesen und sich, wohl genau wie ich, über die Passage gewundert, wo sie das Gestammel Ludwigs, das sich auf eben diese Zurückweisung Prinz Karls bezieht, erwähnt. Das denkt man sich nicht aus. Es passt einfach eins zu eins zu ihrem späteren vielfach verbürgten Verhalten. Deshalb halte ich diese Geschichte für nahezu erwiesen. Und es wundert mich nicht, dass Ernestine auch den Vater als Mitschuldigen benennt.«

Der Graf stand auf: »Sie haben recht. Aber auch ich war nicht untätig und habe nachgelesen. Weis[1] erwähnt einen Brief des preußischen Gesandten vom 28. Mai 1817, in dem er an Hardenberg berichtet, Ernestine habe sich an der Tafel der Fürstin von Thurn und Taxis in Regensburg die gröbsten Äußerungen gegen den König und den Kronprinzen erlaubt, die von solcher Natur gewesen seien, dass er sie nicht wiederholen könne. – Der selbe Gesandte berichtet allerdings auch über ein Gerücht, wonach

---

1 Eberhard Weis, Montgelas, Bd. II, München 2005, S. 804 ff.

Montgelas nach diesen Vorgängen seiner Frau die Trennung vorgeschlagen habe. Angeblich soll die Gräfin dem mit diesem Antrag Bevollmächtigten gesagt haben, sie werde nächstens nach München kommen und seinen Antrag durch ein paar Ohrfeigen beantworten.«

»Diese Aussagen kenne ich auch, muss aber gestehen, verehrter Graf, dass ich diesem preußischen Gesandten nicht recht vertraue, denn er schreibt in einem Brief an Hardenberg vom 2. September 1817, dass die Gräfin Montgelas eine intime Beziehung mit dem englischen Gesandten Harvey habe, wovon man die Folgen bereits sehe. Dementgegen hat die Gräfin aber bereits am 30. August 1817 in Bern im Beisein ihres Mannes einen Knaben entbunden. – Und wenn man nur ein bisschen Addition gelernt hat, ergibt sich ein passender Zeitraum von etwas mehr als neun Monaten zwischen dem Übergriff Prinz Ludwigs und der Entbindung.«

»Ich stimme Ihnen da ganz zu, denn soviel ich weiß, hat König Max dem entlassenen Minister zur Geburt dieses Sohnes am 5. September 1817 ein herzliches eigenhändiges Glückwunschschreiben geschickt, desgleichen auch Rechberg, und man darf doch wohl mit Fug und Recht annehmen, dass dies nicht geschehen wäre, wenn Harvey der Erzeuger gewesen wäre.«

Sie wehrte mit den Händen ab, schüttelte den Kopf und erwiderte: »Diese Aspekte habe ich bewusst unerwähnt gelassen, weil ich mir nicht im Klaren bin, was ich davon halten soll. Ich kann mir solche Herzlichkeit nur vorstellen, wenn König und Montgelas von den Umständen der Zeugung keine Kenntnis hatten.«

»Daran habe ich noch gar nicht gedacht, aber dann müssen sowohl Ernestine, wie Therese, als auch der Chef des Schwarzen Kabinetts geschwiegen haben.«

Sie nickte: »Das sehe ich auch so, fragt sich nur, was ist dann mit dem Brief? Keiner von denen, die ihn kannten, wurde aktiv. Die Tat Ludwigs blieb ungesühnt, und das Original?«

»Ich erwähnte ja bereits«, sagte der Graf, »es ist vernichtet, denn niemand hat es je benutzt.«

»Ich teile Ihren Optimismus zwar nicht ganz, sehe aber im Moment auch keinen Handlungsbedarf. Den Brief und die anderen Dokumente werde ich selbstverständlich mitnehmen.«

»Ich sehe«, sagte der Graf schmunzelnd, »wir kommen also übereinstimmend zu dem Ergebnis, dass die Schilderung den Tatsachen entspricht.«

»Ja, nachdem nun auch der einzig Unbefugte, der Kenntnis von dem Inhalt hatte, dauerhaft schweigt, stellt sich die Frage, was nun geschehen soll?«

Der Graf lehnte sich mit einem zufriedenen Gesichtsausdruck zurück: »Sie können ganz unbesorgt sein. Die Geschichte der Gräfin Montgelas wird nicht öffentlich werden, sondern wieder, unter Verschluss gehen. Es sei denn, man will den Brief vernichten.«

»Und was ist mit der Person, die das Manuskript gekauft hatte und nach wie vor im Besitz von Briefen ist, die aus der Welt sollen?«

»Der Käufer hat keine Kenntnis von dem Inhalt des Pakets, das ergab zumindest die Befragung des Meier eindeutig. Er dürfte einige Zeit mit der Polizei beschäftigt sein, die ihn nun des Mordes an Eddy Meier verdächtigt. Und wir haben ihm, dank bester Verbindungen nach Regensburg, einen heftigen Schreck eingejagt, so dass er sich der Überwachung bewusst ist.«

»Und die codierten Briefe des Offner?«

»Ach so, die meinen Sie«, tat Graf M. begriffsstutzig, »nun, die wollen erst einmal entschlüsselt sein, und so viel ich weiß, gibt es für diejenigen Informationen, die dem Offner seiner Zeit zum Verhängnis wurden, noch eine tiefer gehende Codierung, die ich leider auch nicht kenne… Wenn es Sie beruhigt, kann ich den Käufer des Nachlasses beobachten lassen.«

»Tun Sie das, aber bedenken Sie, wir wollen die Originale dieser Briefe unter allen Umständen. Sie würden in den falschen Händen womöglich sehr großes Unheil anrichten. Das Vorgehen dabei überlassen wir Ihnen und wünschen auch keine Kenntnis von den Details. – Damit darf ich mich verabschieden. Vor allem aber, lieber Herr Graf, denken Sie immer an unsere Mission!«

Am anderen Morgen war der Himmel verhangen und erste Tropfen fielen. Kommissar Klein schaute missmutig aus dem Fenster. In Anoraks standen bereits die ersten Touristen an der Porta Praetoria und ließen sich von einer Fähnchen schwenkenden älteren Dame die Römerreste erklären. Als ihm nach seiner Versetzung die Wohnung unter den Schwibbögen angeboten worden war, hatte er ohne Zögern zugesagt. Das Haus war zwar heruntergekommen und seit undenklichen Zeiten nicht mehr gestrichen worden, aber der direkte Blick auf diese Quader faszinierte ihn jeden Tag aufs Neue, weil sie die Gedanken sowohl auf die Vergänglichkeit als auch auf Beständigkeit und Solidität lenkten, kurz das Wesentliche.
Alltagsgeplänkel relativiert sich in dieser Nachbarschaft.

Unterwegs, auf der Höhe von St. Ulrich, überfiel ihn Heißhunger und er leistete sich auf dem Markt eine Bockwurst mit Kipferl. Vorbei am Karmeliterkloster, das ihm mit seiner zentralen Innenstadtlage und den hohen fensterlosen Mauern wie ein mahnendes Bollwerk gegen die schnöde Weltlichkeit erschien, erreichte er das Stadtmuseum. Nur kurz plagte ihn das schlechte Gewissen, dass es ihm in all den Jahren nicht gelungen war, die Ausstellung zu besuchen. Einmal vor zwei Jahren, als er wild entschlossen gewesen war, hatte das Museum wegen Renovierung geschlossen.
Beim Minoritenweg fiel ihm ein, dass er seinen Bericht für den Chef noch nicht geschrieben hatte und beschloss, die Initiative zu ergreifen, rief die Chefsekretärin an und wollte bereits zu einer Entschuldigung ansetzen, als diese ihn unterbrach und meinte: »Keine Sorge, der Chef ist nach München ins Ministerium gefahren. Du kannst dir Zeit lassen mit dem Bericht bis Nachmittag.«
Am Automaten holte er sich einen Kaffee, ging in seinem Büro ans Fenster und überlegte seine nächsten Schritte. Er schaltete seinen Computer ein und rief die E-Mails auf.
Von dem Auktionator lag eine Antwort vor:
Er habe den Mann auf dem Scan wiedererkannt. Es handle sich

um einen Kommissionär, der bei ihnen bereits mehrfach tätig gewesen sei und unter dem Namen Engel geführt werde. Er besichtigte die Lose 1721 bis 1729, 2145 und 2433.
Klein erinnerte sich an den Zettel aus Meiers Koffer mit der Zahl 2433. Es war also die Nummer eines Auktionsloses. Sogleich rief er bei Zissler an, erreichte einen Mitarbeiter, erkundigte sich nach der Losnummer und erhielt die prompte Auskunft, dass es sich um einen Adelsnachlass in sieben Bananenkisten gehandelt habe, der hoch gesteigert worden sei.
Über Namen und Adressen von Kunden könne allein der Chef Auskunft geben.
Am Nachmittag wurde Klein zu seinem Chef gerufen. Der hatte seinen Bericht auf dem Schreibtisch liegen und einige Passagen rot angemerkt. »Mir ist noch nicht klar, was Sie sich von einer Fahrt nach München versprechen.«
»Ich will wissen, was Meier in München gemacht hat, wo er übernachtet hat, ob und wen er dort getroffen hat, für welche Auktionslose er sich interessierte, ob er dort etwas gekauft hat. Kenne ich die Motive Meiers, komme ich vielleicht an das Motiv des Täters, weil ich glaube, dass seine Fahrt nach München in einem direkten Zusammenhang mit der Tat steht.«
»Da sind aber viele Vermutungen dabei, Konkretes haben Sie nicht? – Was gibt denn der Bericht der Spurensicherung her?«
Klein berichtete von den Widersprüchen bei den offiziellen Daten. – Sein Chef hatte das natürlich gelesen, ließ es sich aber noch einmal von ihm erläutern, weil er wusste, dass die Zusammenfassung aus Kleins Sicht deutlich machte, wie er zu dem Bericht der Spurensicherung stand, wo er seine Anhaltspunkte darin suchte und ob er etwas übersehen hatte. Seine Methode lautete: eine Sache aus drei Perspektiven betrachten, mit ihm als Korrektiv. Klein kannte dieses Spiel und ließ sich gerne darauf ein, weil er die Ansichten des Älteren schätzte.
Sein Chef hörte aufmerksam zu und wies ihn daraufhin, dass die Auswertung des Computers und des Bücherregals in Meiers Haus noch etwas intensiver betrieben werden sollte.

Diarium Lippe: *Nach der Lektüre von Ernestines Brief schüttelt Wolff seinen Kopf und sagt bestimmt zu mir: »Ich will mit der ganzen Sache nichts zu tun haben und nichts davon wissen.«*
*Darauf ich: »Wie Sie meinen, obwohl ich bezweifle, dass Sie damit durchkommen, denn niemand wird Ihnen Ihre Unkenntnis abnehmen.«*
*Darauf Wolff: »Ich verstehe nicht, warum die Gräfin diesen Weg wählt und nicht selbst mit ihrem Mann spricht, oder Anzeige an den König macht.«*
*»Dieser Gedanke kam mir auch schon. Aber wenn ich an ihre Affäre mit Finanzminister Hompesch und vor allem ihre Beziehung zu dem russischen Gesandten Fürst Iwan Bariatinsky denke, der im Hause Montgelas trotz aller politischen Widrigkeiten drei Jahre lebte und den der Graf selbst als ›dans une véritable intimité de société‹ bezeichnete, dann muss in Hinblick auf die intimen Beziehungen Ernestines mit anderen Männern ein ganz eigentümliches Arrangement zwischen ihr und ihrem Mann bestehen, das für Außenstehende kaum nachvollziehbar ist. Und es fragt sich, ob sie unter diesen Umständen bei ihrem Gemahl ein offenes Ohr findet.*
*An den König braucht sie sich wahrlich nicht zu wenden. Zum einen steht er in Wien unter dem Einfluss von Wrede und alle Anschuldigungen würden an der Sorge des Vaters um den erkrankten Prinzen abprallen.*
*Die Königin ihrerseits stellt sich gewiss auf die Seite Ludwigs, denn sie hasst ihre frühere Hofdame, jetzt Gräfin Montgelas, die sich bisweilen sehr frech und ungehörig öffentlich über die Majestäten auslässt.«*
*»Ja, ja«, sagt Wolff eifrig, »man erzählt sich, dass sie die Verfasserin des neuerdings umlaufenden Spottliedes über König Max ist.«*
*»Ah, das mit dem Refrain: ›Jetzt kotzt er wieder‹, meinen Sie das?«*
*»Genau dieses treffliche Machwerk.«*

*Darauf ich ironisch: »Das wir selbstverständlich konfiszieren, wo immer wir seiner habhaft werden!«*

*Nach einem Rundgang durch das Zimmer und vergrübelten Blicken auf den Rindermarkt und den Ruffinibrunnen, sage ich dann: »Aber Spaß beiseite, lieber Wolff. Mein Gerechtigkeitssinn befiehlt mir, zu handeln, meine Vorsicht gegenüber menschlichem Hinterhalt jedoch rät zur Zurückhaltung. Die Frage ist nicht zuletzt: Was will ich, denn wenn die Dame mich, als den Chef des Schwarzen Kabinetts, schon in diese Lage bringt, dann habe ich auch das Recht, mit Rücksicht auf meine Belange und die meiner Mitarbeiter zu entscheiden. – Und ich frage mich, soll ich überhaupt etwas unternehmen in dieser Sache, und wenn, an wen soll ich mich dann wenden? – Der König in Wien, Wrede in Wien, Drechsel im Urlaub und der Minister in einer anhaltend melancholischen Verstimmung, ungehalten über jede Konfrontation mit den Amtsgeschäften.«*
*Wolff ergänzt: »Wobei man munkelt, er habe nur eine Entschuldigung gesucht, um nicht mit nach Wien reisen zu müssen.«*
*Ich gebe zu bedenken: »Dazu will allerdings nicht recht passen, dass er in den letzten Tagen mehrmals zur Ader gelassen wurde und Material für essigsaure Umschläge ins Palais gebracht wurde.«*

*Nach einigen Minuten des Schweigens fragt schließlich Wolff fast im Flüsterton: »Und was wollen Sie jetzt machen?«*
*»Zuerst lesen wir den Brief noch einmal ruhig und distanziert abwägend, dann werden wir sehen.«*
*»Gut«, sagt Wolff mit fester Stimme, »ich stehe in jedem Fall zu Ihnen.«*
*»Das freut mich und ich bin Ihnen dafür dankbar, wenngleich ich das alleine durchstehen muss – jetzt aber lesen wir zusammen.«*
*Gegen Ende zieht Wolff seine Augenbrauen hoch, deutet mit dem Finger auf die Stelle, wo die Rede ist von dem glotzenden Blick der Männer ad finem und meint: »Sie ist eine erfahrene Frau mit*

*sechs Kindern und einer Reihe von Liebhabern. Vielleicht rührt ihr distanzierter, nahezu geschäftsmäßiger Ton daher und sie schreibt an eine Dame, die ihr an Erfahrung in nichts nachsteht. Dennoch zeigt ihre Schilderung einen Mangel an Entsetzen und Entrüstung, der mich stutzig macht. Ich weiß nicht recht damit umzugehen.«*

*Ich frage Wolff, was er damit sagen wolle, ob er etwa den beschriebenen Vorgang in Frage stelle?*
*Wolff schüttelt den Kopf: »In mir verstärkt sich der Verdacht einer Inszenierung. So viel ich von der Gräfin Montgelas weiß, kann sie sich auch unter Migräne durchaus gegen einen jungen Kerl zur Wehr setzen.*
*Wie wäre es denn, wenn sie in Wirklichkeit den Prinzen in eine verführerische Falle gelockt hat, in die er bereitwillig, aus welchen Motiven auch immer, getappt ist, und Ernestine dann für einen großen Auftritt unter Zeugen gesorgt hat, denn schließlich ist es vorstellbar, dass sie im richtigen Moment nach der bereitliegenden Glocke angelt, ihn zurückstößt und ihm, bevor er es sich versieht, unter lautem Gezeter eins drüber brät. Ich weiß es nicht, aber möglich wäre es. Vielleicht ist das ihre Art, den unerbittlichsten Gegner ihres Mannes auszuschalten, um das Ansehen und das Amt ihres Mannes zu schützen.«*

*Ich gebe zu bedenken: »Warum sollte Ludwig sich auf dieses Spiel einlassen? Es sei denn, dass er einen Triumph über seinen Gegner, Graf Montgelas, zu erringen trachtete, indem er dessen Frau bestieg? Oder ging es bei ihm tatsächlich in die Richtung, die Ernestine in ihrem Brief andeutet: Vergewaltigung als Revanche für die Zurückweisung des Bruders durch sie?«*
*Ich setze nach: »Alle diese Überlegungen helfen nicht weiter, es muss eine schnelle Entscheidung her. Klar ist, wenn ich die Angelegenheit an Dritte weitergebe, entsteht daraus ein Skandal, wie von der Dame gewollt. Aber als Verursacher dieses Skandals würde jede unliebsame Entwicklung auf mich zurückfallen als*

*denjenigen, der sie in Gang brachte. Tue ich nichts, wird mir die Rache der Dame sicher sein; und zu welchen Handlungen sie fähig ist, zeigt sich gerade. Außerdem sind da Mitwisser, Baligand und die Hausdame. Und vielleicht gibt es noch andere Kommunikate ähnlichen Inhalts, von denen wir keine Ahnung haben.«*

*Nach einigen Minuten des Schweigens gibt Wolff zu bedenken: »Ein ganz anderer Aspekt kommt noch hinzu: wenn unsere Informationen stimmen und die Berichte der Gesandten von Frankreich, Österreich und Preußen zutreffen, dann braut sich ein Komplott gegen den Minister zusammen. Wie der österreichische Gesandte, Graf Stadion schreibt, ist Wrede der Drahtzieher. – Ich gebe viel auf die Meinung Stadions und kann ihm nur zustimmen, dass neben Friedrich Zentner auch Thürheim und Lerchenfeld ein Komplott unterstützten würden, um selbst Minister zu werden. Aber da ist noch Legationsrat Ringel, von dem ich nicht sicher bin, wie weit seine Loyalität geht. – Passiert etwas in diese Richtung, dann kann ein Skandal um Prinz Ludwig die Lage stark beeinflussen und etwaigen Verschwörern den Wind aus den Segeln nehmen. Eine Entwicklung, die ganz in unserem Sinne wäre – aber wie sollen wir es anstellen, dass es so kommt?«*
*Ich halte in meinem nervösen Gang inne: »Nüchtern betrachtet tendiere ich dazu, der Entwicklung ohne mein Zutun ihren Lauf zu lassen. Dann muss ich aber vorsorgen, dass mir und meiner Familie nichts geschieht, denn wenn Montgelas stürzt, falle ich als Chef des Schwarzen Kabinetts ebenfalls – und Sie vermutlich auch. – Es hilft nichts, ich muss noch einmal darüber schlafen, meine Frau einweihen und dann entscheiden.«*
*»Warten Sie, ich hab da noch eine Idee«, sagt Wolff und hebt den Arm, als wolle er um Beachtung bitten, »Sie haben doch erzählt, dass Legationsrat Ringel sich zu einer Einmischung in unsere Geschäfte anschickt. Er ist der einzige, der auch jetzt noch direkten Zugang zu Montgelas hat.«*
*»Ah, Sie meinen doch nicht etwa, wir sollten ihn in die Sache einweihen?«*

*»Nein, ganz und gar nicht. Vielmehr könnten wir die Sache auf ihn abwälzen.« »Und wie?«*
*»Ganz einfach: wir legen den Brief der Gräfin wieder unter Kuvert, verschließen es mit dem Siegel Baligands, denn auf ihre Anweisung hin, habe ich schon vor Jahren von den Siegeln aller mit der Surveillance befassten Postmeister, ein Siegelduplikat fertigen lassen.«*
*»Und Sie meinen, wir wären damit das Problem los und hätten das Schwarze Ass in aller Unschuld dem Herrn Legationsrat zugeschoben?«*
*»Gewiss! Sie als gehorsamer Beamter reichen die Ergebnisse der Surveillance an den Vertreter des Ministers weiter, ohne Kenntnis von den Inhalten zu nehmen, denn schließlich hat sich Herr Ringel als alleine zuständig erklärt.«*
*»Über diesen Gedanken lohnt sich nachzudenken. – Angesichts der Schneemassen werden nicht viele Wagen hierher durchkommen, deshalb nehme ich an, dass Herr Ringel erst wieder zu Johanni ins Amt kommt. Wir treffen uns einen Tag zuvor, um endgültig zu entscheiden.«*

*26. Dezember. Mein Entschluss steht nun fest. Die Idee dazu stammt von meiner Frau, die mir meine Bekümmernis wie immer an der Nase angesehen hat und mit der ich mich, auf ihr Insistieren hin, am Heiligen Christtag besprach.*
*»Mach aus der Not eine Tugend«, sagte sie, »schreib den Brief ab, behalte das Original bei dir und schicke die Kopie, verschlossen mit dem Siegel der Gräfin Montgelas, was zu bewerkstelligen für deine Leute keine Schwierigkeit sein dürfte, nach Regensburg an die Fürstin Therese. Diese wird sich sogleich über einen sicheren Kanal an Ernestine wenden, weil ihr die Handschrift der Gräfin bestens vertraut ist und sie die Kopie erkennt.*
*Die beiden Damen werden verstehen, was du Ihnen damit sagen willst: ›Macht eure Sache unter euresgleichen aus, ich werde mich nicht einmischen, und ich behalte mir das Original zu meinem Schutz, falls mir Nachteile drohen.‹«*

*»Und was soll ich dem Herrn Ringel ins Kuvert legen?«*
*»Ebenfalls eine Kopie.«*
*»Aber er kennt meine Handschrift und wird den Betrug sofort entdecken.« »Das stimmt freilich – aber warte, du hast doch erzählt, dass ihr einen überaus geschickten Kopisten im Kabinett habt, der vielleicht den Schreibstil des Baligand imitieren kann.«*
*»Das ist richtig, der junge Mann ist wirklich ein Genie. Ringel wird dann annehmen, dass Baligand, wie es ja auch seine Aufgabe ist, eine Abschrift genommen hat und das Original an die Adresse zustellen ließ.«*
*»Der Plan scheint mir schlüssig – so machen wir es.«*
*Mir gefällt dieser Weg, weil er von einer Frau für Frauen ausgedacht ist. Zugleich werde ich in der nächsten Zeit weitere geheime Papiere sammeln, möglichst über alle Persönlichkeiten, die mir gefährlich werden können. Gott sei Dank habe ich, entgegen der Anweisung Drechsels, nicht alle Abschriften und Dokumente vernichtet.*

*Herr Ringel wird das unangenehme Geschäft der Veröffentlichung und Skandalisierung für uns übernehmen und wir sind fein aus dem Schneider.*
*Bei unserem Treffen findet Wolff dieses Vorgehen passend und stimmt freudig und erleichtert zu, zumal ich ihm meine Unterstützung zusichere, damit auch er nicht seiner Pension verlustig geht, wenn es denn so weit kommt.*
*Er berichtet mir darüber hinaus, dass der Prinz wieder auf der Straße gesehen wurde und seine Genesung ausführlich dem Vater nach Wien berichtet habe, selbstverständlich mit dem ihm eigenen Pathos.*
*Dem Brief war ein Jubelsonett beigelegt, dessen gewundenes Geschnörksel darauf hinausläuft, dass ihn, Ludwig, das schreckliche Fieber gelehrt habe, wie schnell es vorbei sein könne und er deshalb, allen Meinungsverschiedenheiten in der Vergangenheit zum Trotz, nun nicht mehr von der Seite seines Vaters weichen wolle.*

Diarium Lippe II
*29. Schneemonat [Januar] 1817* (Kleine Betreffe 8)

*Ich habe den Brief des Königs aus Wien an den Minister gelesen. Er ist ganz unverfänglich und freundlich. In der Frage der Gebietsansprüche gegen Baden ermächtigt S.K.M. Montgelas zur Unterzeichnung eines diesbezüglichen Abkommens und kündigt seine Ankunft in München für den 1. Thaumonat [Februar] abends an. Am 2. wolle er Montgelas, der noch immer kränkelt, in dessen Haus in Bogenhausen aufsuchen. Unterschrieben ist der Brief mit »Adieu mon cher Montgelas.«*

*Was an diesem 2. Februar tatsächlich geschah, weiß ich nicht. Ich weiß nur, dass statt des Königs ein Bote im Hause Montgelas erschien und einen Brief S.K.M. abgab, in dem die Entlassung des Ministers ausgesprochen wurde.*
*Also doch. Alles war ein abgekartetes Spiel zwischen Wrede, Ludwig und einigen Referenten, die sogleich mit Ministerposten belohnt wurden. Am meisten schmerzt mich, dass ich meinem Misstrauen gegenüber Legationsrat Ringel nicht gefolgt bin. Er hat gänzlich anders reagiert als wir dachten und spielte eine ganz perfide Rolle in dem Komplott.*
*Wolff äußerte die Vermutung, dass Ringel, indem er sich Ludwig mit dem Brief der Ernestine in der Hand als Retter (aber auch Mitwisser und Erpresser) andiente, eine Chance sah, seine Position auch nach dem Sturz Montgelas' beibehalten, wenn nicht gar festigen zu können. Ringel muss mit dem Brief der Gräfin zu Ludwig gegangen sein. Beide erkannten die Gefahr, die davon für Ludwig ausging und beschlossen zu handeln. Über das kgl. Kurierquartier entstand eine hektische Kommunikation zwischen Ludwig in München und Wrede in Wien, in deren Verlauf das Komplott geschmiedet wurde. So inszenierten sie sogleich nach der Ankunft des Königs in München ihre Schmierenkomödie und nötigten den König zur Unterschrift unter das vermutlich von Ringel vorbereitete Entlassungsdekret für Montgelas.*

*Als ich am 3. Februar morgens in die Generaldirektion komme, wartet bereits Ringel vor dem Zimmer des Schwarzen Kabinetts. Er entbindet mich in seiner arroganten hohen Offizialtonlage von meinem Amt, verweigert mir den Zutritt zum Büro und fordert die Schlüssel.*

*Was bin ich froh, dass ihm dort nur mein politisch unverfängliches Diensttagebuch aus den Jahren 1805 bis 1815 in die Hände fällt, von dem ich eine Zweitschrift besitze. Alle persönlichen Aufzeichnungen, so auch diese Zeilen, werde ich an einen sicheren Ort in Wien bringen, denn in der Höhle des Löwen ist es am sichersten. Dagegen ist das hiesige Archiv nach dem Abgang des Ritters von Lang ein einziger Saustall.*

Auf der Fahrt nach München stellte Klein den Tempomat auf 120 km/h, weil er die herbstliche Landschaft genießen und eine alte CD von Santana hören wollte. Der Genuss wurde aber mehrfach getrübt, denn von Regensburg bis Bad Abbach säumten Solarparks die Straße. Danach markierten Laubbäume pointillistische Inseln zwischen frisch geackertem Braun und vertrockneten Maisfeldern. In der Holledau ragten leere Hopfenstangen wie Gerippe in die Landschaft. – Bei der Einfahrt in die Autobahn nach München nahm der Verkehr stark-zu, zeitweise konnte er kaum mehr als 60 km/h fahren. Auf der rechten Spur bildeten die Lastwagen eine nahezu durchgehende Kolonne. Er musste froh sein, wenn er nicht in einen Stau geriet.

Auf dem Beifahrersitz lag das Profil des Polizeipsychologen für Meier. Anscheinend seien solche Typen gar nicht selten. Sie lebten nach dem Prinzip der Unauffälligkeit. Als Belege dafür nannte das Gutachten all die Kriterien, auf die er und Fritz auch schon gekommen waren. Nach Meinung des Psychologen passe dazu das Fehlen eines Festnetzanschlusses, der aufgeräumte, nur für das Internet genutzte Computer und der Umstand, dass Meier über ein Handy mit anonymer Prepaidkarte verfügte. Klein wusste nicht, dass man sich in Österreich ohne Ausweis eine derartige Karte besorgen konnte. Solche Leute, betonte der Psychologe seien der Meinung, dass die Datenerhebung zwar umfassend aber auch grobrasterig sei, deshalb meinten sie, wer nicht auffalle, werde in Ruhe gelassen. Wie die manipulierten Fingerabdrücke da hineinpassten, ließ er offen.
Das mag ja alles richtig sein, sinnierte Klein, aber eine solche Tarnung konnte bei etwas Nachlässigkeit oder einem Ausrutscher schnell auffliegen. Und als hätte der Psychologe diesen Einwand geahnt, fährt er fort:
Sie leben bescheiden, ohne äußerlichen Luxus: also Mittelklasseauto, Kleidung von der Stange. Nur in den Kleinigkeiten zeigen sie Profil. In diesem Fall bei den Schuhen: Amerikanisches Rindsleder, doppelt handgenäht, nicht unter 1.000 Euro zu haben.

Klein fragte sich, woher der Polizeipsychologe das wusste, und ob der nicht vielleicht auch so ein ähnlicher Typ war. Schon öfter hatte er sich über dessen stets top manikürte Hände und seine exklusiven Hemden gewundert.
Meier sei sozusagen nach außen völlig unscheinbar gewesen, aber unter dieser Hülle von auserlesenem Geschmack, etwa bei Socken, Unterwäsche etc. Als Hinweis, um diese These zu verifizieren, erwähnte der Psychologe die Ausstattung in Meiers Bad. Klein hatte daran nicht gedacht, wollte sich aber bei den Kollegen der Spurensicherung darüber erkundigen.
Ja richtig, dachte Klein hämisch, die Socken. Der Herr Psychologe hat die Schlamperei bei den verschiedenfarbigen Socken übersehen. Irgendwie war Klein von den Thesen des Psychologen nicht ganz überzeugt.
Konsequente Unauffälligkeit war für ihn ein auffallendes Merkmal. Aber vielleicht gehörte auch dazu eine gewisse Geschicklichkeit, eine kontrollierte, reflektierte Art von Unauffälligkeit, die auf Übertreibung verzichtete. Ihm kam der Gedanke, dass solche Gutachten manchmal mehr über den Gutachter als über den Patienten verraten.
Klein war sich aber mit dem Gutachten in dem Punkt einig, der Meier durchaus kluges Vorgehen attestierte. Auf seinem Postbankkonto deponierte er ausschließlich durch Bareinzahlungen einen angemessenen Betrag für die allmonatlichen Abbuchungen. Regelmäßige andere Überweisungen auf sein Konto waren nicht feststellbar. Klein notierte sich: »Steuerakte von Meier ansehen!« Gleichzeitig war er sich aber sicher, dass gerade diese Akte zu dem übrigen Erscheinungsbild passen werde, mit einem ausgewiesenen kleinen jährlichen Gewinn, für den Meier brav seine Steuern zahlte. Größere Geschäfte tätigte er mit Bargeld, wie der Betrag im Tresor bewies. Wahrscheinlich hatte er in Österreich, in der Schweiz oder sonstwo ein anonymes Konto. Im Geschäft mit Kunst, Büchern und Briefen ließen sich Schwarzgelder ausgezeichnet unterbringen.

Aber vielleicht lag er ja völlig falsch und Meier war ein geiziger, auf Zusammenraffen ausgerichteter Mensch, dem Verschwendung und Luxus ein Gräuel war. Der teure Schuhe wegen ihrer Qualität und langen Haltbarkeit kaufte. Warum nicht? Bei sich selbst stellte Klein eine Mischung solcher Verhaltensweisen fest, manchmal ließ er es krachen, meist ohne Reue, und dann wieder geriet er in eine Art Sparzwang.

Ab dem Kreuz Neufahrn nahm ihn der starke Verkehr zusehends in Anspruch und er konzentrierte sich auf die Straße. Den Weg zum Sendlinger Tor hatte er sich eingeprägt, von dort war es nicht mehr weit bis zum Auktionshaus. Aber durch die Leopoldstraße ging es sehr langsam und die Ludwigstraße war wegen einer Demonstration gesperrt, worum es dabei ging, konnte er nicht erkennen.
Klein kramte seinen veralteten Stadtplan heraus, entschloss sich dann aber doch, langsam hinter dem Demonstrationszug herzufahren. Nachdem er dem Fahrer eines Begleitfahrzeugs seinen Ausweis gezeigt hatte, erwies sich ein Kollege als sehr hilfsbereit. Er stieg zu ihm ins Auto, weil er in dieselbe Richtung wollte und dirigierte ihn zum Sendlinger Tor. Erleichtert bedankte sich Klein, zumal ihm der Kollege einen Parkplatz verschaffte, auf den er selbst nie gekommen wäre.
Der Mitarbeiter im Auktionshaus war sich sicher. Als Klein ihm das Foto zeigte, zögerte er nicht. »Der war schon öfters hier«, sagte er und sein Chef bestätigte, dass er bei früheren Auktionen etwas gekauft hatte, dieses Mal aber nicht. »Wie, sagten Sie gleich wieder, heißt der Mann angeblich?«
Klein antwortete: »Meier.«
»Bei uns ist er als Engel registriert und er hat immer bar bezahlt.«
Der Mitarbeiter ergänzte: »Mir ist aufgefallen, dass Meier alias Engel sich kaum für die Einzellose interessierte, er wollte vor allem die sieben Bananenkisten im Keller sehen, musste aber etwa eine halbe Stunde warten, weil gerade ein anderer Kunde damit beschäftigt war.

Insgesamt haben vier Leute die Kisten angesehen. Engel, pardon Meier, war ziemlich schnell fertig und hat höchstens ein Drittel gesehen.«
Klein überlegte: »Was war in diesen Kisten?«
Der Auktionator blätterte in dem Katalog und sagte: »Ja, ich erinnere mich, es handelte sich um einen Adelsnachlass, nach unserer Einschätzung autographisch unbedeutend und archivalisch zweitklassig. Wir hatten die Kisten mit 2.000 Euro taxiert. Sie brachten dann aber über 6.000 Euro.«
Klein wandte sich zu dem jungen Mitarbeiter um: »Sie waren während der Besichtigung dabei?«
Der Student wurde rot und nickte.
Klein spürte die Peinlichkeit und schob nach: »Haben Sie mit diesem Besichtiger gesprochen?«
»Nur kurz, weil an diesem Tag so viel los war, aber der Mann schien von dem Konvolut begeistert zu sein. Soviel ich seinen Worten entnehmen konnte, interessierten ihn vor allem die vielen Originalbriefe.«
»Was ist Ihnen sonst noch aufgefallen, etwa an Meier selbst?«
Der junge Mann nickte: »Ja, wie gesagt, er besichtigte sehr schnell, so als würde er etwas Bestimmtes suchen.«
Klein: »Was sonst?«
Zissler mischte sich ein: »Normalerweise suchen die Käufer solcher Lose bei der Besichtigung nach einer gewinnträchtigen Kalkulationsbasis und nicht nach Einzelstücken.«
»Ah so, und was ist mit den anderen Losen seiner Bestellliste?«
»Dabei handelte es sich um Stiche, die auch im Katalog abgebildet waren.«
»Diesen Meier hat also Ihrer Meinung nach nur der Adelsnachlass wirklich interessiert?« fragte Klein.
»Ich denke ja, wissen Sie, es kommt öfter vor, dass Besichtiger, zumal Profis, mehr Lose angeben als sie eigentlich sehen wollen, um ihr Interesse für ein bestimmtes Los zu verschleiern, weil es auch Auktionatoren gibt, die Eigenware anbieten und dazu neigen, bei solchen Losen, wo sie starkes Interesse wahrnehmen, die

Bieter mit Scheingeboten hochzutreiben. – Wir haben solche Praktiken nicht nötig. – Es gibt eben wie überall solche und solche.«

Klein verstand zwar nicht, wie das genau zusammenging, nickte aber zustimmend, weil ihm solche Insiderdetails als irrelevant erschienen.

»Wenn ich recht verstehe«, sagte Klein, »hat Meier das Los nicht bekommen, sondern ein anderer Käufer?«

»Richtig, aber Meier war sicher nicht persönlich interessiert, sondern führte nur ein Kommissionsgebot aus.«

»Gut, verstehe«, entgegnete Klein, »und wer hat nun die Kisten gekauft, wenn es Meier nicht war?«

Dem Auktionator war seine Empörung anzusehen: »Das geht gar nicht. Also Namen von Kunden kann ich Ihnen nicht geben. Diskretion ist die Seele unseres Geschäfts und die Kunden vertrauen darauf.« Dabei schüttelte er nachdrücklich seinen Kopf. »In einem Mordfall zählt Ihre Diskretion nicht viel«, warf Klein wie nebenbei hin.

»Mord? – Wer, wen?« Klein machte eine abwehrende Armbewegung und sagte bestimmt: »Ich kann Ihnen keine Ermittlungsinformationen geben, – bekomme ich jetzt die Adresse des Käufers?« Zissler zog eine Karteikarte aus dem Registraturfach und sagte: »Der Käufer ist ein gewisser Heller, – die Kisten hat er gleich mitgenommen und mit Scheck bezahlt. – Aber bitte erklären Sie dem Kunden, dass wir im Zuge Ihrer polizeilichen Ermittlung seine Daten herausgeben mussten.«

Klein nahm den Zettel mit der Adresse entgegen und wurde das Gefühl nicht los, den Namen schon einmal gehört zu haben. Auf dem Weg zum Wagen setzte sich dieser Gedanke fest. Bevor er den Zündschlüssel betätigte, lehnte er sich zurück, schloss die Augen und versuchte ein Assoziationsspiel, um den Klang des Namens mit einer Situation, einem Bild, Gesicht oder Stimmung in Verbindung zu bringen, aber er kam nicht weiter. Der Name fügte sich mit nichts zusammen.

Ihm fiel ein, dass er vergessen hatte, die Briefe aus Meiers Tasche zu erwähnen, vielleicht konnte der Auktionator dazu Hinweise geben. Er ging noch einmal zurück, traf Herrn Zissler bei einem Telefonat an und wartete geduldig. Er hätte einen dieser Briefe mitnehmen sollen oder wenigstens eine Kopie, jetzt ärgerte er sich über seine Gedankenlosigkeit. Der Auktionator hatte ihn bereits wahrgenommen, nickte ihm zu.
»Was kann ich noch für Sie tun? – Haben Sie etwas vergessen?«
»Ja, mir ist noch etwas eingefallen – wir haben bei dem Ermordeten Briefe gefunden, geschrieben in altdeutscher Schrift.«
»Sie meinen den Herrn Maurer?«
Klein zögerte, der Auktionator hatte sich offensichtlich seinen eigenen Reim auf die Angelegenheit gemacht. »Äh, wieso Maurer, na egal?«
Zissler lächelte selbstbewusst: »Und was ist mit diesen Briefen?«
»Sie haben vorhin von Heller und seinem Interesse an Briefen geredet, da fielen mir die Briefe wieder ein, ich weiß nur nicht recht, was ich mit diesem Zusammenhang anfangen soll und dachte mir, Sie hätten vielleicht eine Idee dazu.«
»Hm, – haben Sie die Briefe dabei?«
»Nein, leider nicht«, sagte Klein bedauernd, und spürte, dass er rot wurde, er fühlte sich ertappt.
»Dann wird es schwierig, wir haben hier mit tausenden von Autographen zu tun.«
Klein nahm sich zusammen: »Eigentlich geht es mir um diesen Heller – ich habe den Namen schon einmal gehört, können Sie mir mehr über ihn sagen?«
»Naja, er kauft bei uns gelegentlich Bücher, kein bedeutender Kunde. – Wenn ich mich recht erinnere, haben wir seine Dienste zweimal in Anspruch genommen«
»Dienste welcher Art?«
»Er ist Sachverständiger für Briefe. Aber das meiste können wir selbst erledigen, wir haben sehr erfahrene und versierte Leute im Haus und brauchen nur selten Hilfe von außen.«
Klein hörte schon nicht mehr zu, jetzt war ihm klar, woher er den

Namen kannte, – der Sachverständige, es war der Name des IHK-Menschen.
Er verabschiedete sich abrupt, seine Gedanken überschlugen sich. War das Zufall, dass der Sachverständige gleichzeitig der Käufer dieser Kisten war, die Meier besichtigt hatte – gab es da einen Zusammenhang? Hatten die Briefe in Meiers Koffer etwas damit zu tun? Sind sich beide vielleicht im Auktionshaus begegnet? Wieso sagt er Maurer? Muss ich nicht korrigieren, geht ihn eigentlich nichts an. Der Auktionator hatte gesagt, Heller habe drei Tage vor der Auktion besichtigt und nach Angaben des Mitarbeiters war Meier am Tag vorher dort, sie müssen sich also nicht begegnet sein. Aber in der Auktion – es hieß doch, dass nur vier oder fünf Leute das Los besichtigt haben und dass das Los sehr teuer geworden ist, von 2.000 auf über 6.000 Euro. Vielleicht haben sich Heller und Meier gegenseitig hochgesteigert. Ergibt sich daraus ein Motiv?
Andererseits passt das doch alles nicht zu der Kapelle in Etterzhausen, die laut Spurensicherung zwar nicht der Tatort war, weil Meier, bereits tot, dorthin gebracht wurde, aber der Mörder oder Meier mussten in irgendeiner Beziehung zu diesem Internat stehen, sonst hätte man die Leiche nicht dort abgelegt.
Klein spürte, dass er einen vielversprechenden Ansatz gefunden hatte. Wenn in einem Fall viele Fragen auf einen Punkt hin drängen, bestand meist irgendein Zusammenhang zwischen ihnen.

Klein überlegte und sah auf die Uhr. Es war erst kurz nach 13 Uhr. Die Adresse des Käufers hatte er, Zeit genug auch – na alsdann, er gab sich einen Ruck – auf zu diesem Herrn Heller. Er rief die Auskunft an und ließ sich die Telefonnummer geben. Es meldete sich eine Frau: »Bei Heller, Grüß Gott.«
»Kann ich Herrn Heller sprechen?«
»Der ist nicht zu Hause.«
»Mein Name ist Klein von der Mordkommission in Regensburg, es geht um einige Fragen im Zusammenhang mit einem Auktionskauf Ihres Mannes – wie kann ich Herrn Heller erreichen?«

In der Überzeugung, eine brauchbare Spur gefunden zu haben, konnte sich Klein nicht beherrschen und insistierte. Die Frau schaltete von dem anfänglich freundlichen Ton auf Distanz:
»Es tut mir leid, das ist zurzeit nicht möglich, ich kann ihm aber etwas ausrichten.«
»Es ist aber wichtig, dass ich ihn möglichst noch heute spreche.«
Die Frau zögerte mit ihrer Antwort und sagte dann mit einem leicht spöttischen Unterton: »Wichtig für wen, für Sie oder für meinen Mann?«
Klein war irritiert. Gewohnt, dass die Nennung seiner Dienstfunktion ausreichend Eindruck auf die Leute machte und zu nervös hektischen Reaktionen führte, brachte ihn die Gelassenheit der Frau aus dem Konzept. Ungehalten antwortete er: »Sind Sie bitte so freundlich, mir mitzuteilen, wie ich Herrn Heller erreichen kann, sonst muss ich ihn vorladen lassen.«
Die Frau schien nicht sonderlich beeindruckt von seinen Worten: »Ich kann Ihnen leider am Telefon nicht mehr sagen.«
Der Hinweis auf das Telefon war deutlich, aber Klein wollte jetzt auch nicht zu der Wohnung fahren und das Gespräch persönlich fortsetzen.
»Gut, dann richten Sie Ihrem Mann bitte aus, dass ich angerufen habe, Oberkommissar Erwin Klein. Ich gebe Ihnen meine Dienstnummer in Regensburg.« Die Frau notierte sich die Nummer und legte, ohne etwas zu sagen, auf.
Bevor er sich auf den Nachhauseweg machte, wollte er wenigstens noch eine Kleinigkeit essen. Das Stachusuntergeschoss war nicht weit, dort würde er sicher einen Imbiss finden, eine Leberkäsesemmel tat es aber auch.
Nach einigen Schritten in Richtung Sonnenstraße, läutete sein Handy. Es war die Sekretärin des Chefs: »Du Erwin, eine Frau Heller aus München hat soeben ziemlich bissig angerufen und sich nach dir erkundigt. Sie wollte wissen, welchen dienstlichen Auftrag du in München hast und ob du berechtigt bist, sie zu behelligen. Wir haben sie beruhigt und sie gebeten, deine Routinefragen zu einem Mordfall zu beantworten.«

Klein bedankte sich und suchte nach dem Zettel mit der Adresse. In gewisser Weise hatte er Verständnis für die Frau. Nach all dem, was er während seiner polizeilichen Laufbahn über Entgleisungen und Ungeschicklichkeiten bei Ermittlungen gehört hatte, durfte er über ein solches Verhalten nicht verärgert sein. Mal sehen, wie sie jetzt reagiert, dachte er.

Nach kurzem Läuten meldete sich die Frau in freundlichem Ton mit denselben Worten wie vorher. Er nannte erneut seinen Namen: »Sie haben sich zu recht nach mir erkundigt«, sagte Klein und ärgerte sich im selben Moment über seinen lehrerhaften Ton, »es tut mir leid, wenn ich mein Anliegen nicht ausreichend dargelegt habe. Es handelt sich wirklich nur um ein paar Fragen, um gewisse Überlegungen bei den Ermittlungen ausschließen zu können.«
Die Frau ließ einige Sekunden verstreichen, bis sie antwortete:
»Wie auch immer, mein Mann wird selbst entscheiden, ob er mit Ihnen sprechen will, er ist derzeit im Lesesaal des Hauptstaatsarchivs.«
»Könnten Sie mir seine Handynummer geben, damit ich mich mit ihm verabreden kann?«
»Das wird keinen Sinn haben«, entgegnete sie, »im Archiv muss er sein Handy ausschalten.«
Klein bedankte sich artig und legte auf.

In Hochstimmung über seinen gestrigen Fund im Repertorium[1] fuhr Heller gleich um sieben los, um nicht in den Berufsverkehr zu geraten. Um diese Zeit bekam er auch mit Sicherheit einen Parkplatz in Archivnähe.
Nachdem er beim Friedensengel die Isar überquert hatte und sich dem Nationalmuseum näherte, sah er, dass beim Haus der Kunst, wie erwartet, mehrere Stellplätze frei waren. Hier wurde nur kontrolliert, wenn eine Ausstellung stattfand, also konnte er den Wagen ohne Bedenken bis zum Abend stehen lassen.
Er nahm den Laptop und sein Notizbuch mit den Aktenverzeichnissen aus dem Kofferraum und steckte sich mehrere Bleistifte in die Brusttasche, denn der Gebrauch von Kugelschreibern war im Archiv untersagt.
An der Kreuzung gegenüber dem Prinz-Carl-Palais beseitigte ein Bagger die letzten Reste der Verkehrsinsel, über die sich viele Münchner jeden Morgen amüsiert hatten. Mit einer niedrigen Hecke umgeben, tummelte sich darauf eine Hasenfamilie, deren Mitglieder offensichtlich klug genug waren, ihr kleines Paradies nicht zu verlassen, sie wären sonst unweigerlich unter die Räder gekommen. Weil aber gerade an dieser Stelle der Verkehr morgens meistens stockte, blieb den Autofahrern ausreichend Gelegenheit dem munteren Treiben zuzusehen.
In den Sommermonaten postierte sich am Rand der Verkehrsinsel seit Jahren ein zerzauster Prediger, der seine Heilslehren den vorbeifahrenden Autos unter wildem Gestikulieren entgegenschleuderte. Dabei wedelte er manchmal bedrohlich mit seiner Bibel oder glotzte die Autoinsassen, wenn sie im Stau standen, mit weit aufgerissenen Augen an. Auf dieses Schauspiel würde Heller nun wohl leider für immer verzichten müssen und es kam ihm vor, als ginge ein Stück Kultur verloren.
Er lief an dem schaurig verbarrikadierten amerikanischen Konsulat vorbei und bog in die Schönfeldstraße ein. Nur noch wenige

1 Findbuch für Akten und Dokumente.

Schritte trennten ihn von dem Imbissladen, wo er sich sein obligatorisches Brot mit Hackepeter kaufte. Die Besitzerin tat auch nach Jahren noch so, als würde er zum ersten Mal kommen.
Er nannte dem Pförtner im Archiv seinen Namen, wartete auf die übliche Nachfrage und wiederholte seinen Namen in lautlichen Druckbuchstaben.

Heller freute sich auf die Akten des Bestandes MA zur Surveillance.[1] Er machte sich keine Illusionen. Alle wirklich brisanten Briefe und Abschriften waren längst entfernt. Aber er vertraute seiner Erfahrung und dass mit entsprechendem Vorwissen in solchen Beständen immer noch außerordentliche Entdeckungen zu machen waren.
Zunächst interessierten ihn die Aktivitäten des Schwarzen Kabinetts während der Jahre 1806/07 in Tirol. Im Stammland Bayern selbst führte noch Thurn und Taxis das Postwesen, während in Tirol eine staatliche Postverwaltung etabliert war, freilich ohne Plan und Sachkenntnis, denn es gab in den bayerischen Ministerien niemanden, der etwas vom praktischen Postdienst verstand. So waren die ehemals österreichischen Postbeamten im nunmehr bayerischen Tirol weitgehend sich selbst überlassen geblieben.[2]

Die Dame, die an diesem Tag die Aufsicht im Lesesaal führte, kannte Heller seit Jahren. Sie erzählte ihm gerne von ihren häuslichen Freuden und Sorgen. Er erlaubte sich dazu manchmal aufmunternde Kommentare, die sie dankbar entgegennahm. Im Gegenzug übte sie Nachsicht, wenn der Umfang seiner Aktenbestellung das erlaubte Maß überschritt.
Im Lesesaal war es um diese Zeit ruhig. Heller richtete sich einen Tisch ein, schloss den Computer an und besorgte sich eine Akten-

---

1 MA = Ministerium des Äußeren; Surveillance = Briefüberwachung
2 Im Frieden von Pressburg wurde Bayern zum Königreich erhoben und erhielt Tirol zugesprochen, das es Anfang Februar 1806 in Besitz nahm.

stütze. Die vier Akten der Surveillance waren wider Erwarten umfangreich.[1] Vor ihm türmte sich ein hoher Papierberg. Zum Glück hatte er in ausreichender Menge farbige Papierstreifen als Einmerker mitgebracht.

Der erste Akt bestand hauptsächlich aus Briefwechseln zwischen Tiroler Geistlichen und dem als Bayernhasser verschrieenen Bischof von Chur, zu dessen Sprengel große Teile Tirols gehörten. Die Bauern führten Beschwerde über Anschläge ignoranter bayerischer Beamter auf das religiöse Brauchtum in Tirol und über Verbote von Prozessionen.

Die Anschriftseiten der Briefe waren abgetrennt und damit nicht mehr brauchbar für postgeschichtliche Untersuchungen.

Die meisten Briefe aus Tirol nach der Schweiz benutzten den Weg über Innsbruck, Augsburg, Lindau und Feldkirch, solche aus Trient, Bozen, Meran und dem Vinschgau dagegen konnten auch über den Reschen gehen. Lediglich zwei Briefe waren unversehrt und lieferten Hinweise auf ihre Beförderung über Nauders und das Engadin. Heller hatte bisher vermutet, dass auf diesem Weg keine Zensur ausgeübt wurde, aber die beiden Originale waren dennoch aufgegriffen worden und in die Surveillanceakten gelangt. Heller schloss seine neue Scanmaus am Computer an und kopierte sich damit die Briefe ein.

Den Preis von 25 Euro pro Scan mit 300 dpi, den das Archiv verlangte, konnte und wollte er nicht bezahlen. Ein Versuch, mit der Leitung des Hauses über die Tarife zu verhandeln, war vor einigen Tagen ruppig abgewiesen und sein Vorbringen, dass Briefe wissenschaftliche Argumente seien, für abwegig erklärt worden.

Die Arbeit zog sich hin. Er vergaß dabei auf die Mittagspause, musste aber gegen zwei Uhr aufhören und einen kleinen Spaziergang unternehmen, weil die vielen Individualhandschriften seine Konzentrationsfähigkeit etwas strapazierten. Ihn frustierte, dass

---

1 HStA, Signaturen MA 39624 – 39628 und MA 9597–9600.

die meisten Schriftstücke lediglich Abschriften von Briefen und damit postalisch unergiebig waren.
Er beschloss, nach einer Tasse Kaffee und einem Stück Käsekuchen in der Cafeteria, es für den Rest des Tages bei einer groben Durchsicht der Akten bewenden zu lassen.
Gegen Ende des zweiten Aktenfaszikels fand Heller ein Bündel gefalteter Papierbögen, mit einer derben Schnur umwickelt und an ihren Kreuzungs- und Endpunkten versiegelt. Auf dem ersten Blatt stand:

»OPM Lippe, Diarium 1805-1815«
darunter: »Duplicat aus dem Nachlass Lippe«

Die Siegel zeigten das Königswappen und die Umschrift »Ministerium des Äußeren.« Das Bündel war demnach seit nahezu 200 Jahren versiegelt und niemand hatte sich seitdem daran zu schaffen gemacht. Heller war unschlüssig, was er tun sollte. Sollte er die Siegel brechen? Vielleicht reichte aber schon ein Schnitt durch die Schnur, um an das Schriftstück zu kommen. Der Inhalt versprach jedenfalls spannend zu werden, denn wenn es sich tatsächlich um das Tagebuch des Oberpostmeisters Lippe handelte, waren viele Details über die damalige Kommunikationssituation zu erwarten, zumal Lippe auch das Oberpostamt Augsburg leitete, eines der wichtigsten Grenzpostämter in Bayern, außerdem schien er in der Postüberwachung tätig gewesen zu sein, weil er auf deren geheimer Gehaltsliste stand, die weiter vorne im Akt gelegen hatte.
Während Heller die Schnur näher untersuchte und über Möglichkeiten sann, die Siegel vom Papier zu lösen, betrat ein Mann in Mantel und Hut den Lesesaal, sah sich um und ging dann hart auftretend, ohne Rücksicht auf das gebotene Silentium, zum Tisch der Aufsicht. Dabei streifte er den Aktenberg auf Hellers Tisch, so dass dieser bedenklich schwankte.

Kommissar Klein fand das Hauptstaatsarchiv in seinem alten Stadtplan problemlos. Die Parkplatzsuche gestaltete sich allerdings schwierig. Die Schönfeldstraße selbst war eng und zugeparkt. Am östlichen Ende befand sich die amerikanische Botschaft, wie eine Festung ausgebaut und von einer Patrouille mit Maschinengewehr bewacht. Er musste froh sein, an dieser Stelle überhaupt wenden zu dürfen.

Am anderen Ende der Schönfeldstraße blockierte mittlerweile ein Krankentransport die Durchfahrt. Klein verlor die Geduld und lenkte seinen Wagen über den Randstein auf den Platz vor dem Archiv. Gott sei Dank war die Absperrungskette heruntergelassen, so dass er sich neben einen Lieferwagen direkt beim Eingang stellen konnte. Aus dem Kofferraum holte er das Schild »Polizei im Einsatz« und stellte es hinter die Windschutzscheibe. Der Platz war völlig schmucklos, farblos und öde, kein Baum, nicht einmal ein Grashalm zwischen den Fugen des Kopfsteinpflasters. Dazu die vorhanglosen Fenster der Zweckbauten. Vor einigen Tagen hatte Klein im Bayerischen Fernsehen eine Sendung mit dem Titel »Platzangst« gesehen, die eine Reihe von gänzlich missratenen öffentlichen Plätzen Münchens vorgestellt hatte. Dieses Exemplar hier musste dabei übersehen worden sein.

Vor Klein öffnete sich eine große Halle, in der Mitte ein Kabuff aus Glas, in dem der Pförtner saß. Nach früheren Erfahrungen mit derartigen Zerberussen, ging er die Sache förmlich an, zeigte seinen Dienstausweis und fragte nach dem Benutzersaal. Auf eine hohe Freitreppe verwiesen, stieg er in den ersten Stock, der genauso kahle Lieblosigkeit ausstrahlte wie die Eingangshalle. Den lauten Hinweis des Pförtners auf die Garderobe ignorierte er. Im ersten Stock stand eine grellblaue Sitzgruppe verloren vor einem hohen Glasfenster mit Blick zum Innenhof, der als Parkplatz genutzt wurde. Gegenüber die Staatsbibliothek.

Über der Türe rechts stand »Lesesaal«. Klein betrat den Raum. Ungefähr 40 Benutzertische, von denen viele besetzt waren, standen in weiten Abständen in einem riesigen hohen Kuppelsaal, der durch ein Glasdach Tageslicht erhielt. Auf dem Weg zum Tisch der Aufsicht betrachtete Klein die Bücherregale, die alle Wände vollständig ausfüllten und bis zur Decke reichten, auf drei Meter Höhe begehbar durch eine Galeriekonstruktion. Beim Blick nach oben war er etwas aus dem Tritt geraten und schwankte gegen einen der Tische.

Bis auf das Klappern der Computertastaturen herrschte völlige Stille. Kein Stühlerücken, keine Bewegung im Raum. Eine junge lethargisch wirkende Frau blätterte in einem Karteikasten und stellte seine Geduld auf die Probe. Er wartete noch ein Telefongespräch ab, dann ging er auf die Frau zu, nahm ihren missbilligenden Blick wahr, was ihn aber nicht davon abhielt, ihr seinen Ausweis hinzuhalten. Sie hob bereits zu einer ungehaltenen Bemerkung an, warf einen Blick auf das Formular und fragte flüsternd, was er wolle. Klein war nervös. Die elitäre Stille im Lesesaal, diese ungeheuren Bücherwände, die den weiten Raum hermetisch umgaben, dazu das klischeehaft beamtenmäßige Verhalten der Frau, die trotz ihrer Jugend vertrocknet wirkte, riefen seine Abneigung gegen die hier demonstrierte hochnäsige Weltabgeschiedenheit hervor.
»Ich suche Herrn Heller« sagte er halblaut, aber offenbar zu laut, denn die Frau legte ihren Zeigefinger auf die Lippen. Er fühlte sich an den Kindergarten erinnert.
»Meinen Sie Dr. Heller?« Klein war irritiert, von Doktor war nie die Rede gewesen. Sie deutete auf einen der Tische, wo hinter einem Aktenstapel ein grauer Haarschopf zu sehen war. Ohne zu danken drehte Klein sich um und ging zwischen den Reihen hindurch auf den Tisch zu mit dem Gefühl, missbilligend beobachtet zu werden.
Dort angekommen postierte sich Klein seitlich vom Aktenstapel. Der Mann las in einem Dokument, ohne aufzublicken. Klein fand es albern, sich hinunterbeugen und im Flüsterton reden zu müssen. Das war nicht seine Welt und er wollte nicht zu ihr gehören.

Vernehmlich fragte er: »Sind Sie Herr Heller?« Er war sich des Aufsehens, das er erregte, bewusst, aber egal, denn schließlich war er nicht zu seinem Vergnügen hier.
Der andere sah zu ihm auf, lächelte wie wenn er ihn erwartet hätte und nickte. Heller hatte kurzes stark ergrautes Haar, ein längliches Gesicht mit kräftigen Backenknochen. Ungefähr 60 Jahre alt wirkte er erstaunlich robust und sein tiefbrauer Teint wollte so gar nicht in diese Umgebung passen, sah aber auch nicht nach künstlicher Bräune aus.
»Ich muss Sie bitten, mich für einen Moment nach draußen zu begleiten«, sagte Klein, dabei legte er seinen Dienstausweis mit einer entschlossenen Geste auf die Tastatur des Laptops. Der Mann schob den Ausweis beiseite, speicherte mit der Maus die letzte Datei und schaltete das Gerät aus.
Ohne Klein eines Blickes zu würdigen stand er wortlos auf, ging zum Ausgang, öffnete leise die hohe schwere Türe und verließ den Lesesaal, ohne auf Klein zu warten. Er steuerte auf die hohen Glasfenster zu, sah nach draußen, schweigend, scheinbar teilnahmslos abwartend und zwang Klein, die Initiative zu ergreifen. Klein nannte Namen und Dienstbezeichnung und wollte gerade zu einem seiner übliche Entschuldigungssprüche ansetzen, als ihm Heller zuvorkam und mit beherrschter Stimme, immer noch den Blick nach draußen gewandt, fragte: »Was wollen Sie?« Es klang kalt, abweisend, aber nicht unfreundlich. Klein bemühte sich um einen verbindlichen Ton:
»Ich will nur eine kurze Auskunft, Sie können mir vielleicht in einer Angelegenheit als Sachverständiger weiterhelfen, es geht dabei um einen Nachlass, den Sie bei der Firma Zissler ersteigert haben.«
Heller drehte sich langsam zu dem Kommissar um, seine Augen waren zusammengekniffen: »Wenn Sie sich diese vertrauliche Information beschafft haben, kann es nicht nur um eine Sachverständigenfrage gehen.«
Klein hatte keine Ahnung, warum der Kerl derartig widerborstig reagierte und versuchte es mit einer Entschuldigung:

»Es tut mir leid, dass ich Sie da drinnen in eine peinliche Situation gebracht habe, das war nicht sonderlich geschickt. – Sie haben nach unseren Informationen beim Auktionshaus Zissler ein Los mit sieben Bananenkisten gekauft und ich wollte Sie in ihrer Eigenschaft als Sachverständiger fragen, worum es sich bei diesem Los gehandelt hat, weil sich dafür auch jemand interessierte, über den wir weitere Informationen benötigen.«
Heller war durch diese umständliche Erklärung offenbar nicht zugänglicher geworden, denn er sagte: »Was hat der Inhalt dieser Kisten mit einem Jemand zu tun, den Sie suchen? – Was wollen Sie nun eigentlich von mir?«
Klein sah ein, dass er so nicht weiterkam. Hier hatte er einen Mann vor sich, der die sonst übliche Mitteilsamkeit und Kooperation von vorneherein vermissen ließ.
Nun blieb Klein nichts anderes übrig, als seine Andeutungen zu konkretisieren: »Der Mann, von dem ich rede, – ich meine, der diese Kisten ebenfalls besichtigt hat, wurde ermordet und ich nehme an, dass das eine mit dem anderen etwas zu tun hat.«
Heller überlegte, schwieg und hakte dann nach: »Und was hat das alles mit mir zu tun? – Für diese Kisten haben sich mehrere Leute interessiert.«
Klein verlor die Geduld. Er wollte doch nur ein paar Auskünfte: »Ich will wissen, ob Sie dem Mann bei der Besichtigung oder bei der Auktion begegnet sind und mit ihm gesprochen haben. Mit anderen Worten, ich brauche Sie in diesem Fall als Zeuge.«
»Nein«, sagte Heller, dessen Gesichtszüge sich seit dem letzten Satz deutlich verändert und wie zu einer Maske verhärtet hatten. Seine Augen flackerten und gingen unruhig hin und her. Dann beherrschte er sich und stieß aus seinen gepressten Lippen hervor: »Ich gehe jetzt.«
Darauf war Klein nicht gefasst. Was bildete sich der Kerl eigentlich ein: »Moment«, zischte er, machte einen großen Schritt nach vorn und stellte sich Heller in den Weg. Mit hochrotem Kopf und wütend hob er die Stimme: »Warten Sie gefälligst, was haben Sie denn plötzlich? – Ich kann Sie auch vorladen lassen.«

Der andere sah ihn abschätzig an: »Ganz einfach, ich will nicht mit Ihnen sprechen – über welchen Fall auch immer. Ich habe keine Lust, als Zeuge vernommen zu werden, um am Ende als Beschuldigter dazustehen. Die Tour kenne ich. Wenn Sie irgendeinen Zettel haben, der Ihnen das Recht gibt, mich aufzuhalten, dann zeigen Sie ihn her, ansonsten lassen Sie mich in Ruhe.«
Heller drehte sich um und ging an Klein vorbei zur Türe des Lesesaals.
Klein war irritiert, er kannte viele Reaktionen von Menschen auf sein Erscheinen, aber ein derart abweisendes und berechnendes Verhalten in dieser Situation war ihm noch nicht untergekommen. Er wollte schon sagen: »Wenn Sie nichts zu verbergen haben, brauchen Sie auch keine Bedenken haben«, aber er spürte, dass er damit alles nur noch verschlimmern würde.
Heller öffnete bereits die Tür zum Lesesaal, da folgte Klein einer Eingebung und sagte spontan, indem er einen Schritt auf Heller zuging: »Waren Sie Domspatz?«
Heller blieb stehen, verharrte einen Augenblick, schloss dann die Türe bedächtig und drehte sich um. Klein sah, dass er mit seinem Schuss ins Schwarze getroffen hatte. Diese Reaktion war eine eindeutige Bestätigung. Heller lächelte undefinierbar, wehmütig oder ironisch und sagte, während er die Türe zum Lesesaal wieder öffnete: »Wenn schon, muss die Frage heißen: ›Sind Sie Domspatz?‹. Die Antwort auf Ihre Frage kann Ihnen jedes computerfähige Kind in wenigen Minuten mit Stayfriends.de geben. Die Antwort ist: ja – und ich denke das wars dann.«
Klein war konsterniert und wütend, sowohl auf den Kerl wie auf sich selbst. Er sah noch, dass Heller eine grüne und eine rote Socke trug, dann schloss sich die Tür zum Lesesaal und er stand alleine da.
Klein ging zur Fensterfront, nahm den trostlosen Innenhof kaum wahr, sah auf seine Uhr und wollte erst einmal seine Wut und Enttäuschung beherrschen. Der Kerl würde schon noch mit ihm reden und zwar nach seinen Spielregeln, dafür würde er schon sorgen. Er ging die Treppen hinunter, vorbei an dem verwaisten

Glashaus des Pförtners und sah draußen zwei wie Hausmeister gekleidete Männer vor seinem Wagen stehen und gestikulieren. Als er den Wagen entriegelte und an die Fahrertüre trat, kamen die beiden laut schimpfend auf ihn zu: Er solle seinen Ausweis zeigen, ein solches Schild könne sich ja jeder beschaffen und die Polizei dürfe auch nicht alles. Außerdem sei der Wagen aus Regensburg und nie nicht ein Münchner Polizeifahrzeug. Klein beachtete das Geschrei nicht weiter, ließ das Fenster herunter und bemühte sich um eine möglichst derbe Kostprobe in oberpfälzischem Dialekt, die für die beiden Männern unverständlich bleiben musste.

Um diese Zeit war sein Kollege Hans wohl noch im Büro, deshalb wollte er die Gelegenheit wahrnehmen und sich persönlich für die gelieferten Adressen der Münchner Auktionshäuser bedanken; außerdem konnte er vielleicht von Max‘ ungewöhnlichen Fähigkeiten bei der Computerrecherche profitieren.

Klein fuhr zum Polizeipräsidium.

Im dritten Stock angekommen, suchte er das Zimmer von Hans, klopfte und trat ein. Hans saß an seinem Computer und tippte einen Bericht. Sein Gesicht verzog sich zu einem breiten Grinsen, als er Klein sah und rief: »Grias Di, wos wuist‘n du do?«

Klein wich etwas zurück in Richtung Türe, weil er Bedenken hatte, Hans würde ihn bei der Begrüßung mit seinen Pranken drücken. Er antwortete mit einem kräftigen »Servus!«, und setzte hinzu: »Ich bin dir sehr dankbar für deine Hilfe. Bin dadurch ein ganzes Stück vorwärtsgekommen.«

»Ach ja der Mord, über den wir neulich geredet haben.«

»Genau«, bestätigte Klein und setzte sich auf den freien Stuhl neben dem Schreibtisch. Das Zimmer bestand lediglich aus einem schmalen Schlauch, die Wände ehemals weiß getüncht und jetzt mit vielen Spuren von Klebstreifen und Plakaten dekoriert.

»Ich bin nach München gefahren und habe tatsächlich einen Zeugen gefunden, der vielleicht Meier in einer Auktion getroffen hat. Der Mann ist allerdings sehr unkooperativ, so dass ich mir dachte, du könntest mir mit deiner Wunderkiste weiterhelfen.«

Hans stützte seinen gewaltigen Kopf in die linke Hand, traktierte mit der rechten aufmunternd die Tastatur und fragte: »Was hast denn schon?« Klein wunderte sich immer wieder über diese Wandlungsfähigkeit von der privaten Tonlage, die kräftig mit Dialekt gemischt war und der dienstlichen Sprache, die zwar die oberbayerische Vokalfärbung nicht verleugnete aber auch für Nordlichter verstehbar war. Warum damit allerdings oft eine übertriebene Aussprache der Endungen verbunden war, entzog sich seinem Verständnis.
»Ich habe bisher nur Namen und Vornamen; ungefähres Alter: Ende 50.«
»Na dann schau mehr mal, no sengma scho.«
Klein ignorierte diese Anspielung.
Hans brauchte einige Minuten. Er wechselte die Seiten sehr schnell, so dass Klein nicht mitkam, dann sagte er: »Also offiziell liegt nichts vor, dann probieren wir es eben anderster – na also, da ist er ja.« Und Hans las die Angaben auf dem Bildschirm vor: »Andreas Heller, Dr. phil., geboren 7.2.1950 in Nürnberg, da schau her, quasi ein Landsmann von dir.«
Klein verzog sein Gesicht: »Einen entsprechenden Dialekt hab ich aber nicht gehört, nicht einmal die üblichen weichen Konsonanten. Er hat sich gegenüber Standardfragen sehr abweisend verhalten, so dass ich auf unangenehme Erfahrungen mit der Polizei tippe. Hast du diesbezügliche Angaben?«
»Lass mal sehen, das haben wir gleich. – Da wäre«, sagte er betont langsam, »eine Anzeige wegen Unterschlagung von Briefmarken. Er wurde in dem Verfahren als unschuldig freigesprochen, und du weißt, das Urteil ›unschuldig‹ kommt nur, wenn an der Anschuldigung wirklich nichts dran war. Dann hab ich da eine Einvernahme wegen Beihilfe zum versuchten Totschlag.«
Klein pfiff durch die Zähne: »Was kam dabei heraus?« fragte er.
»Nichts, er hatte für den Tatzeitpunkt ein einwandfreies Alibi.«
Hans stützte wieder seinen Kopf in die Hand, sah auf die Fahndungsplakate an der Wand und brummte: »Eigentlich doch einiges beieinander.«

Klein widersprach: »Wir sollten nicht aus ungerechtfertigten Anschuldigungen Schlüsse ziehen, denn schließlich kann so etwas jedem passieren.«
»Das ist allerdings wahr, aber du siehst, was alles geht, wenn man ein bisserl am Computer spielt.«
»Ja«, sagte Klein, »das war sehr lehrreich und ich wär dir dankbar, wenn ich mir ein paar Notizen machen dürfte.«
Das hätte er so besser nicht sagen sollen, denn er musste sich vor der nun folgenden Lehrstunde eine Reihe von landsmännischen Sprüchen anhören, die Hans zwar wie immer mit breitem Grinsen von sich gab, von denen Klein aber nicht sicher war, ob sie durch und durch scherzhaft gemeint waren.
Klein versuchte deshalb, abzulenken: »Aber sag mal, kann ich Kopien der beiden Akten haben, vielleicht finden sich darin Hinweise, warum der Kerl so komisch reagiert hat.«
»Lieber Erwin, das kann ich dir auch so erklären. Ich habe vor einiger Zeit einen sehr informativen Vortrag von einem Psychologen gehört, der uns zu einer möglichst breiten Gesamtbetrachtung von Täterprofilen aufforderte. Der würde jetzt sagen: ›1950 geboren, hat er etwa 1969/70 Abitur gemacht und dann studiert.‹«
Klein unterbrach ihn: »Wenn er nicht beim Bund war.«
»Richtig – warte mal ein paar Minuten, das haben wir gleich.«
»Ist nicht nötig«, wiegelte Klein ab.
»Na hör mal, jetzt komm ich erst richtig in Fahrt und ich dachte, du willst Unterricht in Computerbenutzung haben?«
»Okay, mach mal.« Klein konnte den schnellen und gezielten Eingaben von Hans nicht folgen, der sich durch viele verschiedene Dateien klickte und bei Aufforderungen zur Eingabe von Passwörtern ein paarmal seine Schreibtischschublade aufzog und einen Blick hineinwarf, Eingaben schrieb und weiter suchte. Nach einiger Zeit zog er ein Blatt Papier zu sich und machte Notizen. Klein wurde unruhig, sein Magen begann langsam zu grummeln und er hatte Durst. Er richtete seine Aufmerksamkeit auf die Familienbilder, die auf dem Schreibtisch standen. Hans musste eine Tochter etwa im Alter von zwölf haben. Seine Frau

zeigte auf den Fotos kein aufgesetztes Lächeln, sondern wirkte entspannt und fröhlich.
»Also, dann erzähl ich dir mal was zu dem Herrn Doktor«, unterbrach Hans Erwins Gedankengänge. – »Beim Bund war er nicht.«
»Hat er verweigert?« fragte Klein.
»Nein, er war, wenn ich das richtig sehe, nur eingeschränkt tauglich, Probleme mit dem Rücken. Studium der Germanistik, Geschichte und Soziologie in Erlangen, abgeschlossen mit Staatsexamen, Referendarzeit an Gymnasien in Nürnberg und Ansbach, danach folgte aber kein Schuldienst.«
Klein überlegte: »In der Zeit waren diese Fächer noch ganz und gar links, reine Basisgruppen, für die man als Voraussetzung für ein Hauptseminar Marxlektüre nachweisen musste.«
»Und sobald einer bei ein paar Demonstrationen gefilmt wurde, wars aus mit der Schulkarriere.«
»Genau, und wie wurde er dann Sachverständiger für Briefe und alte Schriften?«
»Ist er das?« fragte Hans nach.
»Ja.«
Hans tippte in die Tastatur und rief nach einiger Zeit: »Na also, da hammas, – promoviert über das Thema, ›Postüberwachung in Europa im 18. und 19. Jahrhundert‹, dabei hat er wohl das Archivhandwerk gelernt und die einschlägigen Kenntnisse erworben, mit denen er bei der IHK zum Sachverständiger wurde.«
»Das erklärt aber noch nicht sein Verhalten mir gegenüber.«
»Meinst du? – Also, vor einem solchen Hintergrund eines Studiums während der Studentenbewegung, gescheiterter Anstellung im Schuldienst wegen angeblichem Linksradikalismus, wahrscheinlich schlecht bezahlter Jobs bei Zeitungen, zwei ungerechtfertigten Strafverfahren, wo vielleicht die Kollegen der Polizei nicht sonderlich zimperlich zu Werke gingen – so wie wir zum Beispiel«, Hans kicherte, »da, mein lieber Erwin, kann ich schon verstehen, dass so einer grantig wird, wenn ihm die Kriminalpolizei auf die Haken steigt.«

»Dazu passt dann, was er zu mir gesagt hat von wegen zuerst als Zeuge befragt, dann als Beschuldigter vernommen«, ergänzte Klein.
»Aber, mein Lieber, jetzt mal ganz blöd gesagt, geh doch einfach morgen nochmal hin in das Archiv. Der Herr Heller hat sich die ganze Sache sicher auch noch einmal durch den Kopf gehen lassen. Mach einen auf Missverständnis, das falsche Wort sei in den falschen Hals gekommen, oder so ähnlich, da muss dann doch was gehen. Und wenn der Kerl nicht blöd ist, wird er sich auch ausrechnen, dass Kooperation allemal besser ist als Konfrontation, vorausgesetzt er ist unschuldig.«
»Gut, ich glaube, du hast Recht; dann werde ich das meinem Chef erklären, mir ein Zimmer suchen und morgen noch einmal in das Archiv gehen.«
Hans kramte in seiner Schreibtischschublade, fand dort eine Visitenkarte und händigte sie Klein aus: »Wir haben eine Vereinbarung mit einer kleinen Pension beim Siegestor für Gäste wie dich. Keine Luxussuiten, aber solide und günstig. Vor allem kannst du dein Auto dort im Hof parken und morgen früh bequem zu Fuß zum Archiv laufen.– Ich ruf gleich mal an, wenn du willst.«
»Vielen Dank, das ist hervorragend, da bin ich dir sehr dankbar. Fragt sich dann nur noch, wo ich heute Abend esse.«
»Wir haben heute leider schon eine Einladung, deshalb kann ich dich nicht zu uns mitschleppen. Wonach ist dir?«
»Am liebsten was Bürgerliches, kein Schicki oder Exotik.«
»Da kann ich dir den Moritz empfehlen«, dabei schaute Hans ihn provozierend abschätzig an und meinte, »ich glaub das passt zu dir. Der macht ausgefallene Hausmannskost, sehr schmackhaft.«
»Wie geht ausgefallene Hausmannskost?«
»Probiers aus, es wird dir gefallen und die Preise stimmen auch.«
»Dann dank ich dir nochmals für deine Hilfe und bis demnächst wieder, und grüß deine Frau schön.«
»Mach ich, alles klar, machs gut, eine gute Nacht und viel Erfolg Morgen.«
»Danke.«

Klein ging die drei Stockwerke zu Fuß hinunter, fühlte sich unternehmungslustig und pfiff vor sich hin. Da fiel ihm ein, dass er seinen Chef anrufen musste, dann konnte er gleich die Sekretärin fragen, ob die Schüler-CD der Domspatzen schon auf seinem Schreibtisch lag und sie bitten, die Abiturjahrgänge 1968–1972 nach einem Andreas Heller zu durchsuchen.

Das Hotel behagte Klein sehr. Die Umgebung lud zu einem Spaziergang ein, so dass er durch die Amalienstraße langsam in die Richtung der Pinakotheken zu Moritz schlenderte, wo er einen kleinen Tisch für sich allein bekam.
Die Speisekarte erstaunte ihn. Viele Gerichte, die er aus seiner Kindheit kannte und seitdem wehmütig vermisste. An den Nachbartisch brachte die Bedienung eine dicke Wurst in weißen Bohnen, die ihn anlachte, obwohl die Tageskarte ihrerseits Spannendes bot. Ungewöhnlich für ein Lokal, das angeblich Hausmannskost bevorzugte, waren die zehn verschiedenen Muschelvarianten auf der Tageskarte. Besonders stachen ihm die »Muscheln Rheinische Art« ins Auge, in Weinsauce mit Lauch und Sellerie. In dieser Form würde er sie so schnell nicht wieder bekommen, davor ein Brot mit Hackepeter als Reminiszenz an seine Studentenzeit. Das Pils wurde in kleinen Gläsern frisch gezapft und passte ausgezeichnet dazu.

Am andern Morgen ließ er sein Auto im Hinterhof der Pension stehen und ging zu Fuß. Auf der Ludwigstraße herrschte reger Verkehr. Um den Aufgang der Staatsbibliothek standen eine Unmenge Fahrräder und Klein bog von dort aus in den Parkplatz ein, den er gestern von oben aus dem Fenster des Archivs gesehen hatte. Der Pförtner fragte ohne ein Anzeichen des Wiedererkennens nach seinem Namen.
Im Lesesaal konnte er Heller nicht finden, ging nach vorne zur Aufsicht und fragte nach ihm. Die Dame lächelte freundlich und sagte, Heller sei im Erdgeschoss bei einem Vortrag für die Herren der Archivschule. Klein bedankte sich, ging nach unten und sah

auch schon die offenstehende hohe Türe auf der »Vortragssaal« stand.
Heller stand vorne am Pult, bemühte sich um den Kontakt zwischen seinem Laptop und dem Beamer und achtete nicht auf die Zuhörer, die den Saal langsam füllten. Klein überlegte, ob er wieder gehen sollte, da wurde bereits die Türe geschlossen. Egal, dachte er, vielleicht ist es ganz aufschlussreich, wie sich der Herr Heller in seinem Vortrag gibt. Währenddessen konnte er ihn in aller Ruhe beobachten und erfahren, womit sich der Kerl beschäftigt.

Die Verdunkelung wurde heruntergefahren. Heller hatte zwar ein Manuskript vor sich liegen, schaltete aber die Pultlampe nicht ein.
Es mochten vielleicht 40 Leute im Raum sitzen, Männer und Frauen zwischen Mitte 30 und Ende 50. Klein platzierte sich in die letzte Stuhlreihe, neben der Türe, damit er schnell und unauffällig gehen konnte.
Heller suchte nach dem Zeigestocke und räusperte sich:

Erste Folie:

Ein Brief hat drei Leben:
- ein materielles aus Papier, Tinte etc.
- ein inneres, den verschlossenen, geheimen Inhalt
- ein äußeres, öffentliches, postalisches

*»Sehr geehrte Damen und Herren des Archivdienstes*
*Ich freue mich, dass Sie der Einladung im Rahmen der studienbegleitenden Vorträge der Archivschule so zahlreich gefolgt sind. Ich spreche heute über die Quellengattung Brief, die Sie aus Ihrer täglichen Arbeit bereits kennen. Ich erlaube mir dabei, Sie auf einige Aspekte dieser Quellengattung aufmerksam zu machen, die Ihnen in den Handbüchern des Archivwesens bisher nicht begegnet sind.*

Klein war sich sicher, dass er nicht lange bleiben würde.

Folie zwei

- Kommunikation ist die Voraussetzung jeden Fortschritts
- Kommunikation über Entfernungen benötigte die Post
- Jede Herrschaft strebt die Kontrolle der Post an

*Wir sind heute gewohnt, dass Briefe gefälligst am nächsten Tag und ohne Umstände bei uns ankommen. Würde es Ihnen so ergehen, wie einem Herrn in Aosta anno 1829, der die lapidare Aufforderung erhielt, ›14 Kreuzer Porto durch irgendjemanden allhier besorgen zu lassen‹, wären Sie wenig amüsiert.*
(Abbildungen auf der nächsten Seite)
*Dabei handelte es sich nicht, wie man vermuten könnte, um eine Schikane von Basler Postbeamten, vielmehr blieb Ihnen nichts anderes übrig, wenn Sie an Ihren Gebührenanteil kommen wollten, denn zwischen dem Kanton Basel und Aosta, im Königreich Sardinien gelegen, bestand für den gegenseitigen Briefaustausch Frankozwang bis zur Grenze. Solange die dafür fälligen 14 Kreuzer vom Absender nicht bezahlt waren, unterblieb die Weiterbeförderung. Der gute Mann in Aosta musste sogar noch für diese wenig erfreuliche Nachricht vier soldi Porto bezahlen.*

*Europaweit agierende Kaufleute und einige hochrangige Postfachleute erkannten das Problem und plädierten für ein einheitliches Postsystem, zumindest in den deutschen Staaten. Aber die Herrschenden hielten unter Hinweis auf ihre Souveränität an den komplizierten und unpraktikablen Strukturen fest und beschränkten sich auf bilaterale Postverträge, die jeden Transitbrief zum Rechenexempel von Fachleuten werden ließen.*
*Erst als die ersten Eisenbahnen rollten und der grenzüberschreitende Briefschmuggel auf der Schiene zu spürbaren Einbußen in den Postkassen führte, besann man sich eines Besseren.*
*So schloss sich Österreich mit Bayern 1842 zu einem gemeinsamen einfach strukturierten Postgebiet zusammen.*

Folie 3

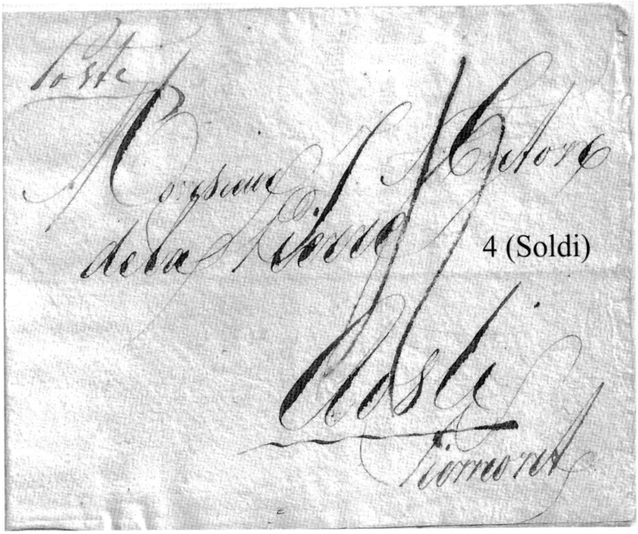


Das Oberpostamt Basel fordert den Empfänger in Aosta (Kgr. Sardinien) am 26. Januar 1829 auf, 14 Kreuzer für die Frankatur von Basel bis an die Schweizer Grenze »durch irgend jemand allhier besorgen zu lassen.« Der Brief werde ihm dann zugestellt.

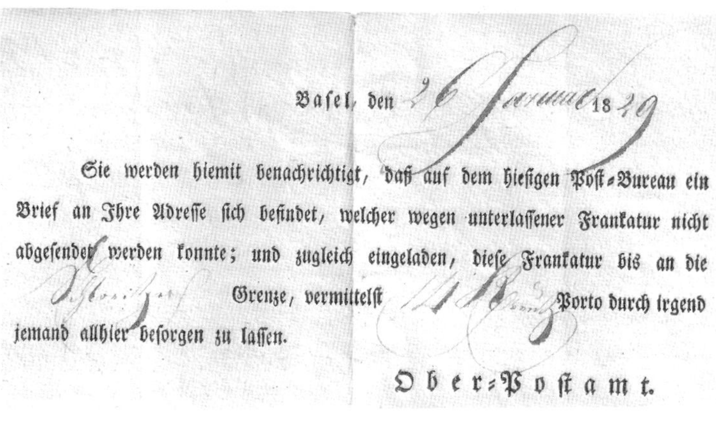

Basel, den 26 Januar 1829

Sie werden hiemit benachrichtigt, daß auf dem hiesigen Post-Bureau ein Brief an Ihre Adresse sich befindet, welcher wegen unterlassener Frankatur nicht abgesendet werden konnte; und zugleich eingeladen, diese Frankatur bis an die Grenze, vermittelst Porto durch irgend jemand allhier besorgen zu lassen.

Ober-Postamt.

Ähnliche Konstruktionen folgten bis 1850 mit dem Deutsch-Österreichischen Postverein, dem der Durchbruch zur preisgünstigen Briefversendung nach einem transparenten Regelwerk gelang. 1875 kam schließlich im Weltpostverein der große Wurf eines globalen Kommunikationssystems, von dem wir bis heute zehren.

Wenn wir über die Grundbedingungen der wirtschaftlichen, kulturellen und politischen Entwicklung vor 1850 sprechen, benötigen wir intensive Kenntnisse von den jeweils herrschenden Kommunikationsbedingungen, die mit unseren heutigen Verhältnissen kaum etwas gemein haben. Doch da die Postvermerke auf den Briefen diese Bedingungen konkret widerspiegeln, vermitteln sie uns ein anschauliches, gegenständliches Bild der historischen Situation.

Der folgende Brief aus Nürnberg nach London, abgeschickt am 16. Juni 1847, macht die Probe aufs Exempel.

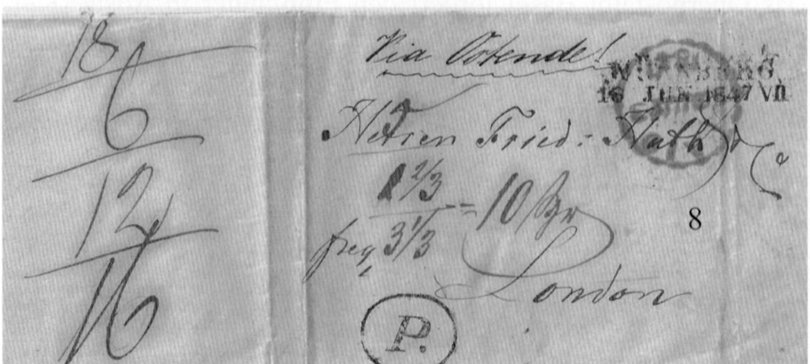


Wir sehen fünf Postverwaltungen an der Beförderung dieses Briefes beteiligt, von denen jede Anspruch auf die Bezahlung ihrer Beförderungsleistung erhob.
Seit dem 1. Januar 1847 war es freigestellt, die Briefe nach England vollständig zu frankieren. Ein Fortschritt, den dieser Absender nutzte. Er forderte mit der Bemerkung ›via Ostende!‹ den Weg

*über Preußen und die Niederlande anstatt der Alternativrouten über Frankreich oder Hamburg, die bezüglich der Beförderungsdauer und des Kostenaufwandes deutlich differierten.*
*Der rückseitige Gebührenbaum listet alle vorausbezahlten Einzelbeträge in bayerischen Kreuzern rheinisch auf, während vorne die nichtbayerischen Anteile in preußische Silbergroschen als ›Weiterfranko‹ umgerechnet und vorgemerkt sind.*

*Über Ostende betrug die Gesamtgebühr:*
*8 kr für Bayern + 8 kr für Taxis bis Coblenz*
*Diese 16 kr stehen im rückseitigen Gebührenbaum ganz unten und verblieben bei Bayern. Den taxisschen Anteil beglich Bayern per vierteljährliche Abrechnung.*
*12 kr für Preußen = 3 1/3 Sgr*
*6 kr für Holland = 1 2/3 Sgr = 10 Sgr.*
*18 kr für England = 5 Sgr*

*Die englische Inlandsgebühr von 18 kr bzw. 5 Sgr rechnete das Postamt in London in ›8‹ d um, mehr als ihm vertraglich zustand.*

*Sie werden vielleicht denken, das ist ja alles ganz schön und nett, aber was hat das mit uns Archivaren zu tun?*

*Für die Analyse solcher Briefe benötigen wir ihre Hilfe. Denn für die Postgeschichte ist von entscheidender Bedeutung, dass bei den vielen Briefen, die in den Archiven vorhanden sind, die postalischen Flächen der Briefe erhalten bleiben, denn am meisten Information bieten geschlossene Korrespondenzen, aus denen nahezu taggenau erklärt werden kann, welche Schwierigkeiten wann auftraten und welche Lösungswege zu deren Behebung eingeschlagen wurden, sei es bei den Absendern, den Postverwaltungen oder auf der politischen Ebene.*

*Postgeschichtliche Forschung benötigt die Archivalien der internationalen Postverträge und Verhandlungsakten, um die Motive,*

*Projekte und Entscheidungen zur Organisation und Praxis des Postbetriebs in den europäischen Staaten zu kennen und zu verstehen. Dabei entsteht ein Wechselspiel zwischen Archivalie und Brief.*

*Wie wir nämlich an den folgenden Beispielen sehen werden, liefern in manchen Fällen die Briefe für das Verständnis der Kommunikationssituation nur wenig brauchbare Hinweise, so dass wir hauptsächlich auf die Archivalien angewiesen sind.*

*In anderen Fällen, vor allem, wenn die historischen Ereignisse sich überstürzen und zur Aufrechterhaltung der Kommunikation schnell reagiert werden muss, sind die Postvermerke auf den Briefen die einzigen Anhaltspunkte, die Veränderungen und Entwicklungen dokumentieren und veranschaulichen, die archivalisch nicht fassbar sind.*

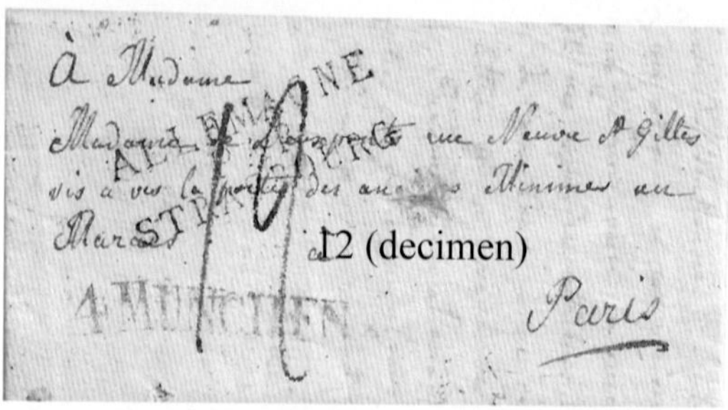


5. Mai 1808

2. März 1813

*Die beiden Briefe aus München nach Frankreich, die in bewegter historischer Zeit nahezu fünf Jahre auseinanderliegen, unterscheiden sich äußerlich dennoch nur marginal durch unterschiedliche Münchner Ortsstempel.*
*Hinter der augenscheinlichen Ähnlichkeit verbergen sich jedoch grundlegende politisch/postalische Veränderungen, die nur mit Hilfe von Archivalien darstellbar und nachvollziehbar sind.*

*Die vertragliche Grundlage für die Auswechslung und Bezahlung dieser Briefe bildet ein 1801 zwischen der Reichspost (Taxis) und Frankreich geschlossener Kontrakt, der nach der Verstaatlichung der bayrischen Post (1808) mit kleinen Modifikationen bis 1822 weitergeführt wurde.*
*Die Mehrzahl der überlieferten Briefe, so auch diese beiden, ist unbezahlt (porto) abgeschickt worden. Für solche Briefe nötigte Frankreich seinem Vertragspartner ein Paket-Abrechnungssystem auf. Beide Postgebiete wurden in Entfernungsrayons eingeteilt, denen entprechend man sich gegenseitig die Portobriefe für einen fixen Preis pro 30 Gramm abkaufte.*
*Für Briefe, gestempelt ›R.4 München‹, bezahlte das Grenzpostamt Straßburg 46 kr pro 30 Gramm und berechnete für den einfachen Brief (bis sechs Gramm Gewicht) dem Empfänger 7 dec sogenanntes ›fremdes Porto‹, dazu kam das französische Inlandsporto von Straßburg bis nach Paris, insgesamt 12 decimen.*

*Bei Vertragsbeginn 1802 waren Baden, Bayern und Württemberg unter Taxis'scher Postregie Teile des Vertragsgebietes.*
*Ende 1805 verstaatlichte Württemberg seine Post. Der Aktenlage nach dauerte es zwei Jahre, bis der württembergischen Administration die Folgen davon klar wurden. Als sie dann 1808 Transitzahlungen unter anderem für die Briefe aus Bayern nach Frankreich forderte, wurde das württembergische Postgebiet umgangen. Erst 1810 gestand Bayern den württembergischen Posten eine Transitentschädigung vertraglich zu.*

*Anfang 1808 verstaatlichte Bayern seine Posten und setzte in dem Postvertrag mit Thurn und Taxis zum 1. August 1808 den unveränderten Vollzug dieses französischen Postvertrages von 1801 durch. Die beiden jetzt unabhängigen Postgebiete teilten sich künftig die Einnahmen. Bayern behielt bei den französischen Briefen alle auf seinem Gebiet bezahlten Gebühren. Thurn und Taxis dagegen bezog alle fremden Gebührenteile, das heißt, die von Frankreich geleisteten Vergütungen.*
*Im Jahr 1811 erfolgte die Verstaatlichung der Posten in Baden. Auch in diesem Fall wurde ein für das Publikum unmerkliches Arrangement getroffen.*
*Zweifellos waren es vor allem politische Gründe, die trotz dieser Veränderungen eine Revision des Postvertrages von 1801 verhinderten. Diese Gründe erfahren wir aber nur aus ihren Archivalien, während die Briefe, wie wir sehen, keine Hinweise liefern.*

*Betrachten wir aber nun den anderen Fall, wo die politisch/postalischen Veränderungen nur durch die Postvermerke auf den Briefen fassbar und die Briefe zur leitenden historischen Quelle werden.*

*In dem oben angesprochenen französisch/taxisschen Postvertrag war auch die Rede von Briefen, die aus Österreich über das Reichspostgebiet nach Frankreich transitierten. Frankreich vergütete dafür den Paketpreis des 4. Rayons mit 46 kr je 30 Gramm. Die Berechtigung für den Bezug dieses Paketpreises mussten Taxis bzw. Bayern auf den Briefen durch den Stempel ›d'autriche‹ nachweisen. Briefe aus Österreich wurden in der Abrechnung also wie solche aus München behandelt. Dieses Verfahren war nur möglich, wenn Österreich die Briefe bis zu seiner Ausgangsgrenze frankieren ließ.*

*Der folgende Brief aus Wien nach Paris vom 1.8.1807 liefert wichtige Hinweise über die postalische Praxis.*

*Österreich verwendete zu dieser Zeit keine Stempel, deshalb ist nur handschriftlich ›Vienne‹ vermerkt. Die Gebühr bis zur bayerischen Grenze steht rechts angeschrieben mit 14/6, wobei 14 kr C.M. der Brief und 6 kr C.M. die Rekommandation (ausgedrückt durch die Bemerkung ›gegen Recepisse‹ und die Manualnummer ›313‹ rechts ganz oben) kostete.*
*Bei der Formatierung des Briefpakets nach Kehl/Straßburg vermerkte der Augsburger Postbeamte ›v. Wien θ-‹, zugleich stempelte er ›d'autriche‹. In Kehl wurden rekommandierte Briefe generell mit dem Stempel ›PASSE PAR KEHL‹ + Datum versehen.*

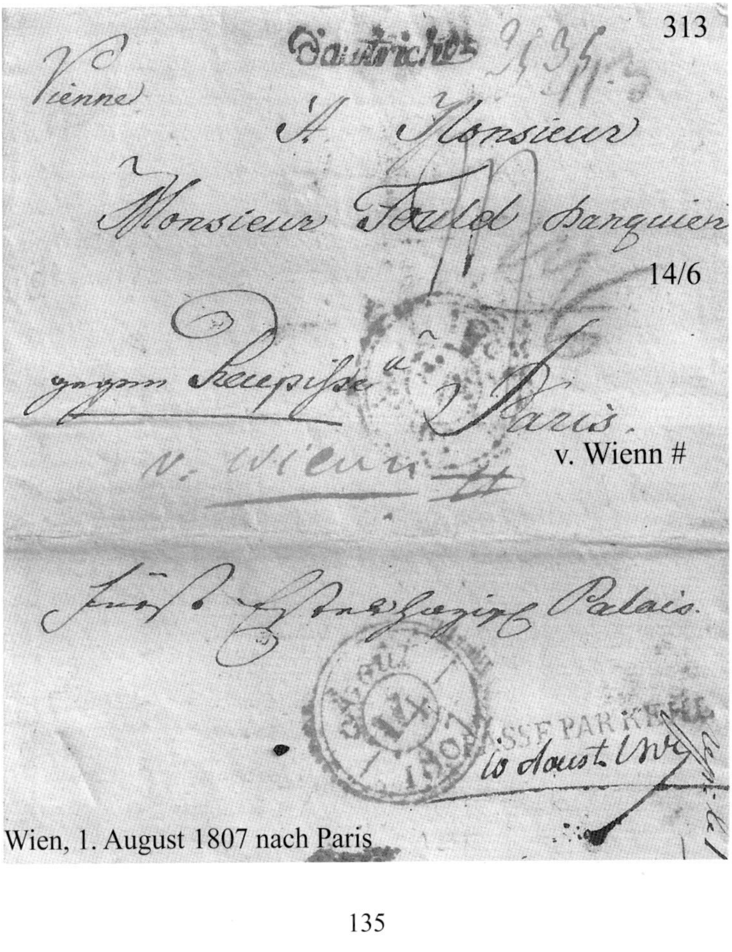

Wien, 1. August 1807 nach Paris

*Frankreich berechnete, wie wir oben gesehen haben, für solche Briefe nach Paris (4. Rayon) 12 dec. Rekommandation kostete stets die doppelte Briefgebühr, deshalb stehen in der Mitte ›24‹ dec angeschrieben.*

*Gehen wir aber nun einen Schritt weiter:*
*Durch die Vorherrschaft der Engländer im Mittelmeer*[1]*, die sich seit Ende 1805 abzeichnete, war Frankreich gezwungen, Briefe aus der Levante (Ägypten und Osmanisches Reich) über den Landweg zu befördern, auch wenn sie nach französischen Hafenstädten im Mittelmeer (z.B. Marseille) gerichtet waren*
*Dieser Weg führte über Konstantinopel, die Contumazanstalt*[2] *am Roten Turmpass im heutigen Rumänien, die ihren Petschaftsstempel anbrachte, über Wien, Augsburg nach Straßburg.*
*Österreich kam dadurch in die Situation, für diese Briefe aus dem Osmanischen Reich einen Transit leisten zu müssen, der in dem Postvertrag von 1801 nicht vorgesehen und folglich auch nicht finanziell geregelt war. Aus dieser Situation ergaben sich mehrere Probleme, deren Lösungsansätze nur mit Hilfe der Briefe erklärt werden können.*

*Am 10. Januar 1808, als Bayern noch unter taxis'scher Postregie stand, wurde der folgende Brief aus Konstantinopel nach Marseille aufgegeben. Er trägt rückseitig eine Bleinotiz f(ranko) 18 p(ara) und ist damit bis zur osmanischen Grenze frankiert. Österreich lieferte den Brief gratis an Thurn und Taxis aus, das für seine Arbeit mit den 46 kr. je 30 Gramm gemäß ›d'autriche‹ entschädigt wurde. Frankreich forderte vom Empfänger 21 decimes, die sich zusammensetzen aus 7 dec ›fremdes Porto‹ + 10 dec In-*

---

1 Seit der Schlacht von Trafalgar, 21.10.1805 war die uneingeschränkte Seeherrschaft der Briten im Mittelmeer unbestritten.
2 Quarantänestation, wo die Briefe wegen der Seuchengefahr geräuchert oder mit Essig behandelt wurden.

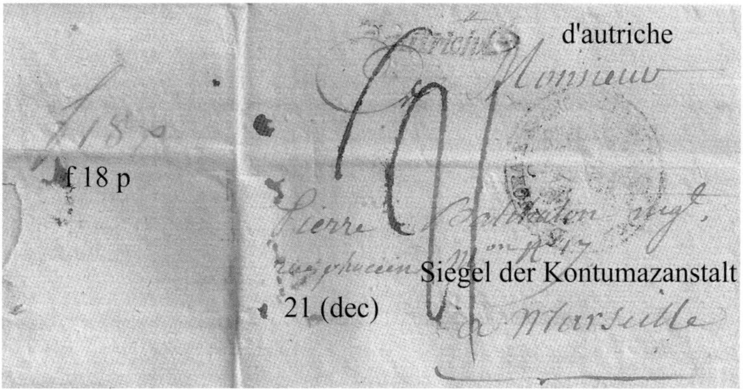


*landsporto bis Marseille + 1 dec Zuschlag für das Gewicht von 6–8 Gramm, das durch den Haken oberhalb der 21 angedeutet wird. Dass Österreich für seinen Transit eine Entschädigung verlangen würde, war abzusehen.*
*Am 1. Februar 1809 trat ein zwischen Bayern und Österreich abgeschlossener Transitvertrag in Kraft, der diese Briefe berücksichtigte. Der folgende Brief aus Konstantinopel vom 10. Januar 1809 markiert den Übergang zu den dann geltenden Vorschriften.*

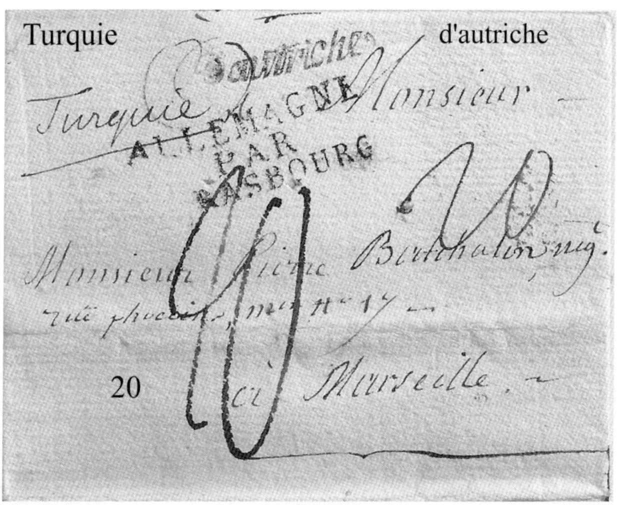

Er dürfte kurz vor dem 1. Februar in Wien gewesen sein, da die Post aus Konstantinopel nach Österreich nur alle 14 Tage abging. Dort schrieb der Wiener Beamte ›Turquie‹ und ›20‹ (kr Conventionsmünze) an. Er bezog sich damit bereits auf den neuen Vertrag mit Bayern, der Österreich pro einfachen Brief aus dem Osmanischen Reich 20 kr C.M. Transitgebühr zubilligte.
Bayern aber war noch immer an die Bestimmungen des Postvertrages von 1801 gegenüber Frankreich gebunden und konnte deshalb von Frankreich keine Vergütung dieser 20 kr C.M. erwarten.
Bayern musste also die österreichische Transitgebühr bezahlen aber seinerseits abschreiben. Frankreich bezahlte lediglich weiterhin die bayerische Transitleistung nach Straßburg auf der Basis des verwendeten ›d'autriche‹ Stempels.
Der Vermerk ›Turquie‹ entspricht dem Artikel acht des bayerisch-österreichischen Vertrages, wonach auf Transitbriefen der Name des Landes, aus dem sie herkommen, vermerkt werden musste.

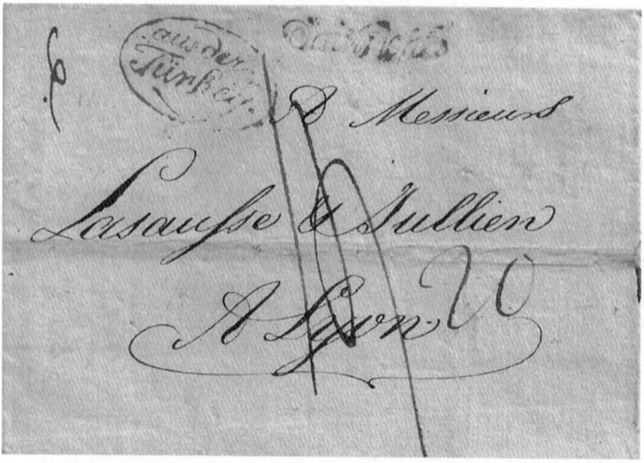


Etwa seit Mitte 1810 verwendete das Zentralpostamt in Wien für diese Briefe statt der handschriftlichen Herkunftsbezeichnung den Stempel: ›Aus der Türkey‹.

*Der obige Brief aus Smirna, vom 2. Juni 1810 nach Lyon, zeigt erstmals diesen Stempel und zusätzlich den roten ›d'autriche‹ von Augsburg. Wieder sind die 20 kr C.M. für Österreich angeschrieben, die Bayern bezahlt. Frankreich vergütete diese Auslage, wie wir gesehen haben nicht, sondern leistete lediglich den Paketpreis für ›d'autriche‹ und belastete den Empfänger mit 14 Decimen Porto.«*

Klein döste. – Er glaubte, das Prinzip verstanden zu haben: Damals war Kommunikaton erheblich komplizierter, weil Egoismen und Gier etc., die üblichen Hindernisse des Fortschritts, einfache Lösungen verhinderten. Erstaunlich fand er, dass Bayern bei dem österreichischen Transit klaglos Verluste hinnahm. Heller hatte zwar nicht gesagt, wie lange dieser Zustand anhielt, aber umfangreich kann diese Korrespondenz nicht gewesen sein, sonst wäre das nicht lange gut gegangen und Frankreich, das schließlich davon profitierte, in Regress genommen worden.

In der ersten Zuhörerreihe kam Unruhe auf. Ein älterer Archivar erhob sich und sagte, die Zeit sei bereits überschritten und er müsse mit seinem Programm fortfahren. Klein schrak hoch als die fremde Stimme die Sprachmelodie Hellers unterbrach.
Heller versuchte zu beschwichtigen, er wolle nur noch einen Brief zeigen, ein besonderes Schmankerl, und auf eventuelle Fragen eingehen.
Der Archivar entgegnete, er sei vor allem gekommen, weil er hören wolle, wie sich Heller zu der Behauptung in seinem Buch »Postvermerke« stelle, dass Archivare mutwillig Briefe zerstören, um die Akten zu verkleinern.
Heller war überrascht und offensichtlich über diese ungewöhnliche Art der Störung ungehalten. Er beherrschte sich aber und nannte aus dem Stegreif einige Beispiele, um seine Behauptung zu belegen. Er habe in der genannten Publikation auch gar keinen Vorwurf, sondern vielmehr die Bitte beabsichtigt, auf diese Quellengattung künftig besser zu achten.

Ein anderer Zuhörer stand auf und rief dazwischen: »Wir haben es nicht nötig, uns Ratschläge von Laien geben zu lassen, die keine Ahnung von den Verhältnissen und Verantwortungen in Archiven haben. Wir haben schon genug mit Sammlern zu tun, die aus den Beständen stehlen. – Alle Briefe, die Sie gezeigt haben, stammen erkennbar entweder aus Adels- oder Firmenkorrespondenzen, also aus öffentlichen oder privaten Archiven und damit darf unterstellt werden, dass sie entwendet sind und sich jeder der damit handelt, als Hehler betätigt, und jeder der sie besitzt, gestohlene Ware gekauft hat.«
Heller reagierte auf diese Breitseite gelassen und blieb ganz ruhig am Pult stehen, packte sein Manuskript zusammen, schaltete den Laptop aus und wartete, bis wieder Ruhe eingekehrt war. Dann blickte er in die Runde und sagte mit einer Stimme, der man die aufgezwungene Beherrschung anhörte: »Teilweise kann ich ihre Äußerungen nachvollziehen, obwohl ich bedauere, dass Sie vom Thema dieses Vortrags wegführen.«
»Ganz und gar nicht«, rief erregt der ältere Archivar dazwischen, »das ist das eigentliche Thema.«
Heller sah den Mann an: »Gut«, sagte er, »wenn Sie meinen. Dann bitte ich aber darum, mir einige Sätze zu gestatten. Alle hier gezeigten Briefe stammen aus Archiven, das ist richtig. Aber alle diese Briefe sind auf legale Weise in meinen Besitz gelangt.«
»Das glauben Sie doch selbst nicht«, tönte es.
Heller beherrschte sich, blickte ruhig in die Runde der Anwesenden und sagte schließlich: »Wenn Sie mir persönlich etwas vorzuwerfen haben, dann tun Sie das bitte jetzt und hier. Herr Kriminalkommissar Klein, der in der letzten Reihe sitzt, interessiert sich vielleicht dafür. Vorher sollten Sie sich aber bei den Auktionshäusern Zissler in München und Feldmann in Genf erkundigen, wo ich diese Briefe gekauft habe, was die von ihrem Vorwurf der Hehlerei halten.«
Heller verließ mit hochrotem Kopf den Raum, sah Klein in der letzten Reihe sitzen, zögerte unschlüssig, nickte und ging dann aber wortlos nach draußen. Klein folgte ihm. Als er Heller an der

Garderobe sah, stellte er sich neben ihn und während Heller seinen Mantel aus dem Spind holte, sagte er, ohne sich umzudrehen: »Ich habe mir schon gedacht, dass Sie nicht locker lassen und wiederkommen.« »Das war auch nicht schwer zu erraten«, erwiderte Klein.

Heller schnaubte durch die Nase, was sich wie ein Seufzer anhörte und sagte: »Ich habe leider nicht viel Zeit, weil ich meiner Frau versprochen habe, nach dem Vortrag bei ihren archäologischen Ausgrabungen zu helfen.«

Klein grinste süffisant und entgegnete: »Nachdem ihr Vortrag etwas kürzer geworden ist als ursprünglich gedacht, haben Sie wohl ein paar Minuten übrig.« Heller drehte sich um, blickte Klein forschend ins Gesicht, sah darin freundliches Verständnis und nickte: »Gut bringen wir es hinter uns.«

Sie gingen gemeinsam am Portier vorbei zum Ausgang, ohne auf dessen Zuruf zu achten. Klein sah Heller erwartungsvoll an, deutete auf seinen Wagen und sagte: »Oder wollen wir auf einen Kaffee gehen?«

Heller wies in die Richtung des amerikanischen Konsulats auf ein kleines Café: »Dort sind wir um diese Zeit ungestört.«

Sie gingen die wenigen Schritte schweigend nebeneinander, betraten das Café, setzten sich an einen kleinen Tisch am Fenster und bestellten Getränke.

Heller ergriff die Initiative: »Ich war bei den Domspatzen, um Ihre Frage von gestern zu beantworten, zehn Jahre. Aber das werden Sie mittlerweile wissen.«

»Ja, es war nicht schwierig. Und Sie waren davon zwei Jahre in der Vorschule Etterzhausen.« Klein hob am Ende des Satzes seine Stimme, machte, indem er die Luft anhielt, eine Kunstpause und fuhr dann fort, »genauso wie Meier.«

Heller rührte in seinem Tee und zeigte keine Reaktion bei der Nennung des Namens.

Klein wiederholte: »Eduard Wilhelm Meier, sagt Ihnen der Name etwas?«

»Ehrlich gesagt: nein. Der Internatsleiter in Etterzhausen hieß Meier, meinen Sie den?«
Klein war erstaunt: »Nein, ich meine einen Ihrer Mitschüler, dem Sie, wenn schon nicht zur selben Zeit in Etterzhausen, dann doch einige Jahre im Regensburger Internat begegnet sein müssen.«
Heller schüttelte den Kopf: »Tut mir leid, Fehlanzeige. Haben Sie ein Foto, oder irgendwelche anderen Hinweise?«
Klein überlegte. Konnte es sein, dass er sich so getäuscht hatte, dass Meier kein Domspatz war? In der Schülerkartei war er ja auch nicht aufgetaucht. Aber nachdem der Kerl mit seinen Fingerabdrücken getrickst und auch sonst ein Geheimnis um seine Person gemacht hatte, konnte er auch einen falschen Namen verwendet haben. Bei dem Auktionshaus wurde er schließlich ebenfalls unter anderem Namen geführt.
Klein sagte deshalb: »Dieser Meier war ihr Gegenbieter bei dem Auktionslos 2344 der Firma Zissler. Sie sind sich also sicher dort begegnet.«
Heller sah Klein von der Seite an, schaute dann aus dem Fenster und sagte: »Ich muss einen Moment nachdenken.«
»Sie kennen ihn also doch?« bohrte Klein nach.
Heller schwieg.
»Ihr Schweigen nützt ihnen wenig. Wir werden solange in Ihrer Vergangenheit stöbern, bis wir genug wissen, um Beweise gegen Sie zu haben ...«
»Oder mit irgendwelchen anderen ermittlungstechnischen Abfallprodukten zu erpressen, das wollten Sie doch sagen!« unterbrach ihn Heller.
Klein erwiderte ungeduldig: »Sind wir jetzt wieder so weit, wie das letzte Mal? – Sollten Sie nicht vielleicht Ihre wodurch auch immer bedingte Aversion gegen Polizeiarbeit ablegen und begreifen, dass es nicht darum geht, Sie in irgendeine Pfanne zu hauen, sondern den Fall auf eine Weise zu lösen, die für einen Richter nachvollziehbar ist?«
»Mag sein, aber mir gefällt Ihre Methode nicht, weil ich das Gefühl eines Hinterhalts nicht los werde.–

Und sagen Sie nicht, wer nichts zu verbergen hat, hat auch nichts zu befürchten.«
Klein lächelte amüsiert: »Ich werde diesen Satz nicht sagen, weil mir die Schlinge der üblen Nachrede und falschen Anschuldigung durchaus bewusst ist, aber dass an dem Satz was dran ist, steht außer Frage.«
Heller sah aus dem Fenster und murmelte Unverständliches vor sich hin. Schließlich nahm er das Wasserglas, das neben seinem Tee stand, trank und sagte übergangslos: »Ich bin nicht sicher, ob wir bei Meier von derselben Person sprechen. – Der Gegenbieter bei Zissler hieß Maurer, Eddy Maurer.«
»So, so, Sie haben also mit ihm gesprochen?«
»Ja, und Maurer war Domspatz.«
»Wieso sagen Sie war?« fragte Klein.
»Weil er tot ist.«
Jetzt war Klein überrascht. Woher wusste Heller, dass Meier alias Maurer tot war und warum sagte er das so unumwunden? Klein ging nun aufs Ganze: »Haben Sie ihn in der Kapelle gefunden und anschließend die Polizei verständigt?«
»Ja – wir waren dort verabredet. Er war aber bereits längere Zeit tot, als ich hinkam. Die Situation wirkte ganz merkwürdig arrangiert.«
»Wieso sagen Sie arrangiert?« wollte Klein wissen.
»Das wird mir erst jetzt, wo wir darüber reden, so richtig klar. – Der Mörder wusste, dass ich komme und hat alles dafür hergerichtet.« Heller brach ab, rührte nachdenklich in seiner Tasse und sagte dann: »Verstehen Sie? Der wusste über mich Bescheid.«
Klein reagierte verständnislos: »Was meinen Sie mit Bescheid wissen und alles hergerichtet? Es liegt eher der Verdacht nahe, dass Sie Maurer alias Meier umgebracht und alles arrangiert haben.«
»Unsinn«, entgegnete Heller, »ich sage Ihnen jetzt, was ich weiß und was ich gesehen habe, dann können Sie sich ihre Gedanken machen, an denen ich Sie ohnehin nicht hindern kann. Aber ich rede nur unverbindlich so vor mich hin, quasi spekulativ. Es

würde mir allerdings leichter fallen, wenn zuerst Sie mir sagen, was Sie wissen.«
»Das geht wirklich nicht.«
»Na gut.« Heller erzählte in groben Zügen, worum es bei der Verabredung mit Eddy gegangen war und wie er ihn gefunden hatte, verschwieg aber den Umschlag mit den 3.000 Euro.
Klein steckte seinen Notizblock demonstrativ in die Brusttasche und hörte ruhig zu. Als Heller schwieg sagte Klein: »Das klingt alles ganz plausibel. Aber ich habe noch nichts gehört, was gegen ihre Täterschaft sprechen würde, und mir ist nach wie vor unklar, wie Sie darauf kommen, dass alles für Sie bzw. gegen Sie arrangiert war.«
»Es war die Wäschenummer«, sagte Heller, »die 148 – meine Wäschenummer, verstehen Sie – Meine!«
»Was für eine Wäschenummer? Was soll das sein? Davon weiß ich nichts.« Klein beschlich das Gefühl, dass er den Bericht der Spurensicherung nicht aufmerksam genug gelesen hatte.
Heller lachte: »Im Ernst? – Jetzt liefere ich Ihnen als ihr Hauptverdächtiger auch noch die Indizien. Nicht schlecht, oder?«

Klein war irritiert. Er musste der Sache nachgehen. Vielleicht waren ja die Kollegen nachlässig gewesen? Daran glauben konnte er jedoch nicht. Gegenüber Heller wollte er sich nichts anmerken lassen und sagte deshalb forscher als beabsichtigt: »Was hat es nun mit der Wäschenummer auf sich?«
»Im Domgymnasium wurde die Kleidung der Schüler im Haus gewaschen. Jeder Schüler hatte sein eigenes Wäschefach, deshalb musste jedes Stück mit der persönlichen Wäschenummer für dieses Fach versehen sein.
Ich habe diese Nummer, wohlgemerkt die 148, in Eddys Hemd und Socken gesehen. Derjenige also, der Meier/Maurer in der Kapelle deponiert hat, wusste von meiner Verabredung mit Eddy. Er verschaffte sich meine Wäschenummer und verwendete sie mit einer Absicht, die sich mir noch nicht erschließt.«
Klein reagierte wie bei jeder Andeutung die auf Verschwörung

hinauslief, distanziert: »Und das kann kein Zufall sein – bilden Sie sich da nichts ein?«
Heller entgegnete: »Urteilen Sie selbst. Ich komme in die Kapelle, soll den Toten finden, der vom Tatort dorthin gebracht wurde und bin ›zufällig‹ mit meiner Wäschenummer konfrontiert. Toller Zufall. – Wenn Ihnen das noch nicht reicht, dann vielleicht ein weiterer Hinweis. Die Schildchen mit der Zahl waren lediglich aufgedruckt und nur oberflächlich auf die Kleidungsstücke geklebt. Meine Mutter stickte die Schildchen mit rotem Garn und nähte sie ein. – Überprüfen Sie das bitte, alles ist so wie ich sage und ich nehme an, dass ich als Mörder jetzt eigentlich nicht mehr in Frage komme, es sei denn, Sie nehmen an, dass ich selbst das Spiel mit den Schildchen inszeniert habe. Eine noch bessere Idee, wenn ich bedenke, dass die Polizei Sie nicht einmal gefunden hat. Außerdem würde mich dann interessieren, ob sie auch in der Unterwäsche zu finden sind.«
Klein antwortete hastig und provozierend: »Nehmen wir einmal an, Sie hätten alles tatsächlich selbst inszeniert. Eddy dorthin gebracht und zur Ablenkung die lächerlichen Wäschenummern fabriziert.«
»Und warum hätte ich das tun sollen? Welchen Nutzen sollte ich aus dem Tod von Eddy ziehen?«
Klein lächelte abfällig: »Sie glauben gar nicht, aus welch merkwürdigen Gründen Menschen morden. Wenn wir ihnen die Tat bewiesen haben, findet sich auch das Motiv. – Ich muss jetzt jedenfalls mal für kleine Jungs und Sie können sich derweil Antworten überlegen.«
Klein ging nach draußen. Seinem Gefühl nach, kam Heller nicht als Mörder in Betracht. Er verhielt sich wie jemand, der sich nicht vorsehen muss.
Vielleicht war er aber auch nur ein guter Schauspieler, der sich eine halbwegs plausible Geschichte zurecht gelegt hat, die auf den ersten Blick nicht zu knacken war.
Klein blieb vor der Toilettentüre stehen, rief im Büro an und erkundigte sich nach Neuigkeiten. Sowohl am Tatort wie in dem

Mazda waren DNA-Spuren gefunden worden, die ziemlich sicher vom Mörder stammen. Außerdem hatten die Kollegen eine Blutspurmusteranalyse angefertigt. Klein fragte nach, ob damit die Kapelle oder das Auto gemeint war, aber die Sekretärin wusste nicht Bescheid. Er brauchte also eine DNA-Probe von Heller.

Als er an den Tisch zurückkam, hielt ihm Heller einen Zettel hin, den er zwischenzeitlich beschrieben hatte: »Sagen Sie mir, welche Unterschrift zu Maurer und welche zu Meier passt.«
Klein war gedanklich noch abwesend und verstand nicht, worauf Heller hinaus wollte: »Woher kennen Sie seine Unterschrift?«
»Ich kenne sie nicht«, sagte Heller, ungehalten über die Begriffsstutzigkeit des Kommissars, »ich habe nur, während Sie draußen waren, herumprobiert, und das kam dabei heraus – sieht doch ähnlich aus, oder. Ich will damit sagen, Maurer konnte, als er seinen Namen änderte, seine gewohnte Unterschrift beibehalten.«
»Stimmt«, sagte Klein verblüfft, nachdem er den Zettel betrachtet hatte.
»Außerdem«, sagte Heller grinsend, »habe ich nachgedacht, während Sie telefoniert haben.«
»Was, wieso, telefoniert?«
»Na hören Sie, jemand, der auf der Toilette ein dringendes Bedürfnis erledigt kommt erleichtert und beschwingt zurück, Sie aber kommen geistesabwesend, nachdenklich wie nach unangenehmen Nachrichten.«
Klein winkte unwirsch ab, zögerte einen Moment und sagte: »Wir werden dem nachgehen. Dieser Eddy muss ja Gründe gehabt haben für sein Versteckspiel. – Trotzdem würde mich interessieren, welches Motiv Sie hinter der Tat sehen.« Heller wirkte belustigt: »Sollen wir eine kleine Pause machen, damit Sie sich wieder konzentrieren können, sonst sagen Sie womöglich etwas Unentschuldbares.«
»Lassen Sie den Unsinn! – Worüber haben Sie nachgedacht?«
Heller nieste, holte ein Taschentuch aus seiner Jackentasche und hielt es vor die Nase. Während er japsende Geräusche von sich gab,

drehte er den Kopf zur Seite und nieste erneut lauthals. Klein kam gar nicht dazu, die üblichen Floskeln loszuwerden. Er staunte nur ob der prustend kräftigen Eruptionen. Heller trat das Wasser in die Augen. Er japste noch ein paar Mal, putzte sich die Nase unüberhörbar und fiel in seinen Stuhl zurück.
Klein wusste nicht, wie er reagieren sollte. Erst als Heller aufstand und das durchnässte Taschentuch in den Abfalleimer bei der Theke warf, war Klein von dem Gedanken an die DNA-Probe wie elektrisiert. Das war die Gelegenheit, die er wahrnehmen musste.
Heller beruhigte sich wieder, trank einen Schluck Wasser und sagte entschuldigend: »Ich habe manchmal solche Niesanfälle. Sie dauern meistens länger.«
»Macht nichts.«
Heller kratzte sich am Kopf: »Also zu Eddy. – Für mich stellt sich die Situation so dar. Eddy bekam einen missverständlichen Auftrag für die Auktion, den er nach seinen Regeln korrekt ausführte.«
»Erzählen Sie weiter«, forderte Klein ihn auf, »ich wüsste gerne, wie die Auktion und Ihre Begegnung dort abgelaufen sind.«
Heller erzählte von der Bieterschlacht, seinem Gespräch mit Eddy und sagte dann: »Aber wegen so einer Lappalie bringt man keinen um. Es muss noch etwas anderes dahinter stecken. Vielleicht hat es etwas mit dem Wachstuchpaket zu tun, das er bei mir abgeholt hat.«
»Davon weiß ich nichts«, rief Klein, »was für ein Paket?«
Heller wirkte als hätte er zu viel gesagt und rührte stumm in seiner Teetasse.
»Was ist jetzt«, platzte Klein heraus, »haben Sie sich diesen Teil der Geschichte noch nicht passend zurechtgelegt?« Als seine Lippen die letzten Silben formten, wusste Klein, dass er Unsinn redete, deshalb schob er gleich nach: »War nur ein Scherz!«
»Aber kein guter – oder doch, Ihr Scherz macht mir nämlich soeben klar, dass wir das Gespräch besser ein andermal fortsetzen. Ich will jetzt lieber nach Hause fahren und meine Frau nicht lange

warten lassen. Ich habe versprochen, bei einer überaus spannenden Ausgrabung zu helfen, dafür muss ich mich erst noch zu Hause umziehen.«

Klein war enttäuscht, sah aber ein, dass er heute nicht weiterkommen würde, außerdem konnte er sich zu Hause alles noch einmal durch den Kopf gehen lassen, die letzten Ergebnisse der Spurensicherung ansehen und ein späteres Verhör von Heller vorbereiten: »Wo haben Sie Ihr Auto?« fragte Klein.

»Ich bin mit der S-Bahn gefahren.«

Klein überlegte: »Sie wohnen im Münchner Osten?«

»Ja. Wenn Sie mich mitnehmen, kommen Sie von dort aus leicht auf die A 99 in Richtung Nürnberg. Da wollen Sie doch hin?«

»Nach Regensburg, ja.«

Sie zahlten jeder für sich, zogen sich an und gingen. Nach ein paar Schritten, sagte Klein: »Ich habe meinen Schal vergessen, bin gleich wieder da.« Er ließ Heller stehen, ging in das Café zurück, holte mit spitzen Fingern das Taschentuch Hellers aus dem Abfalleimer und wickelte es in eine Serviette. Dann griff er nach seinem Schal, den er absichtlich hatte liegen lassen, und ging mit großen Schritten zum Wagen.

Auf der Fahrt in Richtung Riem herrschte Schweigen. Heller gab lediglich in ruhig distanziertem Ton kurze Anweisungen zur Fahrtrichtung. Klein schaltete das Radio ein, Bayern 1. Songs der 60er Jahre. Heller schaute aus dem Seitenfenster. Bei Mamas and Papas »Monday, Monday« tippte Klein mit den Fingern den Rhythmus auf das Lenkrad und summte die Melodie mit. Heller seufzte hörbar: »Könnten Sie bitte das Radio ausmachen!«

»Stört es Sie? Das ist aber doch die Musik ihrer Jugend.«

Heller verzog das Gesicht: »Sagen Sie dazu bitte nicht Musik!«

Klein grinsend: »Entschuldigung, Herr Domspatz. – Ist Ihnen wohl zu wenig klassisch? Aber wie sagt man doch so schön: Nur böse Menschen haben keine Lieder.«

Heller verdrehte die Augen: »Typisch Franke! Immer ein bisserl zu viel und immer daneben. – Aber damit wir das Thema keiner Weiterung unterziehen müssen – ›Monday, Monday‹ wurde im

Dezember 1965 aufgenommen, spontan. Der Tonmeister war offensichtlich betrunken. Mama Cass schaffte mit ihrem Alt die Tonhöhe nicht. Nach drei Stunden war das Ding produziert. Zeit, um die Instrumente zu stimmen bzw. die Harmonie abzustimmen, blieb nicht.« –
Klein schüttelte den Kopf: »Sie scheinen der einzige zu sein, der sich daran stößt.«
»Mag sein. Ich jedenfalls ertrage es nicht, wenn diese Typen begeistert im Takt hüpfen, emphatisch intonieren und nicht merken, dass sie ständig daneben liegen. Und es sind immer die gleichen kakophonen Aufnahmen, die seit 40 Jahren im Radio gespielt werden, mit den immer gleichen Fehlern an denselben Stellen. Ich kenne sie alle auswendig, weiß genau, wann der nächste falsche Ton kommt, es macht mich wahnsinnig. – Reicht das als Erklärung?«
Klein lachte: »Ganz schön irre. Aber bevor Sie mir aus dem Wagen springen, mache ich besser das Radio aus.«
»Danke.«
Heller deutete beim Prinzregententheater nach halblinks und am Mittleren Ring geradeaus. In Riem sagte er: »Bitte hier rausfahren zur S-Bahnstation, von dort fahre ich mit dem Bus, der hält direkt neben der Grabung.«
»Aber Sie wissen schon«, sagte Klein, »dass wir uns noch einmal unterhalten müssen?«
»Ja sicher«, antwortete Heller, »nächsten Montag bin ich ohnehin im Taxisarchiv in Regensburg.«
»Das wird zwar knapp, weil ich acht Tage später in Urlaub gehe. Aber ich denke, wir können das Protokoll bei dieser Gelegenheit abschließen.«
»Das passt mir. Und ich hoffe, dass dann die Sache für mich erledigt ist.«
»Das hoffe ich auch«, sagte Klein, »wir werden sehen. Ich rufe Sie am Nachmittag an, dann können wir einen Termin fixieren.«
»Gut, bis dahin habe ich meinen Anwalt konsultiert.«
»Auf Wiedersehen.«

Anna und zwei Grabungshelfer waren auf der Fläche. Die Abdeckfolie lag neben dem Laufhorizont des Latènehauses. Anna war offensichtlich gerade mit den Vermessungsarbeiten fertig und wollte nach einer kleinen Pause mit der Untersuchung des Befundes beginnen. Heller fuhr nach Hause, zog sich um und versorgte sich mit Werkzeug, Sitzkissen und Handschuhen.
Sie arbeiteten gut gelaunt bis zum Einbruch der Dunkelheit. Anna erzählte, dass sie die gewaschene Keramik bereits einigen Freunden gezeigt habe. Sie waren übereinstimmend der Meinung, dass es sich um Keramik der letzten Phase der Latènezeit handle, kurz bevor die Römer in diese Gegend kamen. Wieder war es die Fülle verschiedener Gefäßtypen, die überraschte. Anna meinte, es gebe in Bayern nur ganz wenige Fundstellen aus dieser Zeit. Endlich bestehe hier die wunderbare Chance, Kontinuität zwischen den Kelten und Römern an diesem Ort nachzuweisen, zumal die nächste ausgegrabene römische Villa keine 400 Meter entfernt liege.
Heller redete nicht von seinem Vortrag und der Begegnung mit Klein. Er tat aufgekratzt und lud Anna »zur Feier des Tages« zum Abendessen in die Alte Post nach Parsdorf ein, um, wie er sagte, den Beginn der Wildwochen nicht zu versäumen. Sie stimmte erfreut zu: »Da waren wir schon lange nicht mehr.«
Es dauerte noch eine gute Stunde, bis sie die Grabungsfläche abgesichert, das Werkzeug im Wagen verstaut und die Kleidung gewechselt hatten.
Heller hatte sich nicht getäuscht. Die Speisekarte war üppig und es dauerte einige Zeit bis sie sich entschieden.
Anna bestellte ein Wildschweingulasch und er ließ sich von der Bedienung zu einer halben Wildente überreden, die aber in der Nacht keine Ruhe gab, so dass ihm am Morgen das Aufstehen nicht leicht fiel.
Für den Abend nahmen sie sich die große Ausbeute an Keramik vor. Während im Hintergrund Tony Scott »Music for Zen Meditation« lief, wuschen sie gemeinsam im Wohnzimmer die Scherben und legten sie auf Zeitungen zum Trocknen aus.

Anderntags parkte Heller wieder am Haus der Kunst, holte sich im Lesesaal die bestellten Akten ab und knüpfte da an, wo ihn der Kommissar unterbrochen hatte, deshalb suchte er den Akt heraus, in dem das Diarium Lippe lag. Vorsichtig nahm er das Manuskript heraus und untersuchte Umschnürung und Siegel. Die Schnur hatte im Laufe der Zeit ihre Festigkeit verloren. An einer besonders brüchigen Stelle durchtrennte er sie und entnahm die Bogen, ohne die Siegel zu verletzen. Die Schrift war klar und unverschnörkelt, so dass er den Text, der etwa 120 Seiten umfasste, fließend lesen konnte. Wenn er sich ranhielt, konnte er die Abschrift in drei Tagen schaffen und versuchen, alles wieder in den ursprünglichen Zustand zu versetzen. Eine kleine Klebestelle an der Schnur würde nicht weiter auffallen.

Er überflog die ersten Seiten, in denen Lippe über seine Militärkarriere und seine Verletzung am 8. Oktober 1805 berichtete. (Vgl. Seite 2) Heller interessierte hauptsächlich wie aus dem Oberleutnant des bayerischen Infantrieleibregiments der spätere Oberpostmeister und Leiter des Schwarzen Kabinetts werden konnte.

*Augsburg, 26. Dezember 1805*

*Vor einigen Tagen war Herr Freiherr v. Aretin*[1] *zu Gast in unserem Haus. Er ist Referent im Außenministerium. Vater kennt ihn von Jugend an und hält große Stücke auf ihn. Aretin erzählte die interessante Neuigkeit, dass Montgelas am 12. November unter dem Einfluss des Freiherrn von Mastiaux die Einziehung des Postregals verkündet, aber kurze Zeit später wieder zurückgenommen habe, weil der König seine Zustimmung verweigert habe.*

---

1 Adam Christoph, Freiherr von Aretin, APB 2/1936, S. 378 ff. (1769 –1822) Seit 1804 Referent beim auswärtigen Ministerialdepartement, 1806 zusätzlich Referent im Ministerium des Innern. 1814 Hofkommissar zur Übernahme des Fürstentums Aschaffenburg. Portrait bei Heut, APB 1924, nach S. 48

*Hier unterbrach mein Vater die Erzählung, schlug sich auf die Schenkel und lachte herzhaft: »Ich kenne diesen sauberen Herrn Mastiaux aus der Zeit, als er hier noch Domherr war. Ein eigentümlich redegewandter aber gänzlich skrupelloser Pfaffe, der für einen Vorteil selbst seine Großmutter in die Hölle stoßen würde.« Aretin bestätigte diese Einschätzung lebhaft, meinte aber, der eigentliche Grund für das Scheitern der Verstaatlichung zu diesem Zeitpunkt habe mehrere ernstzunehmende Gründe gehabt, die freilich nicht offen ausgesprochen wurden, so standen etwa die verwandtschaftlichen Verhältnisse zwischen dem Kurfürsten und dem Fürstenhaus Thurn und Taxis im Wege, »und da Fürst Carl Anselm am 13. November gestorben war, wollte unser lieber Kurfürst in diesem Moment keine feindlichen Maßnahmen gegen das Fürstenhaus treffen.« Außerdem sprachen sich einige Referenten eindeutig gegen die Verstaatlichung aus, weil es sich um ein Reichslehen handle, das nicht ohne Weiteres entzogen werden könne. Wieder unterbrach mein Vater:*
*»Das kann doch nur dieser Drechsel vorgebracht haben!«*
*Aretin fragte erstaunt, woher er das wisse? Aber mein Vater lachte nur und sagte: »In unseren Kreisen wird diese Entwicklung sehr genau beobachtet, weil ihre Auswirkungen unsere Geschäfte auf die eine oder andere Weise stark beeinflussen. Denken Sie nur daran, als die Franzosen Anfang Oktober nach der Schlacht von Donauwörth nach Augsburg kamen und das Postamt sofort in Beschlag nahmen, den Haysdorff seiner Amtsräume verwiesen und alle Post aus Nürnberg, Wien und Regensburg öffneten. Es war dies die Zeit, als unser Kurfürst sich mit seinem Hof in Amberg aufhielt. Damals pfiffen es die Spatzen von den Dächern, dass Taxis für Österreich spioniere. Und, lieber Herr Aretin«, ereiferte sich mein Vater, »mich wundert die Haltung von diesem Drechsel nicht, stammt er doch mütterlicherseits von einem taxis'schen Postrat ab. Da wird er doch, gleichwohl in bayerischen Diensten, nicht gegen seine Familientradition handeln.«*
*Aretin erwiderte: »Sehen Sie, daran dachte ich gar nicht, aber Sie haben sicher recht. Für uns wird allerdings in der Zukunft die*

*Anfang Dezember durch Württemberg vorgenommene Verstaatlichung der Post, die bekanntlich dort ebenfalls dem Fürsten von Thurn und Taxis unterstanden hatte, eine nicht unerhebliche Rolle spielen. Aus dem Verlauf dieses Experiments werden wir unsere Folgerungen ziehen.«*
*»Wie diese Sache ausgeht, kann ich Ihnen jetzt schon sagen«, warf mein Vater ein, »nachdem in der württembergischen Verwaltung kein Mensch auch nur einen Schimmer von den Postgeschäften hat, wird man froh sein müssen, wenn sie den Unterschied zwischen Porto und Franko behirnen.«*
*Aretin lenkte das Gespräch dann auf die politische Situation. Er habe das entscheidende Gespräch zwischen dem bayerischen Unterhändler Gravenreuth und Napoleon zufällig belauscht. Gravenreuth habe im richtigen Moment, als Napoleon bereits völlig entnervt war von dem Landgeschachere der Delegierten und der Bestechlichkeit seines Außenministers, klar umrissene Vorschläge auf den Tisch gelegt, auf die Napoleon sogleich einging, froh, nun endlich diese lästigen Schmeißfliegen los zu sein. Daher sei er, Aretin, im Besitz der wesentlichen Abmachungen und Friedensbedingungen. »Bayern kann mit bedeutenden Gebietserweiterungen in Tirol und in den österreichischen Vorlanden rechnen.« Noch ist es nicht entschieden, aber unser Kurfürst schwelgt bereits in Fantasien von Standeserhöhung zum Königreich und verbringt halbe Nächte vor den Landkarten und malt neue Grenzen ein. Kaum jemand wagt, zu widersprechen, wenn er vom Innviertel, dem Salzburger Land, einem Ausbau der Residenz in Würzburg oder von Fulda und Aschaffenburg spricht.*

*Ich hatte die ganze Zeit über dem teilweise ragierten Gespräch gelauscht. Bei all den Ländereien, die als künftiges bayerisches Land gehandelt wurden, schwirrte mir der Kopf. Mein lokalpatriotischer Sinn ließ mich dann doch die gebotene Zurückhaltung vergessen und ich rief: »Und was wird aus Augsburg?« Aretin sah mich an, als würde er erst jetzt meiner gewärtig und lachte: »Der junge Mann hat Angst um seine freie Reichsstadt! Aber es ist bereits beschlossen, dass weder Augsburg noch Nürnberg unabhängig bleiben.«*

*Um meine offenbar gewordene Naivität vergessen zu machen warf ich ein: »Dann wird früher oder später die Reichspost und damit die Postregie des Hauses Taxis in Bayern ebenso fallen.«*

*Aretin stimmte mir zu, vermied aber weitere Äußerungen dazu.*

*An diesem Abend wurde noch viel über Politik und Geschäft geredet und ich trug meine Sicht als Offizier dazu bei, merkte aber, dass Erzählungen von Schlachtereignissen und Kämpfen wenig Interesse fanden. Für das Geschäft zählte nur das Ergebnis einer Schlacht, so etwa der Gewinn aus einem vorteilhaften Frieden. Taktik, Tapferkeit, Angst und Schmerz ließen sich nicht in Gulden und Thalern beziffern. Als ich auf Mängel der Ausrüstung zu sprechen kam und namentlich das schlechte Tuch der Uniformen kritisierte, äußerte Aretin, in der für ihn typischen Art, unangenehme Themen durch eine seiner vielen Anekdoten auszuhebeln:*

*»Dazu muss ich eine Geschichte erzählen, die unsere Verhältnisse treffend charakterisiert. – Einem lieben Freund wurde die Aufsicht des neuen Zuchthauses in Lichtenau, einer alten Nürnberger Festung, übertragen. Dorthin werden aus ganz Bayern die gefährlichsten männlichen Kriminalverbrecher, etwa 200 an der Zahl, gebracht. Er stand vor der Aufgabe, Menschen Arbeit zu schaffen, denen man kein geschliffenes Instrument, nicht einmal einen Nagel in die Hände geben und die man in Haufen nicht ohne doppelte Bewachung lassen konnte.*

*Als einzige Tätigkeiten kamen für diese Leute Wollespinnen und feine Tücher weben in Frage. Gesagt, getan. Jedoch regte sich bald heftiger Widerstand, denn es geschah nicht nur den konkurrierenden Gewerbetreibenden Abbruch, sondern es mussten auch noch 120.000 Gulden jährlich zugesetzt werden. Das Militärmagazin in München verwarf nämlich die Lieferung der in Lichtenau produzierten Stoffe, weil das Tuch für diese Preise zu gut und um einen Thaler zu billig sei und dadurch der jüdische Lieblingslieferant nur kompromittiert, auch die militärische Uniformität beeinträchtigt werden könne.*

*Als mein Freund sich bereit erklärte, für die Elle einen Thaler mehr zu berechnen, und dabei, nach vertraulichem Wink, dem Herrn Einkaufskommissär zwei Ballen zu verehren, wurden seine Tücher zugelassen.«*
*Mein Schwiegervater nickte und räsonierte: »Ja, ja die Korruption ist allgegenwärtig. Aber ich muss Ihnen sagen, dass man drei Viertel der Züchtlinge ohne Sünde ins Wasser schmeißen darf. Dabei ist es zum Lachen, wie sich oft die Gerichte abmartern, um nach dem Apothekergewicht herauszubringen, ob der Verbrecher ein paar Monate mehr oder minder zu verurteilen ist, während es von der Gefängnisleitung alleine abhängt, durch die Art der Arbeit, zum Beispiel das Baumwollklopfen und Ausstäuben, die Strafe in eine wirkliche Todesstrafe zu verwandeln.«*
*Mir waren diese Bemerkungen unangenehm, denn ich kannte aus der Armee diese armen Kreaturen, die nach Jahren der Kerkerhaft gegen das Versprechen der Freiheit in die erste Reihe der Schlacht gestellt, als Kugelfang dienend, ein übles Ende fanden. Um davon wegzukommen, schützte ich Interesse an dem Thema vor, von dem Herr Aretin am meisten zu verstehen schien, der Post, und fragte, was er von den Übergriffen der Franzosen auf die Post in Augsburg Anfang Oktober halte. Aretin ging freudig darauf ein, berichtete, dass die Franzosen diese Praxis in München fortgesetzt und alle Briefe aus dem Ausland geöffnet hätten. Er ereiferte sich bei dem Gedanken, dass er das Feld der Surveillance bisher zu wenig beachtet habe, man daraus aber ein vorzügliches Argument für die Verstaatlichung der Post machen könne, wenn man den jetzigen Postpächter, Fürst Thurn und Taxis, der Briefspionage für den Feind überführen könnte.*

*Ich erzählte, wie ich bei meinen täglichen Geschäftsgängen zum Posthaus die Franzosen während ihres Aufenthalts in Augsburg beobachtet und die Ergebnisse ihrer Arbeit bewundert hätte. Aretin fragte, was er sich darunter vorstellen müsse. Ich erzählte, dass der französische Offizier alle eingehenden Briefpakete in einem Hinterzimmer durchsucht und extra einen Spezialisten aus*

*Straßburg angefordert habe, um die Briefe zu öffnen. Ich bot an, Briefe aus unserer Geschäftskonferenz vorzulegen, an denen für einen oberflächlichen Betrachter keinerlei Spuren eines unbefugten Zugriffs zu erkennen sind, und die mir dennoch aus dem Schwarzen Kabinett heraus ausgehändigt wurden, wobei die Siegel noch nicht trocken gewesen seien. Von dem Offizial weiß ich, dass die Siegel mit Silberamalgam abgenommen werden.*
*Mein Vater zeigte für dieses Vorgehen Verständnis, denn schließlich sei nur auf diese Weise Aufrührern und Zwielichtigen beizukommen. Dagegen solle man gefälligst die Briefe der braven Kaufleute in Ruhe lassen, denn er befürchte, dass gewissenlose Postbeamte daraus Kenntnisse zögen, die sie für gutes Geld an die Konkurrenz verkauften.*
*Aretin widersprach, weil Gesindel angeblich gerade unter Missbrauch kaufmännischer Adressen kommuniziere, woraufhin ich entgegnete, dass Leute, die man wirklich fürchten müsse, nicht so dumm seien, ihre Mitteilungen überhaupt dem Postweg anzuvertrauen, und es sei vielleicht eine Untersuchung wert, was tatsächlich bei dem ganzen Überwachungsaufwand herauskomme.*
*Aretin lenkte erneut ab, indem er amouröse Geschichten aus der Korrespondenz der Hofschranzen zum Besten gab, und ich nahm mir vor, bei Gelegenheit über das Schwarze Kabinett ein ernstes Gespräch unter vier Augen mit ihm zu führen.*
*Inzwischen trug Margarete das Essen auf. Um den Gast zu ehren, gab es italienischen Beinschinken aus dem kleinen St. Daniele Friulano, den die Augsburger über einen Händler in Cividale bezogen, dazu allerlei eingelegte Gemüse und einen kräftigen Schioppettino. Beim Panforte, begleitet von einem Mocca con Grappa*[1]*, fragte mich Aretin unvermittelt, ob ich Interesse hätte an einer Tätigkeit in der Postverwaltung, die einem aktiven und*

---

1 Der Grappa kommt direkt in den Kaffee, sogenannter coretto. Im Gebirge gegen das Frösteln in der morgendlichen Kühle getrunken, spricht man von einer »bomba«. Weiter westlich nennt man den Grappa, im Cremesatz der Tasse geschwenkt, Resentin.

*aufgeschlossenen Geist schier unerschöpfliche Möglichkeiten böte – Reisen, Verantwortung, Erfolg und Ehre.*
*Mein Vater wehrte ab und meinte, ich müsse erst wieder ganz hergestellt sein, bevor ein Plan für die Zukunft gemacht werden könne und der Kaufmannstand, zumal hier in Augsburg, biete ebenfalls viele interessante Tätigkeiten.*
*Aber Aretin ließ nicht locker: »Sie möchten ihn doch nur in Ihr Kontor stecken und am Rechenschieber verdorren lassen. – Denken Sie aber daran, ein junger ehrgeiziger Mann kann viel bewirken in einem neuen Geschäftszweig. Und glauben Sie mir, egal was passiert und wie die Welt sich dreht, Briefe schreiben werden die Leut allemal.« –*
*Herr Aretin forderte mich auf, darüber nachzudenken, ob ich sein Adlatus werden wolle. Er werde mir die Türen öffnen und mich das notwendige Rüstzeug lehren.*

*Augsburg, 29. Dezember 1805*
*Ich hätte nicht gedacht, dass es so schnell gehen würde. Aretin schickte mir gestern aus München die Nachricht, dass der Minister für den 24. Januar eine Konferenz über die Postregie im künftigen Königreich und insbesondere in Tirol einberufen habe. Nachdem gewiss sei, dass Tirol und Teile der österreichischen Vorlande an Bayern gehen, stelle sich die Frage, ob die Post in diesen neu akquirierten Landen staatlich verwaltet oder ebenfalls dem Fürsten von Thurn und Taxis überlassen werden solle. Aretin forderte mich auf, unverzüglich nach München zu kommen, denn es sei die Stunde der Entscheidung, wobei er einen tüchtigen Helfer brauche. Es solle mein Schaden nicht sein. Ich besprach mich mit meinem Vater, der mir, zu meiner Überraschung, zuredete indem er meinte, er habe ohnehin noch nicht vorgehabt, das Szepter aus der Hand zu geben. Es sei auch später noch Zeit für einen Eintritt ins Geschäft. Solcherart ermuntert, schickte ich einen Boten an Aretin, kündigte meine Ankunft für den nächsten Tag an und versicherte ihm mein aufrichtiges Interesse. Ich muss zugeben, dass ich sehr aufgeregt und zugleich*

*neugierig war, ob sich die hohen Töne, die Herr Aretin für seine Tätigkeit angestimmt hatte, erfüllen würden. Ich konnte mir nicht recht vorstellen, welche Rolle ich dabei einst spielen würde.*

*Augsburg, 30. Dezember*
*Auf dem Weg nach München blieb die Kutsche vor Bruck zweimal im Schnee stecken. Wäre sie, wie vorgesehen, beim Poststall am Rindermarkt gegen elf Uhr angekommen, hätte ich reichlich Zeit gehabt. So musste ich den Kutscher anweisen, über das Karlstor zu fahren und kam trotzdem eine starke halbe Stunde zu spät. Als ich die Wirtsstube von Eustachius betrat, saß Aretin in angeregter Unterhaltung mit zwei jungen Männern an einem Tisch im Erker. Ich setzte zu einer Entschuldigung an: »Der Schnee ...«, doch Aretin winkte mit freundlicher Geste ab, deutete auf einen freien Stuhl ihm gegenüber und sagte gut gelaunt: »Herr Lippe, kaum sprechen wir über Sie, kommen Sie auch schon, im wahrsten Sinne des Wortes, hereingeschneit. – Ich darf Ihnen vorstellen: Zu meiner Rechten, Herr Josef Offner, der mich seit langem bei meinen postalischen Studien unterstützt, und Herr Schedel, ehemaliger taxisscher Postoffizial, der Ihnen in der ersten Zeit mit Rat und Tat zur Seite stehen wird.«*

Im Tagebuch folgte nun eine lose eingelegte Seite, wohl zu einem späteren Zeitpunkt geschrieben. Lippe hatte dort kurze Charakteristiken notiert. Er schilderte Schedel als sympathischen, freundlichen, aber auch selbstbewussten Mann, der zwar über ausgezeichnete Kenntnisse im praktischen Postdienst verfügte und von seinem Lehrmeister, dem taxisschen Hofrat Diez, protegiert worden war, der aber nicht aus einer der Dynastien des Postadels stammte, die am Fürstenhof den Ton angaben. Deshalb sah er bei Taxis keine Aufstiegschancen für sich und ließ sich von Aretin bereitwillig abwerben. Lippe deutete an, dass sich zwischen ihnen Freundschaft entwickelt habe. Offner dagegen schilderte Lippe als verschlossenen und leicht erregbaren Menschen, der seiner Meinung gerne mit starken Worten Nachdruck verlieh und

mit anderen Ansichten oft hart ins Gericht ging. Andererseits war er von einer fast anhänglichen Servilität gegenüber Aretin.
Schedel behandelte Offner persönlich distanziert, schätzte ihn aber als Gesprächspartner in schwierigen Fragen. Mit Urteilen über Offner hielt er sich gegenüber Lippe auffallend zurück.
Danach folgte wohl eine Charakteristik von Drechsel, aber sein Name war kräftig durchgestrichen und der folgende Text abgeschnitten.

Heller war enttäuscht. Er hatte sich von der Lektüre mehr nüchterne Darstellung sachlicher Zusammenhänge und weniger persönliche Erzählungen erhofft. Den Verlauf und das Ergebnis der Konferenz vom 24. Januar kannte er aus der Literatur. In dieser Beziehung erwartete er keine Neuigkeiten. Es genügte also, wenn er sorgfältig exzerpierte und nur einige Passagen zitierte.
Aretin macht von Anfang an klar, dass er auch bei diesem Termin nicht mit einer Beseitigung der taxis'schen Postregie rechnet. Trotz der erfreulichen Entwicklung Bayerns hin zu einem großen Flächenstaat, stehen der Mangel an geeignetem Personal und ungeklärte Verhältnisse mit den benachbarten Postverwaltungen einer Verstaatlichung im Wege.
Schedel wirft ein, dass er zwar Kenntnis von einem umfassenden kaiserlichen Dossier über das Haus Taxis habe, in dem angeblich alle Sünden und Gaunereien minutiös aufgeführt seien und das daher sehr hilfreich sei. Ihm fehle aber der Zugang zum geheimen Archiv des Fürstenhauses, wo angeblich eine Abschrift des Dossiers liege.
Offner behauptet im Brustton der Überzeugung, er könne das Original aus dem k.k. Hofarchiv in Wien besorgen. Zweifel von Seiten Schedels, ob dies gelingen könne, tut Offner leichthin ab. Seine bisherigen Recherchen hätten genügend Material erbracht, mit dem er taxissche wie Wiener Hofräte gefügig machen könne.
Schedel erhält den Auftrag, alle Tatsachen und Argumente zu sammeln, die geeignet sind, eine Übernahme der Tiroler Post durch Taxis zu verhindern. Er, Aretin, wird die taxis'schen Vertreter

durch die Androhung der völligen Enteignung einschüchtern, so dass sie am Ende die Beibehaltung der Postregie in Bayern unter Verzicht auf Tirol als königlichen Gnadenerweis auffassen werden. Seine Aufgabe wird sein, die Fürstin von einer Reise nach München abzuhalten, denn ihren Verführungskünsten würde der konfliktscheue König erliegen und zu viele Zugeständnisse machen.

Lippe solle sich bei der anstehenden Konferenz im Hintergrund halten und lediglich Protokoll führen, um auf diese Weise das Geschäft und die Akteure kennenzulernen.

Nachdem Offner und Lippe gegangen sind, bestellt Aretin noch ein Glas Bier und lässt die Katze aus dem Sack. Er habe gegenüber den anderen vorläufig nicht davon sprechen wollen, dass er, Lippe, zwar das Protokoll übernehmen solle, seine eigentliche Aufgabe aber werde in den nächsten Wochen die Organisation des Schwarzen Kabinetts und der Briefspionage sein.

Zwar habe Montgelas damit offiziell Drechsel beauftragt, aber zu dem hat Aretin kein Vertrauen und wenn Lippe dazu bereit sei, werde er ihn mit geeigneten Leuten bekannt machen, um ihn für die Tätigkeit im Schwarzen Kabinett anzulernen.

Zuvor aber solle Lippe unmittelbar nach der Konferenz eine Inspektionsreise nach Tirol unternehmen und über die dortigen politischen und postalischen Verhältnisse ausführlichen Bericht erstatten, damit er, Aretin, über ein Gegengewicht zu dem von Montgelas befohlenen Bericht Drechsels verfügt.

Außerdem solle sich Lippe bei den Kaufleuten in Augsburg Briefe aus und nach Tirol beschaffen und daraus eine Analyse dieses Kommunikationsstranges erstellen.

Eine Liste der Desiderate werde er bekommen, sobald er zugestimmt habe und reisefertig sei.

Heller unterbrach die Arbeit und ging in das Repertorienzimmer,[1] um noch weitere Akten zu bestellen, in denen er Hinweise auf die Spionagetätigkeit Offners vermutete. Danach wollte er im Aventinuslesesaal der Staatsbibliothek[2] einige Recherchen anstellen.

Die Räume dort waren angenehm temperiert und nur wenige Tische waren belegt. Heller ging zu seinem Fach, wo er die wichtigsten Bücher zur Geschichte Tirols deponiert hatte, nahm einige mit zu einem Tisch in der Nähe der Fensterfront und setzte sich. Er lehnte sich zurück, streckte seine Beine unter dem Tisch aus und begann zu lesen.

Aus den Augenwinkeln nahm er wahr, wie sich eine junge Frau in Jeans an den Nebentisch setzte. Mit der Zeit fühlte er sich unbehaglich und beobachtet. Er war sich sicher, dass sie auf seine Füße starrte. Was war los? Was wollte sie? Da fiel ihm ein, dass er am Morgen einen grünen und eine rote Socke erwischt hatte und er lächelte. Eine sentimentale Reminiszenz. Seit einer Begegnung mit einem Amtspsychologen, der ihm wegen seiner unterschiedlich farbigen Socken dankenswerterweise »Alltagsuntauglichkeit« bescheinigt hatte, nahm er die Socken, wie sie kamen.

Es gab aber doch wohl keinen Grund, ihn deshalb zu fixieren.

Heller drehte seinen Kopf der jungen Frau zu und erwiderte ihren Blick. Sie wirkte unsicher und versuchte ein Lächeln. Er hatte die Frau noch nie gesehen.

Heller wandte sich wieder seinem Buch zu, zog aber seine Füße zurück, setzte sich aus der Lümmelstellung gerade auf den Stuhl und versuchte instinktiv, Gleichgültigkeit mimend, eine gute Figur zu machen.

---

1 Die Findbücher zu den Archivalien werden auch Repertorien genannt. Heller bestellte die Akten MA 9597–9600 und den Akt Offner MA 9908.

2 Reserviert für Forschungen zur bayerischen Geschichte und mit einem Sonderausweis zugänglich, befinden sich dort alle Zeitschriften mit Bezug zu Bayern, zum Beispiel alle Ausgaben des »Schlern«.

Als er einige Zeit später zu dem Regal mit den topographischen Nachschlagewerken ging, folgte sie ihm und sprach ihn an. Was er hier mache, woran er arbeite, ob sie ihm behilflich sein könne, sie kenne sich hier gut aus. Er reagierte als Mann: Verwirrt, unsicher und neugierig. Beim Klang ihrer gekünstelten Stimme kam ihm der Gedanke an Parthenope, eine der drei Sirenen, die Odysseus, vermutlich bei Sorrent, betören wollte, was bei ihm Unwohlsein und einen Anflug von Aggression verursachte.
Einer Eingebung folgend sagte er: »Kennen Sie sich mit Margarete Maultasch aus?« Sie wies ihn sogleich auf eine Neuerscheinung hin und referierte einige markante Stationen aus dem Leben der Tiroler Fürstin, wobei sie ihren blonden Pferdeschwanz tanzen ließ.
Heller unterbrach sie: »Mich interessiert vor allem, was es mit dem Spitznamen ›Maultasch‹ auf sich hat.«
Die junge Frau schien auf dieses Stichwort gewartet zu haben und ereiferte sich darüber, dass ein Portrait Margaretes durch Übermalen mit einer dicken Unterlippe entstellt worden sei. Sie machte dafür Neider und Pfaffen verantwortlich, die damit Margarete als besonders hässlich diffamieren wollten. Offensichtlich sympathisierte sie mit dem Mythos, der Maultasch als starke selbstbewusste Frau stilisierte. Heller ging darauf ein und fragte: »So hässlich scheint sie aber doch wohl nicht gewesen zu sein.«
Die Parthenope lächelte: »Ich glaube, sie war eher provozierend attraktiv.« Dabei kam wieder ihr Pferdeschwanz zum Einsatz.
Heller hatte sie jetzt da, wo er sie haben wollte. Es gab eigentlich keinen Grund. Sie hatte ihm nichts getan, im Gegenteil, sie war freundlich und hilfsbereit, aber er wollte gemein sein.
Indem er ihr direkt in die Augen sah, sagte er anzüglich: »Ah, Sie spielen auf den Pleonasmus von Maul und Tasche an.«[1]
Sie errötete bis zum Halsansatz. Eine Falte legte sich auf ihre Stirn

---

1 Seit dem 15. Jahrhundert kamen Maul und Tasche als Bezeichnungen für das weibliche Geschlechtsorgan vor; zusammen, als Pleonasmus für Hure denkbar.

und mit zugekniffenen Augen sagte sie gepresst: »Unverschämter Flegel!«
Dann ging sie zu ihrem Schreibtisch.

Heller blieb noch einige Minuten am Regal, schmunzelte vor sich hin und suchte weiter vergeblich einen Plan der alten Weg trasse über den Jaufen zwischen Sterzing und Meran aus dem 18. Jahrhundert. Als er an seinen Arbeitsplatz zurückkehrte, warf er einen Blick zu der jungen Frau, die ganz auf den Bildschirm ihres Laptops konzentriert schien. Heller bemerkte an ihren Füßen eine schwarze und eine dunkelblaue Socke. Vielleicht täuschte ihn das diffuse künstliche Licht im Lesesaal. Er wurde dennoch den Gedanken daran nicht los und prägte sich das Gesicht der jungen Frau ein.

Wieder im Archiv angekommen, erkundigte er sich nach den bestellten Akten und erfuhr, dass sie gegen 14 Uhr in seinem Fach liegen würden. Er hatte also ausreichend Zeit für einen Bummel zum Viktualienmarkt.
Nachdem er seinen Mantel aus dem Spind der Garderobe geholt und seinen Computer dort deponiert hatte, verließ er das Archiv. An der Ludwigstraße hielt er sich links und ging mit großen Schritten zum Odeonsplatz. Es mochte ja richtig sein, wenn Stadtführer betonen, dass die Ludwigstraße erst in ihrer Ganzheit der rechte Maßstab für die Beurteilung ihres Stiles sein kann und erst aus dem Ganzen jeder Teil seine Rechtfertigung erhält. Heller jedenfalls fand diese kunstgeschichtliche Interpretation und Überhöhung der klassizistischen Handschrift Klenzes wenig überzeugend, für ihn blieb es öde Monumentalität und Scheunenarchitektur. Zum Leuchtenberg-Palais, das im Auftrag des exilierten Vizekönigs von Italien, Eugen Beauharnais, als erstes Gebäude an der Ludwigstraße entstand, hatte Heller dagegen eine sentimental positive Beziehung, die sich aber, wenn er ehrlich war, mehr auf die Person des Vizekönigs als auf die Architektur bezog. Beim Tambosi saßen einige Cafégäste in Decken gehüllt im Freien.

Sie warteten vergebens auf einen Sonnenstrahl und gefielen sich in der Vorstellung, von Passanten für unbekümmerte Genussdemonstranten gehalten zu werden. München leuchtete in diesen Herbsttagen nicht.
Heller überlegte, ob nicht Lippe und Aretin genau an dieser Stelle gesessen sein könnten. Seines Wissens gab es den Trientiner Zuckerbäcker Luigi Tambosi damals bereits.[1]
Heller mied die Theatinerstraße. Sein Weg führte vorbei an den Pfälzer Weinstuben, den von Touristenhänden blankgescheuerten Bronzelöwen, entlang der Residenz. Die östliche Altstadt, das Angerviertel, bevorzugte er ganz entschieden für Spaziergänge und Einkäufe. Hier gab es, im Gegensatz zur Fußgängerzone des Kreuzviertels, viele Traditionsgeschäfte, seit Generationen in Familienbesitz, die in der Enge der Residenzstraße zu der spröden Fassade der Residenz einen abwechslungsreichen Kontrapunkt setzten. Dazu kamen neue Läden, deren Sortiment bewusst auf Qualität ausgerichtet war.
Heller bedauerte deshalb, dass der ehemalige Hoflieferant Eduard Meier diesen Standort aufgab. Das Plakat für den Räumungsverkauf nahm die gesamte Ladenfront ein.
Der Hunger meldete sich spürbar, deshalb legte er zu und betrachtete, entgegen seiner sonstigen Gewohnheit, die Auslagen von Manufactum und Dallmayr nur oberflächlich.
Trotz des nasskalten Wetters standen Horden von Touristen auf dem Marienplatz und warteten auf den Beginn des Glockenspiels. Für Menschen mit absolutem Gehör eine Tortur. Angesichts der gezückten Kameras fühlte er sich an den blinden Reiseführer in Max Frischs »Gantenbein« erinnert, der seine Reisegruppe vergebens vom Glotzen zum Schauen bringen wollte.
Der Alltag in einer Stadt lässt die Anziehungskraft ihrer Sehenswürdigkeiten verblassen. Mit einem Kunstreiseführer in der Hand verändern sich Perspektive und Wahrnehmung. Dann fiel

---

1 Hier irrt Heller. Das alte Tambosi wurde 1822 abgerissen.

auch nicht auf, dass die kunstsinnige Fassade Münchens bisweilen unecht und aufgesetzt erscheint und weite Kreise der Bevölkerung für Kunst überhaupt nicht empfänglich sind.
Heller suchte die Ruhe am östlichen Ausgang des Viktualienmarktes und entschloss sich zu einem Falafelteller in einem türkischen Imbiss. Während er auf das Essen wartete und das Treiben auf dem Markt beobachtete, fiel ihm unvermittelt ein, dass er noch wegen eines Zeitschriftenartikels im Wort stand, mit einem Abgabetermin Ende der Woche, von dem aber noch keine Zeile stand. Er hoffte, zur Beruhigung seines schlechten Gewissens, in den neu bestellten Akten Aufschlüsse über Offners Spionagetätigkeit in Brixen zu finden. Dann konnte er, zusammen mit seinen Briefen aus den Auktionskisten, schnell etwas Brauchbares zu Papier bringen. Mit dieser beruhigenden Aussicht aß er fertig und machte sich auf den Weg zum Archiv. Ihm blieben noch vier Stunden für die Durchsicht der Akten.

Schon nach wenigen Seiten war Heller klar, dass die Akten unvollständig waren, denn zu Querverweisen fehlten die entsprechenden Schriftstücke und an dem mit Faden gehefteten Rücken waren Reste herausgerissener Blätter erkennbar. Die Tätigkeit Offners wurde zwar mehrfach erwähnt, aber konkrete Ergebnisse seiner Arbeit blieben aus. Die drei umfangreichen Konvolute entpuppten sich als Enttäuschung. Wieder einmal musste Heller einsehen, wie weit Wunsch und Wirklichkeit auseinander liegen. Da hatte er geglaubt, in die Höhle des Spionagelöwen vorzudringen und fand nur, im Bild gesprochen, abgenagte und achtlos liegen gelassene Knochen. Er saß vor einem Berg unsortierter Papiere, in denen mit Sicherheit manch interessantes Schriftstück schlummerte, die aber in diesem Zustand mehrere Wochen sorgfältiger Arbeit in Anspruch nehmen würden, ohne sichere Aussicht auf angemessenen Erfolg. Enttäuscht entschloss er sich zur Abschrift einiger Briefe von Savigny und Bischof Sailer, die ihm aufgefallen waren, denn schließlich war nicht ausgeschlossen, dass sie bisher unveröffentlicht geblieben waren.

Die Inhalte bestanden jedoch meist aus Belanglosigkeiten gelehrter Höflichkeiten, und er stellte sich vor, wie frustrierend es für die damaligen Ziffernkünstler des Schwarzen Kabinetts gewesen sein muss, nach mühsamen Tüfteleien an den Zahlencodes mancher Absender solche Fadheiten zu lesen.
Nervös und ungehalten durchsuchte Heller die beiden anderen Konvolute, in denen sich ein ähnliches Bild bot. Er stieß auf ein Manuskript, das vollständig aus einem Mischcode von Zahlen und Buchstaben bestand, – und er traute seinen Augen nicht, da waren wieder die charakteristischen Schleifen bei den Großbuchstaben H und K, die er von den Briefen Offners kannte.
Ein Manuskript von etwa zehn Seiten im Oktavformat. Nur Zahlen und Buchstabenkolonnen, kein Verfassername, kein Datum. – Der Text, weil nicht entzifferbar, hatte die Säuberungsaktionen, denen diese Akten in der Vergangenheit ausgesetzt waren, überstanden. Er, Heller, hatte das Glück, wegen Ähnlichkeiten des Schriftduktus, zufällig einen Zusammenhang mit Offner erkennen zu können.
Wenn er jetzt eine Kopie des Textes bestellte, bekam er diese frühestens in zwei Wochen. Es blieb ihm also nur noch der Trick mit der Scannermaus. Ihm genügte ja ein Blatt für den Vergleich. Heller stapelte die drei Akten aufeinander und positionierte sie vor seinem Laptop, damit die Saalaufsicht nicht mitbekam, was er da trieb. Das Manuskript legte er rechts neben den Laptop und aktivierte das Programm für die Scannerfunktion seiner Maus.
Als es noch keine Flachbettscanner gab, sondern nur Handscanner mit fürchterlich schlechter Auflösung, hatte er viel mit diesen Geräten gearbeitet. Diese Erfahrung kam ihm nun zugute und er führte die Maus stetig, langsam und ohne Unterbrechung über das Dokument. Das Ergebnis war befriedigend. Im Photoshop blieben die Zeichen auch bei Vergrößerung noch lesbar.
Das reichte für heute. Wenn sich herausstellte, dass er sich geirrt hatte, würde er morgen anrufen und die Akten zur Rückgabe freigeben. Schnell packte er zusammen, bat die Dame an der Ausgabe, die Akten für ihn weiter bereitzuhalten und fuhr nach Hause.

Kaum dass er den Mantel ausgezogen hatte, ging er in das Souterrain und überlegte, in welcher Kiste die Briefe Offners lagen. Nach mehreren Fehlversuchen fand er das Bündel und war sich seiner Sache sofort sicher. Der Vergleich mit dem Scan bestätigte die Hand Offners.
Aber was war damit gewonnen?
Wer konnte solche Codes knacken?
Bei der Kriminalpolizei gab es sicher Spezialisten, aber dort würde man ihn nur auslachen. Computerhacker verfügten gewiss über entsprechende Programme, für die eine Codierung aus dem 19. Jahrhundert kein Problem darstellte, doch Heller fiel niemand ein, den er darauf ansprechen konnte. Und solange er keinerlei Ansatzpunkt hatte, ob der Inhalt des Textes einen solchen wahrscheinlich kostspieligen Aufwand lohnte, bestand zumindest kurzfristig keine Aussicht auf Erfolg, zumal der Artikel in drei Tagen fertig sein musste.
Wie sollte er wissen, was drinnen stand, wenn er den Text nicht lesen konnte? Die Situation war wenig erfreulich.
Vielleicht hatte Anna noch eine Idee, oder kannte jemanden, der geeignet war. Fürs Erste musste er sich, wenn er bei dem ursprünglichen Thema für seinen Artikel bleiben wollte, mit den Briefen Offners aus der Auktionskiste zufrieden geben. Zusammen mit der Sekundärliteratur[1] und der Darstellung, die Ritter von Lang in seinen Memoiren über Offner gab, musste sich daraus ein passabler Artikel machen lassen. Nicht umwerfend, ohne Neuigkeiten, aber solide, vielleicht mit unerwarteten Gewichtungen.

Heller nahm die Offnerbriefe mit in sein Arbeitszimmer. Der erste war datiert: Brixen, 2. November 1810
Die Adresse hatte Offner in Italienisch geschrieben, obwohl der Brief nur über deutschsprachiges Gebiet gelaufen war. Vielleicht wollte er sich mit seinen Italienischkenntnissen brüsten?

---

1 Hans Stuntz, Generalpostdirektor Freiherr von Drechsel, Nachwort und Ergänzung, in Archiv für Postgeschichte in Bayern, Heft 1/1938, S. 151–161.

*Al Ill mio Signore*
*Signore Ferdinando de Lippe Consigliere della Legazione e direttore capo Ufficio di Posta Regia Bavarese a Augusta*

*Königlicher Herr Oberpostmeister!*
*Wie der Blitz aus den Wolken, so schlug ein mit Gelegenheits-Estafette hier angekommenes allerhöchstes Reskript des Inhalts: »Die Reorganisation der hiesigen kgl. Postverwaltung betreffend« den von Anreither und Andreé zusammen. Letzterer kömt nicht nach Augsburg, weil durch diesen unerwarteten Schlag seine wie er selbst sagt, schwächliche Gesundheit so zerrüttet und erschüttert wurde, dass er nicht einmal die Reise bis Augsburg, sub fidei medica dictorale aushalten könne. Dass er bei Lesung des Reskriptes wirklich in Ohnmacht gefallen und nachher sich geäußert habe, er gehe nicht, und wenn er betteln müsste, bestätigt mir Briefträger Schön mit noch mehreren Bemerkungen, die ich Herrn General Direktor berichtete und Ihnen somit bekannt werden dürften. Hätte ich nur im Augenblick so viel Zeit, es abzuschreiben, so würde ich Ihnen das Ganze mitteilen.*
*Der Pedant Plunger wird seine Pension hier verzehren und Herr Andreé bleibt auch hier, wie er zu mir selbst sagte. Herr von Anreither, welcher bei Ankunft des Reskriptes gerade in Uniformrock jemand Aufwartung machen wollte, riss ihn von sich und sagte »Hinweg mit, er wird ohnehin Feierabend bekommen!« Sie sehen, Herr Oberpostmeister, wie untereinander und verwirrt es nun hier aussieht.*
*Diese Menschen sind untrennbar, wie das Wappen eines zweiköpfigen schwarzen Adlers. Ich wollte wetten, dass die hiesigen Buols, der hiesige Bischof und Graf von Sarntheim, für den Unterhalt Plungers und Andreé sorgen, weil sie eher die Pension zurückleisten, als Brixen und den Zirkel ihres Komplotts zu verlassen. Vielleicht haben sie sich auch auf ein österreichisches Honorar Ansprüche erworben, welches sie im Pensionsstande desto besser verdienen können.*
*Ich entdeckte hier auch vier k.k. Siegel, von welchen ich Abdrücke*

*nach München schickte. Ich empfehle mich mit Freuden Ihrer neuen und ausgedehnten Direktion und bitte Sie zugleich, mich ferners unter diejenigen zu zählen, die sich ihres Zutrauens würdig machen.*
*Noch vieles könnte ich erzählen, allein die Unruhe ist zu groß, und da die Geschäfte von heute an fast ganz auf mich fielen, so spare ich mir das Übrige auf bessere Muße, wenn ich nicht bald mündlich das Vergnügen habe, Sie zu sehen. Untertänigst gehorsamer Diener Jos. Offner In Eile.*

Heller war klar, dass er seinen Lesern solche Texte nicht zumuten konnte. So aus der Situation gegriffen, waren die Andeutungen Offners nur mit intensivem Hintergrundwissen verständlich. In dem Bedürfnis, sich gewählt auszudrücken wirkten seine Sätze geschraubt und spiegelten Offners abgründige Emotionen wider. Deutlich wurde, dass sich Offner sehr über das königliche Dekret freute, das die Brixner Postbeamten Anreither und Andreé nach München zitierte, um dort ihre Entlassungspapiere entgegenzunehmen. Verantwortlich dafür war Offner mit seiner beweisbaren Anschuldigung, dass die beiden mit dem Bischof von Chur, Buol-Schauenstein[1] und dessen Verwandten in Tirol gegen Bayern konspiriert und eine geheime Nachrichtenverbindung zwischen Chur, Tirol und Wien unterhalten hatten.
Bevor Heller die anderen Briefe lesen und exzerpieren konnte, musste er noch Einkäufe für das Abendessen tätigen. Anna hatte gesagt, sie wolle in nächster Zeit auf Fleisch verzichten. Auf dem Weg zum Supermarkt kreisten in seinem Kopf die Gedanken immer noch um Offner. Unentschlossen streifte er um die Regale.

---

1 Buol-Schauenstein, Karl Rudolf Graf, (1760–1833) Bischof von Chur. Große Teile Tirols gehörten zu seinem Bistum, sie wurden nach Verhandlungen mit dem Papst Anfang September 1809 dem Bistum Brixen zugeschlagen. Buol selbst wurde mit Militäreskorte bereits im Oktober 1807 aus dem Land verbannt. Er galt als Bayernhasser und unterstützte die Aufständischen um Andreas Hofer 1809 tatkräftig.

Aus dem, was er sah, ergab sich keine Idee für eine Mahlzeit. Schließlich verließ er den Laden ohne Einkauf in der Hoffnung etwas Passendes zu Hause im Tiefkühlfach zu finden.
Heller hatte sich die Sache einfacher vorgestellt. Vielleicht sollte er doch ein anderes Thema für den Artikel wählen. Irgendein Halbfabrikat würde sich in seinem Computer schon finden lassen.
Es hatte keinen Sinn, wenn er zornig, wie er war, nach einem Ausweg suchte. Er musste sich ablenken, also richtete er seine Gedanken auf das Kochen. Im Eisschrank fand er Tintenfische, erinnerte sich an die Tütchen mit Sepia nera, die er im Vorratsschrank suchte. Sie waren noch nicht abgelaufen.
Anna würde in etwa einer Stunde aus der Bibliothek zurück sein. Er wollte kochen: Sepie in Weißwein gedünstet. Die Reste des Grünen Veltliners von Ziss waren zwar nicht stilecht aber geschmacklich als Sud bestens geeignet. Sepia nera auf einer Grundlage von angeschwitzten Zwiebeln und zwei Pepperoncini, dazu Spaghetti aus Corleone von der terra libera, antimafia.

Als Anna nach Hause kam, freute sie sich über das fertige Essen. Sie berichtete über den Verlauf ihres Tages, bemerkte auch Hellers gedrückte Stimmung, die sie aber kurzerhand mit der Bemerkung bedachte: »Du musst etwas Geduld haben. Lies dir die Briefe durch, dann wirst du schon etwas Brauchbares finden.«
Sie tranken zum Essen einen Frizzante von Bertagna aus dem Alto Mantovano, der Hellers Stimmung wieder auflockerte, zumal sich die Pepperoncini unbeabsichtigt in den Vordergrund schoben und ihren Tribut verlangten. Anna übernahm das Abspülen und Heller ging wieder an die Briefe.
Er breitete die zehn Briefe Offners auf dem Tisch aus und untersuchte sie auf äußerliche Auffälligkeiten. Sie waren als portofreie Dienstbriefe an Lippe in Augsburg gerichtet. Nur einer ging an Freiherrn von Aretin und begann mit den Worten: »*Dankbare Anhänglichkeit an Ihre Person ist die einzige Ursache warum ich diese Zeilen, ohne persönlich aufgefordert worden zu sein, an*

*Sie zu richten wage.*« Offner ließ sich auf den ersten zwei Seiten darüber aus, dass die »*Erzlutheraner und Empyriker die Köpfe tief in die Mäntel stecken und mit keinem Wort ihre Gesinnungen jemandem verraten, von dem sie nicht überzeugt sind, dass er von ihrem Glauben und System inspiriert sei.*« In diese Kategorie gehöre unter anderem als Unwürdigster und als Bayerns Nationalfeind Pfarrer Ebole.[1]
»*Dieser Pfaffe ist gegen alle Bayern mit Hass erfüllt. Immer raisoniert er über die Regierung und ihre Anordnungen mit giftigen Ausdrücken und sucht sich zu rächen, an wem und wo er kann.*«
Heller blätterte zum Ende des Briefes, denn von den tagesaktuellen Intrigen und Denunziationen des Jahres 1810 versprach er sich keine Spannung für seine Leser. Er wollte nur noch nachsehen, mit welcher Formel an Servilität sich Offner von seinem Gönner verabschiedete. Doch auf der letzten Seite des Briefes standen nur Zahlen und Buchstabenkolonnen.
Neben den Buchstaben standen Zahlen und neben den Zahlen Buchstaben:

**$A^7$, $B^2$ $C^8$** usw. bis Z. Ebenso die Zahlen: **$1^Z$ $2^D$ $3^O$** bis 17.

Heller ging nach oben, rief nach Anna, die im Dachzimmer arbeitete, und zeigte ihr den Brief.
Sie überlegten gemeinsam, wetteiferten anhaltend um passende Lösungen und machten sich schließlich einen Spaß aus immer kurioseren Varianten und Blödeleien. Später kam Anna mit dem Vorschlag, dass die Zahlen bei den Buchstaben vielleicht den entsprechend entfernten Nachbarn im Alphabet meinen könnten: $A^7$ wäre dann H und $B^2$ gleich D und $C^8$ gleich K.
Heller warf ein, es könnte aber auch so sein, dass das A durch den siebten, das B durch den zweiten und das C durch den achten Buchstaben zu ersetzen sei.

---

1 Friedrich Wilhelm Ebole, ehemals Pfarrer in Neuötting, 1750-1827.

Auf das Offnersche Manuskript ließen sich diese Theorien nur schwerlich anwenden, weil Buchstaben und Zahlen intensiv gemischt auftraten und sie für die Zahlenkombination mit hochgestellten Buchstaben noch keine Idee hatten. Sie suchten also nach Kombinationen mit mehreren aufeinander folgenden Buchstaben, gaben sie in ein Textprogramm ein und experimentierten mit »Suchen und Ersetzen.«
Unter der Annahme, dass A der siebte; B der zweite etc. Buchstabe sei, ergaben sich sinnvolle Buchstabenfolgen. Ermutigt durch diesen Fortschritt, wandten sie diese Methode auch auf die Zahlen an, und es zeigten sich wortträchtige Ergebnisse, wenn der durch die Zahl benannte Nachbar im Alphabet gemeint war.
$1^{Z}$ ist demnach der Buchstabe A, nämlich einer nach dem Z
$2^{D}$ ist der zweite Buchstabe nach D also F
$3^{O}$ ist der dritte Buchstabe nach O also R.

Nun war kein Halten mehr. Sie erstellten eine Liste der Kombinationen und bemerkten erst jetzt, dass nur 17 Zahlen angegeben waren. Dazu entwarf Anna die Theorie, dass Offner nicht bis zur 26 gehen wollte, weil dann die Nähe zum Alphabet offensichtlich gewesen wäre. Nachdem sie die ersten Zeilen des Offnerschen Manuskripts eingegeben hatten und entsprechend der Lösung mit »Suchen und Ersetzen« bearbeitet hatten, erschien der erste sinnvolle Satz:

»Resultate der Briefüberwachung in Brixen …«

Sie schauten sich an, umarmten sich und lachten zufrieden. »Jetzt musst du dir nur noch das komplette Manuskript besorgen, dann ist der Artikel gerettet«, sagte Anna. Heller nickte und war froh, dass er mit der Rückgabe der Akten noch zugewartet hatte.

Andern Tags fuhr Heller wieder zeitig zum Archiv. Der Lesesaal war leer. Die Aufsicht führte seine Bekannte, die ihm die Akten sofort aushändigte und nur nickte, als Heller die Bitte äußerte, in einer der Kabinen arbeiten zu dürfen, weil in dieser Jahreszeit

viele Nutzer herumschnäuzten und husteten, und er sich nicht konzentrieren könne.
Er trug die Akten also in die letzte Kabine, die von dem Tisch der Aufsicht aus kaum einsehbar war. Schnell hatte er das Manuskript wiedergefunden, legte es neben den Computer, so dass der unvermeidbare Lichtstreifen unter der Scannermaus verdeckt war. Es dauerte über zwei Stunden, bis er alle Seiten in zufriedenstellender Qualität gespeichert hatte.
Die Aufsicht wunderte sich, dass er schon am Vormittag die Arbeit beendete und die dicken Akten als erledigt zurückgab und sie sagte: »Na, heute sind Sie aber wenig motiviert.«
Heller lachte und erwiderte: »Ich habe alles, was ich brauche. Und zu Hause wartet noch eine spannende Grabungsfläche.«
»Ach ja richtig, Sie sind ja auch Archäologe.«
»Naja, nur halb. Ich würde mich mehr als Buddler bezeichnen, oder wie meine Frau scherzhaft sagt: Oberhilfsbuddler.«
Sie sagte: »Da untertreiben Sie wahrscheinlich wieder einmal. – Was finden Sie denn gerade?«
»Eine Keltensiedlung, die vielleicht noch bestand, als die Römer in diese Gegend kamen. Meine Frau hat heute die Baggeraufsicht, und ich bin schon sehr neugierig, was zum Vorschein kommt.«
»Dann wünsche ich Ihnen viel Erfolg, oder gibt es einen bestimmten Wunsch, wie ›Glück auf‹, ›Gut Holz‹ oder so?«
»Nein, eigentlich nicht. Vielleicht sollten wir uns einen solchen Spruch erfinden. Wenn ein Brunnen kommt, ist jedenfalls ›Hals und Beinbruch‹ nicht unpassend.«

Lippe lässt sich im Kontor seines Vaters die nötigen Karten und Quartierlisten für seine Reise nach Mailand und Tirol zusammenstellen und leiht sich einen großen Holzkoffer aus. Der Vorstand des Büros, ein ungemein versierter Mann mit dicker Hornbrille und lustigen flinken Augen, warnt ihn vor der Reise über die Alpen zu dieser Jahreszeit:
»Sie werden im Schnee ersticken, die Hospize sind unkalkulierbar geschlossen und die Posthalter verlangen für einen Platz im Postwagen unter allerlei Vorwänden, was Sie gerade wollen. Warten Sie doch bis zum Frühjahr! Die Schweizer, Tiroler und am wenigsten die Italiener werden bis dahin weggelaufen sein.«
Lippe gibt zu, dass auch er nicht frei von Bedenken ist, aber die Reise duldet keinen Aufschub, denn entgegen der ursprünglichen Absprache soll es nicht nur eine Inspektionsfahrt durch Tirol werden.
Aretin will Informationen über die zwischen Lindau und Mailand in Fußach etablierte private Botenanstalt, weil er sie verbieten und ein staatliches Beförderungsmonopol durchsetzen will. Dazu muss Lippe seine Reise in Lindau beginnen und kann zugleich auf dem Weg nach Mailand Erkundigungen über die Vor- und Nachteile der verschiedenen Alpenübergänge einziehen. Aretin vermutet nämlich, dass Thurn und Taxis viele Briefe über Freiburg, Schaffhausen, Zürich über den Gotthard nach Mailand führt und damit die Route durch Bayern und Tirol umgeht.
Außerdem machen Gerüchte die Runde, wonach Napoleons Alpenstraße über den Simplon für den Transport italienischer Briefe zu den Genfer Postpächtern, den Gebrüdern Fischer, benutzt wird, die solche über Basel ins Reich weiterleiten und so der hiesigen Post schaden.
Und Lippe hat in Mailand die Frage zu klären, was es mit den Briefen auf sich hat, die aus Italien, ja selbst aus Städten der Toskana und Lombardei, über Paris und Straßburg mit enorm hohen französischen Transitgebühren nach Bayern laufen. Solche Briefe sind ihm sowohl durch eine Beschwerde des Herrn von Heckenstaller in Freising als auch durch Geschäftsfreunde seines

Vaters überlassen worden, zur Vorlage bei der königlichen Regierung in Mailand.
Von Mailand aus soll Lippe nach Verona reisen und über die Veroneser Postverhältnisse berichten, denn die Post über Tirol nach Italien ist dort unangenehmen Verzögerungen ausgesetzt und Reisende berichten, dass in Verona seit der Teilung der Stadt gar kein Postamt mehr existiert. Nach seiner Ankunft in Verona wird er weitere Instruktionen für Tirol erhalten, je nachdem, wie die Verhältnisse sich bis dahin entwickeln. Nach den Anweisungen Aretins darf er sich nirgends aufhalten, muss jeden zweiten Tag unter Benutzung des regulären Postweges berichten, weil diese Briefe dann zugleich als Vorlage beim Minister in Bezug auf die Schweizer Laufzeiten, Gebührenforderungen und Speditionsumstände im Vergleich zur Tiroler Route dienen.

R.N.°5

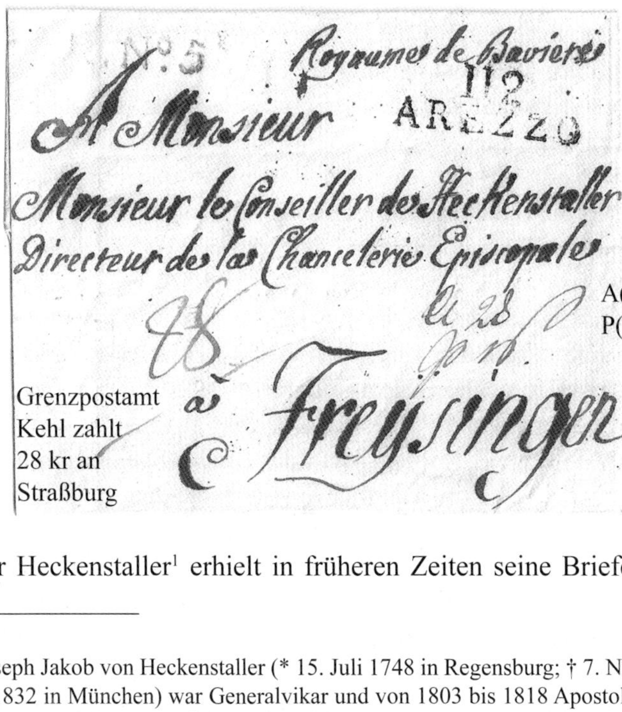


A(uslage) 28
P(orto) 16

Herr Heckenstaller[1] erhielt in früheren Zeiten seine Briefe aus

1 Joseph Jakob von Heckenstaller (* 15. Juli 1748 in Regensburg; † 7. November 1832 in München) war Generalvikar und von 1803 bis 1818 Apostolischer Vikar der geistlichen Regierung in Freising.

Rom und Arezzo über Verona und Tirol innerhalb von vier Tagen gegen eine Gebühr von 16 kr rheinisch geliefert. Seitdem die Franzosen aber alle Briefe aus ihren besetzten Gebieten in Italien über Paris und Straßburg umleiten, dauert der Transport mindestens zehn Tage und der einfache Brief kostet nun 44 kr rheinisch. Frankreich lässt sich demnach das Ausspionieren dieser Briefe auch noch teuer bezahlen und stempelt sie, wie zum Hohn, mit »R.N.° 5«, einem Stempel, der eigentlich für Briefe aus dem äußersten Süden Frankreichs, aber niemals für einen erzwungenen Transit vertraglich vereinbart war und der Frankreich die höchstmögliche Vergütung dieser Briefe sicherte.

Lippe gesteht sich ein, dass er von all diesen komplizierten Postsachen noch wenig versteht. Unzweifelhaft handelt es sich dabei um ein weites Feld, das viele Möglichkeiten zur Manipulation und Übervorteilung öffnet. Eine Unterhaltung darüber mit dem Augsburger Oberpostmeister von Haysdorff war kürzlich unbefriedigend verlaufen, denn der erwies sich als unwissend oder gab sich dafür aus, denn er konnte nicht einmal die Grundzüge des Postvertrages zwischen der Reichspost und Frankreich von 1801, der für die Stempelung mit »R.N.°5« verantwortlich zeichnet, ohne heilloses Gestammel explizieren.

Lippe hat seine Abreise auf den 15. Februar 1806 bestimmt und reitet vom elterlichen Haus in Augsburg kurz nach Sonnenaufgang los. Am späten Nachmittag erreicht er Lindau. Nach einer kurzen Rast und Pferdewechsel geht er über Bregenz nach Fußach, von wo die Botenanstalt der Brüder Spehler ihren Ausgang nimmt. Erst dort erfährt er, dass er bequemer mit dem Schiff von Lindau hätte herüberkommen können.
Wetterkundige sagen für die nächsten Tag wärmeres und trockenes Wetter voraus. Im Poststall herrscht deshalb große Geschäftigkeit, um alles bis zum Morgen vorzubereiten, denn die letzte Fahrt war ausgefallen, so dass sich die Pakete gewaltig türmen. Lippe bewundert die eingespielten Abläufe. Jeder kennt seine

Aufgaben, erledigt sie schnell und präzise, und über allem steht der Oberkondukteur, der zusammen mit dem Wagenmeister hier und da Anweisungen erteilt. Seinem ersten Eindruck nach kann Lippe das Urteil seines Vaters nur bestätigen, der die Spehlers als ausgezeichnete und zuverlässige Fuhrleute gelobt hatte und bei denen es kaum jemals eine Reklamation zu ihrem Verschulden gab. »Das sind alles nur neidische Kleingeister«, hatte sein Vater gesagt, »die meinen, unter staatlicher Verwaltung laufe das alles ebenso gut. Dabei haben sie keine Ahnung von diesem Geschäft und liegen spätestens hinter Thusis in der Schlucht.«
Dass sich sein Vater damit gegen Aretin stellt, stört ihn wenig. Deren Beziehung baut ohnehin mehr auf Widerspruch als auf Übereinstimmung. Sein Vater spöttelt dann gerne: »Ja, ja die Herren vom Adel, ruhen sich aus auf ihren Ländereien und müssen nie einen Gedanken an ihr täglich Brot verschwenden, da lässt sich gut empirisieren.«

Lippe findet unmittelbar neben dem Spehlerschen Handelshaus eine annehmbare Unterkunft, die eine Schwester betreibt. Als Lippe den Gastraum betritt, sieht er auf den ersten Blick, dass man hier die Bedürfnisse erschöpfter Reisender genau kennt. Um einen großen, weit in den Raum gebauten Kachelofen läuft eine bequeme Holzbank, breit genug, sich ohne Weiteres hinzulegen. Ein hölzerner Aufbau in Kopfhöhe, abgestützt durch Balken, die bis in das nächste Stockwerk reichen, bietet Platz für fünf bis sechs Personen. Dieser Ofenbalkon ist ausgelegt mit einem groben Wollteppich, auf dem viele Kissen liegen. Im Winter müssen die Plätze dort oben heiß begehrt sein. An die Bodenbretter sind zusätzlich hölzerne Stangen geschraubt, an denen die Reisenden ihre nasse Wäsche zum Trocknen aufhängen können.
Die Wirtin empfängt ihn mit einem freundlichen Zuruf. Sie deutet mit einer einladenden Handbewegung auf einen freien Schemel und stellt sogleich einen Krug Wasser davor auf den breiten Eichentisch. Der Raum ist bis zur Decke holzgetäfelt. Durch die kleinen Fenster dringt das schwache Licht der Hauslaterne herein.

In dem Gastraum stehen drei große Tische, an jedem Ende mit einem Dreiarm beleuchtet. Am meisten Licht gibt die offene Feuerstelle im hinteren Teil des Raumes, über der ein großer kupferner Kessel hängt. »Rindssuppe?« fragt die Wirtin. Als er nickt, nimmt sie einen breiten Schöpflöffel, rührt kurz im Kessel und leert den Inhalt in eine blecherne Schüssel. Das eingekochte Gemüse, das zwischen den zahlreichen Fettaugen schwimmt, duftet verlockend.
»Hat es noch einen Platz in der Kutsche für einen ungeduldigen Reisenden?« fragt Lippe. Sie sieht ihn belustigt an und nickt »Zur Zeit sind es wegen des vermaledeiten Kriegs wenig Reisende. Es ist halt die Frag', was der Herr will.«
»Ich bin bescheiden, Hauptsache, ich komm bald weiter«, sagt Lippe sondierend.
»Dann könnens auf den Bock oder in die Beichaise. Aber so schaun's jetzt nit aus, dass Ihnen die harten Bänk lang taugen, außerdem brauchen´s a gescheits Gwand dazu.«
Er will sich nicht kasteien, denn Geld genug hat er eigentlich: »Und was gäbe es dann noch?«
»Wenn's bis Mailand geht, gibt's Pauschalen je nach Komfort. Die beste Klass kostet 35 Franken, da ham's Polster im Wagen, sitzen in Fahrtrichtung, mit einem heißen Fußsack, wenn's kalt wird, und natürlich an jeder Station mit anständiger Kost und nachts Logis.«
»Da brauch ich dann nichts mehr selber tun?«
Glucksend sagt sie: »Naja schnaufen müssens schon selber, und eine Garantie gibt's natürlich gar nie nicht, dass Sie lebend ankommen.«
Neugierig geworden auf diese Rundumversorgung lässt er sich ein Reisebillet geben, das er sorgfältig ausfüllt und der Wirtin zusammen mit den geforderten 35 Franken zurückgibt: »Einen Skonto gibt's wohl nicht?« fragt er spitz, aber sie ist nicht auf den Mund gefallen:
»Wissen's, der Preis ist schon für Schwaben gmacht, und die Getränke gehen übrigens auch extra.«

Morgens gegen fünf Uhr wacht Lippe von dem Lärm der Postknechte auf. Die Waren, die soeben mit dem Schiff aus Lindau angekommen sind, müssen verstaut werden. Das Frühstück ist kurz und besteht aus einer Haferschleimsuppe mit einem Kanten Brot, dazu einen kräftigen Mokka.
In der Kutsche ist ein Platz frei. Mit ihm steigt ein beleibter Herr ein, der sich schnaubend auf die Holzbank fallen lässt und unschwer als Kaufmann zu erkennen ist. Kurz vor der Abfahrt steigt noch ein Offizier zu in der Uniform der französischen Armee.
Lippe ist müde, lehnt sich in die Polster und döst vor sich hin. Der Weg steigt sanft an und die Schüttung auf dem Fahrweg ist, wie der Kutscher stolz verkündet, erst kürzlich erneuert worden.

Lippe lässt die letzten Tage und Wochen an sich vorüberziehen und muss sich eingestehen, dass er mit einer solch rapiden Veränderung seiner Lebensumstände nicht gerechnet hat. Über die Konferenz am 24. Januar beim Minister führte er Protokoll und erhielt dafür das uneingeschränkte Lob Aretins: »Man merkt eben, dass Sie durch eine harte und klare Schule gegangen sind und verstehen, militärisch knapp auf das Wesentliche zu kommen.« Aretin strich lediglich solche Passagen, aus denen man allzu deutliche Kritik an dem fürstlich taxis'schen Geheimen Rat von Vrints Berberich hätte herauslesen können:
»Seine Majestät mag dergleichen nicht und fühlt sich dadurch präokkupiert.«
Am Ende kam Taxis nach Lippes Geschmack zu gut weg. Der Fürst behält die Regie der bayerischen Landesposten auf zehn Jahre und entrichtet für die ihm als männliches Erbthronlehen übertragene Würde eines königlich bayerischen Erblandpostmeisters 25.000 Gulden jährlich. Ausgenommen bleiben lediglich die Tiroler und Vorarlberger Posten.
Als zentrale Stelle, bei der künftig alle Fäden des bayerischen Postwesens zusammenlaufen, bestimmte Montgelas das Geheime Ministerialdepartement der auswärtigen Angelegenheiten. Bei den Oberpostämtern in Augsburg, Nürnberg und München

werden »zur Aufsicht und Mitwirkung« königliche Kommissäre etabliert. Vor seiner Abreise stellte ihm der Minister die Stelle in Augsburg in Aussicht.
Der Fürst von Thurn und Taxis sieht in all dem einen vollen Erfolg seiner Bemühungen. Aretin aber hat gegenüber Lippe und Schedel gespöttelt, dass es sich als ein Pyrrhussieg herausstellen wird. Er und Montgelas haben nämlich zugleich beschlossen, ihm, Lippe, den Auftrag zu erteilen, alle Aufmerksamkeit auf die Beischaffung von Acta zu richten, die geeignet sind die bestehenden Vorbehalte des Königs gegen eine gewaltsame Verstaatlichung der Posten zu beseitigen. Wenn es gelingt, eindeutige Beweise für verräterische Spionage fürstlicher Spitzenbeamten gegen Bayern und für Österreich zu liefern, ist das Schicksal der taxisschen Posten besiegelt.
In spätestens zwei Jahren muss dieses Ziel erreicht sein. Bis dahin wird man den Fürsten und seine Beamten genau beobachten und intensiv an der Ausbildung eigener Postleute arbeiten.
Die Posten in Tirol und Vorarlberg sind von zu großer strategischer Bedeutung, um sie dem Fürsten zu überlassen. Hier kann man ausreichend Erfahrungen im Postfach sammeln und sie in zwei Jahren in das große Projekt der verstaatlichten Posten in ganz Bayern einbringen.
Lippe merkt gar nicht, wie die Zeit vergeht. Unterwegs rasten sie in einem Gasthof und wechseln die Pferde. Die Sonne scheint und ein leichter Südwind lässt den Schnee neben der Fahrstraße sulzig und schwer werden. Der Kaufmann stellt sich als Mailänder vor, und Lippe lässt sich mit Freuden auf eine Unterhaltung ein, in der Absicht, seine Italienischkenntnisse aufzufrischen. Der Mailänder, der eigentlich aus der Nähe von Mantua stammt, erweist sich als geduldiger Korrektor von Lippes Grammatikfehlern. Im Gegenzug muss Lippe Sinnsprüche im Heimatdialekt seines Lehrers nachplappern, die aus seinem Munde bei diesem Heiterkeitsstürme entfachen.
Der Offizier schreibt während der ganzen Fahrt bis Feldkirch in ein Tagebuch und beteiligt sich nicht an der Unterhaltung. Er

räuspert sich nur hier und da, wenn er sich durch Lautstärke oder Lachen gestört fühlt. Auf die Bitte Lippes hin, aus dem Erfahrungsschatz seiner zahlreichen Reisen zu erzählen, gibt der Kaufmann allerlei lustige Episoden zum Besten und gestaltet die Fahrt kurzweilig.
Lippe fragt gezielt nach den anderen Alpenrouten und hört aufmerksam zu. Aus diesen Informationen kann er in seinem Abendquartier einen ersten Bericht über den Simplonpass an Aretin verfassen:
*»Hochverehrter Herr Freiherr. Ich erlaube mir, Ihnen einen anschaulichen Bericht zur Simplonstraße vorzulegen, als dessen conclusio sich eine ernst zu nehmende Konkurrenz für die Splügen und Brennerroute behaupten lässt, weil die Passagiere und Briefe aus dem Italienischen auf diesem Wege schnell bis nach Genf und durch den Kanal der dortigen Postpächter, Fischer, in das Reich gelangen.*
*Zwischen 1800 und 1805 gab Napoleon eine große Straße über die Alpen ›pour faire passer lecanon‹ in Auftrag. Unter der Leitung des Ingenieurs Nicolas Céard entstand eine Fahrstraße, die vielen heute als Weltwunder gilt, mit einer maximalen Steigung von 3,5 p.C. und einer durchschnittlichen Breite von 18-24 Fuß. Schutzhäuser verteilen sich in regelmäßigen Abständen und auf der Passhöhe ist ein kolossales Hospiz geplant. Eine der wintersichersten Passstraßen überhaupt.*
*Auf dieser neuen Straße verkehrte bereits 1805 zweimal wöchentlich eine Postkutsche zwischen Lausanne und Mailand. Den Dienst versieht eine kleine offene Kutsche, in der die Postsendungen und zwei Passagiere Platz finden.*
*In Domodossola ist das Hotel Post das beste, wenngleich nicht sehr sauber (was bei italienischen Hotels nicht sonderlich erstaunt.) Dieses Hotel gibt es bereits seit 1804, als Napoleon das Schloss der Stadt niederreißen ließ, um Raum zu schaffen für die neue Simplonstraße und die Infrastrukturen, die den zu erwartenden starken Verkehr bewältigen sollten. Das Hotel hat eine Art Schlosscharakter mit sehr soliden Mauern und zwei Türmchen neben dem*

*Wagentor und gleicht einer Festung. Im Innenhof ist Platz für zahlreiche Kutschen während die Pferde außerhalb längs der Straße nach Mailand untergebracht sind. Im gleichen Gebäude befindet sich auch das Postbüro.*
*Gegenüber dem Posthotel ›Terminus et d'Espagne‹, das erst vor Kurzem fertiggestellt wurde, brechen die Kutschen nach Mailand auf. Jeden Morgen ein erhebendes Schauspiel, wie sich die Gäste um die Kutschen drängen, um einen der begehrten Plätze einzunehmen, möglichst in Fahrtrichtung. Es gehört zum besonderen Service der Kondukteure, an die auf der Gegenseite Sitzenden Papiertüten abzugeben.*
*In Iselle ist die Zollstation, und die wilden Schluchten von Gondo sind die größten Schrecknisse der Simplonreisenden. Noch schrecklicher aber ist das unwirtliche Posthotel in Iselle, wo man bei schlechtem Wetter zu übernachten gezwungen ist, weil die Kutscher sich weigern, weiterzufahren.*
*Der einzige Trost ist der Wein, der gut und reichlich fließt und den Reisenden und Müßiggängern, die am Zollhaus herumlungern, immer wieder nachgeschenkt wird. Letztere verdienen sich eine Zufuhr, indem sie unbedarfte Reisende, die sich mit den Zollgesetzen nicht auskennen, gegen Bezahlung scheinbar vor den Zöllnern in Schutz nehmen, um sich dann mit diesen das Spaßgeld zu teilen.*
*Das Posthotel von Iselle ist schmutzig und der Besitzer ein Dieb. Die Engländer, die gerne diesen Weg nach Italien nehmen, schimpfen am meisten über den schrecklichen Tee. Das Hotel steht etwas abseits der Straße neben dem Zollgebäude mit Bogengängen und einem langgezogenen Balkon im ersten Stock, um dessen Geländer sich eine üppige Weinrebe rankt.*
*Die letzte Ortschaft auf dem Weg zum Pass ist Simplon Dorf auf 1476 französischen Metern Höhe. Es gibt im Ort sogar eine Art Hotel. Daneben wird gerade ein solides dreistöckiges Gebäude mit vielen kleinen Fenstern und drei großen Wagentoren errichtet. Im Speisesaal sind Stiche mit Szenen aus der englischen Eroberung Indiens geplant.*

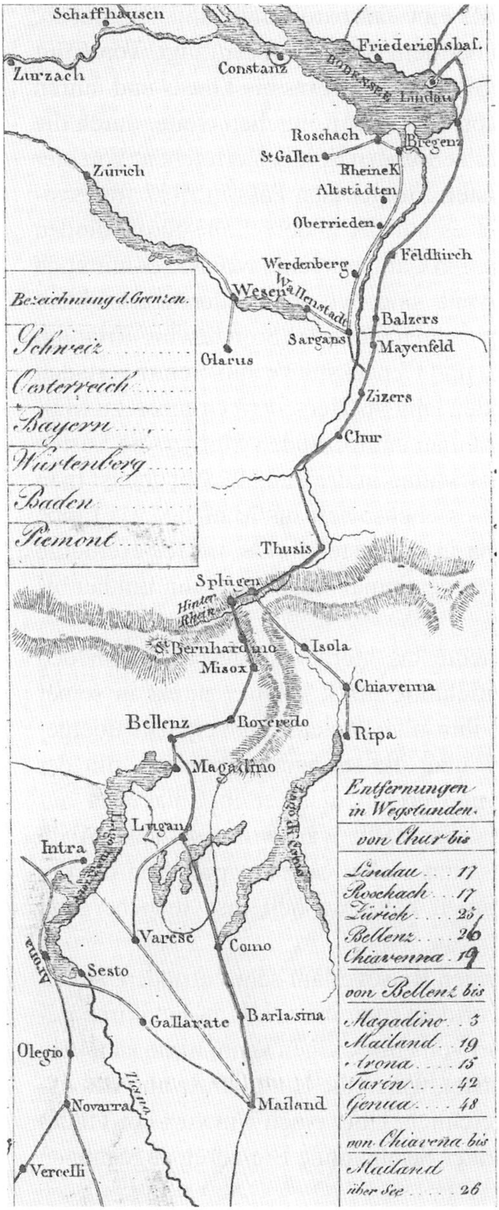


*Morgen werde ich in Feldkirch Erkundigungen über den Gotthard einziehen und Ihnen umgehend zusammenstellen.«*

Am zweiten Tag fahren sie zu zweit (der Offizier blieb in Feldkirch) über Vaduz bis nach Balzers, essen dort zu Mittag und erreichen über den Luziensteig am Abend Chur.

Für einen Rundgang durch die Stadt ist Lippe zu müde und geht gleich nach dem Abendessen und einem Krug Wein in das modrig riechende Matratzenlager.

Am nächsten Tag wird auf Saumtiere umgeladen, das heißt, alles in Fässer und Ledersäcke verpackt. Seitdem die Bewohner von Thusis und Gazis durch

die Schlucht der Via Mala eine fahrbare Straße angelegt haben, wird dieser Weg gegenüber dem Septimer bevorzugt. Von Chur aus gelangen sie in vier Stunden über Ems bis Thusis und fahren nach der Mittagspause von dort über Rongellen weiter durch die Via Mala, bis sie nach sechs Stunden Splügen erreichen. Von hier übersteigen sie am nächsten Morgen den Pass in 2117 französischen Metern, dann geht es auf der andern Seite fünf Stunden lang hinab bis zur Raststation Campodolcino, von wo es nur noch drei Stunden bis Chiavenna sind, wo sie wieder übernachten. Am nächsten Morgen brauchen sie zwei Stunden bis Riva am Comersee, wo die Lasten und Gepäckstücke aufs Schiff verladen werden, das fast 20 Stunden lang bis Hera, dem Grenzort zu Mailand braucht. Hier verlädt man am folgenden Morgen die Lasten wiederum auf Wagen. Bis Mittag in dreieinhalb Stunden ist man in Barlasena. Von da ist es ebensoweit bis Mailand, wo Lippe unweit der Porta Romana in der Osteria »Dei tre re« Herberge nimmt. Sie haben also gerade einmal sechs Tage von Lindau bis Mailand benötigt.
Lippe hatten seine Berichte bis hierher aufgespart, denn den Boten der in die Gegenrichtung fährt, kann er direkt in seiner Herberge abpassen und ihm alle Papiere gut verpackt übergeben. Lippe wundert sich über die strenge Progression, mit der die Mailänder taxieren und erfährt, dass er in Chiavenna nur die Hälfte bezahlt hätte, aber dafür war es nun zu spät. Auch hat er nicht bedacht, dass das dicke Kanzleipapier, von dem er einige Lagen mitgenommen hatte, schnell ins Gewicht geht.

Lippe ist mit dem bisherigen Reiseverlauf sehr zufrieden. Außer dem Quartier in Chur, vor dem man ihn schon in Feldkirch gewarnt hatte, weil man dort von Glück sagen kann, wenn sich kein unliebsames Getier einnistet, waren die Unterkünfte gut, das Essen ausgezeichnet und reichlich. Über einen Umwurf bei Thusis verliert er kein Wort, weil er für ihn ohne Blessuren abgegangen war.
Für einen Bericht über den Gotthard, sammelt er nur spärliche

Nachrichten, leistet deshalb Abbitte bei Aretin und liefert dafür weitere Details zur eben absolvierten Route.
So sei ihm erzählt worden, dass der Republik Venedig früher viel an dem Projekt einer Straße von Brescia über Bergamo, Chiavenna und den Julier nach Chur gelegen gewesen sei. Doch es wurde nichts daraus. Gründe wisse niemand mehr. Oder wolle sie nicht sagen.
Taxis hat nie eine Möglichkeit gefunden, die Firma Spehler durch den Kaiser verbieten zu lassen, weil dieser Kurs für die Kaufleute zu große Bedeutung und Vorteile hatte. Lindau ist protestantisch, Taxis dagegen vertritt mit dem Kaiser die katholische Seite. Deshalb hatten die taxis'schen Angriffe gegen Lindau und die Mailänder Boten nicht nur eine postalische, sondern immer auch eine politische Dimension.
Es fahren ja auch alle katholischen Geistlichen immer mit Taxis über den Brenner und nicht auf der Mailänder Route, die übrigens auch eine hervorragende Ausweichmöglichkeit bietet, wenn es wieder, wie so oft, Probleme mit dem Zoll in Rovereto gibt. Die Straßen auf der Mailänder Route sind dank der früheren Unterstützung durch die Republik Venedig in einem besseren Zustand als die über den Brenner, wo zu viele Einzelinteressen der Tiroler einem Ausbau hindernd entgegenstehen.
Lippe plädiert gegenüber Aretin leidenschaftlich für die Beibehaltung, wenn nicht gar Unterstützung der Botenanstalt der Familie Spehler in Fußach, denn es sei ein unschätzbarer Vorteil, einen zweiten Alpenübergang, wenn auch durch die Schweiz, doch gleichsam unter bayerischer Regie zur Verfügung zu haben. Und deshalb solle auch die Präsenz des von Bayern besoldeten Posthalters Dalp in Chur weiter bestehen, zumal noch große Teile Tirols dem Bischof von Chur unterstünden und Dalp als aufmerksamer Beobachter von dessen Korrespondenzen aus und nach Tirol dienen könne.
Lippe kündigt zugleich an, dass er nach seiner Rückkehr Briefe aus Chur an Kaufleute in Augsburg vorlegen wolle, die durch die Hände Dalps gegangen seien. An solchen Briefe hoffe er auch

genau die Funktionsweise der Postverbindung zwischen Chur, Feldkirch und Lindau darlegen zu können, damit für die Zukunft, nachdem das Vorarlbergische bayerisch geworden sei, geeignete Maßnahmen ergriffen werden könnten.

Dieser Brief aus Bever (Engadin) ist unbezahlt (porto) abgeschickt. Rechts oben notiert der Engadinbote sechs Blutzger, die ihm für seinen Transport von Bever bis Chur zustehen. Dazu kommt in Chur 1 Blz Bürogebühr, so dass links oben in roter Tinte 7 bl(z) angeschrieben stehen. Unter dem Stempel des BB Chur (Brief Büro) gibt sich auch Dalp mit seinem charakteristischen »D« zu erkennen.

In Feldkirch werden 17 kr angeschrieben, die sich zusammensetzen aus der Umrechnung der 7 Blz in 8 kr, den 8 kr für die Strecke Chur–Feldkirch und 1 kr für Dalp.

Die Strecke von Feldkirch nach Augsburg kostet 12 kr, so dass der Empfänger ein Gesamtporto von 29 kr zu bezahlen hat.[1]

---

1 Vgl. Emil Rüegg, Graubünden 1727-1851, Die Anwendung der Postverträge, Tarife und Verordnungen. Lenzerheide 2001.

Lippe legt während seines zweitägigen Aufenthalts in Mailand dem dortigen Direktorium der Posten auch die Briefe aus Arezzo an Heckenstaller in Freising vor. Der Herr Direktor kann nun erstmals mit eigenen Augen sehen, wieviel Frankreich an der unrechtmäßigen Umleitung eines Briefes aus Arezzo nach Freising und der »R.N.°5« Stempelung verdient. Die italienische Post muss diese Briefe ohne einen Cent pro labore an Frankreich ausliefern.
Der Direktor ruft seine Beamten zusammen, zeigt ihnen die Briefe und schimpft den französischen Postchef Lavalette einen Betrüger. Lippe erfährt, dass diese Umleitung der italienischen Briefe über Paris und Straßburg auf ein Dekret Napoleons aus dem Jahr 1805 zurückgeht, das man ihm in Abschrift bereitwillig übereignet.
Lange habe Italien mit Thurn und Taxis über eine direkte Postverbindung verhandelt, erzählt der Postdirektor. Der Vertrag sei bereits fertig paraphiert gewesen, da habe Napoleon die Unterzeichnung verboten und einen Postvertrag mit Frankreich erzwungen, der den italienischen Posten, wie man auch in diesem Fall sieht, sehr zum Nachteil gereicht.
Der Direktor verspricht Lippe für die Zukunft rücksichtsvolle Zusammenarbeit. Und sobald in Tirol Konsolidierung eingetreten und die territorialen Verhältnisse zu Italien geklärt seien, stellt er ihm einen Postvertrag mit Bayern zu günstigen Bedingungen für die gegenseitige Transitkorrespondenz in Aussicht. Lippe meldet dieses Zugeständnis voll Stolz an Aretin, denn schließlich handelt es sich um seinen ersten postalischen Erfolg. Er muss allerdings einschränkend bemerken, dass die Anfang Februar verlängerte fürstlich taxissche Postregie in Bayern einem solchen Vertrag noch im Wege steht.[1]

---

1 Tatsächlich trat der Postvertrag zwischen Bayern und dem Königreich Italien erst zum 1. April 1809 in Kraft.

Die Herren der Postdirektion verschaffen Lippe einen Platz in der vierspännigen Kutsche nach Verona, die am Abend des 24. Februar abfährt. Außer einer jungen Frau aus Venedig, die sich sehr vornehm und ungemein distanziert gibt, besteigt ein älterer, elegant gekleideter Mann den Wagen, der sich als Cavaliere Orlandini vorstellt. Lippe ist müde von den Anstrengungen der letzten Tage und den Folgen der überaus gastfreundlichen Beamten der Mailänder Postdirektion. Sie hatten die Gelegenheit genutzt und in ihren Geschäftsräumen ein Abendessen veranstaltet, bei dem einige ausgezeichnete Köche ihr Können aufboten. Nudelgerichte in einer überwältigenden Vielfalt standen auf dem Tisch, so dass Lippe die Auswahl schwer fiel. Angespornt durch seine Fragen, wie die eine oder andere Sauce zubereitet sei, ereiferten sich seine Gastgeber in ausführlichen Erklärungen und schweiften dabei in immer fantasievollere Geschmacksvarianten ab, die sie nächstens ausprobieren wollten.

Er hat entschieden zu viel gegessen und getrunken, ist aber glücklich und zufrieden und fühlt eine tiefe Zuneigung zu diesem Menschenschlag, der genau unterscheidet zwischen Geschäft und Leben, denn bei Tisch ist jede Unterhaltung über die Arbeit verpönt. Ihre Fähigkeit, Probleme von wirtschaftlichem Niedergang und politischer oder militärischer Bedrohung mit einer Handbewegung zu minimalisieren, findet Lippe sympathisch.

Seine Gastgeber übten sich angesichts seiner holprigen und fehlerhaften Sprachkenntnisse in bewundernswerter Geduld. Als Lippe zu fortgeschrittener Stunde sein Erstaunen über die italienische Gewohnheit ausufernder Gestik äußerte, erhielt er darin eine Lehrstunde, die in allgemeine Erheiterung mündete, als er das Gelernte nachzuahmen versuchte.

Eine der typischen Gesten der Italiener ist die »mano cornuta«. Der Zeigefinger und der kleine Finger werden von der Faust abgespreizt, während der Daumen die mittleren Finger hält. Wenn die »Hörner«, das heißt die ausgestreckten Finger, nach oben und auf einen Mann gerichtet werden, soll dies sagen, dass dieser von der Ehefrau betrogen wird und deshalb cornuto ist.

Wenn man hingegen die »Hörner« nach unten richtet und die Hand dabei auf und ab bewegt, ist die Bedeutung eine völlig andere. Es ist eine Geste, die das Unglück abwenden soll, ähnlich wie das »aufs Holz Klopfen«. Es ist eine Abwehrgeste gegen »il malocchio« (das böse Auge), die gegen übernatürliche böse Kräfte beschützen soll, denn in Italien ist jedermann zutiefst abergläubisch. Die Verwurzelung in der katholischen Religion steht dazu in keinem Widerspruch, vielmehr haben die Bischöfe bei jeder Art von Unglück mit ihren Werkzeugen zur Stelle zu sein. Wobei ihre Zeremonien durchaus an heidnische Geisterbeschwörung erinnern.
Es gibt aber auch typisch italienische Gesten, die ziemlich ordinär sind und von Ausländern tunlichst vermieden werden sollten, zum Beispiel: die »Ellenbogen-Geste«. Dabei wird die linke Hand in die Ellbogenkrümmung des rechten Arms geschlagen und dieser leicht gebogen. Die Geste steht etwa für: »Du kannst mich mal …«. Am besten sollten Ausländer erst gar nicht versuchen, die Gestik der Italiener nachzuahmen. Sie würden sich damit nur lächerlich machen, und bei manchen Gesten führen auch schon geringe Unterschiede zu unbeabsichtigten Bedeutungen.
Lippe schläft in der Kutsche und wacht erst auf, als sie gegen Morgen Brescia erreichen. Die Dame steigt aus. Der Cavaliere Orlandini lässt sich sein Gepäck vom Wagen reichen, geht aber nicht seiner Wege, sondern bietet Lippe seine Begleitung zu einer nahe gelegenen Bar an, in der es hervorragenden Kaffee und Cremahörnchen gibt. Der Cavaliere spricht leidlich deutsch und schwärmt gegenüber Lippe von den Vorzügen der Gegend südlich des Gardasees, wo es den besten Wein weit und breit gebe.
Schließlich zieht der Cavaliere aus der Außentasche seines Reisekoffers ein Schriftstück und eröffnet Lippe, dass er an einer Reisebeschreibung über diese Gegend für deutsche Kulturreisende arbeite und gerne die Meinung eines Deutschen dazu hören wolle. Lippe empfindet sein Verhalten als aufdringlich, will aber höflich sein und bestellt sich noch eine weitere Tasse Kaffee. Der Cavaliere nestelt an den Blättern herum und sucht die erste Seite.

Zurückgelehnt, das erste Blatt weit von sich haltend, weil offensichtlich weitsichtig, deklamiert der Cavaliere mit erhobener Stimme:

*»Das Moränengebiet um Mantua repräsentiert unter dem Aspekt von Kunst und Natur ein unanfechtbares, qualitatives Erbe der Provinz. Geographisch verschanzt hinter dem Gardasee, beschwört es in seiner immateriellen Kultur einen eigenen Zauber aus unterschiedlichen Einflüssen, jenen des Sees und jenen, die sich von der intellektuellen Dynamik der vergilschen Hauptstadt aus verbreiten. Aus solch einem Kontext kann es unmöglich sein, dass keine territoriale Einheit entspringt, die sich auch im kulinarischen Bereich spiegelt.*
*Die Tradition, vor allem die gastronomische, ist nicht unverrückbar in Raum und Zeit auszumachen, wie eine Insel inmitten des Ozeans. Sie ist vielmehr eine kulturelle Essenz im Werden, wogend, in ständiger Bewegung, im Wandel des Geschmacks, der Zeit, der Kultur, der Jahreszeiten, der Ernährungserfordernisse und wer weiß, wie vielen Dingen noch.«*

Lippe ist nahe daran loszuprusten und lenkt seine Erheiterung in den Ausruf: »Sehr schön, eindrucksvoll, ausgezeichnet«. Offensichtlich hat der Cavaliere den Text italienisch aufgesetzt und dann mit Hilfe eines Lexikons Wort für Wort übersetzt. Lippe weiß nicht, was er sagen soll. Der Text ist unrettbar. Zwar vermitteln seine wohlgeformten Sätze ein undefinierbares Hochgefühl, aber keinen greifbaren Inhalt. Der Autor hält Lippes Zögern für sprachlose Bewunderung und fährt fort:

*»Die Reproduktion von Gerichten, die sich ›typisch mantuanisch‹ definieren, ist ein bedenkliches Abenteuer, wenn es unüberlegt mit der Vergangenheit verbunden ist und nicht von einem Prozess begleitet wird, der die Elemente und Fermente, die ihre Gültigkeit im kulinarischen Bereich verloren haben, abfängt.«*
(Zitiert aus einer Broschüre für Touristen 2010)

Lippe zieht mit einer schwungvollen Geste seine Uhr aus dem Wams, setzt ein erstauntes Gesicht auf und stammelt: »Verehrter Cavaliere, ich bin untröstlich, dass ich die Kutsche besteigen muss und Ihren erhebenden Ausführungen nicht weiter lauschen darf.«

Während der Stunden bis zur Ankunft in Verona teilt er den Wagen mit einem Geistlichen, der dem Anschein nach, wegen Purpurstreifen an der Soutane, einen höheren Rang einnimmt. Aber Lippe ist in der Kleiderordnung der katholischen Kirche nicht bewandert und widmet sich der Reinschrift seiner Berichte an Aretin, die er in Verona zur Post geben will.

Heller schrieb bis in den frühen Morgen hinein die Buchstaben und Zahlenkolonnen aus Offners Brief an Aretin ab und konvertierte den Text in eine lesbare Version. Es war mühsamer als er gedacht hatte. Von unzusammenhängenden Zeichen kann man sich nur eine begrenzte Anzahl merken, deshalb musste er einen Finger auf dem Manuskript führen und mit der anderen Hand tippen. Anfangs hatte ihm Anna noch diktiert, aber sie ging dann zu Bett, weil sie am nächsten Morgen frühzeitig auf der Grabungsfläche mit der spätkeltischen Siedlung sein musste. Dort waren bereits drei Brunnen zum Vorschein gekommen, die, wie sie hoffte, weitere aufschlussreiche Funde und vielleicht sogar exakt datierbare Brunnenhölzer liefern würden. Dann wäre eine kleine Sensation perfekt. Heller freute sich schon auf die Ausgrabung der Brunnen. Bei der Freilegung eines hölzernen Brunnenkastens aus vorgeschichtlicher Zeit, außen herum meterhohe Kieswände, empfand er eine tiefe Dankbarkeit und Ehrfurcht. – Ähnlich erging es ihm als das Manuskript Offners vollständig entschlüsselt vor ihm lag. Er war erwartungsvoll aufgeregt, konnte das Manuskript nicht aus der Hand legen und las darin, während er Kaffee kochte.

Offners betont gewählter Schreibstil früherer Briefe war abgehakten, gehetzten Stichwortsätzen gewichen. Manche Stellen musste Heller mehrmals lesen, weil die Satzteile unzusammenhängend, ja sprunghaft aufeinander folgten, ohne jede logische Verknüpfung. Heller musste einsehen, dass er den Lesern auch aus diesem Text keine Zitate zumuten konnte.

Er musste den Text erst neu zusammenstellen und strukturieren, bevor er selbst verstand, was Offner eigentlich sagen wollte. Am Schluss hatte Offner jeden semantischen Halt verloren und stolperte gleichsam durch seine sich überstürzenden Gedanken.

Für Heller stellte sich der Ablauf der Ereignisse so dar:

Nachdem aufgrund der Anzeige Offners die beiden Brixener Postbeamten Anreither und Andreé nach München befohlen und aus dem Dienst entlassen worden waren, inspizierte Offner die

Räume der Postexpedition, weil er die Geschäfte provisorisch übernehmen sollte.
Er musste bis auf Weiteres die umfangreiche Tätigkeit dieses Grenzpostamts alleine übernehmen und fühlte sich verpflichtet, erst einmal alles in Ordnung zu bringen.
Die beiden Entlassenen hatten ihre Aufgaben offensichtlich nachlässig erfüllt, denn es gab viele unerledigte Anfragen und Reklamationen. Selbst Briefe, die sie geöffnet und untersucht hatten, lagen im Postlokal herum, ohne dass für Offner erkennbar war, was sie damit vorhatten.
Dabei befand sich auch ein Brief aus Laybach im Königreich Illyrien, der nach Schuls, im Kanton Graubünden, gegenüber Nauders gelegen, gerichtet war. Er ging an einen gewissen Hermann. Ein Name, der ihm bisher unter den verdächtigen Adressen noch nicht vorgekommen war. Den Text hatte Andreé abzuschreiben versucht, wahrscheinlich ein Engadiner Dialekt: »In resposta d´üna tia a moi favoritta er Boetschavüda …«

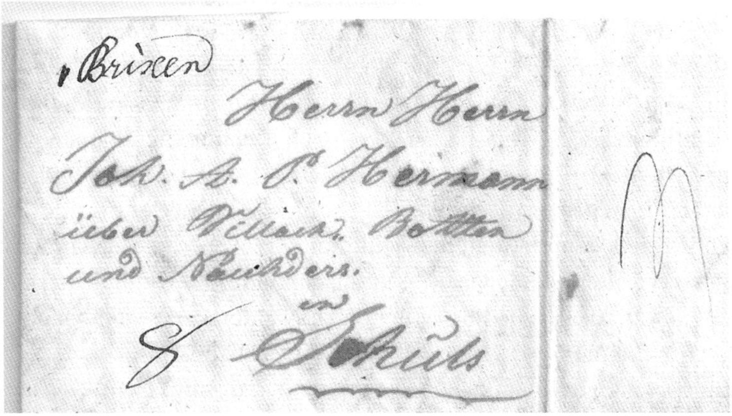


Offner kannte keine Instruktion zur Behandlung von Briefen aus Illyrien im Transit über Tirol nach der Schweiz und war deshalb neugierig, wie Andreé dabei vorgegangen war. Rückseitig hatte sich Laybach den Brief offensichtlich bis zur Grenze Tirols mit zehn Centimes [oder kr C.M.?] bezahlen lassen. Andreé hatte

vorne »v. Brixen« vermerkt und 8 kr Transitporto angesetzt, von denen fraglich war, ob die Schweizer sie vergüten würden, weil dafür jede vertragliche Grundlage fehlte.
Offner entschloss sich, den Brief andern Tags mit dem Innsbrucker Postwagen bis Sterzing bringen zu lassen, wo er dem Jaufenboten eingehändigt werden sollte, damit er über Meran und Nauders an seine Bestimmung gelangen konnte. Die Beförderung über Bozen verbot sich, weil seit dem Oktober 1810 die Italiener, die neuen Herren in Welschtirol, für alle Briefe in Richtung Vinschgau und Meran hohe Transitgebühren verlangten.

Die Aufräumarbeiten zogen sich an diesem 9. November 1810 bis zum Mittag hin. Dann machte sich Offner an den Schreibtisch von Andreé und fand im Geheimfach Schriftstücke, Notizen und Anweisungen, deren Bedeutung er zunächst nicht erkannte. Er legte sie beiseite, weil er die Ankunft der Kutsche nach Bozen innerhalb der nächsten zwei Stunden erwartete und noch das Felleisen und die Frachtpapiere zusammenstellen musste. Erst als er sich am Abend, zufrieden mit seinem Tagwerk, erschöpft auf die Bank im Postbüro setzte, holte er die Papiere hervor und las.
Er fand Instruktionen der Generalpostdirektion für Andreé mit detaillierten Hinweisen, wie er Briefe namentlich genannter hochgestellter Absender an den Bischof von Chur zu behandeln habe. Er hatte für solche Briefe ein eigenes Paket zu formieren und direkt dem Jaufenboten zukommen zu lassen, der es dem Postverwalter Steiner in Meran aushändigte. Dieser brachte sie einmal in der Woche persönlich nach Nauders zum Übergang in das Engadin.
Eine zweite Liste fand Offner irritierend, die Adressaten in Wien umfasste, deren Briefe in die Schweiz ebenfalls auf diesem irregulären Weg zu versenden waren. Andreé war die Öffnung und Untersuchung dieser Briefe strikt untersagt. Bei dem Brief aus Laybach nach Schuls war sich Andreé anscheinend über sein Verhalten nicht schlüssig gewesen und hatte ihn deshalb auf dem Tisch liegen lassen.

Aus seiner Tätigkeit in Augsburg wusste Offner, dass gerade die Korrespondenz mit dem Bischof von Chur im Auftrag Montgelas‘ unter besondere Beobachtung gestellt war. Hier in Brixen dagegen betrieb Andreé auf Anweisung des Generalpostdirektors von Drechsel einen geheimen ungehinderten Korridor dorthin. Offner konnte sich darauf keinen Reim machen.

Als er aber Briefe fand, die er auch ohne Unterschrift sofort als persönliche Schreiben von der Hand seines Chefs, des Generalpostdirektors von Drechsel erkannte, in denen dieser Andreé die Aufrechterhaltung eines Kommunikationsweges mit Andreas Hofer befahl, schöpfte Offner einen Verdacht, der sich mit jedem weiteren Schriftstück erhärtete und schließlich zur Gewissheit wurde: Sein Chef betrieb, wie es den Anschein hatte, hinter dem Rücken Montgelas‘ und des Königs eine konspirative Verbindung zu den Staatsfeinden Bischof Buol-Schauenstein und Andreas Hofer.

In diesem Moment glaubte Offner mit einem gewissen Siegesgefühl sein Misstrauen gegen die Amtsführung Drechsels bestätigt und malte sich schon aus, wie Lippe und Aretin ihm für die Mitteilung dieser Entdeckung dankbar sein würden.

Doch er konnte sich nicht recht vorstellen, welche Absicht Drechsel damit verfolgte. Wollte er diese Verbindungen, um vermittelnd und verhandelnd tätig zu sein, oder war es Hochverrat? Lippe, Aretin und er hatten sich schon längere Zeit darüber gewundert, wie Drechsel bei Montgelas gegen die Briefüberwachung opponierte, wohl in der Absicht, von dieser Tätigkeit entbunden zu werden. Montgelas war dann auch bald diese Nörgeleien leid und übergab das Schwarze Kabinett an Lippe, der die Geschäfte ohnehin schon seit einiger Zeit de facto führte. Und Lippe hatte ihnen bestätigt, dass er die von Drechsel geäußerten Kritikpunkte nicht zutreffend finde. Jetzt war Offner klar, dass Drechsel die Briefüberwachung abschaffen wollte, weil sie seine geheimen Aktivitäten behindern und aufdecken könnte.

Als Offner auf ein Bündel kleiner Zettel stieß, die zusammengeheftet in ein Blatt Papier eingewickelt waren, kannte er die Antwort auf seine Frage. Es handelte sich um genaue Angaben zu Marschbewegungen und Angriffszielen der bayerischen und französischen Truppen während des Aufstandes im Jahr 1809. Die Pläne aller drei Bergiselschlachten hatte Drechsel an die Aufständischen verraten. Drei erfolgreiche Schlachten der Aufständischen, die hunderten bayerischer Soldaten das Leben kosteten.

Schlagartig ergab für Offner nun auch das Verschwinden seines Adlatus einen Sinn. Er hatte ihn vor zwei Monaten von Augsburg aus, mit Wissen von Drechsel, nach Meran zu Postverwalter Steiner geschickt, um das weitere Vorgehen gegen den Briefschmuggel aus Graubünden über Nauders zu besprechen. Er war nie in Meran angekommen. Niemand hatte ihn je wieder gesehen. Hinter alldem steckte Drechsel, dem es ein Leichtes war, jeden gegen ihn gerichteten Verdacht unschädlich zu machen, weil er an der Schaltstelle saß.

War es Landesverrat aus Geldgier? Aus Hass gegen die Franzosen und Opposition gegen die Bündnispolitik Montgelas'? Von den Aufständischen und dem Bischof von Chur war kein Geld zu erwarten. Vielleicht zahlten aber die Österreicher gut, denn durch die Erfolge der Aufständischen hatten sie den Rücken frei für ihre Armee gegen Napoleon.

Gewiss, von Drechsel stand als Generalpostdirektor quasi in ministeriellem Rang, aber waren solche verräterischen Eingriffe in die Politik seines Königs nicht eine Nummer zu groß für ihn? Glaubte er wirklich, dadurch das Rad der Geschichte bewegen zu können? Es war alles umsonst gewesen. Österreich hatte den Krieg verloren, Andreas Hofer war tot und Napoleon hatte wieder einmal gesiegt.[1]

---

1 Nach der Schlacht bei Aspern (21./22. Mai 1809) glaubten viele Tiroler an einen Sieg über Napoleon. Aber die endgültige Niederlage der Österreicher in der Schlacht bei Wagram führte im Juli zum Znaimer Waffenstillstand und am 14. Oktober 1809 zum Frieden von Schönbrunn, der für die Tiroler das Ende ihrer Illusionen bedeutete.

Aber von Drechsel betrieb sein Geschäft auch später noch und erteilte Andreé Anweisungen, wie die amnestierten Anführer des Aufstandes über das Pustertal, Matrei und Oberkärnten nach Österreich geschmuggelt werden sollten.
Als Andreé und Anreither aufflogen, hatte von Drechsel energisch für ihre Bestrafung plädiert, wohl um sich bei Montgelas keine Blöße zu geben. In Wirklichkeit war längst für diesen Fall vorgesorgt und den beiden eine ansehnliche österreichische Pension zugesichert.
Drechsel hatte aber keine Ahnung, dass Andreé diese Papiere zu seiner Sicherheit aufbewahrt hatte.
Andreé würde über kurz oder lang die verräterischen Schriftstücke aus seinem Schreibtisch holen wollen und sogleich wissen, wer für deren Verschwinden verantwortlich war. Offner würde entdeckt werden.
Dennoch konnte er unmöglich so tun, als wüsste er nichts und die Papiere zurücklegen. Einen kurzen Augenblick dachte Offner tatsächlich daran, die Sache auf sich beruhen zu lassen. Aber dann wurde ihm klar, dass Drechsel schon alleine für die Entlassung seiner Helfer an ihm Rache nehmen würde.
Drechsel der Verräter durfte nicht ungeschoren davonkommen, denn bei nächster Gelegenheit würde er wieder so handeln, und dann vielleicht mit mehr Erfolg.

Heller fand die ängstliche Aufregung Offners übertrieben. Aretin würde die Beweise dem Minister und dem König vorgelegen, die mit dem Verräter kurzen Prozess machen würden. Offner hätte einen großen Erfolg errungen, wäre ein Held, würde reichlich belohnt werden und niemand würde mehr über die Makel seiner Vergangenheit sprechen. Eigentlich müsste Offner doch froh sein und seinen Bericht triumphaler formulieren. Stattdessen schienen seine Sätze nahezu deprimiert und ängstlich.
Da musste noch etwas anderes sein.
Als Heller die letzten Seiten des Manuskripts las, merkte er, dass Offner vermied, weitere Namen zu nennen. Er verwendete nur

Abkürzungen und Spitznamen. *Merkur* handle nicht allein. Der *Poet* sei der eigentliche Auftraggeber, geleitet von seinem Hass gegen den Korsen und gegen »Musäus«, der den *Hasen* dazu zwinge, den *Poeten* von allen Entscheidungen auszuschließen. Der »Poet« habe am 15. Oktober 1809, also einen Tag nach dem Frieden von Schönbrunn, einen Brief an *Barba* geschrieben, worin er ihm den entscheidenden Angriff für den übernächsten Tag ankündigte und ihn beschwor, die Waffen zu strecken. Jetzt, da der Frieden beschlossen sei, könne er nichts mehr für ihn tun. *Barba* müsse sich ergeben und erhalte gewiss Amnestie.
Andreé hatte zu seiner Abschrift dieses Briefes die Randnotiz verfasst, dass er am 29. Oktober ein Treffen zwischen dem *Poeten* und einem Vertrauten *Barbas* in der Bibliothek des Klosters Neustift arrangiert und aus dem Gespräch entnommen habe: *Barba* sehe ein, dass er nichts mehr erreichen könne, dass er deshalb aufgeben und verhandeln wolle. Der Poet dagegen redete fortwährend von Lebensgefahr, in der er sich selbst befinde. Andreé konnte aber nicht hören, worauf sich die beiden geeinigt oder verabredet hatten.
Bekanntlich kämpfte Andreas Hofer, oder *Barba*, wie Offner ihn nannte, wider alle Vernunft weiter, wurde schändlich verraten, gefangen genommen und in Mantua hingerichtet.
Offner ging nun wohl davon aus, dass der Kronprinz (*Poet*) der eigentliche Verräter war und Drechsel nur sein williges Werkzeug. Offner glaubte, Ludwig habe Hofer zum Weitermachen ermuntert, um seinen eigenen Kopf aus der Schlinge zu ziehen. Indem Offner dies alles an Aretin meldete, wohl wissend, dass Drechsel ihm womöglich längst auf den Fersen war, begab er sich in ernste Gefahr, denn gegen den Kronprinz konnte ihm auch Aretin nicht helfen. Heller verstand nun, warum Offners Brief derartig ängstlich und nervös wirkte.
Aber Heller kannte die Situation des Jahres 1809 nicht genau und verstand nicht, warum Ludwig in Lebensgefahr gewesen sein soll. Er nahm deshalb die Biografie Ludwigs zur Hand und suchte nach Hinweisen.

Unter dem 12. Oktober 1809 war von einem tiefen Zerwürfnis zwischen Ludwig und dem französischen Marschall Lefebvre anlässlich der Kämpfe um Hallein die Rede. Ludwig hatte seine Teilnahme an der Schlacht verweigert und das Gefecht war für Marschall Lefebvre ungünstig verlaufen. Er musste daraufhin Hallein und den Luegpass wieder räumen.
Marschall Lefebvre war wütend und meldete das Verhalten Ludwigs an Napoleon, was diesen zu der Aussage bewog: »Ich pfeife auf alle Könige, ein Korporal ist mir mehr wert. Was hindert mich, diesen Kronprinzen erschießen zu lassen.« Und in demselben Zusammenhang: »In einer Armee gibt es keine Standesunterschiede. Der Kronprinz hat gegen den Feind zu marschieren … man erwidere mir nicht *wenn*, nicht *aber*, nicht *weil*. Ich bin ein alter Soldat, Sie haben den Feind zu besiegen oder zu sterben.«

Am Schluss seines Briefes bat Offner seinen Gönner, Aretin, inständig um Unterstützung. Er wolle sich nach Sachsen oder Preußen absetzen und habe bereits die seit Langem gesammelten Enthüllungen über hochgestellte Persönlichkeiten an einem sicheren Ort versteckt und werde sie im Notfall veröffentlichen, darunter einige höchst kompromittierende Originalbriefe des Kronprinzen, geschrieben in Salzburg an seine Schwester Amalie in Mailand, die er, Offner, in Brixen abgefangen hatte.

Heller war begeistert. Das Schreiben Offners gab mehr her als erwartet. Damit konnte er der Zeitschrift eine spannende Fortsetzungsgeschichte liefern. Im ersten Teil würde er die historische Situation schildern und die offnerschen Enthüllungen nur andeuten, um die Leser anzufüttern. In der Fortsetzung dann die ganze Fülle der Anschuldigungen ausbreiten und von der schändlichen Rache erzählen, die Drechsel 1812 an Offner nahm, als er ihn unter dem Vorwand seiner Beförderung nach Nürnberg lockte, wo bereits die Schergen auf ihn warteten. Ohne Gerichtsverfahren warfen sie ihn in den Kerker der Festung Rothenberg, um ihn auf immer der Gesellschaft zu entziehen.

Den unrühmlichen Schluss dieser Geschichte wollte er sich dann für den dritten Teil aufheben. Offners Sprung nach fünf Jahren Haft in den Burggraben des Gefängnisses, Prozesse, Rehabilitierung und Entschädigung. Dazu bedurfte es nur noch einer Recherche in den Justizakten des Hauptstaatsarchivs.

Heller war um sechs Uhr aufgestanden. Der Herbstwind hatte sich gelegt und die Straßen waren trocken. Wenn er nach einer Tasse Kaffee losfuhr, konnte er gemütlich gegen acht Uhr in Regensburg sein. Per E-Mail hatte er einige Akten zu den Postverhältnissen in Tirol bestellt, bei denen er Lücken in seinen früheren Abschriften festgestellt hatte.
Damals musste er um jede Kopie betteln. Unter der jetzigen Leitung des fürstlichen Zentralarchivs gestalteten sich die Arbeitsbedingungen erheblich günstiger.[1]
In Regensburg parkte Heller den Wagen in der Theatergarage und schlenderte, die Computertasche umgehängt, durch die engen Gassen zum Emmeramsplatz. Mit Befriedigung stellte er fest, dass sich seit seinen Kindheitstagen, in der Gegend zwischen Dominikanerkirche, Predigergasse, am Ölberg und Marschallstraße kaum etwas verändert hatte. Bevor er den Weg zum Hauptportal des fürstlichen Schlosses einschlug, betrat er die Basilika St. Emmeram, zündete zwei Kerzen an und besuchte die Krypta.
Der Schlosspförtner kannte ihn von früheren Besuchen und öffnete die elektrische Schließanlage des schweren Holztores.
Heller ging quer über den Innenhof zum Eingang des Archivs, läutete kurz, nannte seinen Namen und betrat den Kreuzgang des ehemaligen Klosters. Von dort führte eine breite steinerne Treppe in den ersten Stock, an dessen hofseitigem Ende der Lesesaal lag. Heller trug seinen Namen in das Tagebuch ein und bekam einen Benutzerantrag ausgehändigt, weil der ältere bereits abgelaufen war. Die Akten lagen im Lesesaal bereit. Er war der einzige Benutzer und konnte in aller Ruhe konzentriert alle Fehlstellen in seinen Abschriften abarbeiten.
Bis zu seiner Verabredung mit Klein am Minoritenweg hatte er noch eine Stunde Zeit. Zu Fuß waren es kaum mehr als zehn

---

1 Die Bestände des Archivs zur europäischen Postgeschichte sind in Umfang und Aussagekraft großartig.

Minuten bis dahin. Um eine Kleinigkeit zu essen, besorgte er sich unterwegs bei Schwarzer zwei Kipferl und beobachtete die Abrissarbeiten des Hotels Karmeliten. Beim Bau des Hotels hatte man wenig Rücksicht auf die Lage innerhalb des Römerkastells genommen, so dass nur noch kleine Bereiche unberührt blieben. Die Archäologen waren jedenfalls an der Arbeit.

Das Büro von Kommissar Klein bestand aus einem schmalen Schlauch. Hellblaue Tünche blätterte neben dem undichten vorhanglosen Fenster ab und lag zusammengetreten auf dem Boden. Hinter der Türe befand sich ein Blechschrank. Schreibtisch und Stuhl des Kommissars nahmen die ganze Breite des Raumes ein. Schräg dazu stand ein einzelner Stuhl für Besucher. Als Heller den Raum betrat, blätterte Klein in einem Papierstoß. Durch die Horn-Lesebrille wirkte sein Gesicht derb und ungepflegt.
Nach einem kurzen »Grüß Gott«, sagte Heller formell: »Ich bin gekommen, wie verabredet, in der Sache Eddy Meier.«
Klein deutete auf den freien Stuhl, schob einen Notizblock heran und sah Heller lächelnd an: »Sie kommen soeben von der Fürstin?«
Heller nickte: »Naja, nicht von ihr persönlich.«
Klein lachte: »Ja, ja ich weiß, aus ihrem Archiv. Und, sind Sie fündig geworden?«
»Neues Material habe ich heute nicht durchgearbeitet, sondern Altlasten erledigt.«
»Das muss auch sein«, sagte Klein vieldeutig. »Wussten Sie übrigens, dass dieses Archiv jetzt wieder direkt vom Fürstenhaus betrieben wird?«
Heller nickte: »Ja. Die Jahre unter der Universitätsverwaltung waren wohl enttäuschend. Die näheren Umstände kenne ich aber nicht.«
»Bei uns stand dazu einiges in den Zeitungen. Die Sache schlug hohe Wellen bis in die Archivkreise Münchens. Angeblich hat sich die Fürstin mit dem Archivar heftig zerstritten.«
Heller machte eine bedauernde Handbewegung: »Tut mir leid,

davon weiß ich zu wenig. Mich interessiert nur, ob ich dort in Ruhe arbeiten kann.«

»Ja richtig, apropos Ihre Arbeit«, fing Klein erneut an, – »Ich möchte etwas fragen, was mir schon anlässlich Ihres Vortrags in München auf der Zunge lag. Damals kam ich nicht dazu ...«
Heller nickte und sah Klein erwartungsvoll an.
»Mich interessiert, wie Sie zu der ganzen Sache gekommen sind. Ich meine, zur Beschäftigung mit alten Briefen. Und wie das mit ihrer Tätigkeit als Archäologe zusammengeht. – Womit verdienen Sie Ihren Unterhalt? Von Briefen wird man wohl nicht fett – oder werden Sie von Ihrer Frau ernährt?«
Heller schien erheitert: »Finden Sie nicht, dass das zu viele Fragen sind? Worauf wollen Sie eigentlich hinaus?«
Klein wehrte mit der Hand ab: »Kein Grund zu Misstrauen. Für mich ist wichtig, zu wissen, wie jemand tickt. Verstehe ich, was ihn antreibt, verstehe ich seine Motive. – Aber abgesehen davon interessiert es mich tatsächlich, weil das, was Sie machen, zum Beispiel Archäologie, nicht alltäglich ist.«
Heller gab ironisch zurück: »Jetzt fehlt nur noch, dass Sie von ihrem Kinderberufswunsch Archäologe anfangen, weil Indiana Jones Ihr Onkel ist?«
»Immer schön spitz und immer ein bisserl daneben. – War das nicht Ihre Charakteristik für Leute aus Franken?« Heller lachte: »Sehr gut – das war gut. Sehr witzig – zwei Franken verunglimpfen sich gegenseitig ...« Heller ließ den Rest des Satzes im Raum hängen. Unvermittelt stand er auf und ging zu der Wand gegenüber Klein und betrachtete die Fahndungsplakate.
Nachdem er sich umgedreht hatte, sah er Klein direkt an und sagte: »Ihr Interesse ist geheuchelt. Lassen Sie mich raten, Sie haben ein Ass im Ärmel, von dem Sie glauben, dass es sticht. Deshalb fangen Sie die Sache unverbindlich an, bis die Zeit für Ihren Angriff reif ist. – Ich verstehe das. Es macht mir nichts aus. Wahrscheinlich kann Ihresgleichen nicht anders. Aber Sie können sicher sein, dass Sie nicht gewinnen werden.«

»Oho, so sehen Sie das also, als etwas Persönliches?« Heller nickte entschieden: »Aber sicher. Es geht um meine Integrität und meine Person, die Sie beschuldigen, also nehme ich es auch persönlich, was sonst.«
»Und Sie sehen das als eine Art Wettstreit, wer am Ende gewinnt?« fragte Klein lauernd.
Heller wandte sich wieder den Plakaten zu: »Ich finde das passend und amüsant. Nehmen wir es als Spiel, als einen Wettkampf. Sie haben den ersten Zug vorgelegt und ich lasse mich darauf ein. Sie wollen also wissen, wie das zusammengeht? – Ich kann Ihnen natürlich keine druckreife wissenschaftstheoretische Abhandlung bieten, denke aber, dass Archäologie, Postgeschichte und Kriminologie mit Sachargumenten arbeiten, die aus der Betrachtung und Analyse von Gegenständen gewonnen werden.«
»Ich verstehe«, sagte Klein, »Sie haben die Akten im Archiv und überprüfen sie an Briefen. Wir haben die Aussagen von Zeugen und Betroffenen. Und wie steht es mit der Archäologie?«
»Da ist es, glaube ich, etwas komplizierter. Wir finden zwar viele Gegenstände, wissen aber oft nicht viel damit anzufangen und kommen, vor allem in der Vorgeschichte, nicht weit über Datierungsversuche hinaus. Alle drei Bereiche arbeiten also hauptsächlich empirisch, im Gegensatz zu Historikern, die ihre Erkenntnis alleine aus der Analyse von Texten beziehen.«
»Sie versuchen also«, warf Klein ein, »die historische Situation anhand von Gegenständen zu erklären?«
»Nicht nur. Uns interessiert auch, und da sind wir den Kriminologen ähnlich, mit welcher Taktik Menschen vorgehen, um eine Situation zu beeinflussen.«
»Nicht zu vergessen die Frage nach den Motiven, die Menschen antreiben«, warf Klein ein. – »Auffallend finde ich aber Ihr gespanntes Verhältnis zu Historikern, das sich auch bei Ihrem Vortrag im Archiv gezeigt hat.«
»Das kommt wohl daher, dass sie verärgert sind, weil ich oft Witze über ihre philologische Textkritik mache.«
»Über was für ein Ding, bitte?«

»Naja, ich kritisiere damit, überspitzt gesagt, dass Historiker Texte zum 97sten Mal durchpflügen, um irgendeinen Interpretationsunterschied zu den 96 anderen zu finden. Ihr dürftiges Ergebnis, fassbar in zwei Sätzen, wird vorneweg mit 20 Seiten Kontextualisierung und Systematisierung im Lichte bereits vorliegender Forschungsarbeit und hintennach mit 20 Seiten wissenschaftlichem Apparat, als tolle Erkenntnis verkauft. Pardon, nicht verkauft, weil diese Herrschaften ohnehin nur Bibliotheksexemplare produzieren.«
Klein unterbrach: »Solche Sätze äußern Sie dann auch gegenüber Historikern, nehme ich an.«
»Ja, deshalb mögen sie mich nicht besonders, wie Sie anlässlich des Vortrags miterleben durften.«
»Ich fand Ihr Thema sehr speziell und bin etwas eingenickt. Deshalb habe ich nicht alles mitbekommen und verstanden.«
»Verstanden haben die anderen auch nichts.«
»Das stimmt nicht«, gab Klein zu bedenken, »denn es war zwar zu merken, dass Sie einigen Leuten auf die Füße getreten waren, aber, wenn es Sie tröstet, habe ich von hinten deutlich mitbekommen, dass die Front gegen Sie nicht geschlossen war. Es gab andere, die Ihren Vortrag hören wollten und über den Abbruch enttäuscht waren.«
»Sie meinen also, ich hätte weitermachen sollen.«
»Das kann ich nicht beurteilen, weil ich den Vorlauf nicht kenne. Doch souveräner wäre es gewesen. So sah es, entschuldigen Sie den Ausdruck, mehr nach einer beleidigten Diva aus.«
»Kam das so an?«
»Bei mir schon.«
»Dann habe ich emotional einen Fehler gemacht, aber ich bin ungeduldig, denn ich plädiere seit Jahren für Sachargumente in der Geschichte. Aber die Historiker bringen es sogar fertig, archäologische Ergebnisse 200 Jahren lang konsequent zu ignorieren. Und ich denke, wenn wir akzeptieren, dass die wesentlichen Problemstellungen menschlichen Lebens über die Zeiten hinweg gleich bleiben, dann könnten wir aus den Strategien, die seit

Jahrhunderten für ihre Bewältigung ausprobiert wurden, etwas lernen. Im zielgerichteten Rückgriff auf das Musterbuch der Geschichte stellen sich heutige Problemstellungen oft als bereits mehrfach durchexerziert heraus.

Dann könnten wir statt der Rechts- und Verfassungsgeschichte der 50/60er Jahre und der Mode Sozialgeschichte seit den 70er Jahren und weiteren Moden, die ich gar nicht näher bezeichnen will, endlich eine Strategiegeschichte schreiben und dazu die Empirie als Methode zulassen.«

»Jetzt verstehe ich«, sagte Klein, »es geht ums Grundsätzliche zwischen Ihnen und den Historikern und deshalb diese gegenseitige Abneigung.«

Und nach einer kleinen Pause fuhr er fort: »Da Sie so auf Empirie stehen, kann ich Ihnen auch noch gleich einige von unseren empirischen Ergebnisse vorlegen. Und ich bin gespannt, was Sie von denen halten und welche Strategien Sie für derartige Problemstellungen parat haben.

Unser Labor hat nämlich zweifelsfrei ermittelt, dass Sie eine Reihe von DNA -Spuren im Auto des ermordeten Eddy hinterlassen haben und folglich unmittelbar an der Tat beteiligt waren.«

Heller antwortete spontan: »Das kann nicht sein, weil ich nie in seinem Auto war, nicht einmal weiß, welches Auto Eddy hatte.«

Klein ließ nicht locker: »Welche Bezüge hatten die Sitze?«

»Ich habe keine Ahnung, ich kenne das Auto nicht. – Ich frage mich, was Sie mit diesen Behauptungen beabsichtigen. Glauben Sie ernsthaft, dass Sie mich mit solchen Fantasiegeschichten reinlegen können?«

»Verehrter Herr Heller, da muss ich Sie enttäuschen. Keine Fantasie, sondern Wirklichkeit. Vor mir liegt ein zweiseitiger Bericht der Spurensicherung, der keinen Zweifel lässt!«

»Entschuldigung«, sagte Heller, »jetzt muss ich erst einmal nachdenken.«

»Sie können lange nachdenken, das ändert nichts an den Fakten.«

Heller drehte sich von der Wand mit den Fahndungsplakaten weg,

zwängte sich zwischen Schreibtisch und Wand hindurch, stellte sich ans Fenster und sagte in ruhigem Ton: »Sie wissen schon, dass Ihr Büro feucht ist und die Wand schimmelt.«
Klein beobachtete Heller, ohne etwas zu sagen.
»Also mal ganz langsam«, fing Heller an, »zunächst interessiert mich, woher Sie meine DNA zum Vergleich haben und dann interessiert mich, welche Art von DNA-Spuren Sie gefunden haben.«
Mit empört klingender Stimme antwortete Klein: »Ich werde mit Ihnen nicht Art und Inhalt der Ermittlungen diskutieren!«
»Dann dürfen Sie aber auch keine Antworten erwarten. Wenn Ihre Spurenlage nämlich hieb- und stichfest wäre, würden Sie gar nicht mit mir darüber reden. – Deshalb frage ich Sie, wo ist der Haken?«
»So geht das nicht«, entgegnete Klein, »hier sind die Sachargumente, wie Sie vorhin so schön gesagt haben, und basta.«
»Das ist jetzt aber albern«, warf Heller ein. »Daten sind nicht absolut. Man muss immer fragen, was sie bedeuten.«
»Unzweifelhaft ist, dass Sie in dem Auto waren, mit dem der tote Eddy Meier nach Etterzhausen transportiert wurde. Folglich sind Sie an der Tat beteiligt, wenn nicht gar der Mörder, was die weiteren Untersuchungen ergeben werden.«
Heller fragte ironisch: »Sind wir jetzt schon in der zweiten Runde unseres Spiels mit dem Titel: Einschüchterung?«
»Nennen Sie es, wie Sie wollen. Ich will endlich klare Antworten auf folgende Fragen: Wo waren Sie an den zwei Tagen vor der Begegnung in der Kapelle? Warum hat Eddy Meier Sie nach der Auktion angesprochen, was wollte er da?
Was hat es mit dem von Ihnen erwähnten blauen Päckchen auf sich?
Warum wollten Sie sich mit Eddy Meier in Etterzhausen treffen? Und schließlich; wie kommt Ihre DNA in sein Auto?«
Heller schaute weiterhin entspannt aus dem Fenster. Noch sah er sich in der Position, durch seine Antworten das Geschehen lenken zu können. Sorgen bereitete ihm die DNA-Analyse. Wie auch immer die Spuren in das Auto gekommen waren, er hatte

sie nicht hinterlassen. Aber wie jeder andere ging auch der Kommissar zuerst vom Offensichtlichen aus. Er musste zweigleisig fahren, Teilantworten geben und zugleich mehr über die ominösen Spuren herausbekommen. Er sagte also: »Gut. Ich zeige mich kooperativ.«

»Wird auch Zeit.«

»Aber nur unter der Bedingung ...«

»Sie sind nicht in der Position, Bedingungen zu stellen.«

»Und Sie haben keine knochenbrechenden Werkzeuge. – Also: Eddy sprach mich bei der Auktionskasse an und sagte in etwa: ›Kennen wir uns nicht?‹ Er spielte auf unsere gemeinsame Domspatzenvergangenheit an. Wenn ich mich recht erinnere, wollte er sich eigentlich nur unterhalten. Erst am Abend kam er dann ganz aufgeregt daher und wollte für seinen Kunden, der angeblich sehr unangenehm geworden war, ein Päckchen aus dem Auktionskonvolut, eingeschlagen in blaues Wachstuch.«

»Und was war in dem Päckchen drinnen?« fragte Klein ungeduldig.

»Das weiß ich leider auch nicht. Es war verschlossen und Eddy legte sehr großen Wert auf die unversehrten Siegel.«

»Welche Siegel?«

»Wachssiegel, an allen Enden des umgeschlagenen Wachstuches und auf den Kreuzungen der Schnüre. Wie eben Anfang des 19. Jahrhunderts üblich.«

»Ach so, ja richtig, 19. Jahrhundert. – Das ist aber sehr komisch. Sie geben etwas aus der Hand, dessen Inhalt Sie nicht kennen und wofür Sie viel Geld bezahlt haben. Einfach so?«

»Leider. Es war wie ein Überfall. Ich kam gar nicht zur Besinnung. Fragen Sie meine Frau, die war dabei.«

»Das werde ich tun. Gut, lassen wir das zunächst. Wie kam es dann zur Begegnung in Etterzhausen?«

»Nicht so schnell, mein Herr«, sagte Heller mit einer kurzen ironischen Verbeugung vom Fenster her, wobei ihm bewusst war, dass Klein gegen das Licht schauen musste. »Ich wüsste gerne, welche Art von DNA Sie gefunden haben.«

»Wieso Art, was meinen Sie?«
»Ob es sich um Haare, Haut, Nägel, Spucke oder um was weiß ich handelt."
Klein blätterte in seinen Unterlagen: »Um Haare, ausschließlich um graue bzw. grauweiße Haare. Davon haben Sie ja genug.«
»Und Fingerabdrücke, wie sieht es damit aus?« bohrte Heller nach.
»Fingerabdrücke von Ihnen sind in der Kapelle jede Menge gefunden worden, an der Türe, am Geländer, am Altarstein und so weiter. Im Auto waren, soviel ich weiß, keine Fingerabdrücke von Ihnen.«
Heller sah wieder auf den Minoritenweg. Es hatte zu regnen begonnen. Heller verfolgte die Reifenspuren der Autos auf der feuchten Straße. Spuren sind Sachbeweise. Man kann sie unbeabsichtigt hinterlassen wie ein Wild im Wald, oder er in der Kapelle. Sie konnten aber auch gelegt werden. Er sinnierte kurz und sagte dann leise, wie zu sich selbst, aber mit deutlicher Betonung auf einzelne Worte: »Ich hatte also recht. Sie haben sich hinterlistig DNA-Proben und Fingerabdrücke von mir beschafft. Sie erwarten von mir Offenheit und Kooperation, lassen aber selbst jeden Anstand vermissen.«
»Entschuldigung. Ich habe keine Zeit für Spielchen und sentimentale Rücksichten, sondern einen Fall zu lösen. Ihre DNA habe ich von Ihrem Taschentuch im Café und Ihre Fingerabdrücke haben wir aus einer Untersuchung gegen Sie vor 25 Jahren.«
»Stimmt, daran habe ich mich gar nicht mehr erinnert. Trotzdem, mit allem schuldigen Respekt Herr Kommissar, Sie sind, wie König Max Joseph in so einem Fall zu sagen pflegte, ein hinterlistiger Saukerl.« Klein verzog keine Miene, sondern gab nur trocken zurück: »In welchem Stadium des Spiels befinden Sie sich gerade? Bei der Überschrift ›sinnlose Beleidigung?‹ Versuchen wir es doch einfach gemeinsam und lassen die Animositäten beiseite.«
Heller grinste, zwängte sich am Schreibtisch vorbei, setzte sich auf den Holzstuhl und schlug die Beine übereinander: »Nennen

wir es misstrauische Kooperation. Sie antworten auf meine Fragen und ich auf Ihre, einverstanden?«
Klein sagte nichts. Er wollte eine normale, seinen Gewohnheiten und Methoden entsprechende Befragung und keine Winkelzüge oder Spielchen. Wenn Heller unbedingt wollte, sollte er seinen Willen haben. Er konnte immer noch entscheidende Details auslassen und für sich behalten. Mal sehen, was dabei herauskam.
»Gut, dann fange also ich an«, sagte Heller, »ein Alibi für die beiden Tage habe ich, denn ich war den ganzen Tag im Archiv. Sie können dort beim Pförtner die Einträge überprüfen, dann sind die auch einmal zu etwas nütze, hoffe ich.«
Der Kommissar schüttelte den Kopf: »Ich habe gesehen, dass der Pförtner keine Einträge über Mittag macht. Sie konnten also das Archiv von elf bis drei Uhr verlassen haben, ohne dass der Pförtner irgendeine Notiz macht.«
Heller lachte: »Da haben Sie recht. Der ist ein rechter Dödel. Aber ich finde sicher noch Zeugen für diesen Zeitraum.«
Klein beugte sich nach vorne und fragte: »Was war in dem blauen Päckchen? Und warum trafen Sie Eddy Meier in Etterzhausen?«
»Die erste Frage habe ich bereits beantwortet. Ich weiß es nicht. – Habe nur eine vage Ahnung. – Wenn ich jetzt so darüber nachdenke, könnte es einen Zusammenhang zwischen dem Paket und den Briefen geben, die Eddy für seinen Kunden haben wollte. Einer dieser Briefe enthielt den Codeschlüssel für das Manuskript Offners aus dem Archiv. Aber Offner behauptet darin, kompromittierende Briefe des Kronprinzen an seine Schwester Amalie im Original zu besitzen. Die hab ich noch nicht gefunden, oder sie sind woanders versteckt. Der Kunde Eddys wird jedenfalls glauben, dass ich sie habe. Vielleicht befanden sie sich aber auch in dem blauen Paket.«
Klein unterbrach nicht, weil er Heller nicht aus dem Konzept bringen wollte. Der redete weiter, mehr zu sich selbst: »Eddy wollte die Briefe Offners haben, und dafür zahlen. Dahinter musste derselbe Interessent stecken. Paket und Briefe gehören also zusammen.«

Klein konnte nicht mehr an sich halten: »Wer ist Offner und um welche Briefe geht es, wieso bezahlen?«
Heller wehrte ihn mit einer ungeduldigen Handbewegung ab und redete weiter: »Ich bekomme das schon zusammen. Hören Sie einfach zu, ich muss nachdenken. – Warum hat man Eddy umgebracht, bevor er die Briefe besorgen konnte? Hat der Kunde Eddy nicht mehr vertraut und will die Sache nun selber in die Hand nehmen, dann wird er das Zeug bei mir holen und dabei nicht zimperlich sein.«
Klein spürte, wie ihm die Situation entglitt. Der Kerl redete unverständliches Zeug vor sich hin und wurde zusehends nervöser; er wusste nicht, um was es ging: »Jetzt sagen Sie endlich, was los ist. Ich habe auch nicht ewig Zeit für Ihre Selbstgespräche.«
Heller sah Klein an, seine Augen waren eng geworden. Eine Falte vom linken Auge bis hinunter zum Mundwinkel zeichnete sich deutlich ab und die Unterlippe vibrierte. »Halten Sie doch Ihren Mund! Ich muss unbedingt nach Hause, sofort. Die wissen jetzt, dass ich den Code und das Manuskript habe. So ein Mist! Wie konnte ich so dumm sein und das übersehen! Hoffentlich ist der Artikel noch nicht erschienen. Ich muss alles wegbringen und Anna warnen. – So ein elendiger Mist!«
Klein nahm die Veränderung mit Erstaunen wahr. Heller hatte Angst. Das war kein Spiel, keine Schauspielerei, das war Ernst. Er musste aber erfahren, was los war, denn das Selbstgespräch Hellers war für seine Ermittlungen offensichtlich wesentlich:
»Sie bleiben jetzt ganz ruhig sitzen«, sagte er langsam, jedes Wort betonend – »und überlegen sich, wen Sie anrufen müssen. Hektik und aufgeregte Autofahrt sind das Letzte, was hilft. – Jetzt hören Sie erst einmal mir zu.«
Heller nickte, rieb seine Handflächen an der Hose ab, rutschte am Stuhl aufgeregt herum und schob die Füße hin und her.
Klein sagte in ruhigem Ton: »Es war doch gut, Sie etwas unter Druck zu setzen. Das hat Sie anscheinend zu aufschlussreichen Gedanken geführt, die, wie ich annehme, für meine Ermittlungen wichtig sind.

Ich sage Ihnen jetzt, dass die Leute von der Spurensicherung Zweifel an den DNA-Spuren geäußert haben. Sie konzentrieren sich nämlich an solchen Stellen im Auto, wo jeder Ermittler sofort suchen würde, zum Beispiel an der Nackenstütze. Dagegen an solchen Stellen, wo sie ebenfalls sein müssten, wenn auch nicht so leicht auffindbar, ist gar nichts. Wir halten es daher nicht für ausgeschlossen, dass die Spuren gelegt wurden.
Sie hatten bereits selbst solche Vermutungen bezüglich der Wäschenummer geäußert. Und ich möchte, dass Sie mir jetzt alles erzählen, was Ihnen im Kopf herum geht, damit wäre Ihnen und mir geholfen und vorher überlegen wir gemeinsam, wen Sie anrufen, um ein Unglück, das Sie zu befürchten scheinen, abzuwenden.«

Heller erfuhr vom Verlag, dass der erste Teil der Artikelserie bereits ausgeliefert worden war. Damit erhöhte sich seine Nervosität erheblich. Er konnte kaum mehr vernünftig denken, weil immer die gleichen Gedanken pochend den Kopf blockierten: »Der Mörder von Eddy hat es nun auf mich abgesehen, weil er die restlichen Briefe und den Code haben will.«
Klein schrieb einige Notizen auf seinen Block, zog hier eine Verbindung und strich dort ein Wort heraus, dann sagte er zu Heller: »Wenn ich die Sache recht verstehe, geht es darum, dass Sie aus Briefen, die Sie in den Auktionskisten gefunden haben und aus Akten im Archiv einen Artikel geschrieben haben, der irgendwelchen Leuten nicht gefällt. Wie mir scheint, geht es dabei um politische oder gesellschaftliche Skandale aus dem 19. Jahrhundert. Verzeihen Sie, ich will das Material und Ihre Leistung nicht schmälern, aber glauben Sie ernsthaft, dass das heute jemanden interessiert?«
Heller nickte und sagte: »Genau das glaube ich, denn sonst würde Eddy noch leben.«
»Kann es denn nicht sein, dass Eddy aus einem Grund umgebracht wurde, der mit Ihren Briefen oder Ihrem Päckchen gar nichts zu tun hat.«

Heller schüttelte energisch den Kopf: »Daran hab ich natürlich auch zunächst gedacht, aber dagegen sprechen folgende Fakten: Eddy hatte einen Auftrag für diese Kisten und der Kunde war sehr wütend, dass er sie nicht bekommen hat. Er setzte Eddy stark unter Druck, so dass der bei mir erschien und das ominöse Päckchen, dessen Inhalt ich nicht kenne, haben wollte. Später verabredete er sich mit mir in Etterzhausen, um einige Briefe, eben diejenigen, die ich jetzt ausgewertet habe, zu erhalten. Dafür war insgesamt ein Preis von 3.000 Euro vereinbart.«

»Nicht schlecht«, kommentierte Klein. »Offensichtlich haben Sie die Briefe ja noch, aber kein Geld.«

Heller zuckte nur mit den Achseln und sagte dann: »Jedenfalls wurde Eddys Leiche an dem Ort abgelegt, wo er mit mir verabredet war und er trug meine Wäschenummer. Die einzig logische Folgerung daraus ist für mich, dass er wegen dieser Sache ermordet wurde.«

Klein tippte mit seinen Fingern auf die Schreibtischunterlage: »Naja, er wurde, sagt die Obduktion, gefoltert. Fragt sich nur, warum? – War die Information Ihrer beider Verabredung nur ein Abfallprodukt dieser Befragung oder das Ziel, und was wollte man eigentlich in Erfahrung bringen? Hatte er das Päckchen versteckt und wollte aus seinem Kunden Geld erpressen?«

»Wir werden«, sagte Heller, »es nicht mehr in Erfahrung bringen. Ich glaube aber, dass Eddy meine Wäschenummer nicht wusste und nicht verraten konnte, sondern dass diese Kenntnis über andere Verbindungen besorgt wurde und zwar nicht spontan, sondern vorbereitet. Deshalb meine Nervosität: Der Mord war geplant. Gefoltert wurde Eddy wegen dem Verbleib des Päckchens, das er vielleicht sogar geöffnet hatte, und er wurde in Etterzhausen abgelegt, um mich damit zu belasten.«

»Und die Polizei übersieht dann diese Spur«, sagte selbstironisch Klein.

»Anders! Die DNA-Spuren und meine Anwesenheit in der Kapelle waren für die Polizei arrangiert, dagegen war die Wäschenummer nur für mich bestimmt.«

»Und wozu?«
»Ich weiß es nicht.«
Klein schaute vor sich hin und sagte nach einer Pause: »Ich weiß nur, dass diese komische Wäschenummer bei Ihnen eine durchschlagende Wirkung hatte, und vielleicht war genau das die Absicht: Einschüchterung. Jemand will Ihnen zeigen, dass er alles, auch unzugängliche Details, über Sie weiß.«
»Das mag alles sein«, sagte Heller, »ich fühle mich irgendwie total erschlagen und wehrlos und möchte am liebsten nach Hause.«
Klein entgegnete: »Sie trinken erst eine Tasse Tee und essen eine Kleinigkeit mit mir in der Kantine. Beim Essen fällt mir immer etwas ein.«

In der Kantine saß um diese Zeit sonst niemand. Sie setzen sich einander gegenüber. Heller rührte etwas braunen Zucker in seinen Pfefferminztee und Klein aß einen Vanillekrapfen. Er schluckte den ersten Bissen hastig hinunter, verschluckte sich und hustete.
»Ich werde den Gedanken nicht los«, sagte Klein kauend, »dass es noch um etwas anderes geht. Die historischen Skandälchen sind mir zu wenig. – Es wurde mit dem Material ein Nerv berührt, den wir nicht verstehen, von dem wir nur sehen, dass dieser Nerv stimuliert ist und reagiert. – Herr Heller, denken Sie noch einmal nach, was könnte sonst noch Spannendes in den Kisten sein?«
Heller lachte rau: »Rechnungsbücher vielleicht, oder haufenweise Schuldscheine eines lebenslustigen Grafen? – Das Problem ist, dass die Kisten vermutlich nicht in ihrer ursprünglichen Zusammensetzung in die Auktion eingeliefert, sondern mit anderen Beständen gemischt wurden, denn ich kann mir nicht vorstellen, dass Briefe, die aus dem Schwarzen Kabinett der bayerischen Briefüberwachung stammen und langweilige Familienkorrespondenz und anderer Adelskram aus derselben Quelle stammen.«
»Sie haben«, fragte Klein nachdenklich, »auch die Inhalte der Familienbriefe und der Rechnungsbücher gelesen?«
»Natürlich nicht. Das ist sicher fades Gejammere über Liebe, Neid, Hass und Tod. Immer das Gleiche.«

»Sind Sie da ganz sicher?«
Gereizt antwortete Heller: »Klar bin ich sicher, sonst hätte ich es ja gelesen.«
»Mit andern Worten, Sie haben betriebsblind ausschließlich die postalischen Flächen der Briefe beachtet und nur diejenigen Inhalte gelesen, die aus dem Schwarzen Kabinett stammen.«
»Ja, so ist es.«
Klein grinste süffisant und sagte in ironischem Ton: »Sie machen also genau das, was Sie andern vorwerfen, nur umgekehrt. Stur auf die Postbezüge schauen und alles andere ignorieren! Auch nicht so toll, oder?«
»Kann schon sein«, wehrte Heller ab, schwieg dann aber nachdenklich.

»Also ich glaube«, sagte Klein einlenkend, »Sie fahren jetzt nach Hause, schaffen die ominösen Briefe aus dem Haus und sichten einmal in Ruhe, was sonst noch in Ihren Kisten schlummert. Und ich würde mir jetzt weiter keine Gedanken machen, denn wegen kleinkarierter Skandalgeschichten wird niemand zum Massenmörder, sondern nur wenn es um klassische Motive wie Neid, Gier, Geld und Macht geht.«
»Gut«, sagte schließlich Heller, »ich bin da nicht Ihrer Ansicht, kann aber jetzt auch nicht viel dagegen einwenden. Ich fahre jetzt nach Hause. Vielleicht haben Sie recht und es passiert gar nichts. – Wir werden sehen.«
Klein nickte: »Sie wissen, ich gehe morgen in Urlaub, aber nur für eine Woche, weil so viele unerledigte Fälle daliegen. Den Resturlaub nehme ich demnächst irgendwann. Also, in acht Tagen bin ich wieder da.«

Verona destra, den 26. Februar 1806

*Hochzuverehrender Herr von Aretin.*
*Sie werden bereits ungeduldig auf meine Zeilen warten. Was ich während der Reise von Lindau nach Mailand an Beobachtungen gesammelt habe, gab ich dem retourfahrenden Mailänder Boten mit und er wird Ihnen in Bälde zukommen. Einige Notizen über diese Botenanstalt, die ich mir von dem Postmeister, Hannibal Sturm, in Feldkirch verschaffen konnte, trage ich hier nach. Ich zweifle an der Verlässlichkeit seiner Auskünfte, sie wären daher an Briefen nachzuprüfen. Mein Vater in Augsburg wird Ihnen gewiss derlei Briefe vorlegen können, da er und seine Freunde viel mit Chur handeln.*
*»Die Anzahl der Briefe von Chur für Feldkirch belaufen sich im Durchschnitt auf 18 bis 24 Stück. Von Italien kommt selten einer vor. Die weitergehenden von Chur und Italien belaufen sich auf 36 bis 48 Stück, indem die Boten hier abgeben, was ihnen beliebt. Die Briefe, die von Chur und Italien weiterspediert werden, welche der Mailänder Bote überbringt, werden ersterem mit 4, die letzteren aber mit 8 kr. Auslag weiterspediert und verrechnet; zum Beispiel ein Brief vom Mailänder Boten von Chur nach Augsburg wird mit 4 kr Auslage und 8 kr Porto antaxiert. Von Italien 8 kr Auslage und 8 kr Porto.«*

Die Gebührenvermerke auf diesem Brief aus Chur entsprechen den Angaben: 4 kr Auslage und 8 kr Porto ergeben 12 kr, die links oben angeschrieben sind. Die beiden Ziffern 4 und 8 sind in Augsburg bei ihrer Addition abgestrichen worden. Bleibt die Frage, warum der Brief erst in Feldkirch gestempelt wurde.

*Bei meiner Ankunft in Verona suchte ich zunächst vergebens nach dem Postamt. Da hier die Boten und Kurse aus allen vier Richtungen zusammenkommen, dachte ich, müsste sich hier ein blühendes und sehr aktives Postamt befinden. Alleine, es gab nichts derartiges. Am Piazza delle Erbe wurde mir ein Wirtshaus gezeigt, in dem sich die Corrieri treffen, ihre Briefpakete austauschen und sich gegenseitig Rechnung stellen. Diese Verhältnisse gehen zurück auf die heillose Besatzung der französischen Truppen im Jahre 1796, die alle venezianischen Institutionen auflösten. Als im Jahr 1801 die Stadt geteilt wurde, nahmen die Franzosen sich das rechte Ufer der Etsch mit der alten Stadt und die Österreicher erhielten das linke, wirtschaftlich unbedeutende Ufer. Seit dem Jahre 1805 ist Verona zum Königreich Italien gehörig.*
*Ein Veroneser Kaufmann besorgt hier im Wirtshaus die von und nach Deutschland gehende Korrespondenz und erhält dafür von dem Oberhofpostamt zu Innsbruck quartaliter 15 Gulden und 1/10 pro labore. Ich halte diesen Zustand nicht für tragbar, weil er dem Unterschleif Tür und Tor öffnet und dem Staat seine Einnahmen entzieht.*
*Bei einem Gang durch Verona destra sah ich die Reste des römischen Triumphbogens verstreut herumliegen, den die Franzosen im letzten Jahr abgerissen haben. Eine Tat, die sich meinem Verständnis ganz und gar entzieht und mich nichts Gutes erwarten lässt, wenn die französische Armee das südliche Tirol verlässt. Hier haben sie das weithin gerühmte Museo Lapidario Maffeiano, diese ehrwürdige Stätte antiker Merkwürdigkeiten, wie sie einzig in Europa ist, geplündert.*

*Nach den letzten Kriegsvorfällen hat der Handelsstand von Verona mehrfach darum gebeten, den Postwagen wie ehedem wieder von Augsburg nach Verona laufen und nicht in Rovereto umkehren zu lassen.*
*Nun hat sich selbst der Vorsteher der Compagnie der Corrieri zu Venedig, welche die auswärtigen Posten in den venezianischen Staaten in Besitz hat, mit einer offiziellen Zuschrift diesbezüglich an mich gewandt. Ich werde mit Herrn Postverwalter Panzoldo in Rovereto darüber sprechen und Ihnen das Ergebnis berichten.*

*Ich konzentriere mich indes ganz auf Tirol, das eigentliche Ziel dieser Reise.*
*Die Corrieri, die von hier nach Trient und Bozen gehen, waren sehr freigiebig mit ihren Auskünften und berichteten übereinstimmend, dass es in den letzten Wochen sehr ruhig war und nicht einmal französische Durchmärsche zu sehen waren. Allerdings sind die Dörfer und Städtchen mit Italienern angefüllt, die der Rekrutierung entlaufen und in Welschtirol eine sichere Zuflucht finden. Da die Seidenarbeit dem Ackerbau so viele arbeitende Hände entzieht, nimmt man diese Flüchtlinge, die meist Ackerleute sind, sehr gerne auf.*
*Die Stimmung im Land ist nach wie vor habsburgisch. So hat die geplante Herabsetzung der österreichischen Bancozettel, die bereits in aller Munde ist, Missmut erzeugt. Aber das Murren wird sich ebenso geschwind verlieren wie die österreichische Währung. Zu einer allgemeinen Unzufriedenheit ist bisher tatsächlich wenig Stoff vorhanden, weil alles noch so ziemlich seinen alten Gang geht und weder eine Abänderung in der Landesverfassung noch eine Erhöhung der Abgaben, viel weniger eine Rekruten-Aushebung erfolgt ist. Übrigens betragen sich auch die wenigen in Tirol stehenden bayerischen Truppen, wie ich allenthalben vernehme, ganz unklagbar. Hoffen wir auf einen reibungslosen Übergang.*
*Ich werde Ihnen wieder schreiben, wenn ich in Rovereto angekommen sein werde.      Mit Vorzüglicher Hochachtung*

Lippe erhält am 28. Februar in dem Wirtshaus am Piazza delle Erbe je einen Brief von seinem Vater und einen von Schedel ausgehändigt. Letzterer freut ihn ganz besonders, zeigt er doch, dass ihn seine Hoffnung auf eine freundschaftliche Zusammenarbeit mit diesem klugen und umsichtigen Mann nicht trog. Schedel schreibt von Innsbruck aus, wo er die Stockung der italienischen Briefe untersuchen und das dortige Oberhofpostamt inspizieren soll:
*»Bei meiner Ankunft in Innsbruck begab ich mich gleich auf das Oberhofpostamt und erschien dort eben in dem Augenblick, wo die italienische Post ankam, aber nur ein Paket aus Trient und von anderen Tiroler Postämtern brachte, dagegen aus Italien keinen einzigen Brief. ... Zu meiner größten Verwunderung musste ich erfahren, dass in Verona, wo der Hauptzusammenfluss aller italienischen Corrieri ist, gar kein Postamt bestehe.«*
*Lippe schmunzelte, weil sich sein Freund, genauso wie er, über diese Schlamperei wunderte. Die folgenden Zeilen bewiesen Lippe allerdings, dass Unfähigkeit kein Privileg der Italiener war:*
*»Ich sah, dass sich das Oberhofpostamt in Innsbruck aus lauter mechanischen Menschen zusammensetzt, welche bestimmt und genau nur dasjenige, was vor ihnen liegt, bearbeiten, niemals aber sich bekümmern, was vor und neben ihnen vorgeht. Sie redeten viel hin und her aber nichts, was zur Sache passte und nur von weitem angewendet werden konnte.«*
*Lippe sieht auf die Uhr. Da die Post nach dem Norden frühestens in zwei Stunden abgehen wird, setzt er seine Antwort an Schedel bei einem Glas Rotwein auf, nachdem er es sich am Kamin des Wirtshauses bequem gemacht hat. Er beschreibt Schedel die Situation in Verona und teilt ihm seine Erfahrungen mit. Zugleich warnt er ihn aber davor, den Innsbruckern Ratschläge und Vorschriften zu erteilen. Sie werden, egal wie richtig und sinnvoll alles sein mag, es immer als ausländische Einmischung ablehnen.*

Vater Lippe belässt es in seinem Brief, der ein Empfehlungsschreiben für den Merkantilrat in Bozen enthält, bei einem kurzen

Gruß in dem er seinem Sohn einen Besuch im Hause Menz besonders ans Herz legt. Lippe ist dankbar für diese Unterstützung, hatte er doch bereits in Mailand mit Verwunderung die erstaunliche Wandlung seiner Gesprächspartner wahrgenommen, als er seine väterliche Empfehlung vorlegte.

(2. März 1806) Auf dem Weg nach Rovereto kommt er zu keiner Arbeit. Als die Nebel der Ebene hinter ihnen liegen, öffnet sich der Himmel und die Sonne strahlt, als wolle sie den Frühling aus seinem Versteck locken. Trotz Kälte setzt er sich zum Kutscher auf den Bock, eingehüllt in eine dicke Wolldecke, die nur unzureichend gegen den Fahrtwind schützt. Er muss einfach die stetig näher rückenden Berge fixieren, die bald immer höher zu beiden Seiten der Straße aufragen und ihre weißen Gipfel gegen das menschliche Treiben unverrückbar perpetuieren.
Nach Ala kommen sie am Nachmittag. Lippe erinnert sich, dass Aretin Informationen über die von Napoleon eingerichtete entmilitarisierte Zone hier im Süden benötigt. Während die Pakete auf einen anderen Wagen umgepackt werden, spricht Lippe den Postexpeditor darauf an. Der beginnt sogleich, in den übelsten Ausdrücken zu schimpfen.
Es geht bei dieser Zone nicht, wie Napoleon behauptet, darum, das Königreich Italien vor Angriffen aus bayerisch Tirol zu schützen, sondern es kommt den Italienern vor allem auf uneingeschränkte Herrschaft auf dem Gardasee an, damit kein, oder nur ihr Schmuggel darauf stattfindet. Und sie haben es auf die florierende Seidenzucht und vor allem auf das Holz aus Judikarien abgesehen, denn sie leiden daran sehr großen Mangel und müssen es jetzt nach dem Gewicht kaufen.
Ala gehört ebenfalls in diese entmilitarisierte Zone. Keiner weiß dort, wohin er seine Abgaben und Zölle zahlen soll, denn es gibt keinen Landesherrn. Deshalb ist aber auch der Handel in den Norden wie in den Süden unterbrochen und das Elend breitet sich umso mehr aus, je länger dieser Zustand anhält. Über die Kommunikation mit dem Judikarien könne aber Panzoldo in

Rovereto trefflichere Auskünfte geben, weil die Verbindung nach Torbole und Riva von dort aus stattfinde. Lippe macht sich eifrig Notizen.
Ob er Judikarien kenne, fragt der Expeditor? Und als Lippe verneint, breitet dieser seine umfassenden statistisch-topographischen Kenntnisse aus, so dass Lippe den Eindruck gewinnt, er kenne jede Kuh und Ziege persönlich. Er sei, erzählt der Expeditor, als Kind mit seinem Vater regelmäßig über den See bis Desenzano gefahren. Sie schmuggelten Abfallseide und verkauften sie dort. Die erste Ware ging seit jeher an die Händler von Bozen und Rovereto. Schwelgend in Erinnerungen lädt er Lippe zu einem Becher Rotwein ein und lässt Speck bringen, den sein Vetter in Blumau bei Bozen produziert.

(3. März 1806) Für die Fahrt von Ala nach Rovereto findet Lippe in dem voll beladenen Postwagen einen ungepolsterten Platz zwischen zwei Offizieren. Obwohl die Fahrt nur drei und eine halbe Stunde dauert, schmerzen ihn der Rücken und sämtliche Glieder. Nach den schaurigen Geschichten über Postwagenfahrten, die er von den Handlungsreisenden seines Vaters kannte, darf er sich nun ein eigenes Bild machen.
Bisher war er offenbar verwöhnt worden, denn die Wagen der Fußacher entsprachen ganz den Bedürfnissen von Reisenden und die bequeme Kutsche zwischen Mailand und Verona hatten die gastfreundlichen und trinkfesten Mailänder Beamten für ihn organisiert.
Deshalb hielt er die Erlebnisse anderer für Schauermärchen, revidiert nun aber diese Meinung gründlich.
Reichlich wütend über einen Umwurf kurz vor Ala und wegen all der anderen Unbequemlichkeiten stellt Lippe am Abend den Kondukteur zur Rede. Der scheint solche Beschwerden gewohnt und reagiert unfreundlich. Als Lippe später vor dem Kamin in versöhnlichem Ton und unterstützt durch einen Krug Rotwein, das Thema gegenüber dem Kondukteur noch einmal zur Sprache bringt, kristallisiert sich das Hauptproblem heraus: Packwagen

sind stark gebaut, mit einem Eigengewicht von über 35 Zentnern und entsprechend harter Federung. Die Reisenden sitzen auf Holzbänken, und wer sich Kissen selbst mitbringt, muss sie nach der Gepäcktaxe bezahlen.
Die Wagen sind sehr langsam, und wenn die Ladung ungleich verteilt ist oder die angehängten Packkörbe in den Kurven schunkeln, wirft der Wagen leicht um. Ein Postwagen braucht hierzulande auf zwei Meilen[1] drei Stunden.
Es verwundert also nicht, wenn im ganzen letzten Jahr nur 25 Personen auf dieser Strecke mit der Post gefahren sind.

Lippe erinnert sich, dass Aretin ein Gesetz gegen die Lohnfuhrleute plant. Im Gegensatz zu Montgelas will er aber die unliebsame Konkurrenz nicht ganz verbieten, sondern ihnen nur den Pferde- und Wagenwechsel untersagen. Lippe glaubt indes nicht, dass damit Abhilfe zu schaffen ist. Man bringt die Leute nur durch bessere Angebote und billigere Preise auf die Postwagen.
Der Wein für den Kondukteur stellt sich als gute Investition heraus. Glücklich, endlich einen interessierten Zuhörer gefunden zu haben, ereifert der Kondukteur sich bei der Darlegung eines Lösungsvorschlags.
Durch die Trennung von Pack- und Reisewagen würde die Postverwaltung, verbunden mit den Vorteilen von Pünktlichkeit und Regelmäßigkeit, gegenüber allen privaten Lohnkutschern eine unschlagbare Konkurrenz abgeben.
In den Packwagen könne man weiterhin billige Mitfahrgelegenheiten anbieten, aber für die Handels- und Kaufleute brauche es leichte Wagen mit breiter Spur, mit elastischen Federn und weicher Polsterung. Wegen der schlechten Straßenverhältnisse sei zwar die englische Geschwindigkeit von zwei Meilen in der Stunde nicht zu erreichen, aber wenn man mit den neuen Reisewagen eine Meile in der Stunde erreichte, wäre viel gewonnen.

---

1 Eine bayerische Meile entspricht 7,414 km.

(4. März 1806) Postmeister Panzoldo in Rovereto, ein umgänglicher Mann, zeigt kein Interesse, als Lippe die Bitte der Veroneser Kaufleute zur Sprache bringt, den Postwagen nach Verona durchfahren zu lassen. Panzoldo quittiert in einer Mischung aus Italienisch und Deutsch sinngemäß mit den Worten: »Das würde den Spitzbuben so passen. Mir jedesmal eine Vollreinigung und halbgebrochene Deichseln vor die Tür stellen und für Unfälle keine Haftung übernehmen. Das kommt gar nicht in Frage.« Dabei nimmt er Lippe bei der Hand und zieht ihn zum Poststall, deutet vielsagend auf einen ramponierten Wagen und sagt abfällig: »So ist der letzte Wagen von dort zurückgekommen und so steht er seit zwei Jahren herum. Niemand von denen fühlt sich verantwortlich. Und solange der Wagen nicht gerichtet ist, bleibt es wie es ist.«
Lippe hat ein Einsehen in den Verdruss des Postmeisters und lässt sich zu Allgemeinplätzen über italienische Lebensweise herab, die Panzoldo wohlwollend aufnimmt. Aber Lippe versteht nicht recht, warum Panzoldo, unverkennbar selbst Italiener, so über seine Landsleute richtet. Er fragt sich, wo hier in Tirol eigentlich Italien beginnt? Welche Art von Grenzen sind hier bestimmend, natürliche geographische, sprachliche, politische oder kulturelle Grenzen? Ist jeder italienisch Sprechende ein Italiener? Und welche Sprache ist die Italienische?
Lippe war selbst noch zu keinem Urteil in diesen Fragen gekommen. Er hatte lediglich Veränderungen registriert, die sich gerade zwischen Ala und Rovereto eigentümlich manifestierten.
Von Verona kommend nahm die Zahl der Häuser ohne Fensterläden zu. Scheinbar eine unbedeutende Äußerlichkeit, reimte sich Lippe doch daraus einen signifikanten Unterschied in der Lebensweise zusammen. Und je weiter er nach Norden kam, desto öfter sah er in den Gasthöfen junge Frauen die Gäste bedienen, sich selbstbewusst gegen hechelnde Männer aus dem Süden zur Wehr setzend. In Mailand und Verona hatten immer nur Männer oder ältere Frauen bedient.

Lippe hat auf seiner Reise gegenüber Einheimischen gelegentlich Unterschiede zwischen Bayern und Italien angesprochen und dann einen Nationalstolz erlebt, der nicht auf einem Staat, einem Volk, sondern mehr auf einem unbestimmten Gefühl anderer Lebensart zu basieren schien. Kam er aber auf Unterschiede in den Regionen zu sprechen, betonten seine Gesprächspartner mit denselben glühenden Augen und reicher Gestik, wie wenig ein Mailänder mit einem Veroneser oder gar Venezianer gemein habe. Fragen nach den Gründen für solche Abgrenzungen endeten regelmäßig im wortreich Nebulösen.
Lippe, aufgewachsen in der Klarheit militärischer und kaufmännischer Begrifflichkeit, neigte in solchen Momenten zu abfälligen Bemerkungen, weil er glaubte, dass eng definierte Begriffe mehr Wahrheit enthielten als vage Gefühle. Aber er mäßigte sich zunehmend, denn der Anschein, der sich ihm bot, konnte unmöglich dem Charakter dieser Menschen entsprechen. Seine Aufgabe besteht nicht in der Abgabe persönlicher Urteile, sondern in der Suche nach einem verständnisvollen Miteinander, basierend auf unvoreingenommenen Beobachtungen und differenzierten Lagebeschreibungen.

Dessen eingedenk wendet er sich in seinem Gespräch mit Panzoldo den Themen zu, von denen er kenntnisreiche Auskünfte erwarten darf. Gefasst auf eine Emotionswallung wie in Ala, erkundigt er sich nach der Lage in Judikarien lässt aber einfließen, dass er von der Existenz der entmilitarisierten Zone weiß. Ihm gehe es vor allem um die Posteinrichtungen in dem Gebiet.
Panzoldo gibt denn auch erschöpfend Auskunft:
In dem gesamten Bereich von Riva und westlich davon gab es nie eine Postanstalt. In Riva bestand früher lediglich eine Briefsammlung. Deshalb wurden schon frühzeitig zwei Postboten aufgestellt, fest besoldet und vertraglich gebunden. Beide Briefträger gingen von jeher einmal wöchentlich in entgegengesetzter Richtung den ganzen Weg durch Judikarien. Sie nahmen in Riva die Sendungen auf und gaben die eingesammelten dort ab.

Die Beförderung der Dienstbriefe erfolgte unentgeltlich und war durch das jährliche Fixum von 150 fl. abgegolten. Von Privatbriefen durfte 1 kr bei der Aufgabe bzw. Abgabe vom Boten erhoben werden. Über die Berechtigung, Briefe unterwegs mitzunehmen und auf dem Rundgang zu bestellen, waren keine Regelungen getroffen, sondern lediglich bestimmt, dass sich die Boten bei den Obrigkeiten zu Tione, Storo, Stenico und Lodrone einzufinden hatten.

Beschwerden des königlich italienischen Postamtes in Desenzano waren an der Tagesordnung und bezogen sich stets auf den regen Briefschmuggel italienischer Briefe über den See nach Torbole, wo sie als Tiroler Briefe aufgegeben wurden, um die italienischen Gebühren bis zur Tiroler Grenze zu sparen. Umgekehrt war der Briefschmuggel angeblich noch intensiver.
Lippe tut so, als habe er volles Verständnis für diese Machenschaften und steuert seinerseits Geschichten von Briefschmuggel und Umleitungen bei, die angeblich Thurn und Taxis über die Schweiz und neuerdings auch über Frankreich betreibt.
Panzoldo reagiert darauf zunächst misstrauisch und behauptet, er wisse davon nichts. Als Lippe ihm aber bei Wohlverhalten und Lieferung verwertbarer Informationen seine Fürsprache bei der Generaldirektion zum Erhalt seines Postens zusichert, beteuert Panzoldo, er wisse über die Verhältnisse der Taxis in der Schweiz nichts, habe aber gerüchteweise von einem seit vielen Jahren bestehenden Abkommen zwischen dem Hause Thurn und Taxis und Österreich gehört, nach dem Taxis gegen eine nicht unbedeutende Summe den gesamten Brennertransit für sich monopolisiert habe.

Außerdem wundert er sich über Briefe aus Trient, abgeschickt vom Handelshaus Salvadori, die ihren Weg nach Frankfurt über Frankreich nehmen. Lippe notiert sich den Namen des Handelshauses und bittet im nächsten Brief an seinen Vater um entsprechende Nachforschungen in Frankfurt.

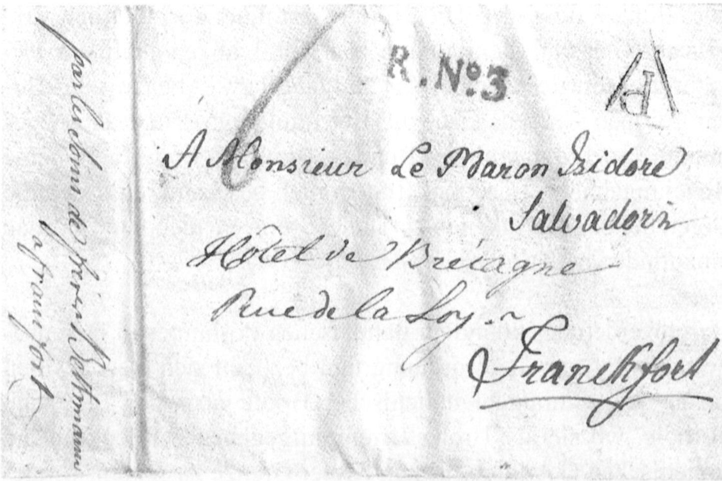


In Trento im April 1806 abgeschickt nach Frankfurt, wurde der Brief als Einschluss an einen Geschäftspartner nach Paris geschmuggelt, wo der typische Aufgabestempel »P« und, entsprechend dem Postvertrag zwischen Frankreich und Thurn und Taxis von 1801, der Abrechnungsstempel »R.N$^{O}$3« angebracht wurden. Da man in Frankfurt nicht wusste, wo Herr Salvadori abgestiegen war, ging der Brief an das Handelshaus Bethmann, wo das Hotel de Bretagne vermerkt wurde. Salvadori bezahlte lediglich sechs Batzen [= 24 kr rhein] in Frankfurt für einen gewöhnlichen französischen Brief.

(5./6. März 1806) Lippe bleibt noch weitere zwei Tage in Rovereto. Die Landschaft und vor allem die Lebensweise der Menschen nehmen ihn gefangen. Er findet keinen Namen für die Haltung der Menschen, die bei ihm Wohlbefinden, Ruhe und Gelassenheit erzeugt. Sein Vater hätte es als Laissez-faire getadelt. Es ist aber kein gleichmäßiges, überall gleiches Verhalten, vielmehr ein ähnlicher Summton, auf den sich alle verstehen und der den Süden vom Norden idealtypisch unterscheidet.
Lippe empfindet eine Sympathie für das Welsche, wohl wissend, dass er nicht so werden kann und weit davon entfernt ist, daraus

eine nachäffende Attitüde zu machen. Doch es besteht kein Zweifel – er wird als anderer Mensch nach Hause kommen. Dabei fehlt es ihm auch nicht an kritischer Distanz zu diesem Menschenschlag. Irritierend findet er ihre elegante Feigheit, sobald angesichts vieler Worte Taten eingefordert werden. Auch muten die Gespräche eher an wie ein thematisches Herumwabern, exaltiert, emphatisch ohne etwas Konkretes zu wollen.
Verwirrend findet er vor allem den Umgang mit den Gesetzen. Verbote schließen stets einen gewissen Grad an Übertretung mit ein. Dabei bleibt ihm der Punkt, von dem ab der Ernst beginnt, unklar. Scheinbar belanglose Regeln können zu strikten, unabweislichen Konsequenzen führen, während andere Regeln, absolut formuliert und mit harten Strafen ausgestattet, ohne Wirkung bleiben.

(7. März 1806) Lippe will am nächsten Tag weiterfahren bis Bozen, hat bereits sein Billet für den Platz in Fahrtrichtung gekauft und einen kleinen Obolus für zwei private Kissen erlegt, als der Prokurist von Tambosi[1] erscheint und ihm eine Einladung für den Abend überbringt.
Lippe ist erstaunt und weiß nicht, wie er dazu kommt. Aber der Prokurist, ein älterer Herr mit listigen, wachen Augen sagt lachend: »Sie werden sich nicht mehr erinnern, Signore Lippe. Ich hatte vor vielen Jahren, als ich bei Ihrem Herrn Vater das Handwerk des Kontors erlernte, das Vergnügen, mit Ihnen im Hof zwischen den Fuhrwerken Fangen spielen zu dürfen.«
Lippe schaut mit schräg gestelltem Kopf in das zunächst fremde Gesicht, geht einen Schritt zurück und hebt dann voll Freude die Arme: »Ah, Signore Podone, wie unerwartet und schön, Sie nach all den Jahren wiederzusehen. Von Ihnen lernte ich die ersten italienischen Sätze.«

---

1 Der größte Lederfabrikant in der Gegend mit 130 Beschäftigten und Geschäftsbeziehungen von Schweden bis nach Nordafrika.

»Und die ersten italienischen Flüche«, ergänzt der Prokurist, »als ich hörte, dass Sie hier abgestiegen sind, erzählte ich Herrn Tambosi davon, der sich sogleich zu dieser Einladung mit Ihnen und anderen Geschäftsfreunden entschloss. Wir waren nur im Zweifel, in welcher Eigenschaft Sie sich hier in Rovereto aufhalten, denn wenn es im Auftrage Ihres Vaters wäre, hätten Sie das Haus Tambosi ohne Zweifel längst aufgesucht.«
»Das ist sehr liebenswürdig von Ihnen, aber ich bin nur als kleiner bayerischerPostoffizial unterwegs, auf einer Art Inspektionsreise und habe gar nichts Passendes zum Anziehen. Meine Wäsche ist durch die lange Reise erkennbar in Mitleidenschaft gezogen.«
»Dann sind Sie bei uns ja genau richtig, Herr Lippe. Wo sonst, wenn nicht hier, vielleicht Mailand und Verona ausgenommen, können Sie sich angemessen einkleiden, mit den besten Stoffen Europas. So lassen wir Sie doch nicht zu Ihrem Herrn Vater zurückfahren. Es wird uns eine Freude sein, Sie quasi wie unser Werbebanner auszustatten. Kommen Sie einfach heute Abend, wie Sie sind. Ihre Maße sind schnell genommen und morgen früh ist alles zur Anprobe bereit.«

Lippe nimmt ein Bad mit getrockneten Kräutern, das herrlich duftet und ihn sehr angenehm erquickt. Die mittlerweile lang gewachsenen Haare nach hinten gebunden, zieht er sein Lederwams an, das die Reise noch am besten überstanden hat. Um den Kragen seines Leinenhemds schlingt er ein grünes Seidentuch, das er in Mailand erstanden hat.

Die Begrüßung durch den Hausherrn ist außerordentlich freundlich. Geschäftliche und persönliche Komplimente werden ausgetauscht, und noch ehe es zu Tisch geht, führt eine Hausmagd Lippe in das obere Stockwerk und nimmt ihm die Maße, legt ihm einige Stoffe vor und hilft ihm bei der Auswahl. Herr Podone kommt dazu, schilt die Magd, dass sie diesen Abfall wieder wegräumen solle und holt Stoffe aus einem hohen Eichenschrank, der nahezu die halbe Wand des Zimmers einnimmt. Lippe freut

sich auf sein neues Gewand, geht wieder nach unten in die große Halle und lässt sich einen prickelnden Spumante schmecken, den ihm die Dame des Hauses reicht.
Das Essen dauert über zwei Stunden und Lippe hat spürbar zu viel gegessen, nicht zuletzt genötigt durch den ständigen Zuspruch von Frau Tambosi. Als der Hausherr aufsteht, ist das Mahl sogleich beendet. Die Damen verlassen den Raum und die Männer stehen in Gruppen zusammen. Herr Tambosi reicht Lippe herum und spart dabei nicht mit Lob über die guten Beziehungen zu dessen Vater, so dass Lippe sich geniert.
Währenddessen bringt man süßes Gebäck und Lippe lässt sich alle Sorten genau erklären. Cantuccini, Panforte con Fichi e Noci und verschiedene Torrone, dazu gibt es Marsala, Bianco di Custoza Passito und Amaro.
Herr Tambosi verwickelt Lippe bald in ein Gespräch, zu dem sich andere dazugesellen, so dass ein kleiner Kreis um sie herum entsteht. Die Neugierde ist groß, weil viele sich die Gelegenheit nicht entgehen lassen wollen, mit einem Vertreter des neuen Landesherrn zu sprechen.
Als sie merken, dass er mit Gewissheit kein Spion oder Kundschafter ist, konzentrieren sich die Gespräche offenherzig und konkret auf seine Profession. Die Kaufleute wollen wissen, ob das bisherige Gebührensystem der Post geändert wird und wie die Preise und Schuldverhältnisse durch die bevorstehende Währungsreform beeinflusst werden.
Lippe muss gestehen, dass ihm in dieser Hinsicht noch gar keine Beschlüsse bekannt sind, ja in München noch nicht einmal entschieden ist, ob die Post in der bisherigen Form weitergeführt wird. Seine Aufgabe besteht in der Analyse des bestehenden Systems und der Zusammenstellung der verschiedenen Ansichten und Wünsche.
Die Diskurse, Vorschläge und Beschwerden über die vorherrschende Lage kommen von allen Seiten, so dass Lippe einen Schreiber verlangt, der die Notifikation übernimmt. Er bittet um Verständnis, wenn er lediglich vermerken aber nicht urteilen könne.

Etwas anderes haben die meisten auch gar nicht erwartet, sind aber sichtlich froh, Gehör für ihre Anliegen zu finden.

Der Bürgermeister von Rovereto drängt sich vor und sagt: »Anlässlich der Besitzergreifung durch Bayern am 1. Februar 1806 kam Graf Arco, ihr neuer Generalkommissar, eigens nach Trient und erklärte uns, er fühle sich als ›compatriotta‹ der Trientiner. Dabei wechseln unsere Herrschaften nahezu jährlich, was Gott im Falle der Bayern verhindern möge. Aber verstehen Sie, wir glauben nicht mehr an die Fürsorge unserer Landesherren. Die letzten fünf wollten uns alle nur auspressen.«
Lippe überlegt kurz, denn so ernst er einerseits die geäußerten Befürchtungen nehmen will, so wenig konkret sind sie formuliert. Deshalb weicht Lippe auf die Frage nach Details aus: »Verehrter Herr Bürgermeister, was hat sich denn seit dem 1. Februar geändert, das Anlass zur Beschwerde gibt?«
Der Angesprochene muss zugeben, dass außer bei Wappen und Titeln keine Änderungen in den Regierungs- und Verwaltungsformen vorkamen und auch die österreichischen Gesetze in Kraft geblieben sind.
Lippe sagt: »Ich habe großes Verständnis für Ihre Sorgen, aber befriedigen Sie meine Neugierde bitte. Mich interessiert, wie Sie Ihre Bereitschaft und die Ihrer Verwaltung einschätzen, den weiteren reibungslosen Ablauf der Geschäfte zu gewährleisten.«
»Sie fragen nach unserer Loyalität?«
Lippe weiß, dass dieses Thema für die gute Stimmung nicht ungefährlich ist, entschließt sich aber zur Bestätigung: »Nicht, dass ich Ihre Loyalität bezweifle, ich knüpfe nur an Ihre Bemerkung eines jährlichen Wechsels an und frage mich, wie Sie diese große Leistung fertigbringen wollen.«
Der Bürgermeister lacht und antwortet sichtlich entgegenkommender: »Sie sind ein kluger Mann Herr Lippe, indem Sie unsere Abnutzung als positive Leistung vorstellen. Ich will es so sagen: Ich bin als Untertan Österreichs geboren und habe der österreichischen Monarchie treu gedient, solange diese meine rechtmäßige

Herrschaft gewesen ist. Seit der Übergabe an Bayern durch einen gültigen Vertrag, diene ich diesem neuen Herrn mit gleichem Eifer und so, glaube ich, erfülle ich meine Pflicht.«

»Ich verstehe«, entgegnet Lippe, »aber würden Sie in gleicher Weise Ihre Pflicht auch gegenüber Italien erfüllen, wenn der Vizekönig ihr Landesherr werden sollte?«

Statt des Bürgermeisters antwortet vorlaut ein junger, gut gekleideter Mann: »Ich glaube nicht, dass Italien Interesse an dieser Gegend hat. Wissen Sie, dass sie uns das Dipartimento dell'Orso nennen, und das nicht nur im Scherz?«

Lippe versteht die Anspielung nicht und fragt: »Was bedeutet Orso?«

»Der Bär. Die Italiener haben Angst vor dem Land der Bären.«

Da denkt Lippe wieder an seine Frage wegen der Grenzen des Welschen und Deutschen, die man ihm hier vielleicht beantworten kann: »Wie ist das denn eigentlich, sind Sie nicht auch Italiener, hier im Süden Tirols?«

Der junge Mann antwortet: »Wir sprechen italienisch, aber Italien beginnt erst nach Ala.«

»Was für eine Art Grenze ist das?«, fragt Lippe, »Kann man die sehen, spüren, erkennen?«

Da mischt sich ein alter Herr ein, der bisher aufmerksam zugehört, aber geschwiegen hatte: »Was eine Grenze in den Boden gräbt, sind weder Gendarmen noch Zöllner noch Kanonen, sondern Gefühle und Leidenschaften. Jeder Mensch trägt Vorstellungen über Verlauf und Bedeutung bestimmter Grenzen in sich, die ihm als Teil der Wertvorstellungen und der sozialen Beziehungen, denen er entstammt, mit auf den Weg gegeben werden.«

»Gibt es dann keine klaren Grenzen?«

»Doch«, betont der alte Herr, »jedes Kind kann Ihnen sagen, wann es bei Salurn nach Italien geht, und gleichzeitig ist es ein komplexes Geflecht objektiv gegebener Herrschafts- und Kulturgrenzen, die überlagert werden von einer Vielzahl divergierender subjektiver Wahrnehmungs- und Deutungsmuster. ... Kennen Sie so etwas nicht auch in Bayern?«

Lippe nickt: »Ja, Ihre Sätze könnten treffender nicht sein, wenn ich an die Beziehung zwischen Nürnberg und München, oder an die Dorfstraßen im oberen Franken angrenzend an die Obere Pfalz denke, wo seit Jahrhunderten niemand auf die Idee käme, über diese Straße zu heiraten.«

Herr Tambosi schaltet sich wieder ein: »Wissen Sie Herr Lippe, wir sind mit unserer Situation zufrieden und finden sie nicht absonderlich. Wir sehen durchaus die Vor- und Nachteile unserer Gegend. Eigentlich wollen wir hier nur unseren Geschäften nachgehen. Dafür bezahlen wir, was der Landesherr für seine Kasse braucht, aber er darf uns keine ciurmaglia schicken…« Er zögert etwas, weil ihm das entsprechende deutsche Wort nicht sogleich einfällt. »Will sagen«, setzt er noch einmal an, »kein subalternes Gesindel, das ohne Interesse an dem Schicksal der Bevölkerung, nur auf seinen Vorteil bedacht ist.« Und um die Stimmung wieder etwas aufzuheitern, setzt der Bürgermeister hinzu: »Die Menschen, die zu uns kommen, sollen sich wohlfühlen in unserem wunderbaren Land, das neben seinen kulturellen und natürlichen Schätzen die besten Köche und Zuckerbäcker der Welt aufzuweisen hat.«
Lippe hebt mahnend einen Finger und entgegnet: »Da muss ich energisch widersprechen. Denn würde ich Ihnen zustimmen, dürfte ich gewiss nie mehr nach Graubünden einreisen, wo die Zuckerbäcker ähnliche Ansprüche erheben.«
Mit ernster Miene meint aber dann Herr Tambosi: »Die Bayern dürfen nicht glauben, dass es hier im italienischsprachigen Tirol viel Widerstand gegen die Maßnahmen Ihrer Regierung geben wird. Die Träger rebellischer Ideen sind vielmehr immer die ›Tirolesi tedeschi‹ gewesen, mit ihrem traditionellen Hass gegen die Bayern.«
Lippe spürt die Wirkung des Weins und sucht einen günstigen Moment, um sich ohne unangenehmes Aufsehen zu verabschieden. Zu seinem Erstaunen liegen bereits eine neue Hose und zwei Hemden für ihn bereit, die er anprobieren muss und als Gastgeschenk

mitnehmen darf. Gerührt von der Freundlichkeit, die man ihm entgegengebracht hat, verspricht er sein Wiederkommen.
Anderntags (9. März) weckt ihn die Wirtin kurz nach Sonnenaufgang. Sie stellt einen Krug kalten Wassers neben eine Schüssel auf die Kommode und fragt Lippe nach seinen Wünschen für das Frühstück.
Noch etwas müde, aber ohne unangenehme Nebenwirkungen des vergangenen Abends steht Lippe auf, wäscht sich und erscheint gut gelaunt in der Wirtsstube. Die Wirtin stammt aus der Lombardei und hat hier eingeheiratet. Während Lippe dem üppigen Frühstück zuspricht, erzählt sie Anekdoten von ihren Gästen, spart aber auch nicht mit bösen Worten über die französischen Soldaten, die ihr in den letzten Monaten viel Verdruss und Verlust gebracht haben.
Sie schimpft über Napoleon, den die Tiroler für den Antichrist halten. »Die Tiroler lassen sich ihre Religion nicht nehmen,« und die Bayern sollten sich vorsehen, mit der geplanten Aufhebung der Klöster. »Man mag die Bauern als abergläubisch und ungebildet ansehen, aber sie sind zu allem entschlossen, wenn es um die Kirche und ihre Heimat geht.«
Vom Nebentisch erhebt sich ein junger Mann und stellt sich an Lippes Tisch. Mit seiner festen Filzjacke und einer speckig schwarzbraunen Lederhose, die unter den Knien mit einem Riemen gebunden ist, macht er eine imposante Figur, wirkt aber zugleich schüchtern und verlegen. Er streicht sich über seinen Vollbart und sagt:
»Wenns amal wissen wolln, wie des Leben bei den Bergbauern in Tirol isch, dann lod ich se ein, zu uns z'kemman.«
Die Wirtin wehrt ab: »Lass gut sein, Thomas!«, aber Lippe hält sie am Arm zurück: »Schon gut, morgen werde ich auch noch einen Wagen finden, der mich nach Bozen mitnimmt. Ich glaube der junge Mann hat recht, ich muss schon auch verstehen, was man da droben denkt.«
Der junge Mann lacht: »Jaja, mit dem da oben hats auch was zem tun.«

Wie sich im weiteren Gespräch herausstellt, ist Thomas mit einer Delegation von Tirolern gerade aus München zurückgekehrt, wo sie ihre Bitten dem neuen Landesherrn vorgetragen haben.
Sie verabreden sich für die nächste Stunde.
Lippe fragt die Wirtin, ob er noch eine Nacht bleiben kann. Die scheint erfreut und sagt: »Gehn's nur zu, lassen's ihr Sach liegen, ich räum dann schon auf.«

Sie brechen sogleich auf. Lippe hat unter seinem Lederrock noch zwei dicke Joppen angezogen. Thomas lädt sich einen Rucksack auf, so nehmen sie die Straße aus der Stadt hinaus, bis links ein schmaler, mäßig ansteigender Pfad abzweigt, der an einem Hof vorbeiführt und am Holzzaun einer Weide endet.
Thomas öffnet das Holzgatter und sie betreten einen Weg, der über die weichen, grasbewachsenen Hänge steil hinaufführt. Unterwegs müssen sie mehrmals rasten, weil Lippe das Tempo nur mit Mühe mithalten kann. Das lange Krankenlager nach seiner Verletzung macht sich bemerkbar. Trotzdem empfindet er den Aufstieg nicht als lästige Mühe, sondern bleibt vielmehr immer wieder stehen, schaut bewundernd in die Bergwelt, die sich unnahbar gibt und ihm zugleich das Gefühl vermittelt, in eine Sphäre einzutreten, in der Zeit und Ereignisse auf andere, höhere Maßstäbe treffen.
Thomas zeigt nach oben, wo in der Ferne ein Bergbauernhof sichtbar wird und erklärt, dass der Gummererhof, zu dem sie gehen, ein ungeteilter »geschlossener Hof« sei. Ein Begriff, der, auf germanischem Recht basierend, auf ein Dekret der Kaiserin Maria Theresia von 1770 zurückgeht und die Unteilbarkeit eines Hofes meint. Dieser Bauer ist demnach nicht ›contadino‹, also Diener, sondern Herr der Erde, man sagt dazu auch Bauernadel. Daraus entstand schließlich das politische Ziel, diese ganz besondere Art Südtiroler Heimat erhalten und pflegen zu wollen und sich von niemandem streitig machen zu lassen.
Angesprochen auf seine Tätigkeit, erzählt Lippe von seinem Leben als Offizier, seiner Verwundung, und wie er im Elternhaus

durch die Geschicklichkeit des Tiroler Hausmädchens vom Wundfieber genesen ist.
Sie kommen auf das Sterben zu sprechen und Thomas erzählt von dem Tod seines Großvaters letzten Herbst, und was bei ihnen der Brauch ist:
Die Toten werden in Tragbahren den schmalen Weg hinunter getragen. Vier Träger lösen einander ab. Der Abstieg ist steil und der Weg so schwierig, dass der Tote in der Bahre fest und diese auf den Rücken des Trägers gebunden werden muss. Der Totenzug hält bei jedem Kruzifix an. Am Eingang der Kirche warten der Arzt und der Pfarrer. Der Arzt untersucht die Leiche, gibt sie für die Beerdigung frei, und der Pfarrer steht dabei, während die Leiche in die Bahre gelegt und diese mit schweren taktbetonten Schlägen zugenagelt wird.
Eine sehr beeindruckende Situation. In keiner Weise makaber versinnbildlicht sie vielmehr in liebevoller Weise den Abschied vom irdischen Leben mitten in der freien Natur unter den Augen der Gemeinschaft der Lebenden.
Lippe begreift, dass diese Traditionen bewusst gelebte Inhalte und nicht bloße Formel darstellen.
Nach zwei Stunden liegt der Gummererhof vor ihnen. Die Felsen des kleinen Jöchl bilden einen scharfen Kontrast dazu. Die Sonne scheint auf die ersten Schneenester und bringt die Wiesen zum Dampfen. Der Hof steht auf einem Hang und ist mit seiner weißen Fassade der Mittagssonne zugewandt. Wenn man ihn von den darüber liegenden terassenförmig angelegten Feldern in den Blick bekommt, entsteht der Eindruck, als sei er in die Falten des Berges hineingequetscht. Die beiden breiten Dachflügel sind mit schwarzen Schindeln gedeckt, auf denen schwere Steine in Reihe liegen. Sie wirken von Weitem wie die ausgebreiteten Flügel einer Bergkrähe.
Ein riesiger Bernhardiner kommt die Wiese herunter und bellt. Doch er bellt nicht mit jener Wut, die Hunde haben, wenn sie die Bosheit der Menschen kennengelernt haben. Thomas ruft ihm etwas zu und der Hund macht kehrt und trabt zum Hof zurück.

»Auf den Berghöfen ist der Hund König«, sagt Thomas, »er ist frei und Mitglied der Gemeinschaft, daher ist er auch so aufmerksam und zutraulich.«
Auf dem Söller des Hauses sieht Lippe an einem Pfosten Wolltücher hängen. Wie sonderbare schwarze Fahnen erscheinen die zum Trocknen aufgehängten Lumpen.
»Heut backen sie Brot«, sagt Thomas, »man soll sie dabei nicht stören, denn beim Brotbacken geht es in der ganzen Familie drunter und drüber. Brotbacken ist auf einem Hof ein wichtiges Ereignis und Zeremonie, die bedeutet, dass man wieder für einige Monate zum Leben hat.«
»Und was ist mit den Lumpen?«
»Damit reinigen sie den großen Backofen von der Asche.«
Anscheinend ist die Arbeit weitgehend getan, da sich die gesamte Bauernfamilie auf dem Treppenabsatz am Hauseingang versammelt. Der Bernhardiner steht in der ersten Reihe. Sie warten neugierig auf die Ankömmlinge.
Lippe spürt Misstrauen und fürchtet, sich unpassend zu benehmen, aber Thomas begrüßt die Familie herzlich und erklärt mit wenigen Worten die Situation, so dass sich die Gesichter aufhellen. Lippe versteht den Dialekt nicht und ist ganz froh, dass ihn niemand anspricht. Das jüngste Kind, ein Mädchen von vielleicht drei Jahren, zupft an seiner Hose und will mit ihm herumtollen, was ihr der Bauer verbietet während er, in Hemdsärmeln und breiten Hosenträgern, mit einer langen Holzschaufel das Roggenbrot aus dem Backofen holt. Aus der Stube reicht ihm die Magd durch eine Öffnung die ungebackenen Laibe und er schiebt sie mit der Holzschaufel in den Backofen. In der großen rußgeschwärzten Küche kocht die Großmutter das Essen für die Familie auf dem Herdfeuer. Alles ist eingehüllt in einen intensiven Geruch von Feuer Mist, Rauch, Fett und Schafen.

Lippe weiß nicht, wie er all diese Eindrücke ordnen soll. Einerseits scheinen die Menschen hier oben von den politischen Änderungen in ihrem Land unberührt, als hätten sie nur für das Tal und die Städte eine Bedeutung, andererseits werden sich die Bauern dem nicht entziehen können. Und Lippe ist sich nach seinen Eindrücken nicht sicher, wie diese Konfrontation ausgehen wird. Auf dem Rückweg gehen beide lange schweigsam nebeneinander, jeder in Gedanken versunken. Lippe weiß nicht, wo er ansetzen soll. Zu fremd ist ihm diese Welt dort oben, wo sich jede Frage nach Bildung, Krieg, Bayern und König erübrigt, ja gleichsam wie ein Lufthauch über die Wiesen hinaufzieht zu den schroffen Felswänden und sich bedeutungslos verdünnt. Erst als ihm beim Abstieg neu angelegte Weinberge auffallen, fragt er Thomas nach dem Grund und den Vorteilen dieses Anbaus.

Der antwortet mit düsterem Gesicht: Wenn nicht die Bayern so viel Wein abnehmen würden, gäbe es bald gar keinen Verdienst mehr damit. Aber was sollten die Bauern anderes tun? Als Holzlieferanten müssten sie sich dem Preisdiktat der schiffrigen Monopolisten aus Sacco unterwerfen, die ihr Privileg so weit ausnutzten, dass sie auch den gesamten Handel von Holz und Waren auf der Etsch kontrollierten.

Als Folge überzogener Abholzungen und wegen der geringen Gewinnspannen beim Verkauf an die Sacco-Gesellschaft drängten daher viele Familien in den ohnehin schon besetzten Sektor des Weinanbaus. Mit den Saccoleuten müsse es ein Ende haben, und wenn die Bayern etwas Gutes tun wollten, dann sei hier der richtige Anfang.

Lippe will darüber mehr wissen, aber Thomas verweist ihn auf den Merkantilmagistrat in Bozen, der erst kürzlich eine Petition zur Abschaffung des Saccoprivilegs an Graf Arco gerichtet habe.

Lippe hat den Eindruck, dass Thomas mit ihrem Ausflug unzufrieden ist. Vielleicht hat er sich mehr Erstaunen, Bewunderung und Solidarität von seiner Seite gewünscht. Dabei ist es nur die Fülle an fremden Eindrücken, die Lippe sprachlos werden lässt und nicht eine Interesselosigkeit. Ihm wird klar, wie viel er noch über dieses Land wird lernen müssen und dass es nicht mit ein paar Abendgesellschaften und dem Sammeln von Merkwürdigkeiten getan ist. Und ihn drückt die Verantwortung, die er empfindet, dass man womöglich in München aus seinen Berichten Konsequenzen zieht und Entscheidungen vorbereitet, die auf seinen naiven und spontanen Wahrnehmungen beruhen, über deren Bedeutung er sich selbst ganz und gar nicht sicher ist.

In dieser Stimmung kommen beide wieder beim Postgasthof an und verabschieden sich. Lippe kann gar nicht recht den Blick vom Boden wenden in einem unberechtigten Gefühl von Schuld und Scham, dass er die gute Tat des Anderen nicht angemessen würdigen und vergelten kann.
Als er auf sein Zimmer gehen will, händigt ihm die Wirtin einen Brief aus, den ein Expressen kurz nach seinem Aufbruch in die Berge abgegeben hat. Er stammt von Schedel und Lippe ist froh um die Ablenkung von seinen trüben Gedanken.

Schedel befindet sich auf ausdrücklichen Wunsch des Ministers noch in Innsbruck. Er lobt Lippe für den Vorschlag zur Trennung der Pack- und Personenbeförderung. Er stimme damit völlig überein, und wenn man dann noch die Briefe auf die Personenwagen lade, kämen auch diese erheblich schneller voran. Erste Schritte in diese Richtung seien durch Aretin bereits eingeleitet.

Schedel erhielt den Auftrag zu einer Darstellung der wichtigen Botenverhältnisse im Oberinntal und Vinschgau. Denn in dieser Gegend befindet sich keine einzige Poststation und die Kommunikation läuft dort ohne jeden Einfluss des Staates. Er betont ausdrücklich, dass er in keiner Weise in den Aufgabenbereich Lippes eingreifen wolle, vielmehr hoffe, dass Lippe den südlichen Teil des Vinschgau und die Botenverbindung zwischen Meran und Bozen übernehme.
Lippe seinerseits fühlt bei diesen Sätzen mehr Erleichterung als Enttäuschung. Eine Zusammenarbeit mit dem Freund ist nicht nur klug, sondern der Sache halber unbedingt geboten.

Dann berichtet Schedel, dass Offner das österreichische Dossier zu Thurn und Taxis aus Wien aufgetrieben hat. Wie er das angestellt hat, verrät Offner nicht. Aus seinem Verhalten und Feixen lasse sich aber unschwer erkennen, dass er sich dabei keiner Rücksichten befleißigt hat. Schedel kommentiert dies mit den Worten: »Ich möchte den Offner jedenfalls nicht zum Feind haben, er hat so etwas Exaltiertes, Unweigerliches.«
Das Dossier befindet sich noch in der Auswertung, leistet aber mit Sicherheit in der Zukunft gute Dienste. Fest steht jetzt schon, dass der Fürst von Thurn und Taxis die Wahl des Wittelsbachers Karl VII. 1742 zum Römischen Kaiser finanziell massiv unterstützt hatte, zur großen Enttäuschung der Habsburger. Als Karl VII. schon 1745 starb, musste sich Taxis wieder den Habsburgern andienen. Aber Maria Theresia verband ihre Gnade mit der Forderung nach einer konsequenten Briefspionage, ausschließlich betrieben zum Nutzen des kaiserlichen Hauses Habsburg. Diese Tatsache für sich genommen würde den König sicher nicht von seinem bisherigen wohlwollenden Kurs gegenüber Fürstin Therese abbringen. Es bedarf schon unwiderlegbarer aktueller Beweise für Spionage, auch wenn man dabei etwas nachhelfen muss.
Nach den Worten Schedels denkt Aretin daran, wenn die Zeit reif ist, Vrints Berberich (»du weißt schon, der taxissche Wortführer in der Konferenz«) eine Falle zu stellen, in die er unweigerlich hineintappen und dann unhaltbar werden wird.
Offner meint, man könne vielleicht in Nürnberg fündig werden, weil er gute Beziehungen zu dem dortigen Polizeidirektor Wurm habe, der glaubt, Hinweise auf ein Schwarzes Kabinett in Nürnberg zu haben.
Schedel hält ein solches Vorgehen für legitim. Und wenn sich später herausstellen sollte, dass alles doch nicht so schlimm war, wäre das auch nicht tragisch. Der Fürst wäre dann jedenfalls aus dem Geschäft und der König würde gegen die Verleumder eine kleine Rüge aussprechen, die aber schnell vergessen wäre, wenn sich das neue System bewährte.

Schedel schreibt außerdem von Drechsels neuer Funktion als Postkommissar am Oberpostamt München, die er ab Oktober antreten wird. Aretin ist gerade dabei, eine Dienstinstruktion zu entwerfen, aus der Schedel bereits zitieren kann:
*»Es kommt dermalen hauptsächlich darauf an, die Korrespondenz mit dem Norden und mit Österreich sorgfältig zu beobachten. Der Klugheit des kgl. Kommissärs muss im Allgemeinen überlassen bleiben, auf welche Personen sein Hauptaugenmerk gerichtet sein muss, besondere Fälle werden ihm jedes Mal angegeben werden. Dass die Gesandten der fremden Höfe darunter begriffen sind, bedarf keiner Erwähnung.*
*Der Freiherr von Drechsel hat sich jeden Tag eine genaue Liste der angekommenen Fremden zu verschaffen, um ihren Briefwechsel genau beobachten zu können. Unter den wirklich sich hier befindenden sind der kaiserlich österreichische Kämmerer Baron Ruhschofsky und ein Israelite Davidson, welcher öfters durch Tirol nach Wien und wieder zurück reist, nicht aus dem Auge zu verlieren.*
*Übrigens wird dem kgl. Kommissär noch besonders empfohlen, so viel wie möglich zu vermeiden, dass sein Erscheinen auf dem Oberpostamte ein Aufsehen errege, auch hat er zu sorgen, dass der Abgang der Posten und die Verteilung der Briefe durch die Durchsuchungen nicht aufgehalten werde.«*

Schedel äußert sich kritisch, weil er Drechsel nicht traut, hat aber keine Beweise für ein falsches Spiel. Vorsicht sei angebracht.
Wenn sie untereinander brisante Mitteilungen machen, sollten sie die Texte codieren und zwar mit der zweiten Umdrehung des Schlüssels, die Offner demnächst zuschicken wird.
Am Schluss folgt noch ein Auftrag Aretins, wonach Lippe in Bozen bei seinen Gesprächen mit dem Merkantilmagistrat den Estaffettenkurs zwischen München und Mailand ansprechen soll. Falls die Kaufleute diesen Kurs nicht mitfinanzieren wollen, soll er auf deren ungesetzliche Praxis kuvertierter Briefe hinweisen und auf diese Weise nachdrücklich und nötigend sein.

Seit zwei Tagen half Heller seiner Frau bei den Ausgrabungen. Ein Brunnen, der direkt neben dem bestehenden Fahrradweg lag, endete nach drei Metern, so dass keine zusätzlichen Sicherungsmaßnahmen notwendig wurden, wenn sie unten arbeiteten. Als sie die ersten Anzeichen für eine Packung sogenannter Brunnenschlonze[1] bemerkten, stoppten sie den Bagger und arbeiteten mit der Hand weiter. Ihre Aufmerksamkeit und Vorsicht lohnte sich, denn kurz vor der Brunnensohle fanden sie einen Keramikteppich, der die gesamte Fläche einnahm. Etwa zehn verschiedene Gefäße waren im Laufe der Zeit in den Brunnen gefallen und mehr oder weniger zerscherbt auf den Grund gesunken.

Es handelte sich aber nicht, wie erwartet, um einen spätkeltischen Brunnen, denn die Keramik datierte zweifellos in die Urnenfelderzeit[2].

Der nächste Brunnen, dem Heller in einer Anwandlung von selbstironischer Heiterkeit die Befundnummer 148 gab, lag inmitten der abgezogenen Fläche, so dass der Bagger weiträumig abböschen konnte und die Arbeit auch noch in vier Metern Tiefe ohne Verschalung verantwortbar erschien.

Im Brunnenprofil befand sich bei zwei Metern ein starkes Rollkiesband, das Diskussionen über die Sicherheitslage auslöste. Aber der Wille, möglichst zügig voranzukommen, weil das späte Herbstwetter wechselhaft und feucht angekündigt war, stellte die Bedenken hintan.

Bereits in den oberen Schichten fanden sie Keramik, wie sie auch in dem Spätlatènehaus vorgekommen war, deshalb arbeiteten sie vorsichtig und aufmerksam, als sie auf eine massive Schlonzepackung stießen.

---

1 Gemeint sind Sedimente, die sich im Brunnen ablagern und zu einem kompakten schwarzen Pudding geworden sind, der nicht austrocknet und so die darin enthaltenen Funde luftdicht abschließt und konserviert.

2 Die Urnenfelderkultur, der späten Bronzezeit zugerechnet, dauerte etwa von 1300 bis 800 v. Chr.

Von den ersten Brunnenhölzern war nur Holzmulm erhalten, aber darunter deuteten sich massive Eichenbohlen an, die eine präzise Datierung erwarten ließen. Sie freuten sich. Wenn bereits bei drei Metern Holz kam, war ein großer Teil des Brunnenkastens vorhanden.
In dem schwarzen Pudding waren dunkle Keramikscherben kaum zu erkennen. Mit leichten Schlägen des Pickels brachen sie kleine Schollen auf, die sich wie bei einer Sollbruchstelle von den Scherben lösten. Dann durchsuchten sie die Brocken. Ihre Aufgabenverteilung beim Freipräparieren der Hölzer lief routiniert ab. Er nahm sich eine Seite vor, und während Anna sie fotografierte und zeichnete, »putzte« er die gegenüberliegende Seite. Danach bargen sie die Hölzer, wickelten sie in Frischhaltefolie und verstauten sie im Kofferraum.

Es dämmerte bereits, als sie die Sohle von Brunnen 148, der sich seines Namens würdig erwies, erreichten. Anna und Heller waren mit der Arbeit zufrieden. Neben einigen stark zerscherbten Keramikflaschen fanden sie auch drei nahezu vollständige Gefäße, die sie im Block, umwickelt mit Frischhaltefolie, bargen. Zu Hause stellte Heller diese Blöcke zur Bearbeitung auf den Tisch im Souterrain.
Beim Abendessen betrieben sie noch kleine »Manöverkritik«, fanden aber keine gravierenden Punkte, bei denen sie falsch entschieden oder fehlerhaft gegraben hätten. Die neue Fotoausrüstung hatte sich hervorragend bewährt. Über dreißig Hölzer waren geborgen, dazu acht Eimer mit Bodenproben. Und schließlich hatte der Bagger noch am Abend den Schacht verfüllt, so dass sich weitere Absperrmaßnahmen erübrigten.
Ausgraben ist eine Frage von Qualität, der ἀρετή. Ein Ganz-bei-der-Sache-sein, mit Enthusiasmus, unter Vermeidung von Nachlässigkeit, mit Respekt vor dem Befund.
Auch die Arbeit im Archiv ist so, schon äußerlich. Nach einem Tag im Brunnen siehst du aus, wie nach einem Tag im Archiv. Aber anstatt Staub mit Milben, Mäusekötteln und silbrigem Trockensand sind die Hände und Arme voll schwarzer Erde. Die Ränder der Fingernägel wollen auch nach drei Tagen und einer Tube Handwerkerseife nicht sauber werden.
Man weiß nie, was im nächsten Moment passiert. Kommt ein Holzkasten, oder Tuffsteinsetzung? Brunnenschlonze mit organischen Funden, Gefäße, Fibeln? Oder fällt dir die Kieswand auf den Kopf?
Nicht anders vor einem Turm von Schachteln voller Briefe. Du untersuchst hunderte von Briefen. Alle nahezu identisch, minimale Varianten, öde, langweilig und uninteressant. Und dann kommt der eine, bei dem der Atem stockt, zu dem dein Vorstellungsvermögen nicht ausgereicht hat, der das Tor zum Verständnis einer ganzen Epoche öffnet. Solche Momente bleiben lange präsent und jede Erinnerung daran durchlebt diesen Moment bis hin zum Kribbeln der Kopfhaut.

Bei beiden Tätigkeiten sind Herz, Kopf und Hand in gleicher Weise gefordert, und diese enge Verbindung ebnet den Weg zur Qualität.
Aber seitdem private Firmen die meisten archäologischen Grabungen vornehmen, entstand eine Art archäologisches Nomadentum.
Genötigt, von ihrer Arbeit leben zu müssen, vagabundieren sie von einer Grabungsfläche zur anderen. Heute Vorgeschichte hier und morgen Hochmittelalter dort. Es bleibt kein Punkt, der zur Identifikation dienen mag. Und da Bauherren archäologische Grabungen ohnehin nur als Altlast und Kostenfaktor betrachten, fehlt auch von dieser Seite jeder Ansporn zur Qualität.

Heller wurde andern Tags auf der Grabung nicht benötigt und entschloss sich daher zur Weiterarbeit im Archiv.
Auf der Prinzregentenstraße herrschte nur wenig Verkehr und die Parkplatzsuche verlief problemlos, so traf er schon vor Öffnung des Archivs ein.
Beim Eingang stand die Aufsicht aus dem Lesesaal, die er seit langem kannte. Sie rauchte eine Zigarette. Heller grüßte freundlich, erlaubte sich einen kleinen Scherz über ihre Sucht und erkundigte sich, da die Frau einen bedrückten Eindruck machte, nach ihrer Familie.
Sie zog hastig an ihrer Zigarette und sah sich um, wie um sicher zu sein, dass niemand sie beobachtete und sagte dann zu Heller im Flüsterton: »Es ist gut, dass wir uns treffen. Ich muss Ihnen nämlich sagen, dass ich für meinen Chef eine Zusammenstellung aller Akten liefern muss, die Sie in den letzten zwei Jahren benutzt haben.«
Heller konnte einen Ausruf des Erstaunens nicht unterdrücken und fragte die Dame, ob sie sich einen Grund für diese Maßnahme denken könne. Sie antwortete: »So etwas kommt sehr selten vor. Das letzte Mal, als ein Benutzer gesperrt werden sollte. Ich weiß nicht, wozu er Ihr Benutzerkonto braucht.«
»Hat er Ihnen diesen Auftrag persönlich erteilt?«

»Ja. Das ist auch so etwas, was mich stutzig macht. Ich habe mit dem Chef bisher eigentlich noch nie direkt gesprochen.«
Heller überlegte und sagte dann: »Aber ich habe mir nichts zuschulden kommen lassen.«
»Ich weiß, ich weiß«, sagte sie hastig, »wir kennen uns jetzt schon so lange und nie ist etwas gewesen. – Ich verstehe das auch nicht. Und der Chef hat mir aufgetragen, dass ich darüber Stillschweigen bewahren und Ihnen die bestellten Akten weiterhin aushändigen soll, aber ich glaube, da ist etwas im Busch.«
»Und was machen Sie jetzt?« fragte Heller.
»Ich muss die Anweisung ausführen. Aber ich kann mich umhören, bei seiner Sekretärin, vielleicht erfahre ich etwas.«

Heller bedankte sich und ging nachdenklich in den Lesesaal. Es war alles wie sonst. Er konnte unbehelligt arbeiten, niemand störte ihn und niemand hinderte ihn später, als er einen neuen Bestellschein für weitere Akten ausfüllte. Heller hielt die Aufregung für übertrieben, dennoch konzentrierte er sich, eingedenk der Warnung, auf die Arbeit und schrieb so viel wie möglich ab, bis die Handgelenke schmerzten. Von einigen schwer lesbaren Konzepten fertigte er Scans an. Im Tagebuch Lippes hatte er alle Lücken und schwer lesbaren Stellen korrigiert, aber die Papiere zu Offner waren nicht an einem Tag zu bewältigen, deshalb fertigte er von einigen Schriftstücken nur kurze Zusammenfassungen, die er zu Hause noch am Abend aus dem Gedächtnis nacharbeiten musste, bevor der frische Eindruck verflog.

Am nächsten Tag hatte sich die Lage grundlegend geändert. Als er im Lesesaal die bestellten Akten abholen wollte, war sein Fach leer. Ein junger Mann, den er nicht kannte, suchte im Karteikasten nach Hellers Bestellscheinen. Sie waren alle mit einem roten Vermerk »in Bearbeitung« versehen.
Heller kannte diesen Vermerk, wenn Bestände durch einen Archivar neu geordnet und verzeichnet wurden. Eigentlich kein ungewöhnlicher Vorgang. Altbestände, zu denen seine Postakten

ebenfalls gehörten, wurden nach dem Provenienzprinzip[1] neu bearbeitet und dann an die zuständigen Archivfilialen im ganzen Land abgegeben. Heller hatte zwar für diese Maßnahme Verständnis und hielt diese Systematik für sinnvoll und richtig. In diesem Fall war er aber der Leidtragende, weil der ehemals kompakte Bestand »Postakten« nun über ganz Bayern verteilt wurde. Vielleicht nahm man die Provenienz aber auch zum Vorwand, um das Depot in München zu entlasten.
Eine solche Neubearbeitung konnte je nach Größe des Bestandes unter Umständen Jahre dauern, dann war die Benutzung sehr eingeschränkt.

Auf seinen Fall konnte das nicht zutreffen, denn die Akten stammten aus ganz unterschiedlichen Beständen, teilweise aus dem Außenministerium, dem Innen- und Justizministerium. Es müsste sich schon um einen merkwürdigen Zufall handeln, wenn alle diese Bestände zugleich zur Bearbeitung gegangen wären. Der Personalbestand des Archivs ließ eine derart umfängliche Arbeit gar nicht zu. Zusammengedacht mit der Warnung, die er am Tag vorher erhalten hatte, konnte es sich also nur um einen Vorwand handeln, um ihn an seiner Arbeit zu hindern.
Wäre ihm etwas Konkretes vorzuwerfen, hätte man das sicher klar und unmissverständlich getan. Jetzt sah es aber so aus, als wolle man ihn auf kaltem Wege von der Benutzung der Bestände aussperren. Er erinnerte sich an eine Auseinandersetzung, die er mit der Leitung des Hauses vor mehreren Wochen wegen der ungeheuer hohen Gebühren für Scans hatte. Das Gespräch endete nicht einvernehmlich und Heller hatte, vielleicht in seiner Wut, Wortwahl und Tonfall zu wenig gezügelt. Aber das war eine ganze Weile her und es sah in letzter Zeit, wenn er Archivare im Haus traf, nicht nach einer konfrontativen Stimmung aus.

---

1 Das Provenienzprinzip sortiert nach Herkunft und Entstehungszusammenhängen, im Gegensatz zum Pertinenzprinzip, das Schriftgut nach Themenfeldern (Sachverhalten, Ereignissen, Territorien und/oder Personen) ordnet.

Was war also passiert, wozu diese Maßnahme, und wer hatte sie angeordnet? Glücklicherweise war er auf diese Akten nicht angewiesen und hatte noch in anderen Instituten Recherchen laufen. Heller ging also zu dem für das Wittelsbacher Hausarchiv zuständigen Archivar und erkundigte sich nach seinem Benutzerantrag für die Korrespondenz zwischen Kronprinz Ludwig mit seiner Schwester Augusta Amalie in Mailand. Der Archivar musste nicht erst in seinen Unterlagen nach der Genehmigung suchen. Schon als Heller das Zimmer betrat, hatte er den Eindruck, dass der Andere ihn erwartete. Heller kam nach einer freundlichen Begrüßung in verbindlichem Ton auf seinen Antrag zu sprechen, doch der Archivar sagte nur knapp, indem er ihm seinen Antrag über den Tisch zuschob: »Tut mir leid, Seine Königliche Hoheit haben Ihren Antrag abgelehnt.«
»Und warum, wenn ich fragen darf?«
»Eine Begründung ist nicht notwendig, denn wie Sie wissen, handelt es sich um Privatbestände.«
Heller schwieg, drehte sich um und ging hinaus auf den Flur.
Er hätte nun insistieren, zum Archivdirektor gehen, sich schriftlich beschweren und viel Lärm machen können. Er war sich aber sicher, dass alles formal abgesichert und seine Richtigkeit hatte. Heller ging zu seinem Auto, setzte sich auf den Fahrersitz und atmete erst einmal tief durch. Das wars dann also mit der Arbeit an diesen Beständen, aus und vorbei. Er wehrte sich gegen das Gefühl eines depressiven Fatalismus. In eine solche Spirale durfte er nicht mehr geraten. Er drehte das Radio auf, Bayern 1, Altrock von der Sorte schief intoniert, falsch instrumentiert mit dämlichem Text, genau das Richtige in diesem Moment.
Er startete mit verächtlich grimmigem Gesicht den Wagen.

Heller war nicht der Typ, der sich vorschnell entmutigen ließ. Es gab noch viele andere Archive, mit großartigen unberührten Briefwechseln, die nur auf eine Analyse warteten. Und solange er in Regensburg ungestört arbeiten konnte, durften die hiesigen Kleingeister ruhig ihr Spiel treiben. Was ihn allerdings beunruhigte,

ohne dass er diesem Gedanken weiter nachzugehen wagte, war der Umstand, dass er nicht wusste, warum er so vor die Türe gesetzt worden war. Mit der Auseinandersetzung anlässlich seines Vortrags ließ sich das alleine nicht erklären.
Gedanken an den Auftraggeber Eddys wischte er wieder weg. Der wusste zwar seit dem ersten Zeitschriftenartikel, dass Heller den Code entschlüsselt hatte, aber es war sehr unwahrscheinlich, dass er Einfluss auf die Archivare hatte.
Unter diesen Umständen konnte er für die nächsten Tage einen Termin im Taxisarchiv vereinbaren. Heller nahm sein Handy und wählte die Nummer aus dem Speicher. Die Sekretärin meldete sich. Heller begrüßte sie freundlich, erlaubte sich einen dezenten Scherz und fragte nach einem geeigneten Tag für sein Kommen. Die Sekretärin schien nicht zu Scherzen aufgelegt und sagte, er solle einen Moment warten. Heller hörte sie im Hintergrund mit jemandem sprechen. Es dauerte geraume Zeit und Heller wurde ungeduldig. Als sie endlich den Hörer wieder aufnahm, sagte sie: »Es tut uns leid. Wir hatten einen Wasserrohrbruch und mussten die Bestände der Postakten auslagern, sie sind bis auf weiteres nicht benutzbar. Fragen Sie doch in ein paar Monaten wieder nach. Auf Wiedersehen.«
Sie legte auf. Er hatte nicht einmal mehr Gelegenheit zu einer Nachfrage.

Heller überkam das unstillbare Verlangen nach einer Zigarette, obwohl er das Rauchen bereits vor fünf Jahren aufgegeben hatte.

Anna reagierte immer sauer, wenn er irgendwo ein Komplott argwöhnte. Sicher, er neigte zu solchen Reaktionen. Aber war dieses Zusammentreffen ein Zufall? Eigentlich hatten die beiden Archive doch nichts miteinander zu tun, standen seines Wissens sogar in einem gespannten Verhältnis. War es nur eine Ausrede, oder entsprach der Rohrbruch der Wahrheit?
Kommissar Klein würde ihm sicher Auskunft geben können. Vielleicht hatte eine diesbezügliche Notiz in der Lokalzeitung

gestanden. Kurz entschlossen wählte er die Nummer Kleins. Als er keinen Anschluss erhielt, erinnerte er sich, dass Klein in Urlaub war. Auf dem Nachhauseweg kreisten seine Gedanken dauernd um die bemerkenswerte Situation, der er sich gegenübersah, und das Gefühl einer abgekarteten Sache verstärkte sich.
Er fuhr direkt zur Grabung seiner Frau. Er wollte sich nichts anmerken lassen und beruhigte sich bei der Aussicht auf praktische Arbeit mit den Händen. Die Berührung von Erde, Schlamm und Steinen verscheuchte das Grübeln.
Anna äußerte Erstaunen über sein frühzeitiges Erscheinen, wandte sich aber schnell wieder den Vermessungsarbeiten zu. Heller sah sich um und ging zu dem Bagger, der eine neue Teilfläche abzog. Der junge Baggerfahrer hielt an, winkte Heller heran und sie unterhielten sich über einige ungewöhnliche Bodenverfärbungen und besprachen das weitere Vorgehen.
Heller deutete seiner Frau gegenüber an, dass es Probleme im Archiv gebe und ihr davon beim Abendessen erzählen werde. Wenn nötig, stehe er morgen früh gerne für die Baggerbeobachtung zur Verfügung. Anna zeigte sich darüber sehr erfreut, denn zwei Grabungshelfer waren, bedingt durch den feuchtkalten Spätherbst, krank geworden.
Heller blieb noch bis es dunkelte, markierte die Befunde, die der Bagger freilegte und dachte währenddessen über seine Lage nach.
In seinen Unterlagen befanden sich noch sehr viele unbearbeitete Kopien von Archivalien. Seine Arbeit konnte also weitergehen. Und wenn er sich nun endlich die Postgeschichte Tirols vornahm, hatte die ganze Situation vielleicht sogar ihr Gutes. Zu Tirol hatte er alle wesentlichen Quellen aus dem Hauptstaatsarchiv bereits zur Verfügung.
Vorher wollte er aber unbedingt die Artikelserie über die offnerschen Papiere, wie er sie für sich nannte, fertigstellen. Und Heller empfand eine gewisse unklare Genugtuung, dass der zweite Artikel gerade erschienen war. Der letzte Teil bedurfte noch einer gründlichen Überarbeitung, weil er die sich widersprechenden

Behauptungen der bisherigen Autoren zum Fall Offner noch einmal überdenken wollte. Es konnte nicht angehen, den zwiespältigen Charakter Offners als verbrecherisch zu bezeichnen, ohne konkrete Anschuldigungen und Beweise vorlegen zu können, andererseits den Akt der Kabinettjustiz, der an ihm begangen wurde, vage zu rechtfertigen.
Eigentlich wollte Heller noch einige Zitate aus Drechsels Beschuldigungen gegen Offner im Archiv nachprüfen, aber es würde auch so gehen, dann stimmte eben nicht jedes Komma, was solls. Sobald der letzte Teil erschienen war, würde Heller sein Arbeitszimmer aufräumen, alle diesbezüglichen Papiere und Unterlagen verräumen und das nächste Projekt, »Geschichte der Post in Tirol während der bayerischen Besetzung«, vorbereiten.

Während Anna am Abend mit einer ausgiebigen Dusche den Staub und Schlamm des Grabungstages abwusch, wozu sie gut gelaunt ihre Musik aufdrehte, verzog sich Heller in das Souterrain und kramte in den Auktionskisten von Zissler. Die meisten Korrespondenzen, die für eine Analyse geeignet schienen, befanden sich bereits in den passenden Ordnern. Briefinhalte, Rechnungsbücher und Schuldscheine sortierte er nach Kategorien in die Kisten. In den nächsten Tagen würde er ausgewählte Stücke bei eBay einstellen und er war neugierig, welchen Erfolg er damit haben würde. Während dieser Arbeit ging ihm wieder die Vermutung Kommissar Kleins durch den Kopf, dass noch irgendetwas anderes in den Kisten sein müsse, wofür der Auftraggeber Eddys großes Interesse zu haben schien. Er fand keine Hinweise. Es gab viele Möglichkeiten. Vielleicht in den umfangreichen Korrespondenzen ohne Postanschrift, für die er sich nicht interessierte und die er noch gar nicht nach Absender und Inhalt durchsucht hatte. Der Kommissar hatte wohl nicht ganz Unrecht, wenn er ihm deshalb Engstirnigkeit vorhielt.
Heller ging nach oben, fragte Anna nach ihrem Hunger und Appetit, und sie einigten sich auf eine kleine Brotzeit. Das Bier ging zur Neige. Letztes Mal, als er nach Regensburg gefahren war,

hatte er die leeren Kästen vergessen, so mussten sie sich in der nächsten Zeit mit Münchner Bier zufrieden geben. Aber vielleicht nahm er auch die Gelegenheit wahr und verband das Angenehme mit dem Nützlichen. Er konnte in den nächsten Tagen nach Regensburg fahren, den Vorrat an Kneitinger Bier auffüllen und sich zugleich nach den angeblich überschwemmten Archivräumen erkundigen. Diese Entscheidung wollte er davon abhängig machen, ob er auf der Grabung benötigt wurde.

Entgegen der Wettervorhersage, die durchgehend trübes kaltes Wetter angekündigt hatte, setzte gegen Abend unvermittelt Föhn ein, der die Wolken verscheuchte und noch einmal angenehme Wärme brachte.
Sie setzten sich beide auf die Terrasse, holten die bereits im Keller verstauten Sitzkissen nach oben und sahen gemeinsam den letzten Blättern des Walnussbaums zu, wie sie zu Boden fielen. Anna holte ohne weitere Ankündigung eine Kältemanschette aus dem Eisfach und die vorletzte Flasche Frizzante von Bertagna aus dem Keller.
Der Plan für den nächsten Tag war schnell besprochen. Anna wollte in die Universitätsbibliothek. Heller übernahm die Baggeraufsicht.

Er fasste sich dann doch ein Herz und erzählte von seinen Erlebnissen im Archiv, rein sachlich, mit (gezwungen) ruhiger Stimme, damit Anna nicht meinen sollte, er glaube wieder an ein Komplott. Das Telefonat mit dem Taxisarchiv verschwieg er. Eigentlich wollte er wissen, was Anna von der These Kleins hielt, dass irgendetwas in den Kisten sein müsse, das mit Geld, Macht oder Neid zusammenhing.
Anna hörte ihm ruhig zu, trank ab und zu einen Schluck und sagte nichts. Erst später, als die Flasche bereits leer war, sagte sie: »Wenn ich mir das alles durch den Kopf gehen lasse, was du erzählst, halte ich das Geldmotiv nicht für wahrscheinlich. Wenn sich tatsächlich irgendetwas in den Kisten befindet, woraus die

Gegenseite, ich nenne sie jetzt einmal so, einen finanziellen Nutzen ziehen kann, dann hätte man dir schon lange eine entsprechende Offerte gemacht, denn du kannst den Bestand in diese Richtung ja offensichtlich nicht verwerten, weil du nicht weißt, wonach du suchen sollst. Und wenn in irgendeinem der Briefe eine Schatzkarte steckt, witzig gesagt, dann hast du sie zumindest noch nicht gefunden.«
Heller schaute weiter in Richtung Walnussbaum: »Das Verhalten der Gegenseite hat irgendwie etwas Persönliches«, sagte er, ... »Nein, das ist nicht der richtige Ausdruck. Besser vielleicht etwas Moralisches.«
»Das verstehe ich nicht,« wandte Anna ein, »wie meinst du das?« Ihre Stimme klang bereits etwas spitz, so dass Heller vorzog, das Thema zu wechseln:
»Nach meiner Überzeugung besteht der Inhalt der Kisten aus zwei ganz verschiedenen Konvoluten, die zusammengemischt wurden. Deshalb können die Stücke aus dem Adelsnachlass nichts mit den offnerschen und Tiroler Briefen zu tun haben.«
»Du meinst also«, ergänzte sie, »da der Auftraggeber von Eddy Material aus dem Offnerbestand haben wollte, kann er kein Interesse an dem Adelsbestand haben, also zum Beispiel den Rechnungsbüchern.«
»Ja, genau das meine ich.«
»Wenn aber diese Kisten nicht von einem Zwischenhändler, wie du ja annimmst, gemischt wurden, sondern bereits in dieser Form im Adelsarchiv lagen, was dann?«
»Spontan würde ich sagen, das halte ich für ausgeschlossen.«
»Nehmen wir es einmal an«, beharrte Anna, »dann könnte doch das offnersche und Tiroler Zeug, entschuldige den Ausdruck, schon vor langer Zeit unter die Überbleibsel adeliger Haushaltsführung geraten sein.«
Heller verstand nicht, worauf sie hinauswollte: »Und was heißt das dann?«
Anna schüttelte den Kopf: »Ich weiß es auch noch nicht – wäre aber doch eine Möglichkeit, denken wir sie einmal durch.«

Wenig überzeugt nickte Heller, wusste aber keinen weiterführenden Ansatz.
Nach einiger Zeit fragte Anna: »Von welchem Adelshaus stammt denn das Material?«
»Von den Grafen Rechberg, einer Comtesse Zweibrücken und deren Sohn Gustav von Sayn-Wittgenstein.«
»Kennst du dich mit deren Genealogie aus, wie die zusammenhängen?«
»Das lässt sich über Wikipedia schnell klären.«
»Gut sehen wir nach. ...
– Zwei Grafen Rechberg kommen wohl in Frage.«

1. Anton von Rechberg (1776-1837), bayerischer General 1805-1807. Avancierte 1808-13 zum Erzieher des Prinzen Karl von Bayern, dem jüngeren Bruder Ludwigs. Nahm als Generalmajor an den Befreiungskriegen teil. Dann wechselte Anton von Rechberg wieder in den Hofdienst, wurde 1816 Oberhofmeister des Prinzen Karl und 1818 Generaladjutant von König Max I. Joseph. Anton von Rechberg heiratete 1814 Casimire Maria Louise Antoinette von Zweibrücken, die einen Sohn aus erster Ehe hatte: Gustav von Sayn-Wittgenstein (1811-1846).
2. Aloys von Rechberg (1766-1849), Bruder von Anton v. Rechberg. Bayerischer Gesandter in Wien 1806-09 und 1813 bis 1815. Er war Bevollmächtigter für Bayern auf dem Wiener Kongress und seit 1817 Minister des königlichen Hauses und des Äußeren, als (Teil)Nachfolger des gestürzten Montgelas.

Heller meinte dazu: »Von Aloys befinden sich keine Briefe und Dokumente in den Kisten, aber als Nachfolger Montgelas‘ könnte er etwas mit der Offner-Affäre zu tun gehabt haben, deshalb möchte ich ihn im Auge behalten.«
Anna nickte: »Richtig, aber mir scheint wichtig, dass es sich also doch um einen unverfälschten, also nicht später zusammengemischten Befund handelt. Denn es kann aufgrund der bestehenden Verwandtschaft durchaus Archivmaterial der Rechbergs in

den Wittgensteinschen Kleinkram geraten sein. Vielleicht sogar mit Absicht, denn überlege einmal: Die Grafen Rechberg sind vielleicht in zweierlei Hinsicht in den Offnerskandal verwickelt. Zum einen hat Anton von Rechberg beste Beziehungen zu den beiden Prinzen Karl und Ludwig und eventuell Kenntnis von den kompromittierenden Papieren Offners über Ludwig. Andererseits ist Aloys von Rechberg als Nachfolger Montgelas‘ 1817 wahrscheinlich direkt mit der Affäre befasst, weil sie während seiner Ministerzeit ans Licht kommt und gerichtlich untersucht wird.«

Heller wiegte den Kopf zweifelnd hin und her: »Ich weiß nicht so recht. Mir scheint das alles etwas weit hergeholt. Insofern gebe ich dir recht, als die beiden Rechbergs von Offner wissen können und Dokumente von ihnen ohne Weiteres in den Nachlass gelangen konnten. Aber du unterstellst quasi, dass die beiden Zugang zu den Offnerpapieren hatten und sie in das Archiv Wittgenstein außer Landes gebracht haben.«

Anna entgegnete: »Wenn man will, findet man immer Einwände. Aber es ist doch nun einmal so, dass die Offnerpapiere in deinen Adelskisten sind, wer auch immer sie da hineingetan hat. Die Comtesse Zweibrücken oder ihr Sohn von Wittgenstein waren es sicher nicht. Dann bleiben eigentlich nur noch die beiden Rechbergs übrig.«

»Gut, lassen wir es mal so stehen«, räumte Heller ein, »dann müssen wir also nach einem Motiv für die Beseitigung der Offnerpapiere suchen, und wir brauchen noch eine Idee, woher der Auftraggeber von Eddy davon weiß, denn er wollte, darin sind wir uns doch sicher einig, die Kisten gerade wegen dieser Papiere kaufen.«

»Da stimme ich dir zu, aber noch sicherer wären wir, wenn wir wüssten, was in dem Päckchen war, das du Eddy ausgehändigt hast.«

Heller stöhnte: »Fang nicht damit an, ich könnte mir sämtliche Barthaare einzeln ausrupfen für meine Dummheit. – Aber das ist aus und vorbei.«

Anna lachte, sagte dann aber wieder ernst: »Du weißt ich fantasiere gerne herum. Lass mich mal Vermutungen anstellen: Die Gegenseite hat das Päckchen zurück und damit wichtige Dokumente. Der Codeschlüssel war da offensichtlich nicht dabei, den haben wir. Weil das Päckchen aber so rundum abgesichert war, müssen es wichtige Dokumente gewesen sein. Vielleicht fehlt ihnen aber der Code, um diese Dokumente überhaupt lesen zu können.«
Heller unterbrach sie: »Das glaube ich nicht, denn es dauerte ja über eine Woche, bis Eddy konkret die Briefe Offners bei mir nachgefragt hat und sich deshalb mit mir treffen wollte. Daher denke ich, die Gegenseite konnte die Dokumente aus dem Päckchen lesen. Die Briefe fielen ihnen erst später wieder ein. Nach dem Tod Eddys unternahmen sie dann nichts mehr in diese Richtung.«
»Wenn du recht hast«, sagte Anna nachdenklich, »dann ist die Gegenseite durch deinen ersten Artikel aufgeschreckt worden und will jetzt den Codeschlüssel haben. Und durch die Fortsetzung der Artikel wird dieser Wunsch nicht geringer.«
»Genau, zumal sie wissen, dass ich, pardon wir, den Code entschlüsselt haben. Und jetzt befürchten sie, dass wir vielleicht auch auf die zweite Umdrehung des Schlüssels kommen.«
Anna hob den Zeigefinger ihrer rechten Hand, wedelte hin und her: »Ich habe da so eine Ahnung. – Bisher hatten wir nur eine Verbindung zwischen den Briefen Offners und den Adeligen um 1810 bis 1817. – Was mich bisher immer gestört hat, war die fehlende Verbindung, oder besser der relevante Bezug zu heute. Und jetzt glaube ich, habe ich diesen Bezug gefunden. Menschen aus der Gegenwart bemühen sich intensiv, in den Besitz dieser Dokumente zu kommen, also muss da etwas drinstehen, was in der Gegenwart auch nach 200 Jahren noch Bedeutung hat.«
»Das sehe ich auch so. Es zeigt sich eine Querverbindung, die vielleicht sogar über die ganzen 200 Jahre hinweg bestand. Dann müssen wir uns aber fragen, worauf sich das Interesse der Gegenseite kapriziert. Die Offnergeschichten mögen vielleicht störend

und ärgerlich sein, aber das, was wir bisher haben, scheint mir doch zu wenig, um das massive Einschreiten der Gegenseite zu rechtfertigen, zum Beispiel den Tod von Eddy.«
»Du glaubst also, dass die Gegenseite Eddy getötet hat?«
»Ja, wer sonst? Es erscheint mir zumindest naheliegend. Freilich kann zufällig irgendjemand sonst dazwischen geraten sein, aber die Kapelle in Etterzhausen als Fundort beweist, dass sich der Mord auf mich bezieht und damit auf das Geschäft mit den Kisten.«
Anna dachte nach und sagte dann: »Wir dürfen uns nicht ablenken lassen, sondern müssen uns fragen, was wir in dieser Situation tun wollen, denn wie es scheint, ist sie für uns auch nicht ganz ungefährlich.«
»Hm«, machte Heller, zuckte mit den Achseln und meinte: »Na gut, dann verbrennen wir eben alles, dann ist Ruhe.«
»Das glaube ich nicht, es sei denn, du würdest die Verbrennung öffentlich vornehmen und die Gegenseite würde trotzdem annehmen, dass die entscheidenden Dokumente vorher herausgenommen wurden. Kurz und gut, ein zwar witziger, aber wenig brauchbarer Vorschlag.«
Heller tat so, als würde er schmollen: »Immer, wenn ich eine gute Idee habe, redest du dagegen.«
»Quatsch!« sagte sie und gab ihm einen Puffer gegen die Rippen.

Mittlerweile war es kühl geworden und Anna fröstelte. Sie gingen ins Haus. Heller holte noch eine Flasche Hadres aus dem Keller und stellte sie neben die Heizung. Sie räumten zusammen die Küche auf, nahmen zwei Weingläser mit und setzten sich auf die Couch. Anna schaute in das Fernsehprogramm, legte es beiseite und sagte: »Lauter Mist.«
Und zu Heller gewandt sagte sie unvermittelt: »Wir könnten uns doch noch einmal über das codierte Manuskript setzen und die zweite Drehung des Schlüssels probieren, was meinst du?«
»Okay, und was ist mit unserer Ausgangsfrage?«
»Welche meinst du? – Klar ist doch jedenfalls, dass der Bestand

nicht nachträglich gemischt wurde. Unklar ist nur, ob die Offnerpapiere zufällig oder mit voller Absicht da hineingekommen sind.« Heller nickte: »Und was ist mit der Frage nach Geld, Gier, Hass, Neid als Motive?«
Anna wehrte ab: »Die Motive sind doch im Moment unwichtig. Ich glaube vielmehr, die Gegenseite wird von sich aus aktiv werden und zwar bald. Drei Züge haben sie bisher gemacht. Einmal als sie dich in den Mord verwickeln wollten, dann die Warnung mit der Wäschenummer und schließlich das Aussperren aus den Archiven.«
Heller grinste: »Dann glaubst du also ›endlich‹ auch an ein Komplott?« und malte Anführungsstriche in die Luft.
»So würde ich es nicht sagen, aber egal, wir werden jetzt an dem Schlüssel tüfteln, anschließend die Offnerpapiere verräumen und abwarten, was passiert.«
»Gut«, sagte Heller, »ich habe auch schon eine Idee, wohin ich die Sachen bringe und wo sie niemand vermuten wird.«

Sie saßen noch über zwei Stunden zusammen und probierten ohne Fortschritte herum. Die Lösung war dann erstaunlich einfach, wie jede Lösung. Sie hatten übersehen, dass manche Buchstaben mit einem Punkt markiert waren.

Obwohl Heller für die Baggeraufsicht zeitig aufstehen musste, konnten sie nicht aufhören. Sie lasen solche Buchstaben als siebte von links – ohne Ergebnis, nahmen die markierten Buchstaben nach dem bisherigen Schlüssel heraus zu neuen Kombinationen – ohne sinnvolle Worte zu finden.
Schließlich zitierte Anna eine Rätselfrage aus der Wochenendausgabe der Neuen Zürcher Zeitung: »Und es kann nicht genug betont werden, muss aber verschieden betont werden: Vanitas vanitatum – was heute wie ist, wird morgen was?« Heller antwortete: »Módern beziehungsweise modérn.«
»Richtig. Das war die Lösung und die bringt mich auf eine Idee:

Die markierten Buchstaben stehen ziemlich weit auseinander, also könnte es sich vielleicht um das jeweilige mit dem bekannten Schlüssel gefundene Wort handeln.
Markieren wir doch einfach, dem bereits übersetzten Text folgend, diejenigen Wörter, in denen ein Buchstabe bepunktet ist.«[1]
Bereits nach wenigen Minuten, als die ersten Sätze auf dem Blatt standen, gab es keinen Zweifel mehr, dass das die zweite Umdrehung des Schlüssels war.
Offner hatte ganze Arbeit geleistet. Sein Misstrauen gegen jedermann hatte vor niemandem Halt gemacht, auch nicht vor seinen Auftraggebern und vor seinen wenigen Freunden. Noch war nicht klar, welche Bedeutung den Notizen zukam, jedenfalls mussten sie eine doppelte Verschlüsselung wert sein.
Auf Drängen von Anna versprach Heller, in seinem Schlussartikel für die Zeitschrift keine Andeutungen über die zweite Schlüsseldrehung zu machen und schon gar nicht über das erzielte Ergebnis.
Heller sagte ganz sachlich und nüchtern: »Der Codeschlüssel ist unsere Versicherung, die wir erst einlösen, wenn wir beide es für richtig und nötig halten.«

Anna packte die Offnerbriefe in einen großen Umschlag. Sie wollte die Briefe anderntags nahe der Universitätsbibliothek in einem Copyshop reproduzieren und anschließend die Originale in Hellers Versteck bringen.

---

1 Möglicherweise lernte Offner diese Methode in einem Schwarzen Kabinett der Donaumonarchie, denn in den Akten des Haus- und Hofarchivs Wien, Interzept (1823) Interiora ad 27. werden verschiedene Geheimschriften erwähnt. »Neben der Briefchemie mit unsichtbaren Tinten verstand man sich auf das Unterpunktieren gedruckter Texte, die Vergrößerung geschriebener Buchstaben, die Verdickung der Haarstriche« etc. Vgl. auch J.K. Mayr, Metternichs geheimer Briefdienst, Wien 1935, S. 41-42.

In der Nacht kühlte es ab und Heller schlief tief und fest. Ohne Wecker wäre er nicht rechtzeitig aufgewacht. Er öffnete die Haus- und die Terrassentüre, um für den morgendlichen Durchzug zu sorgen. Anna hatte bereits das Haus verlassen und war mit dem Fahrrad zur S-Bahn gefahren.
Der Föhn war zusammengebrochen und es hatte geregnet. Von Osten zog über das Erdinger Moos Nebel herein und legte sich zwischen die Landschaft und den wolkenverhangenen Himmel. Der Tag auf der Baustelle wird aber reichlich ungemütlich, dachte Heller, und goss den Kaffee auf. Für eine Tasse würde die Zeit reichen. Im Keller suchte er seine grüne Arbeitshose und legte Werkzeug, Wollmütze und eine Wasserflasche bereit. Zum Zeitunglesen kam er nicht mehr, weil er noch eine weitere Tranche Plastikschildchen zum Markieren und Nummerieren der Befunde vorbereiten musste.
Im Kühlschrank fand er drei kalte fränkische Bratwürste, die zusammen mit einer Roggensemmel eine gute Brotzeit ergaben. Während er die Semmel halbierte und mit Butter bestrich, sah er aus den Augenwinkeln zwei Männer den Vorgarten betreten. Der eine jung, in abgewetzter Jeans, Sportschuhen und Lederjacke, trat zum Küchenfenster, der andere, etwas älter, die angegrauten Haare in kurzem Bürstenschnitt, hielt sich im Hintergrund. Sein langer Lodenmantel war offen. Darunter trug er einen grünen Strickpullover und eine schwarze Flanellhose.
Heller öffnete das Küchenfenster. Die beiden Männer wirkten nicht wie Vertreter oder wie eine der üblichen Drückerkolonnen für neue Fenster, Türen oder Solarmodule. Die Augen des Jüngeren blitzten angriffslustig.
Heller lehnte sich aus dem Fenster und fragte erstaunt: »Grüß Gott, was kann ich für Sie tun?«
»Zollfahndung«, sagte der Jüngere, trat ans Küchenfenster, griff in seine Brusttasche und holte ein Blatt Papier heraus, das er Heller hinhielt. »Wir kommen mit einem richterlichen Durchsuchungsbefehl.«

Das ist also ihr nächster Schritt, dachte Heller. Anna hatte recht, die Gegenseite wurde aktiv. Heller spürte, wie er völlig ruhig wurde, ohne einen Anflug von Nervosität. Die entscheidenden Briefe waren in Sicherheit. Also sollen sie doch das Haus auf den Kopf stellen.

In einem ironischen, verächtlichen Ton sagte er: »Ich kann mir keinen Grund für diesen Übergriff vorstellen, aber das Haus gehört selbstverständlich Ihnen.«
»Wir haben einen Hinweis erhalten, dass Sie häufig Briefe unverzollt über die Schweiz kaufen und verkaufen«, sagte der Jüngere und legte den Durchsuchungsbefehl auf den Küchentisch.
Heller fiel sofort wieder dieses dumme Missgeschick vor etwa einem Jahr am Ausgang des Pfändertunnels ein. Die Zöllner standen da und fischten nach Zollsündern. Er war eine leichte Beute, weil er sich vermeidbar dumm angestellt hatte. Auf dem Tauschtag im Weißen Wind in Zürich hatte er Briefe gekauft, die auf dem Beifahrersitz lagen, damit er während der Fahrt freudige Blicke auf seine Errungenschaften werfen konnte. Derart offensichtlich mussten sie auch dem Zoll auffallen.
Die Summe lag nur knapp über dem Ausfuhrlimit, deshalb zahlte er lediglich eine Geldstrafe, auf ein Strafverfahren wurde verzichtet. Dass dieser unbedeutende Vorgang eine Hausdurchsuchung zur Folge haben würde, konnte er sich nicht vorstellen. Heller warf einen Blick auf den Durchsuchungsbefehl und las laut vor: »Datum 15. April. – Begründung: wegen Gefahr im Verzug. – Also ausgestellt vor über einem halben Jahr. Ist das korrekt?«
»Ja, die Daten sind korrekt«, sagte der Jüngere.
»Nein, ich meine, ist das korrekt, was Sie hier machen?«
»Wir haben viel zu tun und waren gerade in der Nähe, deshalb kommen wir erst heute.«
Heller hörte die mitschwingende Unsicherheit und merkte sehr wohl, dass damit seine Frage nicht beantwortet war.
Es war sicher nicht klug, an dieser Stelle eine Formfehlerdiskussion

zu beginnen, schließlich gab ihnen der Zettel recht und er kannte sich nicht aus, ob das rechtens war oder nicht.
Heller widmete sich wieder seinem Brot, legte die kalten Bratwürste hinein und wickelte alles in Papier. Die beiden Männer standen in der Küche und schienen auf eine weitere Reaktion Hellers zu warten, der ihnen aber den Rücken zudrehte und keine Notiz mehr von ihnen nahm.
»Wir fangen unten an«, sagte der Ältere, »wollen Sie dabei sein?«
Heller nickte und sagte: »Wollen Sie wirklich mit ihren nassen schmutzigen Schuhen im Haus herumlaufen?«
Die beiden sahen ihn verdutzt an, zogen dann aber ihre Schuhe aus, und Heller hatte das befriedigende Gefühl, sie gedemütigt zu haben. Der Ältere zog seinen Lodenmantel aus, sah sich nach einer Ablagemöglichkeit um, zögerte, ob er den Mantel an die Garderobe hängen sollte, legte ihn dann aber über einen Küchenstuhl.
Heller sagte: »Es wird wohl länger dauern, nehme ich an, ich muss Bescheid sagen auf der Baustelle.« Als er das Telefon in die Hand nahm, tauschten die beiden einen kurzen Blick miteinander, unternahmen aber nichts.
»Hallo Michael, ich kann heute Morgen nicht zur Baggeraufsicht, bei mir ist die Zollfahndung zur Hausdurchsuchung, ich weiß nicht wie lange es dauert … weiß ich nicht … tut mir wirklich leid … ja ich weiß, ich werde mich um einen Ersatz kümmern.«
Dann rief er Anna an: »Ich bins.« Er ließ Anna nicht zu Wort kommen und sprach sofort weiter: »Kann nicht auf die Baustelle, die Zollfahndung macht Hausdurchsuchung ... nein, zwei Männer ... sehr komisch, ja genau so, ... mach ich, und du kümmerst dich bitte um einen Ersatz.«

Heller schaltete das Handy aus, lehnte sich gegen den Kühlschrank und nahm die Kaffeetasse in die Hand. Er wollte nicht den bemühten Hausherrn oder den devoten Delinquenten spielen. Ruhig atmend und hörbar den Kaffee schlürfend schaute er die beiden Männer an. Sie sollten sich als Eindringlinge fühlen.

Sie fingen im Keller an, öffneten die Schränke und schauten in die Regale. Der Ältere schien sich für das Weinregal zu interessieren, drehte an einigen Flaschen, um das Etikett zu lesen. Er wirkte gelangweilt, zwängte sich an Heller vorbei und stieg die Treppen zum Souterrain hinauf. Dort standen auf dem Tisch noch zwei Gefäße aus dem Brunnen 148, fest eingewickelt in Folie, daneben ein halb aufgelöster Block, dessen Keramikscherben den ganzen Tisch bedeckten.
Der Jüngere wollte wissen, woher die Sachen stammten.
»Von unserer aktuellen archäologischen Ausgrabung.«
»Ich dachte, Sie sind Briefmarkenhändler«, sagte der andere, »steht zumindest in ihrer Gewerbeanmeldung.«
Heller zuckte nur mit den Schultern und sagte nichts, sondern setzte sich an den Tisch, griff nach mehreren Scherben und passte sie einander an. Der Ältere machte sich an den Kisten der Zisslerauktion zu schaffen, die aufeinander gestapelt hinter der Türe standen. Heller sah nicht hin und konzentrierte sich auf seine Arbeit an dem Latènegefäß.
Die beiden Männer sprachen kaum miteinander und siezten sich. Der Jüngere kam mit einem Aktenordner, auf dessen Rücken »Schweiz« stand. Weil der Tisch durch die Keramik belegt war, musste er den Ordner auf einen Stuhl legen. Heller wusste, dass sich darin lediglich Artikel zur Schweizer Postgeschichte und Abschriften von Postverträgen befanden. Der Mann legte den Ordner auch sofort wieder beiseite und nahm ein Briefealbum in die Hand, blätterte darin und fragte: »Wo haben Sie diese Schweizer Briefe gekauft?«
Heller amüsierte sich über die Ahnungslosigkeit des andern und sagte knapp: »Ich weiß es nicht mehr, vielleicht stehen hinten Vermerke drauf.« Der Beamte wirkte hilflos. Um kooperativ zu erscheinen nahm Heller einige Briefe heraus und las vor: »Kirstein 04, 30 Euro, Ladewig 02, 30 Euro. – Alles von deutschen Auktionshäusern gekauft.«
Der Beamte blätterte in dem Album, betrachtete einige Briefe und las die Briefbeschreibungen: »Sind da auch teure Stücke drinnen?«

Heller schüttelte den Kopf: »Nein, aus der Schweiz kommt reichlich Material, weil es dort keine Kriegsverluste gab.«
Der Ältere fragte: »Und was ist in diesen Bananenkisten?«
Heller zögerte mit der Antwort: »Ein Adelsnachlass, den ich hier in München vor einigen Wochen gekauft habe. Ich kann Ihnen die Rechnung zeigen. – Hat nichts mit Zoll zu tun.«
Der Mann nahm eine Kiste vom Stapel, machte sie auf und nahm einige Schriftstücke heraus. Der Jüngere stellte sich dazu und sah ihm zu.
Der Ältere zog sich einen Stuhl heran, setzte sich vor den Stapel und wühlte in der nächsten Kiste. Er nahm einige Briefe heraus und begann zu lesen. Offensichtlich konnte er fließend Sütterlin und kam auch mit der krakeligen Schrift der Rechbergs zurecht. Im Sitzen rutschten dem Mann die Hosenbeine nach oben und Heller konnte die Socken sehen. Er erschrak. Baumwolle, die eine schwarz, die andere dunkelblau.
Heller provozierte: »Haben Sie jetzt endlich, was Sie suchen?«
Der Mann verstand nicht, worauf Heller anspielte und fragte: »Ist der Inhalt der Kisten vollständig?«
Was für eine blöde Frage, dachte Heller, und log: »Ich hatte wegen der vielen Ausgrabungen noch keine Zeit, mich darum zu kümmern. Die Kisten stehen noch so da, wie ich sie gekauft habe.«
»Aha«, sagte der Mann, sah den Jüngeren an, wie um sich dessen Zustimmung zu versichern, - »die Kartons nehmen wir mit!«
Heller war nicht überrascht. Eigentlich war es ihm egal. Alle wichtigen Briefe waren gesichert, aber nach außen hin erhob er heftigen Protest, verwies noch einmal auf den Kauf bei Zissler, erwähnte den großen finanziellen Schaden, wenn er die Ware nicht veräußern könne, und meldete Zweifel an, dass er sein Eigentum wieder vollständig zurückerhalte.
Der Jüngere sah wohl eine Gelegenheit, seinen Unnutz zu überspielen und sagte forsch: »Sie müssen schon uns überlassen, wie wir unsere Arbeit machen. Sie können viel erzählen. In vier Wochen bekommen Sie die Kisten wieder zurück.«

Heller stand in der Türe, sah ihnen zu, wie sie die Kisten verstauten. Einer Eingebung folgend holte er seine Digitalkamera und fotografierte die Szene mehrmals. Anschließend setzte er sich an den Tisch im Souterrain und konzentrierte sich auf das Zusammenkleben der Scherben, um sich abzulenken von seinen düsteren Gedanken.
Wenig später kam Anna. Die Nachricht von der Hausdurchsuchung hatte ihr keine Ruhe gelassen. Sie hatte einen Ersatz für die Baustelle organisiert und fuhr mit einem mulmigen Gefühl nach Hause. Sie war nicht sicher, ob ihr Mann in dieser Situation die Ruhe bewahren, oder gegenüber den Beamten ausfallend werden würde.

Als sie Heller beim Kleben von Scherben antraf, musste sie lachen: »Dich lässt die ganze Sache wohl ziemlich kalt.« stellte sie fest.
Heller begrüßte sie ernst und meinte: »Im Gegenteil, es ärgert mich maßlos, unter welch fadenscheinigem Vorwand man heute anscheinend einen Durchsuchungsbefehl bekommt und ich bin wirklich beunruhigt über den Einfluss der Gegenseite auf die Justiz. Das lässt mich nichts Gutes ahnen.«
»Das sehe ich auch so – aber was meinst du sollen wir tun?«
Heller hob die Schultern: »Zunächst müssen wir die Frage klären, ob ich den dritten Teil des Artikels an den Verlag schicke, oder nicht.«
»Das ist der eine Punkt«, wandte Anna ein, »ich meine aber, du solltest nicht weiter provozieren und den dritten Teil, der ja wohl die eigentlichen Enthüllungen bringt, vorläufig zurückhalten. Meinst du nicht?«
»Darüber muss ich noch einmal nachdenken, denn schließlich haben wir die zweite Umdrehung des Schlüssels. Und wenn ich das in diesem Artikel andeute, sind die Gegner vielleicht bereit zu Verhandlungen oder abgeschreckt.«
Anna schüttelte ihren Kopf: »Oder fangen erst so richtig an, weil sie Panik bekommen. Das ist nämlich der zweite Punkt; was werden

sie tun, wenn sie feststellen, dass sich das, was sie suchen, nicht mehr in den beschlagnahmten Kisten befindet?«
Heller stand vom Tisch auf und nahm Annas Hand. Sie gingen gemeinsam in die Küche. »Du meinst also«, sagte Heller, »ich soll weder den Artikel noch irgendeinen Hinweis auf den zweiten Schlüssel veröffentlichen?«
Und nach einer kurzen Pause, während der sie sich an den Küchentisch setzten und Heller sich ein Glas Milch eingoss, sagte er langsam und ruhig: »Ich bin mir unsicher. Ich habe zwar genauso wie du Bedenken wegen der weitreichenden Beziehungen, die gegen uns ausgespielt werden. Andererseits bin ich erstaunt über die stümperhafte Ausführung, denn schau, sie haben schon den Auktionskauf nicht hinbekommen, dann folgte der durchsichtige Versuch, mich für den Tod von Eddy verantwortlich zu machen, so dass sogar der Kommissar es merkte. Gut, die Organisation bei der Archivsperre hat funktioniert, aber die Hausdurchsuchung war doch eigentlich ein Witz. Sie haben sich einen alten, unbedeutenden Vorfall zunutze gemacht, um einen richterlichen Befehl zu bekommen und sie haben, etwas naiv, geglaubt, die Dokumente befänden sich alle noch an ihrem Platz.«
»Ja, das stimmt alles, aber bedenke«, warf Anna ein, »sie lernen vielleicht aus ihren Fehlern. Wer solche Beziehungen hat, kann auch professionelle Unterstützung in Anspruch nehmen, und dem können wir nicht viel entgegensetzen. Anscheinend verfügen sie über ein enorm gut funktionierendes Kommunikationsnetz, mit dem sie alle deine Schwachstellen ausfindig machen können. Denke nur an die 148. Und ich bin sicher, dass sie weiter graben und irgendetwas finden, das dir wehtun wird. Auch bei dir gibt es Dinge, die du nicht veröffentlicht oder bei den Behörden angezeigt sehen möchtest.«
»Da kannst du recht haben. – Manchmal denke ich, es wäre mir lieber, sie würden mir ein Angebot machen, um die ganze Sache zu bereinigen.«
»Würdest du wirklich auf so etwas eingehen?«
»Vielleicht. – Ich sage ja nur, manchmal denke ich so.«

»Und wie denkst du im Moment?«
»Ich weiß es nicht. Aber ich werde jetzt eine größere Runde spazieren gehen, dann werden wir sehen.«
»Es fängt aber gerade wieder zu regnen an und der Wind ist frisch.«
»Das macht nichts, dann wird mein Hirn frei.«
Er fuhr mit dem Wagen zu einem Feldweg jenseits der Autobahn. Der Wind blies ungehindert von Westen über die Ebene und trieb dicke dunkle Wolken ins Moos Richtung Erding. Die Rauchfahnen des Heizkraftwerks in Unterföhring zeigten waagrecht nach Osten. Der Feldweg war aufgeweicht. Heller ging in Richtung Osten, um den Wind im Rücken zu haben. Außer einer jungen Frau, die kurz nach ihm auf den Parkplatz einbog und mit einem Hund aus ihrem weißen Golf stieg, war niemand unterwegs.

Obwohl er seine Verhaltensmuster in anstrengenden Situationen zur Genüge kannte, fand er auch heute durch seine Aufgeregtheit keine Abkürzung. Um in das Stadium gelassen nüchterner Betrachtung zu gelangen, bedurfte er mehrerer Anläufe. Den ersten Anflug von Selbstmitleid wehrte er erfolgreich ab, indem er sich sagte: Ich bin völlig unschuldig an dem ganzen Schlamassel, ich wollte nur ein Forschungsobjekt kaufen, das sich selbst finanziert, keine Skandalgeschichten oder Konflikte. Und weder will ich noch kann ich die Welt erklären oder gar retten.
Wenn ich wüsste, wer so großes Interesse an den Kisten hat, würde ich ihm alles sofort verkaufen, denn für meine postgeschichtliche Arbeit reichen von den Briefen auch gute Kopien aus. Aber wahrscheinlich ist es dafür zu spät nachdem ich hinausposaunt habe, dass ich den Schlüssel kenne.
Irgendwie wird mir das Ganze zu viel. Ich will eigentlich nur in Ruhe meine Arbeit machen, aber die wird man mir nicht mehr lassen.
Andererseits ärgere ich mich aber auch maßlos darüber, was die sich mit der Hausdurchsuchung und der Beschlagnahme erlauben.«

Heller, den Wind im Rücken, drehte sich um, sah eine schwarze Wolkenwand näherrücken und fröstelte. »Ich hätte mich wärmer anziehen sollen. Die Füße sind jetzt schon ganz eisig und der Wind dringt sogar durch die Wollmütze.« Abrupt blieb er stehen und sah sich um. Der Wind wirbelte von dem nahen Birkenwäldchen die Blätter auf, dazwischen standen die traurigen Ruinen des Eschensterbens.
Die Frau mit ihrem Hund war nicht mehr zu sehen, aber ihr Wagen stand noch auf dem Parkplatz. Sie konnte bei der Richtung, die sie genommen hatte, noch nicht außer Sichtweite sein, es sei denn, sie war zu ihrem Wagen zurückgegangen, dann saß sie aber drinnen. Komisch.
Ich muss endlich aufhören, überall Aufpasser und Spione zu sehen. Die Gegenseite hat sicher etwas Besseres zu tun, als mich zu überwachen, dachte er kopfschüttelnd und stapfte mit den Füßen beim Gehen kräftiger auf, um die Zirkulation anzuregen. Die Bundeswehrsocke rechts hielt dicht, aber für links hatte er eine leicht gestrickte grüne Wollsocke erwischt.

– Die Socken – genau, was ist mit den Socken? Dreimal habe ich die schwarz/blauen Zweierlei bisher gesehen, bei Eddy, bei der Pferdeschwanz-Blondine und dem Pseudo-Zöllner. Irgendwie müssen die zusammengehören. Die Blondine auch? Ich bin mir nicht sicher, glaube aber schon, denn sie hat mich nicht von ungefähr angesprochen.
Und im selben Moment wurde ihm der Zusammenhang klar: Es ging um Adelige. Es konnte gar nicht anders sein. Die Kisten stammten aus Adelsbesitz, das Schwarze Kabinett und die Aufzeichnungen Offners befassten sich mit Adeligen und deren Machenschaften. »Ich kenne zwar keine Adeligen und habe keine Ahnung, was sie interessiert, wie sie denken und was sie wollen, aber fest steht: Der Nachlass, den ich gekauft habe, trifft den Nerv einer Gruppe von Adeligen, die sich durch dieses Sockenmerkmal auszeichnen.« Und mit einem selbstironischen Schmunzeln formte er mit den Lippen: »Die Sockenbande.«

Grimmig ging Heller weiter, drehte an der nächsten Baumgruppe um und musste nun gegen den Wind laufen. Seine Augen tränten. »Ich hätte gute Lust, jetzt erst recht weiterzumachen. Ich lasse mich nicht einschüchtern. Ich schreibe, was ich will. Schließlich gehören die Kisten mir, also kann ich daraus Stoff für meine Arbeit ziehen; was und wie viel ich will.

Wenn ich aber weitermache, müsste ich mit den Ergebnissen des zweiten Schlüssels mehr anfangen können. Offensichtlich geht es dabei um Grundstücke und Gebäude aus Beständen der Säkularisation, um Handel mit Kirchen- und Klosterinventar, um Geschäfte mit jüdischen Kaufleuten, wenn nicht sogar um Geschäfte bei denen sich die Adeligen gegenseitig betrogen.

Offner hätte seine Aufzeichnungen nicht verschlüsselt, wenn es sich um saubere Geschäfte gehandelt hätte. Und es muss sich um Informationen handeln, die immer noch relevant sind, vielleicht mit Auswirkungen auf heutige Besitzverhältnisse oder Familienbeziehungen. Aber solange ich keine konkreten Vorgänge und Zusammenhänge rekonstruieren kann, nützen mir diese Daten nicht viel. Um da weiterzukommen, bräuchte ich ungehinderten Zugang zu den Beständen des Hauptstaatsarchivs, und genau den habe ich nicht mehr.

Wenn ich der »Sockenbande« andererseits zeige, wie weit ich bin, und dass ich gewillt bin, weiter zu forschen, könnte ich den Marktwert meines Materials erhöhen und vielleicht ein gutes Geschäft machen, vorausgesetzt, sie lassen sich auf ein Geschäft ein.

Also was jetzt? Weitermachen oder Rückkehr an die eigentliche Arbeit, die postgeschichtliche? – Ich muss zu einer Entscheidung kommen, die nicht wie ein Rückzieher aussieht. – Auf keinen Fall. Ich will nicht klein beigeben. Ich darf es aber auch nicht übertreiben.«

Die Regenwand hatte ihn mittlerweile erreicht und trieb Schauerschleier über die Felder. Heller hatte seine Handschuhe vergessen. Es frohr ihn. Dem Anorak fehlte die Imprägnierung.

Mit großen Schritten lief er auf den Parkplatz zu. Als er nur noch etwa 200 Meter entfernt war, startete der Golf, aus dem die Frau mit dem Hund ausgestiegen war, und fuhr weg.
Heller holte eine Decke aus dem Kofferraum, legte sie über den Fahrersitz, dann setzte er sich mit der nassen Kleidung in den Wagen und fuhr nach Hause. Dort angekommen zog er, bevor er die Haustüre aufsperrte, die Schuhe aus, stand in Socken auf dem Abstreifer und schlug die Schuhe mehrmals kräftig gegen einander, bis die letzten Lehmklumpen im Vorgarten landeten.
In der Garderobe zog er die nasse Hose aus, brachte sie zusammen mit dem Anorak in die Waschküche zum Trocknen, stieg wieder in die Küche hinauf und stellte Teewasser auf. Seine kalten Füße hätten zwar gerne die Badewanne gesehen, aber er begnügte sich mit den geschlossenen Filzpantoffeln, weil er möglichst schnell wieder an den Schreibtisch wollte, um den Artikel im Entwurf aufs Papier zu bringen.
Während der Tee zog, kam ihm eine Idee, die den Entschluss zur Abgabe des Manuskripts erleichterte: Ich werde, dachte er, ein Rätsel inszenieren:
Für das Publikum kurzweilige Geschichten; für die Kenner eine brisante Umdeutung der bisherigen Geschichtsschreibung. Zwischen altbekannte Geschichten der damaligen Klatschgesellschaft streue ich wie zufällig Daten aus Offners verschlüsseltem Manuskript, bis niemand mehr weiß, was Dichtung und Wahrheit ist. Eine solche Mischung wird erweisen, wie viel Ahnung die Gegenseite von den historischen Zusammenhängen hat; ob sie das Spiel durchschaut oder sich ins Bockshorn jagen lässt. Reagieren wird sie, da bin ich mir sicher. Die Frage ist nur, ob sie diese Taktik als Friedensangebot, als Provokation oder als Rückzug auffasst?
Freilich könnte ich die Artikelserie auch einfach abbrechen und mich aus dem Staub machen, zum Beispiel nach Wien. Das dortige Haus- und Hofarchiv steht schon lange auf meiner Liste. – Nein, das hat Zeit. Erst wenn es wirklich brenzlig wird. – Jetzt ziehe ich die Sache durch, dann wird man sehen und basta.«

Heller setzte sich an den Küchentisch, holte sich ein leeres Notizheft und überlegte, wie er den Artikel angehen wollte. Im Fokus musste Offner stehen. Die Überlieferung zu Offner und seinem Widersacher, Freiherrn von Drechsel, war widersprüchlich. In den Memoiren des Ritters von Lang, der keinen Hehl aus seiner Antipathie gegen Drechsel machte, wurde dieser der Fälschung, Täuschung, Lüge etc. beschuldigt, Offner dagegen zum unschuldigen Opfer stilisiert. Heller war sich noch nicht schlüssig, auf wessen Seite er sich stellen sollte. Offner kam nach seiner Ansicht dabei zu gut weg.
Heller hatte keine Lust, die Sekundärliteratur Stück für Stück auseinanderzunehmen und zu analysieren. In seinem Artikel ging es nicht um eine historisch kritische Auseinandersetzung, sondern einerseits um Geschichtchen zur Unterhaltung der Leser ohne Hintergrundwissen und andererseits um Provokation der »gegnerischen Seite«.
Die Zuspitzung auf die beiden Kontrahenten, von Drechsel und Offner, bot sich von selbst an. Sie würde dem Leser eine klare Orientierung im ansonsten eher undurchschaubaren Geflecht von Fakten, Geschichten und Andeutungen geben. Bis zu einem gewissen Grad halten die meisten Leser so etwas aus.
Als Anfang eignete sich die kurzgefasste Vita von Drechsels mit deutlicher Betonung seines Charakters als rücksichtlosen Opportunisten. Die darin aufscheinenden Widersprüche führten direkt zu Offner, in dessen Lebenslauf von Anfang an viele offene Fragen und merkwürdige Verwicklungen auftauchten, aus denen sich die Auseinandersetzung zwischen beiden Personen von selbst ergab.
Die Frage war nur, welche Geschichten aus dem reichen Schatz der offnerschen Papiere Heller auswählen wollte. Auf keinen Fall durfte ein unzusammenhängendes Kaleidoskop entstehen, bei dem der Leser die Orientierung verlor. Wenn er die Geschichten mit den Charaktereigenschaften der beiden Männer verknüpfte, entstand vielleicht ein roter Faden mit klaren Konturen, an die er dann unvermittelt Andeutungen aus der zweiten Umdrehung des

Schlüssels anfügen konnte, die ausschließlich für die adeligen Leser gedacht waren.
In diesen ersten Entwurf nahm Heller auch Geschichten auf, deren Verbindung zur Gegenwart er noch nicht einschätzen konnte, die sich aber vielleicht als Schuss ins Blaue eigneten.

Drechsel und Offner waren gleich alt, beide 1775 geboren. Drechsel stammte aus einer fränkischen Beamten-Adelsfamilie. Beide Eltern starben 1785. Seitdem kümmerten sich die Brüder seiner Mutter um den zehnjährigen Karl Joseph. Der eine war Weihbischof in Regensburg und der andere, Jakob Freiherr von Schneidt, fürstlich Taxis'scher dirigierender geheimer Rat. Damals lernte der junge Drechsel wohl viel über die Situation und die Interna des fürstlichen Hauses, die ihm später von großem Nutzen waren.
Nach Studien in Erlangen, Würzburg und Ingolstadt kam Drechsel im Januar 1800 als Kämmerer an den kurfürstlich bayerischen Hof. Nach einer Tätigkeit als Landesdirektionsrat geriet er 1804 in den Kreis der Mitarbeiter Aretins und avancierte 1806 zum ersten königlichen Postkommissär in München, 1808 zum Generalpostdirektor. In dieser Funktion war er lange Zeit Vorgesetzter von Offner.
Selbst der äußerst positiv gestimmte Biograf von Veh[1] weist durch verschämte Hinweise auf Ungereimtheiten in Drechsels Vita hin. Einerseits war Drechsel im direkten Umfeld des fürstlich Taxis'schen Hofes aufgewachsen und scheute sich nicht, den Taxis'schen geheimen Rat von Schoenhammer, dem er zeitlebens freundschaftlich verbunden war, zum Leiter der bayerischen Staatspost zu machen. Andererseits zählte er zu den Gegnern einer Taxis'schen Postregie in Tirol und arbeitete intensiv an der Verstaatlichung der Post in Bayern, die er massiv gegen

1 Otto Veh, Karl Joseph Graf von Drechsel, APB. 1936, S. 326 –332 und Hans Stuntz, GPD. Freiherr von Drechsel, APB, 1937, S. 151–162.

Taxis'sche Pläne einer Rheinbundpost verteidigte. Ein offener Loyalitätskonflikt darf dahinter sicher nicht gesehen werden, denn Drechsel diente denjenigen Interessen, die er für die stärkeren hielt. Und so, wie Taxis von allen Seiten in Bedrängnis kam, und die Fürstin Therese auch in Napoleon trotz aller Verführungskünste keinen Fürsprecher fand, tendierte Drechsel klar zum bayerischen König als dem Stärkeren.
Montgelas machte Drechsel zum Chef des Schwarzen Kabinetts, doch der betrieb diese Arbeit sehr lustlos, ja fast widerwillig, weil sie angeblich nutzlos sei und das heilige Briefgeheimnis verletze. Als dann aber seine Kritiker, Ritter von Lang, Offner und der Polizeichef von Nürnberg, Wurm, gegen ihn Front machten, ließ er sie streng überwachen und ihre Post untersuchen. Offensichtlich setzte er in diesem Fall sehr wohl auf den Nutzen solcher Maßnahmen. Als 1817 Drechsels Rolle in der Affäre Offner öffentlich wurde, verließ er den Postdienst und übernahm den Posten eines Generalkommissärs im Fränkischen.

Franz Joseph Offner, 1775 als Sohn eines Bauern in Zusamzell geboren, erhielt nach kurzem Militärdienst 1798 die Stelle eines Schullehrers in Berg bei Donauwörth. Voraussetzung war, dass er die 20 Jahre ältere Lehrerswitwe mit fünf Kindern ehelichte.
Sein Verhältnis mit der Stieftochter brachte ihm 1803 eine zehnjährige Zuchthausstrafe wegen Blutschande ein. Aber noch im gleichen Jahr »ward er durch die Gnade des Landesherrn« aus der Haft entlassen, obwohl das Justizministerium dem Begnadigungsgesuch nicht zugestimmt hatte.
Die anschließenden Stufen seiner Laufbahn klingen konfus. Erneuter Militärdienst, Diurnist (Amtsschreiber) bei der königlichen Hof- und Centralbibliothek, dann städtischer Turmschreiber in Augsburg mit besonderen Verpflichtungen [nicht näher spezifiziert] bei der Polizei und schließlich Anfang 1808 Vierter Expeditor bei der fahrenden Post in Augsburg, angestellt übrigens durch die Generalpostdirektion [also Drechsel].

Unklar bleibt, wo und wie er sich die für diese Tätigkeiten notwendigen Kenntnisse erwarb.
Im Juli 1810 fällt seinem Vorgesetzten in Augsburg, Lippe!, plötzlich auf, dass Offner wegen seiner früheren Verbindung zur Polizei nicht für den Postdienst geeignet sei und versetzt werden müsse. Und tatsächlich wird Offner im Juli 1810 zum Postoffizial in Brixen ernannt, dem wichtigsten Stützpunkt des Schwarzen Kabinetts in Tirol. Dass dieses Versetzungsgesuch für die Akten fingiert wurde, erhellt schon daraus, dass Offner nun ein um 50 Prozent auf 900 Gulden erhöhtes Gehalt bezog. Man darf wohl zu Recht annehmen, dass Offner nach einer unter unverfänglichen Titulaturen absolvierten Ausbildung im Schwarzen Kabinett bewusst auf diesen heiklen Posten gesetzt wurde, um unter anderem den Bischof von Brixen zu überwachen, der nämlich im dringenden Verdacht landesverräterischer Beziehungen zu Österreich stand.
Offners Recherchen bestätigten dies nicht nur, sondern offenbarten auch, dass zwischen dem Bischof und Drechsel Danksagungen und Kleinodien den Besitzer wechselten. Drechsel hatte also den Nachrichtendienst zwischen Österreich und den Tiroler Aufständischen persönlich unterstützt.
Offner meldete diese Erkenntnisse seinem Vorgesetzten, Oberpostmeister Lippe. Dieser übergab alles an Montgelas, der daraufhin Drechsel die Leitung des Schwarzen Kabinetts entzog. Mehr passierte nicht, weil »noch bedeutendere Personen[1] in die Sache verwickelt« waren. Drechsel war also mit einem blauen Auge davon gekommen, sann aber auf Rache.
Bald darauf bot die grundlegende Veränderung der politischen Lage eine passende Gelegenheit dazu, denn nach dem Frieden von Schönbrunn vom 14. Oktober 1809 schlossen Österreich und Frankreich, die ehemaligen Erzfeinde, ein Militärbündnis, und Metternich vermittelte die Heirat zwischen Napoleon und der

---

1 Manche behaupten, es habe sich dabei um Kronprinz Ludwig und Fürst Wrede gehandelt.

österreichischen Kaisertochter Marie-Louise, die am 1. April 1810 offiziell vollzogen wurde.

Offner war in Brixen immer noch mit dem Aufdecken staatsfeindlicher Machenschaften beschäftigt, derer es in Tirol viele gab. Die Korrespondenzen aus Österreich und Illyrien durch das Pustertal kommend und die Briefe auf der Brennerroute boten ausreichend Möglichkeit zum Sammeln interessanter Informationen.
Weil aus den Gegnern von einst scheinbar enge Verbündete geworden waren, wusste Offner nicht mehr, wen er aus welchen Gründen ausspionieren sollte. Also sammelte er eifrig alles, was ihm merkenswert erschien. Skandale, Notizen zu ehemaligen Illuminaten, Geheimbünden, religiösen Sektierern und Spekulanten, Beweise zu Unterschlagung und Betrug. Dabei richtete er sein Augenmerk in weiser Voraussicht auf jene gesellschaftlichen Kreise, die seiner Position gefährlich werden konnten. Und er sammelte bevorzugt Originalbriefe, die er bei Bedarf unterschlug, um unbezweifelbare Beweisstücke in Händen zu haben.
Besonders stolz war er auf eine Sammlung von Abrechnungen aus dem Juli 1806, als in Tirol die Absicht der Regierung ruchbar wurde, das österreichische Papiergeld durch klingende Münze bayerischer Währung zu ersetzen. Damals hatten namhafte Bankhäuser und hohe Regierungsbeamte ihren Reibach gemacht. Sie kauften den verunsicherten Leuten ihre Zettelgulden für 18 kr ab und lösten sie kurze Zeit später, als das Augsburger Bankhaus Schätzler die Einlösung des Guldens mit 40 kr vornahm, wieder ein. Auf diese Weise sanierten sich die Adeligen in Innsbruck, Bozen und Trient, weil nur ihnen diese Offerte bekannt gemacht wurde.
Offner besaß ein ganzes Bündel an Umtauschurkunden in Höhe von sieben Millionen Gulden. Wenn er diese Informationen an die Wiener Zeitungen gab, würde manche Adelsresidenz und Profiteursbehausung brennen.
Offner wurde zu seiner Sammlung inspiriert, als er feststellte,

dass viele Bauern solcherart Hab und Gut verloren hatten. Sie verstanden den Sinn der juristisch verfassten königlichen Verordnungen nicht und merkten erst viel zu spät, dass ihr Bargeld 1:20, aber ihre Schulden 1:1 umgesetzt wurden.
In der zweiten Schlüsseldrehung nannte Offner einige Fürsten und Grafen mit konkreten Summen beim Namen und die Ländereien, in die sie ihren Gewinn investiert hatten.
Heller hätte diese Angaben gerne an den aktuellen Grundbüchern überprüft, aber solche Recherchen wären schnell aufgefallen.
Bei der Durchsicht der offnerschen Papiere war Heller eine längere Passage aufgefallen, deren Bedeutung er nicht verstand, die aber Offner sehr wichtig gewesen sein musste, weil sie in der zweiten Verschlüsselung mehrfach auftauchte. Offner agierte dabei wieder nur mit Spitznamen und Andeutungen. Die einzige Bezeichnung, mit der Heller etwas anfangen konnte, war der Poet.[1] Aber mit »Nachteule« oder die Frau von »Musäus« konnte er nichts anfangen. Diese Notizen hingen irgendwie auch mit Lippe zusammen. Konkret verwertbar waren diese Angaben nicht, eigneten sich aber vielleicht als provokanter Schuss ins Blaue.

Anscheinend wiegte sich Offner auf diesem Polster von Unterlagen und Geheimnissen in Sicherheit. Aber Anfang 1811 erhielt er den ersten Schuss vor den Bug. Drechsel erteilte ihm einen nachdrücklichen Verweis wegen Bruch des Briefgeheimnisses. Offner nahm diese Rüge nicht ernst, denn kurz darauf »erhielt er offizielle Aufträge von der Regierung zur Briefsurveillance, durch die er in den Besitz vieler Staatsgeheimnisse kam und in Verbindung zu vielen Personen, selbst aus den ersten Staatsbeamtenkreisen, trat«.[2]
Am 16. März 1812 verfasste Drechsel einen Bericht an den König, in dem er Offner massiv beschuldigte. Aber erst am 16. Mai

---

1 Gemeint ist Kronprinz Ludwig. Vgl. das Gespräch zwischen Poet und Barba.
2 Referent des Justizministeriums, Vortrag vom 24. Februar 1817.

1812 erfolgte der entscheidende Schlag. Offner war zwischenzeitlich nach Kempten versetzt worden und spätestens seit diesem Zeitpunkt schaffte er vorsichtshalber die unterschlagenen Originalbriefe und gezogenen Abschriften an einen sicheren Ort.[1] Den Anlass, um gegen Offner endlich vorzugehen, bot die Reise des österreichischen Kaiserpaares Anfang Mai 1812 zum Fürstentag nach Dresden mit Zwischenstation in München.[2]
Der Bischof von Brixen hatte sich beim Kaiser wegen der Übergriffe Offners beschwert. Der Kaiser selbst war zornig, weil kompromittierende Abschriften von Briefen seiner Frau in München kursierten, die nur aus dem Schwarzen Kabinett in Brixen stammen konnten. Drechsel (wohl auch Ludwig und Wrede) bestürmten den König mit den Worten: »Das werde jetzt eine saubere Geschichte geben; der Bischof von Brixen verlange Satisfaktion und der Kaiser habe es selbst übernommen, sie in München auf eine eklatante Art auszuwirken und diesen Spitzbuben Offner sich persönlich ausliefern zu lassen.« –
Damit verband Drechsel den feinsinnigen Antrag, man solle dem Kaiser, um seinen schrecklichen Zorn und Ungnade abzulenken, erwidern, Offner sei bereits abgestraft und befinde sich dato auf der Festung Rothenberg.
Aber es ging nur vordergründig um die Beruhigung und Befriedigung des kaiserlichen Zorns. Die Clique um Drechsel wollte Offner ein für alle Mal aus dem Verkehr ziehen. Sie wussten, dass Montgelas dabei nicht mitmachen würde, denn der hatte nicht vergessen, dass es Offner gewesen war, der für ihn die Urheber

---

1 Heller vermutete, dass Offner einen Teil seiner Unterlagen außer Landes nach Wien brachte, denn er glaubte nicht an die Dauerhaftigkeit der neuen bayerisch-französisch-österreichischen Allianz. Wenn der Krieg erneut ausbrach, würde man ihm dann vielleicht in Wien für die Überlassung der Papiere als Überläufer Asyl gewähren.
2 Napoleon beorderte alle verbündeten Herrscher vom 16.-28. Mai 1812 nach Dresden zur großen Heerschau vor dem Abmarsch der Grande Armée gen Russland.

des vermaledeiten Flugblattes im Jahr 1810 enthüllt hatte, das den Minister bei Napoleon anschwärzen sollte. Seine Verbreitung hätte nicht nur zu erheblichen politischen Irritationen geführt, sondern auch das Verhältnis Montgelas' mit der Freifrau von Zweibrücken offenbart, wenn Offner nicht eingeschritten wäre.[1]

Drechsel musste also trickreich die Unterschrift Montgelas' unter den Haftbefehl für Offner erschleichen.

Er verfasste einen Bericht, in dem er noch einmal alle Missetaten aufzählte, die nur irgendwie mit Offner in Zusammenhang zu bringen waren, wovon sich das meiste später als erfunden herausstellte.

Drechsels Vorwurf, Offner führe einen schändlichen Lebenswandel, gipfelte in der Formulierung: »... wozu kann ein Mann verleitet werden, der durch seine Verhältnisse mit Weibspersonen, die er als illegale Weiber zu ernähren hat, in seiner Ökonomie immer mehr zurückkommen muss, wenn unglückliche Ereignisse, zum Beispiel Krankheiten, denen Offner stets unterworfen ist, eintreten, und ihn kein Eid, keine Religion aufrecht haltend zu unverbrüchlicher Treue bestimmt. Offizial Offner, der schon durch den Missbrauch des ihm in Brixen gegönnten besondern Zutrauens als ein eidbrüchiger, nach den bayerischen Kriminalrechten strafbarer verachtenswerter Mensch erscheint, ist auch in andern Hinsichten ein verworfenes, gefährliches Subjekt.«

Eine bei Offner veranlasste Hausdurchsuchung und Beschlagnahme seiner Papiere brachte zwar »noch andere Verhältnisse an den Tag, welche zu allerhöchster Kenntnis und Würdigung zu gelangen verdienen«, aber die Clique wusste sehr wohl, dass man nicht alles gefunden hatte und der Delinquent noch einige unangenehme Eisen im Feuer hatte.

Den nüchternen Analytiker Montgelas beeindruckten solche nebulösen Hyperbeln nicht. Drechsel gab sich dieser Hoffnung auch

---

1 Gemeint ist das Flugblatt, das Weis in der Biografie Montgelas' Band II, S.470-472 erwähnt.

gar nicht hin, denn diese Zettel dienten nur als Unterlage für den Antrag, Offner in der Festung Rothenberg den Kriminalprozess zu machen. Drechsel wusste, dass Montgelas dem nicht zustimmen würde, deshalb machte er auf einem zweiten Bogen den Vorschlag, Offner lediglich in den Ruhestand zu versetzen.

Unter diesen Antrag schrieb Montgelas mit eigener Hand hinzu: »Genehmigt nach dem Schlussantrag.« Gemeint war die Versetzung in den Ruhestand.

Diesen zweiten, genehmigten Antrag entfernte Drechsel später, so dass es schien, als beziehe sich die Unterschrift Montgelas' auf die Festungshaft. Diese Manipulation nahm er aber erst vor, nachdem auch der König neben der Unterschrift Montgelas gegengezeichnet hatte.

Unter dem Vorwand, man wolle ihn versetzen, lockte man nun Offner nach Nürnberg. Dort angekommen, wurde er in Fesseln gelegt und auf die Festung Rothenberg gebracht. Nach der beigefügten Ordre an den Kommandanten, deren Verfasser leicht zu erraten ist, war der Gefangene als größter Staatsverbrecher zu behandeln und ihm alle und jede Kommunikation abzuschneiden.

Nach fünfjähriger Gefangenschaft ohne Gerichtsurteil, Gnadenerweis oder Nachricht von seiner Familie, sprang der verzweifelte Gefangene in den Festungsgraben und brach sich Rippen und beide Beine.

Bis dahin hatte sich niemand mit dem Schicksal Offners befassen wollen. Allen klang das strikte Verbot des Königs in den Ohren, ihm bei höchster Ungnade über diese offnersche Sache jemals nur wieder ein Wort zu erwähnen.[1] Nach Offners Sprung erschienen in mehreren Zeitungen Artikel[2], die das Interesse der Öffentlichkeit auf diesen Fall lenkten und eine Untersuchungskommission beschäftigten.

---

1 Über die Gründe des König für diese Haltung schweigen sich alle Quellen aus.
2 Im Rheinischen Merkur November 1817, S. 624; in der Isis 1818, Heft 9 und in den konfiszierten Beiträgen zur Kenntnis der Staatsverfassung der kgl. preußischen und bayerischen Staaten, 1819.

Heller wollte es damit in diesem Artikel bewenden lassen und die Befreiung bzw. Rehabilitierung Offners in einem abschließenden Beitrag erzählen. Nachdem er wichtige Textstellen aus den Akten und den Briefen Offners im Original abgebildet und Portraits der angesprochenen Personen in den Text eingefügt hatte, fand er in seinen Aufzeichnungen noch die Geschichte über die Geldgeschäfte des Freiherrn von Drechsel, die der Ritter von Lang in seinen Memoiren erzählt.
Bei aller gewissenhaften Genauigkeit, deren sich v. Lang bei seinen Recherchen zu befleißigen pflegte, hielt Heller seine diesbezüglichen Behauptungen für übertrieben und war unsicher, ob er sie übernehmen wollte. Da aber die Platzvorgaben des Verlags noch nicht ausgeschöpft waren, nahm er sie auf:
Im Zuge der Säkularisation, dieser unseligen, sowohl ökonomisch, gesellschaftlich wie auch kulturell überaus dummen Veranstaltung, kam v. Drechsel für 25.000 Gulden in den Besitz der Abtei Tegernsee. Innerhalb weniger Monate brachten die Glocken, das abgedeckte Kupferdach, die bleiernen Kanäle, die herausgerissenen Öfen, Herde und Schlösser nachgerade das Doppelte ein. Er hatte dann noch die Stirn, nachträglich einen Nachlass am Kaufpreis zu verlangen, als das Landgericht Miesbach eine Herabsetzung des Bierpreises verfügte, unter der auch die miterworbene Brauerei des Klosters zu leiden hatte.[1]
Als 1817 der Wunsch die Königin beseelte, dieses Kloster wegen seiner wahrhaft reizenden Lage an einem großen See, umgeben von mächtigen Bergen, zu erwerben, und es nach ihrem Geschmack auf eine würdige Weise für ihren Sommeraufenthalt einzurichten, sah sich der König zur Erfüllung dieses Wunsches mit der Forderung Drechsels von 90.000 Gulden konfrontiert und

1 Alle Biertrinker, die sich heute von den Industrieprodukten der Münchner Brauereien enttäuscht abwenden, sind dem Herrn von Drechsel dankbar, dass er den Betrieb des Brauhauses Tegernsee aufrecht erhielt.

äußerte sein Befremden mit den kräftigen Worten: »In Gottes Namen, der S...kerl soll sie haben.«[1]
Immerhin muss man dem Herrn von Drechsel zugutehalten, dass sein Geschäft aus Sicht der Gesetze nicht zu beanstanden war. Ganz anders als bei jenen, die sich während der Säkularisation durch Unterschlagung bereicherten und bis heute mit ihrem Diebesgut die Auktionen in Zürich und Genf füttern.
Als markantes Beispiel zitierte Heller aus dem zweiten Schlüssel Offners. Ein Graf M. hatte sich unter Vorwänden Zugang zum Kloster Neustift bei Brixen verschafft und eine der Wertkisten, die bereits für den Abtransport nach München verpackt waren, auf seinen Wagen laden lassen. Der Herr Graf bedachte in seiner Gier nicht, dass eine Liste des Inhalts existierte, in der zehn Gemälde mit den Namen der Maler und genauer Titulatur, ein altes Messkleid, ein englischer Gruß aus Achat und ein Christusbild aus Korallen verzeichnet waren. Die späteren lückenhaften Angaben in den Züricher Auktionskatalogen erwähnten die Provenienz Brixen nicht.
Offners Wahrnehmungen bei der Aufhebung des Klosters in Neustift fanden in einem seiner Briefe ihren Niederschlag. Seine Schilderung zeigt eine tiefe Abscheu gegen das Vorgehen der bayerischen Behörden. Nachdem die Verantwortlichen das Wertvollste aussortiert und in zwei Kellerräume verbracht hatten, die sogleich mit Eisen und schweren Schlössern gesichert wurden, überließen sie das Kloster und die Kirchen den subalternen Verwertern, die unter lautem Gelächter und frivolen Späßen alles Hab und Gut an die anwesenden Händler und Schacherer verschleuderten.
Offner schreibt: »Die umgestürzten Regale, zerschlagenen Vitrinen und zerrissen herumliegenden Bücher in dem großen lichten

---

1 Den wenig vornehmen Ausdruck Saukerl benutzte der König gerne und häufig, unter anderem als Drechsel mit der Bitte um die Aufnahme in den Grafenstand einkam.

Hauptsaal, mit seiner reich verzierten Stuckdecke wirken wie die Inkarnation der Sinnlosigkeit aller Bemühungen zur kulturellen Überformung menschlicher Grobheit.«

Heller wollte Offner in seinem Zeitschriftartikel als einen anständigen Mann mit Prinzipien darstellen, denn abgesehen von seinen (angeblichen) moralischen Verfehlungen setzte er sich für andere ein, wenn sie nach seiner Ansicht zu Unrecht beschuldigt wurden.

Ein treffliches Beispiel dafür boten die staatsfeindlichen Tumulte am 26. Juni 1809 in der Reichsstadt Nürnberg.

Der zuständige Generalkommissar Graf Thürheim, der nach dem Sturz Montgelas‘ Innenminister wurde, berief ein Spezialgericht ein, das Ende November seinen Spruch fällte.

Statt der von Thürheim erhofften drakonischen Strafen für staatsfeindliche Umtriebe und Kooperation mit dem Feind wurden nur ein paar aus der untersten Hefe aufgegriffene Elemente zu Gefängnis verurteilt. Mit Befriedigung konstatierte das Gericht, dass sich keine Spur von einer Beteiligung höherer Stände gezeigt habe. Bäckermeister Schönweiß und Schlossermeister Fischer, die sich für die Beendigung des Tumults eingesetzt hatten, erhielten unter großem Pomp goldene und silberne Ehrenmünzen ausgefertigt.

Als man dem König dieses Urteil zur Genehmigung vorlegte, lief er vor Zorn rot an. Laut schreiend warf er unter vielfacher Titulatur des Gerichtspräsidenten als Saukerl das Urteil auf den Boden, tobte gegen die österreichfreundlichen Reichsstadtsauhunde und wollte Blut sehen.

Unter den Beobachtern dieses Schauspiels befand sich auch Offner. Er kannte die Details der Nürnberger Ereignisse durch seinen Freund, Polizeidirektor Wurm, der unmittelbar Betroffener war.[1]

---

1 Überliefert ist die Geschichte auch in den Memoiren des Ritters von Lang, Band II, S,110–113. Die Akten dazu befinden sich im (Kreisarchiv) Staatsarchiv München, Rep. 232, Nr. 4354, 4355 und 4396

Ohne zu zögern stellte er sich vor den König und nahm Partei für die Nürnberger Bürger und gegen den Herrn Grafen Thürheim und erzählte, aufgefordert durch den anwesenden Minister Graf Montgelas die wahre Geschichte.

Es war die Zeit, als sich Napoleon im April 1809 in Spanien aufhielt. Dadurch ermutigt, unternahmen die Österreicher unter Erzherzog Karl einen Vorstoß nach Süddeutschland. Karl hoffte auf einen Volksaufstand in Franken und in Nürnberg, der aber ausblieb. Es gab also keine Anzeichen von Landesverrat. Wie bekannt, eilte Napoleon herbei und schlug die Österreicher am 20. April bei Abensberg und am 22. April entscheidend bei Eggmühl. Graf Thürheim erhielt den vielleicht sehr übel berechneten höheren Auftrag, bei Annäherung versprengter österreichischer Truppen an die Stadt, ihnen die Tore zu verschließen und innerhalb der Mauer die bewaffnete Bürgerschaft aufbieten zu lassen.
Bei dem offenbaren Widerstreben einer in ihrem Herzen noch so ganz kaiserlich gesinnten ehemaligen Reichsbürgerschaft, gebrauchte der Herr Graf zur vermeintlichen Ermutigung sehr unpassende Worte: Die Bürger müssten sich vor einem solchen zusammengerafften österreichischen Haufen, der aus lauter Schneidern und Schustern bestehe, nicht fürchten.
Da erhob sich auf einmal unter den Leuten tobendes Geschrei: »Was? Schuster und Schneider? Wir sind auch Schuster und Schneider. Der Teufel soll den holen, der uns Bürger verachtet!« Andere schrien: »Was, die Bürger hat er beschimpft? Was schert uns so ein Graf? Mag er seine Grafen zusammenziehen und zur Stadt hinauswandern!«, und so stürzte die Menge ans Tor, sprengte es gewaltsam ein, rannte den Österreichern unter Freudengeschrei entgegen und ließ sie zwischen ihren jubelnden Reihen einen lärmenden Siegeszug halten.
Vor dem Rathaus angelangt, kam es alsbald zum Entschluss, den Grafen in seiner Wohnung aufzusuchen und herbeizuschleppen. Als sie ihn da nicht fanden, plünderten sie sein Haus, nahmen ihn endlich aus dem Versteck eines Nachbarn in Empfang und rissen

ihn mit sich fort bis an die sogenannte Fleischbrücke, während sie ihn mit Püffen und Schlägen ins Gesicht, die ihn mehrere Zähne kosteten, misshandelten. Einige versuchten gar, durch absichtliches Drängen und Emporheben bei dem Rande der Brücke ihn hinabstürzen und hätten es vielleicht getan, wären nicht österreichische Ulanen herbeigerannt, welche dem Janhagel[1] sein Opfer unter dem Vorwand, dass eine solche Rache noch gar nicht schwer genug sei, entrissen, um ihn nebst dem Polizeidirektor Wurm ins Hauptquartier nach Bayreuth bringen zu lassen.
Dort angelangt, wollte der Herr Graf die versuchte bürgerliche Bewaffnung gegen reguläre Militärs, die man als ein schweres Kriegsverbrechen ansah, lediglich der Unbesonnenheit und Willkür des Polizeidirektors Wurm zuschreiben und von seiner Seite nicht den geringsten Anteil dran gehabt haben. Herr Wurm, der es nicht geraten fand, vor einem solchen Kriegsgerichte, das kurze Prozesse machte, durch unzeitige Höflichkeit seinen Kopf aufs Spiel zu setzen, legte die vom Herrn Grafen ihm zugestellte, eigenhändig unterschriebene Instruktion und Ordre vor. Weil er nun aber so wenig Lust bezeigte, sich für seinen Generalkommissar hängen zu lassen, lud Herr Wurm die forterbende Feindschaft und Verfolgung des Grafen Thürheim sich auf den Nacken.
Der König fand die Einlassungen Offners reichlich despektierlich und wollte nicht recht glauben, dass ein Generalkommissar von solcher Art sei und befahl, dass man den Gerichtspräsidenten ermahne, ein andermal die Sache etwas ernstlicher und strenger zu nehmen. Dem Offner verbot er, davon in Zukunft gegenüber Dritten zu sprechen.

Heller las seinen Entwurf noch einmal durch. Er gefiel ihm nicht. Und er glaubte auch, zu wissen, woran es lag. Es fehlte eine Idee, ein roter Faden. Die einzelnen Teile fügten sich nicht zu einem überzeugenden Ganzen zusammen. Anna würde dazu sagen: Der Leser merkt, dass du nicht weißt, was du willst.

---

1 Alter Ausdruck für Pöbel.

Er ärgerte sich zwar immer furchtbar, wenn Anna in ihrer direkten Art unbekümmert auf den wunden Punkt hinwies, den er gerne ignoriert hätte. Aber meistens traf sie die Sache doch recht gut. – Er gab ihr den Entwurf nicht zum Lesen.

Heller ließ den Text achtlos auf dem Schreibtisch liegen, ging nach unten und stocherte im Kamin herum, kehrte die Asche zusammen und trug sie in den Garten. Dann öffnete er die Haustüre, legte so viel Holzscheite auf den linken Arm, wie er balancieren konnte, trug sie hinein und schichtete sie in den Kamin. Dazwischen platzierte er zwei Holzanzünder.
Nach wenigen Minuten flackerten die Flammen und erfassten ein Holzscheit nach dem anderen. Heller setzte sich im Schneidersitz davor und starrte in die Flammen. Er spürte die angenehme Wärme, lehnte sich zurück auf die Ellbogen und streifte die Filzpantoffeln ab.

Der Artikel wirkte so fahrig, weil er sich nicht von seiner Wut über die letzten Ereignisse (und seine Angst) frei machen konnte. Aufmerksame Leser, zumal aus dem Kreis derer, auf die der Text zielte, würden diese Situation schnell erfassen und seine Provokation als stümperhaften Versuch durchschauen. - Aus der geplanten Rätselinszenierung drohte ein Flopp zu werden.
Woran lag es? An seinem Unvermögen, den richtigen Ton zu treffen, an den offnerschen Informationen? An letzteren sicher nicht, denn sonst würde die Gegenseite sich solche Anstrengungen wie Zollfahndung und Hausdurchsuchung erspart haben.
Das Holz knisterte und die Flammen züngelten mit einem merkwürdigen Ton. Heller schreckte aus seinen Gedanken hoch, als der oberste Scheit nach unten fiel.

Das Problem war, dass er sich zwar gut in der Postgeschichte des 19. Jahrhunderts auskannte, aber von der damaligen gesellschaftlichen Situation nur wenig Ahnung hatte. Was war für diese Menschen wichtig? Wie dachten und fühlten sie über das, was

Offner als notizwürdig ansah? Wo waren Ihre Akzeptanzgrenzen, ihre Tabus? Bei Ehebruch und unehelichen Kindern? Oder der Notiz, dass es damals zu den ganz eigenen Lüsten der Münchner Damen gehörte, hübsche, schlanke, blonde, theatralisch zugestutzte Tiroler Buben in ihren Schlafzimmern zu empfangen. Was bedeutete das? Waren es Tabubrüche, Kindereien oder nur Klatsch und Tratsch?
Er konnte diese Geschichten nicht in die Ethikhygiene der damaligen Zeit einordnen. In der Meinung, diese Menschen seien prüde und empfindlich gegen Sexaffären gewesen, hatte Heller diese Themen herausgegriffen, und aus ähnlichen Überlegungen die Belege für Betrug, Verrat und Bereicherung. Dagegen aber andere Themen, die in den offnerschen Papieren eine große Rolle spielten, hatte er weggelassen, weil er fürchtete, damit moderne Tabugrenzen zu berühren. Ein feiges Verfahren.
Genau diese Unsicherheit prägte seinen Artikelentwurf.
Er konnte sich dem nur entziehen, wenn er so nüchtern und sachlich wie möglich formulierte. Ein bisschen Glimmer, Frivolität und Beschiss für die Oberfläche. Aber da, wo er Relevanz für heute vermutete, nur auflisten.
Die offnerschen Notizen, aus der zweiten Verschlüsselung einfach nur als Tabelle anfügen: Datum, Name, Ort, Summe, Bemerkung.
Sollen sich doch die Hunde darauf stürzen, damit sie sich dann umso besser gegenseitig zerfleischen konnten.
Er, Heller, kannte die historischen Baustellen der einzelnen Familien und Clans nicht. Aber die Betroffenen würden sich in der Liste wiederfinden und wohl in dem einen oder andern Fall darin auch die wahren Verursacher und den Anlass ihrer Verluste, Kränkungen und Feindschaften erkennen.

Seit 1960 hatte Graf M. keine einzige Treibjagd in den Wäldern um die Walhalla versäumt. Er durfte dort beim Abendbuffet stets den Ehrenplatz seines Vaters einnehmen, der diese Jagdgesellschaft kurz nach der Währungsreform initiiert hatte. Kaum dass er imstande war, ein Gewehr zu tragen, hatte ihn der Vater mitgenommen, deshalb kannte er alle Teilnehmer und freute sich auf das Wiedersehen schon lange im Voraus. Alle Jagdtrophäen befanden sich, lückenlos und penibel beschriftet, im alten Rauchsalon des Schlosses.
Die Koffer waren bereits gepackt, die Stiefel geputzt und im Flur standen die Jagdwaffen bereit, als der Jagdhelfer Franz dem Grafen das Handy reichte:
»Es scheint wichtig zu sein, Frau Dr. von Ritz ...«.
Graf M. wollte sich, einem ersten Impuls folgend, verleugnen lassen, war aber unsicher, ob Franz seine Anwesenheit bereits hatte erkennen lassen. Mit einem Seufzer griff er nach dem Telefon.
Frau von Ritz begann ohne Umschweife in kühl distanziertem Ton:
»Herr Graf , ich muss Ihnen mitteilen, dass SKH über die jüngste Entwicklung in der Sache Offner sehr ungehalten sind.«
Der Graf tat überrascht: »Welche Sache Offner bitte?«
»Es geht um das bei dem Hel…, Helter, oder wie immer er heißt, requirierte Material … vulgo Offnerpapiere.«
»Heller!«
»Was meinten Sie?«
»Heller heißt der Mann ... Heller.«
»Wie auch immer. SKH warten auf das gewünschte Ergebnis und sind sehr enttäuscht … Sehen sich in der abscheulichen Lage, Ihre Teilnahme an der Jagdgesellschaft absagen zu müssen, um sich höchstselbst um diese Angelegenheit zu kümmern. Eine Sensation, die Sie mit etwas Umsicht hätten vermeiden können.«
Graf M. unterbrach sie: »Ich muss zu meinem Bedauern gestehen, dass sich die beschlagnahmten Kisten noch beim Zoll befinden und ich folglich keinen Zugriff habe. Ich würde so gerne

behilflich sein, aber vielleicht hat es noch bis Montag Zeit, dann werde ich die fraglichen Briefe heraussuchen lassen und Ihnen übergeben. ... Im Moment befinde ich mich im Aufbruch nach Regensburg. ... Sie wissen schon.«
Es entstand eine Pause. Frau von Ritz atmete hörbar und zischte dann:
»Sie werden einen Teufel tun. Die Briefe befinden sich definitiv nicht in den Kisten. Die ganze Aktion war sinnlos. –
In spätestens einer halben Stunde erwarten SKH Sie zum Rapport.
Und wenn ich Ihnen einen Rat geben darf, überlegen Sie sich eine ausgezeichnete Begründung, warum sich die gesuchten Briefe nicht in den Kisten befinden.«
Graf M. wollte noch etwas sagen, aber sie hatte aufgelegt. Zu einer derart brüsken Behandlung reichte sein Gedächtnis nicht zurück. Was war schief gegangen?
Er hatte doch klare Instruktionen erteilt, den Staatssekretär an geleistete Gefälligkeiten erinnert und dem Zoll einen fähigen Historiker zugewiesen. Auf ihn hatte er sich verlassen. Zusammen mit den Zollbeamten hätte es ihm ein Leichtes sein müssen, an die fraglichen Briefe zu kommen. War denn auf diese Leute überhaupt kein Verlass? Sie hätten eben gegebenenfalls Heller gehörig unter Druck setzen und die Herausgabe der Brief erzwingen müssen.
Entnervt verfluchte Graf M. den Tag, an dem er seine Unterstützung für die politische Sache zugesagt hatte, nicht ahnend, wie ernst sie genommen werden würde.
Er war Forstwirt aus Leidenschaft, wie sein Großvater. Mit den Industriebetrieben seines Vaters konnte er nie viel anfangen und überschrieb sie seiner Tochter, sobald sie ihr Studium beendet hatte.
In den Wald gehen, Bäume inspizieren, Aufforstungen mit seinen Förstern diskutieren, im Morgengrauen auf dem Hochsitz den Hirsch abwarten und der tägliche Blick auf die Holzbörse. Das war seine Welt.

Der Artikel von diesem Mensch, diesem Heller, lag bereits auf dem Schreibtisch. Er hatte eigentlich erst nach der Rückkehr aus Regensburg einen Blick hineinwerfen wollen.
Offenbar waren SKH vor allem deswegen so aufgebracht. Wenn er also erscheinen musste, war es angebracht, das Pamphlet zu kennen.
Unwirsch gab er Anweisung, die Koffer umzupacken. Der Artikel lag griffbereit. Auf der letzten Seite fand er seinen Namen in einer Tabelle mit Betreffzeilen und Geldbeträgen. - Die Briefe sind also entziffert!
Graf M. spürte, wie ihm das Blut in den Kopf stieg. Ausgerechnet diese unangenehme Geschichte mit den unterschlagenen Stiftungsgeldern war da zu lesen. Und Graf M. wusste, dass das Gespräch bei SKH schmerzliche finanzielle Konsequenzen diesbezüglich für seine Familie haben würde.
Er ließ den Chauffeur kommen und blaffte ihn lauter als beabsichtigt an:
»Holen Sie den Wagen.«
Der Chauffeur in der passenden Livree zum Jagdausflug sagte dienstbeflissen: »Darf ich bemerken, dass ich mich schon sehr auf die Fahrt nach Regensburg freue?«
Graf M. winkte ungehalten ab: »Wir fahren in Richtung Osten aus der Stadt hinaus, dort erhalten Sie weitere Instruktion.«
Der Chauffeur nickte. Die Enttäuschung war ihm anzumerken.

Heller wollte in der nächsten Zeit die offnerschen Papiere nicht mehr sehen. Die Kopien versteckte er in einem unauffälligen Ordner für Haushaltsrechnungen. Es dauerte einige Zeit, bis er die Stelle fand, wo er die Lektüre des Lippeschen Diariums unterbrochen hatte und er empfand eine gespannte Vorfreude auf Lippes Berichte. In dieser Thematik fühlte er sich mehr zu Hause als in den offnerschen Untiefen.
Um den Anschluss zu finden, las er noch einmal die Abschnitte über Lippes Aufenthalt in Rovereto. Danach musste sein Aufenthalt in Trient und die Gespräche mit dem Bozner Merkantilrat über grundlegende Kommunikationsprobleme Tirols folgen, von denen sich Heller Hinweise für die Interpretation vieler Briefe erhoffte, die er im Laufe der Zeit zusammengetragen hatte, die aber seit Jahren ungeklärt in Schachteln lagen.
Heller erstellte für das restliche Tagebuch zunächst eine grobe Inhaltsangabe nach Themenschwerpunkten. Damit gewann er einen Überblick und konnte leichter Antworten auf seine jeweiligen Fragestellungen finden.
Bei der Lektüre stieß er sich wieder am gewundenen Satzbau und der für heutige Leser ungewöhnlichen Wortwahl Lippes und entschloss sich zur Zusammenfassung, die nach Möglichkeit Stimmungen und Gefühle des Tagebuchschreibers einfließen ließ.

Lippe fühlt sich bei der Ankunft in Trient wie gerädert. Bei der Abfahrt in Rovereto ziehen bereits Wolken von Süden auf, die sich im Laufe der Nacht zu einem heftigen Gewitter entwickeln. Die Laternen am Postwagen gehen ständig aus und der Wind rüttelt an der Kutsche. Die Pferde scheuen mehrmals, als kräftige Blitze niederfahren, die sich mit einem Donnerschlag entladen.
Beim Pferdewechsel in Calliano verweigert der Kutscher die Weiterfahrt, obwohl es nur noch 1 ½ Post bis Trient sind. Nach einer längeren Diskussion und einem Beutel mit Münzen gibt er sich kompromissbereit. Erst, als der Wirt vom Schwarzen Adler einen Krug Wein vor den Kutscher stellt, wird man handelseinig. Lippe ist viel zu müde, um diese Szenerie anstößig zu finden.

Im Morgengrauen erreichen sie Trient. Die Straßen sind leer bis auf einige Bauern, die ihre Erzeugnisse zur Piazza Erbe fahren. Der Kutscher fragt Lippe, ob er zum Hotel Europa oder zum Goldenen Adler wolle. Letzteres lobt er mit vielen Worten. Lippe, den kräftigen Tiroler Dialekt noch nicht gewohnt, versteht nur wenig und zögert mit einer Antwort. Ungeduldig mit der Unentschlossenheit Lippes ruft der Kutscher: »Essn's deitsch oder italienisch?«
Lippe ist es im Grunde gleichgültig. Logieren wird er ohnehin nicht, aber er spürt Appetit auf ein kräftiges Frühstück und antwortet deshalb:
»Fahrn's in die alemanorum!«
Der Kutscher nickt und hält wenig später vor dem Gasthaus zum Rad.[1]
Lippe kommt mit dem Wirt ins Gespräch, einem kauzigen alten Mann mit kräftigen Bartstoppeln, die direkt in die üppig sprießenden weißen Brusthaare übergehen. Als Lippe andeutet, dass er am selben Tag noch bis St. Michael an der Etsch zu fahren gedenkt, hebt der Wirt abwehrend seine Hände: »Da is nit guot schlafn!«
Seine Tochter, die gerade am Tisch vorbei kommt, lacht und ermahnt ihn, er solle seine Gespenstergeschichten über die Wirtin in St. Michael für sich behalten. Und zu Lippe gewandt: »Das Quartier da ist nicht bequem. Farn's gleich bis Salurn zum Weißen Adler, wo schon der Herr Dürer wohnte, bevor er durch das Val di Cembra nach Venedig gereist is.«

Salurn ist ein kleines, sehr verwinkeltes Dorf, angelehnt an eine Felsenwand, die von einer finsteren Burg dominiert wird, deren Name voller Bedeutung steckt, die Chiusa di Salorno (Salurner Klause), die als eigentliche Grenze zum Italienischen gilt.

---

1 Das Gasthaus zum Rad (Osteria della Corona) ist das älteste Gasthaus in Trient und existierte schon 1345.

Lippe sucht, wie ihm geraten, den Weißen Adler auf, dessen weit in die Gasse ragendes metallenes Schild nicht zu übersehen ist. Johann Vilos, der dort den Postdienst verrichtet, steht neben einer älteren Frau am Schreibpult, als Lippe den Schankraum betritt und nach einem Bett fragt.

Vilos betrachtet den Ankömmling mürrisch und knurrt, ob er nicht warten könne, bis die Dame ihren Empfangsschein unterschrieben habe. Lippe, weit entfernt, darin eine Despektierlichkeit zu sehen, tritt an das Pult heran, um sich bei der Frau zu entschuldigen und wirft dabei einen Blick auf das Formular.

Darauf steht die Titulatur des Postamts als »kaiserl. königl.« deutlich gedruckt. Auf italienischen Postämtern hat er solche Scheine nicht gesehen und in Rovereto nicht darauf geachtet, aber er findet, dass offizielle Formulare auch den korrekten Landesnamen tragen sollen.

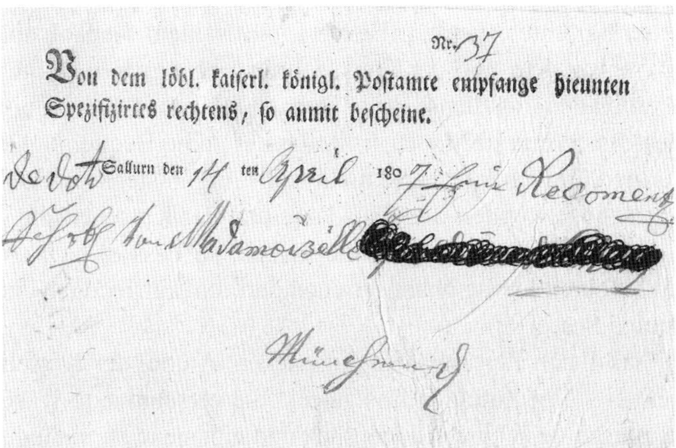

Nr. 37

Von dem löbl. kaiserl. königl. Postamte empfange hierunten Spezifizirtes rechtens, so anmit bescheine.

Salurn den 14 ten April 1807

Madamoiselle [redacted]

Nachdem die Frau gegangen ist und der Postmeister das Formular in die Schublade seines Pultes gelegt hat, kann sich Lippe nicht enthalten zu fragen, ob denn nicht ein Formular mit dem Zudruck »königl. bayerisch« angebracht sei. Vilos sieht ihn feindselig an, schüttelt den Kopf und sagt im Dialekt: »Hobs selm kafft, so wer is a nemmen bis gor san.«

Lippe erwidert, dass dagegen nichts einzuwenden sei, wenn er die Titulatur mit Tinte korrigiere.
Vilos aber ereifert sich: »Von dene gottlosn Hundsbuam kommt koa Nam auf meine Zettln.«[1] Lippe lässt die Sache auf sich beruhen, verzichtet auch auf eine Inspektion der Poststation, weil ansonsten alles sauber und wohlgeordnet zu sein scheint.

Der Eingang in die Stadt Bozen von Süden erfolgt über die Brücke am Eisack. Endlich lernt Lippe nun also dieses von seinem Vater so vielgerühmte kosmopolitische Zentrum kennen, wo sich deutsche und italienische Kaufleute in gleicher Weise wohlfühlen.
Er lädt sein Gepäck beim Wirt zur Gans vom Postwagen ab und lässt es durch einen Stallburschen zur Mustergasse bringen. Hier, gleich gegenüber dem Palais Menz, besitzen die Augsburger Kaufleute mehrere Wohnungen für die Zeit der Messe und als Quartier für ihre Agenten. Bevor Lippe seinem Gepäck folgt, spricht er mit dem Wirt der Gans, der mit einem großen Aufgebot an Pferden den Postdienst in der Bozner Talebene versieht, einen Inspektionstermin ab. Er ist froh, dass er seine Bequemlichkeit in der geräumigen Wohnung nicht selbst organisieren muss. Im Obergeschoss wohnen die Hausdame und der Kutscher, die bereits Bett und Küche hergerichtet haben, so dass er sich einer abschließbaren Privatsphäre erfreuen darf und zufrieden in einen der tiefen Sessel sinkt.
Lippe lässt sich Zeit mit dem Auspacken. Anton, der Kutscher, zu dem er sofort Zutrauen fasst, steckt die verschmutzte Wäsche ohne Umstände in einen Leinensack und gibt sie in der nahegelegenen Putzerei zum Waschen und Aufbereiten. Außerdem empfiehlt er Lippe ein Geschäft unter den Lauben, wo er alles für den täglichen Bedarf findet.

---

1 Wie man an dem abgebildeten Stück sieht, hielt sich Vilos daran und benutzte auch 1807 noch seinen Schein aus österreichischer Zeit ohne Ausbesserung.

Anscheinend hat seine Ankunft Aufsehen erregt, denn es vergeht keine halbe Stunde, da kommt bereits ein Bote des Merkantilrates Gummer mit zwei Briefen für ihn.[1] Der eine stammt von seinem Vater, der andere von Aretin.
Sein Vater schildert, entgegen seiner Gewohnheit, die Ereignisse der letzten Wochen in Augsburg lebhaft. Die Spanische Cholera, die im vergangenen Jahr bereits besiegt schien, suchte erneut Augsburg heim und das Tiroler Hausmädchen fiel der Krankheit zum Opfer. Zwischen den Zeilen wird tiefe Trauer darüber spürbar. Offenbar verband seinen Vater mit der lebenslustigen jungen Frau doch mehr, als nach außen zu erkennen gewesen war.
Die Geschäfte laufen befriedigend und sein Vater verspricht sich von dem Erwerb Tirols einen intensivierten Handel mit Italien und gute Gewinne. Besorgnis äußert der Vater über die von England verfügte Handelssperre für französische Güter, denn er befürchtet eine ähnliche Maßnahme vonseiten der französischen Regierung und damit eine Blockade des gesamten Seehandels. Man werde aber, endet er optimistisch, wie immer Mittel und Wege finden, damit der politische Unsinn so wenig Schaden wie möglich anrichtet.
Lippe ist sich nicht sicher, aber er glaubt aus den Worten des Briefes einen Anflug wehmütiger Einsamkeit zu erkennen, denn die Hoffnung auf seine baldige Rückkehr nach Augsburg ist ungewohnt deutlich formuliert.

Ganz anders der Brief Aretins. Der lobt die bisherige Berichterstattung Lippes nahezu überschwänglich und ist voller Tatendrang. Das Dossier über Thurn und Taxis, das Offner aus Wien besorgt hat, eröffnet nach Aretins Ansicht entscheidende Perspektiven für die Beseitigung der taxis'schen Postregie. Es sei die

---

1 Gummer besorgte mit Niederlassungen in Bayern, der Schweiz und Italien als Forwarder die Briefe vieler Handelshäuser. Wie er dabei auf seine Kosten kam, ist noch eine offene Frage.

richtige Entscheidung gewesen, in Tirol eine staatliche Postregie einzurichten und Taxis den Zugang zu verwehren. Zwar sei das Nebeneinander von zwei verschiedenen Postverwaltungen in Bayern mühsam, ineffektiv und kostspielig, aber aus dem bekannten Grund, dass Bayern nicht über genügend ausgebildetes Postpersonal verfüge, gebe es dazu keine Alternative. Spätestens in ein oder zwei Jahren werde sich das ändern. Schedel habe zusammen mit Wurm und Axthelm bereits einen Schlachtplan ausgearbeitet, der den König unweigerlich dazu bringen werde, Taxis das Postregal zu entziehen. Er könne sich brieflich nicht weiter dazu äußern, aber Schedel werde ihm in Innsbruck mündlich weitere Einzelheiten mitteilen.
Aretin erinnert Lippe an die Fragen und Aufgaben, die er während seines Aufenthalts in Bozen zu erledigen hat. Zunächst erwartet Aretin einen Stimmungs- und Lagebericht im Allgemeinen und über die Postverhältnisse im Besonderen. Dabei legt er ihm vor allem die Botenverhältnisse im Vinschgau ans Herz. Da die Kaufleute ein starkes Interesse an dem Erhalt ihrer Privilegien und des Merkantilrates haben, soll Lippe herausfinden, wie groß der Spielraum ist, um solche Garantien an Forderungen zu knüpfen.

Heller gewinnt während der Lektüre des Tagebuchs den Eindruck, Lippe habe diese Aufgaben sehr ernst genommen, denn außer Entwürfen für Berichte finden sich kaum persönliche Aufzeichnungen. Die Stimmung in Bozen bezeichnet Lippe als angespannt. Bayerische Soldaten in Uniform werden mit Verachtung gestraft und teilweise beschimpft, so dass der Kommandant seinen Soldaten den Besuch von Wirtshäusern untersagt und den Ausgang in Gruppen anbefohlen hat. Lippe hält diese Maßnahmen für übertrieben.
Über die Postverhältnisse in der Stadt schreibt er: *»Von der inneren Geschäftsführung bei dem hiesigen Oberpostamt habe ich nähere Einsicht genommen und muss vor allem die große Pünktlichkeit und Ordnung hervorheben, mit der, unter der Aufsicht*

*und besonderen Mitwirkung des Kontrolleurs Kugtatscher*[1]*, die Geschäfte besorgt werden. Ich habe hier auch nur Postscheine mit der Titulatur: ›Königlich Bayerische ...‹ vorgefunden.«*

Die Unterhaltung mit Kugtatscher veranlasst Lippe zu folgenden Zeilen: *»Die postalische Bedeutung Tirols als Transitland ist unstreitig daran erkennbar, dass die Anzahl der durch Tirol laufenden Briefe bei weitem beträchtlicher ist, als die Anzahl derer, welche im Lande Tirol selbst entstehen.*
*Der Fürst von Thurn und Taxis hat seit dem 1. Juli 1777 den freien Durchzug der aus seinem Postbezirk durch Tirol nach Italien et vice versa laufenden Briefe gegen eine Entschädigung von jährlich 10.000 Gulden Wiener Währung erreicht. Es ist allerdings nicht genau zu eruieren, ab wann schließlich nach und nach auch Briefe aus fremden Ländern, die durch das Reichspostgebiet transitieren (z.B. aus Holland, Sachsen und Preußen) in diesen Transitpaketen befördert wurden. Diese fremden Briefe laufen zum jetzigen Zeitpunkt ausnahmslos im taxisschen Paket und hinterziehen die Einnahmen, die daraus der Tiroler Post und damit Bayern zustehen.«*

Lippe äußert die Vermutung, dass sich Kugtatscher vor allem deshalb so außergewöhnlich kooperativ zeige, weil er für Bozen den Status einer Oberpostverwaltung sichern will. Er macht nämlich von sich aus noch auf ein eigentümliches Verfahren aufmerksam, über dessen Zulässigkeit Lippe nicht eigenmächtig entscheiden kann. Er schreibt darüber einen Brief an Schedel und bittet um Entschließung der Hofkommission in Innsbruck.

Heller las die ersten Zeilen dieses Berichtes und geriet in Aufregung, als er merkte, worum es ging. Dieser Zusammenhang, der

---

1 Kugtatscher wechselte im Mai 1809 sogleich auf die Seite der Aufständischen und organisierte für sie die Kommunikation in derselben vorbildlichen Weise wie vorher für die bayerische Regierung.

ihm völlig neu war, eignete sich ausgezeichnet für einen Fachartikel, weil er exemplarisch die völlig andere Struktur der damaligen Postverhältnisse gegenüber den heutigen auf den Punkt brachte. Aber Heller stand wieder vor dem Problem, in welcher Form er den Sachverhalt darstellen sollte. Am Originaltext würde kaum jemand die ungewöhnliche Situation nachvollziehen können. Schrieb er aber lediglich eine Zusammenfassung, ging das ganze historische Kolorit verloren und es bestand die Gefahr, dass er den Sinngehalt verstümmelte.
Vielleicht war es angemessen, in diesem Fall den Originaltext zusätzlich abzudrucken.
Wenn er den Text richtig verstand, sah die Praxis der in Frage stehenden Vereinbarung zwischen dem Handel und der Post, an einem Beispiel dargestellt, in etwa so aus:

Bei der Firma Menz kommt der Brief eines Geschäftsfreundes aus Frankfurt an, dem zwei Rechnungen für Adressaten in Florenz und Rom beiliegen. Menz gibt anderntags diese beiden Briefe in Bozen zur Post, ohne dafür die Aufgabegebühr bezahlen zu müssen.
Lippe äußert sich darüber erstaunt.
Dass der Frankfurter dadurch die Gebühren bis zur Tiroler Grenze spart, kann der bayerischen Post in Tirol gleichgültig sein. Aber die gratis Weitersendung ist problematisch. Welche Folgen hätte allerdings ein Verbot dieser Praxis?
Wenn so ein Brief in Bozen ankommt, bezahlt Menz die Abgabegebühr, das ist klar. Die Post in Bozen verdient also daran, und wahrscheinlich nicht einmal schlecht, denn drei Briefe in einem bringen viel Gewicht und damit hohe Gebühren. Menz, der seinem Geschäftsfreund eine Gefälligkeit erweist, hat kein Verlangen, für die zwei Briefe nach Italien etwas zu bezahlen, das leuchtet ebenfalls ein.
Bei einem Verbot bleibt dem Absender in Frankfurt nichts anderes übrig, als die Briefe nach Italien teurer über Frankreich oder etwas billiger über Taxis zu verschicken. Und da sich Taxis mit

seinem Vertrag von 1777 das Monopol des Tiroltransites erworben hat, müsste die bayerische Post in Tirol diese Briefe genauso befördern, nähme aber für ihre Arbeit keinen einzigen Kreuzer ein und obendrein verlöre das Schwarze Kabinett jeden Zugriff auf diese Briefe.

*»Die hiesigen Bozner Kaufleute empfangen von ihren entfernten Freunden Briefe, welche mit Einschlüssen versehen sind, die von hier aus wieder weiter in das Ausland verschickt werden sollen. Also zum Beispiel Briefe aus Aachen oder Frankfurt nach Genua, Rom oder Neapel. Für diese Briefe mit Einschlüssen zahlen die hiesigen Kaufleute zwar das tarifmäßige Porto bei der Zustellung, geben aber die Einschlüsse zur weiteren Beförderung unentgeltlich auf.*
*Über diese Behandlungsart liegt keine höhere Bewilligung vor, sie ist aber seit unfürdenklicher Zeit durch Observanz geheiligt. Die Sache scheint mir sehr wichtig, so dass ich mir Verhaltungsbefehle erbitte, wie es in Zukunft gehalten werden soll. Der Grund, worin diese Korrespondenz den hiesigen Kaufleuten zugeschlossen wird, ist wahrscheinlich kein anderer, als die Erwartung, dass dieselbe auf diese Art sicherer befördert werde.*
*Wenn man bedenkt, dass dem Fürsten von Taxis gegen eine Aversional Summe [Pauschale] der freie Transito durch Tirol zusteht, [Entsprechend dem bereits genannten Vertrag von 1777] und es also ein reiner Gewinn für das königliche Ärar ist, wenn das Abgabeporto für oben erwähnte Briefe hier gezahlt wird, so ergibt sich bei der unentgeltlichen Annahme dieser bereits bezahlten Briefe kein Bedenken, umso weniger als zu erwarten ist, dass die Kaufleute, wenn man ihnen diese Begünstigung nicht mehr gestattet, den Einschluss der Briefe wegen Verteuerung des Portos ablehnen würden und ihren Freunden anraten könnten, die Einschlüsse unmittelbar ihrer Adresse nach ablaufen zu lassen, worauf die taxis'sche Postadministration die ausschließliche*

*Beförderung durch Tirol in ihrem eigenen, vertraglich zugestandenen Paket übernehmen würde.*
*Indessen bleibt es doch immer ein bedenklicher Umstand, dass es der Ehrlichkeit der Kaufleute überlassen ist, die aufgegebenen Briefe als solche zu benennen, für welche sie die portofreie Annahme wegen Einschluss in Anspruch nehmen, denn sie könnten auch ihre eigenen unter diesem Titel aufgeben.*
*Um Letzteres zu verhindern, könnte man die Bedingung stellen, dass diese Briefe in Gegenwart des Postbeamten eröffnet und Letzterem die Einschlüsse zur weiteren Beförderung ausgeliefert werden. Obwohl dieser Ausweg in der Sache die einzige denkbare Kontrolle ist, so wird sie doch auf der einen Seite immer lästig für den Handelsmann bleiben, der nicht immer in Person seine Briefe abholen und auf der Stelle eröffnen kann, während dem noch außerdem einem unredlichen Postbeamten dadurch ein Mittel in die Hände gegeben ist, das allerhöchste Ärar zu bevorteilen. Es wird daher der Weisheit einer Königlichen Hofkommission anheimgestellt, zu entscheiden.«*

Am Rand hatte Montgelas notiert: *»Conclusio: Soll beim Alten bleiben, unter besonderer Aufsicht.«*

Während Heller an der Zusammenfassung arbeitete, kam ihm ein Brief in den Sinn, den er im vorigen Jahr gekauft hatte und der genau in diesen Zusammenhang passte. Er hatte keine Ahnung mehr, in welche Schachtel er diesen Brief verräumt hatte.
Eigentlich bot sich doch hier eine Gelegenheit, auf die er schon lange gewartet hatte, nämlich eine ungewöhnliche historische Situation mit Hilfe von Briefen anschaulich und nachvollziehbar erklären zu können, so wie er das in seinem Vortrag vor den Archivaren postuliert hatte. Und Heller malte sich aus, wie er dem Originaltext, ergänzt durch seine Zusammenfassung, die kommentierten Briefe gegenüberstellte. Wenn ihm diese Kombination glückte, würde der Leser von sich aus das große Potential der Briefe als eigenständige historische Quellengattung erfahren.

Zudem würden sich historisch versierte Leser nicht bevormundet fühlen durch seine stümperhafte Zusammenfassung, sondern könnten den Originaltext genießen (wenn auch nur als Transskript).

Die Frage war nur, ob er über passende Briefe verfügte. Das herauszufinden, würde zwar einige Zeit in Anspruch nehmen, denn eine systematische Aufarbeitung und Registrierung seiner Bestände hatte er stets erfolgreich verschoben, manchmal unter dem Vorwand, wie erfreulich es sei, längst verloren geglaubte Briefe in einer verstaubten Kiste wiederzufinden. Heller markierte die Stelle, wo er die Lektüre des Tagebuches unterbrach und ging in das Souterrain, wo die Schachteln mit den ungeklärten Fällen lagerten.
Als Anna am Abend nach Hause kam, kniete er noch immer am Boden und suchte geeignete Briefe. Anna war sauer, weil er nicht, wie versprochen, eingekauft hatte und der Kühlschrank nahezu leer war.
Heller erklärte ihr, worum es ging, und sie ließ sich von seinem enthusiastischen Eifer besänftigen. Sie einigten sich auf eine Pizzabestellung und Heller machte weiter.
Später, Anna war bereits zu Bett gegangen, hatte Heller drei einschlägige Briefe vor sich liegen. Funktional waren sie gut geeignet, aber er hätte sich ästhetisch ansprechendere Exemplare gewünscht.

Der erste Brief dokumentiert die übliche Behandlung, wenn ein Brief regulär in Tirol nach Italien aufgegeben wurde. Aus Borgo Valsugana stammend, war er nach Venedig gerichtet und ging am 23. April 1807 zur Post. Zwischen bayerisch Tirol und Italien bestand wegen der komplizierten Gebührenverhältnisse in Italien Frankozwang bis zur Grenze. Der Absender bezahlte also 19 kr bis zur italienischen Grenze. Die Post in Venedig verlangte 31 centesimi vom Empfänger.

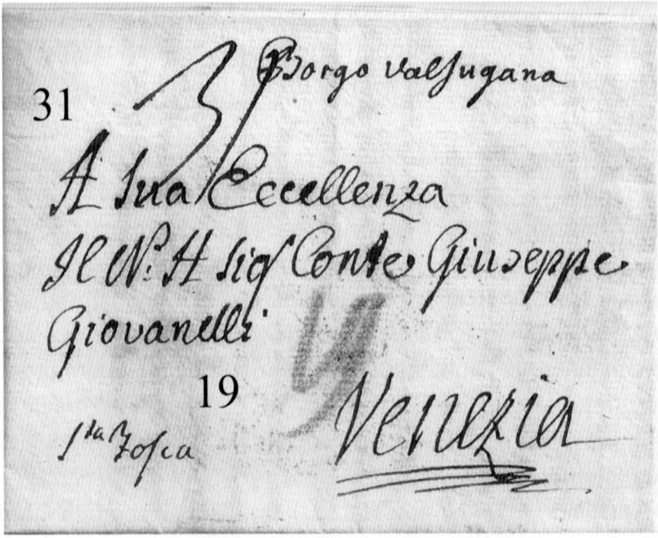


Der zweite Brief kam eigentlich aus Sachsen und war einem anderen Brief an den Spediteur Graff in Bozen beigelegt, der ihn, im Gegensatz zu dem Brief aus Valsugana ohne die Auslandsgebühr von 19 kr am 29. Juli 1806 zur Post gab.

Dieser Brief entsprach also genau dem geschilderten Verfahren der unentgeltlichen Aufgabe.

Für den Weg durch das Königreich Italien fiel eine Transitgebühr an, denn die Toskana wurde erst 1807 von den Franzosen besetzt. Dieser Transit ist in den rot vermerkten 6 Paoli e mezzo (Toskanischer Tarif von 1784) enthalten.

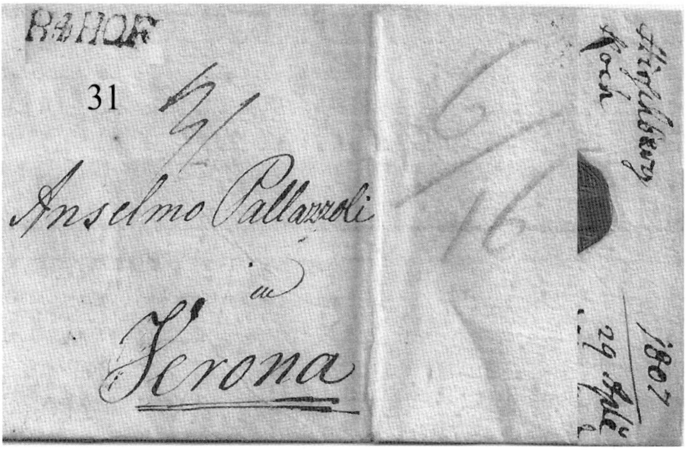


Der dritte Brief schließlich wurde am 29. April 1807 in Hirschberg (Sachsen) geschrieben und in Hof zur Post gebracht. Hof gehörte zur reservierten Provinz Bayreuth, war also französisch, wurde aber postalisch von Taxis versorgt. Hof durfte die Briefe seit alters bis zur italienischen Grenze frankieren, deshalb stehen rückseitig 6 kr für Bayreuth und 16 kr Transit für Bayern. Und obwohl beide Gebiete von Taxis verwaltet wurden, sah man sie doch als unterschiedliche Postgebiete an. Bayerisch Tirol bekam nichts für seine Arbeit, die durch den erwähnten Transitvertrag von 1777 bereits abgegolten war. In Italien zahlte der Empfänger 31 centesimi.

Wenn man den Kaufleuten die unentgeltliche Aufgabe der kuvertierten Briefe verboten hätte, würden alle Briefe nach dem Hofer Muster laufen.

Lippe verheimlicht die bereits durch Schedel erteilte Erlaubnis den Kaufleuten noch, um sie als Druckmittel bei den Verhandlungen einsetzen zu können, in denen er einen finanziellen Beitrag der Kaufleute für den Estaffettenkurs von München nach Mailand erreichen will. Nach Berechnungen Kugtatschers kostet die Estaffette über 3.300 Gulden im Jahr. Jetzt in Friedenszeiten ist diese Verbindung von unschätzbarem Wert, weil sie beide Hauptstädte in 45 Stunden verbindet, während der normale Kurs sechs Tage braucht.

Bei den großen Postämtern dürfen die Briefe des örtlichen Publikums dem Felleisen der Estafette beigelegt werden. Die Absender bezahlen dafür die dreifache Gebühr. Um die Laufzeit von 45 Stunden auch bei schlechtem Wetter und im Winter zu gewährleisten, wird die Strafe für Verspätungen von 15 kr auf 60 kr pro Viertelstunde erhöht. Lippe vermerkt in seinem Tagebuch stolz die erreichte Zusage der Bozner Kaufleute auf eine Beteiligung von 1.000 Gulden pro Jahr für die Estaffette.

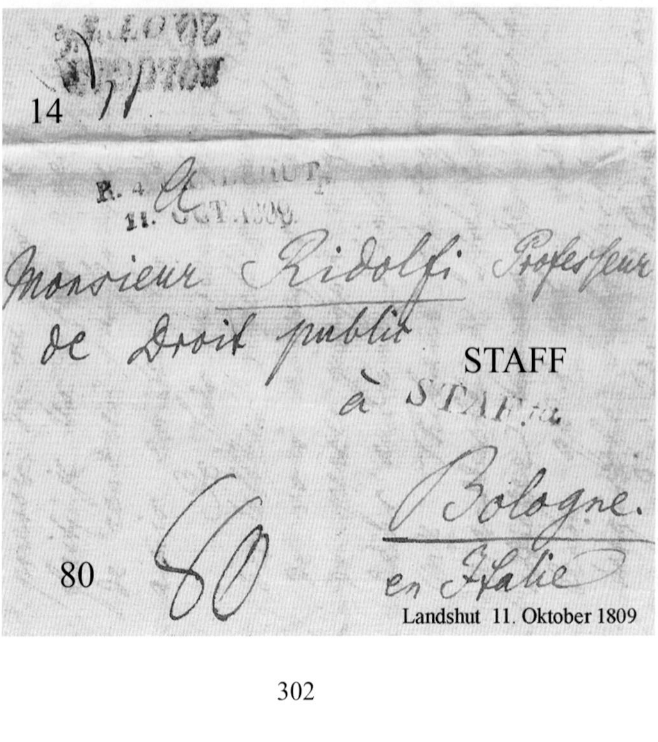

Landshut 11. Oktober 1809

Der Nachweis für die Benutzung der Mailänder Estaffette durch private Absender kann an diesem Brief erbracht werden, den der berühmte Jurist Prof. Savigny am 11. Oktober 1809 in Landshut für Prof. Ridolfi in Bologna zur Post gab.
Der Postexpeditor hat Savigny vielleicht auf Probleme in Tirol aufmerksam gemacht. Die Aufständischen störten nämlich den Postverkehr erheblich und blockierten den Transit. Deshalb wurden bereits seit April 1809 alle Sendungen nach Italien über Zürich und Mailand geleitet.

Savigny zeigte sich wohl wenig erfreut über diesen Umweg und die damit verbundene Verzögerung. Als Ausweg bot sich die Beförderung mit der Mailänder Estafette an, die weiterhin durch Tirol lief. Dass der Brief tatsächlich diesen Weg nahm, belegt der Stempel »STAFF«. Wäre er über Zürich gelaufen, müsste er so aussehen, wie der nächste Brief, der von Augsburg am 8. November 1809 abging und den Weg über Zürich deutlich in roter Tinte fordert.

Dass die Umleitung den Korrespondenten teuer zu stehen kam, zeigen die Gebührenvermerke.
Der Brief aus Augsburg geht nur bis nach Trient, das die Franzosen zwar besetzt hielten, das aber immer noch zum Kgr. Bayern

gehörte. Trotzdem kostete dieser Inlandsbrief viel mehr als der Estaffettenbrief, weil er in einem geschlossenen Paket über die Schweiz lief. Solche Briefe bezahlten jeweils an St. Gallen und Zürich einen Paketpreis von 6 kr pro Unze. Dieses Paket wurde erst bei der Übergabe an die Tiroler Post geöffnet und dabei dieser Brief mit dem Bruch 36/19 taxiert.

Für den Transit durch das Königreich Italien fielen 36 kr an. Dieser hohe Betrag entstand durch die scharfe italienische Progression, die bereits ab sechs Gramm steil anstieg. Die einfache Mailänder Gebühr hätte, wie andere Briefe zeigen, nur 12 kr betragen.

Die 19 kr darunter entsprechen der Tiroler Gebühr für Briefe aus dem Ausland die angesetzt wurde, obwohl Augsburg Inland war, um einen Ersatz für die Auslagen an St. Gallen und Zürich zu finden.

Lippe äußert sich in seinem Tagebuch selbstkritisch über die Gesprächssituation im Palais Menz, wo er anderntags vorspricht. Er ärgert sich vor allem, dass er seinem Vater am Abend vor der Abreise nicht aufmerksam zugehört hatte, als der die Verhältnisse im Hause Menz darlegte. Lippe weiß nur noch so viel, dass Anna Menz seit dem frühen Tod ihres Mannes im Jahr 1801 die umfangreichen Geschäfte alleine führt. Ihre Tochter Annette ist gerade zehn Jahre alt.
Lippe wird in einen hohen Raum mit einer kunstvoll getäfelten Decke geführt. Gegenüber der Türe reichen die Holzregale bis zur Decke und dienen offensichtlich zur Aufbewahrung von Geschäftsjournalen und Stoffmusterbüchern. Um einen großen Eichentisch in der Mitte des Raumes stehen vier breite Lehnstühle mit rot aufgepolsterten Armlehnen.
Die Hausdame bringt einen Krug Wasser und einen Becher aus grünem Muranoglas. Sie nickt kurz und zieht sich wieder zurück. Lippe ist allein, geht ans Fenster und sieht auf die Laubengasse hinunter, wo sich jetzt kurz vor Mittag die Menschen drängen. Er dreht sich um, lässt den Raum, der als Besprechungszimmer dient, auf sich wirken und ist eben im Begriff, die Musterbücher zu betrachten, als sich die schwere Holztüre mit einem leichten Knacken öffnet und ein hochgewachsener Mann Ende 30 den Raum betritt. Mit beherrschten ruhigen Schritten geht er auf den Tisch zu, zieht einen Stuhl zurück und bedeutet Lippe mit einer energischen Geste, dass er Platz nehmen soll.
»Es tut uns leid, aber Frau Menz ist wegen dringender Geschäfte verhindert. Sie hätte zu gerne den Sohn des verehrten Geschäftsfreundes kennengelernt, lässt sich aber mit den freundlichsten Grüßen empfehlen und hofft, dass sie einen angenehmen Aufenthalt in unserer schönen Stadt haben.«
Lippe fällt die kühle Ausdrucksweise des Mannes auf, der sich noch nicht vorgestellt hat. Er macht einen unverbindlich freundlichen Eindruck, aber seine Gestik und vor allem seine Augen verraten bewusst geübte Distanz.
Der Mann wartet im Stehen, bis sich Lippe gesetzt hat. Er trägt

einen schwarzen Frack und schwarze Beinkleider. Unter dem offenen Frack ist eine bordeauxrote Gilet aus Seide zu sehen, auf die das Kaufmannszeichen der Menz' golden eingestickt ist.
Lippe ist etwas enttäuscht. Er hat sich einen ähnlich herzlichen Empfang wie in Mailand und Rovereto gewünscht. Dort herrscht noch die überschwängliche Pracht der französischen Mode vor und die Lebensfreude ist mit Händen zu greifen. Hier begegnet er dagegen der neuen englischen, puritanisch anmutenden Mode, die angeblich seit einigen Jahren auch in Wien Einzug gehalten hat. Mit dieser Zugeknöpftheit und unterkühlten Sachlichkeit kann sich Lippe nicht recht anfreunden.
Der erste Eindruck trog nicht. Nachdem Lippe das Empfehlungsschreiben seines Vaters vorgelegt und den Grund seiner Mission erläutert hat, bleibt die Situation gezwungen. Der Mann stellt sich als Josef Haller vor, leitender Kontorist, ausgestattet mit allen Vollmachten. Darüber hinaus sei er Hausvorstand. Was darunter zu verstehen sei, wird Lippe schnell klar, denn kaum dass sie sitzen, öffnet sich die Türe und einer der zahlreichen Bediensteten betritt den Raum, grüßt artig und flüstert kurz mit Haller. Mehrmals muss der den Raum verlassen, dann ist zu hören, wie er mit befehlsgewohnter Stimme Anweisungen erteilt.

Lippe wird unruhig und überlegt bereits, ob er nicht zu einem andern Zeitpunkt seine Aufwartung machen soll, als Herr Haller zurückkommt und entschuldigend auf die Vorbereitungen zum großen Abschlussbankett des Geschäftsjahres hinweist, das in diesem Jahr Frau Menz auszurichten habe und zu dem die Mitglieder des Merkantilrates eingeladen seien. Er habe sich für eine halbe Stunde Ruhe ausgebeten und stehe nun zur Verfügung.
Herr Haller lenkt das Gespräch ohne Umschweife auf die für ihn wesentlichen Punkte. Mit einem skeptischen Unterton erzählt er von seinen Eindrücken während der Audienz, die der König den Deputierten der Tiroler Stände Anfang Januar in München gewährt hatte. Damals war die Beibehaltung der Einheit, Verfassung und Gebräuche des Landes Tirol zugesagt worden.

Der Tenor der neuesten Instruktion für den Landeskommissar, Graf Arco, die schnell die Runde gemacht hat, nährt allerdings Zweifel an der Aufrichtigkeit dieser Absichtserklärungen. Von Rücksichtnahme auf die Volksmeinung und Einbeziehung des Handelsstandes in die Entscheidungsfindung ist nicht mehr die Rede. Die heimlichen Vorbereitungen zur Abschaffung des österreichischen Papiergeldes sprechen in dieser Beziehung eine deutliche Sprache. – So schafft man kein Vertrauen.
Lippe hört ruhig zu und macht ein interessiertes Gesicht. Während einer Pause sagt er: »Auf diese Verhältnisse habe ich keinen Einfluss. Aber ich werde gerne über ihre Bedenken an geeigneter Stelle berichten und entsprechende Gesuche weiterleiten. Ansonsten empfehle ich den direkten Weg zu Generalkommissar Graf Arco, der, wenn ich recht informiert bin, aus der Gegend von Riva stammt und die Probleme kennt.«
»Graf Arco stammt aus Judikarien«, entgegnet Haller, nicht ohne einen Unterton von Geringschätzung. »Es tut mir leid, dass ich Sie mit unseren marginalen politischen Problemen behellige, ich vergaß ganz, dass Sie aus dem Postfach kommen. – Ein hochinteressantes Aufgabenfeld.«
Lippe wundert sich über diese Sätze, denn bei seiner Anmeldung hat er keinen Hehl aus seiner Funktion gemacht. Was hat Haller vor? Was will er mit seiner Gesprächshaltung erreichen? Will er sein Gegenüber in die Defensive drängen und dadurch seine Position schwächen?
Lippe hat genug und wird ungeduldig: »Kennen Sie meinen Vater?«
»Nicht persönlich.«
»Wissen Sie, ich habe viel von ihm gelernt über die Art, wie man Geschäfte vorbereitet und verhandelt. Er hat mich gelehrt, in schwierigen Situationen jeden Anflug unangenehmer Gefühle zu unterdrücken und stets das Positive in den Vordergrund zu stellen. Er pflegt zu sagen: ›Alle Menschen sind für Komplimente und gute Worte zugänglich, auch wenn sie noch so abweisend und übellaunig erscheinen.‹«

Herr Haller, im Begriff sich zu erheben, sagt scharf: »Wollen Sie etwa ...«
Lippe aber hebt beschwichtigend die rechte Hand, bleibt ruhig sitzen und sagt lächelnd: »Ich habe den Eindruck, zur Unzeit gekommen zu sein und entschuldige mich für diese Ungeschicklichkeit in aller Form. Ich werde meinen Vorgesetzten mitteilen, dass Sie mit meinem Auftritt unzufrieden waren und einen anderen Gesprächspartner wünschen. Es kann allerdings sein, dass der Minister dergleichen ungnädig aufnimmt.«
Um seine Worte zu verstärken, steht Lippe seinerseits auf, stellt den Stuhl sorgfältig unter den Tisch zurück, bleibt dann aber noch einen Moment dort stehen und sieht Herrn Haller ruhig an. Für einige Sekunden stehen sie sich gegenüber. Jeder wartet auf eine einlenkende Bemerkung. Da klopft es an der Türe und mit rotem Gesicht ruft die Köchin aufgeregt durch die halbgeöffnete Türe: »Siss eppes gscheng!«
Herr Haller geht zur Türe, dreht sich aber noch einmal zu Lippe um und sagt: »Bleiben Sie, gleich können wir reden.«
Lippe nimmt die Gelegenheit und geht zu den Porträts der Menz'schen Vorfahren, die auf der Türseite die ganze Wand einnehmen. Der eine und andere Name kommt ihm dabei wieder aus der Erzählung seines Vaters ins Gedächtnis. An der Stirnseite des Raumes hängen zwei Gemälde. Das eine zeigt die Gerstburg, das andere den Sommersitz der Familie in Oberbozen.

Haller kommt nach einiger Zeit zurück und ist sichtlich um Freundlichkeit bemüht. Er legt eine Tasche auf den Tisch, der er einen Stapel Papiere entnimmt, die er fein säuberlich vor sich ordnet und sagt: »Wir haben mehrere postalische Probleme. Bedingt durch den letzten Krieg sind einige Kommunikationsverbindungen noch nicht wiederhergestellt. Mit der taxis'schen Reichspost und Frankreich laufen die Dinge recht und schlecht. Aber die Beziehungen zu England gestalten sich von Tag zu Tag schwieriger. Briefe von dort kommen teils über Husum, Breda, Hamburg und manchmal als Einschlüsse von Nürnberg. Die Taxen

sind teilweise sehr hoch. Wie Sie wissen, untersagt die bei uns nach wie vor geltende österreichische Postordnung jede Vergütung von Auslagen. Deshalb werden solche Briefe an die Absender als unzustellbar retourniert.«
Lippe bestätigt, dass er das Problem kenne, aber keine Abhilfe schaffen könne, solange Taxis die Postregie in Bayern besitzt.
»Gut, dann darf ich zu einem weiteren Punkt kommen, der uns Sorgen bereitet. Die inländischen Postgebühren in Tirol sind viel zu hoch und verleiten viele Kaufleute zum Briefschmuggel …«
Lippe unterbricht: »Diese Gebühren hat allerdings Ihr früherer Landesherr eingeführt. Sie können also nicht etwa als bayerische Schikane angesehen werden.«
Haller entgegnet: »Aber leider betreiben sie die Postverhältnisse noch ganz auf dem österreichischen Fuß weiter.«
»Ich habe mir«, sagt Lippe, »erst heute dieses hier übliche, österreichische Halbfrankosystem von Herrn Oberpostverwalter Kugtatscher erklären lassen, weil es in den Regionen der Reichspost völlig unbekannt ist. Er meint, dass in den Augen der Postkunden nur dann eine Gewähr für die richtige Zustellung geboten sei, wenn der Zusteller für die Briefe noch etwas zu fordern habe. Deshalb wird die eine Hälfte der inländischen Gebühr bei der Aufgabe und die andere Hälfte bei der Abgabe erhoben. So kostet ein Brief von Rovereto nach Bozen dem Absender 8 kr bei der Aufgabe und dem Empfänger 8 kr bei der Zustellung. Briefe nach oder aus dem Ausland bezahlen das Doppelte, also 16 kr. Angeblich sind auch vollständig frankierte Briefe zulässig, aber dem setzt sich kaum jemand aus, weil die Posthalter, denen ein solches Verfahren ungewohnt ist, sich trotzdem die Abgabe zahlen lassen.«
Haller stimmt zu, wendet aber ein: »Wir sind schon lange für die Abschaffung dieses Systems und hatten gehofft, Sie würden dies zügig tun. Nun steht aber zu befürchten, dass es wegen Ihrer doppelten Postregie erhalten bleibt und bei der anstehenden Währungsumstellung die Gebühren sogar noch steigen von acht auf zehn bzw. 16 auf 19 kr.«

Lippe entgegnet: »Erhöhung kann man das wohl nicht nennen, sondern nur Umrechnung, denn die Postgebühren lauten bisher auf Kreuzer Conventionsmünze, die seit langem in einem Verhältnis von 1:1,2 gehandelt werden. Wir runden also bei den Inlandsgebühren lediglich etwas auf und im Falle der Auslandsgebühr sogar ab.«
Haller gibt aber zu bedenken, dass die Bancozettel, mit denen diese Gebühren bezahlt wurden, viel weniger wert seien, als die klingende Conventionsmünze, worauf Lippe ironisch bemerkt, dass man Bayern wohl kaum für die Inflation im österreichischen Kaiserstaat verantwortlich machen könne.
Aber Haller lässt sich nicht beirren und fordert konsequente Rücksichten auf den Handel, der nahezu ein Viertel seiner gesamten Ausgaben für die Kommunikation aufwenden müsse.
»Leider«, sagt Haller und zieht einen Brief aus dem Papierstapel »haben sich auch die Briefe aus und nach Österreich verteuert. Bisher kostete ein Brief von Triest nach Bozen 8 kr Conventionsmünze. Jetzt bezahlt der Absender bis zur Grenze eben diese 8 kr und wir müssen zusätzlich die Auslandsgebühr bezahlen, die von den bayerischen Postbeamten schon bei der geringsten Gewichtsüberschreitung von 16 auf 32 kr gesetzt wird.«
Dabei schiebt er, zum Beweis seiner Behauptung, einen Brief über den Tisch. Lippe nimmt ihn auf, betrachtet ihn eingehend, wiegt ihn schätzend in der Hand und nickt.
Zu Haller gewandt sagt er: »Ich verstehe Ihren Unmut, aber es ist nun einmal eine Tatsache, dass Österreich seit der Abtretung Tirols an Bayern Ausland ist und folglich auch postalisch wie Ausland behandelt wird. Sie müssen aber den Vorteil sehen, dass sich im Gegenzug die Briefe aus und nach Bayern erheblich verbilligen und zwar auf die Inlandstaxe.«
Etwas theatralisch greift Haller nach einem bereitliegenden Brief: »Dann schauen Sie sich einmal diesen Brief aus unserer Firmenkorrespondenz mit Nürnberg an.«
Lippe öffnet die Faltung und bemerkt, dass der Brief von einem Absender in Lübeck stammt. Rückseitig erkennt er die Notiz der

Forwarder-Agenten Wodicke, Will & Bittner in Nürnberg, wo der Brief gestempelt und zur Post gegeben worden war. Rückseitig ist der Brief mit 8 kr bis zur Tiroler Grenze frankiert, vorne jedoch mit 16 kr, also der Tiroler Auslandsgebühr, belastet.
»Oh, das geht natürlich nicht«, sagt Lippe. »ich werde für baldige Abhilfe sorgen. – Die Auslandsgebühr für inländische Briefe ist unsinnig.«

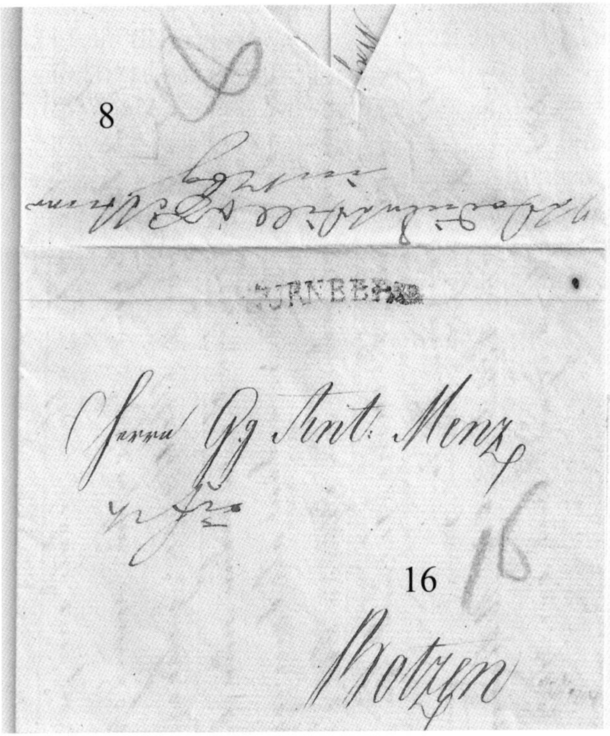


»Das ist angenehm zu hören«, entgegnet Haller, »wir kennen Ihr Problem mit der doppelten Postregie, einerseits Taxis in Bayern und andererseits staatlich in Tirol. Wir sind hier der Meinung, dass diese Situation unbedingt beseitigt werden muss.«
»Wir arbeiten daran.« bemerkt Lippe unbestimmt.
»Heißt das, dass es länger dauern kann?«

»Ja. Die Sache ist nicht ganz einfach. Es spielen persönliche, verwandtschaftliche und sachliche Gründe eine Rolle. Jedenfalls können die Tiroler Gebühren erst im Rahmen einer gesamtbayerischen Taxordnung grundlegend reformiert werden. Bezogen auf den Brief, den Sie mir soeben vorgelegt haben, muss ich übrigens erst überprüfen, ob die Auslandsgebühr nicht wegen der Herkunft aus Lübeck erhoben wurde.«
Haller ist überrascht, legt aber nach kurzer Suche einen Brief direkt aus Augsburg nach Bozen vor, der ebenfalls mit 16 kr taxiert ist, und sagt: »Wie Sie sehen, ist die Auslandstaxierung bayerischer Briefe obligatorisch und wir wären für eine Änderung sehr dankbar.«
Lippe bekräftigt darauf: »Sie können sich auf mich verlassen. Nachdem wir nun zu einer Verständigung gekommen sind, würde ich mich freuen, wenn Sie meiner Einladung zu einem gemeinsamen Mittagessen Folge leisten.«

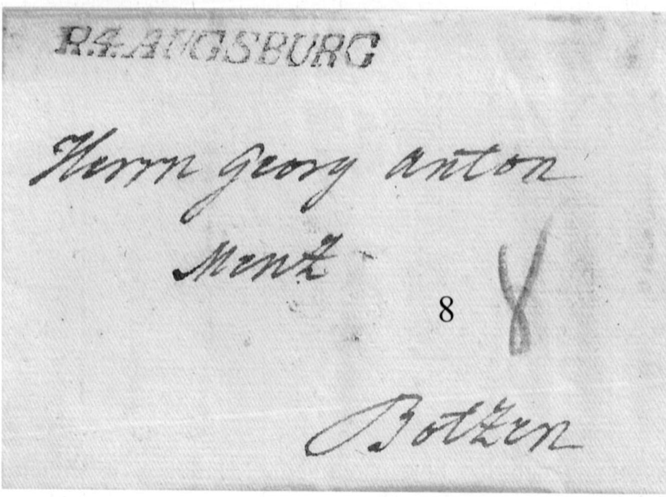


Der Brief aus Augsburg vom 31. Mai 1806 zeigt, dass Lippe sein Versprechen schnell wahr gemacht hat, denn nun kostet der Brief in Tirol noch noch 8 kr.

»Sehr gerne«, sagt Haller ohne seinen angeblich engen Zeitplan zu erwähnen.
Lippe erzählt beim Essen von seinen Reiseplänen nach Meran und das Vinschgau. Haller bekräftigt Lippes Vermutung, dass in der ganzen Gegend bis hinauf in das Oberinntal zwar keine einzige Postexpedition existiert, aber die Botenanstalten gut etabliert und sehr zuverlässig sind. Als Lippe auf den schlechten Ruf des Meraner Briefesammlers anspielt, lacht Haller zum ersten Mal an diesem Tag. Es ist ein meckerndes und durchdringendes Lachen, mit einem charakteristischen Anflug von Sarkasmus: »Ach, Sie haben auch die Räuberpistole des Grafen Taufkirchen gelesen!«
Lippe stimmt in das Lachen ein und zitiert: »Die Kutsche fährt zwischen Terlan und Meran auf italienische Art – halsbrecherisch.«
Haller ergänzt: »Ja, ja, und Meran gleicht einer Räuberhöhle.«

Die sich entspannende Atmosphäre nutzt Lippe zu der Bitte, Haller möge ihm seine Erfahrungen mit den Postverhältnissen in dieser Gegend mitteilen, und Haller verspricht ihm auf den nächsten Tag einen Bericht eines Spediteurs, der dort viel unterwegs ist. Lippe soll aber jedenfalls seine Reise nach Meran unternehmen. Er werde dort, neben kleinen Kirchen aus dem Mittelalter und den Steinbrüchen von Laas, eine wunderbare Landschaft kennenlernen, die bisher noch jeden in ihren Bann geschlagen habe. Mit einem Augenzwinkern sagt er dann: »Und was Räubernester angeht, sollten Sie ein Auge auf Nauders und den Übergang ins Engadin werfen.«

Lippe zieht sich gegen halb drei in sein Quartier zurück, legt sich eine Stunden hin und döst. Bisher ist ihm alles gelungen, was er sich vorgenommen hat. Fast zugefallen ist es ihm. Er ist mit sich zufrieden, und da Aretin es ebenfalls zu sein scheint, darf er sich bei seiner Rückkehr nach München berechtigte Hoffnung auf die in Aussicht gestellte Ausbildung im Schwarzen Kabinett machen.

Er hat sich in letzter Zeit ausgemalt, wie das dann wohl sein würde. Welche Aufgaben damit verbunden wären und ob er Erfüllung darin finden würde. Er ist kein Schnüffler, kein Voyeur, aber er sieht ein, dass den heimlichen Machenschaften von Staatsfeinden und Verschwörern auch heimliche Mittel der Abwehr und des Schutzes gegenübergestellt werden müssen.
Seine Liebe zu König und Vaterland ist nicht sehr stark ausgeprägt. Aber darum geht es nicht. Könige vergehen und sind ersetzbar, zumal die Geburt keine Gewähr für staatsmännische Qualität verbürgt. Aber sinnlose Zerstörungswut, verantwortungslose Eigensucht und Obskurantismus müssen bekämpft werden, gleichgültig in welcher gesellschaftlichen Schicht sie auftreten.
Und er, Lippe, wird nach seiner Ausbildung im Schwarzen Kabinett auf solche Tendenzen achten, sie aufspüren und bloßstellen.
Die Zeit bis zum Abend nutzt er zum Briefeschreiben und für die Niederschrift seiner Eindrücke in Bericht und Tagebuch.

Am anderen Tag bricht er nach Meran auf und möchte seine Reise bis Laas oder Mals ausdehnen, um die Übergänge ins Engadin kennenzulernen. Bei dieser Gelegenheit kann er inkognito auch die Oberinntaler und Vinschgauer Boten bei ihrer Arbeit beobachten.
Lippe kommt aber nur bis Laas, wo ein heftiges Gewitter ihn aufhält. Er sucht Zuflucht im Gasthaus zur Krone. Zu einem Becher Rotwein offeriert ihm die Wirtin frische Speckknödel mit Krautsalat. Auf ihren Rat hin gibt er reichlich zerlassene Butter und geriebenen Käse über die Knödel und ist nicht undankbar, als sie ihm einen Apfelbrand bringt.
Als das Unwetter vorbei ist, bittet er die Wirtin um ein Pferd, denn er muss noch vor Einbruch der Dunkelheit am Meraner Stadttor sein, wenn er nicht will, dass sein Erscheinen Aufsehen erregt und die Runde macht.
Seine Bedenken sind unbegründet. Er steigt im Roten Adler ab. Kaum, dass er die Gaststube betreten hat, wird er Zeuge einer

heftigen Auseinandersetzung zwischen dem Stadtschreiber und einem jungen Mann, der an seiner Kleidung als Bote zu erkennen ist.
Lippe zieht sich in eine dunkle Ecke der Wirtsstube zurück und kann in aller Ruhe die Szenerie beobachten. Auf diese Weise erfährt er alle wesentlichen Streitpunkte zwischen den Parteien, die im Übrigen weitgehend mit den Notizen übereinstimmen, die er am Morgen vor seiner Abreise von Haller geliefert bekommen hatte.
Während sich die Streithähne ihre Untaten gegenseitig lauthals vorwerfen, bestellt Lippe einen Becher Wein, einen Korb mit Schüttelbrot und etwas Speck, und macht sich Notizen, die sich zu dem folgenden Bericht zusammenfügen.

*»Die Auseinandersetzungen zwischen dem Stadtschreiber und den Oberinntaler Boten ziehen sich schon seit Jahren hin und sind in persönlichen Gehässigkeiten festgefahren. Die Boten werfen dem Stadtschreiber vor, er nutze seine Eigenschaft als Briefsammler, um vorausbezahlte Briefe zu unterschlagen und an Boten ohne Konzession weiterzuleiten, die für weniger Geld befördern. Die Differenz stecke er in die eigene Tasche. Dieser seinerseits bezweifelt die Zuverlässigkeit der lizensierten Boten und streut Geschichten von Briefbündeln, die man gefunden habe, angeschwemmt am Flussufer.«*

In dem Streit verplappert sich der Bote dahingehend, dass Kaufleute aus Meran auf dem Weg nach dem Engadin Waren am Zoll vorbei exportieren und manche Brixener Domherren Kirchenschmuck und klösterliche Preziosen über diesen Kanal ins Schweizer Ausland schaffen.

Lippe stellt den Stadtschreiber anschließend zur Rede und droht ihm kurzerhand mit dem Entzug der Briefsammlung, wenn er sich weiterhin weigere, mit den Boten zusammenzuarbeiten. Den Boten dagegen kündigte er eine gerichtliche Untersuchung ihrer

verbotenen Kontakte über Nauders nach Graubünden an, es sei denn, sie würden ihm offenbaren, welche Priester und Ordensleute mit dem Bischof von Chur in Verbindung stehen und den Schmuggel betreiben.
Die Streithähne tun sich aber zusammen als sie merken, dass ein Fremder ihnen Vorschriften macht und lassen sich auf nichts ein. Sie streiten jede Auseinandersetzung ab, meinen, er habe einige Äußerungen falsch verstanden und das Ganze sei nur ein Scherz unter Freunden gewesen.
Lippe muss seine Niederlage konstatieren. Seine Taktik war falsch gewesen. Immerhin kann er den Mautstationen und Zöllnern jetzt konkrete Hinweise zur besseren Überwachung der Grenze geben.
Als er am nächsten Morgen wieder in Bozen eintrifft und auf der Polizeistation sein Erlebnis schildert, interessiert man sich dort nicht dafür. Lippe hat den Verdacht, dass die Sache mit Wissen der Behörden abläuft. Bevor er weitere Schritte beim Stadtkommandanten unternimmt, geht er zum Posthaus, um sich mit Kugtatscher zu besprechen. Der begrüßt ihn und übergibt ihm sogleich ein Expressen, das in der Nacht aus Innsbruck für ihn angekommen ist. Darin bittet ihn Schedel um sofortigen Aufbruch nach Innsbruck, weil er wichtige Entdeckungen im dortigen Oberpostamt gemacht habe, über die er nur persönlich mit ihm sprechen könne und die ihrer beider Zusammenwirken erfordere.
Lippe zögert nicht lange, informiert Kugtatscher kurz und bündig über seine Beobachtungen in Meran und fordert ihn zu weiteren Schritten und baldigem Bericht in dieser Sache auf.
Der Postwagen nach Innsbruck war bereits mittags abgegangen, Lippe nimmt sich ein Postpferd und Kugtatscher stellt ihm eine Ordre für die Stationen unterwegs mit Erlaubnis und Befehl zum Pferdewechsel aus. Nach einer halben Stunde hat Lippe seine Sachen gepackt. Der Stallbursche steht mit dem Pferd in der Gasse vor dem Haus und wartet. Die Zeit für Abschied und Dank ist zu knapp, deshalb hinterlässt er in der Wohnung eine kurze Nachricht für die Hausdame und legt den Schlüssel unter die Türmatte.

Es regnet unaufhörlich. Auf den Bergen schneit es bis zur Baumgrenze hinunter und Lippe friert trotz seines dicken Ledermantels jämmerlich. Kurz vor der Abenddämmerung kommt er nach Brixen, muss aber noch weit in den Norden hinaus zum Poststall, den ein nachlässig gekleideter und an jeder Geschäftigkeit uninteressierter Mann namens Anreither betreibt. Lippe ist zu müde für eine zweifellos notwendige Inspektion der Räumlichkeiten, der Kasse und der Postutensilien. Er braucht unbedingt einen warmen Ofen und reitet deshalb zurück zum Gasthof Elefant[1]. Lippe beachtet das plumpe Tier al fresco neben dem Eingang kaum, das man für alles Mögliche hätte halten können, wenn nicht ein Rüssel dazugemalt worden wäre. Ihn drängt es in die hochgetäfelte Wirtsstube an den Kachelofen. Kein Fleck an seinem Körper war trocken. Doch er muss noch am Abend weiter nach Innsbruck. Die Einheimischen reden von einem erneuten Wintereinbruch mit viel Schnee. Hoffentlich herrscht jenseits des Brenners anderes Wetter.

Nach einer kräftigen Mahlzeit und frischer Unterwäsche fühlt sich Lippe wieder reisefertig. Vor dem Gasthof stampfen unruhig die Pferde. Sie dampfen in der Kälte, während der Kondukteur die Packer zur Eile antreibt. Nur noch ein weiterer Fahrgast steht unter dem weit überhängenden Dach. Der Stallbursche legt ihm ein Brett in den Schlamm, verbeugt sich danach tief. Der Mönch schürzt seine braune Kutte bevor er zum Wagen geht. Das Gesicht des jungen Franziskaners ist bleich, wächsern und die Lippen blau angelaufen. Beim Einsteigen in die Kutsche rutscht er mit seinen Sandalen aus und wäre in den Schlamm gefallen, wenn ihn Lippe nicht gestützt hätte: »Vergelt's Gott.«

---

1 Das Tier war ein Geschenk des portugiesischen Königs Johann III. aus seinen indischen Kolonien für seinen Neffen, Erzherzog Maximilian von Österreich. Auf seinem Marsch Richtung Alpen war der Elefant eine Sensation und auch in Brixen standen die Leute Spalier als er kurz vor Weihnachten 1551 dort eintraf.

Lippe sucht nach dem anstrengenden Tagesritt Erholung, legt seine Kissen zurecht[1] und versucht, zu schlafen. Der junge Mönch liest halblaut aus dem Brevier die Vesper, wobei er die Stimme beim Salve Regina zum Singsang erhebt. Als er mit der Komplet fortfährt, klopft er sich in regelmäßigen Abständen gegen die Brust, bekreuzigt sich und faltet die Hände in flehender Geste zum Dach der Kutsche.
Das Gemurmel wirkt auf Lippe beruhigend, so dass er einschläft. Kurz nach Sterzing werden sie durcheinandergerüttelt, der Wagen kippt zur Seite. Der Kutscher flucht. Das rechte Hinterrad ist in die Wegfurche gerutscht. Der Mönch hat sich den Kopf angeschlagen und blutet. Sie müssen den Wagen abladen. Lippe und der Kutscher befestigen ein starkes Seil am Bock und heben die Kutsche an. Der Mönch legt Holz unter das Rad, bis der Wagen wieder waagrecht steht. Gemeinsam schieben sie hinten an, während der Kutscher die Pferde am Zügel zieht. Eine gute Stunde ist vergangen und die Kleidung wieder nass und verschmiert.
Es ist spürbar kälter geworden und der Regen geht in Graupel über. Sie finden keinen Schlaf mehr. Nach einiger Zeit fragt Lippe den Mönch, der durch das Fenster die vorbeiziehende Landschaft im aufziehenden Morgengrauen betrachtet, nach seinem Weg. Der Angesprochene sieht Lippe an, lächelt und erzählt, dass er am kommenden Freitag in Schwaz die Ewige Profess ablegen werde. Deshalb habe er letztmalig sein Elternhaus besucht und Abschied genommen. Neugierig geworden fragt Lippe, woher er stamme. Der Mönch stellt sich vor als Joseph Ambrosius, das zweite von vier Kindern vom Stapferhof oberhalb der Mühlbacher Klause.
Lippe, aufgewachsen im protestantischen Augsburg, pflegt ein distanziertes Verhältnis zur Religion und ist der Meinung, es gebe für einen jungen Menschen lohnendere Aufgaben, als zu beten. Dafür sei dann immer noch irgendwann Zeit. Zu dem jungen Mann gewandt, fragt er nur:

---

1 Für die Kissen bezahlte er 2 kr Gepäckgebühr.

»Haben Sie keine Bedenken, dass Ihr Kloster säkularisiert werden könnte?«
»Gott braucht keine weltlichen Güter: Gottes wahre Kirche ist zwar in dieser Welt, aber nicht von dieser Welt. Deshalb darf man sie nicht der Welt gleich machen. Die Kirche hat die Mission der Entweltlichung. Deshalb begrüße ich den Verlust der weltlichen Güter, weil er die Kirche zu ihrer eigentlichen Aufgabe führt.«

Heller wollte schon mit der Transkription aufhören, weil ihm der Disput über Gott und Religion nicht der Mühe wert schien. Aber vielleicht erfuhr er aus dieser Unterhaltung, die Lippe wohl nicht grundlos aufgezeichnet hatte, mehr über den Charakter und die Einstellungen Lippes.

»Sie müssen aber doch auch«, wendet Lippe ein, »die Entwicklung der Menschen hin zur Erklärung unserer Welt durch Vernunft und Analyse akzeptieren. Gott hat uns schließlich den Verstand zu diesem Zweck gegeben.«
Ambrosius schüttelt den Kopf: »Die Vernunft ist das geistige Auge des Menschen, wodurch er zunächst nicht das, was in Zeit und Raum vorüberwandelt, sondern die ewigen Urbilder wahrnimmt, sowohl von dem, was ist, als was sein soll. Deshalb spielt die Philosophie und damit die Aufklärung, auf die Sie wohl abzielen, gegenüber der Theologie nur eine untergeordnete Rolle.«
»Aber, junger Mann«, sagt Lippe herablassend, »seit den Griechen, also lange vor der Kirche, führen die Philosophie und die Vernunft uns zur Erkenntnis.«
»Das ist richtig, aber das von den Kirchenvätern geschmiedete Bündnis von neutestamentlichem Glauben und hellenistischer Vernunft haben die Aufklärer zugunsten einer Subjektivierung des Glaubens preisgegeben. Der kirchliche Begriff von Vernunft ist nicht durch kritische Analyse möglicher Grenzen unserer Vernunft geprägt, sondern durch ganzheitliche Wesensschau von gottgegebenen Seinsstrukturen in aller welthaften Wirklichkeit.« Lippe lacht: »Sie sind mir nicht böse, wenn ich dieses Tiefsinnpathos

für, wie soll ich sagen, intellektuell unredlich halte, denn Sie wollen ja gar keinen Frieden mit der Welt machen. So betrachtet spielt sich die Kirche als Heilsanstalt auf, als alleinige Trägerin des Mandats zur Verwaltung des Gnadenschatzes. Aber wie der Herr Kant aus Königsberg sagt, sollen wir unseren Auszug nehmen aus der selbstverschuldeten Unmündigkeit und uns gegen weltliche und kirchliche Dogmen stellen. Die Gesellschaft kann sich selbst verbindliche ethische Orientierungen geben.«

»Das eben kann sie nicht!«

»Und warum nicht?«

»Weil die Gesellschaft keine Überzeugungsgemeinschaft ist, im Gegensatz zur Kirche. Als Gemeinschaft der wahrhaft Frommen wird sie getragen vom Fundament der göttlichen Offenbarung, der ewigen Ethik.«

Lippe, nachdenklich und mit einem Seitenblick auf die Hände des Mönchs, sagt darauf: »Haben Sie mit Ihrer Mutter beim Abschied auch so geredet?«

Ambrosius macht ein bekümmertes Gesicht: »Sie hat geweint.«

»Sie hat geweint? Warum? Vor Freude?«

»Vielleicht auch vor Stolz, aber ich glaube hauptsächlich, weil die Sorgen sie niederdrücken. Der Vater ist krank an der Lunge seit letztem Winter, und die Mutter hat Angst, dass die Bayern ihr den Ältesten einziehen.«

Lippe hebt den Kopf und sieht Ambrosius in die Augen: »Das wäre doch die richtige Aufgabe für Sie, anstatt zu beten. Nicht, dass ich etwas gegen beten habe, aber von der steten Wiederholung wird es auch nicht besser, denn schließlich ist Gott kein Dummkopf, dem man alles hundertmal sagen muss.«

»Ich bin auch unglücklich über diese Entwicklung im Elternhaus. Aber sie bestärkt mich eher noch in meiner Haltung, denn sie zeigt die Nichtigkeit menschlicher Versuche, dem göttlichen Plan einen eigenen Entwurf entgegenzustellen.«

Heller blätterte auf die nächsten Manuskriptseiten. Die Diskussion setzte sich noch fort. Er sah sich mit Stichworten konfrontiert, die ihn an seine Zeit im Internat erinnerten. Unangenehme Erinnerungen. Religion war immer begleitet von Drohungen und Angstmache, Krankheit und Tod als Allzweckwaffe. Wenn sich die vanitas wenigstens mit dem carpe diem verbunden hätte, statt dessen sub specie aeternitatis bis zum Abwinken. »Dumm gelaufen, den Himmel um zwei Zehntel verpasst!«

Endlich fand Heller in Lippes Manuskript den Anschluss, wo Lippe auf seinen Aufenthalt in Innsbruck zu sprechen kommt.
Nachdem Lippe sein Gepäck im Gasthof abgegeben und das vorbereitete Zimmer für gut befunden hat, begibt er sich zum Postgebäude. Schedel und Offner erwarten ihn bereits. Lippe ist überrascht, als er Offner sieht, sagt aber nichts und wartet erst einmal die Erklärungen Schedels ab.
Schedel empfängt den Freund herzlich mit einer Umarmung, rückt Lippe mit ausgestreckten Armen auf Entfernung und betrachtet ihn von oben bis unten: »Die italienische Lebensart scheint dir gut zu bekommen – ein bisschen müde und angestrengt, aber sonst das blühende Leben. Woher hast du in dieser Jahreszeit die gebräunte Gesichtshaut?«
»Von einem Ausflug in die Berge, wo der Schnee bei dem geringsten Sonnenlicht die Haut verbrennt. – Ich dachte mir, ein bisschen Farbe braucht man in diesem Land zur Tarnung.«
Sie lachen, und Offner, der am Fenster stehend das Treiben auf dem Platz beobachtet, dreht sich ihnen zu und gibt Lippe mit einer knappen Verbeugung die Hand: »Willkommen.«
Als Offner direkt vor ihm steht, fällt Lippe erstmals auf, wie klein er ist. Offner muss zu ihm hinaufschauen, dabei kneift er die Augen zusammen, als würde ihn die Sonne blenden. Zwar lächelt Offner ihn freundlich an, aber seine Augen bleiben kalt und ungerührt. Lippe fühlt sich unwohl, rafft sich aber auf und sagt aufmunternd: »Wie komme ich zu der Ehre, alle Generalpostdirektoren versammelt zu sehen? Ich bin tief beeindruckt!«
Schedel stupst Lippe gegen die Brust, lacht und flüstert schelmisch: »Jetzt kann der Magen des Königs Ruhe geben, denn die

Retter des Vaterlandes stehen zusammen.« Offner murmelt despektierlich vor sich hin, geht zum Schreibtisch und holt einige Papiere mit Tabellen und Berechnungen.

Lippe stellt diese Entdeckungen Schedels am Postamt Innsbruck in seinem Tagebucheintrag so dar: Nach einer Anzeige des Postsekretärs Gollner wegen angeblicher Unterschlagungen im Oberpostamt Innsbruck hat Schedel eine Kassaprüfung vorgenommen. Offner zeigt Lippe die Abrechnungen. Dabei kam ein bedeutender Fehlbetrag zutage, den der Oberpostverwalter Pupetschek damit erklärte, dass die Franzosen während ihrer Besetzung Tirols im November 1805 alle öffentlichen Kassen plünderten.

Schedel stieß bei seiner Revision zufällig auf einen ausgedehnten Briefwechsel des kaiserlich österreichischen Kabinettssekretärs Cronenfels in Wien mit Pupetschek. Aus diesen Briefen ging hervor, dass Pupetschek Informationen über die politischen, wirtschaftlichen und postalischen Zustände Tirols geliefert hatte. In einigen Fällen schickte Pupetschek bayerische Gesetze, Verordnungen und Verwaltungsvorschriften nach Wien.
Schedel berichtete über diesen Vorgang an Aretin mit der Bitte um Verhaltensrichtlinien. Aretin aber zitierte daraus in einer Sitzung des Ministerrats, woraufhin Montgelas zornig von Geheimnisverrat an eine fremde ausländische Macht redete, eine genaue Untersuchung und strenge Bestrafung der Schuldigen verlangte.
Das Schreiben, mit dem Schedel um das sofortige Erscheinen Lippes gebeten hatte, entstand im Banne dieses Befehls.
Aretin konnte nicht selbst nach Innsbruck kommen und schickte deshalb Offner, der dann auch noch dem Postoffizial Sterzinger das Geständnis intensiver brieflicher Kontakte mit Österreich und der Schweiz entlockte.
Beide Beamten bestritten jede verräterische Absicht. Pupetschek betonte, seine Korrespondenz mit Wien sei notwendig gewesen, um den ungehinderten Ablauf der Postgeschäfte nach der Besitznahme durch Bayern zu sichern, denn viele Tiroler hätten in

Österreich Verwandte und Geschäftsfreunde und deshalb einen Teil ihres Geldes seit Langem auf Wiener Banken oder in den öffentlichen Staatsfonds der österreichischen Erbstaaten. Deshalb sei ein solcher Briefwechsel ganz natürlich. Sein eigener Sohn, erklärte Pupetschek, lebe in Wien und sei auf die Unterstützung durch den Vater angewiesen. Die Modalitäten dieser Hilfe habe der besagte Kabinettssekretär gestaltet.
Sterzinger seinerseits versicherte, keine andere Korrespondenz als die mit Hofrat von Glenz zu haben, der ihm ehemals viele Gefälligkeiten erwiesen habe und sein Schwager sei.

Nach eingehender Diskussion über die vorliegenden Tatsachen kommen alle drei zu der einhelligen Meinung, dass das Verhalten der Postbeamten zwar zu beanstanden sei, weil sie keine Anzeige über ihre Aktivitäten gemacht hatten, der Inhalt ihrer Briefe aber keinen Landesverrat darstelle.
Offner aber äußert die Ansicht, dem Minister gehe es gar nicht um die Sache an sich. Sie stelle lediglich eine willkommene Gelegenheit dar, beim König die Tiroler als undankbar und treulos erscheinen zu lassen, um strengere Gesetze, Militärkonskriptionen und höhere Steuern durchsetzen zu können.
Schedel stimmt Offner zu. Er glaubt auch, dass es bereits zu spät sei, den Plan des Ministers mit sachlichen Argumenten relativieren zu können. Angeblich sind bereits Verordnungen zur Einführung einer Kirchenpolizei, dem Verbot der Christmette sowie aller kirchlichen Umzüge in Vorbereitung.
Lippe sagt verwundert: »Aber mit der Kirche hat die ganze Sache doch gar nichts zu tun.«
»Das stimmt«, entgegnet Offner, »aber ich bin mit dem nachdrücklichen Befehl hierher geschickt worden, genau einen solchen Zusammenhang zu finden oder gegebenenfalls zu konstruieren.«
»Und wie stellt sich Montgelas das Verfahren vor?« fragt Lippe.
»Wir sollen die beiden Beamten festnehmen, aus dem Dienst entfernen und eine Anklageschrift vorbereiten.«

Lippe spielt unschlüssig mit den Fingern und lässt die Gelenke knacken. Schedel sagt schließlich: »Ich glaube, wir sollten vor der Klageerhebung einen erfahrenen Advokaten konsultieren, der die hiesigen Gesetze genau kennt.«
Lippe stimmt sogleich zu. Auch Offner nickt und erbietet sich, diesen Part zu übernehmen.[1] Lippe, der über die politische Einmischung des Ministers ungehalten ist, gibt noch zu bedenken, dass der Minister doch ein Einsehen haben müsse, weil der Briefwechsel von Pupetschek durchaus zu günstigen Ergebnissen, ganz im Sinne Bayerns, geführt habe. Schließlich brachte erst seine mehrfache Mahnung endlich die Hofkammer in Wien dazu, dass die Briefe aus und nach Tirol wie ausländische behandelt und bis zur Grenze frankiert werden, für Bayern ein sehr vorteilhaftes Verhalten.[2] Aus postalischer Sicht hat Pupetschek dem Staat viel Geld gespart und seinen Dienst mit Umsicht ausgefüllt. Dazu hatte es aber eben auch einer Korrespondenz mit österreichischen Stellen bedurft.

---

1 Nach Auskunft eines Richters beim Appellationsgericht lag lediglich ein Vergehen nach § 86 lit c, des Strafgesetzbuches vor, wonach jemand das Verbrechen des Missbrauchs der Amtsgewalt bereits beging, wenn er ein ihm anvertraues Amtsgeheimnis in gefährlicher Weise eröffnete. Aus den Akten erscheint aber keine mindeste Anzeigung einer wirklich geschehenen Eröffnung oder Verratung eines Amtsgeheimnisses, denn das Aktenstück Nr. 1 enthält nichts, als eine Verantwortung des Postverwalters gegen den gewesenen Landesgouverneur über einen von demselben mündlich erhaltenen Vorwurf. Auch der Anklagepunkt der Unterschlagung sei nicht stichhaltig, nur weil man die Gelder der Postkasse vor dem französischen Einfall nicht rechtzeitig in Sicherheit gebracht habe. Hier handle es sich wohl um eine durchsichtige Intrige des Postsekretärs Gollner.

2 Dazu die Verordnung vom 7. März 1806: »In Folge eines eingelangten Hofkammerdekrets vom 7. d. M. wird hiermit zur allgemeinen Wissenschaft und Nachachtung öffentlich kundgemacht, dass vom 15. März anzufangen für alle Briefe, die aus Tirol und den Vorlanden kommen, oder dahin abgehen, das ausländische Postporto nach dem am 31. Oktober 1803 bekannt gemachten Tarife, und zwar von einem einfachen Briefe mit 16 kr zu bezahlen haben. ...«

»Außerdem«, wirft Lippe mit erhobener Stimme ein, »wo sollen wir einen Ersatz für die Beamten herbekommen? Eine Oberpostverwaltung organisiert sich nicht einfach so mir nichts dir nichts!«

Schedel stimmt zu: »Ich will die Geschäfte hier genauso wenig übernehmen wie du. Außerdem kennen wir die hiesigen Gepflogenheiten nicht. Und Offner darf nicht.«

»Wieso Offner nicht?«

»Der König wird einem Zuchthäusler niemals einen solchen Posten übertragen.« Offner selbst lacht zu diesen Worten auf eine wenig angenehme Weise.

»Und Drechsel?« fragt Lippe.

»Drechsel hofft auf den Posten des Generalpostdirektors und wird sich nicht in die Provinz versetzen lassen.«

Offner sagt daraufhin verächtlich: »Dem Freiherrn darf eine Arbeit nicht zu schwer werden und die Tiroler sind ein störrisches Bergvolk, das ganz anders denkt, als die bei offiziellen Gelegenheiten ›gedrechselten‹ wohlklingenden Redensarten glauben machen wollen. – Ich könnte da einige Beispiele aus dem Schwarzen Kabinett zum Besten geben.«

Schedel unterbricht Offner, der gerade zu einer Anekdote ansetzen wollte: »Ich schlage vor, dass wir gemeinsam zum Berchtold gehen, ein ausgezeichnetes Haus, wo ich schon mehrmals gut essen konnte. Dort sind wir ungestört und unser Freund Lippe kann sich nach der langen Fahrt stärken. – Und Sie, Offner, können dort den ganzen Abend erzählen, wenn Sie wollen.«

Sie brechen auf und finden in dem Gasthof einen runden Tisch im Erker. Schedel und Lippe setzen sich an das Fenster und bitten den Wirt um einige wärmende Kissen, weil es zieht und die Wärme des Kamins nicht bis zu ihnen dringt.

Offner kommt einige Minuten später, lächelt und sagt:

»Ich habe mir schon gedacht, dass ihr diesen Platz wählen würdet. Ich habe gestern auch hier gesessen, wegen der guten Aussicht auf die Straße, fror aber entsetzlich. Deshalb hab ich mir noch schnell wollene Knöchelsocken angezogen.«

Lippe ist neugierig: »Die hätte ich auf meiner Reise mehr als einmal brauchen können. Darf ich einmal sehen, dann lass ich mir auch solche stricken.«
Offner hebt bereitwillig beide Beine hoch und zieht die Pantalons zurück. Lippe beugt sich nach vorne, befühlt die Wolle und nickt anerkennend:
»Genau so etwas brauche ich. Aber«, sagt er lachend, »die Wolle scheint nicht gereicht zu haben, denn der eine ist schwarz und der andere dunkelblau.«
Offner zieht die Füße abrupt zurück, wie ertappt.
»Ist etwas damit?« fragt Lippe. Offner wirkt wieder ruhig, als er antwortet:
»Das ist eine lange Geschichte, die erzähle ich Ihnen vielleicht ein andermal.«

Heller hatte zuerst über diese Stelle hinweggelesen, weil er auf die angekündigten Geschichten Offners gespannt war. Doch dann kam es ihm und er blätterte noch einmal auf die vorhergehende Manuskriptseite. Von einem schwarzen und einem dunkelblauen Strumpf war die Rede. Heller war sich jetzt sicher, dass es sich um ein Erkennungs- und Zugehörigkeitszeichen handeln musste. Ein Zeichen, das seit 200 Jahren benutzt wurde. Aber für wen? Offner war damals vor allem für Aretin tätig. Hatte der dieses Zeichen kreiert? Jedenfalls war damit eine Verbindung zu heute hergestellt.
Aus dem Manuskript erfuhr Heller keine weiteren Einzelheiten dazu. Offner beließ es bei seiner Andeutung und Lippe fragte nicht weiter nach. Schade!

In dem Manuskript schildert Lippe den weiteren Verlauf des Abends. Die Wirtin bringt das reichliche und kräftige Essen. Nach einem Topf Kartoffelsuppe verlangt Lippe nach einem großen Stück Fleisch, denn, wie er zum Besten gibt, schwärmen im Italienischen zwar immer alle Leute voller Ehrfurcht über die Fleischstücke, die im Norden auf die Teller kommen, aber sie selbst geben sich mit kleinen, dünn geklopften und noch dazu in Semmeln und Mehl gewälzten Scheibchen zufrieden. Offner bestellt eine Pfanne Schmarrn, auf den er kräftig Zucker streut und jeden Bissen in einer Art Marmelade mit Zwetschgenstücken wälzt.

Als sie satt sind und ein zweiter Weinkrug vor ihnen steht, erzählt Offner von seinen Erfahrungen beim Öffnen der Briefe in Augsburg. Dabei macht er sich besonders über den Generalkommissar Graf Arco lustig, der dem König nahezu täglich alarmierende Nachrichten aus Tirol schickt. Er schwankt ständig zwischen Furcht und Hoffnung und scheint mit seinem Amt völlig überfordert. Erst letzte Woche bat er den König um das Mandat, jeden Unruhestifter vor ein Kriegsgericht stellen zu dürfen. Der König hielt das für unangemessen. Als aber, auf sein ewiges Jammern hin, der König ihn beauftragte, die Tiroler Korrespondenz ins Ausland durch eigens hierzu bestellte Beamte überwachen zu lassen, fand Arco ein solches Vorgehen unnötig.[1] Unter jeden Bericht an den König lässt Arco die Formel setzen: »Die neue bayerische Verwaltung wird Eurer Majestät die Herzen der Untertanen gewinnen.«

Schedel amüsiert sich sehr über Offners Darstellung, der ein weiteres Detail aus den Berichten Arcos liefert: »Er erschrickt bei jeder regierungskritischen Bemerkung eines Briefeschreibers, die sich längstens einen Spaß daraus machen, jeden erdenklichen Unfug zu schreiben, wohl wissend, dass die Briefe geöffnet und Abschriften genommen werden.« Dabei zieht er einen Zettel aus dem Rock und legt ihn auf den Tisch. Zu sehen ist ein stilisierter Tiroler Adler, der in seinen Fängen, unverkennbar karikiert, den König und Montgelas hält.

»Ein zeichnerisches Meisterwerk«, bemerkt Lippe. »Der Künstler ist durchaus merkenswert«, sagt auch Offner anerkennend.

---

1 Vgl. Arco an den König 27. April und 28. Mai, und König an Arco 20. Mai 1806.

»Nicht ohne Witz finde ich auch die Vielzahl kurioser Gerüchte, die gestreut werden«, ereifert sich Schedel, »so will angeblich der österreichische Kaiser neben Tirol auch Bayern käuflich erwerben. Max Joseph soll dafür König von Holland werden. Andere meinen, Bayern tauscht Tirol gegen einen Teil der Schweiz.«
Offner kichert vor sich hin und unterbricht Schedel dann glucksend:
»Kennt ihr schon den? Erzherzog Karl hält sich als Frau verkleidet in Innsbruck auf und vertröstet die Bauern in heimlichen Zusammenkünften auf baldige Wiedervereinigung mit Österreich. – Dumm ist nur, dass ihm Bürger schon Prügel angedroht haben, weil er wie ein ihr wisst schon aussieht.«
Es geht noch einige Zeit so weiter und der Wein fließt reichlich. Schedel hat Appetit auf einen weiteren Teller Kartoffelsuppe und geht zum Herd. Er bleibt dann aber dort stehen und vertieft sich in ein Gespräch mit der Wirtin.
Diese Gelegenheit ergreift Lippe und spricht Offner an. Schon den ganzen Abend hat ihn die Neugierde über die näheren Lebensumstände Offners umgetrieben, aber er wollte nicht direkt fragen, sondern verpackt sein Interesse in ein Kompliment.
»Sie sind schon ein Pfundskerl, Offner, Ihnen scheint alles zu gelingen, was Sie anpacken.«
Offner weiß nicht, worauf Lippe zielt und bleibt deshalb zurückhaltend:
»Aber gehns, es ist nur ein bisserl Glück.«
»Aber das des Tüchtigen, denn was Sie da in Wien zustande gebracht haben, dieses Dossier über Taxis aufzutreiben, hätte ich mir nicht zugetraut.«
»Das war allerdings ein schweres Stück Arbeit. Hat viel Mühe gekostet, ausreichend Informationen über die Hofräte zu sammeln, dass keiner auskommen konnte.«
»Das ist es, was ich an Ihnen bewundere, wenn Sie etwas wollen, dann finden Sie auch die Mittel dazu.«
Offner kommt nicht aus der Deckung:
»Ich tue nur meine Pflicht.«

Nachdem Offner von sich aus nicht weiter spricht, lehnt sich Lippe zurück in die Kissen, verschränkt die Arme hinter dem Kopf und sagt in freundschaftlich umgänglichem Ton:
»Darf ich Sie etwas fragen?«
»Alles was Sie wollen!«
»Sie wissen, wir würden Sie gerne an verantwortlicher Stelle in einem großen Postamt sehen. Sie haben das Zeug dazu und kennen sich mit der postalischen Praxis aus wie kein anderer. Soviel ich weiß, waren Sie seinerzeit als Kommissar für Nürnberg im Gespräch.«
»Da müssen Sie sich irren. Von mir war nie die Rede, sondern immer von Axthelm. Und das ist gut so. Er ist genau der Richtige auf diesem Posten. – Aber nun mal raus mit der Sprache, was wollen Sie eigentlich wissen?«
Lippe zögert unsicher. Vielleicht sollte er doch besser ein unverfängliches Gespräch führen, denn schließlich kennt er Offner sehr wenig. Aber die Neugierde siegt:
»Wie war das damals bei Ihrer Verurteilung? Da hat man Ihnen doch nur übel mitgespielt?« Offner lässt sich von der Andeutung an Mitgefühl nicht täuschen, zieht die Schultern hoch und nimmt eine geduckte Haltung an, wie auf dem Sprung. Er sieht Lippe nicht an, richtet seine Augen auf die Tischkante und sagt schließlich: »Ich glaube, das sollten Sie nicht wissen!«
Er weicht also aus und mag darüber nicht reden. Lippe weiß nur so viel, dass Offner wegen Inzucht zu zehn Jahren Zuchthaus verurteilt worden war, weil er seine Stieftochter geschwängert hatte. Wer ihn damals angezeigt hatte, war eine Sache, was Lippe aber vor allem interessiert, ist der Umstand, dass Offner nur kurze Zeit im Gefängnis saß und dann freikam.
»Sie haben seinerzeit nur einige Monate im Zuchthaus zugebracht. – War es Aretin, der Ihre Freilassung bewirkte?«
Offner starrt Lippe ins Gesicht. Dann steht er auf, ohne ein Wort, geht zum Wirt, flüstert mit ihm und verlässt den Gastraum. Lippe ist konsterniert.
Vom Schanktisch her ist das laute Lachen von Schedel zu hören,

der, angetrunken, mit der Wirtin schäkert. Lippe spürt zwar, dass er stört, gesellt sich aber dennoch dazu und stupst Schedel an.
»Sag mal, Schedel, mir scheint, ich hab grad unseren Freund Offner gekränkt.«
»Warum, was ist passiert?«
»Ich hab ihn danach gefragt, wie das damals war mit seiner Verurteilung, und da ist er einfach gegangen, ohne eine Antwort.«
Schedel pfeift durch die Zähne:
»Da hättest du besser mich gefragt. Er mag darüber nicht reden. Fühlt sich schnell in die Enge getrieben. Ein wunder Punkt, deswegen ist er auch so, wie er ist.«
»Du meinst misstrauisch?«
»Abgrundtief misstrauisch.«
»Wie kann ich das wieder gut machen?«
»Lass ihn einfach. Er ist wie eine Katze, die immer auf die Füße fällt. Er beruhigt sich wieder. Irgendwann kommt er darauf zurück, oder auch nicht. Wenn nicht, lass es gut sein. Bei Gelegenheit werde ich dir vielleicht davon erzählen.«
Am nächsten Tag gehen sie an die Revision der Postabgangsbücher und der Postkasse. Lippe durchforstet das Kassabuch des Bischofs von Brixen und bemerkt einen hohen Fehlbetrag. Der Bischof ist nämlich nur für Konsistorialgegenstände[1] vom Postporto befreit, alle anderen Korrespondenzen müsste er bezahlen. Lippe sitzt Offner gegenüber, der schweigend vor sich hin arbeitet, die Rittjournale prüft und sich Notizen macht.

»Ich habs«, ruft Offner nach einiger Zeit und tippt mit dem Zeigefinger auf die Unterlagen.
»Die Rittbewegungen passen mit den Einnahmen und Ausgaben nicht zusammen. Da sind Rechnungen von Unterwegsorten, die in den Briefjournalen gar nicht vorkommen, aber als ausbezahlt markiert sind.«

---

1 Im 19. Jahrhundert bezeichnete man katholische Verwaltungsbehörden in Bistümern als Konsistorien.

»Und was schließen Sie daraus?« fragt Schedel.
Mit einem zufriedenen Gesicht antwortet Offner:
»Ganz einfach, die Herren Postverwalter haben eine heimliche Verbindung nach Österreich betrieben, deren Rittkosten sie über das bayerische Postbuch laufen ließen und aus der staatlichen Postkasse finanzierten. – Ein starkes Stück.«
Lippe und Schedel applaudieren: »Bravo, gut gemacht!«
»Ich würde aber vorschlagen«, sagt Offner nachdenklich, »dass wir zwar die Beamten mit diesem Ergebnis konfrontieren, aber ansonsten schweigen. Dann haben wir sie in der Hand.«
»Nein«, ruft Lippe, »Sie müssen dafür verurteilt werden, das ist Betrug.«
Offner verzieht sein Gesicht:
»Wenn die beiden ins Gefängnis gehen, dann muss aber einer von Ihnen beiden die hiesige Postverwaltung übernehmen. Wäre es nicht besser, sie weiterarbeiten zu lassen? Jetzt haben wir sie unter Kontrolle, können jederzeit Informationen von ihnen erpressen und ihre Verbindungen nach Österreich für uns nutzen.«
Lippe und Schedel sehen sich an. Sie begreifen, wie dieser Offner denkt. Aber das ist nur eine Seite seines Charakters.
Offner, ermutigt durch ihr Schweigen, dreht sich zu Lippe und sagt unvermittelt:
»Es war Aretin.«
»Der Sie aus dem Gefängnis geholt hat?«
»Ja.«
Offner schaut Lippe an, und als der keine Reaktion zeigt, sagt er: »Die Handlung aus dem Moment sagt nur wenig darüber aus, wie ein Mensch denkt, wenn er in Ruhe ist und alle Sinne beisammen hat.«
Lippe schweigt abwartend.
»Sehen Sie«, sagt Offner, »ich war damals jung. Meine Frau, die Witwe des verstorbenen Schullehrers, war 20 Jahre älter. Eine zänkische Frau. – Ich war nicht darauf vorbereitet auf den Moment, als Marie, gar nicht einmal in Absicht, nackt vor mir stand. Sie hat mir freilich schon immer gefallen, aber sie war die Stieftochter.

Zuerst stand sie da, erschrocken, dann wurde ihr Gesicht weich, sie lächelte, sah an sich hinunter und drehte herausfordernd ihre Hüften. –

Wenn man nachdenken kann, weiß man genau, dass jetzt jeder Schritt, egal in welche Richtung, das bisherige Verhältnis verändert. So oder so. Es ist nicht mehr revidierbar, was man jetzt tut. Drehe ich mich weg und gehe, ist es eine Handlung die Folgen hat, genauso wenn ich auf sie zugehe und sie berühre. Aber für eine solche Gedankenfolge braucht es Distanz. Es ging dann gewissermaßen automatisch, sie tat einen Schritt nach vorn und ich tat einen Schritt nach vorn.«

Offner hat einen verträumten Blick während er redet und die Situation nacherlebt.

Als Offner still dasteht und seinen Erinnerungen nachhängt, sagt Lippe:

»Haben Sie nicht danach mit ihr gesprochen und alles wieder ins Lot gebracht, zurück auf die Situation davor?«

»Das sagt man so leicht. Es geht nicht mehr weg. Man kann nicht so tun, als wäre nichts gewesen. Wir haben geflüstert, uns geküsst und berührt und gestöhnt. Wenn Sie verstehen?«

Lippe nickt und entgegnet:

»Aber in dem Moment, wo man dann wieder Luft holt, wo man ermattet neben einander liegt, wo das Blut wieder in den Kopf fließt …«

Offner lacht leise:

»Sie reden als Mann. Haben Sie eine Ahnung, wie die Frau in einer solchen Situation denkt? Sie jedenfalls wusste genau was sie tat, vom ersten Moment an, da musste kein Blut zurückfließen, da war immer genug im Kopf.«

»Sie meinen, sie verfolgte einen hinterlistigen Plan?«

»Das glaube ich nicht. Einen listigen schon, aber kaum einen hinterlistigen. Auch sie war eine Getriebene. Sie legte ihre Nebenrolle ab, das Verhältnis zwischen uns war ein anderes geworden, ebenso das Verhältnis zu ihrer Mutter und den Geschwistern. Von

nun an setzte sie ihren eigenen Weg durch. Und dann kam es, wie es bei gesunden Menschen kommen muss.«
»Und wie ist es heute, leben Sie mit ihr?«
»Sie ist bei der Geburt gestorben, und das Kind mit ihr. - Aber ich bin zufrieden. Aus meinem Leben ist etwas geworden, wie ich es mir als Schullehrer nie vorgestellt hätte. – Aber alles hat seinen Preis.«
»Und welchen Preis hatte Ihre Freilassung?«
»Oha, jetzt wollen Sie es aber ganz genau wissen«, sagt Offner lachend.
»Der Preis war, Herr Lippe, das zu tun, was ich jetzt tue. Es gibt meinem Gönner die Macht der Gestaltung und mir die Macht des Wissens.«
Lippe, verwundert über diese Offenheit, beeilt sich, ein weniger verfängliches Terrain zu erreichen und fragt Offner:
»Welchen Beruf wollten Sie ursprünglich ergreifen? Den des Lehrers ja wohl nicht.«
»Da haben Sie recht. Den Beruf des Soldaten aber auch nicht. Beides wurde ich wider Willen. Nach meiner Verwundung kommandierte man mich in die Regimentsmetzgerei. Aber das ging überhaupt nicht.«
»Warum, was war daran so unmöglich?«
»Ich könnte niemals Metzger sein, weil mir das Töten von vertrauensvollen oder ängstlichen Augen unmöglich ist. Wenn man so viele Blicke zum Erlöschen bringt, erlöschen die eigenen Augen.
Es ist für mich schon im höchsten Maße verwirrend, wenn die Katze einen Vogel nach Hause bringt. Ein verzweifelt flatterndes Tier mit gebrochenem Flügel. Es würde reichen, einen Spaten zu holen und den Vogel zu erschlagen.
Manche nennen es Erlösung. Eine dieser Formeln, die nur ablenkt. Ich sehe in den Augen des Vogels die Suche nach Hilfe, die ich nicht leisten kann. Um meine Verwirrung und Zwiespalt zu beseitigen, bleibt dann nur, den Vogel wegtragen und ihn sich selbst überlassen. Nicht ohne nach einiger Zeit nachzusehen, ob

er gestorben ist und eine gewisse Befriedigung zu spüren, wenn der Körper ruhig und leblos daliegt.
Das Schreckliche ist, dass solche Situationen immer wieder kommen, unaufhaltsam. Und jede derartige Situation erzeugt immer wieder dieselbe Anomalie. Derselbe Punkt bleibt immer derselbe Punkt.«
Lippe und Schedel sehen sich betroffen an. Der Mann vor ihnen wirkt ganz anders als sonst. Sensibel, nahezu liebevoll mitfühlend, oder stülpt er diese Gefühle nur über sein anderes hartes Wesen?
In das eingetretene Schweigen hinein fragt Lippe:
»Und wie verträgt sich das mit dem Soldaten im Kampf?«
Offner kommt wieder zu sich und sagt ernst:
»Das ist einfach. Wenn der andere voll Hass mit dem Bajonett auf dich losgeht, gibt es kein Überlegen und du stichst zu. Er oder ich. Aber das Tier hat mir nichts getan, es erwartet meine fürsorgliche Hand, sieht aber dann darin das Messer.«
Offner gibt sich einen Ruck, setzt ein Lächeln auf, zuckt mit den Schultern und sagt: »Was solls, so gehts eben. – Und jetzt reden wir gefälligst über etwas anderes!«

Heller bemerkte erst jetzt, dass die Einträge Lippes auf den folgenden Bögen des Manuskripts aus dem Jahr 1808 stammten. Entweder fehlten einige Bögen, oder Lippe hatte in der Zwischenzeit kein Tagebuch geführt.
Der erste Eintrag aus 1808 bezog sich auf die Ereignisse in Nürnberg, als Lippe zusammen mit Axthelm und Wurm dem taxis'schen Postmeister Braun die lange vorbereitete Falle stellte. Überrumpelt gab der nach anfänglichem Leugnen die Existenz eines Schwarzen Kabinetts in Nürnberg zu und bestätigte sogar die Abschrift königlicher Handschreiben für Österreich. Aus diesem Bekenntnis folgte bekanntlich die Verstaatlichung der Post in Bayern.
Im Moment wollte Heller diesem Tagebucheintrag jedoch nicht weiter nachgehen, weil er ihn von dem Thema Tirol ablenken würde. Er richtete sein Augenmerk also auf das Jahr 1809, um zu erfahren, was Lippe über die postalischen Verhältnisse während des Tiroler Aufstandes berichtete.
Heller blätterte in dem Manuskript, las den Text hier und da an, fand aber weder Aussagen zu der Umleitung der Briefe während des Aufstandes über die Schweiz, noch über die postalische Situation in Tirol selbst.

Beim Blättern spürte Heller, dass mehrere Blätter zusammenklebten. Es handelte sich nicht um ein Versehen. Die Seiten waren mit Kleister fein säuberlich aufeinander fixiert. Im Durchlicht war jeweils der Beschrieb der unteren Seite zu erkennen. Heller setzte seine Lupenmütze auf und hielt das Papier gegen die Schreibtischlampe. Die Überschrift der ersten Zeile lautete: »Hofer.«
Was hatte Lippe mit Andreas Hofer zu tun und warum hatte er die Seiten verklebt? Heller sah keine Möglichkeit, die Klebung zu lösen, ohne den Text zu zerstören. Die Abschrift gestaltete sich also sehr mühsam. Unter Folie klebte er die Blätter an das Fenster seines Arbeitszimmers und schrieb Wort für Wort ab. Manche Passagen waren unleserlich und verursachten Lücken.

Lippes Notizen begannen mit einer Nachricht des bayerischen Gesandten aus Wien an Aretin vom 3. März 1809. Er meldete:

*»Einige Tiroler, welche sich Abgeordnete des Volkes nennen, sind hier, um Mitteilungen zu machen. Ich weiß nicht, ob sie auch zu Hofe gekommen sind. Ich weiß nur, dass einer darunter der Sohn oder Bruder eines Gärtners in Bozen ist, von schlechter Konduite, der einen Mann mit einem langen Bart begleitete, dessen Äußeres die Frauen sehr interessierte.«*

Lippe erhält von Aretin den Auftrag zur Identifizierung des Bärtigen. Er fragt deshalb bei den Kaufleuten in Bozen nach. Zunächst denken diese an den Metz aus Klausen, aber der erweist sich als Irrtum, weil er zu der fraglichen Zeit in Verona war. Die Informanten meinen schließlich, der durch einen langen Bart ausgezeichnete Wirt vom Passaier, ein vorzügliches Mitglied der Tiroler Deputation, sei der Gesuchte. Aretin fragt beim König an, was mit dem Hofer geschehen solle und erhält die ungehaltene Antwort:
*»Wenn Hofer Abgeordneter in Wien war und sträfliche Absichten hatte, wie versichert wird, wenn er zu diesem Zweck heimlich und ohne Pass abgereist ist und durch seine Äußerungen sich schon voraus verdächtig gezeigt hat, so soll er sogleich verhaftet und hierher gebracht werden. Über seine Gefangensetzung hätte nicht erst angefragt werden brauchen.«*
Weil aber die Nachrichten aus Tirol auf unmittelbar bevorstehende Unruhen hinweisen, unterlässt Aretin Schritte zur Verhaftung des Sandwirts zumal er nicht weiß, wie an ihn heranzukommen ist.
Als der Sturm dann Anfang April 1809 losbricht, ist Lippe auf Dienstreise in Basel zum Abschluss eines Postvertrages.
Erst nach der zweiten Berg-Isel-Schlacht erteilt Aretin Lippe den Auftrag, nach Tirol zu fahren: »Sie kennen diese Leute«, sagt Aretin, »reden Sie mit dem Hofer. Machen Sie ihm und seinen Tölpeln klar, dass sie sich und ihr Land ins Unglück stürzen.«

Lippe äußert Bedenken. Er sei nicht der Richtige. Sei kein Diplomat. Seine Kontakte seien eingeschlafen. Aber Aretin gibt nicht nach. Die beiden Schlachten vom Berg Isel hätten gezeigt, dass Verrat im Spiel gewesen sei. Er und Montgelas wüssten nicht, wem sie in der Regierung und im Königshaus noch trauen dürfen. Montgelas halte ihn, Lippe, für integer und wolle deshalb unbedingt ihn als Vermittler.
Mit einem Vorarlberger Pass in der Tasche kommt Lippe am 17. Juli 1809 nach Bozen. Dort trifft er Gummer, der ein Treffen mit Hofer für den 19. Juli in Brixen arrangiert, entweder im Goldenen Kreuz oder im Pacherhof.

Als Lippe in Brixen ankommt, begibt er sich sogleich zum Goldenen Kreuz. Es herrscht ein reges Kommen und Gehen. Er stellt sich auf die gegenüberliegende Straßenseite und beobachtet das Treiben. Viele Leute stehen auf der Straße und warten, bis sie an die Reihe kommen. Der Kapuziner Peter Mayr sitzt am Eingang, nimmt die Anliegen der Leute entgegen und bestimmt, wer zum Oberkommandanten Hofer vorgelassen wird.
Ständig kommen Ordonnanzen[1] mit Briefen und Nachrichten, die sogleich in die Gaststube gelassen werden. Lippe wundert sich über diese Art der militärischen Kommunikation, erfordert sie doch einerseits sehr hohe Rittkosten und liefert doch immer nur eine Nachricht von geringem Wert.[2]
Lippe geht nach einiger Zeit ebenfalls zu Pater Mayr und gibt sich zu erkennen. Der führt ihn in die Gaststube, wo der bärtige Andreas Hofer hinter einem großen Wirtshaustisch sitzt. Er blickt auf und sagt in bemühtem Schriftdeutsch:
»Bist a Geheimer, wie i ghört hob. Muss eich recht pressieren, wenns dauernd irgendwelche Leit schickts. Wennst net a so a

1 Ordonnanz bezeichnet hier eine Art Militärkurier.
2 Aus Meran kam eine Ordonnanz, weil dort zwei Paar Stiefel fehlten. Aus dem Passeier eine Ordonnanz, weil man Holz für die Signalfeuer auf dem Jaufen brauchte.

Hundsbua bist wie der Utzschneider, der für Verrat zahln wollt, dann kemma redn.«

Lippe ist auf diese Anrede gefasst. Auch er hält die Initiative des Salinendirektors Utzschneider für untunlich und schädlich und will stattdessen von Anfang an eine klare unmissverständliche Position einnehmen. Er kommt nicht als Bittsteller, sondern als Vermittler und kontert deshalb:

»Sie sollten auch besser auf Ihren Umgang achten und keine Leute nehmen, die über Sie öffentlich schreiben: *Der Hofer ist roh, jeder Einstreuung, jeder auch noch so plumpen Schmeichelei zugänglich, durch unerwartetes Glück aufgeblasen, in unaufhörlicher Eifersucht gegen die andern Kommandanten, umgibt er sich mit einer Zahl heuchlerischer Taugenichtse. Er führt in der einen Hand den Rosenkranz, in der andern die Flasche.*«

Hofer lachte: »Du gfallst mir. Bist nett aufs Maul gfalln. Gehn mer hinter.«

In diesem Moment stürmt eine Ordonnanz herein mit einem Brief vom Kommandanten Eisenstecken aus Salurn. Der Bote berichtet außer Atem, der Brief sei nach Innsbruck adressiert und er habe erst in Sterzing gehört, dass Hofer hier in Brixen sei. Auf dem Weg hielt ihn eine Bauernpatrouille für einen feindlichen Kurier, nahm ihm den Brief ab und erbrach die Siegel.

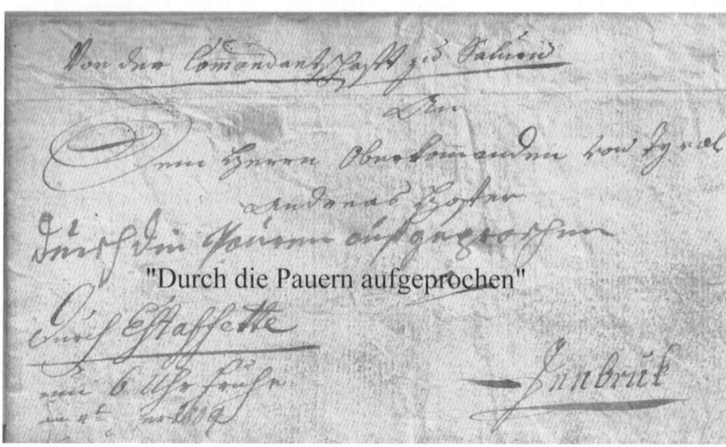

"Durch die Pauern aufgeprochen"

Lippe nimmt diesen Auftritt zum Anlass, erneut auf die schlecht organisierte Kommunikation der Aufständischen in seinen Aufzeichnungen hinzuweisen, dann folgt im Manuskript ein Entwurf für seinen Bericht an Montgelas:

»»Als wir uns endlich in das Nebenzimmer des Gasthofes zum Goldenen Kreuz zurückgezogen haben, erklärt mir der Herr Oberkommandant Hofer, wie er hier genannt wird, unverblümt, dass er nicht wisse, was es zu bereden gebe, denn er und die Bauern seien die Herren in Tirol und kein bayerischer oder französischer Soldat mehr im Land. Auch sei er bereits dabei, die alte Ordnung wie sie vor 1806 bestanden hat, wiederherzustellen. Bei dieser Bemerkung legt er eine neu geprägte Münze vor mich hin, die auf der Reversseite den bekränzten Tiroler Adler mit der Unterschrift ›Gefürstete Grafschaft Tirol‹, und auf der Aversseite die Inschrift ›20 Kreuzer‹ mit der Umschrift ›Nach dem Konventionsfuß‹ enthält.
Ich erlaube mir die Bemerkung, dass nur dasjenige Geld gut sei, mit dem die Leute auch etwas kaufen könnten, doch er versteht nicht, was ich damit andeuten will.
Eingenommen von seinem militärischen Erfolg am Berg Isel zeigt Hofer keinerlei Einsicht in das Prekäre seiner Lage. Ich halte ihm deshalb vor Augen, dass er auf eine weitere Unterstützung durch Österreich nicht werde rechnen können, weil die aussichtslose Lage Österreichs nach der verlorenen Schlacht bei Wagram nicht nur am 12. Juli zu einem Waffenstillstand mit Napoleon geführt hat, sondern Napoleon bei dem zu erwartenden Friedensschluss die Hand der Erzherzogin Marie-Louise fordern wird, um seine Dynastie zu festigen, und dann steht er, Hofer, mit seinen Tirolern alleine da.
Herr Hofer entgegnet mir pathetisch und unter Berufung auf Gottes Hilfe, dass er trotzdem keinen Fußbreit des Landes Tirol aufgeben wird und seine Bauern solange von den Bergen aus schießen und Steinlawinen hinunterwerfen bis kein Bayer mehr unten steht.

Ich eröffne ihm darauf die neue Taktik der bayerischen Armee. Sie wird die Bauern auf die Berge jagen und nicht mehr herunter lassen. ›Wir brauchen nur das Etschtal, das Oberinntal und das Pustertal. Alles andere ist uns gleichgültig und bringt sowieso keinen Gewinn.‹
Ich sage, der Krieg wird wieder kommen, mit viel Wucht, vielen Toten und viel Zerstörung und ich frage Herrn Hofer, wie lange da seine Kaufleute in Brixen, Bozen, Trient und Rovereto mitmachen werden, wenn sie nichts mehr herein und hinaus bekommen. Und wie lang seine Bauern mitmachen, wenn zu Hause die Kuh gemolken, das Heu gemacht, die Kartoffeln geerntet und die Kinder gefüttert werden müssen. Wie oft kommen sie noch zum Kämpfen, zweimal oder vielleicht fünfmal und dann? Was dann? Wenn er jetzt, mit seinem Sieg in der Tasche, verhandelt, dann lässt sich ein guter Weg finden für seine Bauern, für ihn, für uns und für Tirol.
›Noch sind die Berge euer Segen und eure Zuflucht‹, sage ich zu ihm, ›dann aber werden sie euer Fluch und eure Hölle.‹
Indes, alle diese Vorhaltungen können den Hofer nicht umstimmen. Selbst als ich wesentliche Zugeständnisse in der Frage der Konskriptionen, der Steuern und der Religion andeute, bewegt er sich nicht. Er sagt lediglich, er müsse alles tun, was seinen Leuten Hoffnung gibt. Sie vertrauen ihm und er kann sie nicht in die Irre führen und verraten. ›Mit den Franzosen und den Bayern wird es kein heiliges Land Tirol mehr geben.‹«
Am Ende seines Berichtes zieht Lippe das folgende Resümee. »Nach meiner unmaßgeblichen Ansicht soll die bayerische Armee alle Verkehrswege nach Tirol abriegeln und verschließen. Den Hofer kann man ruhig regieren lassen. Er ist den Aufgaben und Anforderungen überhaupt nicht gewachsen. – Sind Handel und Export durch die Armee unterbunden, werden die Tiroler bald merken, wie wenig diese Regierung zustande bringt, dann haben wir leichtes Spiel und Tirol fällt uns wie ein reifer Apfel in den Schoß.«

Offenbar hatte Lippe nicht das gesamte Gespräch protokolliert, denn er vermerkte als persönliche Notiz, dass er zu Hofer gesagt habe, der Napoleon werde nicht mehr lange an der Macht sein. Sein Größenwahn werde ihn zu Fall bringen. »Wenn er nur eine große Schlacht verliert, sinkt sein Stern. Ein paar Jahre noch und aus Freunden werden Feinde und aus ehemaligen Feinden Freunde, denn worum geht es denn; doch, dass wir alle zufrieden leben können.«

Und in dieser neuen Zeit wird Tirol nicht alleine, frei und unabhängig bestehen können. Dazu ist der Durchzug auf der Brennerstraße für Europa zu wichtig. Als österreichische Provinz wird Tirol ein kleiner unbedeutender Teil eines großen Reiches sein und der Kaiser wird die für ihn bequemen Gesetze der Bayern nicht ändern. An der Seite Bayerns dagegen kann Tirol seine wichtige Transitrolle ausspielen und wirtschaftlich gedeihen.

Hofer antwortet darauf, dass manches von all dem richtig sein mag. Aber wenn Tirol einmal seine Freiheit und seine Verfassung verliert, wird es sie für immer verlieren und deshalb muss er kämpfen.

Wie alles in ein paar Jahren steht, weiß er nicht. Aber jetzt weiß er, gegen wen er kämpfen muss und wofür. Und zum Schluss bekräftigt Hofer energisch: »Ich trau euch nicht, denn bisher habt ihr uns nur hintergangen und belogen. Und jetzt wünsch ich Ihnen Gottes Segen und eine glückliche Heimkehr!«

Sechs Wochen waren seit dem Übergriff, wie Heller die Hausdurchsuchung nannte, vergangen. Ein Beamter der Zollfahndung brachte die beschlagnahmten Kisten zurück, verlangte aber die Aushändigung aller Steuerunterlagen der letzten fünf Jahre. Daraus ergab sich eine Nachzahlung an Zoll von 27,31 Euro für ein Buch, das Heller bei einer postgeschichtlichen Tagung in Zürich gekauft hatte. Er fühlte sich wieder einmal in seinen Vorurteilen gegenüber Schweizern bestätigt, als der Autor 450 Franken verlangte, um die Kleinstauflage von zehn Exemplaren zu finanzieren. Weil er die Buchrechnung bei der Steuer eingereicht hatte, fiel sie jetzt als unverzollt auf.
Heller nahm dies ebenso gelassen zur Kenntnis, wie eine bald darauf angesetzte Steuerprüfung, die allerdings weniger glimpflich ausfiel. Auf den Rat eines befreundeten Anwalts hin verhielt sich Heller passiv.
»Du kannst den Richter verklagen, der die unrechtmäßige Hausdurchsuchung angeordnet hat. Du kannst die Umstände der Durchsuchung zur Anzeige bringen. Oder Einspruch gegen das Ergebnis der Steuerprüfung erheben. Wenn ich nachdenke, fallen mir sicher noch andere Klagevarianten ein. Aber ich rate dir: lass es. – Wenn du dir keiner gravierenden Fehler (so nennt man das heute) bewusst bist, dann verhalte dich ruhig!«
Das entsprach zwar nicht Hellers Naturell, aber er fügte sich.

Während der letzten Wochen, als der Winter erfolgreich seine erste Vorstellung gab, wertete Heller die Auktionskisten aus und bot Autographen, Rechnungsbücher und adeligen Kleinkram über eBay an. Einige Käufer waren von dem Material begeistert und kauften nach, so dass sich seine Einstandskosten deutlich reduzierten.
Gut gelaunt und zuversichtlich stellte er geeignete Briefe für die Auktionen im Frühjahr zusammen, darunter jene Briefe aus Ostpreußen nach München, die ihm schon bei der Besichtigung der Kisten aufgefallen waren. Die einschlägigen Postverträge hatte er bereits vor vielen Jahren veröffentlicht. Nun nahm er das Buch

wieder zur Hand, blätterte darin und suchte nach passenden Vertragsbestimmungen für die Auktionsbeschreibung.
Das Telefon läutete. Ein junger Mann meldete sich mit fester freundlicher Stimme:
»Guten Tag. Mein Name ist Angerer. Ich habe Ihren Artikel über Franz Offner gelesen. Ein interessanter Artikel. Ich beschäftige mich auch mit dem 19. Jahrhundert und würde gerne wissen, wie die Sache ausgegangen ist.«
Heller war nicht überrascht. Es war ihm schon mehrmals passiert, dass nach einem aktuellen Artikel Leute anriefen. In den meisten Fällen handelte es sich um spontane Reaktionen ohne nachhaltiges Interesse. Er merkte deshalb nur an, dass sich das nicht in wenigen Sätzen darstellen lasse und ohnehin noch eine abschließende Fortsetzung geplant sei.
Herr Angerer wandte dagegen ein: »Stimmt, Sie haben den Schluss angekündigt, aber nachdem bereits mehrere Wochen vergangen sind, nahm ich an, er würde nicht mehr erscheinen.«
»Der Verlag hat keinen Druck gemacht und so bin ich in Verzug geraten, außerdem bin ich mir über einige Fragen noch nicht im Klaren.«
»Vielleicht«, sagte Angerer, »gibt es eine Gelegenheit, miteinander zu sprechen, denn mir scheint, Sie wissen sehr viel über diese Zeit und können mir bei meinen Recherchen helfen. Natürlich nur, wenn Sie wollen.«
»Interessiert Sie etwa Postgeschichte?«
»Ja, ich würde dazu gerne mehr erfahren, weil die Historiker damit nichts anzufangen wissen. Ich sehe da eine interessante Forschungslücke.«
Heller war erfreut. Vielleicht konnte er einen jungen Mann anleiten und an die Sache heranführen:
»Haben Sie schon mit Briefen gearbeitet?«
»Nur wenig.«

Sie verabredeten für den nächsten Tag ein Treffen im Atzinger, gleich gegenüber dem Historicum.

Heller war zu früh dran, fuhr zum Elisabethplatz, aß dort eine Bio-Gemüsesuppe und schlenderte durch den Markt. Im Atzinger bestellte er sich ein Mineralwasser und las in der Neuen Zürcher Zeitung, die als Erkennungszeichen ausgemacht war.

Wenige Minuten später kam ein junger Mann an seinen Tisch: »Ich bin Thomas Angerer. Ich glaube, wir sind verabredet.«

Heller stand auf, gab dem anderen die Hand und deutete auf einen freien Platz. Angerer war mittelgroß, mit scharf geschnittenem Gesicht, spitzer Nase und hatte trotz seiner jungen Jahre bereits schütteres Haar. Unter einer roten Strickweste trug er ein schwarzes Hemd, dazu eine helle Leinenhose. Er wirkte gepflegt, mit schlanken, manikürten Fingern.

Angerer setzte sich Heller gegenüber, faltete die Hände und sah auf den Tisch. »Ich muss Ihnen gleich zu Anfang gestehen, dass mein Interesse an diesem Offner nicht ganz von ungefähr kommt. Ich heiße zwar Angerer, nach meiner Mutter, die ist aber die Urenkelin von Franz Josef Offner und seiner zweiten Frau. Meine Neugierde hat also einen konkreten Grund.«

Heller sagte: »Mit diesem Hintergrund müssten Sie doch die Geschichte besser kennen als ich.«

»Leider nicht«, entgegnete Angerer, »ich weiß zwar, dass es etwas Besonderes mit unserer Familie auf sich hat, aber über diese Zusammenhänge wurde mit mir nie geredet. – Ich bin in einem Internat am Bodensee aufgewachsen und nur in den Ferien nach Hause gekommen. Die Tätigkeit meines Vaters, bei der ihm mein älterer Bruder half, warf anscheinend genügend ab.«

»Warum sprechen Sie in der Vergangenheit?«

»Weil beide vor zwei Jahren einen tödlichen Autounfall erlitten.«

»Und Ihre Mutter?«

»Die lebt seitdem in sich zurückgezogen. Sie ist zwar gut versorgt, hat aber keine Freude mehr am Leben. – Erst als ich ihr von Ihrem Artikel erzählte, zeigte sie wieder Interesse und wollte den Artikel lesen. Einige Passagen darin müssen meine Mutter ziemlich aufgeregt haben, denn sie schimpfte mehrmals laut.«

»Und hat sie Ihnen dann nichts erzählt?«

»Selbstverständlich habe ich sie gefragt, wie das damals war, aber sie hat nur gesagt: ›Das ist jetzt alles vorbei.‹«
»Und deshalb haben Sie mich angerufen.«
»Ja, deshalb.«

Heller erzählte in kurzen Zügen, dass Franz Offner nach fünf Jahren Festungshaft im Jahr 1817 völlig verzweifelt in den Burggraben der Festung Rothenberg sprang und sich dabei schwer verletzte. Zu diesem Zeitpunkt war Montgelas, der angeblich den Haftbefehl unterschrieben hatte, gestürzt und Offners Hauptwidersacher, Graf Drechsel, als Generalkommissar nach Ansbach versetzt worden. Die ganze Sache kam an die Presse und die sah Gelegenheit genug, daraus einen Justizskandal zu machen. Es wurde sogar eine Art Untersuchungskommission, würde man heute wohl sagen, eingerichtet, die Einblick in die meisten Akten erhielt und zu dem Urteil kam, dass Franz Offner Unrecht geschehen sei.

Der gute Graf Drechsel versuchte, seinen Kopf aus der Schlinge zu ziehen, indem er als Preis für Offners Freilassung von ihm die Unterzeichnung eines Reverses forderte, des Inhalts, dass er »bei Verlust seiner Pension jeder Reklamation wegen der erlittenen Behandlung gegen den Staat und Privatpersonen entsage und über seine Geschichte gänzliches Stillschweigen halte«.
»Und dann?« fragte Angerer nach.
»Am Ende bekam Offner im Dezember 1818 einen Haufen Geld. Sein Gehalt, bzw. seine Pension von 1.000 Gulden jährlich wurde ihm nachgezahlt. Seine Tochter Fanny erhielt für ihre Versorgung 3.000 fl; sein Sohn Max eine Pension von 300 fl jährlich. Zur Befriedigung aller Ansprüche bezahlte man Offner zusätzlich 16.000 fl, davon 6.000 in bar und 10.000 in Staatspapieren.«
Angerer schaute nachdenklich auf den Tisch, nahm sein Glas Wasser und trank bedächtig einen Schluck.
Heller zog einen Zettel aus seiner Jackentasche und sagte:
»Ich kann Ihnen zwar nicht den Revers vorlegen, der ist verschollen.

Aber ich fand eine Beschreibung über Offners Haftbedingungen, die Sie vielleicht interessiert.«

Angerer nickte.

Heller las laut vor:

*»Dieser Mann hat fünf Jahre hindurch alle Rechtlosigkeiten und Qualen eines Gefangenen der Bastille ausgestanden. Er hat nie ein Verhör erlangt und es war ihm verboten, Briefe über seine Angelegenheit an wen immer zu wechseln oder Bekannte zu sehen, selbst seine Kinder nicht.*

*Weil er desohngeachtet seine Reklamationen an die Behörden durch gutmütige Menschen, die ihm beim vergönnten Genuss der frischen Luft aufstießen, aus den Mauern der Festung auf die Post zu bringen wusste, so durfte er bald seine tägliche Bewegung nur unter Begleitung einer Wache machen; niemand durfte sich ihm nähern. Und mitleidige Seelen vom gemeinen Militär und Zivilstande, welche die Menschlichkeit übermannt hatte, seine Briefe anzunehmen und fortzutragen, wurden zur Strafe ›ausgehauen‹ und ihm zuletzt aller Gebrauch von Feder und Tinte untersagt.*

*Auch dieses Hindernis überwand er. Sein Spänchen ersetzte die Feder, sein Blut oder eine braune Arzenei die Tinte, die Kohlen beides, und jeder Wisch oder jedes leere Blättchen, in einem Buche angetroffen, das Briefpapier. Viele Klageschriften hat er fortgebracht, aber sie kamen ohne Bescheid, bloß mit dem Auftrage an den Kommandanten zurück, zu untersuchen, wer dem Offner dabei Hilfe geleistet, und für die Zukunft wurde der Kommandant persönlich verantwortlich gemacht, dass dergleichen nicht mehr vorkomme. Darüber wurde seine Bewachung täglich strenger.«*

Heller steckte den Zettel wieder weg und wartete auf eine Reaktion von Angerer. Der sagte nach einiger Zeit:

»Ich wusste nicht, dass es so schlimm war. Jetzt verstehe ich manches besser. – Ich bin Ihnen sehr dankbar für Ihre Informationen, habe aber noch eine Bitte.«

»Wenn ich Sie erfüllen kann, gerne.«

»Meine Mutter hat mir ein kleines Büchlein aus dem Nachlass meines Vaters übergeben. Der Inhalt ist verschlüsselt und sie wusste nur, dass Vater immer sehr viel Wert darauf gelegt hatte und es unter Verschluss hielt. – Ich kann damit nichts anfangen, traue mich aber auch nicht, andere Leute zu fragen, zumal ich nicht weiß, wer dazu infrage käme. – Ich habe nun in Ihrem Artikel gelesen, dass Sie Briefe meines Vorfahren Franz Offner besitzen, die ebenfalls codiert sind, deren Inhalt Sie aber entziffert haben.«
»Und nun möchten Sie wissen«, unterbrach ihn Heller, »ob ich Ihr Büchlein ebenfalls entziffern kann?«
»Richtig, darum wollte ich Sie bitten.«
Heller überlegte.
»An Postgeschichte scheinen Sie ja nun nicht wirklich interessiert zu sein.«
»Es tut mir leid. Verstehen Sie bitte, es ging mir vor allem um dieses Büchlein. Und ich konnte doch nicht direkt mit der Türe ins Haus fallen.«
Heller war diese Handlungsweise nachvollziehbar.
»Ich bin darüber natürlich ein wenig enttäuscht, aber das macht nichts.«
Heller zögerte und sagte nach einer kleinen Pause:
»Ich müsste erst einmal eine Seite sehen, ob es sich auch tatsächlich um die Codierung handelt, die ich bereits kenne.«
Freudig griff Angerer nach seinem Geldbeutel, entnahm ihm ein zusammengefaltetes Blatt und reichte es Heller.
»Ich habe mir so etwas gedacht und vorsorglich eine Seite kopiert.«
Heller faltete das Blatt auseinander. Die Handschrift unterschied sich deutlich von der Franz Offners, aber die Codierung, das sah er sofort, war sehr ähnlich.
»Ich glaube, da lässt sich etwas machen, aber ich habe Bedenken, die ich Ihnen nicht verheimlichen will.«, sagte Heller. »Einigen Leuten scheint der Inhalt der offnerschen Aufzeichnungen ganz und gar nicht zu gefallen. Bevor ich mich also an die Übersetzung

mache, wüsste ich gerne mehr über Ihren Vater, um abschätzen zu können, was da auf mich zukommt.«
»Dazu kann ich Ihnen leider nichts sagen. Ich war nie zu Hause, weiß nicht einmal, was mein Vater eigentlich gemacht hat.«
»Entschuldigung!« sagte Heller, »Ich wollte nicht insistieren. Wenn Sie wüssten, was drin steht, müssten Sie mich nicht fragen. Aber Sie müssen verstehen, dass ich nach einigen unliebsamen Erlebnissen vorsichtig geworden bin.«
»Das tut mir leid. Ich glaube, ich gehe jetzt, denn ich will Sie nicht mit meiner Bitte in Verlegenheit bringen. – Vielen Dank für Ihre Hilfe. Ich freue mich schon auf den letzten Teil Ihres Artikels und werde ihn mit Vergnügen meiner Mutter vorlesen.«
Angerer stand auf, nahm seinen Mantel von der Stuhllehne und nickte Heller zu.
»Warten Sie! – Jetzt ist es auch schon egal. Die Leute haben mich auf dem Kieker, ob ich nun Ihr Büchlein übersetze oder nicht. – Ich mach es.«
Angerer wirkte erleichtert, legte den Mantel zurück und setzte sich wieder.
»Ich habe aber eine Bedingung«, sagte Heller.
Angerer sah Heller erstaunt an. Seine Augen verengten sich und mit lauernder brüchiger Stimme fragte er:
»Und zwar welche?«
Heller lächelte, lehnte sich in seinem Stuhl zurück und streckte sich:
»Wissen Sie«, sagte er in einer Art, als habe er gerade eine ausgezeichnete Idee, »Sie könnten mir ebenfalls einen Gefallen tun, dann sind wir quitt.«
»Sie wollen keine Bezahlung für die ganze Arbeit?«
»Aber nein, daran dachte ich gar nicht, dazu bin ich selbst viel zu neugierig auf den Inhalt. – Nein, es geht um etwas anderes. Sie könnten im Hauptstaatsarchiv auf Ihren Namen einige Akten bestellen, die mir für meine Recherchen noch fehlen und auch den Fall Offner betreffen. Ich bekomme nämlich keine Akten mehr ausgehändigt, weil ich mit einigen Archivaren in Fehde liege.«

»Ich habe so etwas noch nicht gemacht und weiß nicht, wie das geht.«
»Haben Sie etwa noch nicht im Archiv gearbeitet?«
»Nein,« – Angerer zögerte – »bisher habe ich noch nicht mit Primärquellen gearbeitet.«
Heller lachte: »Das macht nichts. Ich sage Ihnen genau, was Sie bei der Aktenbestellung tun sollen. Die Signaturen habe ich parat. Am nächsten Tag gehen wir gemeinsam hin. Sie holen die Akten vorne ab und wir arbeiten sie gemeinsam durch.«
Kichernd fügte Heller hinzu:
»Und ich bin gespannt auf die Gesichter, wenn ich dort auftauche. Mal sehen, was die machen. Einen Versuch ist es wert.«
Angerer stimmte dem Plan zu und sie verabredeten sich für den nächsten Morgen am Eingang zum Hauptstaatsarchiv.

Alles ging glatt. Heller half Angerer bei den Formalitäten und niemand schien Anstoß daran zu nehmen. Am nächsten Tag erhielt Angerer die Akten problemlos ausgehändigt und sie konnten gemeinsam unbehelligt arbeiten. Mittags gingen sie in die Kantine der Staatsbibliothek. Heller äußerte seine Verwunderung über den reibungslosen Ablauf. Er rechnete mit einer bösen Überraschung am Nachmittag, aber sie fanden bei ihrer Rückkehr alles so vor, wie sie es verlassen hatten.
Den Laptop hatte Heller wie gewohnt in einen Spind gesperrt. Er nahm ihn heraus und folgte Angerer über die Freitreppe in den ersten Stock zum Lesesaal. Im Lesesaal war der Tisch der Aufsicht nicht besetzt. Vielleicht hatte sich die Aufregung gelegt. Vielleicht wollten die Leute vom Archiv nicht mehr darüber reden und taten deshalb so, als sei nichts gewesen.
Beide setzten sich wieder nebeneinander an den Arbeitstisch und Heller beugte sich hinunter, um das Stromkabel des Laptop in die Dose am Boden zu stecken.
Er stieß sich den Kopf am Tisch an.
Er traute seinen Augen nicht. Damit hatte er nicht gerechnet – ungeheuerlich! Jetzt – nur ganz ruhig bleiben – als wäre nichts.

Er griff sich an die Brust, atmete tief und stoßweise und rieb sich den Schweiß von der Stirn.

»Bitte seien Sie mir nicht böse«, presste Heller hervor, »es geht mir nicht gut. Machen wir bitte morgen weiter, dann hab ich auch schon die eine Kopie ihres Büchleins übersetzt.«

Heller war schlecht. Sein Magen verkrampfte sich. Mit hochrotem Kopf verstaute er den Laptop im Koffer und stand auf. Angerer brachte die Akten zum Tisch der Aufsicht und legte sie dort ab. Niemand erschien.

Heller ging zum Ausgang, wartete nicht auf Angerer und stieg die Treppen hinunter. Draußen holte er tief Luft. Langsam beruhigte er sich.

Als Angerer dazukam und fragte, was plötzlich in ihn gefahren sei, redete Heller über Herzprobleme und dass er seine Tabletten vergessen habe. Er müsse deshalb schnell nach Hause und wolle sich dazu ein Taxi nehmen.

Angerer fragte noch, ob sie sich morgen wirklich treffen sollten, oder erst einmal abwarten. Heller, schon im Begriff loszugehen, drehte sich noch einmal um und sagte: »Wir telefonieren.«

Angerer ging zur Ludwigstraße und Heller in Richtung des amerikanischen Konsulats. Als er dort um die Ecke bog und außer Sicht war, drehte er sich noch einmal um. Niemand war ihm gefolgt. Er bestieg ein Taxi am Haus der Kunst und ließ sich nach Hause fahren.

Anna wunderte sich über sein frühes Erscheinen. Sie hatte erst am Abend mit ihm gerechnet. Heller sah schrecklich aus: graues, fahles Gesicht, gerötete Augen und unsicherer Gang. Anna erschrak:

»Was ist passiert?« fragte sie besorgt.

»Stell dir vor, der Kerl, dieser Angerer hat eine dunkelblaue und eine schwarze Socke. Der gehört dazu. Die haben ihn geschickt!«

Anna wurde bleich:

»Und was will er? Hast du ihm irgendetwas erzählt?«

»Ja, ich kam doch nicht auf die Idee, dass er ... «
»Du musst jetzt Schluss machen damit«, rief Anna bestimmt, »und du musst Kommissar Klein informieren. Das ist kein Spaß mehr. Ich hab Angst.«
Heller nickte.
»Ich werde den Kommissar gleich anrufen. Aber von einer Telefonzelle aus.«
Es war noch früher Nachmittag und Heller erreichte Kommissar Klein telefonisch im Büro. Als Heller seinen Namen nannte, fragte Klein sofort:
»Was ist passiert?«
»Ich muss mit Ihnen reden. Mir ist einer von dieser Sockenbande auf den Fersen«, und Heller erzählte in wenigen Worten, was in der letzten Zeit geschehen war.
Klein hörte zu, fragte nur gelegentlich nach, wenn er der sprunghaften Erzählung Hellers nicht ganz folgen konnte. Schließlich sagte er:
»Glauben Sie, dass Angerer etwas mit Eddys Tod zu tun hat?«
Heller wurde klar, dass Klein hauptsächlich an diesem Aspekt interessiert war. Sein persönliches Schicksal war ihm gleichgültig.
»Ich weiß nicht, keine Ahnung, ich weiß nur, dass er von meinen Verfolgern geschickt wurde.«
»Nun mal langsam«, sagte Klein, »lassen Sie mich nachdenken. Nach München kann ich nicht fahren. Dafür bekomme ich keine Dienstreise, da müsste ich schon mehr in der Hand haben. – Aber warten Sie, ich hab da eine Idee. Wenn es Ihnen gelingt, eine DNA-Probe von dem Mann zu bekommen, dann können wir überprüfen, ob er etwas mit dem Mord an Eddy zu tun hat.«
Heller wurde wütend:
»Was nützt das mir? Ich bin bedroht und Sie interessiert nur die DNA-Probe. So ein Scheiß!«
Klein sprach auf Heller ein: »Beruhigen Sie sich und denken Sie noch einmal in Ruhe darüber nach.« Heller sah das mittlerweile auch ein, aber er wurde die Panik einfach nicht los: »Gut ich schaue, was ich machen kann.«

»Schicken Sie mir die Probe umgehend mit der Post hierher nach Regensburg auf meinen Namen, Zimmer 129.«

»Das dauert aber dann doch mindestens ein paar Tage, was soll ich in der Zeit machen, wie soll ich mich verhalten? – Geht das nicht schneller?«

Klein dachte laut: »Die Analyse selbst dauert nur ein paar Stunden und wir brauchen ja nur ein DNA-Profil und keine Analyse.«

Heller unterbrach: »Reicht ein positives Profil für eine Verhaftung aus?«

»Ja, sicher. Eine Analyse ist schon lange nicht mehr notwendig. Es genügt die Bestimmung der Länge von fünf DNA-Abschnitten. Das Problem ist vielmehr die Vervielfältigung der Zellen, die dauert.«

»Entschuldigung«, rief Heller, »mir sind die technischen Details egal, sagen Sie mir, wie ich es anstellen soll, damit alles reibungslos funktioniert.«

»Naja, wissen Sie, es kommt auf die Qualität der Probe an. Beimischungen und Verunreinigungen halten enorm auf.«

»Also wäre eine Speichelprobe gut, oder?«

»Um Speichel geht es dabei nicht, sondern um Zellen der Mundschleimhaut, aber Haare wären zum Beispiel auch gut, oder Blut.«

»Aber es ist doch Unsinn«, rief Heller, »die Probe erst mit der Post nach Regensburg zu schicken. In München geht die Analyse doch sicher auch.«

»Das stimmt«, gab Klein zu, »ich muss dann aber ein bisschen organisieren. Warten Sie ein paar Minuten. Ich ruf Sie gleich wieder an.«

»Das geht nicht, ich bin in einer Telefonzelle.«

»Gut, dann rufen Sie mich in ein paar Minuten wieder an.«

Heller sah sich um. Niemand wartete vor der Zelle. Nur wenige Leute waren unterwegs. Er konnte sich also einen Zettel und Bleistift für Notizen aus dem Auto holen. Nach etwa zehn Minuten wählte er erneut die Nummer von Klein.

»Ich bins wieder, Heller.«

»Gut. Ich habe mit einem Kollegen im Münchner Polizeipräsidium gesprochen. Er kann Morgen gegen 15 Uhr in der Rechtsmedizin der LMU sein. Schaffen Sie das?«
»Wo ist die Rechtsmedizin?«
»Ach ja, Entschuldigung. In der Nußbaumstraße 26. – Kennen Sie die?«
»Ja, ich weiß, wo die ist. Ich werde das schon schaffen und bis 15 Uhr dort sein.«

Heller wollte die Sache möglichst schnell hinter sich bringen. Dass Angerer die Offnerbriefe und den Codeschlüssel wollte, darüber gab es für Heller keinen Zweifel. Aber warum brachte er dann eine Kopie aus dem Büchlein seines Vaters mit? War er doch nicht der willfährige Gehilfe des Adels?
Heller rief Angerer an. Er bezeichnete seinen Gesundheitszustand als stabil. Durch die Tabletten sei wieder alles in Ordnung. Einer Eingebung folgend sagte er: »Ach ja, bringen Sie bitte noch eine Kopie der vorherigen Seiten aus dem Büchlein mit, die Seite, die ich habe, wohl die letzte des Buches, liefert kaum brauchbare Angaben, nur einige Zahlen und Namen, ohne jeden Zusammenhang.«
Angerer entgegnete: »Sie könnten mir doch auch einfach den Schlüssel geben, dann brauchen Sie sich nicht weiter bemühen.«
Heller sagte grimmig und war sich der damit verbundenen Provokation bewusst: »Das kann ich nicht machen. Ich würde damit meine Versicherung aus der Hand geben.«
Angerer sagte daraufhin nichts und bestätigte mit seinem Schweigen Hellers Standpunkt.
Sie verabredeten sich für den nächsten Morgen vor dem Hauptstaatsarchiv.

Heller besprach die Situation mit Anna. Sie hielt ein erneutes Treffen für gefährlich. Es konnte immerhin sein, dass Angerer der Mörder von Eddy war. Heller meinte, dass er sich in dieser Frage nicht mit Vermutungen sondern nur mit Gewissheiten

zufriedengeben wolle, die er sich allein von einer Gewebeprobe versprach. Er war sich unsicher, ob er Angerer direkt auf die Offnerbriefe ansprechen sollte. Anna meinte, Angerer werde, wenn es ihm darum geht, von selbst darauf zu sprechen kommen.
»Und was soll ich dann tun?« fragte Heller, »ihm die Briefe und das verschlüsselte Manuskript zum Kauf anbieten?«
Anna verneinte: »Ich glaube nicht, dass das viel nützen wird. Es geht anscheinend nicht nur um den Besitz dieser Dokumente, sondern auch um das Wissen von ihrer Existenz und Inhalt. Die andere Seite geht davon aus, dass du Kopien behältst und über den Inhalt Bescheid weißt.«
»Meinst du denn, dass es diese Leute auf mich persönlich abgesehen haben?«
»Das weiß ich nicht, aber möglich ist es schon. Und wenn dieser Angerer etwas mit dem Tod von Eddy zu tun hat, dann wird es brenzlig.«
Heller wirkte ratlos, sagte dann aber:
»Immerhin hält mich Angerer noch für ahnungslos. Er weiß nicht, dass ich seine Socken gesehen habe. Diesen Vorteil muss ich nutzen und schnell handeln.«
»Das sehe ich auch so«, sagte Anna, »und wenn die Gewebeprobe ihn entlastet, umso besser.«
»Auch dann bleiben noch eine Reihe von Fragen offen und Vorsicht ist auf jeden Fall angebracht.«

Als sie sich morgens vor der Pförtnerloge trafen, wirkte Angerer gut gelaunt, fragte aber besorgt nach Hellers Befinden. Der gab sich unbekümmert und machte eine scherzhafte Bemerkung über die Probleme alter Männer. Im Lesesaal waren nur zwei Tische belegt und sie erhielten die Akten anstandslos. Die Dame an der Ausgabe war neu. Als sich Heller mit dem Kabel des Laptop hinunterbeugte, bestätigte sich die Beobachtung vom Vortag und er hätte schwören können, dass Angerer frische Strümpfe anhatte, denn der dunkelblaue hatte gestern am Bund eine Laufmasche. Er hatte sich also nicht getäuscht.

Sie arbeiteten an den Akten. Angerer konnte nur die Kanzleihandschrift lesen, das Sütterlin der Konzepte dagegen diktierte ihm Heller. Angerer tippte sehr schnell und geübt.
Heller hatte sich im Griff und vergaß zeitweise ganz auf seine Ängste.
Unvermittelt und scheinbar nebenbei fragte Angerer, ohne aufzuschauen:
»Was haben Sie eigentlich mit den Briefen von Franz Offner vor?«
Heller zuckte mit den Achseln und tat so, als habe er darüber noch nicht nachgedacht: »Eigentlich sind sie für meine postgeschichtliche Arbeit nicht von Belang. Wahrscheinlich verkaufe ich sie, um meinen Einstandpreis zu verringern.«
»Haben Sie schon einen Käufer?«
»Nein, ich habe mich noch nicht darum gekümmert.«
Angerer ließ einige Zeit vergehen: »Haben Sie schon etwas von meiner Kopie übersetzt, denn schließlich habe ich meinen Teil der Abmachung bereits erfüllt.«
Heller arbeitete ruhig weiter, sagte dann aber. »Dafür bin ich Ihnen auch sehr dankbar. Sie profitieren ja doch auch von den Akten zu Franz Offner, oder etwa nicht?«
»Ja, ich finde die Arbeit mit Ihnen sehr angenehm und aufschlussreich. Trotzdem interessiert mich vor allem das Büchlein.«
»Was wollen Sie mit dem Büchlein anfangen?«
»Das kommt darauf an, was drinnen steht.«
»Sie haben also tatsächlich keine Ahnung, worum es geht?«
»Eine vage Vermutung, aber zu wenig, um darüber zu reden.«
Heller holte einen Zettel aus der Tasche und reichte ihn an Angerer weiter: »Haben Sie die weiteren Kopien dabei? Sie sehen ja selbst, auf der gelieferten Seite steht nichts Wesentliches. Nur einige Namen, bei deren Schreibweise ich mir aber nicht ganz sicher bin, weil bei Namen immer Übersetzungsprobleme auftreten können. Offensichtlich hat sich Ihr Vater auch noch einiger Kürzel und sprachlicher Besonderheiten bedient, die sich nicht ohne Weiteres erschließen.«

Angerer betrachtete das Blatt und las: »Sie haben recht. – Obwohl es mir so vorkommt, als stünde auf der Kopie mehr, als in Ihrer Übersetzung. Ich habe hier noch zwei Seiten für Sie kopiert. – Wann kann ich mit der Übersetzung rechnen?«
Heller war froh, dass Angerer nicht weiter nachfragte und den Text nahm, wie er war, er hatte nämlich die Betreffzeilen unterschlagen.
»Ich bin jetzt zwei Tage verreist«, sagte Heller, »dann brauche ich wahrscheinlich einen Tag für die Übersetzung, also sagen wir, in drei Tagen können Sie das Ergebnis bekommen.«
Angerer nickte, scheinbar zufrieden.
Sie hatten die Akten durch und die Gutachten der Untersuchungskommission zum Fall Offner aus dem Jahren 1818 abgeschrieben.
Heller lehnte sich zurück und sagte: »Das wärs, wir sind, glaube ich, fertig. Die Texte, die ich abgeschrieben habe, sind zwar noch fehlerhaft, aber das Verständnis ist dadurch nicht gestört, und da ich von den letzten Seiten Scans gemacht habe, geht kein Inhalt verloren.«
Angerer antwortete: »Ich danke Ihnen und bitte Sie, mir die korrigierten Abschriften zusammen mit der Übersetzung aus dem Büchlein wie ausgemacht zukommen zu lassen.«
Heller nickte und fragte: »Hat unsere Arbeit an den Akten Ihnen nun bei den Nachforschungen über ihre Familienverhältnisse geholfen?«
»Ja und nein«, antwortete Angerer, »in historischer Hinsicht habe ich mir mehr erwartet, etwa über Bestrafung der Schuldigen oder politische Konsequenzen. Und über die letzten Lebensjahre des Offner weiß ich eigentlich auch nicht mehr, als Sie mir bereits erzählt haben.«
»Ja, ich muss gestehen, dass auch ich mir mehr Informationen über die Geheimnisse Ihres Vorfahren erwartet habe. Aber wie es scheint, sind seine Aufzeichnungen nicht in der Familie verblieben, sondern von Graf Drechsel oder Graf Rechberg unter Beschlag genommen worden«, ergänzte Heller.

»Ich glaube das auch. Bis auf die Aufzeichnungen, die Sie auf der Auktion gekauft haben. Diese sind wohl ein kleiner Teil der offnerschen geheimen Papiere, die er während seiner Arbeit im Schwarzen Kabinett gewonnen hat.«
»So ist es wohl. – Alles andere ist verschollen oder vernichtet.«
Nach Rückgabe der Akten gingen sie ins Erdgeschoss zur Garderobe. Heller überlegte, wie er an die Gewebeproben kommen konnte und schlug ein gemeinsames Essen in der Kantine vor, aber Angerer ließ sich nicht darauf ein. Er kündigte vielmehr ein Bedürfnis an und bog in den Seitentrakt, wo sich die Toiletten befanden, ein. Heller öffnete derweil den Spind und durchsuchte die Taschen von Angerers Mantel. Schließlich fand er ein benutztes Papiertaschentuch, holte aus seiner Jacke eine Plastiktüte, die er eigens für diesen Zweck mitgenommen hatte, und stopfte das Taschentuch hinein. Auf dem Kragen des Mantels fand er einige Haare, die er ebenfalls in den Plastikbeutel gab.

Sie verabschiedeten sich vor dem Archiv, wobei Angerer noch einmal ausdrücklich das Treffen in drei Tagen in Erinnerung brachte und um einen Anruf für den Übergabezeitpunkt bat.
Bis 15 Uhr hatte Heller noch eine Stunde Zeit. Er wollte sichergehen, dass ihm niemand folgte, deshalb lief er durch den Englischen Garten zur U-Bahn, und fuhr zum Goetheplatz. Von dort ging er zu Fuß zum Institut für Rechtsmedizin und setze sich auf eine Bank vor dem Gebäude.
In Gedanken ging er noch einmal die letzten Schreiben aus den Offnerakten durch. Angerer war die Anspannung durchaus anzumerken gewesen, als dort von einer Art Abmachung die Rede war, die weit über finanzielle Entschädigungen für die erlittene Festungshaft hinausging, aber nicht konkretisiert war.
Heller holte seinen Laptop aus dem Koffer, fuhr ihn hoch und suchte die Datei mit dem Scan dieser Seite. Bis zum Termin hatte er noch eine gute Viertelstunde und brauchte sich nicht beeilen, wenngleich die Bank zur bequemen Computernutzung spürbar ungeeignet war.

Der Scan war nur undeutlich zu sehen. Aus dem Dokument ging nicht hervor, mit wem Offner die Abmachung getroffen hatte. Aber in der unteren linken Ecke des Folio standen unter dem Fecitzeichen drei Kürzel. Heller wollte sich diese Stelle zu Hause in der Vergrößerung genauer ansehen. Soviel stand aber für ihn bereits fest: Es handelte sich um die Verpflichtung eines oder mehrere Adeliger über die Generationen hinweg das älteste männliche Mitglied der Familie Offner unkündbar in ihre Dienste zu nehmen. Im Gegenzug erfüllte der jeweilige Offner die ihm gestellten Aufgaben in unbedingtem Gehorsam.
Wenn dies so zutraf, dann hatte Angerer jetzt die Nachfolge seines Vaters bzw. Bruders angetreten. Daraus erklärte sich auch sein Interesse an den Notizen seines Vaters, denn er schien zu ahnen, dass er damit seine Lebensversicherung in Händen hielt, wenn er den Inhalt lesen konnte. Für Heller stellte sich damit die Frage, wie weit Angerer bereits in diese Verpflichtungen verstrickt war und welche Arbeiten er schon geleistet hatte.

Kommissar Max Müller war bereits da und befand sich im Gespräch mit dem Leiter der Rechtsmedizin. Heller stellte sich in einige Entfernung von den beiden Männern und wartete. Kommissar Müller sah ihn prüfend an, ging dann auf ihn zu und sagte: »Nach der Beschreibung des Kollegen Klein habe ich Sie mir zwar etwas anders vorgestellt, aber Sie müssten Herr Heller sein. – Haben Sie die Proben?«
Heller nickte: »Ich hoffe, das Material reicht aus«, dabei zog er den Plastikbeutel aus der Jackentasche und gab ihn weiter. Der Professor kam zu ihnen herüber, begrüßte Heller kurz und nahm den Beutel:
»Na wunderbar, bei dem Wetter braucht jeder Taschentücher. Und Haare haben wir auch. Das müsste passen.«
Heller fragte: »Wie lange wird es dauern?«
Der Professor sah auf die Uhr und sagte: »Am frühen Abend vielleicht. Ich rufe Kommissar Klein sofort an, wenn ich das Ergebnis habe. Die Sequenzen vom Tatort liegen mir bereits vor.«

Heller war nervös. Er musste sich ablenken und ging deshalb von der Nußbaumstraße zur Goethestraße und in Richtung Hauptbahnhof. Zu einem Einkauf bei Cavusoglu hatte er heute keine Lust. Vielleicht hätte sich Anna gefreut, wenn er eine Dose Schafskäse und schwarze Oliven mitgebracht hätte, aber entgegen seiner sonstigen Gewohnheit hatte er nicht einmal Appetit auf eine mercimek corbasi bei seinem bevorzugten Türken gegenüber dem Hotel Goethe. Er hatte vergessen, Kommissar Müller seine Handynummer zu geben und ärgerte sich.
Auf der Fahrt nach Hause war er ungeduldig und schimpfte vor sich hin.

Anna war nicht da. Heller ging mit den Kopien aus Angerers Büchlein in sein Arbeitszimmer und gab die codierten Buchstaben in eine gesonderte Datei ein. In der Funktion »Suche und Ersetze« waren noch seine früheren Abfragen gespeichert, so dass die Übersetzung nach zwei Stunden fertig war.
Angerers Vater hatte kein Tagebuch sondern eine Art kommentiertes Arbeitsheft geführt. Neben Botengängen, Geldtransfer und Chauffeurdiensten gehörten auch Recherchen, Überwachungen, Erpressungen und Liquidationen zu seinem Aufgabenfeld. Letzteres ließ sich aber nur aus der Namensnennung eines Bankiers in Zürich vermuten, hinter der ein Kreuz und das Wort »fecit« mit Datum und Uhrzeit angebracht war.
Heller wollte dem mit einer Suche im Internet weiter nachgehen. Bemerkenswert waren Angerers Kommentare zu einzelnen Aufträgen. Wenn er etwa Kunstgegenstände (vornehmlich Bilder) transportierte, erwähnte er genau den Maler, den Titel, den Preis und den Käufer. Offensichtlich hatte Angerer senior auch häufig fotografiert, denn hinter jedem Gemälde stand eine Nummer mit Hinweis auf seine Fotoliste.
Mittlerweile war es 17 Uhr geworden. Heller hatte noch immer keine Nachricht von dem Untersuchungsergebnis. Klein war nicht mehr in seinem Büro zu erreichen und im Institut für Rechtsmedizin nahm niemand seinen Anruf entgegen.

Heller fluchte. Er wollte endlich Gewissheit haben, wollte wissen, wie er dran war. Er sperrte die Kopien und die Übersetzung des Büchleins weg. Das DNA-Untersuchungsergebnis war im Moment wichtiger als diese Aufzeichnungen, mit denen er sich auch noch zu einem späteren Zeitpunkt beschäftigen konnte.
Heller hatte ein ungutes Gefühl. Das Herumsitzen und Warten zermürbte ihn. Sollte das bis zum nächsten Morgen dauern? Vielleicht war Angerer ja schon verhaftet?
Es hielt ihn nicht mehr im Haus. – Wie wäre es, wenn er Angerers Handynummer anrief, vielleicht meldete er sich, dann wusste er wenigstens, dass er sich noch in Freiheit befand. Angerer würde aber auf dem Display seine Nummer sehen. Er ging also zu der Telefonzelle bei der Bushaltestelle und wählte die Nummer Angerers. Es läutete dreimal, dann meldete sich die Sprachbox. Heller legte auf und setzte sich auf die Bank bei der Haltestelle. Jetzt wusste er auch nicht mehr als vorher. Während er vor sich hinstierte und mit dem Fuß Steinchen hin und herschob, erinnerte er sich, dass Anna von einer Besprechung mit dem Architekten auf der Baustelle an der Ismaninger Straße geredet hatte. Er erhob sich und machte sich auf den Weg dorthin.
Auf der Baustelle traf er Anna im Gespräch mit dem Eigentümer des Grundstücks. Anna erkannte sofort, dass etwas nicht stimmte, beendete ihr Gespräch mit einer höflichen Abschlussfloskel und ging zu ihrem Mann:
»Was ist passiert – hast du das Ergebnis der Analyse?«
Heller schüttelte seinen Kopf:
»Ich kann niemanden erreichen.«
Während er noch sprach, läutete sein Handy und Kommissar Klein meldete sich:
»Hallo, Herr Heller, nur ganz kurz: Die Kollegen in München haben Angerer soeben in seiner Wohnung festgenommen. Die DNA-Sequenzen stimmen überein. Das ist doch eine erfreuliche Nachricht, oder?«
Heller war erleichtert und sah Anna freudestrahlend an:
»Ich danke Ihnen ganz herzlich für diese gute Nachricht.«

Als beide gemeinsam zu Fuß nach Hause gingen, sagte Heller:
»Ich bin schon sehr froh über diese Entwicklung.«
»Warum eigentlich?« fragte Anna skeptisch zurück. – »Mir wäre es ehrlich gestanden lieber gewesen, wenn Angerer mit dem Tod von Eddy nichts zu tun gehabt hätte.«
»Meinst du, weil damit klar ist, dass die Gegenseite ihn mit derselben Absicht auf mich angesetzt hat?«
»Genau das glaube ich, denn die Polizei hat lediglich den vermeintlichen Täter, nicht aber die Auftraggeber. Ich befürchte, wir haben nur etwas Zeit gewonnen.«
»Zeit wofür?«
»Um zu verschwinden.«
»Wie meinst du das?«
»Nun ich denke, wir sollten uns beide aus der Schusslinie bringen, denn die Gegenseite wird nicht nachgeben.«
»Vielleicht hast du recht«, sagte Heller nachdenklich, »wir haben ja schon einmal in diese Richtung überlegt. Welche Vorstellungen hast du darüber?«
Anna blieb stehen, sah ihn direkt an und sagte dann mit fester Stimme:
»Ich habe mich bereits erkundigt bei den klassischen Archäologen. Es ist jetzt zwar Winter, auch in Tasköprü[1], aber die könnten mich sehr gut für die Neuordnung des Grabungsdepots brauchen und schon nächste Woche könnte ich hinfahren und drei Monate bleiben.«
Heller sah sie überrascht an:
»Ich weiß nicht, was ich davon halten soll. Freilich wärst du dort einigermaßen sicher, aber die Aussicht, alleine zu sein, behagt mir gar nicht.«
»Das tut mir auch leid, aber für uns zwei reicht das Geld in Tasköprü nicht.«

---

1 In Tasköprü, türkische Provinz Kastamonu, läuft seit 2006 ein Grabungsprojekt zur Erforschung der antiken Stadt Pompeiopolis.

»Können wir uns das Ganze noch einmal in Ruhe bis morgen überlegen? Es kommt alles etwas überraschend, und ich bin noch gar nicht darauf eingestellt.«
»Mir geht es genauso«, sagte sie mitfühlend, »aber ich habe mir gedacht, das wäre doch eine ausgezeichnete Gelegenheit für dich, nach Wien zu gehen und dort im Haus- und Hofarchiv zu arbeiten. Die Archivare dort werden sicher keine Schwierigkeiten machen.«
»Den Gedanken hatte ich auch schon, wie du weißt, aber da gibt es so viel zu organisieren, davor graut mir.«
Sie nickte nachdenklich: »Ich schlage vor, wir fahren zusammen nach Parsdorf in die Post, essen gemütlich und bereden alles in Ruhe.«
Er war einverstanden. In der Post fühlten sie sich wie zu Hause. Helga, eine Tirolerin, die ihr Lokal ausgezeichnet im Griff hatte, begrüßte sie herzlich und wies gleich auf die heutige Besonderheit hin: Wildpfanne.
Erfahrungsgemäß war diese Portion für den Abend zu üppig, deshalb bestellte Anna einen Dreierteller mit verschiedenen Tiroler Knödeln und Heller wollte eine Portion gekochtes Rindfleisch mit Meerrettich und Wirsing. Die Bedienerin kommentierte seine Bestellung mit der Bemerkung: »Also wie immer!« und brachte unaufgefordert für jeden eine Halbe König Ludwig Dunkel.
Als das Essen kam, hatten sie bereits alles besprochen. Sobald sie wieder zu Hause waren, würden sie mit der Arbeit beginnen und zunächst Erkundigungen über Fernreisen einholen, zum Schein Anfragen von ihren eigenen Computern aus an Airlines und Reisebüros verschicken, wegen Fernost und Südamerikareisen. Heller bestand auf einer Safari in Afrika, aber Anna winkte lachend ab und gab ihm einen Puffer in die Rippen: »Du musst die Sache etwas ernster betreiben!«
Am nächsten Morgen besprach Heller noch einmal mit Anna alle notwendigen Schritte. Als er gerade im Begriff war, in die Stadt zu fahren, läutete das Telefon. Kommissar Klein meldete sich mit belegter Stimme. Er klang missmutig.

»Ich muss Ihnen leider sagen, dass Angerer heute Morgen, als er dem Haftrichter vorgeführt werden sollte, in seiner Zelle erhängt aufgefunden wurde.«
Heller erstarrte. Die Gedanken schossen durch seinen Kopf. Er reduzierte sich auf einfache Muster und wollte nicht begreifen, was diese Nachricht für ihn bedeutete:
»Wie kann das sein? Keine Überwachung, Wärter, Besucher – wie denn, erhängt?«
»Man hat ihm seinen Gürtel gelassen, weil es keinen Hinweis auf eine Suizidabsicht gab.«
»Selbstmord? Glauben Sie das?«
»Es gibt keine Hinweise auf Fremdeinwirkung, sagt der Arzt.«
»Und was soll ich jetzt tun?« stotterte Heller. »Was bedeutet das für mich?«
»Was meinen Sie damit? – Der Verdacht gegen Sie ist damit endgültig vom Tisch. Sie können ganz beruhigt sein.«
Heller klang empört: »Ja, schön, aber Angerer war doch auf mich angesetzt und seine Auftraggeber sind nach wie vor hinter mir her.«
»Das glaube ich nicht«, sagte Klein beruhigend, »Erkenntnisse über Hintermänner oder die Sockenbande, wie Sie es nennen, haben wir nicht. Für uns ist die Sache abgeschlossen. – Ach ja, und übrigens, Angerer hatte, als man ihn fand, zwei gleichfarbig schwarze Socken an.«
Heller hatte das Gefühl, dass Klein froh war, den Fall los zu sein. Er hatte wohl genug andere Arbeit auf seinem Schreibtisch. Der Tod von Angerer bestätigte Hellers Bedenken. Egal, ob Selbstmord oder Mord, in beiden Fällen musste es einen gravierenden Grund gegeben haben. Und dieser Grund, davon war Heller überzeugt, war mit unangenehmen Auswirkungen für ihn verbunden. Anna anzurufen verbot sich. Sie durften nicht mehr offen miteinander kommunizieren. Er würde sie am Abend wieder zu Hause treffen. Wichtig war jetzt einzig, dass er die Vorbereitungen für seine Abreise vorantrieb. Er fuhr deshalb vorsichtshalber in die Stadt zu einem Internetcafe und suchte nach einer passenden

Ferienwohnung für sich in Wien. Nach einer halben Stunde zog er drei Angebote in die engere Wahl und kontaktierte mit den Daten einen langjährigen Freund in Wien, erklärte ihm kurz die Situation und bat ihn um seine Vermittlung beim Abschluss des Mietvertrages. Während er noch die Möglichkeiten einer anonymen SIM-Karte für sein Handy im Internet recherchierte, kam bereits die Antwort seines Freundes. Seine Erkundigungen bei den Vermietern waren erfolgreich gewesen, weil jetzt im Winter nur geringe Nachfrage herrsche. Er schlug eine Zweizimmerwohnung in der Fasangasse, im Dritten Bezirk vor, deren Lage, Ausstattung und Preis ihm annehmbar erschien. Der Bezug könne kurzfristig stattfinden. Im Übrigen freue er sich sehr auf ein Wiedersehen in Wien: »Des werd a Hetz!«

Heller stimmte umgehend zu und versprach, den fälligen Mietzins für drei Monate bei seiner Ankunft im Voraus bar zu erlegen. Damit war ein wichtiger Schritt getan und Heller war zufrieden.

Auf dem Weg nach Hause fiel ihm wieder das Büchlein von Angerer ein. Spontan rief er Kommissar Klein an und fragte, ob dessen Münchner Kollegen die Wohnung Angerers durchsucht hätten.

Klein antwortete, so viel er wisse, sei eine solche Durchsuchung richterlich angeordnet gewesen, habe sich aber nun erübrigt. Merkwürdig sei allerdings gewesen, dass der Beamte, der Angerers Mutter die Nachricht vom Tod ihres Sohnes überbrachte, von ihr beschimpft worden sei. Sie soll sehr aufgewühlt gewesen sein und wirres Zeug geredet haben. Angeblich seien bereits zwei Männer da gewesen, die in den Sachen ihres Sohnes herumgestöbert hätten.

Heller fragte daraufhin:

»Und da bleiben Sie noch immer bei der Selbstmordtheorie?«

Klein antwortete abweisend:

»Es ist nicht mein Fall. Das müssen die Kollegen in München entscheiden.«

»Aber die kennen doch den Vorlauf und die Zusammenhänge nicht.«

»Ich habe die Akten nach München abgegeben. Aber wenn Sie meinen, können Sie ja die Kollegen in München mit Ihrer Ansicht konfrontieren.«
Heller merkte, dass er von Klein keine Unterstützung zu erwarten hatte. Für ihn war Angerer zweifelsfrei ermordet worden und das Büchlein war jetzt ebenfalls weg. Hoffentlich hatte Angerer seinen Mördern nichts von den Kopien aus dem Büchlein gesagt. Wie auch immer, zur Abreise nach Wien gab es keine vernünftige Alternative.

Am Abend besprach er sich mit Anna, die seine Ansichten vollkommen teilte. Sie drängte auf seine baldige Abreise. Sie selbst dagegen wollte bis zu ihrem Flug in die Türkei einige Tage bei ihren Eltern wohnen.

Das Appartement in der Fasangasse befand sich in der zweiten Etage. Das Haus, erbaut um 1900, war innen teilweise saniert, der Außenputz aber schmutziggelb und brüchig. Bei der Schlüsselübergabe händigte ihm sein Freund eine Mappe mit Mietvertrag, Hausordnung und speziellen Mietbedingungen aus. Heller zeigte sich sehr zufrieden und zerstreute alle Bedenken seines Freundes wegen fehlerhafter Details der Wohnung. Im Gegenteil: Heller war entzückt, denn sie entsprach in vieler Hinsicht seinem Wohlfühlklischee.

Den Wagen durfte er nur zum Ausladen vor dem Haus parken. Da er als Ausländer nur schwer eine Parkerlaubnis innerhalb des Wiener Gürtels bekam und dafür seine Identität hätte preisgeben müssen, stellte er den Wagen anschließend hinter dem Schweizer Park ab.

Der eiserne Gitterfahrstuhl fasste nur zwei Personen. Heller stapelte daher die Koffer und Schachteln in den Aufzug, schloss die Gitter und die äußere Holztüre, dann lief er über die geschwungene Holztreppe in den zweiten Stock und holte den Aufzug nach.

Gegen Abend war er mit dem Einräumen fertig. Neben einem kleinen Wohnzimmertischchen stand am Fenster ein kleiner wackliger Schreibtisch. Für seine Archivarbeit brauchte Heller aber unbedingt einen großen Tisch und einen bequemen Stuhl. Er setzte sich auf die Couch und schrieb beides auf den bereits umfänglichen Einkaufszettel.

Gut gelaunt verließ Heller die Wohnung, ging die Treppen hinunter und öffnete die Haustüre. Er sah die Straße hinunter, die sanft in Richtung Rennweg abfiel. Unterwegs registrierte er die vorhandenen Gaststätten, Supermärkte und Geschäfte. Langsam bekam er Hunger, ging auf die andere Straßenseite zur Gaststätte »Fasanlwirt« und las die Speisekarte. Währenddessen kam die Wirtin aus dem Lokal und stellte eine Schiefertafel mit Tagesgerichten auf.

»Servas Taxler«, rief sie dem Fahrer eines vorbeifahrenden Taxis zu, »der Günther hot Gulasch gmacht.«

Heller betrat den Wirtsraum. Hinter einer breiten Holztheke stand

ein stämmiger Mann, der Weinschorle in ein Glas goss und dabei angeregt mit den Gästen redete. An der Theke gab es keinen Stehplatz mehr. Alle dort schienen sich gut zu kennen und redeten sich mit Vor- oder Spitznamen an. Heller setzte sich an einen Tisch am Fenster und die Wirtin legte ihm die Speisekarte wortlos hin. Heller bestellte ohne Zögern einen großen weißen Spritzer und ein Gulasch mit Gepäck. Die Geschichten um Günthers Gulasch würden einen Band füllen. Er serviert es auf einem großen flachen Teller, in der Mitte zwei kleine Kartöffelchen, dazu einen Korb mit Brötchen. »Groß oder klein?« fragte die Wirtin nach. Heller war sich sicher: »Groß!«
Die freundliche Aufnahme, die Heller im Fasanlwirt an diesem Abend erfuhr, ließ ihn zum Stammgast werden. Im Laufe der Zeit entdeckte er zwar noch andere angenehme Lokalitäten in der Nähe seiner Wohnung, aber nach langen Arbeitstagen in den Archiven war seine Experimentierfreude in dieser Beziehung gering, zumal Günther immer wieder mit Überraschungen außerhalb der Standardkarte aufwartete, die keine Eintönigkeit aufkommen ließen. Legendär waren seine Saucen mit einer Prise von selbst gesammelten getrockneten Parasolpilzen aus dem Burgenland. Nach zwei Wochen stellte Günther den weißen Spitzer, oder »Arbeitersekt«, wie ihn der Taxler nannte, schon auf Hellers Platz an der Theke, wenn dieser das Lokal betrat.

Heller brauchte von seiner Behausung, die im oberen Teil der Fasangasse lag, nur wenige Minuten bis zum Gürtel. Nach einigen Begegnungen der besonderen Art mit Reisebussen, denen unausgeschlafene Japaner auf dem Weg zum Oberen Belvedere entstiegen, gewöhnte sich Heller den angenehmen Spaziergang durch den Schweizer Park auf der anderen Seite des Gürtels an, der ihn zum Südbahnhof führte, wo der D-Wagen[1] abfuhr. Noch nie hatte er so viele große alte Bäume in einer Stadt gesehen.

---

1 Der Versuch im Jahr 2009 den D-Wagen in Linie 3 umzubenennen, scheiterte selbstverständlich.

Die Verwaltung der Donaumonarchie hinterließ mehrere bedeutende Archive in Wien, mit umfangreichen Beständen zur Postgeschichte, die sich gegenseitig ergänzen. So befinden sich im Staatsarchiv in der Nottendorfer Gasse hauptsächlich die Akten der Hofkammer, die für den praktischen Postdienst zuständig war.
Strategische Entscheidungen dagegen traf die geheime Hof- und Staatskanzlei, Metternichs Regierungsapparat. Deren Bestände befinden sich im Haus-und Hofarchiv am Minoritenplatz.
Vor seinem Antrittsbesuch im Haus- und Hofarchiv, stellte Heller die Aktensignaturen, die Mayr[1] 1935 verwendet hatte, zusammen. Zwar schwer zu entschlüsseln, nährten sie aber immerhin die Hoffnung, dass die von Mayr genannten Akten schließlich irgendwo sein mussten. Mit der Post beschäftigten sich verschiedene Ressorts die teilweise kryptisch betitelt waren.[2]
Die erste Fahrt zum Archiv an einem kalt-trockenen Januarmorgen gestaltete sich spannend und aufregend. Der D-Wagen stand am Südbahnhof noch in der Warteschleife. Heller konnte sich Zeit lassen, weil er sonst eine Viertelstunde zu früh am Minoritenplatz eintreffen würde. Hier, an der Endhaltestelle bekam er einen Sitzplatz, konnte seine Computertasche auf den Schoß nehmen und noch einmal seine Unterlagen durchgehen. Der D-Wagen fährt durch die Prinz-Eugen-Straße, vorbei am Denkmal der gefallenen russischen Soldaten, vor dem ein Springbrunnen seine hohe Fontäne in den Himmel steigen lässt. Dort biegt er auf den Schwarzenbergplatz ein. Heller genoss das Gefühl, dazuzugehören und nahm die Eindrücke der Straßen und Plätze begierig in sich auf. Wenn Heller in der Folge Lust auf einen Heurigen hatte, fuhr er öfters mit dem D-Wagen bis zur Endhaltestelle in Nussdorf.

---

1 Josef Karl Mayr, Metternichs geheimer Briefdienst, Postlogen und Postkurse, Wien 1935. Bis heute das Standardwerk.
2 Zum Beispiel: provisorische Organisierungs-Hofkommission, Obersthofpostbuchhaltung, Administrative Registratur Toskana Postwesen, Friedensakten, Kleine Betreffe etc.

An diesem Tag stieg er an der Oper aus. Das Archiv öffnete erst um Neun. Ihm blieb also Zeit, durch die Kärntner Straße und den Graben zu schlendern. – Wien morgens kurz vor neun Uhr!
Vor dem Demel bog er nach rechts ab, durchquerte den Garten des Esterhazy-Kellers und erreichte durch die Figlgasse den Minoritenplatz, in dessen Zentrum die italienische Nationalkirche stand, ein seelenloser neoromanischer Bau, eingerahmt von Ministerien. Der Eingang in das Archiv lag an der Rückseite des Kanzleramtes.
Durch ein schweres, eisenbeschlagenes Tor betrat er die Eingangshalle. Zwischen weißgrauen Marmorsäulen lag rechts die Pforte mit Anmeldung und Registrierung. Links ging es zur Garderobe und den Toiletten. Die Halle wurde dominiert von einer lebensgroßen Marmorstatue der Kaiserin Elisabeth, genannt Sisi. Eine breite Freitreppe mit Stiegen aus Verona Rosso führte zum Forschersaal, der zwar modern, aber unzweckmäßig eingerichtet war. Knarzende Holzdielen, auf denen hochhackige Benutzerinnen herumstolzierten, als wären sie auf dem Laufsteg. Stühle ohne Filzunterlagen, laute Unterhaltungen waren an der Tagesordnung. Heller würde sich eine große Packung Ohropax kaufen.

Heller ließ sich beim Herrn Hofrat anmelden, der ihn sogleich empfing. Ihm schilderte er sein Forschungsinteresse und bat um Unterstützung. Der Herr Hofrat verwies ihn an einen wohlmeinenden Archivar, der Heller auf die sogenannten Indexbände aufmerksam machte, in denen prinzipiell jedes Schriftstück mit Datum und Absendernamen verzeichnet ist. Jede Oberbehörde führte jeweils eigene Indexbände, die jahrgangsweise alphabetisiert die Betreffe mit den dazugehörigen Schreiben chronologisch auflisten. Das Problem bestand aber darin, dass in diesen Bänden keinerlei Fundstellen oder Signaturen angegeben waren. Man konnte sich also durch sämtliche Jahrgänge durcharbeiten, kannte dann die vorkommenden Betreffe und die dazugehörigen datierten Schreiben und Absender, hatte aber keine Ahnung, wo sich diese Aktenstücke befinden.

Da die Bestände des 19. Jahrhunderts nur ansatzweise nach Stichworten und Betreffen geordnet bzw. in den Findbüchern verzeichnet waren, brauchte Heller eine ganze Woche, um die Behördenstruktur der damaligen Zeit und die entsprechenden Ablagepläne des Archivs zu verstehen.
Erschwerend kam hinzu, dass in der Vergangenheit mehrfach Archivare versucht hatten, neue Ordnungssysteme zu etablieren. Sie wurden darüber pensioniert oder brachen aus anderen Gründen ihr Projekt wieder ab, so dass die Arbeiten halbfertig liegen blieben und in einigen Fällen mehr Unordnung angerichtet worden war als vorher bestanden hatte. So wurde die Neuordnung des Konvolutes »Notenwechsel 243« einem wenig engagierten Studenten als Ferienjob übertragen, der es vollständig auflöste, ohne Hinweise hinterlassen zu haben, wohin er die Schriftstücke verlagert hatte.
Und mit der Neuordnung des riesigen Bestandes an Akten der italienischen Staaten wurde eine Italienerin beauftragt, die bedauerlicherweise die deutsche Sprache nicht beherrschte, deshalb ignorierte sie einfach das Altrepertorium und schnitt so den Zugang zur Überlieferung ab, ohne für eine Konkordanz zu sorgen. Ganze Konvolute fehlten in ihrem Verzeichnis, darunter die bei Mayr genannten drei Schachteln: »Administrative Registratur Postwesen Toskana«, die seitdem als unauffindbar galten.

Heller hatte endlich, nach zwei Wochen harter Arbeit, etwa 90% aller bei Mayr genannten Akten verifiziert und ihren heutigen Standort wiedergefunden. Ein älterer Archivar, der ihn während dieser Zeit offenbar beobachtet und sich von der Ernsthaftigkeit seiner Bemühungen überzeugt hatte, gab ihm schließlich den Hinweis, dass sich im Archiv auch der Nachlass von Josef Karl Mayr befinde, der in den 1930er Jahren Leiter des Archivs gewesen sei.
Der Archivar kommentierte die Situation treffend: »Viele kommen mit einer Fragestellung, – die bekommen etwas und meinen, sie hätten alles, – aber sie haben nahezu nichts. Wenn man nicht

täglich hier im Haus ist, durch die Regale gehen kann und einfach schauen, was hinter der Kryptik eigentlich verborgen liegt, hat man keine Chance.«

Heller wusste nicht, durch welchen Umstand er die Götter für sich günstig gestimmt hatte, aber sie verhalfen ihm durch einen schier unglaublichen Zufall zu einigen Schachteln, die seit der Italienerin unauffindbar waren. Bei der Sichtung des Nachlasses von Karl Mayr, die nur im Depot selbst geschehen konnte, begleitete ihn der ältere Archivar in die Untiefen der Regale. Sie befanden sich im dritten oder vierten Stockwerk des Depots, dessen Boden aus stählernen Laufgittern bestand, auf denen die mehr als vier Meter hohen Regale ruhten. Durch die Gitter hindurch sah man bis auf den Grund des Gebäudes. – Der Nachlass bestand aus mehreren Kästen, voll mit Karteizetteln auf denen Mayr akribisch die Exzerpte aller von ihm benutzten Akten mit Bleistift notiert hat. Heller war überaus dankbar, denn damit stand ihm die gesamte Recherche Mayrs zur Verfügung. Auf dem Rückweg durch die unendlichen Regalreihen in den Benutzer- oder bzw. Forschersaal, stieß Heller kurz vor dem Ausgang einen spitzen Schrei aus, – in den Augenwinkeln hatte er den verschollenen Titel »Adm. Reg. Postwesen Toskana« auf einer Kiste wahrgenommen. Und da standen sie direkt in Augenhöhe neben dem Durchgang – alle drei Kartons. Im Findbuch wurde ein Nachtrag veranlasst, zu dem sich im Laufe der Monate noch einige weitere dazu gesellten. Nach dieser Aktion hatte Heller bei den Archivaren an Reputation gewonnen und durfte selbstständig in Altrepertorien und im Depot suchen. Aber die Beziehungen blieben geschäftsmäßig. Der alltägliche Umgang war geprägt von einer Ambivalenz, die man vielleicht scheinbar widersprüchlich als strenge Laissez-faire-Haltung bezeichnen kann. Wer zu dieser Gesellschaft nicht von Geburt an gehörte und ihre Melodie fehlerlos beherrschte, wurde auch nach Jahrzehnten nur geduldet, ohne Zugang zu dem Hofstaat, den die österreichische Demokratie auszeichnet.

Heller konnte eine sehr vorteilhafte Vereinbarung mit der Archivleitung über Kopien treffen. Alle Dokumente, bis hin zu ganzen Akten, wurden ihm als Book-Eye-Scans auf CD geliefert, so dass er nach zwei Monaten über 7.000 Seiten besaß. Und er war auch mit dem inhaltlichen Ergebnis seiner Recherchen sehr zufrieden, denn die Akten enthielten nicht etwa nur warme Politikerluft, sondern tatsächlich aufschlussreiche postalisch/politische Reflexionen, Grundsatzdebatten und Strategieentwürfe über die wesentlichen Weichenstellungen für die Postverbindungen der Donaumonarchie mit dem übrigen Europa.
Nach Metternichs Ansicht, die er in mehreren Vorträgen dem Kaiser unterbreitet hatte, sollte die Post unbedingt dem politischen Zweck dienen, sowohl die eigene Korrespondenz dem Zugriff der Nachbarn zu entziehen, als auch eine europaweit ausgedehnte Korrespondenzspionage durchzuführen. In dem Freiherrn von Lilien, einem ehemaligen Mitarbeiter der Thurn und Taxis'schen Generaldirektion, fand er einen ausgezeichneten Fachmann, der das neue österreichische, sprich, metternichsche Postsystem entwarf und verwirklichte.
Da Österreich nach dem Wiener Kongress wieder in den Besitz der Lombardei und Venetiens kam und in Toskana, Parma und Modena Angehörige des Hauses Habsburg regierten, hatte die Überwachung der italienischen Auslandskorrespondenzen Priorität, um die Ruhe im Land zu gewährleisten.
Als das übrige Europa noch mit den Nachwehen der neuen Grenzziehungen beschäftigt war, nutzte Metternich die Gunst der Stunde und schloss 1816 günstige Postverträge mit dem Königreich Sardinien und 1817 mit Frankreich ab, so dass nahezu der gesamte Postverkehr zwischen Italien und Frankreich durch österreichische Hände lief.
Das Rückgrat dieser Konstruktion bildete der Postkurs von Mailand über den Gotthard, Zürich und Basel nach Hüningen, den Österreich alleine finanzierte. Die Zustimmung der Schweizer Kantone sicherte sich Metternich durch die Gratisbeförderung aller auf diesem Kurs laufenden Schweizer Briefe. Um diesen

Kurs ebenso schnell wie den über Mailand, Turin und Lyon zu führen, genehmigte er hohe Investitionskosten. Immerhin ersparte sich Österreich den bisherigen Transit durch Bayern für seine Briefe nach Frankreich in einer Größenordnung von etwa 60.000 Gulden jährlich. Gegen diese Pläne trat als Rivale das Königreich Sardinien auf. Unterstützt durch Frankreich schloss es, überraschend für den tobenden Metternich, zum 1. Januar 1818 einen Postvertrag mit Toskana ab, das nun alle Briefe an Sardinien auslieferte.

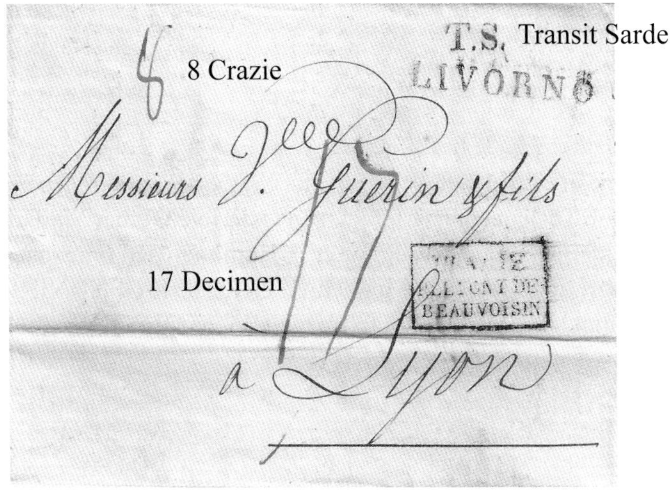


Livorno 17. Januar 1818 nach Lyon. Bis zur Grenze mit »8« Crazie frankiert. Für den sardischen Transit in Turin mit »T.S.« gestempelt. Sardinien erhielt von Frankreich pro 30 gr solcher Briefe 23 dec. Frankreich verlangte vom Empfänger 17 dec, zusammengesetzt aus 8 dec »fremdes Porto« und 3 dec Inlandsgebühr in der 1,5 fachen Gewichtsprogression = 17 dec.

Sobald dieser Vertrag zwischen Toskana und Sardinien auslief, erzwang Metternich die Auslieferung der Briefe an Österreich.

Florenz 26. Juli 1823. Wieder mit 8 Crazie bis zur Grenze bezahlt, übergab Toskana den Brief jetzt an Österreich. Über Mailand und Zürich ging er nach Basel, wo er in Hüningen den Franzosen ausgeliefert und mit »A.T.« bzw. »AUTRICHE PAR HUNINGUE« gestempelt wurde. Österreich erhielt 36 dec pro 30 gr.

26 grana

5 Bajocchi

19 Decimen

Dieser Brief aus Neapel vom 19. September 1823 nach Paris dokumentiert die Versendung über Österreich. Der Absender bezahlte

»26« Grana bis zur Grenze der Lombardei. Davon erhielt der Kirchenstaat »5« Bajocchi für seinen Transit. Österreich transportierte ihn auf dem bereits erwähnten Schweizer Kurs nach Hüningen, wo ihn Frankreich übernahm und auslöste. Neapel weigerte sich standhaft, den Österreichern eine verbindliche Zusage für die Auslieferung ihrer Briefe zu geben. Das ständige Hin und Her in der Auseinandersetzung um die italienischen Briefe eskalierte schließlich Ende der 1820er Jahre zu einem regelrechten Postkrieg[1], bis Frankreich schließlich erklärte, ab dem 1. August 1830 alle Briefe aus Italien[2], die über Hüningen kämen, zurückzuweisen.

Metternich glaubte zwar, mit der neuen französischen Regierung, die nach der Julirevolution 1830 an die Macht kam, diesbezüglich leichtes Spiel zu haben. Doch Paris verschärfte die Tonart im Postkrieg sogar noch. An ein Einlenken war nicht zu denken. Deshalb gab Metternich am 25. Juli 1830 die Anweisung, alle Briefe aus der Toskana, dem Königreich beider Sizilien und des Kirchenstaates, derer man habhaft werden konnte, in Verona zu überstempeln und unter die lombardisch-venezianischen Briefe zu mischen, die nach wie vor über Hüningen laufen durften.

Der folgende Brief aus Neapel vom 25. September 1830 zeigt die Auswirkungen:
Der rote neapolitanische Monogrammstempel wurde mit dem rot eingefärbten »VERONA« überstempelt. Dabei blieb aber der Ortsstempel von Neapel auf der Rückseite ebenso unbeachtet wie der verräterische Gebührenansatz von 15 Grana bis zur Grenze

---

1 Die Absender in Sizilien und Neapel umgingen die österreichischen Postlogen durch Einschaltung französischer Forwarder in Marseille, oder den direkten Versand über das Meer. Andere schmuggelten ihre Briefe nach Livorno zu sardischen Agenten. Manchmal griff Österreich solche Transporte auf und bemächtigte sich der Briefe.
2 Ausgenommen waren die Lombardei und Venetien.

der Lombardei, mit dem die nebenstehenden 3 ½ Bajocchi für den Kirchenstaattransit korrespondieren.
Um die Täuschung für die französischen Beamten in Hüningen perfekt zu machen, stempelte Verona »L.I.« [lettere italie], brachte hinten zur Täuschung eine »4« und vorne den Teilfrankostrich in Rötel an.

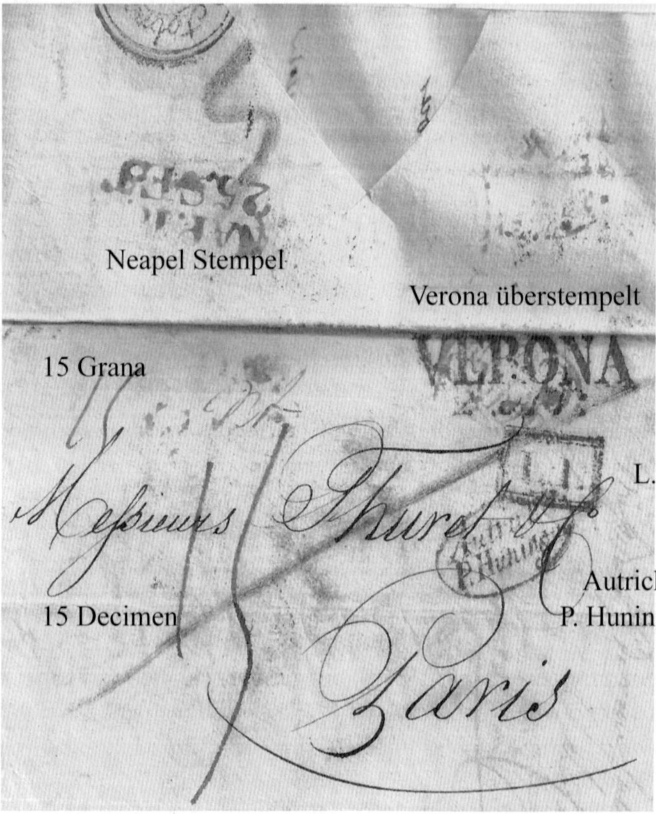


Bei der umfangreichen Korrespondenz, die in Hüningen anlandete, mag dieses Verfahren eine Zeit lang unentdeckt geblieben sein. Aber es überlebte sich bald, weil der Aufwand in keinem Verhältnis zum Gewinn stand und dahinter mit Recht nur eine Trotzreaktion Metternichs vermutet werden darf.

Eine Sonderrolle spielten in dieser ganzen Angelegenheit Modena und Parma. In einem Geheimvertrag erreichte Metternich, dass deren Briefe nach Frankreich ungestempelt bis Mailand geliefert wurden, dort geöffnet, untersucht und dann mit dem Mailänder Stempel des Schwarzen Kabinetts als lombardische Briefe an Sardinien übergeben wurden [T.S.=Transit Sarde]. Diese Praxis blieb bis 1842 in unterschiedlichen Ausprägungen bestehen, obwohl sich ihr Sinn und Gewinn nicht widerspruchsfrei erschließt.
Auf den ersten Blick sind solche Briefe an der typischen modenesischen Grenzfrankatur von 20 Crazie links oben zu erkennen. Daneben findet sich der Logenstempel »MIL° AGOSTO/15«. Auch hier tat Mailand mit dem Stempel »L.I.« so, als komme der Brief aus der Lombardei.[1]

T.S.

20 Crazie

L.I.

Heller arbeitete jeden Tag bis zur Schließung des Archivs um 15.45 Uhr. Oft schlenderte er dann durch den Hofgarten, oder stöberte in den Auktionskatalogen und Ausstellungsflächen des Dorotheums.

---

1 Vgl. Mayr, Metternichs geheimer Briefdienst, S.90–92.

Während der ersten beiden Monate in Wien sah sich Heller keinerlei Beeinträchtigungen oder Nachstellungen ausgesetzt. Offensichtlich funktionierte seine Tarnung. Die anfängliche Anspannung ließ immer mehr nach. Ähnlich schien es Anna zu ergehen. Ihre Kommunikation über das anonyme Handy und Internetshops bewies, dass ihr die Arbeit gefiel und die Sorge um ihren Mann nachließ.

Heller verspürte nur wenig Sehnsucht nach Zuhause und je tiefer er in die Materie einstieg und die Archivbestände kennenlernte, desto mehr weiterführende Pläne reiften in ihm. Eine oberflächliche Sichtung der Bestände im Staatsarchiv an der Nottendorfer Gasse überzeugte ihn von dem enormen Potential, das dort für postgeschichtliche Forschungen vorhanden war.
Zuvor wollte er aber noch einige kleinere Materialgruppen im Haus- und Hofarchiv aufarbeiten, zu denen unter anderem die sogenannten »Kleinen Betreffe« gehörten. Aus dem Findbuch wurde er nicht schlau. Außer Hinweisen auf die Postbeziehungen mit der Schweiz waren die Angaben unverständlich.
Seine guten Beziehungen nutzend überredete er einen älteren Archivar, ihm das entsprechende Regal im Depot zu zeigen, damit er gezielt Akten aussuchen und zur näheren Durchsicht bestellen konnte.

Die Kartons der Kleinen Betreffe standen über Kopfhöhe, so dass Heller die Leiter benutzen und die Schachteln herunterheben musste. Dabei hielt er wegen der dicken Staubschicht, die sich darauf abgelagert hatte, die Luft an. In etwa drei Metern Höhe waren Aktenbündel gestapelt, lediglich mit einem Lederriemen festgezurrt. In zwei Schachteln waren alle Verhandlungsprotokolle mit den Schweizer Kantonen zwischen 1816 und 1819 abgelegt, die zu den Postverträgen führten, die das österreichische Postsystem ermöglichten. Kurz entschlossen übergab er diese Akten insgesamt an die Fotostelle zum Scannen.
In zwei Schachteln befanden sich Papiere zu den Postverhältnissen

mit Thurn und Taxis nach dem Ende des Heiligen Römischen Reiches.[1]
In einer Schachtel, die äußerlich keinerlei zusätzliche Kennzeichnung trug, fand Heller ein fest in Wachspapier verschnürtes Bündel, an allen Enden mehrfach gesiegelt. Unauffällig links oben stand, blass und von Tintenfraß angegriffen, eine Notiz. Heller konnte sie in dem diffusen Licht zwischen den Regalen nicht entziffern, nahm es mit in den Mittelgang und hielt es schräg gegen die Lampe.

»Diarium OPM Lippe 1817 / ad acta 1821«

War das die Fortsetzung des Tagesbuches, das er in München gefunden hatte? Warum befand es sich hier in Wien?
Wieder am Regal angekommen, setzte er sich auf den eisernen Gitterboden. Bei der Durchsicht bis in den Keller wurde ihm wieder leicht übel. Die rissigen Siegel ließen sich mit wenigen Handgriffen glatt brechen.
Er las:
*»Das Verhängnis nahm am 23. Dezember seinen Anfang. In der Nacht hatte es kräftig geschneit.«*
Heller kannte den Stil Lippes und übersprang die langatmige Schilderung.
*»29. Schneemonat 1817: Ich habe den Brief des Königs aus Wien an den Minister gelesen. Er ist ganz unverfänglich und freundlich ... und kündigt seine Ankunft in München für den 1. Thaumonat abends an. Am 2. wolle er Montgelas, der noch immer kränkelt, in dessen Haus in Bogenhausen aufsuchen.«* Unterschrieben ist der Brief mit *»Adieu mon cher Montgelas.«*
*»Was an diesem 2. Februar tatsächlich geschah, weiß ich nicht. Ich weiß nur, dass statt des Königs ein Bote im Hause Montgelas erschien und einen Brief S.K.M. abgab, in dem die Entlassung des Ministers ausgesprochen wurde.*

---

1 Signatur: AT-OeStA/HHStA StK Kleinere Betreffe 16-2 und 18-4.

*Also doch. Alles war ein abgekartetes Spiel zwischen Wrede, Ludwig und einigen Referenten, die sogleich mit Ministerposten belohnt wurden.«*

Heller lehnte sich gegen das Regal und starrte auf die Akten gegenüber.
Ein fantastischer Fund, der die Spekulationen über die näheren Umstände von Montgelas' Entlassung in ein neues Licht stellen würde. Er konnte es noch gar nicht fassen. Ein solcher Glücksfall geschah einem nicht alle Tage.
Aufgeregt blätterte er in dem Manuskript, schätzte den Umfang ab, und war ganz aufgeregt. Auf einer Seite war ein Blatt eingeklebt, das sich beim Umblättern aufstellte:
»Liebe Fürstin, Innigste Freundin
Ich muss Ihnen von einer Begegnung berichten, die mich in tiefe Empörung, aber auch Unsicherheit versetzt, weil ich mir gänzlich unschlüssig bin, was ich tun soll.
Vor zwei Tagen, ich hatte mich mit Migräne ins Bett gelegt, hörte ich von der Treppe her einen lauten Zwist. Außer der Stimme meiner Zofe erkannte ich die des Prinzen Ludwig. Er trat, die nachdrängende Zofe abwehrend, unter Poltern in mein Schlafzimmer. ...«

Heller war gespannt. Was war das für eine Geschichte? Gezeichnet war der Brief mit »E.«. Adressiert war der Brief an Fürstin Therese von Thurn und Taxis, also war die Verfasserin deren Freundin Ernestine. Ernestine behauptete in ihrer lebhaften detailierten Schilderung, dass Ludwig ihr Gewalt angetan hatte.
Heller konnte sich nicht erinnern, jemals von diesem Übergriff in der Literatur gelesen zu haben. Da es sich aber um den Originalbrief handelte und das Paket seit 1821 unter Verschluss lag, konnte wohl kaum jemand davon wissen. Er hatte keine Ahnung, ob diese Geschichte damals irgendwelche Auswirkungen hatte. Stand sie vielleicht in einem direkten Zusammenhang mit der Entlassung des Ministers?

Möglicherweise erwähnte Weis etwas darüber in seiner Biografie Montgelas'. Oder gab es Hinweise in der Biografie Ludwigs? Er wollte jedenfalls das gesammte Konvolut in Kopie haben und gab es insgesamt zum Scannen. Wenn alles in Abschrift vorlag, würde er sich mit der Sekundärliteratur und den Biografien beschäftigen und dann überlegen, was er daraus machen konnte.

Heller nahm die gesamte Schachtel mit zu seinem Arbeitsplatz im Forschersaal und sichtete die restlichen Dokumente. Einige beinhalteten offensichtlich weitere interessante Ergebnisse des Schwarzen Kabinetts, die er sich nicht entgehen lassen wollte. Das meiste beschäftigte sich aber mit den Postvertragsverhandlungen zwischen Thurn und Taxis und Österreich von 1816 bis 1820. Dabei ging es um die Pläne Metternichs, die österreichische Korrespondenz nach dem Norden um Bayern herumzuführen. Taxis sollte dazu die Hand bieten und einen Kurs durch das sächsische Vogtland einrichten. Ein umfangreicher Akt mit Berichten zu den geografischen Verhältnissen vor Ort und den schwierigen Straßenverhältnissen legte Zeugnis über die dabei aufgetretenen Probleme ab. Als diese Vorbereitungen weitgehend abgeschlossen waren, erfuhr Bayern davon und forderte Taxis ultimativ zur Aufgabe des Projektes auf, weil es den Postverträgen von 1808 und 1815, dem Buchstaben und dem Geist nach widersprach.

Eine spannende postgeschichtliche Auseinanderdersetzung mit scharfen Konturen und erhellenden Zusammenhängen.
Lippe war wohl seinerzeit mit diesen Vorgängen intensiv befasst und deshalb zu Verhandlungen in Wien gewesen. Damals knüpfte er enge Verbindungen zu österreichischen Beamten, mit deren Hilfe er später sein Manuskript hier deponieren konnte. Hatte nicht Lippe gesagt, er würde die Papiere in der Höhle des Löwen deponieren?

In seiner Euphorie erzählte Heller dem älteren Archivar von seinem Fund und erbat sich sogleich die Erlaubnis zur Abbildung

von Ernestines Originalbrief in der beabsichtigten Veröffentlichung.
Den Antrag zur Genehmigung der Scans legte Heller noch am selben Tag vor, und der Archivar zeichnete ihn ab. In drei Tagen würden die Scans fertig sein.

Wie immer kam Heller zehn Minuten vor neun Uhr am Minoritenplatz an. Wenn es morgens kalt war, wärmte er sich in der Kirche auf, die um diese Zeit menschenleer war. Gegenüber dem Archiveingang saß eine blonde Frau im schwarzen Hosenanzug auf einem der Quader, die den Grundriss des ehemaligen Klosters nachbildeten. Sie fror und wartete offenbar auf den Einlass. Heller betrat die Kirche und setzte sich nach einem Rundgang wie gewohnt auf die Bank gegenüber dem Grabmal des Metastasio mit einer lebensgroßen Statue des Dichters.[1] Heller kannte seine Werke nicht, ihn faszinierte lediglich, abgesehen von dem Pseudonym, dass sein Nachlass im Haus- und Hofarchiv seit Januar 1924 als verschollen galt und eine weitere Gelegenheit der Spurensuche bot.

Er hörte die Kirchentüre aufgehen, spürte einen kühlen Luftzug und dachte zunächst an den Messner, der manchmal um diese Zeit kam. Er drehte sich erst um, als er das Klappern hochhackiger Schuhe hörte und sah die blonde Frau, die, seinem Beispiel folgend, ebenfalls die Wärme suchte.

Das Archiv schloss freitags bereits um 12.30 Uhr, bis dahin lohnte sich eine intensive Beschäftigung mit den Akten nicht, deshalb wollte er lediglich ein Altrepertorium sichten und daraus Aktenbestellungen für die kommende Woche tätigen. Er griff nach seiner Tasche, nahm den Schreibblock heraus und machte sich einige Notizen zu Stichworten, nach denen er in den Verzeichnissen suchen wollte.

Die Frau ging an seiner Bank vorbei, stellte sich vor das Grabmal und betrachtete es interessiert, dann drehte sie sich um und sah Heller direkt an.

Die Stellung ihrer Augen und der feine Lidstrich gaben Heller

---

1 Eigentlich Pietro Antonio Domenico Bonaventura Trapassi (* 3. Januar 1698 in Rom; † 12. April 1782 in Wien). Italienischer Dichter und Librettist, besser bekannt unter seinem Pseudonym Pietro Metastasio. Sein einbalsamierter Leichnam liegt in der Wiener Michaelerkirche.

den Eindruck, als habe er sie schon einmal gesehen. Nur der Pagenschnitt ihrer Haare passte nicht zu seinem Erinnerungsmuster. Sie sah ihn an, tat einen Schritt in seine Richtung und lächelte gezwungen:

»Guten Morgen, Herr Dr. Heller.«

Heller starrte sie an, forschte in ihrem Gesicht und antwortete nach einer deutlichen Pause unsicher:

»Kennen wir uns?«

»Aventinuslesesaal« sagte sie nur.

Jetzt erkannte Heller sie wieder. Der Pferdeschwanz fehlte. Sie wirkte dadurch streng und unnahbar.

»Ach ja richtig, sprachen wir damals nicht über Margarete Maultasch?«

Dabei sah sich Heller zu einem belustigten Zwinkern veranlasst, während sich eine Falte auf ihre Stirn legte und ihre Augen angriffslustig blitzten.

»Ich darf mich im Nachhinein entschuldigen für meine Flegelei von damals?« fragte Heller und deutete eine kurze Verbeugung an. »Wussten Sie übrigens, dass die Maultasch hier in dieser Kirche begraben liegt? Ich kann Ihnen den Wappenstein dort hinten in der Arkade zeigen.«

Sie schüttelte den Kopf, ließ aber nicht erkennen, ob sie seine Entschuldigung ablehnte oder kein Interesse an dem Grabmal hatte.

»Sagen Sie, was machen Sie hier in Wien? Arbeiten Sie etwa auch an Beständen des Archivs? – Was für ein Zufall!«

»Nein, ich soll Sie zu meinem Chef begleiten.«

»Wer ist Ihr Chef und um was geht es? – Unsere Begegnung ist dann wohl doch kein Zufall, sondern geplant?« fragte Heller

»So ist es. Aber ich kann Ihnen keine Auskünfte geben, sondern habe lediglich den Auftrag, Sie abzuholen. – Würden Sie nun so freundlich sein und mich begleiten?«

»Und warum sollte ich das tun?«

»Sie müssen nicht! – Aber für den Fall, dass Sie sich weigern, soll ich zwei Stichworte erwähnen: 148 und Offner.«

Heller schwieg. Sie hatten ihn also während der ganzen Zeit in Wien beobachtet. Seine Tarnung hatte nichts genützt. Immerhin wollten sie mit ihm reden und nicht, wie Eddy oder Angerer, einfach beseitigen. Vielleicht konnte er dabei seine wenigen Trümpfe gezielt einsetzen.
»Gut, ich habe verstanden. Wo geht es hin?«
»Nicht weit.«
Heller erhob sich. Sie verließen die Kirche. Das Portal zum Archiv stand offen. Sie ging darauf zu. Die Dame in der Pforte blickte auf, nickte der blonden Frau kurz zu und tat so, als würde sie Heller nicht kennen.
Beim Aufzug angekommen, öffnete sie die Türe, steckte einen Schlüssel in die Armatur und drückte eine der oberen Etagen, die für normale Archivnutzer gesperrt sind. Welche es genau war, konnte Heller nicht sehen.
Oben angekommen, öffnete sie die Aufzugtüre: »Nach links bitte«, und zog ihren Schlüssel aus der Armatur.
Er betrat einen langen schmalen Gang, matt hellgrün getüncht, ausgelegt mit einem schweren grauen Teppichboden, auf dem von ihren Stöckelschuhen nichts zu hören war. Rechts hingen eine Reihe von großformatigen Historienbildern, links gingen hölzerne Bürotüren ohne Beschriftung ab. Der Gang führte mehrmals um Ecken herum zu einer kurzen Holzstiege, die in einen weiteren Gang hinaufführte. Zu beiden Seiten gingen Zimmertüren ab. Es gab keine Fenster, so dass Heller sich nicht orientieren konnte. Am Ende des Flurs erreichten sie eine hölzerne Flügeltüre im Stil der Jahrhundertwende.
Die blonde Frau öffnete, liess ihn eintreten und sagte: »Warten Sie hier bitte einen Moment«, dann schloss sie die Türe von außen.
Heller sah sich um. Die Vorhänge der beiden Fenster ihm gegenüber waren zugezogen. Eine Wand war bis zur Decke mit Bücherregalen verstellt und eng mit gleichförmig in Leder gebundenen Folianten bestückt, der Beschriftung nach weitgehend französische Werke. Die Stuckdecke war offensichtlich erst vor

Kurzem restauriert worden. Sie trug einen ausladenden Lüster aus Murano. Doch das Licht im Raum kam vor allem indirekt von den Deckenleisten, unaufdringlich und gedämpft.
Zwischen den Fenstern stand ein schwerer Schreibtisch mit einem modernen ergonomischen Sessel, davor ein schmuckloser Stuhl. Heller ging zu den Fenstern und wollte schon einen der Vorhänge beiseiteschieben und nach draußen schauen, als er auf dem Schreibtisch einen grünen Aktendeckel mit dem Titel »Offner« sah. Seinen ersten Impuls, nach dem Akt zu greifen, unterdrückte Heller und stellte sich abwartend neben den Besucherstuhl.

Eine Seitentüre, die Heller nicht bemerkt hatte, öffnete sich und ein mittelgroßer Herr mit grau meliertem, locker zurückgekämmtem Haar betrat den Raum. Er lächelte und wirkte durch eine rote Designerbrille freundlich und aufgeschlossen. Sein dunkelblauer Anzug saß perfekt. Unter dem fein gegliederten Hemdkragen saß eine violette Fliege mit gelben Punkten. Der Mann blieb seitlich vom Schreibtisch stehen, deutete mit einer einladenden Geste auf den Besucherstuhl und sagte:
»Grüß Gott, wie man bei Ihnen in Bayern sagt. Mein Name ist Schwarzenberg. Meine Mitarbeiterin, die Sie ja bereits kennen, hat Sie zu dieser Unterredung gebeten, deren Anlass Sie sich vielleicht denken können.«
Heller blieb hinter dem Stuhl stehen und entgegnete zurückhaltend:
»Ich weiß nicht, worum es geht.«
Herr Schwarzenberg setzte sich hinter den Schreibtisch, rückte den Stuhl zurecht und ließ sich darauf nieder. Den grünen Aktendeckel schob er behutsam an die Seite:
»Ich ging davon aus, dass Sie hineinschauen würden, meine Mitarbeiterin dagegen setzte auf Ihre Diskretion. – Erlauben Sie bitte, nur so aus wissenschaftlichen Gründen, sozusagen, die Frage, hätten Sie in die Akte geschaut, wenn Ihr Name darauf gestanden wäre?«

Heller zögerte nicht: »Sicher nicht, denn in diesem Fall hätte ich es so oder so erfahren, was drinnen steht. Außerdem war die Aufforderung zur unangebrachten Neugierde zu plump.«
»Danke, das bestärkt mich in meinem Entschluss.«
»Was meinen Sie damit – welchen Entschluss?« fragte Heller.
»Dazu später.«

»Wir haben von Ihrer bemerkenswerten Entdeckung in den Kleinen Betreffen unseres Haus- und Hofarchivs gehört und ich möchte Ihnen dazu ganz persönlich gratulieren. Auf dieses Versteck wären wir nicht gekommen.«
Heller verschränkte die Arme: »Danke für diese Glückwünsche, aber sagen Sie bitte, was Sie eigentlich wollen.«
»Sehen Sie, das ist es, was ich nie verstanden habe – diese wenig charmante deutsche Art, unelegant mit den Fingern auf die Dinge zu zeigen. – Auch gut. – Ich möchte mit Ihnen sprechen.«
»Worüber?«
Herr Schwarzenberg tat so, als würde er noch auf einen Zusatz Hellers warten, auf eine höfliche Verkleidung, sah sich aber getäuscht und antwortete:
»Es hat sich Gesprächsstoff angesammelt, der eine Gesamtlösung präferiert. Dazu zähle ich die in Ihrem Besitz befindlichen Papiere des Herrn Offner und deren Codierung sowie den Brief von Gräfin Ernestine an Fürstin Therese.«
»Was gibt es da zu reden?«
»Herr Dr. Heller, ich verstehe, dass Sie noch einen Moment benötigen für eine kühle, sachliche und unvoreingenommene Betrachtung der Situation. Ich will daher, wenn Sie gestatten, eine kurze Erklärung abgeben.«
Heller zuckte mit den Achseln.
»Wir sind zu der Überzeugung gekommen, dass es Ihnen nicht um venatorischen Journalismus geht.«
»Um bitte was?«
Herr Schwarzenberg lachte kurz auf:

»Ah so – ihre humanistische Bildung hat keine nachhaltige Wirkung gehabt. Wir sprechen von venare = jagen. – Wie auch immer.«

Heller faltete die Hände, legte sie in den Schoß und richtete sich, unschwer als ungehalten erkennbar, in dem Stuhl auf.

Herr Schwarzenberg wirkte unbeeindruckt eher belustigt und referierte mit gleichbleibend ruhigem Tonfall: »Zunächst neigten die meisten meiner Klienten zu einer präzisen kompromisslosen Reaktion, als Sie den Nachlass bei Zissler kauften, den eigentlich ihr Schulfreund Eddy für uns erwerben sollte. Leider war dieser Aktion nur ein Teilerfolg beschieden.«

Heller unterbrach süffisant: »Der zum unfreiwilligen Ableben Eddys führte.«

»Da irren Sie sich. Die Sache verhielt sich anders. Der Fehler bei der Auktion war zwar unangenehm, aber verzeihlich. Herr Meier alias Maurer verstieß später gegen die Regeln und öffnete neugierig das Paket, das er Ihnen in der Nacht abgekauft hatte.«

Heller beugte sich nach vorne, legte die Hände auf die Knie und fragte übertrieben höflich:

»Was war, wenn ich so neugierig sein darf, eigentlich in dem Paket, das ich damals leichtsinnig aus der Hand gab?«

»Wissen Sie das wirklich nicht? Sie müssten es sich doch denken können. Neben dem Original des Lippeschen Tagebuches 1805-1815 eine Abschrift just des Briefes der Gräfin Montgelas, dessen Original Sie jetzt gefunden haben. Nicht zu vergessen einige Dokumente, für deren Überlassung wir Ihnen überaus dankbar sein müssten.«

»Ein schöner Dank, mich dafür nach Etterzhausen zu locken, damit ich als Mörder dastehe.«

»So in etwa. Man fand diese Konstellation kongenial und hilfreich, um auch an die restlichen Papiere Offners zu kommen.«

»Das ging dann aber auch schief, weil die Ermittler der Polizei nicht auf die gelegten Spuren hereinfielen, die mich mehr ent- als belasteten. Aber was mich vor allem interessiert, was war das bitte für eine Kuriosität mit meiner Wäschenummer?«

Herr Schwarzenberg lachte amüsiert:
»Das war ein Einfall meiner Mitarbeiterin! Eine hübsche Idee, wie ich finde. Sie arbeitet gerade an einer Studie über die Wirkung von lebensbestimmenden Details aus der Vergangenheit von Probanden, wenn sie überraschend damit konfrontiert werden. Sie haben, wenn ich das so sagen darf, lehrbuchmäßig reagiert. Korrigieren Sie mich, falls etwas nicht zutrifft:
Die Wäschenummer wirkte bei Ihnen wie ein Schlag, der Sie völlig wehrlos machte. Sie hatten den überwältigenden Eindruck, es kenne jemand Ihr gesamtes Leben, bis in die letzten Facetten. Wir benutzten sozusagen ein Vergrößerungsglas und Sie sahen alles verzerrt und doch fokussiert.
Meine Mitarbeiterin ist übrigens noch mit der Auswertung des Experiments beschäftigt. Interessiert Sie das Ergebnis?«
»Ich finde Ihre Selbstgefälligkeit reichlich abgeschmackt.«
»Oh – Verzeihung, ich vergaß für einen Moment ...«.

Während der Pause, die entstand, erhob sich Herr Schwarzenberg, ging zu einem der Fenster, zog den weißen Leinenvorhang zurück und blickte nach draußen. Im Hintergrund sah man die Turmspitze des Stephansdoms. In dieser Stellung sagte er: »Als Ihre Artikel zu Offner erschienen, in denen Sie aus seinen codierten Aufzeichnungen zitierten, entstand eine Kontroverse: Einige befürchteten eine Lawine unliebsamer Enthüllungen und wollten einen rigorosen Schlussstrich ziehen, andere drängten auf Verhandlungen. Letztlich setzte sich die harte Fraktion durch, weil selbst dann, wenn wir die Dokumente in unseren Besitz bekämen, immer noch Gefahr durch Kopien und Ihre Kenntnis vom Inhalt bestand. Sie begnügten sich in Ihren Artikeln mit Andeutungen, die nicht erkennen ließen, wie weit Sie die Tragweite der Aufzeichnungen erfasst hatten. Dazu durfte es aber einfach nicht kommen. Zuviel stand auf dem Spiel. Zuviele hochgestellte Persönlichkeiten waren involviert«
»Sie meinen, die Gruppe Ihrer Klienten wäre im Streit auseinandergebrochen, wenn jeder erfahren hätte, wie ihn der andere im

Laufe der Zeit betrogen, bestohlen und hintergangen hatte? Ich fand jedenfalls die genauen Aufzeichnungen Offners über die Machenschaften ihrer Klienten während der Säkularisation interessant, die, einmal veröffentlicht, nicht ohne finanzielle Folgen bleiben dürften auch und gerade bis in die Gegenwart. Aber damit nicht genug! Es gab ja noch seine Nachkommen«
Herr Schwarzenberg hatte sich umgedreht, verschränkte die Arme vor der Brust und sagte interessiert:
»Ich sehe, Sie haben mehr verstanden, als es zunächst den Anschein hatte. Erzählen Sie ruhig weiter. – Warum bis in die Gegenwart?«
Heller merkte, dass er zu weit gegangen war. Den Bezug zur Gegenwart kannte er nicht aus den Briefen Offners, sondern nur aus dem kleinen Büchlein.
Um abzulenken fügte Heller hinzu:
»Was ich aber nicht verstehe: Einige von Ihren Klienten, wie Sie sie nennen, waren mit der Brisanz der Inhalte vertraut, andere aber nicht? – Kann es sein, dass sich in diesem Umstand ein deutliches Misstrauen unter Ihnen ausdrückt?«
Herr Schwarzenberg blieb gelassen: »Sie müssen sich um unsere Befindlichkeiten keine Sorgen machen. Vielmehr um die Ihren. Außerdem spielt das alles keine Rolle, weil alle Unterlagen unter strenger Aufsicht verbrannt werden, bevor irgendjemand sonst davon Kenntnis erhält.«
Heller straffte seinen Rücken und stand von dem Stuhl auf. Demonstrativ ging er zu dem anderen Fenster, schob den Vorgang zurück und betrachtete die Aussicht. Schließlich sagte er leise gegen das Fenster:
»Glauben Sie wirklich, dass ich das Offnermaterial herausgebe?«
»Davon gehe ich aus.«
»Bevor ich darüber nachdenke, möchte ich noch gerne wissen, warum Angerer alias Offner sterben musste, denn ein Selbstmord war es ja gewiss nicht?«
Schwarzenberg entgegnete ohne zu Zögern:
»Er war kein gefestigter Charakter. Nach dem unglücklichen Tod

seines Vaters und Bruders wollten wir die 200 Jahre alte Vereinbarung mit den Offners beenden. Wie Sie in Ihrem letzten Artikel richtig vermuteten, verpflichteten sich die damals in die öffentliche Misskredit geratenen Herren neben der finanziellen Wiedergutmachung zu einem Dienstverhältnis über die Generationen hinweg mit gegenseitig klar vereinbarten Regeln. Die Mutter des jungen Herrn Angerer verweigerte aber eine Aufhebung des Kontraktes, also nahmen wir den jungen Mann in Dienst, denn wir halten immer unser Wort. Nachdem er aber durch Ihr Zutun verhaftet wurde, mussten wir handeln.«

»Sie lassen mich seit Wochen bespitzeln, arbeiten mit Einschüchterung, Drohung, Heimtücke und glauben, ich würde nach all dem und ohne irgendwelche Garantien klein beigeben und dann, was geschieht dann? – Darauf kann ich nicht eingehen, das ist keine Verhandlung unter Gleichen, so kann kein gerechtes und angemessenes Ergebnis herauskommen.«

»Halten Sie mich nicht für töricht«, bemerkte Schwarzenberg darauf mit erhobener Stimme, »wir tun es Ihnen gegenüber auch nicht. – Haben Sie den Artikel über den egalitaristischen Mainstream der politischen Philosophie, der wochenlang auf dem Desktop Ihres Computers stand, etwa gar nicht gelesen, weil Sie so einen Unsinn reden?«

Heller fühlte sich ertappt und war zugleich zornig, weil so unverfroren über das Ausspähen seines Computers geredet wurde.

»Regen Sie sich nicht schon wieder auf«, kam ihm der Andere zuvor, »und lassen Sie sich gesagt sein, dass das Sammeln von Informationen nicht nur Verdachtsmomente schafft und bestätigt, sondern auch ausräumen kann. Die Beobachtung Ihres Computers hat Ihnen nämlich, mit Verlaub gesagt, das Leben gerettet, denn die Hardliner konnten auf diese Weise von der Harmlosigkeit Ihrer Absichten überzeugt werden. – Außerdem bin ich Ihnen«, sagte Schwarzenberg, »gewissermaßen für diesen Artikel dankbar, auf den ich selbst nicht gekommen wäre, weil er meine vagen Ansichten über Gleichheit und Gerechtigkeit klären half, während Sie selbst scheinbar nichts daraus gelernt haben.

Deshalb eine kleine Nachhilfe: Wer Gerechtigkeit für Gleichheit hält, irrt. Der Aristotelische Grundsatz, dass man gleiche Personen gleich und ungleiche Personen ungleich behandeln solle, gilt gemeinhin als Grundsatz der formalen Gerechtigkeit und unterstellt, dass im Begriff der Gerechtigkeit bereits ein Zusammenhang zwischen Gerechtigkeit und Gleichheit steckt.
Es ist aber irreführend, Gerechtigkeit formal über Gleichheit zu fassen und damit zu suggerieren, Gerechtigkeit sei prinzipiell etwas Relationales, etwas, das mit der Behandlung der einen Personen im Verhältnis zu anderen Personen zu tun habe. Will man einen Grundsatz formaler Gerechtigkeit ausweisen, sollte man sich daher lieber auf die ›Suum Cuique‹- Formel zurückbesinnen. Gerecht ist danach eine Handlung, die jedem gibt, was ihm zusteht, oder die Güter und Lasten nach relevanten Gründen verteilt. – Und genau das tun wir.«

Heller wehrte sich mit Ironie: »Weil Sie sich als ›aristoi‹[1] verstehen?«
»Sie sagen es. Egalitarismus tut so, als könne jeder Trottel einen substantiellen Beitrag leisten. Ich habe nichts dagegen, wenn diese Ansicht für eben diese Trotteln ständig öffentlich verkündet wird. Entscheidend ist nur, dass die tragenden politischen Entscheidungen oligarchisch zustande kommen.
Aber lassen Sie uns zu unserer Sache kommen:
Sie haben die Wahl einer Vereinbarung mit uns oder einer Entscheidung gegen uns. Im ersten Fall werden wir Sie unterstützen, im anderen Fall werden die Hardliner das Wort haben.«
»Und all das«, rief Heller empört, »was Sie mir angetan haben, soll ich einfach vergessen, soll auf Ihr Wort vertrauen? Was heißt schon unterstützen? – Ich soll die Fakten manipulieren und die historischen Quellen verschwinden lassen, damit Ihre Klienten wieder ruhig schlafen können, oder gibt es irgendwelche Garantien für mich und meine Frau?«

---

1 Aristoi (griech.) die Vornehmsten, die Besten. Daher der Begriff Aristokratie.

Herr Schwarzenberg sah ihn mitleidig an, klopfte mit Zeige- und Mittelfinger der rechten Hand betont lässig in den linken Handballen:
»Sehr charmant, sehr charmant! – Der Einzige, der möglicherweise schlecht schläft, werden Sie sein. –
Schauen Sie, es ist uns ein Leichtes, mit all dem, was wir über Sie in Erfahrung gebracht haben, die zuständigen Behörden zu füttern. Sie können sicher sein, dass es kein erfreuliches Ende für Sie nehmen wird. Wir wollen das nicht, weil Sie kein habgieriger und publicitysüchtiger Mensch sind. Das haben Sie mir auch durch Ihr Verhalten hier in diesem Raum bestätigt. Im Grunde wollen Sie nichts anderes, als unbehelligt Ihren Forschungen nachgehen.
Dabei können wir Ihnen helfen und ich bin zu weitreichenden Angeboten an Sie ermächtigt. Die Einrichtungen, Archive und Bibliotheken unserer Freunde, die Sie sonst nie zu Gesicht bekämen, stünden Ihnen offen. Wir tun das, weil uns Ihre Arbeit interessiert, weil Sie uns durch Ihre Art, die Vermerke auf den Briefen zu erklären so nett überzeugt haben, dass auch in dieser Beziehung interessantes Material in unseren Archiven liegt.«
Bei diesen Worten griff Herr Schwarzenberg nach dem Akt über Offner und schob ihn lächelnd über den Tisch zu Heller hin.
»Wenn Sie sich für uns entscheiden, kann Ihre Arbeit, eingebunden in unsere Gemeinschaft, für alle einen positiven Fortschritt leisten und Sie können die CD mit den Scans der Postverträge zwischen Österreich und Taxis morgen an der Pforte des Archivs abholen. Denken Sie übrigens auch an Ihre Frau. Auch die Verwirklichung ihrer Interessen hängt von unserem Wohlwollen ab.«

Heller löste sich von der Fensterfront und drehte sich um, die Arme hinter dem Rücken. Er musste seinen letzten Trumpf ausspielen, um seine Lage zu verbessern und sagte:
»Zwei Ihrer Männer haben, soviel ich weiß, die Wohnung Angerers nach seinem Tod durchsucht und dabei auch Gegenstände mitgenommen, die mir gehören.«

»Wenn dem so wäre, tut uns das leid. Stellen Sie eine Liste zusammen. Ich werde mich darum kümmern.«
Heller ging direkt auf sein Ziel los:
»Es geht um ein kleines rotes Büchlein, das mir Angerer überlassen hat. Ich nenne es das offnersche Arbeitsheft.«
Herr Schwarzenberg stand von seinem Sessel auf, ging in Richtung Türe und schwieg.
Heller fuhr fort: »Angerer wollte, dass ich ihm eine Übersetzung liefere, weil er nicht in den Code eingeweiht war.«
»Worauf wollen Sie hinaus?« fragte Schwarzenberg.
»Ich will damit sagen, dass ich eine Kopie besitze, die ich als eine Art Versicherung behalten und so hinterlegen werde, dass sie, falls mir etwas passiert, veröffentlicht wird. – Sie kennen den Inhalt dieses Büchleins, nehme ich an, und wissen, dass darin die finanziellen und politischen Verflechtungen und Verfehlungen Ihrer Klienten minutiös dokumentiert sind und deren Offenlegung viel Unruhe erzeugen würde.«
Herr Schwarzenberg schwieg eine Zeit lang, ging an die Bücherwand und betrachtete die Ledereinbände. Schließlich sagte er:
»Ich freue mich, dass Sie sich für uns entschieden haben. Sie hätten mir diese Information nicht gegeben, wenn Sie sich gegen uns stellen wollten. Solange Sie ein Teil unserer Gemeinschaft sind, beeinträchtigt uns dieses Wissen nicht, und wenn deren Besitz Ihrer Sicherheitshygiene dient, soll es uns recht sein. – Wir sehen es als einen besonderen Vertrauensbeweis an, dass Sie uns auf diese Weise Gelegenheit geben, Vorkehrungen zu treffen, um den Inhalt des Büchleins nach und nach unschädlich und überflüssig zu machen.«

Die Miete war bis Ende des Monats vorausbezahlt. Heller nutzte die restlichen Tage für Museen und kleine Ausflüge in die Umgebung. Der Abschied fiel ihm schwer, deshalb hatte er sich gegenüber seinen Bekannten im Dritten Bezirk wie jemand verhalten, der eh in einer Woche wiederkommt.

Als er seine Habseligkeiten zusammenpackte, beschlich ihn ein beklemmendes Gefühl von Verlust.

Am Tag der Abreise fuhr er mit dem voll beladenen Wagen noch eine letzte Runde auf der Ringstraße. In der Höhe des Naturkundemuseums stand die Ampel auf Rot. Er schaute versonnen und wehmütig hinüber zu dem Weg, den er täglich zum Archiv gegangen war. –

Hinter ihm hupte ein Wagen. Als Heller auf die Ampel sah, schaltete sie wieder auf gelb um. Auf seiner Seite erschien ein Gesicht am Fenster. Heller zuckte unwillkürlich zusammen. Ein Mann mit einem Dreitagebart, in Jeans und abgewetztem Hemdkragen klopfte an das Fenster. Als Heller die Scheibe herunterdrehte sah ihn der Mann aus tiefliegenden blauen Augen traurig an, und fragte scheinbar mitfühlend:

»War Ihr Farb net dabei?«

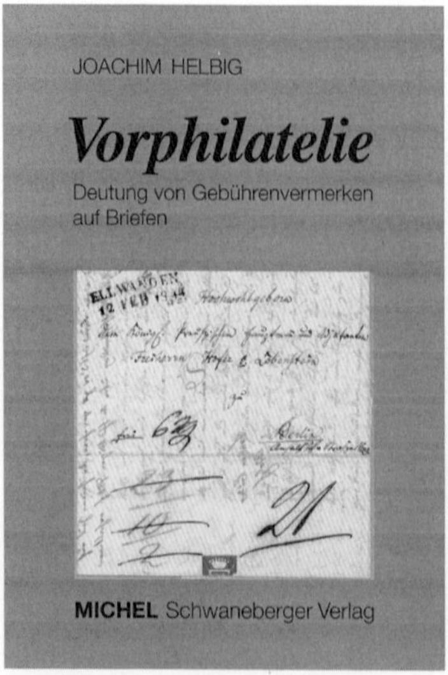

Dr. Joachim Helbig
**Vorphilatelie, Band 2**
Sammeln und Verstehen
1. Auflage, 144 Seiten, mit farbigen Abbildungen
ISBN 978-3-87858-553-4
29,80 €

**Auch in der MICHEL-Online-Bibliothek erhältlich!**

Die zahlreich erhaltenen Briefe illustrieren die wechselvolle Geschichte des 18. und 19. Jahrhunderts besser als viele andere Quellen. Kommunikation auf dem Postweg war damals wesentlich schwieriger und komplizierter, als wir es uns in der heutigen Zeit vorstellen können. Dieses Buch vermittelt das grundlegende Handwerkszeug für die praktische postgeschichtliche Arbeit an solchen Briefen.

**Im Set:** Band 1 (CD) und Band 2 (Katalog): **49,80 €**

**Im Set:** Band 1 (Print on Demand) und Band 2 Katalog: **74,60 €**

MICHEL®

**Schwaneberger Verlag GmbH**
Ohmstraße 1 · 85716 Unterschleißheim
www.michel.de · vertrieb@michel.de
MICHEL-Service: +49 (0) 89/ 3 23 93 02
Fax: +49 (0) 89/ 3 23 93 248